AITMATOW · WEISSER REGEN

Universal Bibliothek

BELLETRISTIK

Tschingis Aitmatow

WEISSER REGEN

Novellen und Erzählungen

1987

Verlag Philipp Reclam jun. Leipzig

Aus dem Russischen
Übersetzung von Juri Elperin, Charlotte Kossuth, Ursula Röhrig, Halina Wiegershausen

ISBN 3-379-00182-1

Lizenzausgabe des Verlages Philipp Reclam jun. Leipzig für die DDR mit Genehmigung des Verlages Volk und Welt Berlin
Text nach: Tschingis Aitmatow: Novellen, Erzählungen, Autobiographie, 3. Auflage, Verlag Volk und Welt, Berlin 1976

Reclams Universal-Bibliothek Band 925
3. Auflage
Reihengestaltung: Lothar Reher
Lizenz Nr. 363. 340/39/87 · LSV 7201 · Vbg. 21,9
Printed in the German Democratic Republic
Grafischer Großbetrieb Völkerfreundschaft Dresden
Gesetzt aus Garamond-Antiqua
Bestellnummer: 661 036 5
00250

Erzählungen

Der Sypaitschi

Einmal im Hochsommer, so berichtet eine alte Legende der Kirgisen vom Talastal, hatte es ein Dshigit sehr eilig, den Talas zu durchqueren. Am anderen Ufer erwartete ihn die Braut, die er in der Nacht entführen sollte. Der Dshigit kam gegen Abend an den Fluß, der aber war nicht wiederzuerkennen, so viel Wasser führte er. Von der alten Furt keine Spur. Verzweifelt rannte der Dshigit am Ufer hin und her, fürchtete er doch, die schöne Braut zu verlieren. Zuletzt faßte er den Entschluß, der Kraft seines Hengstes zu vertrauen. Aber kaum war er ins Wasser geritten, da wurde dem Pferd der Boden unter den Füßen weggerissen, und die Strömung trug es davon. Das Tier ertrank, der Dshigit hingegen rettete sich wie durch ein Wunder, indem er sich am Uferstrauchwerk festklammerte. Halb von Sinnen und zähneklappernd vor Entsetzen, kletterte er aus dem Wasser. An die schöne Braut verschwendete er keinen Gedanken mehr. Er wandte sich gen Westen, fiel auf die Knie und legte die Hände zum Gebet zusammen.

„Allmächtiger! Für deine Barmherzigkeit opfere ich dir ein zweites Pferd! Welch ein Glück, daß ich nicht ertrunken bin!"

Einige Tage darauf kam der arme Teufel wieder an den Talas und traute seinen Augen nicht. Der Fluß war seicht geworden, als hätte es das Hochwasser nie gegeben. In der Nähe fand er den ans Ufer geschwemmten Kadaver seines Pferdes. Er nahm den Sattel, warf ihn sich auf den Rücken und machte sich auf den Weg. Da sah er, an derselben Stelle, wo er unlängst fast ums Leben gekommen wäre, ritt seelenruhig ein klappriger Greis auf einem Esel.

„He, du da!" Der Dshigit drohte mit der Faust. „Bin ich etwa schlechter als du und dein Esel?" Er stürzte zu Boden und weinte bitterlich. In jener Nacht war er nicht zurechtgekommen, seine Braut hatte ein anderer Dshigit in seinen Ail entführt.

Diese Geschichte erzählte häufig der Sypaitschi Beknasar. „Mit unserem Fluß ist nicht zu spaßen, Bruder!“ sagte er belehrend und schmunzelte in seinen Bart. „Heute reicht dir das Wasser bis ans Knie, es fließt ruhig dahin und tut keinem etwas; morgen aber gerät der Fluß in Wut und schwemmt die Brücken fort. Er ist wie ein Lebewesen, man muß ihn verstehen.“

Im Tal war es bereits hell, hier aber herrschte noch Dämmer, die tiefe Schlucht strömte Kälte aus. Die bemoosten großporigen Steine waren naß. Der vom Fluß aufsteigende Nebel kletterte in die Bergklüfte, kroch über die Felsen, schwang sich hoch hinauf auf ihre Gipfel und flog unsichtbar nach oben, in die stille Bucht der Wolken.

In der Schlucht spielte sich ein ewiger Kampf ab. Der Talas, durch sein Steinbett beengt, forderte wütend Freiheit. Mit fürchterlicher Gewalt rannte er gegen den Fuß der Klippen an, warf sich gegen ihre steinerne Brust. Doch o weh! Die Felsen schwiegen düster, blieben reglos und gleichgültig. In ohnmächtiger Wut schluchzte der schäumende Fluß auf und kroch wie eine erzürnte Schlange zurück. Sein dumpfes, erregtes Tosen klang halb drohend, halb flehend. Dann sammelte er frische Kraft, brandete von neuem gegen die Felswände der Schlucht und wich wieder schwer aufseufzend zurück. So ging das ohne Ende.

Kaum war der Talas der Schlucht entsprungen, verlangsamte er spürbar seinen Lauf. Doch auch hier war er unbändig. Er stieß auf neue Hindernisse, nun schon von Menschenhand errichtet. Am rechten Ufer, schräg zur Strömung, erstreckte sich weithin ein Wehr aus Sypais, aneinandergereihten Balkendreibeinen, die mit Reisig, Stroh und Steinen abgedichtet waren. Hier entnahmen die drei Kolchose vom rechten Ufer Wasser. Der Fluß tobte, während er sich über den Damm wälzte. Ein Teil des Wassers wurde in den Hauptaryk abgeleitet und von da auf die Felder verteilt.

Hierher kam jeden Tag beim Morgengrauen Beknasar. Aus der Schlucht drang das gedämpfte Grollen des Flusses, wehte ein feuchter Wind. Beknasars Gesicht war von Wasser und Wind rauh und trocken wie das eines Seemanns, fest umspannte die Haut die breiten Wangenknochen. Die kleinen Augen, deren Weiß von rötlichen Äderchen durchzogen war, blickten scharf

unter buschigen Brauen hervor.
Beknasar legte dem Pferd eine Spannfessel an und ging zu seinem Lieblingsplatz, einem großen flachen Stein, der aus dem Wasser ragte. Er ging gemächlich, ein wenig tolpatschig. Er trug einen leichten Watterock mit Brusttasche, in die er das Röhrchen mit Naspai-Tabak steckte. Straff umspannte der Kragen des Leinenhemdes den muskulösen Hals. Aus dem Stiefelschaft ragte der rote Griff des Kantschus. Beknasar hatte sich hingehockt und blickte lange und aufmerksam auf die Strömung, lauschte dem Getöse, das aus dem weiten Rachen der Schlucht drang. Nichts entging seinem Blick. Wie in einem Buch las er im Talas. Er sah alles, was der Fluß mit sich führte, was er unterwegs erbeutet hatte.
Tschop, tschop, tschop, plätscherte das Wasser unterm Stein, schwemmte kleine Sandhuckel an und wirbelte sie wieder auseinander.
Beknasar stammte aus einer alten Sypaitschi-Familie. Schon als Kind hatte er diesen Beruf von seinen Vorvätern übernommen, sich ihm fürs ganze Leben verschworen. Sein Vater war hier am Talas umgekommen, im ungleichen Kampf mit dem Hochwasser. Auch Beknasars Leben hatte oft genug am seidenen Faden gehangen. Die versteckten Klippen des Talas hatten auf seiner Stirn eine tiefe Schramme als Andenken hinterlassen. Seine Frau war es überdrüssig geworden, ihn von dieser Arbeit abbringen zu wollen. Beknasar war felsenfest überzeugt, daß alle Männer seines Geschlechts dazu geboren waren, als Sypaitschi zu arbeiten. Der Sypaitschi, das war für ihn ein echter Mann, der beste Dechkanin. Ehrfurchtsvoll wahrte Beknasar das Andenken seiner Ahnen, streng hielt er an ihren Bräuchen fest. Nicht genug damit, hatte er zum Leidwesen seiner Frau seinen Sohn, den jetzt sechzehnjährigen Alymbek, fast schon am Tage seiner Geburt zum Sypaitschi bestimmt. Einen echten Sypaitschi als Erben zu hinterlassen, das war sein größter Traum, darin sah er den Sinn seines Lebens, das hieß, nicht vergebens gelebt zu haben und den anderen Nutzen zu bringen. Insgeheim war Beknasar stolz auf den Sohn, denn er spürte in ihm die Anlagen für einen künftigen Sypaitschi. Schon von Kind auf, wenn schulfrei war, nahm er Alymbek ständig mit an den Fluß und lehrte ihn die „Sprache des Wassers“ verstehen.
Beknasar liebte den Sohn auf seine herbe Weise, er verlangte

bedingungslosen Gehorsam. Anderenfalls, so meinte er, entglitte ihm das Kind und würde ein Taugenichts.
Alymbek wuchs zu einem verständigen Burschen heran. Wie der Vater war er von kräftigem Körperbau, und von der Mutter hatte er die großen, schöngeschnittenen Augen. Sein ruhiger, konzentrierter Blick ließ ihn wie einen Erwachsenen wirken. Nur der dunkle Flaum über den vollen Lippen bezeugte, daß er noch blutjung war. Alymbek hatte dem Vater bisher nie widersprochen. Dieser Tage aber sagte er plötzlich, als er aus der Schule kam: „Gut wär's doch, Vater, unsere Sypais mit Schleusen zu versehen. Weißt du, dort am Hang, wo der Hauptaryk beginnt."
„Schleusen?" fragte Beknasar. „Weißt du denn überhaupt, was Schleusen sind?"
„Natürlich! Der Physiklehrer hat es uns erklärt. Er sagt, wennschon nicht jetzt, so werden bestimmt nach dem Krieg alle Sypais Schleusen erhalten."
„Das ist es ja, Söhnchen, jetzt haben wir anderes im Kopf als Schleusen, es ist Krieg. Wir kommen auch ohne sie aus."
„Aber Holzschleusen könnte man bauen. Die drei Kolchose zusammen würden das schon schaffen", beharrte Alymbek.
Der Ton des Sohnes gefiel Beknasar nicht.
„Sei nicht naseweis, Alymbek! Du bist nicht der einzige, der sich Gedanken macht. Lern du nur in der Schule und verfolge aufmerksam die Arbeit des Vaters, solange er am Leben ist. Wenn du im Sommer die Siebenklassenschule beendet hast, dann wartet schon Arbeit auf dich. Du wirst zunächst bei der Wasserwirtschaft berittener Wächter. Bei uns, mein Söhnchen, ist die Hauptsache Erfahrung, eine schnelle Auffassungsgabe, Augenmaß. Gott sei Dank sind deine Vorväter und ich unser Leben lang auch ohne Schleusen mit dem Talas fertig geworden."
Alymbek erwiderte nichts mehr und betrachtete den Vater verwundert.
Wenn Beknasar des Morgens zu den Sypais ritt, sagten die Nachbarn im Scherz: „Unser Beknasar ist losgeritten, um dem Talas den Puls zu fühlen."
Und in der Tat beobachtete Beknasar, wenn er auf seinem Lieblingsstein saß, wie ein erfahrener Arzt den Atem des Bergflusses. Der Talas war ein rechter Nomade. Bei Hochwasser wechselte er etlichemal sein Bett. Bald überflutete er

die eine Seite des Schwemmlandes und lagerte dort Steine, Sand und Schlamm ab, bald die andere. Kam man an sein voriges Bett, hatte die Sonne den Boden dort schon getrocknet. Da sollte einer voraussehen, wo sein Hauptbett sein würde. Natürlich kam es vor, daß man sich irrte, man errichtete Sypais, aber das Wasser verschwand einfach. Also hatte man das Nachsehen, hatte vergebens den Damm gebaut. Oder das Gegenteil trat ein, man stellte bei flachem Wasser hohe Sypais auf, um den Wasserspiegel zu heben, plötzlich aber rollte eine gewaltige Flut heran, raste in die Aryks und zerstörte sie von Grund auf. Dann war es noch gut, wenn die Sypais dem Ansturm nicht standhielten und vom Wasser weggerissen wurden, sonst mußte man eigens den Damm beseitigen, mußte vernichten, was man mühevoll und beharrlich mit eigenen Händen geschaffen hatte.

Die Nachbarn vom linken Ufer baten Beknasar oft um Hilfe. Er versagte sie ihnen nie, forderte jedoch, daß alles so gemacht wurde, wie er befahl.

Die Sonne war schon längst aufgegangen, doch erst jetzt, da sie hoch am Himmel stand, erhellte sie den Eingang zur Schlucht. Vom Hang kam der erregte Schrei eines Steinhuhns, das offenbar seine Jungen verloren hatte.

„Kek-lik, kek-lik“, lockte sie es.

Beknasars Gesicht spiegelte Unruhe. Heute war der Fluß trüb geworden. Beknasar schöpfte eine Handvoll Wasser. Winzige Sandkörnchen wirbelten darin, auf der Handfläche blieb ein lehmiger Satz zurück. Auf den Wogen tanzend, schwammen entwurzelte Sträucher vorbei. Also stieg der Talas, bald würde es eine Überschwemmung geben. Beknasar hörte das Krachen der Dreibeine, die das Gerippe des Damms bildeten. Der Wasserdruck verstärkte sich. Gerade das machte dem alten Mann Sorgen. Er sah, daß der Fluß immer mehr aufs rechte Ufer drängte. Was würde geschehen, wenn es Hochwasser gab? Das verhüte Gott! dachte Beknasar. Es würde die Sypais davontragen, und das Wehr wäre nicht zu reparieren. Männer waren nicht da, und mit Frauen war diese Arbeit nicht zu bewältigen.

Über den Tabakplantagen stand dichter aromatischer Dunst. Darin kreiste als ungreifbares Karussell ein Mückenschwarm. Die Sonne verschwamm am trüben Horizont. Hitze. Gegen die Sonne gab es nur eine Rettung — Wasser. Die Sonne erzeugte aber auch das Wasser! Unentwegt brachte sie das Eis des Alatau zum Schmelzen, wodurch der Talas anschwoll. Wasser war in den Aryks viel, man mußte sich nur ranhalten, um alles zu bewässern. Doch Beknasar freute sich nicht vor der Zeit. Leicht konnte es geschehen, daß die Felder gänzlich ohne Wasser blieben, obwohl der Talas mehr als genug mit sich führte.

Beknasars Befürchtungen waren nicht unbegründet. In der Nacht entlud sich ein Gewitter.

„Steh auf, Alymbek, steh auf!" weckte den Sohn die erregte Stimme der Mutter. „Es gewittert! Der Vater sattelt schon das Pferd, ihr reitet zu den Sypais! Sei nur recht vorsichtig nachts, Gott verhüte, daß der Vater in den Fluß steigt!"

Die Fensterladen klappten, ein gelbes Flammenzünglein flackerte in der Lampe. Sie stiegen aufs Pferd. Um nicht hinunterzufallen, klammerte sich Alymbek an den Gürtel des Vaters. Beknasar jagte dahin, ohne auf den Weg zu achten, erbarmungslos schlug er auf das Tier ein, traf dabei auch Alymbeks Beine. Der aber schwieg, jetzt war nicht die Zeit, sich zu beklagen. Schräg peitschte ihnen der Regen ins Gesicht. Wild heulte der Wind in den zerzausten Baumkronen. Die Luft erbebte vom Donner, es roch brenzlig. Beknasar wußte, er konnte die Lage nicht retten, selbst wenn er den ganzen Kolchos auf die Beine brächte. Aber zu Hause zu sitzen, vermochte er nicht. Der Gedanke, daß am nächsten Tag die Kolchose ohne Wasser sein könnten, trieb ihn mitten in der Nacht zu den Sypais. Ihm war auch bewußt, daß es Unsinn war, Alymbek mitzuschleppen. Doch er wollte, daß der Sohn, der ihm von allen am nächsten stand, die Bitternis dieser schweren Minuten mit ihm teilte, daß er mit eigenen Augen den wild gewordenen Fluß sah, daß er den Wert menschlicher Arbeit erkannte und auch erfuhr, was Unglück war. Alymbek sollte willensstark werden und tapfer. Nur solche Männer, kühne und furchtlose, taugten zum Sypaitschi.

So war Beknasar aufgewachsen, so mußte auch Alymbek erzogen werden.

Am Ufer saßen sie ab. In der Dunkelheit war schwer zu erkennen, wie es um den Fluß stand. Die Ohren wurden taub vom Getöse des Wassers. Eine wilde und ungebärdige Kraft raste unaufhaltsam dahin, rollte wutschnaubend aufs Ufer. Als dichte Regenwand verschmolz der Gewitterhimmel mit dem Fluß. Beknasar ging in die Hocke, schaute aufmerksam hin und sagte: „Der Damm ist wohl noch nicht weggeschwemmt. Siehst du dort den großen Wall? Die Sypais halten stand."

Über der Schlucht zuckten blendende Blitze. Der Donner dröhnte. Aus den Bergen hallte das Echo wider. Alymbek fuhr zusammen. Der Rachen der Schlucht spie einen formlosen brodelnden Wasserstrudel aus, und der Wall, auf den Beknasar soeben gezeigt hatte, bäumte sich zur Wand auf und fiel im selben Augenblick in sich zusammen.

„Ata-a!" schrie Alymbek heiser und klammerte sich krampfhaft an den Arm des Vaters.

„Jetzt ist alles aus", sagte Beknasar mit fremder, schwacher Stimme.

Die Zickzacklinien der Blitze zerschnitten den Himmel. Ihr Licht riß die beiden Menschen, die schweigend am Ufer standen, aus dem Dunkel.

„Macht nichts, Söhnchen." Beknasar umschlang den Sohn. Und Alymbek, an den Vater gepreßt, spürte, wie dessen Herz hämmerte. „Wir nehmen schon vom Talas, was wir brauchen, schließlich sind wir Menschen."

Im Kreis wurde Alarm geschlagen. Die Kolchose am rechten Talasufer hatten kein Wasser. Bereits am frühen Morgen trafen sich die Kolchosvorsitzenden und Beknasar im Kreisexekutivkomitee. Allen war klar, daß man nicht zögern durfte.

Beknasar wurde gefragt, wieviel Tage für die Reparatur der Sypais gebraucht würden.

„Wenn genug Leute da sind und genug Material — zwei", antwortete er, seiner Sache sicher.

Was Beknasar sagte, war nicht unbedacht. In der Nacht hatte sich die Strömung zum linken Ufer hinübergeworfen, und wo zuvor die Sypais gestanden hatten, war es jetzt seicht. Das erleichterte die Lage bedeutend, die Leute konnten arbeiten, ohne um ihr Leben fürchten zu müssen.

Gegen Abend war am Ufer ein großes Lager aufgeschlagen.

Beknasar saß wie gewöhnlich auf seinem Stein und blickte mit fest zusammengekniffenen Lippen aufmerksam auf die schmutziggrauen Wogenkämme des Talas.

„Alymbek, geh und erkundige dich beim Brigadier", befahl er,

„aus der MTS müssen sie uns Draht schicken."

Als der Junge schon einige Schritte weg war, rief ihm der Vater nach: „Wart mal!" Er trat dicht auf ihn zu und legte ihm die schwere Hand auf die Schulter. „Die Lage ist ernst. Gib den andern morgen ein Beispiel. Du bist's schon gewohnt, sie aber müssen es vielleicht zum erstenmal machen. Du bist mein Sohn, der Sohn des Sypaitschi."

Am Ufer loderten Feuer. Rauch breitete sich aus, Funken wirbelten hoch und erloschen. Am äußersten Lagerfeuer hatte sich die Jugend zusammengefunden. Über den Fluß, den Wogen des Talas entgegen, flog ein Lied von Toktogul:

Stolz schwebt der Bergadler...

Nacht. Stille im Lager. Die Sterne wurden blasser und blickten auf den Fluß. Über der Schlucht hing das Oval des Mondes. Friedlich lauschte er dem wilden Gebrüll des Talas. Alymbek ging auf die Gestalten zu, die sich vom Steilhang abhoben. Beknasar und der Vorsitzende des Kreisexekutivkomitees besprachen sich leise miteinander. Über den Himmel schoß ein Stern und stürzte in schönem Bogen in die Schlucht. Lautlos wie ein Schatten glitt ein Nachtvogel vorüber.

Bei Tagesanbruch hallte der Talas von fröhlichem Stimmengewirr und Axtschlägen wider. Am Ufer standen bereits ganze Pyramiden fertiger Sypais.

„Oben müßt ihr sie umwickeln! Zieht den Draht fester!" klang Beknasars Stimme bald hier, bald da. „Was starrst du so? Binde den Querbalken tiefer! He, schüttet die Steine hierher!"

Die Sonne lugte hervor und lächelte über das ungewöhnliche Schauspiel.

„Hau ruck!" kommandierte Beknasar.

„Hau ruck!" wiederholte man im Chor und trug den ersten Sypai zum Ufer. Angestrengt stützte Alymbek einen Querbalken mit der Schulter. Das Ufergeröll schnitt ihm in die Fußsohlen.

Den ersten Sypai stellten sie an der Arykmündung auf, die folgenden in gleichen Abständen immer weiter weg vom Ufer. Das Aufschütten des Dammes zwischen den Sypais leitete Beknasar selbst. Auf Pferden wurden Strohballen und frischgeschlagenes Strauchwerk herangeschafft. Von Hand zu Hand wurden Steine weitergereicht, Balken wurden herangeschleppt. Aus all dem erwuchs allmählich der Damm. Beknasar schrie herum, doch im Grunde seines Herzens freute er sich unbändig, daß die Arbeit so gut vorankam.

Nach dem Mittagessen stieg das Wasser bis zur Sohle des Aryks an, und am Abend schlängelten sich bescheidene Rinnsale darin. Die wichtigste und schwierigste Arbeit hatten sie trotzdem noch vor sich. Sie mußten die Sypais fast bis zur Flußmitte setzen, sonst würde sich der Graben nicht füllen.

Am nächsten Tag ging die Arbeit langsamer voran. Einigemal riß das ungestüm dahinschießende Wasser die beiden letzten Sypais weg.

„Macht nichts, macht nichts! Verzagt nicht. Wir versuchen's noch einmal", ermunterte Beknasar die Leute. „Wenn an der Front ein Angriff keinen Erfolg hat, dann stürmen sie ein zweites, ein drittes Mal, erzählen die Jungs."

Über den Flußgrund rollten mit dumpfem Gepolter große Steine. Ein Bursche wurde am Fuß schwer verletzt. Alymbek und Beknasar trugen ihn ans Ufer. Der Fuß schwoll an, wurde graublau.

Schließlich füllte sich der Aryk, Freude erfaßte die Menschen. Die Felder bekamen wieder Wasser. Aber Beknasar dachte gar nicht daran, die Arbeit einzustellen. Auf seine Anweisung verlängerte man nun den Damm bogenförmig stromauf.

„Sicher ist sicher", sagte Beknasar. „Die Strömung ist zum linken Ufer hinübergewechselt, hier hat sie abgenommen. Wenn später das Hochwasser zurückgeht und der Fluß seichter wird, haben wir nicht genug Wasser. Da wir die Arbeit schon begonnen haben, wollen wir sie auch zu Ende führen, damit wir uns nicht noch mal plagen müssen."

Niemand wandte etwas ein. Der Sypaibau lag einzig und allein in Beknasars Händen. Alymbek warnte den Vater: „Ata, vielleicht reicht es auch so? Die Aryks sind randvoll, und wenn das Hochwasser steigt, haben wir nichts Gutes zu erwarten."

Diese Worte riefen Beknasar sofort das Gespräch über die Schleusen ins Gedächtnis. Er erkannte Alymbek nicht wieder, der Sohn hatte Züge angenommen, die dem Vater neu waren, unbekannt. Inwiefern, hätte der Vater nicht erklären können.

„Was soll das, Söhnchen? Nun, da du groß bist, brauchst du die Älteren wohl nicht mehr zu achten? Bald sind es Schleusen, bald ist's etwas anderes."
Aus des Vaters Stimme hörte Alymbek zum erstenmal deutlich die Kränkung heraus. Flammendrot wurde er vor Scham, daß er dem Alten, ohne es zu wollen, Schmerz zugefügt hatte. Doch die Erwähnung der Schleusen zerstreute seine Bedenken.
„Ohne Schleusen kommen wir nicht mehr aus, Atake! Wenn wir den Graben und die Sypais retten wollen, brauchen wir unbedingt welche."
„Verschwinde!" Die Stimme des Vaters bebte. „Für die Arbeit bin ich verantwortlich."
Das Schicksal strafte Beknasar. Bei Sonnenuntergang, als die Arbeit beendet war und die Leute sich auf den Heimweg machten, begann das Wasser des Talas zu steigen. Aus der Schlucht rasten wild strudelnd Wellenberge heran, dunkel von Sand und Schlamm. Sie brandeten gegen das linke Ufer und rollten zur Flußmitte zurück. Die Menschen drängten sich am Hang zusammen und beobachteten voller Bangen den Fluß. Fast vor ihren Augen verlagerte sich die Strömung allmählich zum rechten Ufer.
Alles schwieg. Niemand wußte, was tun. Bald war der Damm überflutet, nur die Spitzen der Dreibeine ragten einsam heraus. Das Wasser im Aryk trat über die Ufer. Es galt, wenigstens den Aryk zu retten. Doch dazu hätten sie die Sypais zerstören müssen. Beknasar konnte sich nicht dazu entschließen, man durfte doch nicht bedenkenlos Menschenleben aufs Spiel setzen. Wo der Aryk einen Bogen machte, um einen Hang zu umgehen, und nach rechts vom Talas wegführte, kam es dann zur Katastrophe. Das Wasser unterspülte das Ufer und stürzte wie eine Lawine zum Fluß hinab. Der Talas spendete kein Wasser mehr, er holte es sich bis zum letzten Tropfen zurück und zerstörte dabei die Ufer des Aryks. All das geschah so blitzschnell, daß die Menschen immer noch starr vor Entsetzen waren.
Beknasar stand mitten in der Menge. Er schien Gehör und Sprache verloren zu haben. Die Leute jedoch erwarteten von ihm irgendein Wunder, schließlich war er ein alter Sypaitschi. Aber Beknasar schwieg, und keiner sagte ein Wort, keiner wagte, ihm Vorwürfe zu machen. Was sich soeben ereignet hatte, war gar zu schrecklich und einfach.

Auf Alymbek achtete niemand, man hatte anderes im Kopf als ihn. Mit nervös geblähten Nasenflügeln, kreidebleich, stand er da. Ihn dauerte der Vater, auf den die anderen noch immer voller Hoffnung blickten, ihn schmerzte seine Hilflosigkeit. Das Wasser, um das sie zwei Tage gekämpft hatten, strömte wieder in den Talas zurück. Es war kränkend, daß der Fluß so viel Wasser führte und die Tabakpflanzungen, Gärten und Saaten dennoch verdorren würden. Fieberhaft suchte Alymbek nach der Ursache für das Unglück. Hätten sie Schleusen gehabt, wäre es dann nicht möglich gewesen, den Wasserüberfluß ohne Schaden abzulassen? Hätten sie dann nicht den Aryk gerettet? Aber warum wollte der Vater nichts davon wissen, warum dachten die anderen nicht daran?

Mit gesenktem Kopf wandte sich Beknasar ab und zischte durch die Zähne: „Alles ist Gottes Wille!“

Die Leute seufzten tief.

„Nein!“ schrie jemand schroff.

Überrascht zuckte die Menge zusammen. Hocherhobenen Hauptes trat Alymbek entschlossen auf den Vater zu.

„Nein!“ wiederholte er laut. „Du bist schuld, Vater!“

Ein Ächzen ging durch die Menge.

„Wir werden so lange machtlos sein, bis wir Schleusen errichten und auf unsere Sypais verzichten!“

Als Beknasar Alymbeks Worte begriffen hatte, stieg ihm das Blut ins Gesicht, der Hals und die Stirnschramme färbten sich purpurn, ihm stockte der Atem.

„Was?“ stieß er hervor und schwang den Ketmen über Alymbeks Kopf. Der Junge rührte sich nicht. Der Ketmen erstarrte in der Luft. „Scher dich weg, du Hundesohn! Gegen den Vater ... vor allem Volk! Ich bring dich um!“

Ein paar Männer sprangen hinzu und entrissen Beknasars kraftlosen Händen den Ketmen.

Menschenleer war es am dunklen Ufer des Talas. Tschop, tschop, tschop, plätscherte das Wasser unterm Stein, schwemmte kleine Sandbuckel auf und wirbelte sie wieder auseinander.

Was ist, Beknasar, hast dich mit Schande bedeckt? rauschte der Talas. Der eigene Sohn hat dein Grauhaar verspottet. Wirst in üblen Ruf kommen. Konntest nicht fertig werden mit mir, und jetzt will mich dein Sohn auf andere Weise, nach

seinen Vorstellungen brechen! Aber auch er kommt nicht mit mir zu Rande! höhnte der schäumende Talas.
Immer tiefer sank Beknasars Kopf. Der Talas aber gab keine Ruhe: He, Sypaitschi! Oft genug hab ich dich verbleut. Danke deinem Schicksal, daß du noch am Leben bist. Du willst nicht aufgeben? Vergebens. Ich unterwerfe mich nicht. Nun ist sogar dein Sohn ungehorsam geworden und weggegangen. Du aber wolltest, daß er hierbleibt, dein Werk weiterführt und ein solcher Sypaitschi wird wie du. Auf und davon ist er. Weit weg von hier. Du bist alt, und deine Hände gehorchen dir nicht mehr.
Tschop, tschop, tschop, plätscherte das Wasser unterm Stein.

Vier Jahre waren seither vergangen. Viel Wasser war den Talas hinabgeflossen, vieles hatte sich in Beknasars Leben verändert. Abgemagert war der Alte und wortkarg geworden, er saß zu Hause herum. Im Kolchos redete man ihm immer wieder gut zu, er möge doch weiterarbeiten, doch er weigerte sich strikt. Er hatte sich zurückgezogen, war menschenscheu geworden.
„Der Vorfall am Fluß hat den Mut des alten Sypaitschi gebrochen", sagten die Leute voll stillem Mitgefühl.
Alymbek kam stets zu den Ferien nach Hause, sprach lange mit dem Vater, umarmte, küßte ihn, und dennoch verzieh ihm Beknasar die Kränkung nicht.
Es war Frühling. Der Hydrotechniker der Wasserwirtschaft Alymbek Beknasarow eilte zu seinem Vater. Vielleicht gelang es ihm heute, den Alten wieder zum Zupacken zu bewegen und die Liebe des Vaters zurückzugewinnen.
„Wir beginnen unser Werk, Ata! Komm mit, du wirst mir helfen. Vielleicht nimmst du deine Arbeit wieder auf?"
„Nein, Söhnchen." Beknasar blickte finster drein. „Ihr kommt auch ohne mich aus. Du hast nun ausgelernt. Was soll ich da tun?"
Schweren Herzens ritt Alymbek davon, Beknasar aber blieb im Schatten eines Urjuks sitzen und beobachtete düster, wie vollbeladene Laster und Wagen mit fröhlich singenden Leuten zur Schlucht fuhren.
Zog es ihn etwa nicht dorthin, gemeinsam mit all den anderen? Beknasar wollte sich selbst nicht eingestehen, wie er sich nach Menschen und Betätigung sehnte. Seine Hände flehten um eine

Aufgabe, eine große, schwierige Aufgabe. Sollte er weiterhin im Gemüsegarten herumstochern? Nein. Er sehnte sich nach einem richtigen Ziel, wollte wenigstens noch einmal im Leben gegen die ungestümen Kräfte des Talas ankämpfen. Aber Stolz und Eigenliebe verboten ihm, auch nur daran zu denken.

Eines Morgens erwachte Beknasar von plötzlichem Getöse. Der Krach von Sprengungen drang aus der Schlucht zu ihm. So gut er konnte, kletterte der alte Mann eilig aufs Dach, schirmte die Augen mit zittriger Hand ab und blickte gespannt in die Richtung der Sprengungen. Unentwegt sah er braune Erdsäulen hochwirbeln. Etwas Gewaltiges, Unbegreifliches ging dort vor.

„Was mag das sein?“ fragte sich Beknasar laut. „Was machen sie da?“

Das Herz krampfte sich ihm zusammen. Er tat sich selbst leid, fühlte sich als hilfloses Geschöpf, das nicht begriff, was ringsum passierte. Die Leute am Talasufer vollbrachten etwas, doch es geschah ohne ihn, ohne Beknasar.

„Nein, ich will es wissen! Ich werde es sehen!“ Rasch kletterte er die Leiter hinab.

Seine Frau war zur Arbeit gegangen. Beknasar nahm seinen Stecken und hastete unbemerkt durch die Gemüsegärten zur Schlucht. Am Hang kamen dem Alten Bedenken. Er konnte sich nicht aufraffen, geradewegs hinzugehen.

Am Ende lachten sie ihn aus, sagten, was will der denn hier? Als wir ihn gebeten haben, wollte er doch nicht.

Beknasar stahl sich zum Hang und lugte vorsichtig hinter einem Stein hervor. Er erkannte die Stelle nicht wieder. Am Ufer herrschte reges Treiben. Mit Steinen, Sand und Lehm beladene Kipper flitzten hin und her.

Und das da war sicher der Bagger! Nicht umsonst sprach man überall von ihm. Ach, eine Teufelsmaschine, wie sie die Erde nahm! Beknasar fand Gefallen am Zuschauen.

Der ganze Aryk bis hin zu jener denkwürdigen Biegung war bereits betoniert. Dort, wo der Graben seinen Anfang nahm, und an der Steilseite waren Schleusen errichtet, sie leuchteten in grellem Ziegelrot.

„Na, so was!“ staunte Beknasar. „Da haben sie sich aber was ausgedacht! Nun wird sich auch der Talas fügen müssen.“

Er konnte es gar nicht erwarten, sich alles näher anzusehen, eigenhändig zu befühlen, doch aus unerfindlichem Grund

scheute er davor zurück, schämte er sich vor den verschwitzten, sonnverbrannten Leuten, die arbeiteten, ohne ihn zu bemerken. Er wollte sich schon davonstehlen, als er Alymbeks Stimme hörte. Der Sohn erklärte etwas, zeigte es den anderen und schrieb, den Ellbogen auf einen großen grauen Stein gestützt, eifrig Notizen in ein kleines Buch.
Beknasar stürzte vorwärts. Kleinere Steine polterten unter seinen Schritten den Hang hinab. Rasch näherte er sich dem Sohn. „Du hast ein gutes Werk begonnen, Alymbek", flüsterte er und wischte sich das verschwitzte Gesicht. „In unserem Geschlecht waren alle Sypaitschi, aber einen wie dich hat es noch nicht gegeben. Du bist ein großer Sypaitschi!"

1953

Weißer Regen

Der Wind hatte sich abgekühlt zwischen den steilen Felswänden, er drängte mit Macht aus der finsteren Tiefe der Schlucht und jagte zum Fuß des Gebirges. Dort unten schlief der Ail.
Still war es weit und breit, in den Fenstern erloschen die Lichter, der Mond versilberte die vom Frühlingsfrost bereiften prallen Knospen, die jeden Augenblick platzen mußten. Nur der Wind raschelte im Schilfdach, und verschlafen knurrte der Hund. Aus der Ferne aber drangen kaum wahrnehmbar das Rauschen des Bergflusses und Motorgetucker herüber.
Im Dunkeln näherten sich dem Ail rasch zwei Gestalten. Ehe sie heran waren, verhielten sie den Schritt, blieben stehen.
„Ich gehe jetzt allein weiter, danke", sagte eine Frauenstimme.
„Ich begleite dich lieber noch ein Stück, am Ende beißen dich noch die Hunde", erwiderte ein Mann.
„Ich hab keine Angst vor Hunden."
„Dennoch ..."
„Nein, Kassymdshan, du verspätest dich zur Arbeit."
„Ich komm schon zurecht, hab noch Zeit." Kassymdshan riß ein Streichholz an. Für einen Augenblick holte die zitternde Flamme ein Mädchen, das ein kariertes Tuch übergeworfen hatte, und einen jungen Burschen in sportlicher Lederjacke mit Reißverschluß und wasserdichten Kunststoffstiefeln aus dem Dunkel. „O Saadat, noch zweieinhalb Stunden", sagte der Bursche nach einem Blick auf die Uhr.
„Ach laß nur, Kassymdshan, geh lieber. Wenn dich einer hier sieht, gibt's Gerede. Außerdem mach ich mir große Sorge, was Mutter will. Hoffentlich ist sie nicht krank.
„Falls ja, darfst du sie nicht allein lassen. Aber sei nicht traurig, uns fällt schon was ein."
Sie standen noch eine Weile beisammen und trennten sich dann. Saadat lief nach Hause, und Kassymdshan machte sich auf den Weg in die Berge. Als er ein Stück gegangen war, schaute er sich um.

„Wenn was ist, gib mir Bescheid. Ich warte."
„Gut", erwiderte Saadat gedämpft.
Sie wandte sich wieder dem Ail zu, blieb aber nochmals stehen, um Kassymdshan nachzublicken. Doch er war nicht mehr zu sehen. Nur Finsternis. Saadat zog es eiliger heim. Immer hastiger wurde ihr Gang. Schließlich hielt sie es nicht mehr aus und rannte los. In ihrem Kopf verwirrten sich die Gedanken, einer war immer düsterer als der andere. Das Mädchen stellte sich vor, gleich würde sie die Tür öffnen und die Mutter krank und eingefallen im Bett vorfinden. Liebe gute Apa! wollte Saadat laut aufschreien, doch die Stimme versagte ihr. Da war auch schon die bekannte Pforte. Plötzlich sah sie, wie ein Schatten auf sie zukam.
„Du, Saadat?" fragte die Mutter.
„Was ist geschehen, Apa?"
„Du allein in solcher Nacht?"
„Ja", log das Mädchen.
„Mein Gott!" Sejnep-apa schlug die Hände zusammen. „Wie kannst du nur..."
„Aber nein, ein Kutschwagen hat mich mitgenommen", fiel Saadat gerade noch zur rechten Zeit ein.
Sejnep-apa umarmte die Tochter und sagte weinend: „Ich bin vor Ungeduld vergangen. Hab mir die Augen nach dir aus dem Kopf geguckt. Es wurde schon dunkel, aber du kamst und kamst nicht. Wenn bloß unterwegs nichts passiert ist, hab ich gedacht. Ich wollte dir schon entgegengehen."
„Was hast du denn nur, Apa, wir haben uns doch erst vorige Woche gesehen."
Saadat arbeitete als Anhängerfahrerin in der Traktorenbrigade und brachte fast den ganzen Sommer im Feldlager zu. Sooft sie nach Haus kam, war für Sejnep-apa ein Feiertag. Sie hatte so viel Sehnsucht nach der Tochter, daß sie sie dann keinen Augenblick allein ließ. Gemeinsam heizten sie den Herd und besorgten die Hauswirtschaft — knetete die eine den Teig, kochte die andere das Fleisch, melkte Saadat die Kuh, stand die Mutter daneben und bereitete die Tränke. Und ohne Ende plauderten sie. Gab es doch im Kolchos, wo Sejnep-apa arbeitete, und in der Traktorenbrigade genug Neuigkeiten. Nur wenn Saadat zum Fluß nach Wasser ging, blieb Sejnep-apa an der Gartenpforte stehen und folgte ihr mit dem Blick. Die Mutter wollte nicht wahrhaben, daß die Tochter schon er-

wachsen war. Gerührt betrachtete sie Saadats geschmeidige schmale Schultern. Wie anmutig schritt sie mit dem Tragjoch aus, hielt sie es mit dem vollen bräunlichen Arm, den ein ziselierter Silberreif schmückte. Wie frei atmete ihre Brust, rhythmisch die Rüschen des Kleides hebend.

„Töchterchen, mein Augenlicht, möge alles Unheil dich meiden und auf mein Haupt kommen!“ rief die Mutter unwillkürlich.

Heute freuten sich Mutter und Tochter besonders, waren besonders zärtlich zueinander. Saadat spürte, daß die Mutter sie nicht ohne Grund hergebeten hatte, daß sie ihr etwas Wichtiges sagen wollte. Und in der Tat, Sejnep-apa hatte sich schon lange auf dieses Gespräch vorbereitet.

In letzter Zeit ging mit der Tochter etwas Unbegreifliches vor. Was mochte nur dahinterstecken?

Im Vorfrühling, der Schnee war gerade geschmolzen, war Saadat eines Tages atemlos ins Haus gestürmt.

„Apa!“ hatte sie erregt noch in der Tür gerufen. „Die Komsomolbrigade ist gekommen!“

„Was für eine Brigade?“

„Na, weißt du denn nicht — die Komsomolbrigade von der MTS! Die Komsomolzen werden auf dem Neuland arbeiten! Ich hab selbst gesehen, Apa, wie sie auf Autos und Traktoren an der Mühle vorbeigefahren sind.“

Was regt sie sich nur so auf? hatte sich Sejnep-apa verwundert gefragt. Laß sie kommen, was ist schon dabei?

Die Tochter aber hatte unaufhörlich hell begeistert weitergeschnattert: „Ich weiß, Apa, wo sie pflügen werden. Ganz in der Nähe. Tokoi-ake sagt, in diesem Jahr pflügen sie das ganze ‚Alte Nomadenlager‘ um.“

Einige Tage danach hatte Saadat die Mutter um Erlaubnis gebeten, bei der MTS als Anhängerfahrerin arbeiten zu dürfen. Sejnep-apa hatte die Tochter nicht aus dem Haus lassen wollen, aber Saadat war hartnäckig geblieben, und schweren Herzens hatte die Mutter nachgegeben.

„Dieses Jahr arbeite ich als Anhängerfahrerin, und dann werden wir zu Traktoristen geschult. Ich kann doch nicht mein Wort brechen, das ich auf der Komsomolversammlung gegeben habe.“

Diese Argumente hätten die Mutter wohl kaum beeindruckt, hätte sich nicht Tokoi-ake, Saadats Onkel, eingemischt.

„Stell dich den Jungen nicht in den Weg, sie sind schon in Ordnung, laß sie ziehen!" hatte er der Mutter geraten.
Und Saadat war gegangen, die Mutter aber hatte bald bittere Reue gepackt. Sie sah, Saadat gehörte jetzt nicht mehr ihr allein, es gab noch eine andere mächtige Kraft, die zunehmend von der Tochter Besitz ergriff.
Manchmal hatte sie den Eindruck, als überflügle Saadat sie an Verstand. War das nicht zuviel für ein Mädchen? Saadat hatte plötzlich eigene Sorgen, die sie, die Mutter, nicht begriff. Warum nur eilte Saadat, wenn sie voll Sehnsucht nach der Mutter heimgekommen war, vor Tau und Tag schon wieder zurück zur Brigade?
Seltsam. Manchmal war Saadat ernst, sachlich, dann wieder ungewohnt fröhlich, sie sang, lachte, liebkoste die Mutter, mitunter aber umflorten sich ihre Augen wie bei einem verwaisten Kameljungen, und sie saß still und traurig da.
„Gefällt dir deine Arbeit, Saadat?" fragte Sejnep-apa wie nebenhin. „Was für Leute habt ihr in eurer Brigade?"
„Ich bin sehr zufrieden!" antwortete Saadat dann stets und begann begeistert von ihren Kameraden zu erzählen. Sie kamen von weit her und verstanden sich gut auf Maschinen. Es gab sogar solche darunter, die selbst welche in der Fabrik gebaut hatten. „So wie sie möchte ich auch sein!" sagte Saadat. Ihre Augen leuchteten. In diesen Augenblicken wurde sie der Mutter fremd und unbegreiflich. Doch Saadat bemerkte die Unruhe in den Augen der Mutter nicht und erzählte, was sie bewegte: von der Komsomolversammlung, der Wandzeitung, an der ein schlampiger Traktorist sein Fett abbekommen hatte, und von manchem anderen, was Sejnep-apa freilich nicht immer verstand.
Nachdem sie Tee getrunken hatten, räumte Saadat das Tischtuch weg, wusch die Trinkschalen und stellte sie aufs Bord. Es war Zeit, schlafen zu gehen, aber Sejnep-apa blieb noch auf der Filzmatte hocken und blickte Saadat aufmerksam an.
„Komm, Töchterchen, setz dich zu mir." Sie wies neben sich. „Ich möchte mit dir reden."
„Sprich, Apa, ich höre."
Lange sammelte Sejnep-apa ihre Gedanken; sie wußte nicht, womit sie beginnen sollte.
„Du bist mein einziges Kind, Saadat", sagte sie dann und blickte die Tochter forschend an. „Du bist mir Sohn und

Tochter zugleich. Ich habe niemand außer dir. Glaubst du, mir fällt es leicht so allein?" Tränen traten ihr in die Augen. „Nur bei der Arbeit finde ich Vergessen, doch komme ich nach Hause, verbrennt Sehnsucht mir das Herz: Wo bist du, was ist mit dir, bist du gesund? Das ist doch keine Frauenarbeit, die du machst, Saadat. Wieso muß ein Mädchen hinterm Pflug sitzen? Laß das, komm wieder nach Haus, auch im Kolchos gibt's genug zu tun."

Sejnep-apa trocknete sich die Augen und seufzte schwer. Man hätte meinen sollen, das genügte, um ihren Wunsch zu begreifen, doch Saadat spürte, die Mutter hatte das Wichtigste noch nicht gesagt.

„Ich bin doch nicht das einzige Mädchen im Feldlager. Da sind noch mehr, auch aus unserem Kolchos. Und wieviel sind es insgesamt bei uns in der MTS! Sie arbeiten nicht schlechter als die Männer. Warum sollte gerade ich alles im Stich lassen?"

„Stell dich nicht auf eine Stufe mit ihnen!" rief Sejnep-apa zornig. „Ihre Eltern haben mehr Kinder."

Saadat umarmte die Mutter und schmiegte sich an sie. Wie hätte sie ihr da nicht zustimmen müssen.

„Na schön, Apa, soll es so sein, wie du willst. Erlaub mir nur, noch eine Weile dort zu bleiben. Bald ist die Frühjahrsaussaat beendet, dann komme ich zurück. Es dauert nicht mehr lange, gedulde dich bitte, Apa."

Die Mutter beruhigte sich. Es war ja auch Zeit, schlafen zu gehen.

Die Augen wollten Sejnep-apa schon zufallen, da hörte sie ein Rascheln. Sie blickte auf und sah, Saadat war aufgestanden und leise zum Fenster geschlichen. Bläuliches Mondlicht fiel dem Mädchen auf Kopf und Schultern. Beklommen schaute sie sich nach der Mutter um, dann setzte sie sich behutsam aufs Fensterbrett, umschlang mit beiden Armen die Knie und verharrte reglos. Offenbar dachte sie über etwas nach. Nervös nestelten ihre Finger an den Zöpfen, die ihr auf die Brust herabfielen.

Warum kann sie nicht schlafen? Aufs neue krampfte sich der Mutter das Herz zusammen.

Eng an die Scheibe gepreßt, blickte Saadat angespannt nach den Bergen, auf deren sanften Hängen hin und wieder das Licht von Traktorenscheinwerfern aufflammte. Hingebungsvoll lauschte sie auf das ferne Motorengetucker. Bald schwoll der Lärm so an, als wären die Traktoren ganz in der Nähe, bald ebbte er ab.

Sie hört die Traktoren, erriet Sejnep-apa und ertappte sich dabei, daß auch sie ständig das Tuckern verfolgte. Wenn die Tochter nicht zu Hause war, sondern bei der Arbeit dort auf dem Feld, fand die Mutter Trost in diesem Geräusch. Ja, nicht von ungefähr saß das Mädchen am Fenster. Sejnep-apa verstand recht gut, daß Saadat mit dem Herzen nicht hier war, sondern dort, auf dem Acker.

Saadat blickte auf die fernen Scheinwerfer und glaubte zu sehen, wie die Pflugschare das Neuland umbrachen. Lange Jahre hatte dieses Land unberührt dagelegen. Und nun erwecken Kassymdshan und sie als erste die unwirtliche Erde zu neuem Leben. Jetzt wird hier Brotgetreide in die Ähren schießen, bald wird man inmitten der Berge, im Tal „Altes Nomadenlager", Straßen anlegen und Häuser bauen, und mit Besitzerstolz werden die Leute ihren Besuchern sagen: Fahrt über das Feld hier, dann kommt ihr am Viehhof vorbei, dahinter liegen Straßen, das ist unser Kolchos! Ja, das alles werden wir schaffen, dachte Saadat freudig. Ist dies nicht das wirkliche Glück? Lohnt es nicht, dafür zu leben?

Sie sieht die schwarzen Bodenwellen des Neulands unter den Strahlen der grellen Sonne liegen und wie lebendig dampfen. Feucht riecht es nach frischer Erde. Wie schön!

Am Ende des Schlages, dort, wo gewendet wird, legt Saadat rasch die Pflughebel um. Blank poliert wie ein Spiegel heben sich die Pflugschare aus dem Acker. Und in jedem blitzt eine kleine Sonne!

Während Kassymdshan den Traktor wendet, lächelt er ihr zu. Sie aber schreit: Rasch, Kassymdshan, beeil dich! Heute liegen wir an erster Stelle! Leg los!

„Kassymdshan, wie schön, daß wir uns begegnet sind, wie schön, daß wir zusammen arbeiten! Ich würde bis ans Ende der Welt mit dir gehen", flüsterte Saadat insgeheim.

Sejnep-apa fand keine Ruhe. Sie wußte nicht, wie sie sich verhalten, was sie der Tochter sagen sollte, und wälzte sich schwer seufzend auf die andere Seite. Saadat fuhr zusammen. Lange noch saß sie schweigend da und blickte auf die Mutter, dann ging sie lautlos zum Bett und legte sich hin. Doch weder die Mutter noch die Tochter fanden Schlaf. Jede hing ihren Gedanken nach.

Sejnep-apa sann darüber nach, daß die Tochter bereits erwachsen sei und man sich nun um ihr weiteres Schicksal sorgen müsse. Gut wär's, wenn sich ein passender Dshigit aus dem eigenen Ail fände, dann hätte sie die Tochter immer in der Nähe. Noch besser, wenn der künftige Schwiegersohn alleinstehend wäre, dann würden sie bei ihr wohnen. Die Tochter ahnte nicht einmal, daß die Aussteuer fast vollständig war. Ein Tusch-kijis, ein ornamentverzierter Wandteppich, war vorhanden, auch etliche Ala-kijise, ornamentgeschmückte Filzdecken, waren da, sie mußte nur noch Seide für einen Bettvorhang kaufen.
Saadat aber dachte an Kassymdshan, an ihre erste Begegnung. Sie hatten beide auf demselben Aggregat gearbeitet. Jedesmal, wenn der Traktor hielt, kam Kassymdshan zu ihr und sagte: „Bist du auch nicht müde, Saadat? Ruh dich ein Weilchen aus!"
Was will er nur dauernd von mir? dachte Saadat wütend. Bin ich vielleicht ein kleines Kind?
Fragte Kassymdshan aber einmal nicht, war es ihr auch nicht recht. Warum fragt er mich nicht? Hab ich ihn gekränkt, oder mag er mich nicht mehr?
Einmal hatten sie am oberen Feldrand Lust bekommen, den allerhöchsten Felsen zu erklettern. An den Tag wird Saadat immer denken. Der Aufstieg war steil, doch sie hatten alle Müdigkeit vergessen und gaben nicht auf, als hätten sie geschworen, um jeden Preis den Gipfel zu erklimmen. Beide dachten, sie würden sich dort oben etwas sehr Wichtiges sagen, und diese Worte würde kein Fremder hören, denn außer ihnen war im Umkreis von etlichen Kilometern keine Menschenseele. Als sie jedoch den Gipfel erreicht hatten, traute sich keiner auszusprechen, was ihm auf dem Herzen lag. Erst beim Abstieg, als Saadat unversehens ausglitt, fing Kassymdshan sie in seinen Armen auf, preßte seinen Mund auf ihre Lippen. Saadat nahm es nicht übel. Sie war glücklich wie nie zuvor.

Sejnep-apa lehnte am Pfosten der weit geöffneten Tür und blickte ins Zimmer. Ihre unbeweglich-traurige Haltung, die verwundert gehobenen Brauen, die bitteren Falten um den fest zusammengepreßten Mund verrieten stumme Verzweiflung. Fürchtete sie die Schwelle zu überschreiten, weil Schreckliches sie erwartete, war ihr etwas eingefallen, das sie stocken ließ, oder lauschte sie auf die Geräusche, die die Windböen von den Bergen herübertrugen? Die weiten langen Ärmel des Kleides umschlotterten ihre schmalen Schultern. Vor ihren Füßen lag hingeworfen das Tragjoch, standen in einer ausgeschwappten Wasserpfütze die Eimer. Sejnep-apa kam gerade vom Fluß. Dort hatte man ihr erzählt, Saadat habe geheiratet. Geschehen war, was die Mutter am meisten gefürchtet hatte. Nun war sie allein in diesem Haus. Man sollte meinen, ihr fehlte nichts, doch mit dem Fortgang der Tochter hatte alles seinen Sinn verloren.

Wer weiß, wie lange Sejnep-apa noch so dagestanden hätte, wäre nicht Tokoi-akes Frau, ihre Schwägerin Dshijdegul, gekommen. Kaum hatte Sejnep-apa sie erblickt, da jammerte sie auch schon los: „Das nennt sich nun Tochter! Ach, ich unglückliches Weib! Gott hat mich gestraft, hat mir keinen Sohn geschenkt. Der hätte das eigene Nest nicht verlassen, der hätte eine Schwiegertochter ins Haus gebracht!"

Erschrocken blickte Dshijdegul auf die schmächtige Frau, die sonst immer so ruhig wirkte, nun aber völlig verändert war.

„Schande hat mir Saadat gemacht!" jammerte indes Sejnep-apa weiter. „Einem Landstreicher läuft sie nach wie ein Flüchtling, ohne Geleit, ohne Ehren. Er zieht mit ihr weg, und ich sehe sie nicht wieder."

„Aber nein, Sejnep-apa, sie ist doch hier, ganz in der Nähe!" Dshijdegul trat für Saadat ein.

„Schweig! Auch ihr seid schuld an meinem Leid. Dein Tokoi war es schließlich, der Saadat zugeredet hat, zur MTS zu gehen! Und ich Dumme hab auf ihn gehört, weil er der Bruder meines Mannes ist. Geh nur und sag ihm, wenn ihm das Andenken seines Bruders und die Ehre unserer Familie teuer ist, soll er Saadat zurückholen. Geh!"

Noch am selben Tag schickte Tokoi-ake mit dem Recht des Älteren seine Frau zu Sejnep, um sie zu holen.

In Erwartung der Schwägerin saß er mit ernster Miene auf einem über Filzmatten gebreiteten Schaffell. Seine ganze große Familie war zugegen. Der Raum war heiß, im Kessel kochte Fleisch, auf dem Tisch summte der Samowar.

„Ich weiß alles, Sejnep", begann Tokoi, während er ihr ehrerbietig eine Schale Tee reichte. „Und ich schäme mich für dich. Hätte Saadat etwas Schlechtes getan, ich würde auf der Stelle mein Pferd satteln und sie an den Haaren herbeischleifen!“ Die Augen des alten Mannes funkelten wütend. „Aber ich tue es nicht. Eher mögen mir die Hände verdorren. Der Boden des ‚Alten Nomadenlagers‘ wartet lange schon auf Menschen wie deine Tochter. Ich habe nicht die Absicht, dich zu trösten oder zu überreden, doch bedenke eines“, Tokoi schob sich Naspai-Tabak in den Mund und strich sich nachdenklich den graugesprenkelten Schnurrbart, „jetzt wird das ‚Alte Nomadenlager‘ umgepflügt. Du weißt aber selbst, es gab eine Zeit, wo wir das nicht konnten. Damals wagten wir nicht einmal, von Ackerboden im Unterland zu träumen. Die Beis hatten uns dort hinausgedrängt und schließlich aufs ‚Alte Nomadenlager‘ vertrieben. Das war schwer zu pflügen und kaum zu bewässern.

Weißt du noch, wie du mit meinem Bruder, als du in ihn verliebt warst, hierhergeflüchtet bist? Um nicht Hungers zu sterben, beschlossen wir damals, ein kleines Stück Land umzupflügen, nicht viel größer als das Schaffell hier. Du hast doch sicher nicht vergessen, wie wir das Feld geräumt, die Steine weggeschleppt, am Hang einen Aryk gegraben haben und wie das Wasser neben dem Schlangenfels den Aryk nicht hochfloß.

Erinnnerst du dich daran, Sejnep? Hatten wir denn die geringste Aussicht, mit bloßen Händen die Felsen aufzubrechen? Sinnlos war unsere Arbeit, die Saaten verdorrten. Weißt du noch, Sejnep, wie du damals geweint hast? Selbst wir Männer vermochten die Tränen kaum zurückzuhalten. In jener Zeit konnten wir vom ‚Alten Nomadenlager‘ nicht mal eine Handbreit urbar machen. Und wieviel brauchten wir schon! Nur so viel, um nicht zu verhungern. Jetzt aber haben sich unsere Kinder das ‚Alte Nomadenlager‘ vorgenommen, und du solltest sehen, was sie bereits geschafft haben! Ihnen ist der Erfolg sicher, sie haben das nötige Wissen und Maschinen. Bald werden wir Korn im Überfluß haben. Ach, Sejnep, in deiner Jugend hast du den geliebten Mann allen Schwierigkeiten zum Trotz geheiratet, warum sollte deine Tochter nicht das Recht haben, ihr Leben selbst einzurichten und gemeinsam mit dem Geliebten zu arbeiten, na?“

Sejnep-apa schwieg.

„Du bist doch eine kluge Frau“, fuhr Tokoi fort, „und mußt einsehen, daß Saadat nicht anders handeln konnte. Dein Schwiegersohn Kassymdshan ist kein Landstreicher, sondern

ein prächtiger Dshigit, der beste Traktorist der Brigade. Seine Eltern leben in der Stadt. Es sollen anständige, geachtete Leute sein. Was aber Saadat anbelangt, so ist sie nicht von der Art, daß sie ihre Mutter vergessen würde. Sonntags werden sie zu dir kommen, und ihm Herbst besuchst du sie nach altem Brauch. Die Hochzeit aber feiern wir, sobald sie die erste Ernte eingebracht und ihr neues Haus eingerichtet haben."
Schweigend hörte Sejnep-apa an, was der alte Tokoi sagte. Dann stand sie auf und ging zur Tür. So erfuhr niemand, ob sie mit ihm einverstanden war oder nicht.
Tokoi begleitete den Gast hinaus. Draußen goß es in Strömen, man sah weder die Berge noch die Bäume, noch abgelegene Häuser. Alles verhüllte der dunkle Regenvorhang.
„Du liebe Güte, was sich da tut! Das ist der weiße Regen, nun kannst du gewiß sein, es wird zwei, drei Tage unentwegt gießen."
„Der weiße Regen, sagst du?" fragte Sejnep-apa mit dumpfer Stimme und ging davon, ohne auf Antwort zu warten.

Als Sejnep-apa nach Hause kam, setzte sie sich wie im Dämmerzustand in eine Ecke und blickte auf die verweinten Fenster.
„Der weiße Regen", flüsterte sie, als erinnere sie sich an etwas.
Bereits auf dem Weg nach Hause war Sejnep-apa zu der Einsicht gelangt, daß Tokoi wohl recht habe. Kaum hatte sie jedoch die Schwelle ihres Hauses überschritten, da sanken ihre Arme herab, und sie fühlte sich elend und einsam. Sie wollte etwas in der Wirtschaft tun, doch zu nichts hatte sie Lust. Die ganze Zeit dachte sie, daß ihr etwas fehle, aber was, wußte sie nicht. Schließlich hatte sie es herausgefunden: Sie vermißte das gewohnte Motorgetucker von den Bergen her. Meist beruhigte sie der Traktorenlärm, verband sich doch damit die Zukunft der Tochter. Nun begann Sejnep-apa sich zu sorgen: Die Traktoren waren verstummt, der weiße Regen dauerte sicher noch zwei, drei Tage. Wie mochte es den Ärmsten dort in ihren Zelten gehen? Bestimmt war es feucht und kalt. Sie hatten ja keinen Ofen. Mitleid packte sie mit den Jungvermählten. Schließlich war es ihr Honigmond. Wenn doch bald Sonntag wäre!
Sejnep-apa zählte an den Fingern ab, wieviel Tage noch bis

zum Sonntag blieben. Vier! Wie lange! Sie wollte aber Saadat und Kassymdshan so schnell wie möglich wiedersehen. Ein Weilchen blieb sie noch sitzen, dann erhob sie sich energisch, nahm weißes Leinen aus der Truhe und schnitt ein großes Männerhemd zu. Danach heizte sie den Herd. Sogleich wurde es gemütlicher im Raum. Während das Fleisch kochte, nähte Sejnep-apa das Hemd auf der Nähmaschine. Aber auch dann legte sie die Hände nicht in den Schoß, sondern machte sich am Kessel zu schaffen, in dem Boorssoki, in Fett gebackene Teigstücke, brutzelten. Ihr vom Feuer erhitztes Gesicht war rosig überhaucht und hatte sich mit winzigen Schweißperlen bedeckt. Die Augen glänzten voller Vorfreude. Ein Außenstehender hätte meinen können, Sejnep-apa bereite sich auf einen großen Feiertag vor. Und so war es ja auch. Sie hatte beschlossen, unverzüglich zum „Alten Nomadenlager" zu reiten. Als die Vorbereitungen beendet waren, holte sie den für Saadats Aussteuer bestimmten geblümten großen Seidenschal und steckte ihn zusammen mit dem Hemd in das eine Fach ihres Kurdshun, der Umhängetasche, in dem anderen verstaute sie das Fleisch und die Boorssoki. Nun hätte sie sich auf den Weg machen können, doch sie zögerte, es war nicht Brauch, ungeladen bei der verheirateten Tochter zu erscheinen. Tokoi hatte geraten, bis zum Herbst zu warten. Nein, das war zu lange. Natürlich würden Saadat und Kassymdshan am Sonntag kommen. Doch bis dahin waren es noch vier ganze Tage. Sie aber wollte ihre Kinder jetzt sehen, wollte sich mit eigenen Augen überzeugen, was im „Alten Nomadenlager" vor sich ging. Vielleicht würde man sie auslachen? Ach, sollten sie denken, was ihnen paßte, sie ritt hin!
Sejnep-apa zog ihr neues Seidenkleid an, die neuen Itschigen und die Gummiüberschuhe, hängte sich den Kurdshun über die Schulter, warf sich einen großen Sack über und verließ das Haus. Draußen fiel der weiße Regen.

In der grauen, regennassen Dämmerung ritt die Frau langsam den schmalen Feldweg entlang. Recht hatte Tokoi; ein ganzes Meer von Land war gepflügt, große Aryks waren gegraben, und die ersten feuchtgrünen Hälmchen des Sommerweizens durchstießen zaghaft die dicke Erdschicht. Das „Alte Nomadenlager" war nicht wiederzuerkennen! Wo war das Stück Boden, das damals keine Frucht trug? Wo der Aryk, den das

Wasser nicht hochfloß?
Sejnep-apa sprang vom Pferd, ließ sich auf einem Stein nieder und schluchzte. Es waren Tränen des Stolzes auf ihre Kinder und deren Werk.

1954

Rivalen

1

Kanymgul hielt ihren zweijährigen Sohn Tokon auf dem Arm, und beide blickten zum fernen Straßenende hin. Von dorther kam allabendlich die Herde nach Hause.

Die Straße führte an kahlen, gelbgebrannten Hügeln vorbei, die wie Hammelköpfe aussahen. Hinter den Anhöhen hervor sandte die Sonne ihre letzten feurigen Strahlen, und im Schein der Abendröte loderten die Wipfel der Pappeln wie Kerzen. Von den Berghängen aber kroch blaue Dämmerung übers Land und verschmolz unmerklich mit den abendlichen Schatten.

Die Kühe trotteten langsam, unter ihren Hufen stoben graue Staubwolken auf.

Der pausbäckige Tokon war selig. Er lächelte übers ganze Gesicht, schwang eine Gerte, zappelte auf dem Arm der Mutter und begrüßte die schwarze Kuh mit ihrem eigenen Ruf: „Muh, muh, muh!" Die Kuh ließ der freundliche Empfang kalt. Ungerührt kam sie näher, ohne Tokon auch nur eines Blickes zu würdigen. Sie versuchte sogar, in den Nachbargarten zu entwischen, doch ein Zuruf ihrer Herrin hielt sie zurück.

„Na los, treib sie in den Hof, Tokon, mach schon!" sagte Kanymgul zärtlich, als säße der kleine Sohn nicht auf ihrem Arm, sondern triebe tatsächlich das Tier ein.

Ihr war's offenkundig genug, daß der Kleine Spaß an dieser Beschäftigung fand. Kanymgul lachte, den Kopf leicht zurückgeworfen. Das weiße Kopftuch betonte ihren gebräunten Hals und das dunkle Gesicht, auf dessen Wangen reizvolle Grübchen spielten. Schlank und rank ging sie in ihrem langen bunten Kleid, den Rücken leicht gebeugt.

„Ach, du mein kleiner Hirt!" sagte Kanymgul lachend und begann den Sohn jäh so ungestüm zu küssen, wie nur Mütter es tun. Ihre schwarzen Augen strahlten vor Zärtlichkeit.

„Treib sie an mit der Gerte, Söhnchen, treib sie an. Gehst du endlich, du Nimmersatt? Jetzt will sie auch noch in fremde Gärten! — Möchtest du einen Schluck Milch, Tokon?"
Aus der von der Herde aufgewirbelten Staubwolke löste sich ein Reiter. Er machte einen abwesenden Eindruck, achtete nicht auf den Staub und schien überhaupt nicht zu bemerken, was um ihn herum vorging. Aufgeplustert saß er im Sattel wie ein Kauz auf dem Dubal. Trotz der Hitze trug er einen gummierten Mantel von undefinierbarer schmutziggrauer Farbe, den Sonne und Wasser offensichtlich längst ausgeblichen hatten. Unter dem tief in die Augen gezogenen zerknautschten Filzhut blickten, gleichfalls an einen Kauz erinnernd, finstere, umflorte Augen.
„Sieh nur, Tokon, dein Vater ist gekommen!" Kanymgul lächelte ihrem Mann zu.
Der von der Sonne fast schwarz gebrannte, stämmige Karatai mit den breiten Wangenknochen wirkte viel älter als seine Frau. Heute allerdings sah er besonders unvorteilhaft aus. Schmutzige Schweißspuren zeichneten sein Gesicht wie Teer. Auch rasiert hatte er sich offensichtlich lange nicht mehr, dicht starrten ausgeblichene Stoppeln auf seinen kräftigen Kiefern, und der Schnurrbart erinnerte an farbloses Steppengras, das der Kerimsal, der glühende asiatische Wind, versengt hat.
Ohne das Pferd anzuhalten, warf Karatai einen kalten Blick auf Frau und Sohn, und als er bei der Kuh angelangt war, die sich plötzlich am Hoftor zu scheuern begann, stellte er sich in den Steigbügeln auf und zog ihr mit der Riemenpeitsche heftig eins über.
„Pa-pa, Pa-pa", bettelte der kleine Tokon. Er wollte gern reiten.
„Karatai, nimm ihn!" rief Kanymgul.
Karatai war schon im Begriff, das Pferd anzuhalten, er wandte sich um und hätte beinahe gelächelt, aber dann bebten seine Lippen gekränkt, in den Mundwinkeln bildeten sich harte Falten, und er kehrte sich verdrossen vom Sohn ab — hab jetzt anderes im Kopf, laß mich in Frieden!
Das hatte Kanymgul nicht erwartet. Der Sohn war doch sein ein und alles. Bestürzt preßte sie den Jungen an sich. Wann immer sonst Karatai abends vom Feld nach Hause kam und Kanymgul ihm mit Tokon auf dem Arm entgegenlief, rief er, ohne abzusitzen: „Komm, Frau, gib mir mal den Sohn hoch!"

Wenn er sich über den Sattelbogen neigte, um das Kind zu nehmen, strahlte aus seinen finsteren müden Augen eine für ihn ungewohnte Wärme und Zärtlichkeit. Auch sein großes, starkknochiges Gesicht mit der ewigen Stirnfalte wurde plötzlich weich und von einem zufriedenen Lächeln erhellt. Unversehens schien er ein anderer, gütiger Mensch zu werden.
Karatai setzte Tokon gewöhnlich vor sich auf den Sattel und ritt mit ihm die Straße auf und ab. Dabei sang er leise ein selbsterdachtes, niemandem sonst bekanntes Lied. Der glückselige Tokon schürzte wichtigtuerisch die Lippen, trieb das Pferd mit seinen strammen kurzen Beinchen an und blickte im Bewußtsein der eigenen Würde herablassend nach allen Seiten.
Wenn die Nachbarn sie so sahen, riefen sie gerührt: „Unser Tokon ist doch ein richtiger Dshigit!" Diese, so sollte man meinen, schlichten Worte waren Kanymguls ganzes Glück, fand sie doch darin ihren Mutterstolz bestätigt. Und sie dachte, sie sei die glücklichste Frau der Erde und es gebe keine einträchtigere Familie als die ihre.
So war es bis zum heutigen Tag gewesen.
Tokon greinte. Der Vater hatte ihn gekränkt.
„Wein nicht, Tokon, wir beide gehen gleich zur Oma." Die Mutter suchte den Knirps zu trösten.
Als Kanymgul ins Haus trat, stand Karatai in der Zimmerecke neben dem Geschirrbord, hielt mit beiden Händen einen Topf und trank Sauermilch. Er schlürfte gierig, in großen Zügen, wie ein abgehetztes Pferd. Schweigend sah Kanymgul zu. Bei jedem Schluck hob und senkte sich der Adamsapfel an seinem behaarten Hals.
Sie konnte sich das seltsame Verhalten ihres Mannes nicht erklären. Wortkarg war er ja immer, doch noch nie hatte sie ihn so böse und fremd gesehen wie heute.
Endlich stellte Karatai den Topf aufs Bord zurück, rieb sich nachdenklich mit seiner großen rauhen Hand die Lippen, warf einen scheelen Blick auf seine Frau, drehte ihr den Rücken zu und ging schweigend zum Bett.
„Bring das Kind!" befahl er heiser und blickte an der Frau vorbei.
Kanymgul geriet in Zorn. Sie war tief beleidigt, auch für den Sohn. Schon wollte sie ihm ins Gesicht schreien, in das fremd gewordene, böse Gesicht: Wozu brauchst du ihn? Als ob dich

die Sehnsucht nach dem Sohn hergetrieben hätte! Kommst an, als wärst du auf einem Begräbnis gewesen. Ich arbeite schließlich auch den lieben langen Tag. Du willst ein Vater sein? Ein menschenscheuer Wolf bist du!

Doch Karatai hatte sich auf der Filzmatte neben dem Bett niedergelassen, verzog das Gesicht und stöhnte wie vor Schmerz. Kanymgul erschrak und erschauerte innerlich von einer vagen Unruhe. Ist am Ende etwas geschehen? Oder ist er einfach müde? Schließlich kommt er bei dieser Hitze den ganzen Tag nicht aus dem Sattel. Nein, er ist nicht nur erschöpft, er macht einen völlig abgehärmten Eindruck, ist sogar gealtert an diesem Tag. Und sie hat ihm noch Vorwürfe machen wollen!

„Tokon ist bei der Großmutter", antwortete sie freundlich. „Was hast du, Karatai?" In ihrer Stimme schwangen Mitgefühl und Unruhe.

„Nichts. Verschwinde!"

Kanymgul ging hinaus. Karatai aber blieb auf der Filzmatte liegen, den schweren Kopf in die Hand gestützt. Vom Boden stieg, ein klägliches graublaues Fähnchen, der Qualm seiner weggeworfenen Zigarette auf.

Als Kanymgul wieder ins Zimmer kam, sprang Karatai rasch auf. Er war offenbar zu einem Entschluß gekommen und forderte barsch: „Gib die Gummistiefel her!"

Hastig zog er die Stiefel an, riß den Kantschu von der Wand und stürzte, unter dem Türpfosten gebückt, aus dem Haus wie ein wildes Tier, das auf Beute aus ist.

Während Karatai den Sattel festschnallte, riß er so derb am Gurt, daß das Pferd schreckte.

„Halt, du Mistvieh!" brüllte er und schlug das Tier zornentbrannt auf den Kopf.

Mit wutverzerrtem Gesicht wandte er sich zu seiner Frau um und blickte sie haßerfüllt an.

„Verschwinde aus meinem Haus!" schrie er schrill, erbleichte plötzlich und fügte dumpf hinzu: „Entweder ich oder er, dein Sabyrbek."

Es war, als donnerte eine Lawine auf Kanymguls Haupt. Ihr wurde schwarz vor Augen. Wieder kam er ihr mit Sabyrbek! Nicht umsonst hatte sie ein so ungutes Gefühl gehabt.

Kanymgul stürzte auf ihren Mann zu.

„Halt, Karatai!" flehte sie und klammerte sich an den Steigbügel. „Halt! Warum hast du das gesagt! Was heißt — mein Sabyrbek?“

Karatai stieß die Frau heftig weg, hieb auf das Pferd ein und galoppierte davon. Hinter ihm stob eine Staubfahne auf. Kanymgul aber stand mit hilflos ausgebreiteten Armen da wie eine vom Sturm kahlgefegte einsame Birke auf ödem Herbstfeld.

„Karatai! Karatai!“

Keine Erwiderung. Keine Antwort. Nur der leichte Bergwind umfächelte ihr feuchtes, erhitztes Gesicht und spielte mit dem Saum ihres Kleides.

Kanymgul ging über den Hof, ihre Schultern zuckten fröstelnd.

Von den Bergen kroch die Nacht herab. In der Ferne schrie ein Nachtvogel, schrie eine Weile und verstummte. Am Himmel flammten Sterne auf. Die Erde wurde schläfrig.

2

An diesem Tag hatte sich Karatai zur Beratung der Mirabs, der Bewässerungstechniker, und der Feldbaubrigadiere ein wenig verspätet. In dem geräumigen Arbeitszimmer vom Vorsitzenden des Kreisexekutivkomitees fanden nicht alle Teilnehmer Platz. Manche hatten sich auf den Fensterbrettern niedergelassen, andere hockten, an die Wand gelehnt, da, dritte drängten sich auf dem Flur und blickten durch die Tür ins Arbeitszimmer. Auch Karatai hatte in der Nähe der Tür Platz gefunden.

Alle Versammelten waren sich einig, daß es im Kreis um die Bewässerung schlecht bestellt sei, daß in vielen Kolchosen die Saaten verbrannten. Der Hauptagronom der MTS putzte vor allem den Kolchos „Besch-Tasch“ herunter, in dem Karatai als Mirab arbeitete. In den guten Kolchosen bringe man schon die zweite Luzerneernte ein, setze neue Schober, aber im „Besch-Tasch“ habe die Luzerne nach der ersten Mahd noch kein Wasser gesehen. Nun seien die Wurzeln verdorrt und hätten nicht getrieben. Also würden die Besch-Tascher ohne zweite Mahd bleiben, würden wieder nicht wissen, womit sie das Vieh füttern sollten, und müßten wiederum die Nachbarn anbetteln, ihnen Heu zu leihen. Um den Mais aber stände es bei ihnen noch schlechter. Gesät habe man viel, jetzt, im Hochsommer, sei er jedoch erst ein einziges Mal bewässert worden, und an manchen Stellen nicht einmal das. Auch bei den anderen Kulturen, offen gesagt, klappe die Bewässerung nicht.

Karatai hörte den Agronomen mit ungerührter Miene an. Er hatte zu diesen Dingen seine eigene Meinung. Die hatte er sich nicht hier und heute gebildet, sondern schon vor langer Zeit. Und von ihr würde ihn niemand abbringen.

Erstens erfüllt er als Mirab seine Aufgaben gewissenhaft. Und diese Aufgaben sind klar, daran gibt es nichts zu deuteln. Er muß rechtzeitig die erforderliche Menge Wasser erhalten und sie in der vorgesehenen Reihenfolge über die Bewässerungsgräben, die Aryks, auf die Felder verteilen. Damit hat er seine Pflicht getan. Was dann kommt, ist nicht seine Sache. Mögen sich nur der Kolchosvorsitzende und die Brigadiere die Köpfe zerbrechen, dazu sind sie ja da. Das zum ersten.

Zweitens steht es um die Bewässerung im Kolchos tatsächlich schlecht, das bestreitet ja niemand. Aber ist etwa er, Karatai, daran schuld? Was soll er machen, wenn das Wasser nicht reicht, er kann sich schließlich nicht selbst in Wasser verwandeln. Greif einer einem nackten Mann in die Tasche. Schließlich fehlt es im Kolchos an allen Ecken und Enden. Dennoch kriegen sie irgendwie immer alles hin. Natürlich kommt es auch vor, daß ausreichend Wasser vorhanden ist, manchmal erhalten sie sogar mehr als die Norm, aber dann kann man sich auf den Kopf stellen — keine Leute, niemand da zum Bewässern. Wer ist daran schuld? Die Leitung! In erster Linie der Vorsitzende. Der Mirab hat damit nichts zu tun. Gewiß, im Kolchos werden allenthalben Leute gebraucht, das eine ist wichtig, und das andere darf nicht vernachlässigt werden. Überall kann man nicht sein. Was der Agronom jetzt sagt, ist ganz und gar nicht neu, sieht es denn etwa nur in einem Kolchos so aus? Es gibt genug andere Kolchose, die keine Spur besser sind als der „Besch-Tasch". Jahr um Jahr hängen den Kolchosen diese Mißstände an. Geredet wird viel darüber, aber Sinn hat es fast keinen. Laß sie schwatzen. Gar nicht erst hinhören. Und es lohnt auch nicht, sich zu rechtfertigen. Am besten, man hält den Mund. Ja, wenn er erreichte, daß sie mehr Wasser bekämen, das wäre etwas anderes. Aber Geschwätz bringt kein Wasser.

Möglicherweise wäre es auch diesmal bei den üblichen Reden geblieben, und Karatai wäre unveränderter Meinung und leichten Herzens in seinen Ail zurückgekehrt, wäre nicht etwas Unvorhergesehenes geschehen. Die Diskussion neigte sich bereits dem Ende zu, als tatsächlich jemand forderte, man müsse unbedingt die Wassernorm erhöhen, dann könne man von den Kolchosen mehr erwarten, anderenfalls bliebe alles wie gehabt, das sei doch sonnenklar. Karatai zuckte zusammen, der Mann hatte ihm aus der Seele gesprochen. Auch er hatte ja immer wieder gesagt, man müsse jedem Kolchos dreißig bis fünfzig Prozent mehr Wasser zuteilen. Viele Mirabs riefen beifällig: „Stimmt! Ein vernünftiger Vorschlag!"

Als sich der Lärm gelegt hatte, ergriff Sabyrbek, der Mirab vom benachbarten Shdanow-Kolchos, das Wort. Federnden Schrittes ging der kräftige Mann mit dem mächtigen Schädel zum Tisch und zog auf Soldatenart seine Uniformbluse zurecht. Auffallend waren seine langen starken Arme. Sie zeugten davon, daß er von Kind auf daran gewöhnt war, bei der Bewässerungsarbeit Hand anzulegen. Dem Aussehen nach mochte er dreißig, fünfunddreißig Jahre alt sein. Das bartlose breite Gesicht mit den weichen Zügen, vor allem aber seine zutraulich zwinkernden Augen wiesen ihn als friedfertigen, gutmütigen Menschen aus. Alle im Kreis wußten, daß Sabyrbek tatsächlich sehr verträglich war, zugleich aber zielstrebig und hartnäckig in der Arbeit. Auch Karatai war das bekannt, besser vielleicht als den anderen.

Häufig entwickeln sich sogar zwischen Menschen, die sich nahestehen, komplizierte Beziehungen. So versuchte Karatai sich einzureden, ihn interessiere kein bißchen, was Sabyrbek gleich sagen würde. Sie redeten nie übereinander, weder Schlechtes noch Gutes. Zwischen ihnen bestand gewissermaßen ein stillschweigendes Abkommen: Laß du mich in Ruhe, dann laß auch ich dich in Frieden, misch du dich nicht in meine Angelegenheiten, dann kümmere ich mich auch nicht um die deinen. So ist es manchmal bei nahen Freunden, wenn ein Streit ihre Wege getrennt hat. Wie ein ungenutzter Pfad verwuchert ihre Freundschaft, sie gehen in verschiedene Richtungen, entfernen sich weiter und weiter voneinander, jeder mit einer Wunde, die vielleicht nie wieder verheilt. Noch befehden sie sich nicht, doch es braucht nur einer von ihnen die Hand gegen den anderen zu erheben, dann bricht das Eis

des Schweigens, und die Freunde von einst werden offene Feinde.
Karatai also schickte sich an, mit gespieltem Gleichmut Sabyrbek anzuhören.
„Hier wird der Vorschlag gemacht, die Bewässerung neu zu berechnen", begann Sabyrbek ruhig. „Schaden kann das nicht, man muß immer wieder alles überprüfen, und die Hydrotechniker werden sich gewiß damit befassen. Wir Mirabs sollten uns jedoch über etwas anderes Gedanken machen, statt ewig die alte Litanei zu wiederholen: Das Wasser langt nicht, gebt uns mehr!, und wenn wir dann mehr haben: Gebt uns noch mehr! Natürlich gilt zu Recht: Kein Wasser, kein Brot. Je mehr wir haben, desto besser. Aber so manchem Mirab könnte man den ganzen Tschu auf die Felder leiten, und immer noch würde er jammern, es sei nicht genug! Da gibt's nichts zu lachen, Genossen, im Grunde ist das zum Heulen. Woanders mag Wasser einfach Wasser sein, für uns aber ist es Gold. Da fährt man im Frühjahr über Land und kann sich gar nicht genug freuen, wie prächtig bei allen die keimende Saat steht, kommt aber dann der Herbst, ist die Ernte miserabel. Auch jetzt verdorrt Brotgetreide, ohne ausgereift zu sein. Und warum? Etwa weil wir nicht genug Wasser hätten? Nein, ich denke, nicht das ist der Grund. Wasser haben wir in den Kolchosen genügend. Worum also geht es? Darüber wollen wir mal reden!"
Sabyrbeks Blick schweifte zu Karatai, er sah ihm ins Gesicht, überlegte eine Weile und rieb sich dabei den rasierten Schädel, als wüßte er nicht, womit er beginnen sollte.
„Karatai und ich leben in benachbarten Ailen", sagte er schließlich. Seine Stimme klang fest und überzeugt. „Wir entnehmen das Wasser einem Verteiler. Mir liegt nicht daran, Karatai Böses nachzureden, aber schweigen kann ich nicht. Schon lange möchte ich ihm die Wahrheit ins Gesicht sagen, aber ich habe es immer wieder hinausgeschoben. Sieh mal, Karatai, du bist Mirab, und ich bin Mirab. Mag dir ein Feind um den Bart gehen, ein Freund muß die Wahrheit sagen, auch wenn sie bitter schmeckt."
Aber bitter und bitter ist nicht dasselbe. Karatai traute seinen Ohren nicht. Alles, was Sabyrbek vorbrachte, stimmte, doch Karatai verstand ihn auf seine Weise. Nein, so einfach läßt er sich nicht hinters Licht führen. Er weiß, warum Sabyrbek aus-

gerechnet seine Arbeit als Beispiel nimmt und nicht die anderer Mirabs. Sabyrbek hat beschlossen, sich an ihm zu rächen. Er will Karatai vorm ganzen Kreis bloßstellen und beschämen.

„Du“, sagte Sabyrbek, „hast ewig die gleiche Rechtfertigung — das Wasser reicht nicht. Laß das Gerede, Karatai. Du bekommst dreihundert Liter Wasser, das sind nach alter Rechnung sechs Bauernmaß. Gar nicht übel. Auch ich erhalte dreihundert Liter, und wir haben nicht weniger Land als ihr. Wenn man dieses Wasser wirtschaftlich, vernünftig nutzt, glaub mir nur, dann reicht es, dann ist es sogar mehr als genug.“ Sabyrbek strich sich über die Kehle, als stünde ihm das Wasser bis zum Hals.

„Nutzt du aber auch alles Wasser, das der Staat deinem Kolchos gibt, Karatai? Da liegt der Haken! Ich nenne dir gleich exakte Ziffern.“ Sabyrbek zog ein Heft aus der Tasche. „Wenn man nachrechnet, wieviel Land du bewässerst, erweist sich, daß du in Wirklichkeit nur hundertsiebzig Liter verwendet hast. Wo aber sind die übrigen hundertunddreißig geblieben? Du läßt die Zügel schleifen, Karatai, doch das Wasser ist wie ein nicht zugerittenes Pferd, man muß es fest in der Hand halten. Hast du denn den Wahlspruch der Mirabs vergessen: Jedes Rinnsal noch so klein soll Tränke für die Wurzeln sein? Ihr laßt das Wasser an den Feldern vorbeifließen. Niemand achtet bei euch auf das Wasser. Tag um Tag fließt es in ein und dieselbe Furche, spült auf den Feldern Löcher aus, nebenan jedoch, nur zwei Schritte weiter, verdorrt und verdirbt die Saat. Denkt man etwa in euerm Kolchos, es genüge, Wasser aufs Feld zu leiten, dort werde es schon von allein alles bewässern? Darum muß sich doch der Mirab kümmern! Du bist Herr des Wassers, du mußt es dorthin dirigieren, wo es gebraucht wird. Das kann man allerdings nur, wenn man Tag und Nacht auf dem Feld zubringt. Sag, Karatai, bist du jemals nachts draußen? Nein! Dich hab ich nachts noch nie auf dem Feld getroffen. Die Nacht aber ist die beste Zeit zum Bewässern. Ein schlechter Mirab ist, wer selber schläft und das Wasser schlafen läßt. Da hast du zum Beispiel abends den Zufluß in die Aryks reguliert. Aber weißt du auch, wer das Wasser weiterlenkt und wo es hinfließt? Hast du das unter Kontrolle? Nein! Dich kann man nur am Tag antreffen, und auch dann nicht auf dem Feld, sondern beim Verteiler am Pegel. Da sitzt du auf Posten, und sowie der

Wasserspiegel nur ein klein wenig unterm Strich liegt, sprengst du zum Hydrotechniker und forderst mehr Wasser. Wieviel aber unterwegs verlorengegangen ist oder auch an Ort und Stelle, das schert dich einen Dreck. Du willst also auf fremde Kosten leben. So geht es doch nicht, Karatai, dein Platz ist nicht am Pegel, sondern auf dem Feld."

Sabyrbeks Worte wurden immer schärfer und eindringlicher. Sie trafen nicht allein Karatai, sondern alle im Saal. Die Mirabs lauschten schweigend, mit besorgten Gesichtern.

Sabyrbek bewies, daß er die Felder des Kolchos „Besch-Tasch" nicht schlechter kannte als die eigenen.

Gute Kolchose, so sagte er, bereiteten schon im Frühling alles fürs Bewässern vor, machten einen Plan für die Aryks, höben gleich nach dem Pflügen Wasserreservoire aus, errichteten Dämme, reparierten die alten Gräben, holten sich erfahrene Bewässerungsarbeiter und teilten ihnen ihre Abschnitte zu. Im Kolchos „Besch-Tasch" dagegen geschehe das alles erst im Sommer, und auch dann nur recht und schlecht, in aller Eile, wenn das Wasser auf den Feldern schon dringend benötigt werde. Niemand mache sich darum Sorgen. Bei ihnen gebe es Aryks, die schon zehn Jahre nicht mehr gereinigt worden seien. Dabei gehe es einem Mirab ohne gute Gräben so, als hätte er keine Hände.

„Daran bist in erster Linie du schuld, Karatai", sagte Sabyrbek. „In einem schlechten Eimer schafft man kein Wasser her. Bei dir versickert das Wasser schon in den verfallenen und verschmutzten Gräben. Deshalb bleibt die Saat bei euch ohne Wasser und der Kolchos ohne Ernte. Nicht genug damit. Wer weiß denn nicht, daß der Kolchos für jeden Liter Wasser zahlen muß. Weil aber im ‚Besch-Tasch' mehr verlorengeht als genutzt wird, hat der Kolchos allein im vergangenen Jahr zweiundsechzigtausend Rubel* eingebüßt. Im ganzen Kreis machen die unproduktiven Ausgaben für Wasser etliche Hunderttausend Rubel aus. Wie kann man sich damit abfinden, daß im Kolchos erarbeitete Kopeken verschleudert werden! Und zählt man noch die Ernteverluste hinzu, die auf das Konto der schlechten Bewässerung kommen, dann steigt der Verlust aufs Dutzend-, ja Hundertfache. Nun sagt, liebe

* vor der Währungsreform, bei welcher der Rubel 10:1 umgetauscht wurde. (Anmerkung des Übersetzers.)

Freunde, wer muß dafür geradestehen, zur Verantwortung gezogen werden? Ich denke, wir, die Mirabs! Überlegt doch: Wenn der Hirt ein Lamm verloren hat, dann muß er dafür einstehen und den Verlust bezahlen. Verlieren unsere Mirabs aber im Sommer Hunderte, ja Tausende Kubikmeter Wasser, dann bleiben sie ungeschoren, werden nicht dafür zur Rechenschaft gezogen. Dabei ist für den Mirab das Wasser das gleiche wie für den Hirten das Vieh. Wir müssen darauf Obacht geben, behutsam damit umgehen und es vor Verlust schützen. Wir müssen endlich fordern, daß den Mirabs die Arbeitseinheiten nach Leistung berechnet werden, nach dem produktiv genutzten Wasser; daß sie für leichtfertigen Umgang mit dem Wasser und für Verluste haftbar gemacht und bestraft werden."
Karatai saß verdrossen und mit zusammengepreßten Zähnen da, doch am härtesten kam es ihn an, als Sabyrbek mit dem Finger auf ihn wies und ihm vorwarf: „Die MTS hat das Land gepflügt. Eure Kolchosbauern haben Weizen angebaut. Als es aber Zeit war, den Boden zu bewässern, ging alles vor die Hunde. Sei dir bewußt, Karatai, du hast fremde Arbeit zunichte gemacht. Der Mais im Abschnitt der Drei Hügel ist noch kein einziges Mal bewässert worden. Warum habt ihr zugelassen, daß gut aufgegangene Saaten verdorrt sind? Ich weiß, gleich wirst du sagen, das Wasser steige nicht auf diese Hügel. Man kann aber von der Nordseite einen Graben dahin anlegen, nur hast du dich nicht darum gekümmert, hast nicht früher daran gedacht!"
Karatai senkte den Kopf; dennoch wußte er, daß alle ihn anstarrten. Er sah nicht die mißbilligenden, spöttischen oder mitfühlenden Blicke, doch er spürte sie. Ach, er hätte in die Erde versinken mögen!
Kaum war die Beratung zu Ende, da verließ Karatai als erster das Kreisexekutivkomitee. Rot, purpurne Flecken am Hals, sprang er, ohne mit jemandem auch nur ein Wort zu wechseln, in den Sattel und jagte an den Ailen vorbei geradewegs auf die Felder. Doch selbst hier verfolgten ihn Sabyrbeks Worte. Als wären sie in seinen Kopf eingehämmert worden, kam er nicht von ihnen los, nicht mal im Galopp. Bei dem Gedanken, daß er auf der Beratung den Kopf verloren und Sabyrbek nicht widersprochen hatte, hätte Karatai laut aufheulen mögen. Nun hatte ihn Sabyrbek in der Hand, nun war er wie ein Kamel mit einem Ring durch die Nase, das man jederzeit in

die Knie zwingen kann. Er hätte Sabyrbek eine Abfuhr erteilen müssen, damit ihm ein für allemal die Lust verging, sich mit ihm anzulegen!
Was aber hätte er ihm sagen sollen? Vielleicht, daß er seine Nase nicht in fremde Kolchosangelegenheiten stecken, nicht übermütig werden möge? Das wäre nicht gegangen, Sabyrbek ist im ganzen Kreis bekannt, er ist ein ausgezeichneter Fachmann, der beste Mirab. Nicht umsonst heißt es im Volksmund: „Wer ein festes Haus hat, der führt auch ein kräftiges Wort." Sabyrbeks Kolchos hat jeden Sommer vier Luzerneernten! Der Mais bringt ihnen im Schnitt sechzig Zentner Korn und fünfhundert Zentner Silage je Hektar. Auch für die Arbeitseinheiten bekommen die Shdanower mehr Geld, Brotgetreide und Fleisch als die anderen. Über Sabyrbek schreiben die Zeitungen, er wird als Beispiel hingestellt. Sogar in der Theorie kennt er sich aus. Sein Vorschlag ist es gewesen, den Mais „kultiviert" zu bewässern, von unten her. Das soll für die Pflanzen gut sein und viel Wasser sparen. Bei uns aber bewässert man noch „wild"; höchste Zeit, damit Schluß zu machen. Heute hat Sabyrbek gesagt, daß der Hanf jeden Tag bis zu vierzehn Zentimeter wächst, wenn er ordentlich bewässert wird. Als ob er jeden Tag loszieht und die Stengel mißt!
Sabyrbek war es auch, der die Frage der Winterbewässerung aufgeworfen hat. Es heißt, in dieser Zeit speichere der Boden die Feuchtigkeit am besten. Karatai selbst ist Zeuge gewesen, wie jemand neben ihm begeistert rief: „Teufel, hat man so was schon gehört!" Ja, Sabyrbek blickt weit voraus!
Früher hatte Karatai ihm nie nachgestanden. Er hatte seine Arbeit nicht schlechter beherrscht als Sabyrbek. Einst hatte auch er von so vielem geträumt, seine Aufgaben energisch angepackt, doch alles hatte sich unglücklich gefügt. Die Vorsitzenden wurden gewechselt wie Mützen, die einen abgesetzt, andere liefen selber weg. Der „Besch-Tasch" war ein schwieriger Kolchos, glich einem schief zusammengewachsenen Knochen — man konnte ihn drehen und wenden, wie man wollte, gerade bekam man ihn doch nicht! Später hatte er sich daran gewöhnt, sich mit allem abgefunden. Die Jahre gingen dahin, das Leben verrann. Unter anderen Umständen hätte auch Karatai gezeigt, was in ihm steckte. Sabyrbek war ein Glückspilz, hatte Erfolg in einem Musterkolchos. Wem das Glück hold ist, dem fallen selbst die Steine nach oben. Er

heimst Ruhm und Ehre ein.

Das Schicksal hatte sie oft zusammengeführt. In der Kindheit waren sie Nachbarn gewesen, als erwachsene Burschen lernten sie abends gemeinsam, und an der Front kämpften sie in einem Regiment.

Karatai erinnerte sich noch, wie sie in Belorußland einmal am Ufer eines kleinen Flusses rasteten. Der Grund des Flüßchens war verschlammt. Dichtes junges Nußbaumgehölz und der klare warme Mittag schienen den Frieden des stillen Flusses zu wahren. Kein Schuß war zu hören. Sabyrbek wickelte seine Fußlappen neu und seufzte, während er auf den Wasserlauf blickte: „Ach, Karatai, wenn du wüßtest, wie ich mich nach der Heimat sehne! Manchmal sitze ich im Schützengraben, und plötzlich ist mir, als gluckere neben mir im Aryk das Wasser. Wenn wir nach Hause kommen, werden wir Mirabs. Zusammen werden wir nachts auf die Felder gehen. Ach, wie schön ist es in der Nacht! Die Berge ganz nah ... Auch deine Kanymgul nehmen wir mit. Wir lassen das Wasser in die Aryks strömen, es fließt aufs Feld. Und ihr beide, Kanymgul und du, ihr singt. Ich höre so gern nachts bei der Arbeit Lieder. Die Zeit kommt, Karatai, ganz gewiß."

Seither waren viele Jahre vergangen. Sie kehrten gemeinsam nach Hause zurück, besuchten zusammen die Kurse für Mirabs. Doch ihre Freundschaft währte nicht lange. Gerüchte, unerfindlich, woher, tauchten im Ail auf: Sabyrbek liebe die Braut seines Freundes. Ob dem so war, wußte niemand mit Gewißheit, aber seit dieser Zeit mied Karatai Sabyrbek. Ohne Wind bewegt sich das Gras nicht, dachte er.

Selbst nach seiner Heirat mit Kanymgul hatte Karatai Sabyrbek nicht die Hand zur Freundschaft entgegengestreckt. Im Gegenteil, er wich ihm aus, da er wußte, daß Sabyrbek früher oder später ein offenes Gespräch fordern würde. Karatai selbst aber fand sich nicht zurecht, er kam der Wahrheit nicht auf den Grund. Es fehlte ihm an Willenskraft und Geduld.

Heiß und vor fremden Augen verborgen, liebte er Kanymgul, doch zugleich verfolgte er sie offen mit seiner Eifersucht. Kaum bemerkte er, daß jemand seiner Frau zulächelte, schon geriet er außer sich. Sein heftigster Argwohn aber richtete sich gegen Sabyrbek. Von ihm erwartete er nichts als Niedertracht, ihm gegenüber empfand er nicht nur Feindschaft, sondern sogar Haß. Alles schien Karatai verdächtig. Auch, daß Sabyr-

bek nicht heiratete. Also konnte er Kanymgul nicht vergessen und neidete ihm, Karatai, sein Glück.
Die Zeit verrann, und die Eifersucht setzte ihm so zu, daß nicht einmal Sabyrbeks Heirat mehr half. Obwohl Karatai tat, als interessiere ihn das Schicksal des einstigen Freundes nicht, verfolgte er jeden seiner Schritte aufmerksam und voller Neid. Er wollte in keiner Hinsicht hinter Sabyrbek zurückbleiben, aber aus unerfindlichem Grund kam es doch dazu. Das verdroß und quälte Karatai noch mehr. Doch den einstigen Freund um Hilfe zu bitten, verbot ihm der Stolz. Nein, das kam nicht in Frage, bislang hatte er noch vor niemandem demütig die Mütze abgenommen.
Indes wuchs Sabyrbeks Autorität; wie zum Trotz führten die Kolchosbauern ständig seinen Namen im Munde. Das war nicht zu überhören, zumal auch Karatais Frau wie absichtlich jedesmal die Zeitung in der Hand hielt, wenn Sabyrbeks Foto und ein Artikel über seine Arbeit darin waren. Gewöhnlich tat Karatai, als sähe er nichts, doch einmal hielt er es nicht mehr aus und sagte beiläufig: „Oh, schon wieder steht was von deinem Sabyrbek in der Zeitung. Ein tüchtiger Bursche! Laß mich mal sehen!“ Karatai sprach äußerlich ruhig und grinste sogar dabei.
Aber sein Blick und sein schiefes Lächeln verrieten, was für Mühe es ihn kostete, seinen Unmut zu bezwingen.
Kürzlich war Kanymgul mit ihren Freundinnen in Sabyrbeks Kolchos gegangen, dort wurde ein Film gezeigt. Es hieß, Sabyrbek habe neben ihr gesessen, und die beiden hätten weniger auf die Leinwand geblickt, als vielmehr miteinander geschwatzt. Nachdem Karatai das erfahren hatte, schlief er die ganze Nacht nicht, obwohl er sich gelassen gab und fest entschlossen war, sich mit Kanymgul auszusprechen. Doch dann ließ er es bleiben. Schließlich war auch Sabyrbeks Frau im Kino gewesen, und wer konnte schon dafür, daß es in Sabyrbeks Kolchos einen Klub gab, nicht aber in ihrem. Jedenfalls nicht Sabyrbek.
Während Karatai über all dies nachsann und dabei ständig sein Pferd antrieb, merkte er nicht, wie er zu den Drei Hügeln kam. Und erst hier, mitten im Mais, sah er voller Entsetzen, wie sie ihre Saaten hatten verkommen lassen.
Er rieb sich sogar die Augen, aber das änderte nichts. Grau und aschtrocken lag der Acker da. Es sah aus, als brauche man

nur ein Streichholz daranzuhalten, und schon ginge der Boden in Flammen auf und hülle sich in Rauchschwaden. Der Mais hatte längst aufgehört zu wachsen. Die einst sattgrünen Blätter waren verdorrt, hatten sich zu runzligen Röhrchen zusammengerollt, als wollten sie sich vor der erbarmungslosen Sonne verbergen. Mutter Erde schenkt den Pflanzen das Leben. Nun aber war sie ihnen zur Stiefmutter geworden, konnte die vereinzelten Stengel, die da kümmerlich auf ihr sprossen, nicht ernähren. Es war, als riefen sie mit letzter Kraft tonlos um Hilfe: Wasser! Wasser!

Da durchzuckte zum erstenmal ein heftiger Schmerz Karatais Brust. Er glaubte, ganz in der Nähe Sabyrbeks Stimme zu hören: Du, Mirab, bist Herr des Wassers! Du bist verantwortlich für die Ernte. Sei dir bewußt, Karatai, du hast fremde Arbeit zunichte gemacht!

Plötzlich kam von Westen ein starker heißer Wind auf. Er fegte tief über den Boden dahin, saugte die letzten Tropfen Feuchtigkeit aus der Erde, versengte Gesicht und Kleidung.

„Der Kerimsal!" schrie Karatai entsetzt auf. „Der Kerimsal!"

Er ließ sich auf die Mähne des Pferdes fallen, grub seine Zähne in das Pferdehaar und stöhnte heiser: „Wär doch lieber ich verdurstet!"

Dann riß er den Kopf hoch, wendete jäh das Pferd und sprengte querfeldein zum Ail.

Am Dorfrand zügelte er das Tier. Auf der Straße trottete die Herde.

3

Die erste Nachthälfte war dunkel, wie in all diesen Tagen. Spät kroch der Mond hinter dem schwarzen Gebirgsmassiv im Süden hervor. Sabyrbek hatte seinen Bewässerungsarbeitern ihre Abschnitte schon am Tag zugeteilt, nun ritt er über die Felder, um zu prüfen, ob irgendwo geschludert wurde. Plötzlich ertönte vor ihm ein Schrei: „Sabyrbek! Sabyrbek! Das Wasser geht zurück. Es kommt kein Wasser mehr!"

Sabyrbek stürzte hinzu, aber schon wurde er von anderer Seite gerufen: „He, Mirab, wo bist du?"

„Was ist los, hier stecke ich!"

„Es kommt kein Wasser, wo bleibt das Wasser?“
Der Wasserspiegel in den Aryks war in der Tat merklich gefallen, und von Minute zu Minute sank er mehr.
Da muß das Wasser doch das Bett des Hauptgrabens durchbrochen haben, dachte Sabyrbek und lenkte sein Pferd hin.
Aber der Hauptgraben war in Ordnung. Sabyrbek fand keine unterspülten Stellen, dennoch leerte sich das Grabenbett vor seinen Augen, und bald glitzerten in der Dunkelheit auf dem bloßgelegten Grund glitschige, feuchte Steine.
Ob am Kanal etwas passiert ist? huschte es ihm plötzlich durch den Kopf.
Sabyrbek wurde von Unruhe gepackt. „Das verhüte Gott!“ flüsterte er.
Eine Katastrophe am Kanal zu dieser Zeit wäre ein großes Unglück gewesen. Die Reparatur würde viel Kraft und Zeit fordern, und die Felder blieben ohne Wasser.
Trotz der Finsternis setzte Sabyrbek sein Pferd in Trab. Da war ja auch der Kanal. Von hier aus verteilten Schleusen das Wasser auf die Hauptgräben der beiden benachbarten Kolchose. Sabyrbek band das Pferd rasch an einen Strauch und kletterte auf den Damm.
Welche Überraschung! Er traute seinen Augen nicht. Der Schieber, der den Wasserzufluß zu Sabyrbeks Hauptgraben regulierte, war ganz hinuntergelassen, das Wasser restlos abgesperrt. Alles strömte in den Graben von Karatai. Sein Schieber war oben, er stand hoch über dem Wasser. Was mag das bedeuten? wunderte sich Sabyrbek. Das hatte es noch nie gegeben. Der starke Strom, der sich in Karatais Graben ergoß, übertönte seine Worte.
Nein! sagte sich Sabyrbek. Das kann nicht sein! Das ist ein Mißverständnis!
Er stieg zum Pferd hinunter, tastete nach dem Schraubenschlüssel, der am Sattel befestigt war, kehrte zurück und machte sich daran, seinen Schleusenschieber zu heben.
Noch hatte er die Schraubenmutter kein einziges Mal herumgedreht, da ertönte neben ihm ein herrischer Ruf: „Laß die Finger davon!“
Überrascht fuhr Sabyrbek zusammen. Auf dem Damm tauchte eine eckige Figur auf, einem Raubvogel gleich, der sich auf sein Opfer stürzen will. Der Kopf saß tief zwischen den Schultern, die Arme waren erhoben wie ausgebreitete Schwin-

gen. Wer konnte das sein? Das Gesicht war nicht zu erkennen. Es war zu finster.

„Wer bist du?"

„Laß die Finger davon, sag ich dir! Nimm den Schlüssel weg!"

„Karatai? Du?"

Keine Antwort.

„Hast du das gemacht? Unser Wasser abgesperrt?"

„Ich brauche alles Wasser!"

„Du hast kein Recht darauf!"

Mit zwei, drei Sätzen war Karatai neben Sabyrbek. „Scher dich weg, verschwinde von hier!"

„Aber Karatai, komm zur Besinnung!"

„Verschwinde, sag ich! Ich nehm's nicht für mich, sondern für den Kolchos! Das Land verbrennt, ich brauche alles Wasser. Ich gebe nichts her, verschwinde, solange du noch am Leben bist!"

„Braucht unser Kolchos etwa keins? Du bist ein Dieb!"

„Ich ein Dieb?" kreischte Karatai. Er stürzte auf Sabyrbek zu, entriß ihm den Schraubenschlüssel, sprang zurück und holte wuchtig zum Schlag aus. „Da!"

Sabyrbek konnte Karatais Arm gerade noch abfangen. Er nahm alle Kraft zusammen, und seine Finger preßten langsam, wie ein Fangeisen, Karatais Hand zusammen. Schließlich klatschte der Schlüssel ins Wasser.

Aber Karatai dachte gar nicht daran, aufzugeben. Nein, er würde bis zum letzten Atemzug kämpfen. Er drängte Sabyrbek an den äußersten Rand des Dammes. Gleich würde er ihn ins Wasser stoßen. Sabyrbek hatte das begriffen, er klammerte sich an den eisernen Schleusenrahmen und ließ sich nicht wegschieben. Um nicht zu stürzen, preßten sie sich unwillkürlich aneinander — Gesicht an Gesicht, Aug in Auge standen sie sich gegenüber.

Rings um sie aber war nächtliche Stille. Kein Laut, keine Menschenseele. Nur das Wasser rauschte in den Schleusentoren, und der Mond hatte sich auf die Zehenspitzen gestellt, lugte neugierig hinterm Gebirge hervor auf die in feindseliger Umarmung aneinandergeklammerten Männer.

Sabyrbek sah nicht Karatais verzerrtes Gesicht und seine blutunterlaufenen irren Augen, er hörte nur seine fanatische heisere Stimme: „Ich gebe nichts ab! Ich gebe kein Wasser ab!

Das ist meine Nacht! Die Saaten verdorren!"
Karatai erschlaffte. Sabyrbek paßte den richtigen Moment ab und stieß ihn von sich.
„Rühr dich nicht vom Fleck, Karatai! Komm nicht näher! Ach, du! Weit hast du's gebracht: So also kämpfst du um den ersten Platz, um die Ernte? Für wen hältst du mich?"
„Du bist mein Feind!" krächzte Karatai und schnappte mit weitgeöffnetem Mund wie ein Fisch nach Luft. „Du bist mein Feind!" wiederholte er. „Du bist neidisch auf mich, willst meine Frau verführen. Du beobachtest mich, um mich unter dem Vorwand der Kritik vor allen Leuten bloßzustellen, zu erniedrigen. Aber ich lasse mich nicht für dumm verkaufen. Jetzt weiß ich, woher dein erster Platz beim Bewässern kommt: Du hast nachts unser Wasser genommen!"
„Was faselst du da?" Mit beiden Händen packte Sabyrbek Karatai am Mantelkragen, zog ihn zu sich heran, blickte ihm forschend in die Augen, als erkenne er in der Dunkelheit etwas darin, und wiegte bitter lächelnd den Kopf. „Jetzt verstehe ich!" sagte er nach kurzer Pause. „Ich gehe. Aber denk daran, deine Aryks halten solchem Wasserdruck nicht stand. Du hast dir zuviel vorgenommen. Na schön, mal wirst du's schon begreifen. Nicht ich bin dein Feind. Du selbst richtest dich zugrunde!"
Sabyrbek ging, Karatai aber blickte seiner in der Nacht hell leuchtenden Feldbluse noch lange nach.
Sabyrbek fühlte sich nicht geschlagen. Er schritt als Sieger dahin, die Schultern gerade, den Kopf stolz erhoben.
Karatai dagegen stand bedrückt da. Alles schmerzte ihn, vor seinen Augen schwammen trübe Kreise. Er fühlte sich plötzlich schwach und von allen im Stich gelassen. Fast hätte er dem sich entfernenden Sabyrbek nachgerufen: Komm zurück, nimm dein Wasser! Doch im letzten Augenblick hielt er sich den Mund zu. Jetzt mußte er sich unbedingt selbst überzeugen, daß er im Recht war, er brauchte eine spürbare Befriedigung. Doch irgend etwas fehlte ihm dazu, er empfand es und quälte sich. Er lief den Dammhang hinunter zum Wasser, hockte sich hin, trank gierig aus der Hand und sagte: „Nein, ich werd's ihnen zeigen! Nun habe ich das Wasser. In einer Nacht wird alles bewässert sein. Wenn ich nur möglichst viel Wasser heraushole. Wer untersteht sich, mich Dieb zu schelten? Ich bin keiner! Sie haben bereits fünf-, sechsmal bewässert. Eine

Nacht wird ihnen schon nicht schaden. Wir aber brauchen das Wasser heute, viel Wasser. Noch dazu, wo jetzt der Kerimsal weht. Du lügst, Sabyrbek, wir haben zu wenig Wasser, wir brauchen mehr, zwei-, dreimal soviel. Du lügst, ich bekomme das Wasser schon zu den Drei Hügeln, ich leite es durch meine alten Gräben hin. Ich sperre alle Abzweigungen und lasse das ganze Wasser auf den Mais."

Er saß da, wiegte sich über dem Graben hin und her und murmelte wie im Fieberwahn. Das Wasser im Aryk aber floß so ungestüm, daß es ihm vor den Augen flimmerte. Die Strömung wurde stark wie bei Hochwasser. Sie drückte gegen die Ufer, es sah aus, als brauchte man nur die Hand hineinzuhalten, schon würde alles überschwemmt. Wasser liebt die Freiheit! Versuch's nur und leg das Ohr ans Ufer, dann hörst du, wie das Wasser es unterspült, daran nagt und eine Menge unsichtbarer Sandkörnchen mit sich fortträgt.

Karatais Gedanken waren jedoch ganz woanders.

Als ihm einfiel, daß sich das Wasser bereits den Drei Hügeln nähern mußte, gleich auf die Felder fließen würde und daß die Männer schon seit dem Abend dort standen, erhob er sich jäh und schüttelte sich in lautlosem Lachen. Jetzt galt es zu handeln.

4

Nachts ging eine Frau einen schmalen Pfad zwischen dichtem Hanfgestrüpp entlang. Das weiße Kopftuch war ihr in den Nacken geglitten, der Kragen ihres Kleides stand offen. Die Frau eilte vorwärts. Es war Kanymgul. Immer wieder blickte sie sich zaghaft um und lauschte auf etwas.

Plötzlich flatterte vor ihren Füßen eine Lerche auf. Kanymgul stieß einen Schrei aus und preßte krampfhaft ein Bündel an die Brust. Sie war heftig erschrocken, ließ aber das Bündel nicht fallen. Es enthielt Essen für Karatai, war er doch an diesem Tag hungrig fortgeritten.

Vorn rief jemand gellend: „Karatai! Ein Durchbruch! Das Wasser läuft weg! Karatai! Rasch, Karatai!"

Verstört lief Kanymgul auf den Schrei zu. An einem unterspülten Aryk hasteten Leute hin und her. Schwer herauszufinden, wer es war. Doch Karatai war darunter, ihn erkannte

Kanymgul sofort. Tief gebückt stand er an der Durchbruchsstelle, bis zum Gürtel in der Flut. Wie Blut aus der Kehle eines abgestochenen Pferdes ergoß sich, seinem Gewahrsam entsprungen, das Wasser, schoß übermütig talwärts und riß dabei ganze Erdbatzen aus der Böschung. In das Tosen des Stromes mischten sich abgerissene Rufe: „Rasenstücke her! Bringt Steine!"

Niemand hatte bemerkt, wann Kanymgul gekommen war, doch keiner wunderte sich über ihr Erscheinen. Mitten durchs Wasser stürzte sie auf Karatai zu. Der warf einen flüchtigen Blick auf sie und befahl augenblicklich: „Rasenstücke! Bring Rasenstücke, schnell!"

Was weiter geschah, könnte Kanymgul nicht genau erzählen.

In ihrem Kopf rauschte es, sie wußte nicht, ob sie träumte oder wachte. Plötzlich hatte sie einen Ketmen in der Hand. Immerzu stürzte sie. Die Grasstücke waren nicht von der Erde loszubekommen, man mußte sie mit den Händen herausreißen. Sie waren schwer, aber Kanymgul schleppte sie, ließ sie nicht fallen. Sie trug sie, jedes einzelne an die Brust gepreßt wie ein Kind. Wie schrecklich war doch Karatai, er sagte nichts, ächzte nur.

Nicht weit von ihr schrie jemand: „Was? Was ist passiert? Karatai! Zu Hilfe! Das Ufer bricht!"

Von den Menschen stieg Dampf auf, ihre Muskeln waren so angespannt, daß sie sogar Eisen standgehalten hätten. Kanymgul taumelte vor Müdigkeit und vor Schmerz in den Armen. Auch den anderen gehorchten die Hände wohl nicht mehr. Im Mund spürte Kanymgul salzigen Blutgeschmack. Ein losgerissener Stein schlug ihr auf den Fuß. Sie ging in die Knie, bis zum Hals im Wasser. Der Fuß schmerzte, ach, und wie er schmerzte! Fast hätte sie aufgeschrien. Vielleicht wäre ihr davon leichter geworden? Aber nein, das durfte sie nicht, sie mußte aufstehen, mußte Karatai helfen. Irgend etwas splitterte. Ein Pfahl war zerbrochen, den Karatai soeben erst eingeschlagen hatte. Warum fluchte Karatai nur so abscheulich? Warum zerriß er sich das Hemd? Vor ihren Augen tanzten rote Kreise.

„Es hilft nicht! Es hat keinen Sinn!"

„Was hilft nicht?"

„Ein alter Aryk ist wie ein altes Hemd: Hier bessert man's aus, dort reißt's wieder."

„Halt den Mund!“
„Vielleicht soll ich dir zuliebe auch noch verrecken?“
„Verrecke nur!“
Abermals Kampf! Das Wasser war ein stummer Feind. Es suchte sich unsichtbare Spalten, riß Breschen auf und war nicht aufzuhalten, es lief davon. Karatais Gehilfen waren wütend auf ihn, ja, sie haßten ihn.
„Was sind das auch für Aryks! Wie mit Gestrüpp überwuchert. Da findet sich ja kein Mensch durch, geschweige denn das Wasser!“
„Wo haben der Mirab und der Vorsitzende nur die Augen gehabt? Konnten sie nicht für saubere Gräben sorgen?“
„Das sind alles Karatais Heldenstücke. Das Wasser ist futsch, wir haben nichts davon und sie auch nicht. Gestohlene Suppe wird im Magen sauer.“
Kanymgul war wie im Fieber, ihr Kopf brummte, doch diese Worte vernahm sie klar und deutlich. Was bedeuteten sie? Was konnte Karatai getan haben?
Jemand rief böse: „Jetzt reicht's! Sperr das Wasser ab!“
Ein anderer lief zur Schleuse. Karatai sprang auf und vertrat ihm den Weg.
„Halt! Untersteh dich! Ich habe hier zu bestimmen!“
„Worüber? Über fremdes Wasser? Über die Zerstörung der Aryks?“
Karatai schwieg. Den Ketmen in der Hand, näherte er sich drohend den Bewässerungsarbeitern, die gewagt hatten, ihm zu widersprechen. Erst jetzt erfaßte Kanymgul den Sinn der soeben gehörten Worte, erst jetzt begriff sie, was ihr Mann angerichtet hatte.
„Wer hat euch erlaubt, die Arbeit einzustellen?“ rief Karatai wutschnaubend und trat dicht auf die sich zusammendrängenden Arbeiter zu.
„Sperr das Wasser ab! Wir haben nicht die Absicht, für deine Räuberei geradezustehen!“
„Ich tu's nicht!“ brüllte Karatai wie von Sinnen und holte mit dem Ketmen aus.
Jemand konnte den Hieb gerade noch mit seinem Ketmen parieren. Eisen klirrte, im Dunkel sprühten Funken.
„Was soll das?“
Die Männer stürzten sich auf Karatai und entrissen ihm den Ketmen. Karatai wehrte sie mit den Fäusten ab, er stürzte

unter den Schlägen und erhob sich wieder, wütend und schrecklich.
„Werft ihn zu Boden, bindet ihn!"
All das geschah so unerwartet, daß die erstarrte Kanymgul erst jetzt zur Besinnung kam.
„Rührt ihn nicht an! Schlagt ihn nicht!" Sie stürzte zu den Ringenden, zerrte sie auseinander, hing sich Karatai an den Hals. „Geht weg, geht weg von hier! Ihr habt keine Schuld, niemand wird euch Vorwürfe machen, er wird selber dafür geradestehen!" rief sie. „Geht weg, laßt ihn in Ruhe! Schlagt ihn nicht!"
„Wir haben ja nicht angefangen, er ist auf uns losgegangen!"
„Na schön, wir gehen, aber das lassen wir nicht auf sich beruhen, das hat noch ein Nachspiel!"
Drohend und fluchend liefen die Arbeiter übers Feld zur Straße.
„Kommt zurück! Zurück! Hört ihr!" Karatai machte eine jähe Bewegung, löste Kanymguls Hände und stieß sie von sich. Doch die Männer stapften weiter, ohne ihn zu beachten. Stumm hielt Kanymgul Karatai erneut mit aller Kraft umfangen. Er schwieg gleichfalls, schüttelte abermals wütend ihre Arme ab und stieß sie vor die Brust, doch sie hing sich wieder und wieder an ihn, klammerte sich an seiner Kleidung fest.
Als die Stimmen der Arbeiter nicht mehr zu hören waren, beruhigte sich der erschöpfte Karatai.
Still war es nun, wie nach einem Gewitter. Die schwüle Nacht kühlte sich allmählich ab. Der trockene Boden erkaltete. Vom Aryk her roch es herb nach Wolfsmilch. Verschlafen und träge quakten im Kanal die Frösche. Durch dunkles Dornengestrüpp stelzte eine flüchtige Kamelstute mit ihrem Jungen. Gedehnt und zärtlich rief sie es zu sich, knirschend malmte sie die stachligen Zweige.
Alles war wie immer, als hätte sich nichts im Leben geändert. Nur ganz in der Nähe, wenige Schritte von Karatai entfernt, sprudelte aus der schwarzen Durchbruchsstelle das Wasser und schoß rauschend die Niederung hinab. Karatai aber stand mit hängenden Schultern da, sein Atem ging noch immer schwer. Kanymgul hörte sein Herz hämmern. Das Wasser schwemmte die letzten Reste des Wehrs hinweg, rauschte immer lauter und wütender.
„Hab ich das etwa für mich getan?" stieß Karatai, an niemand

gewandt, beklommen hervor. „Ich hab's doch für den Kolchos gemacht. Das Wasser reicht nicht. Das Land verbrennt."
Kanymgul empfand grenzenloses Mitleid mit ihrem Mann.
„Was hast du nur angerichtet?" sagte sie leise.
Karatai fuhr zusammen, befreite sich aus der Umarmung seiner Frau und schob sie gewaltsam beiseite.
„Verschwinde!" rief er drohend. „Verschwinde von hier! Hörst du!"
Schweigend wandte sich Kanymgul um und ging. Unterwegs riß sie Salzkrautrispen ab, zupfte nervös daran herum, warf sie weg und riß neue ab. Karatai aber stand noch eine Weile da und stapfte dann schweren Schrittes zu den Schleusen.

Wer weiß, wieviel Zeit vergangen war, aber bald mußte es Morgen sein.
Karatai lag flach am Boden. So preßt sich ein Mensch an die Erde, der mit ihr ganz allein geblieben ist. Sie versteht alles, die Erde, Kummer wie Freude, ihr kann man alles Schwere anvertrauen.
Vielleicht stieg die Morgenröte so sacht und scheu empor, weil sie Karatai nicht beunruhigen wollte. Ein leichter Bergwind liebkoste ihn, streichelte seine wunden Hände und den schmerzenden Körper. Dann huschte lautlos jemand herbei, setzte sich neben ihn, strich ihm über Kopf und Schultern. Ihn berührten warme, vertraute, behutsame Hände. Sie linderten den Schmerz, tilgten die Kränkung. Karatai hatte Angst, sich zu rühren, fürchtete, sein Glück aufzuschrecken, das ihn stets umgeben hatte, dessen er sich jedoch so selten bewußt geworden war.
Mich erwartet nichts Gutes, Kanymgul, dachte er. Ich schäme mich, dir in die Augen zu blicken. Ich habe nicht gewußt, was du mir bedeutest. Verzeih. Du warst glücklich, ich aber habe dein Glück zerstört. Was tun, sicher hast auch du begriffen, daß das Glück nicht allein am häuslichen Herd zu finden ist, sondern auch auf dem Feld, daß es an Menschen gebunden ist.
„Steh auf, Karatai! Sabyrbek kommt!" flüsterte Kanymgul.
Karatai erhob sich schwerfällig, er wich dem Blick seiner Frau aus.
„Da, setz ihn auf, ich hab ihn auf dem Feld gefunden." Sie reichte ihm den Filzhut, stopfte ihm das Hemd in die Hose,

klopfte ihn ab. „Ich geh nach Hause, du kommst dann nach, das Pferd weidet hinterm Hügel“, sagte sie und eilte davon.
Sabyrbek kam gemächlich den Aryk entlanggeritten. Zuweilen stellte er sich in den Steigbügeln auf und betrachtete die Gegend. Offenbar überlegte er, wo man am besten einen neuen Aryk ziehen könnte.
Karatai stand da und biß sich auf die Lippen. Verstecken konnte er sich nicht.
Leichter ist's, durch Feindes Hand zu sterben, als sich vor einem Freund zu verantworten.

1955

Am Fluß Baidamtal

Wild schäumt der Fluß Baidamtal,
schwer ist der Übergang nachts.
Ich aber sehne mich krank,
kommst du zum Stelldichein nicht.

(Lied der Mädchen vom Talastal)

1

Urplötzlich begann ein Wolkenbruch. Im Nu schossen trübe Sturzbäche unaufhaltsam die Hänge hinunter, wuschen gähnende Klüfte aus, entwurzelten alte Tannen, stießen Steine in den Abgrund und ergossen sich am Ende ihres zerstörerischen Laufs in den Baidamtal.

Schwarz geworden und angeschwollen, tobte der Fluß wild in der Felsschlucht. Es war bereits finster, dennoch sah man, wie er sich immer wieder aufbäumte und gegen das Ufer brandete. Brüllende Wogen klatschten mit voller Wucht gegen die Steine, spritzten auf und rollten stöhnend zurück.

Doch gleich darauf stießen Wasser und Stein erneut aufeinander und erfüllten die Schlucht mit wütendem Getöse.

Eng war es den Wogen. Gischtig drängten sie sich auf Felsbänken und schossen hoch, daß es schien, jeden Augenblick würden sie die kleine Gondel herunterreißen, die an einer Stahltrosse überm Fluß hing. Der Wind schaukelte die Gondel, sie quietschte jammervoll.

Die gewaltigen schwarzen Felsen, die düster über den tosenden Fluß ragten, waren all dem gegenüber teilnahmslos und gleichgültig.

Auf dem Hof neben einem kleinen Haus aber heulte ein Hund. Er saß unterm dunklen Fenster und jaulte so durchdringend, daß es einem kalt den Rücken hinunterlief. Der Wind trug das Gejaule durch die Schlucht.

Assija konnte nicht einschlafen. Am meisten fürchtete sie sich, wenn, als hätte jemand ein Streichholz angezündet, Blitze vorm Fenster aufflammten und zottige Wolkenungeheuer durch die regennassen Scheiben blickten. Das Mädchen bildete sich sogar ein, sie klopften ans Fenster. Erschrocken preßte sie das geöffnete Buch an die Brust, schloß ängstlich die Augen und lauschte mit angehaltenem Atem.

Wand an Wand mit ihr lebte die Familie des Hydrotechnikers

Bektemir. Wortfetzen, Hüsteln drangen herüber. Das war Bektemirs Vater, der alte Assylbai. Ihn plagte das Rheuma, und heute schmerzten ihn die Knochen offenbar noch mehr als sonst. Einigemal schon hatte er den Hund laut angefahren: „Scher dich fort, Baikuren! Weg da! Sei doch endlich still, verdammtes Biest, der Teufel soll dich holen! Ruhe!"

Dann trat Assylbai an Assijas Tür, hustete und sagte gereizt: „Du schläfst nicht, Assija? Was läßt du so lange Licht brennen! Solltest dich lieber ausruhen, Töchterchen. Ins Buch gucken kannst du auch ein andermal! Oder fürchtest du dich etwa?"

„I wo, Väterchen! Keine Sorge! Legen Sie sich hin und decken Sie sich schön warm zu!"

„Das Elend ist, ich kann nicht schlafen! So ein Unwetter! Und der Köter, an einem Knochen ersticken soll das Biest, jault so abscheulich, daß ich keine Ruhe finde."

Darauf ertönte die wütende Stimme der Schwiergertochter: „Mein Gott, wenn du doch nur schlafen würdest, Alter! Du weckst noch das Kind! Was kümmert dich der Hund? Wenn er eine Weile geheult hat, hört er schon wieder auf!"

Doch der schwerhörige Assylbai gab sich nicht zufrieden. Er richtete sein Bett her, legte sich hin und brummte laut: „Bewahr uns Gott vor Mißgeschick! Wie schnell ist ein Unglück geschehen! Unser Baidamtal ist ja ganz außer sich. Paß auf, er wird noch die Gondel vom Seil reißen. Dann such sie mal. Oh, Allah hat mich gestraft, das Kreuz tut mir weh, o mein Kreuz!"

Bei Tagesanbruch, kaum daß es über den Bergen dämmerte, sattelte Bektemir sein Pferd und ritt zur Felsschlucht. Er wollte möglichst früh dort sein, um nachzusehen, ob die nächtlichen Wasserströme nicht die Fangeisen weggerissen hatten, die er auf den Wildpfaden gelegt hatte.

Der Regen hatte aufgehört, doch noch immer hingen Wolken, schwer wie vollgesogene Filzmatten, tief über der Erde. Das Weiß des Schnees auf den Gipfeln und Kämmen war in der Nacht in wäßriges Grau übergegangen. Durch die Schlucht blies von den Bergen her ein unangenehmer scharfer Wind. Die an den Boden gepreßten Gräser und Sträucher richteten sich allmählich wieder auf und schüttelten die Wassertropfen ab.

Der Weg war glitschig, deshalb ritt Bektemir im Schritt. Er ließ die Zügel schleifen und gab sich seinen Gedanken hin.

Plötzlich blieb das Pferd stehen und rührte sich trotz guten Zuredens nicht vom Fleck. Was hat es nur, warum spitzt es die Ohren? dachte er und schaute sich um. Ein paar Schritt neben dem Weg lag ein Mann. Bektemir erstarrte vor Schreck. Der Mann lag unter einem Steilhang bäuchlings auf dem Steingeröll. An Kopf und Schulter, die man durch die zerrissene Jacke sah, klebte verkrustetes Blut.

Ob er noch am Leben ist? Vorsichtig ritt Bektemir näher. Wer mag das sein?

Hier am Baidamtal wohnte keine Menschenseele, Dutzende Kilometer im Umkreis gab es keine Siedlung. Gewiß, bisweilen kamen Jäger hierher, doch die kannte Bektemir alle, sie machten immer auf der Hydrologischen Station halt und berieten sich mit ihm über die Pirsch. Dieser Mann aber wirkte absolut nicht wie ein Jäger. Städtischer Haarschnitt, ölverschmierte Kleidung, Armbanduhr.

Bektemir blickte sich um. Klar, der Mann hatte die ganze Nacht im Regen gelegen. Er steckte zur Hälfte in Lehmbrühe, die vom Steilhang geflossen kam. Schien ein blutjunger Bursche zu sein. Die Kleidung war an Ellbogen und Knien ebenfalls zerrissen, offenbar hatte er verzweifelt versucht, nach oben zu klettern. Auch jetzt noch lag er da, als kröche er den Hang hoch, den rechten Arm vorgereckt, die Finger in den Fels gekrallt. Woher, aus welcher Richtung mochte er gekommen sein? Das war nicht mehr festzustellen, der Regen hatte längst alle Spuren verwischt.

Unerwartet regte sich der Mann und stöhnte leise. Oh, er ist noch am Leben! freute sich Bektemir, sprang aus dem Sattel und packte den Liegenden am Ärmel.

„He, Bursche! Hör doch!"

Keine Antwort. Mühsam drehte Bektemir ihn auf den Rücken, knöpfte ihm das Hemd auf und legte ihm die Hände auf die Brust. Das Herz schlug noch. Bektemir durchsuchte die Taschen, fand aber nichts außer dem Komsomolausweis. Die feuchten Blätter klebten zusammen, die Tinte war verlaufen. Mit Mühe entzifferte er: ... Alijew, Nurbek ... 1930 ...

Interessant! Bektemir wiegte den Kopf. Er führte das Pferd so heran, daß er Nurbek möglichst bequem in den Sattel heben konnte.

2

„Kein Penizillin mehr da, was machen wir nur?" waren die ersten Worte, die Nurbek vernahm, undeutlich, wie aus weiter Ferne. Doch er wußte nicht, wer sie gesprochen hatte und an wen sie gerichtet waren. Er versuchte, die Augen aufzuschlagen, aber es gelang ihm nicht, er hatte einfach nicht die Kraft, und abermals stürzte er, wie ihm schien, in tiefes Dunkel.

Dann spürte Nurbek, wie jemand ihm Wasser einflößte. Ein kaltes Rinnsal floß ihm übers Kinn auf die Brust. Er schlug die Augen auf. Diesmal vernahm er klar, wie jemand, über ihn gebeugt, sagte: „Sehen Sie, Assylbai-ata, er hat die Augen aufgemacht!"

An der Stimme merkte Nurbek, daß ein Mädchen sprach oder eine junge Frau. Doch ihr Gesicht erkannte er nicht, er sah nichts, alles verschwamm wie im Nebel. Das ist wohl ein Traum, dachte er. Da begann jemand anders zu reden, allem Anschein nach ein alter Mann.

„So, Töchterchen, das Leben hat ihn wieder", seufzte er erleichtert. „Du hast ein gutes Werk getan, Assija! Das sind sie also — Gottes Macht und die Medizin!"

Sie flüsterten noch eine Weile miteinander und gingen dann hinaus. „Soll er sich nur ausruhen!" sagte der alte Mann und schloß behutsam die Tür.

Nach und nach schwand der trübe Schleier vor den Augen, und Nurbek betrachtete verwundert das sauber geweißte kleine Zimmer. Er begriff nicht, wie er hierhergelangt war, doch er sah, daß hier ein Mensch mit Kultur lebte. Auf Regalen standen in ordentlichen Reihen Bücher, auf dem Tisch lag ein Stapel vollgeschriebener Zettel. In der einen Ecke ragte ein hoher Schrank mit eigenartigen Geräten, die Nurbek nicht kannte. An der Wand hing eine Schutzbrille für Alpinisten. Als er vorsichtig zum Fenster blickte, bemerkte er auf einem niedrigen Schränkchen einen Spiegel und ein großes Gruppenbild. Auf dem Foto war die Unterschrift zu erkennen: Geographische Fakultät. Durchs Fenster waren Berggipfel zu sehen, ein Streifen blauer Himmel, und außerdem drang von dorther ununterbrochen das Rauschen eines ganz nahen Flusses.

„Ich begreife nicht", flüsterte Nurbek. Aufmerksam starrte

er in den Spiegel. Ein bleicher, erschöpfter Mann, lange nicht rasiert, mit verbundenem Kopf, lag im Bett und blickte ihm entgegen.

„Aaaah", schrie Nurbek auf, die Züge vor Schmerz und Entsetzen verzerrt. Man konnte meinen, er hätte jemand Verhaßten und Verachtungswürdigen erblickt. Er stöhnte auf, schlug die Hände vors Gesicht und wandte sich ab. Als jedoch die Tür geöffnet wurde, fuhr er erschrocken zusammen und riß die Hände vom Antlitz. Ins Zimmer trat ein Mädchen in Skianzug und dicksohligen Bergstiefeln, einen schweren Haarknoten im Nacken.

„Geht's besser?" erkundigte sie sich schlicht und stellte lächelnd einen Teekessel auf den Tisch. Nurbek wurde knallrot. Es war ihm peinlich, im Bett zu liegen, während das Mädchen daneben stand. Er versuchte sich aufzurichten.

„Nicht doch! Bleiben Sie liegen, stehen Sie nicht auf!"

Nurbek wollte antworten, kam aber nicht dazu, unter den Rippen spürte er plötzlich einen schmerzhaften Stich, und ein heftiger würgender Husten schüttelte ihn. Er krümmte sich, griff sich an die Brust und röchelte. Erschrocken lief das Mädchen im Zimmer hin und her, sie wußte nicht, was tun. Schließlich schob sie ihre Hand unter Nurbeks Kopf. Als der Hustenanfall vorbei war, atmete sie erleichtert auf und trocknete dem Kranken mit einem Handtuch die Stirn.

„Sie haben eine heftige Lungenentzündung und müssen sich vorsehen. Seit gestern waren Sie ohne Besinnung. Sie haben hohes Fieber. Auch heute neununddreißig. Bleiben Sie liegen. Fühlen Sie sich wie zu Hause. Ich bin einstweilen in die Funkerbude umgesiedelt."

Nurbek hatte sich von dem Hustenanfall noch nicht erholt, wußte aber ohnehin nicht, was er dem Mädchen erwidern, was er ihr sagen sollte, und so blickte er sie nur bestürzt und verwirrt an. Aus unerfindlichem Grund kam ihm dieses wie ein Junge gekleidete Mädchen mit jedem Augenblick bekannter und vertrauter vor. Sie war eine ganz gewöhnliche dunkelhäutige junge Kirgisin. Ihr ein wenig breites Gesicht, ihre klar geschnittene Stirn hatte der Wind gegerbt und die Bergsonne verbrannt. Die vollen Lippen waren stets leicht geöffnet, als wolle sie sogleich lächeln. Das wirkte kindlich, gutmütig und naiv. Nur ihre Augen waren ernst und versonnen. Mit ihren kleinen, aber festen und kräftigen Händen

strich sie mütterlich die Bettdecke glatt und hüllte Nurbeks Füße warm ein.
„Das Bett ist ein bißchen kurz, soll ich vielleicht das Kissen höher legen?"
„Nein, machen Sie sich keine Mühe. Sagen Sie bitte, Schwesterchen, wo bin ich eigentlich?"
Verwundert hob das Mädchen den Blick.
„Hier ist die Hydrologische Station!"
„Die Hydrologische Station?"
„Ja! Haben Sie schon mal vom Baidamtal gehört? Bektemiragai hat Sie gefunden. Kennen Sie ihn?"
„Nein. Ich erinnere mich nicht."
„Er ist unser Hydrotechniker."
„Hier leben Menschen?"
„Ja. Aber wir sind nur wenige. Bektemirs Familie und ich."
„Sie arbeiten auch hier?"
„Ja, als Hydrologe."
„Danke, daß Sie so gut zu mir sind, Schwesterchen, aber ..."
Nurbek stockte. Dann fragte er: „Bitte, wie heißen Sie?"
„Assija. Und Ihr Name ist Nurbek, nicht wahr? Sie sind sicher in einer wichtigen Angelegenheit an den Baidamtal gekommen?"
Nurbek antwortete nicht. Er drehte sich weg und zog die Decke über den Kopf, warf sie jedoch gleich wieder ab, blickte das Mädchen finster an und sagte: „Ich bin ein Verbrecher!"
Assija stellte behutsam den Teekessel hin.
„Sie ein Verbrecher? Ja wieso denn? Sind Sie geflohen und verstecken sich nun in den Bergen?"
„Ja, Schwesterchen! Sie denken sicher, Sie haben einem Menschen das Leben gerettet. Jeder andere an meiner Stelle würde es Ihnen bis zum Ende seiner Tage danken. Ich aber wäre glücklich, wenn ich verschollen wäre, wenn der Fluß meine Gebeine hinwegtrüge."
Assija packte das Grauen, doch sie fand die Kraft, dem Kranken gut zuzureden: „Was schwatzen Sie da, beruhigen Sie sich! Sie dürfen sich nicht aufregen. Bleiben Sie liegen!"
„Gehen Sie nicht weg, Schwesterchen! Ich bitte Sie, bitte Sie flehentlich, hören Sie mich an!" Nurbek schien am meisten zu fürchten, Assija könne fortgehen, ohne ihn angehört zu haben.
„Warten Sie, Assija, ich erzähle Ihnen alles, will nichts verheimlichen."

3

An einem Vorfrühlingstag war Nurbek aus dem Werktor getreten. Er riß sich den Wollschal vom Hals, stopfte ihn in die Tasche, holte tief Atem und reckte die breiten Schultern. Mit freudigem Blick umfing er alles ringsum: die Straße, die Fabrikgebäude, den Himmel, den Park.
Er war ein großer, stattlicher Bursche, jetzt, da er mit leicht vorgerecktem Kinn dastand, die kräftigen Lippen fest zusammengepreßt, und stolz um sich blickte, fiel das den Passanten besonders ins Auge.
Heute spürte Nurbek das Nahen des Frühlings wie nie zuvor. Die Luft war klebrig feucht, und obwohl der Himmel mit schmutziggrauen Wolken verhängt war und die Sonne nicht durchdrang, taute der Schnee auf dem Asphalt, plätscherte aus tiefen Pfützen Wasser in die Aryks. Der erste Frühlingsbote, der Urjuk, streckte seine Zweige über die Dubals auf die Straße, verströmte dort den zarten Duft schwellender Knospen.
Nurbek stieg in den Trolleybus. Er dachte noch immer an den Frühling. Die bevorstehenden Tage werden für ihn bedeutungsvoll und interessant sein. Er fährt als Mechaniker in einen fernen Neulandsowchos im Hochgebirge. Er ist einer der ersten, die dahin gehen. In seiner Charakteristik hat der Parteisekretär des Werkes ihm bescheinigt, er sei ein qualifizierter, gescheiter Mechaniker, und die Parteileitung zweifle nicht daran, daß er das Vertrauen des Werkes rechtfertigen werde.
Den Dienstreiseauftrag des Gebietskomitees hat er schon in der Hand, dieser Tage wird auch die feierliche Verabschiedung im Klub stattfinden: viele freundliche Worte, gute Wünsche, Musik, Tanz, Lachen, ein fester Händedruck und dann ... dann ... Es fiel Nurbek schwer, auszudrücken, was sein Herz höher schlagen ließ. Kurz, vor ihm liegt ein neues Leben, er wird neue Arbeit, neue Freunde finden!
Er wird einer der ruhmreichen Neulanderoberer sein. Dort in den Bergen, wo jahrhundertelang keines Menschen Hand je die Erde berührte, wird Getreide in die Ähren schießen, wird man Straßen bauen, und das Volk wird sagen: Das ist unser Dorf, unsere Schule, unsere Werkstatt! Ist das nicht ein großes Glück? Sooft Nurbek daran dachte, spürte er frische Kraft in den Armen und hätte sich am liebsten sofort in die Arbeit gestürzt.

4

Der Frühling kam spät in die Berge. Neben dem Pflügen gab es im Sowchos eine Unmenge zu tun. Neue Maschinen mußten angeschafft werden und Brennstoff, man mußte eine Reparaturwerkstatt einrichten, Häuser bauen, eine Kantine, ein Bad. An einem neuen, bislang unbewohnten Ort ist alles wichtig, wird alles gebraucht. Hat man das eine getan, muß man schon das zweite in Angriff nehmen, das dritte. Doch für die Traktoristen standen natürlich das Pflügen und die Aussaat an erster Stelle.

Es war gar nicht so einfach und leicht zu erreichen, daß inmitten der menschenleeren öden Berge das Leben pulsierte. Doch die Schwierigkeiten brachen Nurbeks Unternehmungsgeist keineswegs. Er blieb so voller Unrast, so hitzig und energisch wie zuvor. Neue Charakterzüge kamen hinzu: er wurde strenger, reizbarer und versuchte um jeden Preis durchzusetzen, daß alles so geschah, wie er es anordnete. Am liebsten hätte er alles selbst getan, eigenhändig, und wenn einer seiner Untergebenen mit einem Auftrag nicht zu Rande kam, kannte er keine Nachsicht. „Was bist du nur für ein Mensch!" schrie er dann. „So eine Lappalie, und du wirst nicht damit fertig! Wer schickt bloß solche Leute her wie dich. Na geh schon, ich mach es selber!"

Was Nurbek auch anpackte, die Arbeit ging ihm rasch von der Hand, und er brachte sie immer zu Ende. Fast sah es aus, als käme man ohne ihn überhaupt nicht mehr aus. Wann man ihn erblickte, er war immer auf den Beinen, eng gegürtet, zielstrebig und flink. Er stellte eigenhändig Zelte auf, fuhr Bulldozer, schippte Schneelawinen weg, montierte in der Werkstatt Maschinen.

Erst während eines Dauerregens, da sie wohl oder übel im Zelt liegenbleiben mußten, verfiel Nurbek plötzlich auf finstere Gedanken. Er wußte nicht, warum es ihm bisher nicht gelungen war, jemandem näherzukommen, warum er keine guten, aufrichtigen Freunde besaß, mit denen er sich über alles austauschen konnte, was er auf dem Herzen hatte. Bei der Arbeit ordneten sich die Menschen ihm unter, sie widersprachen ihm nie und schienen ihn wohl auch zu achten, aber kaum war der Arbeitstag zu Ende, da redete keiner mit ihm ein Wort. In solchen Augenblicken holte er ein Foto aus dem Koffer und betrachtete

es lange Zeit seufzend beim trüben Schein der Laterne. Ainagul war auch auf dem Foto schön. Das Bild roch nach ihrem Lieblingsparfüm.
Ainagul arbeitete im Ministerium als Sekretärin. Kam es von der Gewohnheit, über weiche Läufer und Teppiche zu schreiten, oder war es angeborene Eleganz, jedenfalls hatte sie einen wunderbar leichten und lautlosen Gang.
Als Nurbek ihr von seinem Beschluß berichtet hatte, aufs Neuland zu fahren, und ihr seinen Dienstreiseauftrag gezeigt hatte, war sie ihm nicht, wie erwartet, um den Hals gefallen.
„Hast du dir's auch gut überlegt?“ fragte sie und runzelte die Stirn.
„Ja, warum?“
„Ach, nur so.“ Zögernd fügte sie hinzu: „Also liebst du mich nur mit Worten.“ An Ainaguls dichten Wimpern hingen Tränen, und ihre Augen wurden dadurch noch schöner.
Nurbek geriet in Verwirrung, damit hatte er nicht gerechnet.
„Was soll das, Ainagul? Glaub nicht, daß ich dich vergesse, wenn ich in den Sowchos fahre! Ich träume schon davon, wie wir beide dort leben werden.“
Natürlich kam es Ainagul nicht mal in den Sinn, sofort mitzufahren. Und auch Nurbek konnte ihr das nicht vorschlagen. Erst mußte er Fuß fassen, eine Wohnung bekommen, dann konnte von Heirat die Rede sein.
Zum Abschied hatte Ainagul Nurbek ihr Foto geschenkt.
„Na dann fahr, Nurbek“, hatte sie gesagt und gekränkt die Lippen geschürzt. „Ich weiß ja, wenn du dir was in den Kopf gesetzt hast, kann man dich nicht mehr davon abbringen. Aber falls es dir dort nicht gefällt, dann quäl dich nicht, sondern komm zurück, ich werde warten. Mach dir keine Sorgen, was man in der Fabrik über dich redet, das ist unwichtig. Arbeit findet sich immer. Und für alle Fälle: In dem Kreis in den du fährst, arbeitet mein Onkel, hier ist seine Anschrift. Genier dich nicht, wende dich nur an ihn, er hilft dir schon.“
Ainagul hatte ihm jedoch eine falsche Adresse gegeben, wie sich herausstellte. Ihr Onkel arbeitete im Nachbarkreis, hinter dem Südpaß. Nurbek hatte es später erfahren, als er Ortsansässige fragte.
Von Tag zu Tag wuchs der Sowchos und kam voran. Nurbek sehnte immer ungeduldiger den Zeitpunkt herbei, da er endgültig mit Ainagul verbunden sein würde.

5

Der Frühling läßt in den Bergen bisweilen lange auf sich warten, doch wenn er kommt, geht es schnell.
Unten im Tal grünen schon die Saaten, in die jungen Bäume steigt der Saft, das Laub entfaltet sich und beginnt Schatten zu werfen. Dann übergibt der Frühling sein Werk dem Sommer, rafft sein über die Erde schleifendes, prallgrünes geblümtes Gewand und enteilt ins Gebirge.
Im Hochland hat der Frühling seine eigenen Gesetze, seinen eigenen, unverwechselbaren Zauber.
Frühmorgens fällt dichter Schnee, nach dem Mittag lugt die Sonne hervor, die Schneemassen geraten in Bewegung, tauen, schwinden, Eintagsblumen erblühen, gegen Abend aber ist die Erde schon fast trocken. Nachts überzieht eine Eisschicht Flüsse und Bäche. Blickt man am nächsten Morgen von den Gipfeln hinab, dann verschlägt es einem den Atem, so klar und unwahrscheinlich schön ist der Frühling in den Bergen. Der Himmel klarblau, ohne ein einziges Wölkchen. Das Land, wie ein junges Mädchen im neuen Putz, grün, vom Tau gewaschen, scheint verlegen zu lachen. Ruft man etwas, ist die Stimme noch lange zu hören — die reine Höhenluft über den Bergen trägt sie weit, weit. Keine Schneefälle, kein Nebel, keine Regengüsse und kein Wind vermögen den Frühling aufzuhalten, wie ein grüner Brand lodert er von Berg zu Berg, von Gipfel zu Gipfel, höher und immer höher, bis hin zum ewigen Eis.
Überall sind die Leute bemüht, die Frühjahrsbestellung möglichst rasch zu beenden, in den Bergen aber ganz besonders — verspätet man sich hier auch nur wenig, reifen die Saaten nicht, die Nachtfröste vernichten sie.
Nurbek kam gegen Abend auf den abgelegensten Schlag des Sowchos „Tschon-Sai". Er war noch nicht vom Motorrad gestiegen, da sah er auch schon, daß auf dem Hang ein Traktor stillstand. Verdrossen spuckte er aus, stellte den Motor ab und lief hin. Noch atemlos, schrie er bereits von weitem voller Wut: „He, warum stehst du? Habt ihr schon wieder einen Traktor kaputt gemacht?"
Der junge Traktorist Dshumasch trat rasch eine Zigarette aus.
„Die Maschine ist heil!" sagte er, als müsse er sich recht-

fertigen. „Aber hier ist es gefährlich, Agai!“
„Was?“ Nurbek stürzte auf ihn zu, fast wäre er mit den Fäusten auf ihn losgegangen. „Du bist wohl nicht recht bei Troste!“
„Also ... Genosse Mechaniker, die Sache ist ...“
„Rede gefälligst verständlich! Wie lange steht der Traktor? Antworte!“
„Eine Stunde etwa.“
Nurbek hieb mit der Faust durch die Luft.
„Wer hat euch das erlaubt? Wer? Welcher Idiot?“
„Sie sagen, der Traktor wird umstürzen. Es ist gefährlich, hier zu arbeiten!“
„Wo soll er hinstürzen? Was schwatzt du da für Unsinn?“
Der Brigadier trat hinzu. Nurbek maß Trofimow von Kopf bis Fuß mit einem zornigen Blick und schleuderte ihm wütend ins Gesicht: „Das hätte ich nicht von Ihnen erwartet! Für den Stillstand des Traktors werden Sie sich vor dem Parteibüro verantworten!“
Der große vierschrötige Trofimow strich sich mit gewohnter Würde den borstigen Schnurrbart und nickte, als sei er völlig einverstanden.
„Den Traktor mußten wir anhalten, Genosse Mechaniker“, sagte er bedächtig mit Baßstimme. „Wir haben gewartet, dachten, Sie oder der Agronom kommen mal vorbei, und wir können uns beraten. Die Bodenbeschaffenheit hier verbietet den Einsatz eines Traktors. Sehen Sie nur, wie steil der Hang ist. Die Maschine kann draufgehen und die Leute auch. Da, der Traktor steht schon ganz schräg!“
Nurbek hockte sich hin, schätzte das Hanggefälle ab und machte eine verächtliche Handbewegung.
„Übertriebene Vorsicht! Das ist doch kein Radschlepper, ein Raupenfahrzeug nimmt noch ganz andere Hänge und kippt nicht!“
„Ich arbeite, Gott sei Dank, das zweite Jahrzehnt in den Bergen, Nurbek Alijewitsch. Da ist schon allerlei passiert! Sie aber sind neu hier. Glauben Sie mir, hier kann man nicht pflügen, es ist zu gefährlich.“
Das war zuviel! Also verstand Nurbek nichts von seiner Arbeit? Zu allem Überfluß pflichtete auch noch Dshumasch dem Brigadier bei: „Recht hat er! Es ist zum Fürchten!“
„Wenn's zum Fürchten ist, solltest du lieber zu Hause in deiner

Jurte sitzen bleiben", stieß Nurbek durch die Zähne. „Auf dem Neuland brauchen wir keine Waschlappen! Sagen Sie, Genosse Trofimow, weshalb hat die Partei Sie hierhergeschickt? Wie können wir den Plan erfüllen, wenn wir vor jedem Hügel zurückschrecken?"
„Wir müssen überlegt handeln, Genosse Mechaniker", wandte Trofimow ein, „und dürfen kein unnützes Risiko eingehen. Das ist doch kein Kinderspiel!"
„Was schlagen Sie vor? Die Hände in den Schoß legen?"
„Was soll das Gerede, Genosse Mechaniker. Wann haben wir je Müßiggang gesucht? Wenn dieser Platz fürs Pflügen ungeeignet ist, gehen wir eben woandershin."
„Danke bestens für den Rat! Also sollen wir nicht pflügen, sondern wie Nomaden von einem Fleck zum andern ziehen? Haben Sie mal darüber nachgedacht, was eine Minute jetzt kostet? In der Zeit, da wir an einen andern Ort fahren, könnte man ein Dutzend Hektar pflügen. Außerdem muß ich Sie daran erinnern, daß wir für alles einen Plan haben, Kennziffern und Richtlinien. Wir haben nicht das Recht, eigenmächtig zu handeln!"
„Warum denn so, Genosse Mechaniker? Den Plan kann man korrigieren. Ich mache Sie noch einmal darauf aufmerksam — an diesem Steilhang will niemand den Traktor fahren. Fragen Sie, wen Sie wollen!" Trofimow wies auf die Traktoristen, die sich um sie geschart hatten. Keiner von ihnen sagte ein Wort, aber ihre ernsten, feindseligen Gesichter ließen erkennen, daß sie dem Mechaniker ganz und gar nicht recht gaben.
„Jedem ist das Leben lieb", sagte Trofimow und gab damit gewissermaßen die einhellige Ansicht der Traktoristen wieder. „Mit solchen Hängen spaßt man nicht, Genosse Mechaniker!"
„Unsinn! Sie haben aus allen Feiglinge gemacht! Ich bin Mechaniker im Sowchos, gestatten Sie schon, daß ich Bescheid weiß, welche Maschinen man wo einsetzt. Ich behaupte, auf diesem Steilhang kann man ohne die geringste Gefahr pflügen. Lassen Sie bitte das Gerede! Sie sind Kommunist, Genosse Trofimow, Schwierigkeiten muß man überwinden, man kneift nicht davor! Die Leute blicken auf Sie!"
Trofimow explodierte.
„Schwierigkeiten sind mir in meinem Leben mehr begegnet als dir, junger Kerl!" rief er hitzig, trat dicht an ihn heran und

vermochte nur mit Mühe seine Erregung zu zügeln. Dann drehte er sich schroff um und ging weg.
Nach Trofimow gingen auch die anderen. Nurbek blieb allein zurück. Das war mehr, als er ertragen konnte, er fühlte sich tief beleidigt. Er rannte los, holte Trofimow ein und packte ihn am Ärmel.
„Sofort den Traktor anlassen! Das ist ein Befehl!"
Trofimow maß ihn schweigend von Kopf bis Fuß, schüttelte stumm seine Hand ab und ging weiter.

Mitternacht war längst vorbei. Hoch in den Bergen, inmitten der Felsen, hatten sich die Wolken zur Nacht niedergelassen. Sie waren ineinandergeflossen, hatten sich zuhauf getürmt und lagen nun still und reglos da. Ringsum herrschte Ruhe und Frieden. Ganz fern, unten im Tal, ratterten kaum hörbar die Traktoren. Die ganze Brigade schlief. Allein Nurbek fand keine Ruhe. Die bittere, unerträgliche Kränkung brannte in seinem Herzen. Er wälzte sich von einer Seite auf die andere, seufzte insgeheim und murmelte vor sich hin. Ja, Trofimow hat ihn heute vor versammelter Mannschaft blamiert! Das kann er nicht hinnehmen! Auf Biegen und Brechen muß er beweisen, daß er im Recht ist, nur so kann er seine Autorität wiedergewinnen!
Nurbek stand vorsichtig auf und verließ lautlos das Zelt. Er blickte sich um — niemand zu sehen. Gebückt wie ein Dieb lief er davon und verschwand im Schatten einer Steilwand.
Kurz darauf blinkte am Hang neben dem Traktor zweimal eine Taschenlampe auf. Und plötzlich ratterte es mitten in der nächtlichen Stille wie ein Maschinengewehr los — der Traktor war angelassen. Gleich danach ging der Motor, als hätte er begriffen, daß er zu laut heulte, bereits auf eine niedrigere Drehzahl über und tuckerte nur noch gedämpft.
Die Scheinwerfer flammten auf, der Traktor ruckte an. Die Schalthebel fest in der Hand, blickte Nurbek gespannt nach vorn. Er fuhr längs des Hanges.
Ja, die Technik ist dem Menschen untertan, man muß sie nur beherrschen, dann gehorcht sie jeder Handbewegung! Doch dazu muß man mutig sein, entschlossen und standhaft! Ein anschauliches Beispiel — Nurbek fährt den Traktor dort, wo andere sich nicht trauen!
„Nein, der Traktor geht nicht drauf. Dummes Geschwätz!

Rot werden müßtet ihr vor Scham!" rief Nurbek, zitternd vor Erregung.

Und der Traktor tuckerte tatsächlich den Hang entlang. Was fürchten sie bloß? dachte Nurbek. Nun ja, sehr bequem ist es nicht, die ganze Zeit über schräg zu sitzen, aber was macht das schon, das ist eine Lappalie!

Vorn tauchte ein Hügel auf. Der Traktor reckte den Kühler hoch, daß es aussah, als würde er gleich hintenüberkippen, doch Nurbek legte rasch einen anderen Gang ein und meisterte mit einem Ruck die gefährliche Stelle. Am Ende des Schlages wendete er den Traktor. Nun glaubte er fest an seinen Sieg.

„Ich werd's ihnen zeigen, wer ich bin!" schrie er in einem Anfall von Schadenfreude. „Bis zum Morgen habe ich den ganzen Hang hier gepflügt und, wenn nötig, obendrein all diese Berge bis hinauf zu den Gipfeln! Morgen wirst du sehen, wer von uns beiden recht hat, Trofimow!"

Nurbek zog bereits die zweite Runde. In sich spürte er eine nie gekannte Kraft, und er hatte den Eindruck, als sei er mit dem Traktor zu einem einzigen mächtigen Stahlkörper verschmolzen.

Vorn zeigte sich erneut der Hügel.

Macht nichts! beruhigte sich Nurbek.

Der Traktor heulte wütend auf und legte sich plötzlich stark auf die Seite. Macht nichts! redete sich Nurbek gut zu.

Seine Hände umklammerten die Schalthebel. Dritter Gang. Der Traktor brüllte wie wahnsinnig, ruckte immer wieder an und neigte sich noch mehr. Nurbek mußte die Maschine jäh hochreißen, sonst kippte sie um! Er lehnte sich weit zurück und zog mit aller Kraft den rechten Schalthebel an sich. Der Traktor drehte sich scharf, die Raupenketten wühlten den Boden auf, er hatte aber nicht die Kraft, die Steigung zu nehmen, blieb stehen, erstarrte, reckte den Kühler in den Himmel. Nurbek stieg das Blut zu Kopf. Was tun? Rasch einen anderen Gang einlegen! Na los! Der Motor ist abgewürgt! Was tun?

Doch es war schon zu spät. Im nächsten Augenblick rutschte der Traktor zurück, drückte knirschend den Pflug unter sich, und als er zu kippen begann, sprang Nurbek aus der Kabine. Dann ging alles ganz schnell und einfach. Der Traktor überschlug sich immer rascher, steigerte sich zu irrer Geschwindigkeit. Am Fuße des Hangs prallte er mit voller Wucht gegen einen Felsen.

„Aaaah!" schrie Nurbek, doch er hörte die eigene Stimme nicht. Ein gewaltiger Funke stob auf, als das Metall gegen den Stein schlug, pfeifend flogen Fels- und Metallsplitter durch die Luft, schwer stöhnte die Erde, und alsbald wurde es dunkel, schloß sich die Nacht.
Nurbek sah Leute herbeieilen, barfuß, nur in Unterwäsche, Laternen in der Hand. Er schwankte, die Erde unter seinen Füßen rutschte weg und schwamm davon. Die Leute aber waren schon ganz nah, erregte Rufe drangen zu ihm.
„Weshalb bin ich herausgesprungen?" flüsterte Nurbek entsetzt. „Wäre ich doch lieber mitsamt dem Traktor zerschellt!"
Er rannte hin und her, wußte nicht, wohin, und stürzte Hals über Kopf davon.
Nurbek fürchtete, sich umzublicken. Er zog den Kopf zwischen die Schultern, schlug die Hände vors Gesicht, stolperte, stürzte, sprang aber sofort wieder auf und jagte dahin wie ein Hase.
Rascher! Lauf rascher! Sie holen dich ein. Man hört sie schon rufen: „Haltet ihn! Haltet den Verbrecher! Halt ihn! Pack ihn!"
Nurbek rannte, so schnell er konnte, lief drauflos, ohne etwas zu sehen, doch die Füße, die verflixten Füße, waren wie aus Blei, er bekam sie nicht von der Erde weg, wie Ranken schleiften sie über den Boden, nicht einmal genug Luft hatte er, alles brannte in seinem Innern. Nurbek riß sich den Hemdkragen auf.

Seit dem frühen Morgen schweben am Himmel zwei Adler. Nur ab und an machen sie einen trägen Flügelschlag, dann gleiten sie wieder lange dahin. Frei und ungebunden segeln sie durch die Luft.
Das grenzenlose Firmament beherrschen sie allein. Wie es sich für Gebieter ziemt, geben sie sich zurückhaltend und betont gesetzt. Alles findet unter ihren weitgebreiteten Schwingen Platz: die Gipfel, die Bergketten, der Schnee und die Flüsse. Alles sehen sie, was auf Erden geschieht, alles, selbst das Geringste.
Da taucht auf dem Grunde der Schlucht ein Wesen auf, nicht größer als eine Puppe.
„Ein Mensch! Sieh nur, ein Mensch!" ruft der eine.

„Ja, ich sehe, ein Mensch!“ erwidert der andere kurz.
Ein Mensch ist aufgetaucht, doch die Adler schweben nach wie vor mit unbeirrbarer Ruhe durch die Luft. Dieses Lebewesen erschreckt sie kein bißchen. Kann es etwa ihren Horst zerstören? Nein, der Mann fürchtet seinen eigenen Schatten, er ist ein Flüchtling oder ein Unglücklicher, der sich verirrt hat. Das erkennt man sogleich an seinem unsicheren, schwankenden Gang, seinem unsteten, erschrockenen Blick. Häufig fährt er zusammen, erstarrt, schaut sich um. Kann ein solcher Mensch etwa bis zu dem Nest auf den unzugänglichen Felsen klettern und den Zweikampf mit einem Adler aufnehmen? Hat dieser Mensch die Kraft und den Willen, ein Ziel zu erreichen, ist er fähig, etwas zu wagen und zu kämpfen? Nein, wer die Hand nach einem Adlerhorst ausstreckt, muß selbst ein furchtloser Adler sein! Und auch dann entscheidet erst der offene Kampf über den Sieg. Adler mögen es, dem Gegner Aug in Auge zu begegnen. Steigt ein Feind zu ihrem Horst empor, rufen sie ihm zu: „Halt! Kehr um!“ Dann erklingt der zornige Schrei: „Hab acht!“, und von gewaltiger Höhe stürzt sich wie ein Stein der Adler herab. Pfeifend durchschneidet er die Luft, stößt den Feind mit seinen Krallen vor die Brust und schleudert ihn in den Abgrund. Danach kreisen die Adler noch lange über ihrem Horst, und lange noch erklingen ihre abgerissenen, schrillen Schreie — freudig, zornig oder auch bedauernd.
Dieser Mensch aber denkt nicht einmal im Traum an solche Gefechte, also mag er getrost seines Weges gehen.
Gegen Mittag hat der Mann den großen Paß erreicht. Als der eine Adler sieht, daß er sich entfernt und bald außer Sicht sein wird, ruft er kurz: „Der Mensch ist weg!“ Der zweite Adler antwortet ebenso knapp: „Weg.“

6

Nurbek war völlig erschöpft, als er den Paß erklommen hatte. Er watete durch tiefen Schnee, den wohl noch keines Menschen Fuß betreten hatte. Auf dem Paß wehten eisige Windböen. Vierundzwanzig Stunden fast hatte er keinen Bissen gegessen. Er mußte möglichst rasch hinunter ins Tal, vielleicht stieß er dort auf Jurten von Viehzüchtern. Vom Paß aus

überblickte man gut das ganze Gebirge. Tief unten in einer Schlucht strömte ein reißender Fluß dahin. Nurbek entdeckte jedoch keinerlei Anzeichen menschlichen Lebens. Entkräftet sank er auf einen Stein und barg das Gesicht in den Händen. Woher sollen in diese Gebirgsödnis auch Menschen kommen? dachte er. Hier können doch nur Dummköpfe wie ich leben! Er ließ den Kopf noch tiefer sinken und schloß die Augen.
Ein starker Windstoß läßt die Flamme auflodern oder bläst sie aus. Der Nurbek von einst war erloschen. Der jetzige Nurbek war ein Flüchtling, der nur von einem Stück Brot träumte, von einem ruhigen Platz, wo man ein Feuer entfachen und sich wärmen konnte.
Wann komme ich bloß in die Gegend, wo der Onkel meiner Ainagul lebt? dachte Nurbek. Es hieß doch, von diesem Paß aus seien es noch zwei Tagesmärsche. Ich leihe mir Geld von ihm für die Reise, kehre in die Stadt zurück und schwöre Ainagul: Kein Wort mehr vom Neuland!
Nurbek stand auf und begann den Abstieg zum Fluß. Von der Paßhöhe aus war ihm der Weg nicht schwierig vorgekommen, alles war zu überschauen gewesen. Nach einer Weile jedoch befand er sich plötzlich inmitten gewaltiger Felswände, außer Gestein war nichts mehr zu sehen. Furcht packte ihn. Er rannte fast, bemüht, der Felsschlucht so rasch wie möglich zu entrinnen. Da wurde es unerwartet dunkel, als zöge die Nacht herauf. Nurbek hob den Kopf und erblickte über sich tiefhängende schwarze Wolken. Er lief noch schneller. Da rollte ein Donner, und auf die Steine klatschten dicke, schwere Tropfen. Ein kalter, scharfer Wind kam auf, und bald danach hagelte es große Schloßen. Dann goß es in Strömen. Die Wolken hatten den ganzen Himmel bedeckt und senkten sich, schwer vor Nässe, herab. Es wurde stockfinster. Nurbek wußte nicht, wo er unterkriechen sollte. Er rannte hin und her und suchte nach einem geeigneten Ort. Neben ihm aber schlugen Blitze in den Fels und erleuchteten für Augenblicke Erde und Wolken, als wären sie neugierig, wo er steckte und was mit ihm geschah. Und der Donner dröhnte, als lachte ein Riese.
Nurbek verlor endgültig den Kopf. Er wußte nicht, wohin und was tun. Von einem der Gipfel löste sich ein gewaltiger Steinbrocken und polterte über seinen Kopf hinweg. Ihm folgten noch etliche andere, die alles, was ihnen in den Weg kam, mitrissen. Nurbek wich zurück und stürzte in die Tiefe.

7

Nach einigen Tagen verließ Nurbek zum erstenmal das Haus. Doch das verletzte Bein machte sich bemerkbar. Er hinkte, auch der Husten plagte ihn noch.
Die Leute, die ihn aufgelesen und gepflegt hatten, schienen übereingekommen zu sein, ihn nicht an sein Mißgeschick zu erinnern. Jedenfalls hatten sie noch nie in seiner Gegenwart darüber gesprochen. Assija hatte ihm zwar sogleich ins Gesicht gesagt: „Ich an Ihrer Stelle hätte nicht so gehandelt! Wer Angst hat, zur Verantwortung gezogen zu werden ..." Sie sprach den Satz nicht zu Ende, blickte Nurbek mitleidig an und seufzte schwer. „Sie haben aufrichtig alles erzählt, aber ich glaube einfach nicht, daß Sie so etwas tun konnten!"
Nurbek faßte neuen Mut. Assija hat mich verstanden, dachte er. Also bin ich doch nicht so schlecht. Sie glaubt mir. Werden mir aber die übrigen glauben? Einen Augenblick später jedoch peinigten ihn andere Gedanken: Warum melden sie nichts und verraten mich nicht? Warten sie vielleicht, bis ich wieder richtig laufen kann? Bin ich etwa kein Verbrecher? Ach, ich bin erledigt. Mich braucht niemand zu bedauern, ich muß die Strafe hinnehmen! Wenn ihm dann Ainagul in den Sinn kam, dachte er wieder anders: Nein, ich muß möglichst schnell fort von hier. Ich habe es satt. Ich gehe zu Ainagul zurück, und wir beide beginnen ein ruhiges, glückliches Leben.
Des Nachts, wenn Nurbek nicht schlafen konnte, träumte er davon, wie er trotz allem den Menschen erklären würde, warum der Motor damals bei ihm versagt hatte. Gewöhnliche Traktoren taugen eben nicht für die Arbeit im Hochgebirge, das ist doch klar. Er hat auch schon Ideen, wie man die Traktoren für die Arbeit in den Bergen ausrüsten kann. Aber wozu das alles jetzt? Traut er sich denn zurück? Wie soll er den Menschen in die Augen sehen?
Jeden Morgen bestiegen Assija und der Hydrotechniker Bektemir die Gondel der Drahtseilfähre, drehten die Winde und glitten schnell zum anderen Flußufer. Dann gingen sie flußaufwärts ins Quellgebiet des Baidamtal, das mitten im ewigen Schnee lag. Dort führte Assija ihre Beobachtungen durch. Nurbek begleitete sie gewöhnlich bis zur Fähre und lief dann zurück. Fast den ganzen Tag verbrachte er mit Assylbai. Im Gegensatz zu seinem Sohn Bektemir war der Alte um-

gänglich und gesprächig. Er hatte sicher schon die Siebzig erreicht, war aber noch ständig in Bewegung und mit irgendeiner Arbeit in der Wirtschaft beschäftigt. Dieser hochgewachsene, spindeldürre Alte besaß erstaunlich junge Augen. Sie schienen unentwegt voller Begeisterung in die Welt zu blicken und nach etwas Neuem, Interessantem zu suchen.
Heute nahm Assylbai Nurbek bei der Hand und sagte geheimnisvoll: „Komm, ich zeig dir was!" Er führte ihn zu einem kleinen Hügel, an dessen Sonnenseite junge Apfelbäume angepflanzt waren, anderthalb Dutzend etwa. An einem Baum hatte sich eine rosa Blüte geöffnet.
„Die erste!" flüsterte Assylbai. „Assija hat die Bäumchen selbst aus der Stadt mitgebracht. Damals hab ich mich gewundert: ‚Können denn Apfelbäumchen der Kälte hier standhalten? Was soll's, Assija, wir bekommen sie doch nicht durch!' — ‚Woher wollen Sie das wissen?' hat sie gefragt, ‚wieso denken Sie, daß wir sie nicht durchbekommen? Wir müssen es versuchen, müssen es lernen.' Ach, hab ich mich da geschämt. Und nun, siehst du, sind zwei Jahre um, und die erste Blüte ist da. Assija weiß es noch nicht. Sie wird einen Freudensprung machen. Warum auch nicht, das ist ein großes Ereignis. Wenn später mal am Baidamtal Siedlungen entstehen, dann wird es auch Gärten geben!"
Eines frühen Morgens, die Sonne lugte gerade erst hinter dem Gebirgsmassiv hervor, und ihre Strahlen zerstreuten den Nebelschleier über dem Fluß, begleitete Nurbek Assija wie gewöhnlich zur Drahtseilfähre. Er hatte bereits beobachtet, daß das Mädchen stets erregt wurde, wenn sie sich dem Baidamtal näherten. Meist straffte sie sich plötzlich, warf den Kopf in den Nacken, ließ Nurbek stehen und rannte zum Fluß. Assija hatte einen Lieblingsstein, der vom Ufer ins Wasser ragte. Zielstrebig sprang sie darauf und trat auf seinen äußersten Rand. Gespannt lauschte sie der Strömung und bot ihr Gesicht den ersten Sonnenstrahlen dar. Gewöhnlich zeigte sie auf die wild brodelnde Flußmitte und schrie etwas. Doch ihre Worte waren nicht zu vernehmen, das Tosen des Flusses übertönte sie. Nur einzelne Satzfetzen erreichten ihn: „Nurbek! Sieh doch ... der Baidamtal ..."
„Was sagst du? Ich höre nicht, Assija!"
Das Mädchen lachte und klatschte in die Hände.
Heute jedoch sprang Assija nicht auf den Stein.

„Dir ist sicher langweilig, Nurbek?" fragte sie, blieb stehen und sah ihn aufmerksam an. „Hast du das Buch schon gelesen? Wenn du wieder ganz gesund bist, begleitest du uns in die Berge. Ich zeige dir meine Versuche. Dort gibt es viel Interessantes zu sehen." Sie überlegte kurz und setzte hinzu: „Heute aber nimm dir ‚Mein Leben' von Herzen vor. Lies es, das ist mein Lieblingsbuch. Ich mag kämpferische, zielstrebige und starke Menschen!"

„Gut, Assija."

Das Mädchen wollte noch etwas sagen, doch da waren sie schon am Fluß. Nurbek half ihr in die Gondel.

„Wir sind bald zurück!" rief sie. Kaum hatten sie das andere Ufer erreicht, da gab Assija Nurbek Handzeichen, als wollte sie sagen: Geh nach Hause! Bleib nicht da! Du fängst wieder an zu husten! Auch als sie bereits weiter weg waren, blieb sie einigemal stehen und winkte ihm zu.

Nurbek blickte den Fortgehenden nach, bis sie hinter der Flußbiegung verschwunden waren. Dann stieg er, statt umzukehren, den Steilhang hinab und setzte sich auf einen Stein dicht am Wasser.

Der Baidamtal brüllte und stöhnte wie immer.

Die Untiefe zu Nurbeks Füßen überspülte immer wieder eine kleine Welle. Geh fort! Komm nicht näher! schien sie zu sagen. Nurbek bekam die Füße nicht weg. Erzürnt wich die Welle zurück und hinterließ trüben Schaum auf seinem Stiefel. Dann plätscherte sie wieder heran. Nurbek lächelte spöttisch.

Der Baidamtal entspringt in einer Krümmung des Gebirgszuges, im ewigen Schnee und Eis. Wenn der Mensch es lernt, die Prozesse der Schneeschmelze zu lenken, dann wird er auch den Baidamtal beherrschen. Einstweilen ist das noch ein Problem, doch wer sich seiner Lösung angenommen hat, ist in der Tat kühn und beherzt.

Nurbek erhob sich, betrat erregt die Untiefe und blickte auf die starke Strömung des Baidamtal.

Wenn Assija ihm von ihrer Arbeit erzählt, ist sie nicht wiederzuerkennen. Dann blitzen ihre ruhigen, versonnenen Augen auf, man spürt, daß sie stark ist und lauter. „Stell dir vor, Nurbek! Die Zeit wird kommen, da werden unsere Kolchosbauern nicht mehr flehend zum glutheißen Himmel emporblicken und sehnsüchtig auf Regen warten. Wenn der Mensch erst die Quellen des Flusses seinem Willen unterworfen hat,

wird er den Feldern so viel Wasser geben, wie sie brauchen!"
Der alte Assylbai aber machte, kaum daß die Rede auf die Zukunft des Baidamtal kam, eine fromme Geste. „Oi, toobo!" rief er dann und wiegte sein Haupt. „Die Jugend von heute traut sich aber auch alles zu! Man denke nur, sie macht sogar dem Herrgott Konkurrenz! Unsere Assija, geb's Gott, die erreicht schon, was sie will. Man sagt zwar, Heilige gibt es nicht, sie aber wird für die Menschen so was wie eine Heilige sein, so sehe ich das. Ist das vielleicht ein Kinderspiel, die Schneemassen und das Wasser zu lenken? Und wenn die andern zehnmal lachen, ich glaube felsenfest an junge Leute wie Assija. Wer sich fürs Volk einsetzt, wird immer was erreichen. Das Volk steht ihm bei."
Nurbek war an der Fähre stehengeblieben und überlegte: Wenn nur Assija recht bald zurückkäme! Wie langsam die Zeit verrinnt! Er erschrak selbst bei diesen Gedanken, wurde ihm doch bewußt, daß er des öfteren an sie dachte. Warum? fragte er sich. Habe ich Assija etwa liebgewonnen? Was soll's, habe ich den Verstand verloren? Das darf nicht sein! Ich denke völlig ruhig an sie, das bilde ich mir alles nur ein! So kommt die Liebe nicht. Ich achte sie, sie ist für mich wie eine leibliche Schwester, ein Freund, aber Liebe darf es zwischen uns nicht geben! Nein, nein! Schweig still, vergiß, denk nicht daran!
Allein ein winziger Stein vermag eine Lawine ins Rollen zu bringen. Wie oft sich Nurbek auch zwang, nicht an Assija zu denken, es half nichts. Im Gegenteil, seine Gedanken kehrten wieder und wieder zu ihr zurück. Er wußte nicht, was tun. Seine Bestürzung war groß. Ich gehe zu Assylbai, plaudere ein Weilchen mit ihm, vielleicht geht es dann vorbei! beschloß er. Doch ein Gespräch mit dem Alten wollte einfach nicht zustande kommen.
„Was ist nur heute mit dir, hast du etwas verloren?" erkundigte sich Assylbai verwundert, legte ein behauenes Holzklötzchen beiseite und musterte den erregten Nurbek forschend.
„Nein!" brummte Nurbek und ging ins Zimmer. Er nahm das Buch von Herzen, las zwei Seiten, schlug es wieder zu und blickte durchs Fenster auf die Berge. „Ich habe tatsächlich was verloren", sagte er laut. „Was mag es nur sein, ich will mal überlegen!" Und plötzlich platzte er heraus: „Wann kommt eigentlich Assija zurück?"

Nun reicht's aber! Nurbek hieb mit der Faust auf den Tisch. Ich habe kein Recht, sie bei der Arbeit zu stören und mich in ihr Leben zu drängen! Untersteh dich, an sie zu denken, bring sie nicht in Verwirrung!
Er lief aus dem Haus und ging wiederum zum Fluß. Dort setzte er sich an der Untiefe auf denselben Stein und barg das Gesicht in den Händen.
Wie kannst du nur sagen wollen — ich liebe dich? dachte er. Assija lebt in diesen öden, unerforschten Bergen, um für das Volk eine große, unschätzbare Arbeit zu leisten. Du aber, wer bist du? Assija wird dich nie und nimmer liebgewinnen. Für sie gibt es andere Menschen, würdigere!
Abermals eilten die Wellen herbei und plätscherten über Nurbeks Füße. Geh fort, scher dich weg von hier! schienen sie zu sagen.

8

Nacht. Schwarze Finsternis herrschte in der Felsschlucht. Über den Bergen flimmerten haufenweise Sterne wie glimmende Kohlestückchen in der Asche. Tief unten aber toste noch immer der unermüdliche Baidamtal.
Als Nurbek aus der Tür trat, riß ihm der Wind, der von den Berggipfeln durch die Schlucht wehte, die Mütze vom Kopf. Er hob sie auf, drückte sie tief in die Stirn und ging rasch zur Fähre. Dort machte er halt, blieb eine Weile stumm stehen, blickte sich um und sagte leise: „Auf Wiedersehen, Assija! Sei mir nicht böse, daß ich ohne ein Wort gegangen bin. Es ist besser so."
Er kletterte in die Gondel.
Aus den Gesprächen mit Assylbai wußte er, wenn er ans andere Ufer übersetzte, flußabwärts ging, dann in eine Felsschlucht abbog und einen Paß bezwang, konnte er in zwei Tagen auf eine Landstraße gelangen. Die führte geradewegs in die Stadt.
Nurbek setzte sich bequem zurecht und begann die Winde zu drehen. Die Rollen quietschten, die Gondel stieß von der Plattform ab. Es war nicht ganz leicht, sie zu bewegen, die Winde war für zwei Mann berechnet. Bald ermattete Nurbek. Er holte tief Atem und blickte über den Gondelrand hinab.

Vor Schreck verkniff er die Augen und packte die Windenkurbel fester. Unten ging etwas Unvorstellbares vor sich. Dort war Nacht, und das schäumende, zottige Wasser schoß mit wildem Gebrüll dahin. Es sah aus, als kämpfe der Fluß gegen die nächtliche Finsternis, das Wasser tobte, stürzte übereinander, verkrallte sich. Nurbek nahm sich vor, nicht mehr in die Tiefe zu blicken, und drehte die Winde mit doppelter Energie. Schon hatte er die halbe Strecke geschafft. Deutlicher zeichnete sich das andere Ufer ab. Er gönnte sich keine Ruhepause, obwohl er schon völlig erschöpft war. Noch einmal alle Kraft zusammengenommen und ... Da, ein Knirschen und Krachen. Die Winde stieß auf Widerstand, die Gondel blieb stehen. Nurbek erhob sich halb vom Sitz, tastete nach den Rollen, um zu prüfen, ob sie vom Seil gesprungen waren, doch alles schien in Ordnung. Er knipste seine Taschenlampe an, betrachtete die Winde und ließ sich entnervt auf den Sitz fallen.
„Was tun?" stöhnte er.
Die Achse der Seiltrommel war gebrochen. Das konnte vom einseitigen Drehen kommen. Hätte er Werkzeug gehabt, wäre es ein leichtes gewesen, die Bruchstelle zu reparieren. Aber woher nehmen? Die Gondel schwebte fast mitten über dem tosenden Fluß.
Was tun? So konnte er bis zum Morgengrauen sitzen, bei Tagesanbruch aber ... Bei Tagesanbruch würden Assija und Bektemir hierherkommen. Schmach und Schande! Nein, lieber sterben, als ihnen so einen Anblick bieten! Er mußte unter allen Umständen das andere Ufer erreichen und sich dann rasch aus dem Staub machen.
Nurbek beschloß, aus der Gondel zu steigen, sich am oberen Haltetau festzuklammern und auf dem unteren zum anderen Ufer zu laufen. Ja, ja, das würde er tun, wenn nur der Abstand zwischen beiden Trossen nicht größer war als er selbst, sonst würde er am oberen Seil hängen und keine Stütze für die Füße haben. Aber siebenmal stirbt man schließlich nicht!
Nurbek stand auf, packte mit beiden Händen die obere Trosse und kletterte aus der Gondel.
Die Ohren dröhnten ihm vom Getöse des Flusses, dennoch hörte er erregt sein Herz pochen. Glücklicherweise war der Abstand zwischen den Seilen gerade richtig. Wenn er nur durchhielt und nicht abstürzte! Ganze vier Meter noch! Seine

vom Drahtseil aufgeriebenen Hände bluteten und brannten, dennoch durfte er nicht hasten, mußte sich möglichst behutsam vorwärts bewegen. Da war schon das Ufer. Nurbek sprang ab und ließ sich auf die Erde sinken.

„Geschafft! Geschafft!" frohlockte er, atmete tief den Geruch der Erde ein und flüsterte gerührt: „Du meine Erde! Jetzt erreiche ich jedes Ziel!"

Er erhob sich und schritt kräftig aus. Nur für einen Augenblick blieb er stehen und blickte zurück. Da erstarrte er, ein fürchterlicher Gedanke verschlug ihm den Atem. Scheinbar hatte sich nichts Schlimmes ereignet, nur die Gondel war nicht an ihrem Platz, sie pendelte einsam als dunkler Fleck über dem Fluß und knarrte kläglich.

„Was denn?" murmelte Nurbek gepreßt, stürzte ein paar Schritte vorwärts und schaute angespannt in die Finsternis. „Was denn? Ich hab die Winde entzweigemacht und stehl mich nun davon? Sie haben mir das Leben gerettet, haben mich gesund gepflegt, und ich, statt es ihnen zu danken, füge ihnen Schaden zu und laufe fort?"

Nurbek setzte sich auf die Erde, umfaßte den Kopf mit beiden Händen und schloß die Augen. Er stellte sich vor, was morgen sein würde.

Am Morgen werden die Hydrologen zum Fluß kommen und sehen, daß die Gondel mitten über dem Wasser hängt. Also hat sie in der Nacht jemand benutzt und ist verschwunden. Wer kann das sein? Die Mitarbeiter der Station sind alle da. Ach ja, wo ist denn Nurbek? Na klar! Hol ihn der Teufel! Aber die Arbeit darf unter keinen Umständen verzögert werden, keine einzige Minute! Sie werden versuchen, die Gondel mit Hilfe der Uferwinde heranzuziehen. Doch sie rührt sich nicht vom Fleck, denn das Zugseil ist durch die zerbrochene Trommel verklemmt. Sie werden verzweifelt sein, das Übersetzen ist nicht mehr möglich! Wer hat das angerichtet? Nurbek, der Schuft!

„Das hätte ich nie von ihm gedacht!" wird Assija leise sagen und sich auf die Lippen beißen.

„Den Hals sollst du dir brechen, du mißratener Sohn eines erbärmlichen Vaters! Was hast du angestellt?" wird Assylbai ihn seufzend verfluchen.

„Ich erschlag den streunenden Hund!" wird Bektemir hervorstoßen und einen Stein aufheben.

Und dann, wie wird es weitergehen? Assija wird ihre Arbeit nie und nimmer im Stich lassen. Was kann sie aber schon tun? Es gibt nur einen Ausweg. Man muß Werkzeug nehmen und auf der Trosse zur Gondel balancieren. Das ist leicht gesagt, aber schwerlich schafft es jemand, die Entfernung auf dem Seil zurückzulegen. Vom jenseitigen Ufer bis zur Gondel sind es mindestens dreißig Meter, und wenn man abstürzt, ist das der sichere Tod: Der Baidamtal hat einen Menschen im Nu an den Steinen zerschmettert, wer also läßt sich schon auf solch ein gefährliches Unternehmen ein? Assija! Sie schreckt vor nichts zurück, sie wird nicht zulassen, daß die Arbeit auch nur für eine Minute stockt!

Nein, ich darf sie nicht ins Verderben stürzen! Nurbek stand auf und stürzte zurück zur Fähre. Genau wußte er noch nicht, was er unternehmen, wie er alles wieder ins Lot bringen würde, doch er spürte, weglaufen konnte er nicht.

Er lief zur Drahtseilfähre und preßte schwer atmend seine glühendheiße Stirn an das Metallgerüst. Nur ein Gedanke hämmerte in seinem Hirn: Was kann ich tun? Wie die Winde reparieren, wie? Keine Antwort, keine Erwiderung! Baidamtal, du unbändiger Fluß, sag doch wenigstens ein Wort! Nein, du hörst nicht, dein wildes Gebrüll hat dich taub gemacht! Was tun? Ich bin doch ein Mensch, mein Name ist *Mensch*! Und ich muß es erzwingen, muß einen Weg finden!

„Ich hab's!" rief Nurbek. „Ich hab's!"

Ja, er hatte es herausgefunden! Er würde sogleich auf dem Drahtseil den Fluß überqueren! Am anderen Ufer hatte er einen Werkzeugkasten gesehen. Er mußte das passende Werkzeug nehmen, es sich auf den Rücken binden, wiederum auf dem Seil zur Gondel laufen, sie reparieren und nach drüben zurückbringen. Danach würde er sie nicht mehr anrühren, da machte er sich am besten davon, vielleicht fand sich am Unterlauf des Flusses irgendwo eine Furt. Ach, das war ja alles unwichtig, die Hauptsache war nicht er, die Hauptsache war jetzt, daß er sein Vorhaben ausführte, daß er Assija nicht an ihrer großen Arbeit hinderte.

„Ich kapituliere nicht!" sagte Nurbek entschlossen und fügte zögernd hinzu: „Nur bin ich mir nicht sicher, ob meine Kraft reicht, ob ich der Anspannung gewachsen bin. Von hier bis zur Gondel sind es sechs, sieben Meter, die habe ich bereits einmal geschafft, und die schaffe ich auch wieder, aber dann sind es von der Gondel bis zum Ufer drüben an die dreißig Meter auf dem Seil! Eine lange Strecke! Sehr lang! Doch was tut's, ich bin zu allem bereit, Assija!"

Nurbek erklomm das Gerüst und packte das obere Seil. Das untere ertastete er mit dem Fuß. Das rechte Bein vorgesetzt, und der Kampf begann!

Als er den ersten Schritt getan hatte, kam ihm das Tosen des Flusses wie Trommelwirbel vor, wie kehliger Karnai- und Surnaiklang, der auf dem Basar gewöhnlich die Vorführungen der Seiltänzer begleitet.

Nurbek hatte fahrende Seiltänzer schon als Kind gesehen. Hoch über den zurückgeworfenen Köpfen der Leute, fast in Höhe der Pappeln, war ein usbekischer Seiltänzer balanciert. Jeden Augenblick drohten ihm Tod oder Verletzung, und der furchtlose Mann blickte zum Himmel auf und rief laut seinen Beschützer an: „O Allah!"

„Apa!" hatte Nurbek erschrocken geschrien und sich unterm Rock der Mutter verkrochen. „Komm weg von hier, Apa!" Er hatte das Schauspiel nicht einmal sehen wollen.

Jetzt war Nurbek selbst Seiltänzer. Er balancierte gleichfalls hoch in der Luft auf einer Trosse, die nicht dicker war als damals das Seil.

Kaum hatte Nurbek die Gondel erreicht, da ließ er sich auch schon ermattet hineinfallen. Einen Teil des Weges hatte er hinter sich. Doch wie teuer war ihn dieser Sieg zu stehen gekommen! Die vom Drahtseil aufgeriebenen Hände bluteten, seine Lunge schien die Brust zu sprengen, er keuchte wie ein abgehetztes Pferd. Vor ihm aber lag noch ein langer Weg, hundertmal schwieriger und qualvoller als der zurückgelegte.

Kehr um, Unglücklicher, solange es nicht zu spät ist, du gehst zugrunde! sagte ihm eine innere Stimme.

„Nein, ich halte aus bis zum Schluß!" erwiderte Nurbek laut.

Er erhob sich, riß das Futter aus seiner Jacke und umwickelte sich damit die Hände. Aufs neue begann der Kampf.

Wieder, vom ersten Schritt an, erklang der Trommelwirbel, bliesen wie toll die Karnais.

Diesmal ermüdete Nurbek rasch. Er erschrak, vergaß, daß er nicht nach unten sehen durfte, und blickte unwillkürlich in den Abgrund. Der ungestüm dahinschießende Fluß schien plötzlich stillzustehen, ihn schwindelte, alles ringsum drehte sich —

die Berge, die Nacht und der Fluß, alles verschwamm vor seinen Augen, wurde zu einem gewaltigen Strudel und zog ihn selbst in den Sog.
Nurbek hielt stand. Er hob den Kopf, doch der Wind schien nur auf diesen Augenblick gewartet zu haben. Jäh stürzte er sich auf ihn, stieß ihn gegen die Brust und wollte ihn umwerfen. Nurbeks einer Fuß rutschte von der Trosse. Nur mit übermenschlicher Anstrengung gelang es Nurbek, ihn wieder aufs Seil zu setzen. Kalter Schweiß rann ihm über den Rücken. Er verkniff die Augen und hoffte, das Schwindelgefühl würde vergehen, doch als er sie wieder öffnete, sah er fast nichts mehr, alles drehte sich im Kreis wie zuvor, und er verspürte Übelkeit. Er verfiel in eine Art Halbschlaf. Ihm schien, er sei in eine wundersame Traumwelt versetzt, in der er sein Leben gleichsam von vorn begann. Vergangenes und Gegenwärtiges verflocht sich miteinander und zog an seinem Blick vorbei. In der Tiefe seines Bewußtseins jedoch hämmerte hartnäckig der Gedanke, daß er nicht stillstehen durfte, sondern gehen mußte, gehen, sonst war der Tod ihm sicher. Und er ging, langsam zwar und mit Unterbrechungen, aber er ging.
Salziger Schweiß rann ihm vom Gesicht in den Mund. Längst schon war das Jackenfutter zerrissen, das er sich um die Hände gewickelt hatte. Seine Handflächen waren geschwollen, die Finger steif, der schwer gewordene Körper zog ihn in die Tiefe. Wenn ich mich nun in den Fluß stürze? dachte Nurbek. Verloren bin ich so und so, was macht's schon? Doch was wird aus der Fähre? Wer repariert sie? Dann kommt also Assija morgen nicht ins Quellgebiet des Baidamtal? Wird in der Arbeit, die sie fürs Volk tut, zurückgeworfen?
Nurbek reckte sich und machte noch ein paar Schritte.
Assija! wandte er sich in Gedanken an das Mädchen, sei mir nicht böse, nimm's nicht übel, ich bin deiner nicht würdig, ich bin ein Verbrecher, ein kleinmütiger Flüchtling, aber ich liebe dich! Glaube mir, ich liebe dich, Ehrenwort! Ja! Dir gestehe ich, was ich sogar vor mir selbst verheimlicht habe!
Mitten über dem Fluß konnte Nurbek nicht mehr weiter. Seine Hände waren kraftlos und ohne Gefühl, die Beine knickten ihm weg. Zudem wurde das untere Seil schlaff. Es war verklemmt gewesen, nun aber unter seinem Gewicht offenbar wieder herausgesprungen. Als Nurbek spürte, daß der Halt unter seinen Füßen allmählich nachgab, zuckte er zusammen,

holte tief Atem und wurde jäh von einem heftigen Husten gepackt. Der Husten schüttelte ihn. Nurbek keuchte und krümmte sich von dem quälenden Schmerz in der Brust. Seine blutenden Hände wurden immer schwächer, und das Seil unter seinen Füßen senkte sich tiefer und tiefer. Nurbek geriet ins Schwanken, es riß ihn nach rechts und links.
„Adshal! Adshal!“ Der Baidamtal schäumte triumphierend auf, begann zu tanzen in Erwartung seines Opfers. Nurbeks Griff lockerte sich allmählich.
„Adshal! Adshal!“ wütete der Baidamtal ungeduldig.
„Wasser, einen einzigen Schluck Wasser!“ flehte Nurbek, von brennendem Durst geplagt.
Beug dich hinab, schöpf Wasser aus dem Fluß! Es gibt genug, deinen Durst zu stillen, beug dich hinab! schien ihm jemand verstohlen ins Ohr zu flüstern.
Mit letzter Kraft preßte Nurbek die Finger zusammen. In diesem Augenblick hörte er mit einemmal die Uhr an seinem Arm ticken. Unglaublich, aber es war so. Mitten in dem ohrenbetäubenden Tosen und Grollen des Flusses hörte er klar und deutlich das gemessene Ticktack-ticktack. Mit jeder Sekunde verrann sein Leben! Das Leben eines Menschen! In diesem kurzen Augenblick wurde ihm bewußt, was das war — Leben. Mit gewaltiger Willensanstrengung riß er den Kopf hoch und schrie triumphierend durch die Felsenschlucht: „Ich werde leben!“
Als Nurbek das Ufer erreicht hatte, warf er sich auf die Erde und blieb etwa eine Stunde liegen wie ein Toter. Wer weiß, ob er mit dem Werkzeug den Weg zurück geschafft hätte, doch es war nicht mehr nötig. Die verklemmte Trosse war wieder frei. Mit Hilfe der Uferwinde holte Nurbek die Gondel an ihren alten Platz zurück. Als der Morgen graute, war er mit der Reparatur fertig.
Nurbek stieg zum Fluß hinab, watete, ohne die Stiefel auszuziehen, ins Wasser und stillte endlich seinen Durst.
Er trank in großen Schlucken und lachte dabei leise wie ein Kind. Heute hatte er das erstemal im Leben voll und ganz die Süße eines wahren Kampfes und Sieges empfunden. Diese Nacht hatte er Schwieriges vollbracht nicht um seiner selbst willen, nicht aus Ruhmsucht oder um zu demonstrieren, was für ein Held er war, sondern für einen großen Traum, für Assija, die darum kämpfte, ein bedeutsames Ziel zu erringen.

„Ja, ich bin glücklich!" sagte Nurbek. „Bald wird Assija ins Quellgebiet des Baidamtal aufbrechen, der Weg ist frei, die Fähre wieder in Ordnung!"
Glücklich lief Nurbek den sandigen Flußrand entlang. Zu Hause angekommen, nahm er einen Bleistift und schrieb mit hastigen, großen Schriftzügen auf ein Blatt Papier:
„Assija, ich gehe dorthin zurück, woher ich gekommen bin. Vielleicht sehen wir uns nie wieder, doch ich werde Dich mein Leben lang im Herzen tragen, wunderbar, wie Du bist. Sei nicht böse, lach nicht, Assija, Du bist für mich ... Auf Wiedersehen, gib acht auf Dich. Ja, fast hätte ich vergessen, Dir zu sagen, daß ich das Buch von Herzen noch nicht gelesen habe, verzeih, ich nehme es mit, ist es doch Dein Lieblingsbuch, ein Buch über einen Kämpfer. Der Tag, an dem ich Dir zufällig begegnet bin, war der schwerste und glücklichste meines Lebens. Ich danke Dir, Assija, für alles ... Von Dir hab ich viel gelernt. Ich will Dein Freund sein, der Dir mehr als jeder andere wünscht, daß Du den Baidamtal bezwingen mögest. Ich glaube, daß Du es schaffst, Assija!"

9

Früh am Morgen stand Assylbai auf, ging über den Hof, führte das Pferd zur Tränke und übergoß es eimerweise mit Wasser. Dann beobachtete er, die Augen mit der Hand abgeschirmt, den Sonnenaufgang hinter den Bergen. Plötzlich lief ein Zucken über sein wasserbespritztes Gesicht, und der Eimer fiel ihm aus der Hand. Rasch lief er zu Assijas Fenster und trommelte kräftig dagegen.
„Assija, steh auf, schnell, er ist fort!"
Ohne etwas zu begreifen, kam das Mädchen auf den Hof gestürzt.
„Was ist denn, Väterchen?"
„Sieh nur dorthin, Töchterchen!" sagte Assylbai stolz und zeigte auf einen sich in Richtung Paß entfernenden Mann. „Das ist Nurbek!" erklärte er.
„Nurbek! Nurbek!" rief Assija, so laut sie konnte. Zuerst wollte sie ihm nachlaufen, doch plötzlich blieb sie wie angewurzelt stehen. Froh, glücklich, erregt stand sie da, so wie am Morgen, wenn sie auf ihren Stein sprang und die Schönheit

des Baidamtal genoß. „Ich hab's gewußt!" flüsterte sie. Nurbek verschwand hinter einem großen Felsen. Assija freute sich für ihn, doch zugleich wurde ihr weh ums Herz. Sie wandte sich ab, um ihre Tränen zu verbergen, und fragte: „Ist es weit von hier bis zum Sowchos, Väterchen?"
„Ziemlich, er liegt ja hinterm Paß, aber hin kommt man allemal."

1955

Der rote Apfel

Schon ist Nacht, aber Issabekow sitzt noch immer grübelnd da. Wie den Brief beginnen? Was überhaupt schreiben? Schwer ist das, einfach unmöglich. Zuviel muß er sagen, zu lange hat es sich angestaut. Ob sie begreifen wird, was er ihr da so spät bekennt? Jahre schwieriger Ehebeziehungen liegen hinter ihnen mit einer Kette gegenseitiger Kränkungen, unzähligen, oft grundlosen Vorwürfen, immer neuen Zänkereien und Versöhnungen und zuletzt diesem Bruch. Wird sie ihn jetzt, nach all dem, nüchtern oder, besser gesagt, einfach menschlich verstehen können und ihm verzeihen? Wird sie wieder sein können wie in den ersten Jahren ihres gemeinsamen Lebens — schlicht, freimütig und gütig? Und wenn nicht? Wenn sie ihn nicht begreift oder, schlimmer noch, beleidigt ist und wieder von Frauenstolz und unglücklichem Schicksal redet, was dann?

Issabekow erinnert sich, daß er ihre Forderungen Weiberdünkel genannt hat.

Ständig ist sie auf ihre Freundinnen neidisch gewesen.

„Hast du bemerkt, sogar als sie zu Besuch waren, hat er kein Auge von ihr gewandt. Er hat sich auch nicht geniert, vor allen Leuten niederzuknien und ihr die Schuhe zuzuschnüren."

„Mir liegt so ein Scharwenzeln und Hofieren nicht", hat Issabekow schroff erwidert.

„Was heißt da Scharwenzeln! Du hast kein Feingefühl, keine Herzenswärme, ich weiß nicht, wie ich's nennen soll, vielleicht schämst du dich deiner Liebe? Ich will nicht so leben, ich will, daß der Mann, den ich liebe, sich nicht scheut, seine Liebe zu mir auch offen zu zeigen. Sonst ist es erniedrigend. Du hast einfach noch nie darüber nachgedacht."

„Das mag ich auch gar nicht. Hab keine Zeit für so was. Und mir ist unerklärlich, wie du bei deiner vielen Arbeit, schließlich steht die Verteidigung deiner Dissertation vor der Tür, überhaupt auf solchen Unsinn achten kannst, wer wem den Schuh zuschnürt!"

„Mit dir zu reden ist sinnlos, du begreifst rein gar nichts."
Doch jetzt begreift er es; er begreift, was sie gemeint hat, und obwohl er es sich nicht eingesteht, spürt er, daß sie mehr oder weniger doch im Recht gewesen ist.

Wenn sie die Straße entlangging und die Passanten ihr nachblickten, war es Issabekow angenehm. Auch er fand sie fraulich, bezaubernd und klug. Und ihr Gang gefiel ihm. Überhaupt bewegte sie sich anmutig, und wenn sie die Schuhe mit den Pfennigabsätzen anhatte, dachte man, da ginge ein Mädchen. Und wie elegant sie tanzte, wie glücklich und jung ihre Augen wurden, wenn sie merkte, daß sie Eindruck machte! In solchen Augenblicken mochte er sie sehr.
Dennoch hinderte ihn ständig etwas daran, sie ungehemmt zu lieben, ohne darüber nachzudenken, weshalb. Einfach zu lieben. Vage spürte er, daß er sich innerlich einen Ruck geben mußte, um seine Verkrampftheit zu überwinden, und er wünschte sich die Jugend zurück, als hätte er dort etwas zurückgelassen, das man nie verlieren darf.
Jetzt mußte Issabekow seine Schuld bekennen, falls man es Schuld nennen konnte. Stärker beunruhigte ihn jedoch etwas anderes: Nun, da sie beide, wie man so sagt, charakterlich nicht zueinander paßten und für eine Weile getrennt lebten, um endgültig zu entscheiden, was weiter zu geschehen habe — würde sie sich nun überwinden können und versuchen, ihr Leben anders, mit Abstand zu betrachten? Und wenn nicht? Dann war es also aus? Zu Ende? Nein, das ließ er nicht zu!
Issabekow griff einigemal zur Feder, warf sie jedesmal wieder hin, ging zum Fenster und blieb eine ganze Weile an die Wand gelehnt stehen — groß, hager, mit zerzaustem Haar.
An der Ecke hielten die letzten Busse, nahmen rasch Fahrgäste auf und rollten, mit den roten Lichtern blinkernd, in das dämmrige Herbstdunkel.
Ein junger Mann brachte nun schon etlichemal die Nachbarstochter bis vors Haustor, dann kehrten sie wieder um, kamen erneut zurück, und die ganze Zeit hielten sie sich an den Händen wie im Kindergarten. Nicht daß Issabekow sie beneidet hätte, doch es war etwas Gutes und Rührendes an ihnen, etwas schmerzlich Bekanntes.
In der Ferne, weit hinter den verstreuten Lichtern der Stadt, hoch in den Bergen wahrscheinlich, leuchtete wie ein Stern

lebendiger Flammenschein. Sicher ein Hirtenfeuer. Wie gern wäre er in diesem Augenblick dort gewesen und hätte, an nichts denkend und vor der grusligen nächtlichen Finsternis erschauernd, knisternde Wacholderzweige in die Glut geworfen.
Er trat vom Fenster zurück und ging ins Schlafzimmer, um nach seiner Tochter Anara zu sehen. Sie war schon groß, pflegte sich aber immer noch aufzudecken und wurde dann ganz blau vor Kälte. Diesmal schlief Anara ruhig, offenbar war sie tagsüber tüchtig herumgetollt. Ja, die Tochter schlummerte friedlich und ahnte nicht, was sie heute angerichtet hatte. Ach, Anara, in welche Aufregung hast du den Vater heute versetzt, daß er selbst zu dieser späten Stunde noch keinen Schlaf findet! Während Issabekow auf die Tochter blickte, sagte er in Gedanken zu ihr: Gut, daß du ruhig schläfst. Wenn du groß bist, wirst auch du Nächte des Grübelns kennenlernen. Das bleibt wohl niemandem erspart. Einstweilen aber schlaf und träum was Schönes.

Am Tag war er mit Anara vor die Stadt gefahren. Er hatte ihr draußen im Freien sagen wollen, wie es um ihn und ihre Mutter stand. Seine Frau hatte es in einem Brief entschieden verlangt. Er hatte dem Mädchen erklären wollen, daß sich die Mutter nicht nur wegen ihrer Dissertation in Moskau aufhielt, sondern auch, weil es für beide besser war, wenn sie getrennt lebten, und daß Anara entscheiden müsse, bei wem sie bleiben wolle. Issabekow hatte nicht den Mut gehabt, dieses für das Kind so schreckliche Gespräch zu Hause zu beginnen. Er redete sich ein, außerhalb der Stadt sei es leichter, und die Tochter würde ohnehin bei ihm bleiben; sie würde nicht nach Taschkent fahren, wo die Mutter in einem Forschungsinstitut arbeiten wollte.
Anara spielte auf dem Hof, als der Vater sie rief.
„Zieh den Pullover an, wir machen einen Ausflug."
„Einen Ausflug!" Anara klatschte in die Hände und fragte plötzlich verwundert: „Warum denn?"
„Einfach so, wir wandern ein Stück."
Issabekow ärgerte sich, daß auf den Straßen so starker Verkehr herrschte — die Wagen kamen nur im Schneckentempo voran. Sonntags war das immer so. Als sie endlich die Stadt hinter sich gelassen hatten, versiegte der Fahrzeugstrom. Sanft

federnd, beschleunigte der Wolga die Geschwindigkeit. Von hohen Bäumen gesäumt, führte das glatte, matt schimmernde Asphaltband in sanfter Steigung weit in die Berge hinauf. Stumm blickte Issabekow auf die in klarem Weiß vor ihnen liegenden Gipfel.

„Papa, geht's nicht langsamer?" bat Anara.

Issabekow drosselte die Geschwindigkeit.

„Hast du Angst?"

„Nein, nur so", erwiderte sie und preßte die Nase wieder an die Scheibe.

„Du wolltest doch sonst immer schnell fahren."

Anara drehte sich nicht um und gab keine Antwort, als hätte sie nicht gehört.

Issabekow betrachtete ihre eckigen Kinderschultern, die unter dem Pullover hervortraten, den mageren Hals und die weichen schwarzen Locken und spürte in ihrer schweigsamen, an die Wagentür gepreßten kleinen Gestalt etwas Unbekanntes, an ihr Ungewohntes. Das Mädchen wirkte beklommen.

Vielleicht ahnte sie es? Wir vergessen ja oft, daß Kinder äußerst feinfühlig sind. Aber warum hat sie nie gefragt? Issabekow wurde elend bei diesem Gedanken. Doch nein, woher sollte sie etwas wissen? Das konnte gar nicht sein. Weder er noch seine Frau hatten ihr gegenüber das Geringste verlauten lassen. Außerdem, wer sollte sich da zurechtfinden! Das Schlimmste, wovor er sich immer gefürchtet hatte, wäre, wenn das Kind psychisch Schaden nähme. Die menschliche Seele ist nun mal so beschaffen: So leicht sie zu vereisen ist, sie wieder zu erwärmen ist schwer, mitunter sogar unmöglich. Und dann wachsen Neurastheniker heran. Nein, Anara war ein ganz normales Mädchen. Vielleicht spürte sie etwas. Er hatte als Kind ja auch gewußt, wenn zu Hause etwas nicht stimmte. Und niemand hatte geahnt, wie er litt. Was half's, früher oder später mußte sie es erfahren. Sagte er ihr's nicht, dann die Mutter, geradezu, wie sie war. Nein, lieber er. Was blieb ihm übrig? Weiter hinausschieben ging nicht ... Vielleicht bildete er sich das mit Anara auch alles nur ein, am Ende schaute sie einfach zum Fenster hinaus und freute sich an dem fallenden Laub. Wie dem auch sei, er mußte es ihr dennoch sagen. Ach, ein prächtiger Tag war das heute! Wenn ihm nur auch so prächtig zumute wäre!

Die laubübersäte Straße wirkte herbstlich verlassen. Issabe-

kow dachte, daß es tatsächlich unsinnig sei, derart zu rasen. Langsam kreiselten die Blätter zu Boden. Manche fielen auf die Motorhaube, klebten einen Augenblick an der Windschutzscheibe, wirbelten dann beiseite und flogen eine Zeitlang neben dem Wagen her, als wollten sie nicht hinter ihm zurückbleiben. Zu beiden Seiten der Straße lagen sonnenüberflutete gelbe Stoppelfelder, dürre abgeerntete Weinberge, breite grüne Kleefelder. Hinter pflügenden Traktoren flatterte ein Starenschwarm. Letzte goldene Herbsttage.
Bald setzt der Regen ein, dann wird alles welk, dunkel und verliert seine Schönheit, dachte Issabekow bedauernd. Er schnipste mit seinem Feuerzeug, rauchte eine Zigarette an und blickte wieder auf Anara. Sie schaute zum Fenster hinaus.
„Warum sagst du nichts, Anara?"
Verwundert wandte sich das Mädchen dem Vater zu, antwortete aber nicht.
„Hast du gestern deine Schulaufgaben gemacht?"
Sie nickte.
„Schön hier, nicht?"
„Ja, sehr."
Issabekow wurde verlegen. Was sollten diese gequälten, langweiligen Fragen? Aber was hatte sie nur? Sonst plauderten sie doch immer lebhaft und ungezwungen miteinander. Sicher war er heute selber langweilig.
Um dem Mädchen eine Freude zu machen, schaltete er das Radio ein. Im Wagen erklang eine bekannte, zu Herzen gehende Knabenstimme.
„Robertino!" Anara wurde munter. „Ach Vati, Robertino! In unserer Klasse mögen ihn alle. Die Jungen und die Mädchen. Du magst ihn doch auch? Mutti mag ihn."
„Ja, Anara, ja. Natürlich mag Mutti ihn auch. Ach, hübsch bist du geworden, Töchterchen." Issabekow tätschelte ihr den Kopf und wunderte sich, daß jäh braune Goldfunken in ihren weitgeöffneten Augen aufblitzten. „Ich hab schon gedacht, du wärst mir böse."
„Aber Vati!"
„Ist ja gut, nun wollen wir aber zuhören. Und dann erzähle ich dir von Schubert und von Robertinos Heimat."
Während sie miteinander sprachen, klang das „Ave Maria" getragen durch die herbstlichen Weiten, als beseele es auch diesen Herbst, dieses Land und die Menschenherzen. Plötzlich

überkam Issabekow das Gefühl einer allumfassenden Harmonie, welche die Sonne, die vor ihnen schimmernden Berge, Robertinos Stimme und die Erregung der Tochter vereinte. Wahrscheinlich lebt in jedem die Sehnsucht nach dem Schönen. Das liegt wohl in der menschlichen Natur. Aber wie oft geben wir dieses Schöne preis, ohne uns darüber Rechenschaft abzulegen. So stand auch Issabekow jetzt bevor, eine halb märchenhafte und noch nicht gefestigte Welt kindlicher Vorstellungen zu zerstören...

Robertino sang, und Anara summte leise mit. Der Wagen bog indes hinter dem Zaun einer großen Apfelplantage von der Chaussee ab und fuhr zum Fluß.

Die Issabekows kamen oft im Sommer hierher. An diesen Ort verirrte sich selten jemand, das Flüßchen war flach, durch das eisige Gebirgswasser schimmerte der steinige Grund. Einen Strand gab es nicht. Dafür waren die Berge nah, ragten, ein gewaltiges graues Massiv, hinter kahlen Hügeln auf. Von dort oben waren die riesigen Feldsteine gekommen, auf die Anara gern kletterte. Vielleicht zog es die Issabekows gerade deshalb hierher.

Weit und breit herrschte mittägliche Stille. Anara lief zu den Steinen, wobei ihre Robertino nachahmende Stimme mal dahinter verstummte, mal dazwischen ertönte.

Die Klänge des „Ave Maria" ließen Issabekow nicht los, alles ringsum schien ihm verändert.

Der bereits verödete Garten lag abgeerntet und sauber über dem Flüßchen und schien zu lauschen, ob nicht noch Menschen nach Früchten kämen. Und die Heuschober längs des Zauns wirkten wie Denkmäler des entschwundenen Sommers. Sie würden den Duft der Gluthitze am längsten bewahren. Im Sommer war hier sicher alles anders gewesen, doch er erinnerte sich nicht daran, als hätte es für ihn keinen Sommer gegeben. Auf einmal waren auch Wolken da, wie weiße Kameljunge sahen sie aus. Ach, wieder einmal im Ail sein! Wie lange war er nicht mehr dort gewesen.

Als Issabekow sah, daß Anara den Pfad entlang zum Apfelgarten lief, fiel ihm ein, weshalb sie hierhergefahren waren, und er rief ihr zu: „Wo willst du hin?"

„In den Garten. Ich will auf einen Baum klettern."

„Ich muß mit dir reden."

„Worüber? Über Robertino?"

„Ja."
„Ich hör dir nachher zu, bin gleich wieder zurück." Damit hüpfte Anara in den Garten.
Und wieder überlegte Issabekow, was er der Tochter sagen und wie er's tun würde. Sein Vorhaben schien ihm selber seltsam, ungereimt und ungeheuerlich, es paßte ganz und gar nicht zu diesem Herbsttag und den Gefühlen, die das „Ave Maria" und Robertinos Stimme geweckt hatten. Ihm wurde unbehaglich. Gern hätte er jetzt gesehen, daß Anara noch länger herumtollte und ihn nicht zwang, zu sagen, was er ihr mitteilen mußte. Als aus dem Garten ihre Stimme zu ihm drang, über irgend etwas verwundert und entzückt, fuhr er zusammen und setzte sich mit dem Rücken zu ihr auf die Erde, den Kopf gesenkt.
„Vati! Vati! Sieh mal, was ich gefunden habe!"
Er wandte sich nicht um, hörte, wie sie angerannt kam, atemlos und erhitzt. Mitten aus dem Lauf fiel Anara dem Vater um den Hals und streckte ihm einen großen roten Apfel hin.
„Du hast einen Apfel gefunden?"
„Ja, er hatte sich dort im Laub versteckt, ist gar nicht zu sehen gewesen! Ein Schlaukopf! Aber ich hab ihn doch entdeckt! Er hat geleuchtet wie eine Laterne. Der letzte und beste Apfel. Im ganzen Garten gibt's sonst keinen mehr. Sieh nur, wie schön er ist und wie er duftet! Eine richtige Sonne!"
„Ja, er sieht gut aus, ein Winterapfel." Plötzlich, für sich selbst überraschend, setzte er hinzu: „Weißt du, Anara, der bringt Glück. Dieser Apfel hat den ganzen Sommer auf dich gewartet und sich versteckt, daß niemand ihn sieht. Du aber hast ihn gefunden. Und wer den Apfel ißt, wird sehr glücklich." Issabekow rieb die Frucht mit einem Tuch ab und reichte sie der Tochter. „Da, iß."
„Und wann erzählst du mir von Robertino?"
„Später. Spiel noch ein bißchen im Garten."
„Weißt du, Vati, ich kann fein auf Bäume klettern. Die Apfelbäume sind groß und hoch und die Äste schön dick. Nur der Urjuk, das ist ein böser Baum mit vielen Ästen und Stacheln."
„Darfst eben nur auf gute Bäume klettern." Issabekow lachte.
„Vati, hast du auch schon mal einen solchen Apfel gefunden?" fragte Anara plötzlich.

Issabekow geriet in Verwirrung. Er schwieg eine Weile und sagte dann leise: „Ja. Geh noch ein bißchen spielen, ich bleib einstweilen hier sitzen."
Anara lief mit dem roten Apfel in der Hand in den Garten, er aber dachte an einen anderen roten Apfel und war betroffen angesichts der seltsamen, unwahrscheinlichen Wiederholung der Ereignisse. Auch er hatte einmal solch einen schönen roten Apfel gefunden, fast an derselben Stelle, ja, gerade hier, nur auf der anderen Seite des Gartens, dort, wo die Apfelbäume vom Hügel bis zu den Feldern hinunterreichten.

Nach dem Krieg war er in die Stadt gekommen, um am Landwirtschaftsinstitut zu studieren, demselben, an dem er jetzt Vorlesungen hielt.
An einem Herbsttag wie dem heutigen fuhren alle Studenten ihres Studienjahrs frühmorgens auf der Kopfsteinpflasterstraße, damals war sie noch nicht asphaltiert, in einen Kolchos vor der Stadt zur Rübenernte.
Sie arbeiteten den ganzen Tag, die Ration Schwarzbrot war bald aufgegessen, und gegen Abend kehrten sie müde und hungrig in die Stadt zurück. Unterwegs inspizierte die ganze Truppe den Kolchosobstgarten. Die Ernte war längst eingebracht, doch in Gras- und Laubhaufen entdeckte der eine oder andere noch ein paar Äpfel. Sie teilten sie brüderlich, aßen sie und bekamen danach nur noch größeren Hunger. Da zogen sie los und durchkämmten den ganzen Garten. Doch sie fanden nichts von Bedeutung und brachen auf.
Issabekow war, wie er sich erinnerte, quer durch den Garten seinen Kameraden nachgelaufen, als plötzlich an einem Zweig vor ihm etwas aufleuchtete. Er blieb stehen, konnte aber nichts erkennen. Schon dachte er, es sei nur eine Halluzination gewesen, doch nach einigen Schritten machte er wieder kehrt. Er umkreiste den jungen Apfelbaum, der mitten unter alten Bäumen stand. Das schmucke Bäumchen trug im Unterschied zu den anderen noch bronzefarbenes dichtes Laub. Mit trokkenem heißem Glanz vergoldete die Sonne das dunkle Braun der welken Blätter. Hätte man ein brennendes Streichholz darangehalten, wäre der Apfelbaum aufgeflammt. Da fand er das Leuchtende doch wieder und flüsterte überrascht: „Oh!"
Ein purpurner Apfel, so groß wie zwei Männerfäuste, viel-

leicht die einzige Frucht des jungen Baumes, hing, vom Laub verdeckt, schwer an einem hohen dünnen Ast.
Einige Sekunden stand Issabekow da und betrachtete das Wunder, dann sprang er hoch, bog den Stamm zu sich herab, stellte sich auf die Zehenspitzen und riß die gewichtige rote Kugel ab. Sie verströmte so süßen Duft, daß ihm schwindelte. Unter der dünnen roten Schale schimmerte sonnengetränktes saftiges Fruchtfleisch. Am liebsten hätte er kräftig hineingebissen. Schon wollte er den Apfel entzweibrechen, doch im letzten Augenblick überlegte er's sich.
Er würde diesen Apfel *ihr* geben!
Wieso kam ausgerechnet sie ihm in den Sinn? Das traf sich gut! Aber er dachte ja immer an sie, dieses unbekannte Mädchen, dessen Namen er nicht mal wußte. Wie sollte er da nicht auf sie kommen! Ohne weitere Überlegung wollte Issabekow den Apfel in die Hosentasche stecken. Doch das ging nicht. Da trennte er das Jackenfutter auf, schob den Apfel durch den Schlitz und rannte den anderen nach. Sie standen am Straßenrand und warteten auf einen Wagen, der sie mitnahm. Issabekow beschloß, den Kameraden ehrlich von seinem Fund zu erzählen.
„Kinder, ich hab einen Apfel gefunden, aber ich gebe ihn nicht her. Ich schenke ihn jemandem."
„Wo ist er denn, dein Apfel?"
„Hier. Fühlt mal."
„Oh, ist der groß!"
„Was heißt jemandem schenken? Wem?" fragte der schlaksige Scher herausfordernd.
„Ist's nicht egal, wem?" erwiderte Issabekow.
„Na, so was, er hat einen Apfel gefunden." Herablassend lächelnd klopfte Scher Issabekow auf die Schulter. „Laß die Faxen, gib ihn her." Er lachte Issabekow ins Gesicht und packte ihn an der Jacke, in der Absicht, sei es im Scherz oder Ernst, ihm den Apfel fortzunehmen.
Issabekow schlug ihm kräftig auf die Hand. Scher sprang beiseite.
Die jungen Leute brachen in freundschaftliches Gelächter aus.
Da kam ein Laster gefahren, und alle kletterten in den Wagenkasten.
Issabekow wollte den prächtigen Apfel jenem unbekannten

Mädchen schenken. Er sah sie oft in der Stadtbibliothek. Eigentlich trabte er nur ihretwegen tagtäglich vom Stadtrand, wo das Landwirtschaftsinstitut lag, ins Zentrum. Wenn er im Lesesaal saß, erriet er auf unerklärliche Weise genau, wann sie erscheinen würde. Er sehnte sie stets so voller Ungeduld herbei, daß er manchmal gar nicht erfaßte, was er las. Sein Platz war der Tisch gegenüber der Tür; und sobald sie auftauchte, riß er sich vom Buch los, und ihre Blicke trafen sich für einen Moment. Er wagte nicht, den Blick länger auf sie zu heften. Und als verstünde sie seine Verlegenheit, begab sie sich mit kaum merklichem Lächeln rasch zu einem freien Platz, legte ihre Mappe auf den Tisch und ging Bücher holen. Issabekow aber wartete wieder, wann sie mit den Büchern vorbeigehen würde — stolz, selbstbewußt, immer adrett und hübsch gekleidet.

Sicher war sie klug und gebildet. Issabekow dachte es voller Entzücken. Er freute sich, daß sie so war, und ihn erfüllte Stolz auf sie. Ihre bloße Anwesenheit im Lesesaal bereitete ihm Qual und Freude. Gern betrachtete er von der Seite ihr sonnengebräuntes feines Profil, das sorgfältig gekämmte Haar, schaute er auf die nachdenklich gesenkten Wimpern, die weiche, flinke Hand, die ständig etwas in ein Heft schrieb. Und Gott behüte, daß irgend so ein Kerl plötzlich neben ihr stehenblieb oder junge Leute ihr Zettel auf den Tisch warfen, die sie las. Dann ballte Issabekow unterm Tisch die Fäuste und war bereit, auf alle loszugehen. Wie triumphierte er aber, wie dankbar war er ihr, wenn sie diese unverschämten Schmierereien zerriß und sich nicht mal umsah, weil geflüstert oder gelacht wurde!

Issabekow dachte, ihr gefiele hier niemand, allenfalls er selbst ein wenig. Er wollte das so sehr und träumte so davon, daß er das kaum merkliche Lächeln und das leichte, achtlose Kopfnicken für den Ausdruck einer gewissen Sympathie ihm gegenüber hielt. Sie anzusprechen, wagte er jedoch nicht. Sie schien ihm viel zu schön und intelligent, er aber war nur ein einfacher Bursche aus dem Ail, ein Student unter Hunderten in der Stadt. Obendrein schämte sich Issabekow seines Aussehens. Er trug die Uniformbluse und die Stiefel seines älteren Bruders, der im Krieg gewesen war, auch dessen Feldtasche. Und im Winter würde er im Uniformmantel des Bruders herumlaufen müssen.

Sie kam immer recht spät in die Bibliothek und blieb manchmal, bis der Lesesaal geschlossen wurde. Wenn sie sich dann von ihrem Tisch erhob und die Bücher abgab, packte Issabekow rasch seine Siebensachen zusammen, die Bibliotheksbände hatte er schon vorher abgeliefert, um nicht aufgehalten zu werden, und ging auf die Straße. Er überquerte sie und wartete, bis sie herauskam. Und in diesem Abstand, sie über die Köpfe der durcheinanderhuschenden Passanten im Blick behaltend, folgte er ihr bis nach Hause. Sie wohnte in der Nähe, zwei Häuserviertel von der Bibliothek entfernt, in einem großen grauen Gebäude.

Nach diesem Geleit lief er zu Fuß durch die ganze Stadt zu seinem Wohnheim. Unterwegs machte er einen Abstecher in den Stadtpark. Dort gab es eine Tanzfläche. Wenn jemand gewußt hätte, wie er die Burschen beneidete, die ihre Mädchen einfach bei der Hand nahmen, sie um die Taille faßten und im Takt der Musik drehten! Die jungen Männer redeten mit ihren Freundinnen, die aber lächelten und wurden dadurch noch anziehender. Sooft Issabekow die Tanzenden betrachtete, wählte er sich das allerschönste und, so schien es ihm jedenfalls, verliebteste Paar aus und stellte sich vor, der Mann sei er und das Mädchen sie. Und seine Empfindungen waren so täuschend echt, daß er mit seiner Angebeteten nicht nur tanzte, sondern sogar mit ihr sprach. Diese eingebildeten Gespräche sahen etwa so aus:

„Wissen Sie, ich gehe nur Ihretwegen in die Bibliothek."

„Ja, ich weiß, daß Sie immer auf mich warten."

„Ich denke den ganzen Tag an Sie, während der Vorlesungen, in der Kantine und im Wohnheim. Ich sitze im Kino und sehe nicht, was sich auf der Leinwand abspielt. Was meinen Sie, wie glücklich mich allein der Gedanke an Sie macht!"

„Seltsam, ich denke zuweilen ebenfalls an Sie. Aber warum kommen Sie niemals auf mich zu, sprechen mich nicht an?"

„Ich bin auch so glücklich. Und wenn Sie bis morgens in der Bibliothek säßen, ich würde gleichfalls bleiben, nur um Sie anzusehen."

„Wenn mich aber junge Männer nach Hause brächten, was dann?"

„Das ließe ich nicht zu. Und Sie würden es auch gar nicht erlauben, denn ich liebe Sie."

„Woher wollen Sie wissen, daß ich es nicht gestatten würde?"

„Sie sind nicht so.“
„Sie wissen doch gar nichts von mir, wie können Sie sich ein Urteil erlauben?“
„Ich glaube an Sie. Ich kenne Sie. Kenne den Duft Ihres Haars, weiß, wie Sie lachen, obwohl ich Ihre Stimme nie gehört habe. Ich vertraue Ihren Augen, Sie sind gut und schön, sind das Hübscheste und Klügste.“
„Oi, was Sie da zusammenschwatzen! Und all das ist wahr?“
„Ja.“

Als Issabekow an jenem Abend im Wohnheim ankam, legte er den Apfel ins Nachtschränkchen und lief sofort los, sich zu waschen und die Stiefel zu putzen, er mußte sich ja zurechtmachen, bevor er in die Bibliothek eilte. Doch nach einem Blick auf die Korridoruhr sah er ein, daß es zu spät war.
Im Zimmer schliefen schon alle, er aber wälzte sich im Dunkeln noch lange von einer Seite auf die andere und versuchte sich vorzustellen, wie er ihr morgen den wunderschönen roten Apfel schenken würde. Er sah ihr Staunen und ihre Freude, dem Riesenapfel kam in Farbe und Duft zu dieser Jahreszeit auf der ganzen Welt kein anderer gleich. Bis in alle Einzelheiten wird er ihr von seinem Fund berichten: von dem jungen Apfelbaum in dem alten Herbstgarten und daß dieser Baum mit seinen bronzefarbenen Blättern, die in den Strahlen der Abendsonne wie dunkles Gold leuchteten, wunderschön aussah.
Dann wird er ihr noch seine Träume erzählen und beichten, wie er sie jedesmal nach Hause begleitet, wie er mit ihr im Park tanzt und mit ihr redet. Sicher wird sie lachen und sagen: „Drolliger Knabe!“ Doch in ihrem Tonfall liegt kein Spott, es klingt zärtlich. Und dann werden sie sicher ins Kino gehen, und er wird neben ihr sitzen und ihre Nähe spüren; vom Film wird er natürlich nichts sehen, aber das will er ja auch gar nicht. Wenn er doch bloß einen anständigen Anzug und Schuhe hätte, so in Stiefeln ist es direkt peinlich neben ihr. Aber sie ist ja klug, auf so was wird sie nichts geben!
Mit diesen Gedanken schlief Issabekow ein. Doch mitten in der Nacht fuhr er hoch. Er träumte, der freche Scher futtere seinen roten Apfel. Im Halbschlaf stürzte er zu Scher hin, aber der schnarchte hingebungsvoll, und auch die anderen schliefen.

Dennoch öffnete Issabekow das Nachtschränkchen und beruhigte sich erst, als er im Dunkeln den Apfel ertastet hatte. „Paß auf, du!" flüsterte er ihm zu.

Als die jungen Leute am Morgen die Klappfenster öffneten, schnupperten sie gierig. „Hast du aber einen Apfel, Issabekow! Dieser Duft! Du willst ihn wohl jemandem ins Krankenhaus bringen, mach bloß schnell, sonst futtert Scher ihn dir weg!"

„Ich wollte ja schon gestern", sagte Scher bissig. „Ihr habt mich bloß nicht unterstützt."

„Versuch's nur!" drohte Issabekow ihm leise.

Dann gingen sie zum Unterricht. Ach, die Vorlesungen nahmen und nahmen kein Ende!

Nach der Pause stellte Issabekow fest, daß Scher nicht im Hörsaal war. Ihm wurde heiß und kalt. Er sprang auf und sagte mitten in die Lektion des Zoologieprofessors hinein: „Professor, Verzeihung, ich muß unbedingt schnell fort."

„Was haben Sie denn, junger Mann?" wunderte sich der Professor.

„Ich kann es Ihnen nicht erklären, doch ich bitte Sie sehr, lassen Sie mich gehen."

Vom Vorlesungsgebäude zum Wohnheim raste er mit geballten Fäusten. Im Zimmer war Scher nicht. Issabekow stürzte zum Nachtschränkchen, der Apfel lag noch da. Er war beschämt und freute sich zugleich. Scher hatte also einfach Zoologie geschwänzt. Atemlos vom Lauf und von der Erregung, flüsterte Issabekow, auf dem Bett sitzend: „Verzeih mir, Scher, verzeih mir! Ich will nie wieder schlecht von dir denken!"

Den in Zeitungspapier gewickelten Apfel unterm Arm, ging er am Abend endlich in die Bibliothek. Er war früher da als sonst, nahm gegenüber der Tür Platz, breitete Bücher und Hefte auf dem Tisch aus und wartete. Wie immer saßen um ihn herum Menschen, über Bücher geneigt, flüsterten miteinander, gingen in den Raucherraum und kamen wieder zurück. Issabekow sah all das wie im Schlaf. Er wartete. Der in die Zeitung gewickelte Apfel lag unterm Tisch auf seinen Knien, deshalb fürchtete er, sich zu rühren. Anderthalb Stunden vergingen. Sie kam nicht. Zwei Stunden — immer noch nicht. Drei Stunden — nein, auch nicht. Issabekow harrte aus. Sie blieb weg.

Am nächsten Tag ging er wieder zu den Vorlesungen, sehnte wieder den Abend herbei und marschierte wieder mit dem

Apfel durch die Stadt. Diesmal wartete er mit noch größerer, noch quälenderer Ungeduld in der Bibliothek auf sie. Als sie dann in der Tür auftauchte, fühlte er sich vom eigenen Herzschlag wie betäubt. Wie stets lächelte sie kaum merklich, schien ihm sogar leicht zuzunicken und ihn im Vorbeigehen mit dem Arm zu streifen, nahm am übernächsten Tisch Platz und ging Bücher holen.

Trunken vor Freude und Erregung, saß Issabekow da und hielt unterm Tisch seinen verheißungsvollen roten Apfel in der zitternden Hand.

Dann kam sie mit den Büchern zurück und begann etwas in ein Heft zu schreiben, wie immer, ohne jemanden anzusehen und ohne auf irgend etwas anderes zu achten.

Issabekow wartete.

Erneut zog sich die Zeit qualvoll in die Länge, wieder wurde ihm bange und froh bei dem Gedanken, daß heute endlich sein Traum wahr würde. Er schaute von der Seite auf ihr sonnengebräuntes feines Profil, das sorgfältig gekämmte Haar, auf die nachdenklich gesenkten Wimpern, die weiche, flinke Hand und stellte sich vor, wie sie gleich lächeln und „drolliger Knabe" sagen würde. Ihm stockte der Atem vor Glück. Ja, er würde ihr alles erzählen: Wie er sich plötzlich ihrer erinnert hatte, als er gerade in den schönen Apfel beißen wollte, und zwar, weil er ständig an sie dachte, weil er immer, wenn er etwas Schönes und Gutes erlebte, wollte, daß sie bei ihm sei, daß sie es gemeinsam mit ihm sehe, fühle und sich freue, denn nur an ihrer Seite vermochte er das Schöne voll zu empfinden.

Auf der Straße brannte schon Licht, der Lesesaal leerte sich nach und nach, sie aber saß noch immer da. Issabekow wartete. Dann, als sie aufbrechen wollte, stopfte er rasch die Konspekte in die Tasche, nahm den in die Zeitung gewickelten Apfel und ging auf die Straße. Er überquerte sie nicht, sondern blieb am Tor stehen, nicht mehr fähig, sein klopfendes Herz zu beschwichtigen. Sein Mund war trocken, er hätte gern etwas getrunken. Endlich klapperten auf den Steinstufen ihre Absätze, und sie erschien im fahlen Licht der Laterne, schön und leichtfüßig, in einem kurzen Mantel. Den Apfel an die Brust gepreßt, zwang sich Issabekow, ihr einen Schritt entgegenzutreten. Schweigend ging sie an ihm vorüber.

„Hallo, Sie!" rief er mit unsicherer Stimme.

„Ja?" Sie blieb stehen und drehte sich um. „Wollten Sie mir etwas sagen?"

Eine idiotische Pause trat ein.

„Ich habe einen ... Apfel für Sie", stieß Issabekow schließlich hervor.

„Einen Apfel? Na, so was! Glauben Sie etwa, ich hab noch nie einen Apfel gegessen?"

„Nein, begreifen Sie doch, ich hab ihn gefunden."

„Na und? Ich verstehe nicht, was Sie von mir wollen", sagte sie gereizt und ging rasch weg, ohne sich noch einmal umzusehen.

Sie lief vor ihrem roten Apfel davon.

Issabekow aber blickte ihr verdutzt nach, in der Hand sein Prachtstück, und begriff nicht, was geschehen war. Die wundersame Welt, die er sich um den roten Apfel geschaffen hatte, war plötzlich zusammengestürzt, in tausend Stücke zerbrochen.

Niedergeschlagen trottete er nach Hause. Plötzlich holte er weit aus und schleuderte den roten Apfel mit voller Wucht in die Nacht. Er klatschte irgendwo dumpf gegen eine Mauer.

Wie betrunken ging er durch die verlassenen Straßen, mitten auf dem Pflaster. Die vereinzelten Autos machten vorsichtig einen Bogen um ihn.

Später gab es viele Mädchen in seinem Bekanntenkreis, aber keiner hätte er den roten Apfel schenken wollen. Sie hätten ihn auch nicht gemocht ...

Dennoch gab es die eine Frau, die ihn das ganze Leben lang um einen roten Apfel bat, ihn von ihm begehrte, hartnäckig forderte. Das war seine Frau, Sabira. Daran mußte Issabekow denken, während er am Zaun des herbstlichen Gartens saß.

Gegen Abend kehrten Issabekow und Anara nach Hause zurück. Es wurde rasch dunkel. Vor ihnen flammten die Lichter der Stadt auf. Lautlos rollte der Wagen durch die laubübersäten Straßen. Issabekow holte eine Zigarette heraus, schnipste das Feuerzeug an und sah in Anaras Hand den roten Apfel.

„Nanu? Hast du ihn denn nicht gegessen?"

„Nein. Ich hab ihn für Mutti aufgehoben", antwortete das Mädchen leise.

„Für Mutti?" murmelte Issabekow. Ein heißer Klumpen stieg

ihm in die Kehle. „Hast recht, wir bringen ihn Mutti.“ Mehr sprachen sie nicht miteinander. Issabekow dachte über die Tochter nach. Offenbar begriff sie doch alles. Wenn sie nur immer so bliebe und nie auf ihren roten Apfel verzichtete!

So kam es, daß Issabekow den Brief doch nicht schrieb. Am Morgen, er schlief noch, erblickte Anara auf des Vaters Schreibtisch ein noch nicht nach Moskau abgesandtes Telegramm: „Sabira, wir kommen zu Dir.“ Das Mädchen nahm den Federhalter und schrieb mit Schönschrift hinzu: „Komm uns abholen, Mutti. Wir bringen Dir einen roten Apfel mit.“

1964

Das Wiedersehen mit dem Sohn

Der alte Tschordon kam in merkwürdiger Stimmung nach Hause. Ob ihn ein Erlebnis bestürzte und aufregte oder niedergeschlagen und traurig machte, jedenfalls erriet seine Frau sofort, daß etwas geschehen war. Und als sie es heraushatte, war sie so betroffen, daß sie nicht wußte, was tun. Er hatte sich etwas derart Sonderbares in den Kopf gesetzt, daß ein normaler Mensch es für eine Altersschrulle, für Unsinn oder sonstwas halten mußte, nie und nimmer jedoch für die Handlungsweise eines nüchtern denkenden Mannes.
Der Alte hatte einen Sohn, der vor zwanzig Jahren an der Front gefallen war, blutjung, außer dem Vater erinnerte sich wohl niemand mehr an ihn. Auch Tschordon hatte ihn, seit sie zusammen lebten, kaum je erwähnt. Nun aber hatte er plötzlich beschlossen, dorthin zu fahren, wo sein Sohn vor dem Krieg als Lehrer gearbeitet hatte.
„Ich stell mir dauernd vor, er ist noch am Leben, er müßte auch jetzt noch da sein. Es zieht mich dorthin, ich möchte ihn wiedersehen", sagte er.
Erschrocken blickte seine Frau ihn an und wollte ihn zuerst sogar auslachen: Ja bist du denn bei Verstand, was spinnst du da zusammen? Doch sie nahm sich noch rechtzeitig zusammen. An der Art, wie er es gesagt hatte, an dem schlichten und ruhigen Augenausdruck, an der Überzeugtheit und Aufrichtigkeit des Tonfalls merkte sie, daß es ihm ernst war und er seine Sinne durchaus beisammen hatte. In diesem Augenblick spürte sie, daß es trotz der Ungereimtheit seines Wunsches unrecht wäre, ihn wie ein Kind davon abbringen zu wollen, ihn, diesen Mann mit dem alten bräunlichen Gesicht, den verkniffenen gütigen Augen, dem schlohweißen Bart und den müden groben Händen, die wie große Fische auf seinen Knien ruhten. Sie empfand plötzlich Mitleid mit ihm, doch zugleich wußte sie, wie unsinnig sein Vorhaben war.
„Warum bist du denn nicht früher hingefahren?" fragte sie behutsam.

„Ich weiß nicht", erwiderte Tschordon seufzend. „Aber jetzt zieht es mich an diesen Ort. Ich muß dahin, solange ich noch am Leben bin, mein Herz befiehlt es mir. Morgen in aller Frühe breche ich auf."
„Nun, wie du meinst."
Sie vermutete, der Alte würde es sich noch anders überlegen. Warum auch sollte er in den fernen, unbekannten Ail reiten, was konnte er da schon finden, was sehen? Doch ihre Erwartungen erfüllten sich nicht. Tschordon blieb bei seinem Vorsatz.
Das Dorf am Fuße des Hügels lag längst in tiefem Schlummer, alle Fenster waren dunkel, nur in Tschordons Haus flammte immer wieder Licht auf. Der Alte fand keine Ruhe. Etlichemal in der Nacht stand er auf, zog sich an, ging hinaus und warf jedesmal dem Pferd einen Armvoll Klee in die Krippe. Nicht irgendwelchen, sondern zartblättrigen, von der ersten Mahd. Es tat ihm nicht einmal leid, vorzeitig den Kleevorrat anzugreifen, der schon seit dem Sommer ordentlich unterm Scheunendach lag. Sonst hätte er sich einen derartigen Luxus schwerlich gestattet; vor dem Winter erlaubte er nie, das Heu anzurühren, sondern trieb Kuh und Pferd zum Weiden vors Dorf, auf abgeerntete Gemüsefelder, ins Grummet, ins herbstliche Salzkraut und auf die Stoppelfelder. Jetzt aber war ihm nichts zu schade, sogar Hafer für unterwegs hatte er in die Umhängetasche, den Kurdshun, geschüttet.
So wirtschaftete er die ganze Nacht herum, und auch seine Frau konnte nicht einschlummern. Sie stellte sich zwar schlafend, um den Alten nicht bei seinen Vorbereitungen zu stören, doch jedesmal, wenn er aus dem Haus trat, seufzte sie schwer. Ihm sein Vorhaben ausreden zu wollen war sinnlos. Auch jetzt hätte sie ihm am liebsten gesagt: Überleg doch, wohin du fährst! Weshalb? Bist du kindisch geworden, die Leute werden über dich lachen! Doch sie schwieg. Sie fürchtete, der Alte könnte ihr sagen: Wärst du seine leibliche Mutter, würdest du mir nicht abreden! Solche Worte wollte sie nicht hören. Ja, sie hatte seinen Sohn nie gesehen, hatte keine Vorstellung von ihm. Die alte Tschordon war vor zehn Jahren gestorben, sie war die zweite Frau. Ohnehin war es ihr peinlich, und sie fühlte sich ständig unverdient schuldig vor ihrem Mann, weil seine beiden verheirateten Töchter, die mit ihren Familien in der Stadt lebten, aus unerfindlichem Grund

nie zu Besuch kamen und keinerlei Verbindung zu ihnen hatten. Nur hin und wieder, sehr selten, suchte Tschordon sie selber auf, wenn er gerade in der Stadt war. Er erzählte fast nichts von ihnen, und sie fragte ihn auch nicht. Besser, die Stiefmutter hält sich in solchen Fällen heraus, da gibt es keine Unstimmigkeiten. So kam es, daß sie sich auch mit dem ungewöhnlichen Einfall des Alten abfand. Sie hatte eine Weile überlegt und war zu dem Schluß gekommen: Vielleicht ist ihm wirklich schwer ums Herz. Soll er nur hinreiten, das wird ihn erleichtern, ihm die Unruhe nehmen, und sein Leid wird ihm erträglicher erscheinen.

Tschordon stand im Morgengrauen auf. Er sattelte das Pferd, kam zurück, zog seinen neuen dicken Tuchrock an, nahm den Kantschu von der Wand, beugte sich im Dunkeln über das Bett seiner Frau und flüsterte: „Nassipkan, ich breche auf. Mach dir keine Sorgen. Morgen nacht bin ich zurück. Hörst du? Warum sagst du nichts? Begreif doch, er ist mein Sohn. Ich weiß ja alles, aber ich muß mal dort gewesen sein. Mein Herz verlangt danach, begreif doch."

Die Frau richtete sich schweigend auf, und als sähe sie im Finstern, was der Alte auf dem Kopf trug, knurrte sie: „Solltest dir mal deine Mütze ansehen. Vierzig Flicken. Willst ja schließlich nicht ins Holz, sondern auf Besuch." Sie tastete nach der Truhe am Kopfende ihres Lagers, zog die Lammfellmütze ihres Mannes heraus und reichte sie ihm. „Da, setz die auf. Mußt dich ja schämen mit der alten Mütze."

Tschordon wechselte die Kopfbedeckung und ging zur Tür.

„Wart mal", rief sie ihm nach. „Nimm noch vom Fensterbrett das Bündel mit Essen, steck's in den Kurdshun. Sonst verhungerst du mir noch unterwegs bis zum Abend."

Tschordon wollte sich bedanken, sagte aber nichts. Er war es nicht gewohnt, seiner Frau „danke" zu sagen.

Das Dorf schlief noch, als Tschordon auf seiner Stute hinter den Höfen davonritt, die Straße meidend, um nicht die Hunde rebellisch zu machen. Am Dorfrand schwenkte er auf einen Feldweg ab, der in die Berge führte.

Tags zuvor gegen Mittag war Tschordon auf demselben Weg mit Brennholz nach Hause geritten, dieselbe braune Stute vor einen klapprigen alten Karren gespannt. Er mußte Wintervorrat heranschaffen.

Am Eingang zur Kleinen Felsschlucht hatte er Reisig von wilden Sträuchern geschlagen und den Karren bis oben hin vollgeladen, dann saß er im Sattel, stemmte die Füße auf die Gabeldeichsel und ritt gemächlich dahin, wobei er ab und an sogar einnickte. Die Räder holperten wie üblich durch die Schlaglöcher, der Karren knarrte, es war ein ruhiger, warmer Tag.

Es gibt eine Zeit im Herbst, da muß jeden Tag die Kälte einsetzen, doch zuvor, wie zum Abschied, sind die Tage ausnehmend hell und klar. Von der Anhöhe bot sich dem Blick diesmal die gesamte Umgebung dar: die Dörfer im Tal mit den dunklen Obstgärten und den weißen Hauswänden, die vertrockneten rotbraunen Stauden der Tabakplantagen, die Traktoren, die die Herbstfurche zogen, ein silbernes Flugzeug hoch am Himmel und fern am Horizont der starre graue Dunstschleier über der tiefer gelegenen Stadt. Und über diesem Stück Welt flog rasch und lautlos eine dunkle Wolke von kreisenden Vögeln dahin.

Tschordon wußte, es waren Schwalben. Am Morgen schon, als er ins Holz fuhr, hatten sich Schwalbenschwärme auf den Telegrafendrähten gesammelt. In langen, langen Reihen saßen sie einander gegenüber, reglos, alle mit den gleichen gedrechselten Köpfchen, alle mit den gleichen blitzenden Doppelpfeilen der Schwänze. Sie saßen friedlich da und zwitscherten sich nur zuweilen verhalten etwas zu, fast sah es aus, als warteten sie auf eine bestimmte Stunde, um sich gemeinsam zu erheben und auf die Reise zu begeben. Etwas Feierliches war in dieser Schwalbenversammlung, das in seiner Herbheit und Schönheit ans Herz rührte. Was sind dagegen Spatzen, dachte Tschordon stolz.

Und nun flogen die Schwalben vor seinen Augen davon. Sie zogen Abschiedsrunden über dem Land, wo sie den Sommer verbracht hatten, sie schwebten in der Luft, lautlos, zielstrebig, ein riesiger, in der Sonne schillernder, glänzender schwarzer Schwarm.

Tschordon schaute ihnen lange zu. Schließlich zogen sie noch eine letzte große Runde über dem herbstlich öden Garten, ein Zittern ging durch die Vogelschar, alle schwirrten durcheinander, ordneten sich wieder und flogen rasch in Richtung der großen Steppen davon. Immer kleiner wurde der Schwarm, er entschwand im Himmelsblau wie das Echo eines fernen Liedes in der Weite und verwandelte sich schließlich in einen dunklen Punkt. Die Schwalben flogen in fremde Länder. Am Morgen noch hatte man sie sehen, sich an ihnen freuen, ihr Gezwitscher hören können. Unbegreiflich süße Wehmut flutete dem Alten, einer berauschenden Woge gleich ins Herz, Tränen trübten ihm den Blick, längst sah er nichts mehr, doch er schaute noch immer zum Himmel und sehnte sich wer weiß wonach, nach etwas Vertrautem, Teurem, unwiederbringlich Verlorenem. Wäre er jung gewesen, er hätte ein Abschiedslied gesungen.

Tschordon erwachte aus seinen Gedanken, als er in der Nähe Hufgetrappel vernahm. Auf einem guten schnellen Pferd kam jemand den Hügel herauf. Tschordon erkannte den Reiter nicht sogleich. Es war Saparaly, ein alter Mann aus dem Nachbardorf, wie sich herausstellte. Die beiden waren bloß flüchtig miteinander bekannt, begegneten sich nur hin und wieder bei Totenfeiern oder Toi-Festen und begrüßten einander. Damit erschöpften sich eigentlich ihre Beziehungen. Saparaly ritt offensichtlich zu Besuch, er trug einen neuen Velvetonrock, nagelneue Itschigen und neue spitze Gummiüberschuhe, auf dem Kopf hatte er einen prächtigen Fuchspelz-Tebetej und in der Hand einen Kantschu mit einem Griff aus rotem Spierzweig.

„Was träumst du, Schmied?" rief Saparaly laut und freundlich und zog die Zügel straff.

Ja, früher einmal war Tschordon Schmied gewesen.

„Die Schwalben fliegen davon", sagte Tschordon verwirrt.

„Was? Die Schwalben? Wo denn?"

„Sie sind schon fort."

„Na meinetwegen. Fährst wohl Brennholz?"

„Ja, für den Winter. Und wohin bist du unterwegs?"

Saparalys noch jung wirkendes, rotes Gesicht mit dem schwarzen Bart zerfloß in einem zufriedenen Lächeln.

„Zum Sohn. Er ist doch Sowchosdirektor in Ak-Sai, am Fuß der Großen Berge." Mit einem weiten Schwung seines Kantschus wies Saparaly die Richtung.

„Von Ak-Sai hab ich gehört." Tschordon nickte.

„Da reite ich also hin. Der Sohn hat bestellen lassen: ‚Vater soll doch mal für zwei Tage oder so kommen!' Sie sind zwar da große Chefs, aber ohne uns alte Leute geht's eben nicht. Der Enkel heiratet. Also muß ich die Hochzeitsfeier richten, damit es nach altem Brauch zugeht, wir werden viele Gäste

haben, ich möchte ein Pferderennen veranstalten."
Saparaly begann vom Sowchos des Sohnes zu erzählen. Man habe dieses Jahr viel Wolle geschoren, die Schafhirten hätten hohe Prämien erhalten, die Leute seien mit ihrem Direktor zufrieden, man munkle sogar, der Sohn sei für einen Orden vorgeschlagen.
All das war ja sehr schön, aber Tschordon dachte im Augenblick an etwas ganz anderes; er spürte plötzlich wieder die alte, unerwünschte, zu ewigem Schweigen in den tiefsten Herzenswinkel verbannte, aber stets lebendige Sehnsucht, die ihn so schmerzhaft überfallen hatte, als die Schwalben fortflogen. Jetzt flammte sie erneut machtvoll in seiner Brust auf. Es war die Sehnsucht nach dem Sohn, ja, nach ihm, der längst nicht mehr auf Erden weilte. Aber er hatte schließlich auch einmal dort, in der Nähe von Ak-Sai, gearbeitet, und auch er hatte den Vater früher eingeladen, ihn zu besuchen. Und ohne sich Rechenschaft darüber abzulegen, was er da sagte, unterbrach Tschordon Saparaly wie im Fiebertraum mit den Worten: „Mich hat mein Sohn ebenfalls zu sich gebeten."
„Ist denn dein Sohn auch dort?"
„Ja", flüsterte Tschordon und wurde kalt vor Entsetzen.
„Das hab ich gar nicht gewußt." Arglos zuckte Saparaly die Schultern. „Um so besser, warum nicht? Wo sie auch sein mögen, Gott schenke ihnen Gesundheit. Leb wohl!" Mit diesen Worten trieb er sein Pferd an.
Kaum war er ein Stück weg, kam Tschordon zur Besinnung. Ein klirrender Abgrund von Stille und Leere tat sich schlagartig vor ihm auf. Was habe ich nur angerichtet? Gelogen habe ich, die Unwahrheit gesagt! Warum bloß?
Tschordon sprang vom Pferd und lief Saparaly nach.
„Halt, halt an, Saparaly!" schrie er und rannte auf ihn zu, um sich zu entschuldigen und die Wahrheit mitzuteilen.
Saparaly wendete das Pferd. „Was ist denn?" fragte er beunruhigt.
Tschordon kam keuchend heran und wollte ihm alles erklären, doch abermals hinderte ihn eine unabwendbare Kraft, die Wahrheit zu sagen — der Wunsch, an den Sohn zu denken, als lebte er, nachdem er soeben durch seine eigenen Worte zufällig wieder lebendig geworden war und im Bewußtsein des anderen Mannes bereits existierte. Er konnte ihn nicht schon wieder begraben. Er wagte nicht zu sagen, daß es den Sohn längst

nicht mehr gab, daß er schon vor langer Zeit im Krieg gefallen war. Er wollte, daß der Sohn noch eine Weile lebte, und sei es auch nur für ein paar Minuten. Später würde er alles erklären, er käme schon noch zurecht.

„Hast du keinen Naspai? Ich halt's ohne einfach nicht aus, gib mir doch bitte was!" bat er.

„Der Teufel soll dich holen, hast mir einen schönen Schreck eingejagt!" Erleichtert seufzte Saparaly auf und faßte in die Tasche. „Na, halt schon die Pfote auf. Ich kenne die verflixte Tabaksucht ja von mir", sagte er und schüttete Tschordon aus einem Glasbehälter etwas Naspai auf die Hand.

„Nanu, dir zittert ja die Pfote, Schmied. Bist alt geworden."

„Ja, habe im Krieg bis zur Erschöpfung gehämmert, und die Jahre machen sich auch bemerkbar", erwiderte Tschordon. „Verzeih, daß ich dich festgehalten habe."

„Macht nichts. Na schön, ich reite weiter."

„Guten Weg", sagte Tschordon.

Jetzt wäre es schon peinlich gewesen, den Mann aufzuhalten. Tschordon freute sich sogar, daß Saparaly so schnell weg war und er ihm nichts vom Tod des Sohnes sagen mußte.

Er blieb noch eine Zeitlang in Gedanken versunken stehen, dann öffnete er die Hand, schüttete den Tabak auf die Erde und ging zurück zu seinem Karren.

Er ging langsam, mit gesenktem Kopf. „Was hab ich nur gemacht, bin ich denn von allen guten Geistern verlassen?" murmelte er, blieb mitten auf dem Weg stehen, blickte sich nachdenklich um, schaute lange zum Himmel über den großen Steppen, dorthin, wohin der Vogelschwarm geflogen war, und flüsterte: „Und doch habe ich einen Sohn, jawohl, er ist am Leben!" Und dann schrie er es plötzlich heraus, röchelnd und voller Schmerz: „Ich habe einen Sohn, ja, ich habe einen, ich werde auch zu ihm reiten, werde ihn wiedersehen!", und verstummte wieder.

Den ganzen Weg zum Dorf suchte sich Tschordon einzureden, daß er es sich nicht so zu Herzen nehmen dürfe, daß das Vergangene unwiederbringlich dahin sei, dennoch loderte der Wunsch, in jenen Ail zu fahren, wie ein Brand in ihm. Dazu hatte es kommen müssen. Diese Glut glomm schon lange in seinem Herzen, viele, viele Jahre. Oft hatte er daran gedacht, bisweilen sogar begeistert davon geträumt, wie er eines Tages hinfahren und sich vor den Orten verneigen würde, wo sein Sohn die letzten Tage verbracht hatte, bevor er zur Armee ging. Die Begegnung mit Saparaly war nur ein zufälliger Funke gewesen. Nun aber begann der Sohn in Tschordons Bewußtsein unwillkürlich zu leben, seltsam verschmolzen die Jahre, Ersehntes wurde Wirklichkeit, Phantasie — Realität. Tschordon stellte sich vor, wie er in jenen Ail reiten und wie der Sohn ihn begrüßen würde, worüber sie reden würden. Gewiß würde er sich freuen: „Vater, endlich bist du da!", und ihm entgegeneilen.

„Ja, ich bin gekommen, mein Lieber, guten Tag. Du hast dich nicht verändert. Ich aber bin alt geworden, wie du siehst."

„Aber nein, Vater, du bist gar nicht so alt, es ist einfach viel Zeit verronnen. Warum hast du mich so lange nicht besucht? Wie viele Jahre sind vergangen, zwanzig oder sogar noch mehr. Hast du dich denn nie nach mir gesehnt?"

„Und ob! Mein Lebtag hab ich Sehnsucht nach dir gehabt. Verzeih, daß ich dich so lange habe warten lassen, ich konnte mich nie aufraffen. Du weißt ja selbst, Mutter ist gestorben, wir haben sie zu Grabe getragen. Nachdem du gefallen warst, ist sie nie mehr aufgestanden. Nun aber bin ich gekommen, dein Andenken zu ehren. Ich bin gekommen, mich vor den Leuten zu verneigen, in deren Mitte du gelebt hast. Ich will mich vor dieser Erde verneigen, vor diesen Bergen, vor der Luft, die du geatmet, vor dem Wasser, das du getrunken hast. Nun haben wir uns doch wiedergesehen, mein Sohn. Was schaust du nur so, führ mich, zeig mir deine Schule, zeig mir den Ail, du hast doch so viel davon erzählt."

Tschordon bemühte sein Gedächtnis vergeblich, er kam nicht auf den Namen des Jägers, in dessen Haus sein Sohn Sultan gewohnt hatte. Er wußte nur, daß es ein guter Mensch gewesen war, der Sohn hatte ihn gemocht, jetzt mußte er wohl an die Siebzig sein. Ob er noch lebte? Wie oft hatte er Tschordon bestellen lassen, er möge ihn doch einmal besuchen, sie könnten zusammen auf die Jagd gehen, mit einem abgerichteten Königsadler. Ob es den noch gab? Adler wurden ja alt.

Ihn dünkte, der Jäger habe einen kleinen Sohn gehabt. Er war bei Sultan in die erste Klasse gegangen; als er in der zweiten war, hatte schon der Krieg begonnen. Dieser Junge hatte jetzt sicher bereits Familie. Die Frau des Jägers war freundlich gewesen. Aber sie hatte es schwer gehabt, sowohl im Kolchos als auch in der häuslichen Wirtschaft. Einst bat sie Sultan, ein paar Jagdhunde wegzuschaffen und sie dem Vater zu überlassen. Es ging über ihre Kräfte, für die ganze Hundemeute Futter zu kochen. Einmal tat Sultan ihr auch den Gefallen, er brachte einen weißen Jagdhund mit gelben Flecken an den Flanken mit nach Hause. Ach, war das ein Hund! Nur dort, bei den Großen Bergen, gibt es so schöne Jagdhunde, flink wie die Uferschwalben. Sie bringen es sogar fertig, wilde Ziegenböcke in Fallen zu treiben. Aber am nächsten Morgen nahm Sultan den Hund doch wieder mit. „Sein Besitzer wird zu Tode beleidigt sein. Da helf ich schon lieber beim Futterkochen", sagte er. Und so lief der märchenhafte Jagdhund hinter seinem Fahrrad her. Es tat Tschordon leid, sich von ihm zu trennen, doch er wußte, was der Hund dem Jäger bedeutet; zudem kam er nicht aus der Schmiede heraus. Ob diese weißen Windhunde schon tot sind, oder ob sie noch Füchse jagen?

Während Tschordon darüber nachdachte, kam er auf ein weiteres überzeugendes Argument. Ja, er mußte diesen Mann aufsuchen. Ist er gestorben, wird er sich vor seiner Asche verneigen, lebt er, wird er ihm die Hand drücken und ihm danken für die Sorge um seinen Sohn.

Nur einen Gedanken unterdrückte Tschordon immer wieder. Sooft er ihm kam, betäubte er sich mit allerlei Alltagssorgen: Er überschlug, was diesen Winter die Kartoffeln und das Heu kosten würden, wann er am besten den Hammel schlachten und ob er das Kalb noch behalten oder verkaufen sollte.

Er bemühte sich, den Gedanken nicht zuzulassen, denn er hatte ihn um und um gewälzt. In schlaflosen Nächten und in der Schmiede war er zusammen mit seinem Hammer viele Jahre auf den Amboß niedergesaust, war im Schmiedeherd geschmolzen, im Wasser gehärtet. Tschordon hatte längst entschieden, daß allein Gott darüber befinden würde, ob er im Recht war oder nicht. Sollte er den Sohn in jener anderen Welt wiedersehen, dann würde er ihm alles erzählen, alles, wie es gewesen war. Aber um Verzeihung bitten würde er nicht. Selbst damals, hinterher, als seine Töchter in der Stadt ihm die ungeheuerlichen Worte ins Gesicht schleuderten, hatte Tschordon nichts bereut, hatte Tschordon geschwiegen.

Sie aber konnten ihm bis heute jenen schrecklichen Vorfall nicht verzeihen. Ereignet hatte er sich an dem Tag, da Sultan

an die Front fuhr, auf dem Bahnhof der Stadt.
Im Oktober 1941 kam jemand zu Tschordon in die Schmiede gelaufen. „Schnell", rief er, „geh nach Hause, dein Sohn ist gekommen, will sich verabschieden!" So wie er war, mit dem versengten, rußgeschwärzten Schmiedeschurz, rannte Tschordon los, noch das Dröhnen vom Amboß in den Ohren. Er hastete die Straße entlang und konnte es noch nicht recht glauben. Der Sohn war doch eigentlich zu jung, um einberufen zu werden. Aber es stimmte. Sultan war auf einem geliehenen Pferd aus der Kreisstadt angesprengt gekommen, um die kranke Mutter noch einmal zu sehen. Sie lag schon ein halbes Jahr darnieder. Den Vater bat er, in die Stadt zu kommen und ihn zum Bahnhof zu begleiten. Sie kamen weder dazu, sich richtig auszusprechen, noch Abschied zu nehmen, wie sich das gehört. Die Zeit war ja auch nicht danach. Wieviel Worte blieben ungesagt, wieviel Gedanken behielt jeder für sich! Kaum je wird es gelingen, wiederzugeben, was das Volk damals bewegte.
In die Stadt ritt Tschordon im Trab. Er jagte die dreißig Kilometer dahin, ohne das Pferd zu schonen. Das erste, was ihm in die Augen fiel und ihn ganz benommen machte, war das Menschengewühl und das Stimmengewirr vor dem Bahnhof. Was drängte sich dort nicht alles! Lkws mit rotem Fahnentuch an den Seiten, Kutschen, zweispännige Kamelwagen mit Heu und Stroh, angespannte und gesattelte Pferde; auf den Gleisen dagegen pfiffen Lokomotiven, klirrten Waggons. Und mitten in diesem Durcheinander Menschen über Menschen aus Dörfern, Ailen und aus der Stadt: alte, junge, Kinder.
Tschordon saß ab. Er band die Stute inmitten einer Unmenge anderer Pferde an die erstbeste Kutsche und machte sich auf die Suche nach dem Sohn. Er drängte sich durch das Volk, bat um Auskunft. Man sagte ihm, die Eingezogenen seien im Park vor dem Bahnhof, man lasse aber niemand zu ihnen, bald würden sie abtransportiert. Schließlich hatte er sich zum Park durchgearbeitet. Hinter dem Zaun standen Kolonnen von Soldaten, Kommandos ertönten, Namen wurden aufgerufen. Tschordon war bestürzt — wie konnte man hier jemanden finden? Auch hinderten ihn die Bäume daran, die Männer in der Formation zu erkennen. Plötzlich hörte er ganz in seiner Nähe rufen: „Vater! Vater! Hierher!" Die beiden Töchter

winkten ihm. Sie standen am Parkeingang. Tschordon drängte sich zu ihnen durch und erblickte den Sohn in Reih und Glied. Auch er bemerkte den Vater, winkte ihm zu und lächelte. Sein Lächeln wirkte gespannt und verlegen. Tschordon empfand Mitleid mit dem Sohn. Er war blutjung, hatte noch keinen Bart, nur in der Größe glich er den anderen, sonst aber, den Schultern und seinem ganzen Äußeren nach, war er der reinste Junge. Er wuchs noch und mußte noch wachsen. Tschordon erkannte in ihm die eigenen Züge, der Sohn würde ein kräftiger, starker Mann werden. Noch zwei Jährchen, und er würde ein stattlicher Bursche sein.

Später, wenn Tschordon an den Sohn dachte, suchte er immer wieder herauszufinden, was Besonderes an ihm war, daß er ihn nicht nur geliebt, sondern auch geachtet hatte. Jeder liebte ihn schließlich, er aber achtete ihn von Kind an als vernünftigen, gleichberechtigten Menschen, obwohl er doch mitunter ein rechter Schlingel war. Tschordon konnte sich nicht erklären, warum. Vor allem, nachdem der Sohn Lehrer geworden war, hatte Tschordon ihm noch mehr Hochachtung entgegengebracht und ihn ernst genommen, auch wenn Sultan bisweilen mit dem Pioniertuch um den Hals nach Hause kam, er war in der Schule Pionierleiter. Der junge Mann war noch hitzig und draufgängerisch, doch mit der Zeit, so hatte Tschordon gedacht, würde er schon ausgeglichen werden. Man darf den Menschen nicht gängeln, dauernde Belehrungen sind ihm lästig. Sultan würde seinen Weg schon selbst finden, hatte Tschordon gemeint. Möglicherweise war das der Grund seines Zerwürfnisses mit den Töchtern. Beide, die Ältere, Sejnesch, und die Jüngere, Salika, hatten in der Stadt gelernt. Dort hatten sie geheiratet und waren Städter geworden. Auch Sultan hatten sie in die Stadt geholt, hier hatte er das Pädagogische Institut absolviert, und nun arbeitete er schon ein Jahr als Lehrer.

Kaum hatte Tschordon sich zu den Töchtern durchgezwängt, da wollten sie ihn aus der Menge zerren. Naßgeschwitzt und wütend, beschimpften sie leise den Bruder, nannten ihn einen vorwitzigen Grünschnabel, einen Schafskopf. Überall, wohin man auch blickte, wimmelte es von Menschen, die Töchter hatten es eilig und waren nervös, und so kam es mitten auf dem Platz, in dem Gewühl, zwischen ihnen und dem Vater zu folgendem Gespräch:

„Weißt du, daß dein Sohn als Freiwilliger einrückt?"

„Nein", sagte Tschordon verwundert. „Und was wollt ihr?"

„Wir haben im Kreis angeläutet, im Kriegskommissariat, und es stellte sich heraus, er hat sich selbst aufgedrängt, hat ein Gesuch eingereicht, wollte von allein in den Krieg."

„Er ist doch noch zu jung, begreifst du denn nicht?"

„Also hat er sich gesagt, es ist nötig."

„Nötig?" Die Töchter fielen über den Vater her. „Begreifst du denn nicht, Vater? Es reicht schon, daß unsere Männer dort sind. Wer weiß, ob sie zurückkehren. Genügt es nicht, daß wir allein geblieben sind? Muß auch noch der letzte in der Familie alles dransetzen, um an die Front zu kommen?"

„Er wird dort draufgehen wie ein Vogeljunges. Das ist doch was anderes, als Pionierleiter sein."

„Warum sagst du nichts, Vater?"

„Was soll ich denn sagen, was kann ich tun?"

„Geh sofort zu ihm, wir bitten, daß man dich durchläßt. Geh zu ihm und sag ihm, er soll es bleibenlassen. Red es ihm aus, solange es nicht zu spät ist."

„Er soll zurücktreten, noch ist es möglich. Nur du kannst ihn zur Umkehr veranlassen."

„Nein, wartet mal", murmelte Tschordon. Es fiel ihm schwer, in dieser Umgebung, in diesem Wirrwarr, den Töchtern vernünftig zu erklären, daß man so etwas von niemandem verlangen darf. Wie könnte Sultan sein Wort zurücknehmen? Wie sollte er dann jenen in die Augen blicken, mit denen er schon in Reih und Glied stand? Was würde man von ihm denken, und was würde er selbst später von sich halten?

„Das ist wohl unangebracht, es würde ihm peinlich sein", sagte Tschordon.

„Was soll da peinlich sein!"

„Wen geht's was an, wer kennt ihn hier schon, mein Gott, wer braucht etwas davon zu wissen!"

„Aber er selber wüßte es", wandte Tschordon düster ein. „Und das ist die Hauptsache."

„Unsinn, Vater, er ist ja noch ein Junge. Geh, solange es nicht zu spät ist."

Plötzlich nahm das Stimmengewirr zu, das Volk geriet in Bewegung und drängte zur Seite. Ein Blasorchester schmetterte einen Marsch, ein rotes Banner flatterte in der Luft, und aus dem Parktor marschierten die Soldaten — der Befehl zum Einsteigen war gegeben. Die Töchter aber klammerten sich an Tschordons Ärmel, schubsten ihn und schrien inmitten der Hunderte von Stimmen und der Musik: „Schnell zum Kommissar! Er ist auf dem Bahnhof. Du mußt deinen Sohn retten!"

„Vater, komm, unserer kranken Mutter zuliebe! Sag dem Kommissar, daß Mutter im Sterben liegt!"

Bei diesen Worten wurde Tschordon schwankend. Und sie zerrten ihn durch die Menge der Abschiednehmenden zum Bahnhof, wo sich der für den Abtransport verantwortliche Kommissar befand.

Vom Platz führte eine hohe Steintreppe zum Bahnhofsgebäude. Sie war voller Menschen. Die Töchter zogen ihn zwischen den erhitzten, schwitzenden Leibern hindurch nach oben, vorbei an Hunderten vom Leid des Krieges verdüsterten Blicken, durch Tränen, Tapferkeit und Verzweiflung voneinander Abschied nehmender Menschen, durch Trommelwirbel und Militärmusik, durch die Abschiedsrufe der Soldaten auf dem Platz, durch seinen eigenen Schmerz und den lautlosen Schrei seines Herzens.

Und obwohl Tschordon ausgezeichnet begriff, daß die Schwestern nur Gutes für den Bruder wollten, nur das Beste für ihn und die ganze Familie, daß sie ihn auf ihre Weise liebten und zu schützen suchten, stieg in ihm dumpfe Wut hoch auf die Töchter, die ihn dazu bringen wollten, daß er sich hinterm Rücken des Sohnes über dessen Willen und selbständiges Handeln hinwegsetzte, daß er dessen Menschenwürde zerstörte. Sie aber zogen ihn immer weiter hinauf, bahnten sich auf der Treppe den Weg durch die brodelnde Menge. Als sie die oberen Stufen erreicht hatten, erblickte Tschordon schließlich die Marschkolonne, in der auch sein Sohn war. Am Ende ging das Blasorchester, das als letzte Gruppe den Transportzug besteigen sollte. Sultan marschierte im Außenglied. Tschordon erkannte ihn sofort und sah, wie er sich umblickte. Er suchte in dem Gewimmel Vater und Schwestern. Hätte er gewußt, daß der Vater in diesem Moment zum Kommissar gezerrt wurde, damit er ihn freibettle, ihn in seinen eigenen Augen herabsetzte, ihm seine Menschenwürde nahm!

Dann sah Tschordon, wie aus der Menge ein Mädchen mit

rotem Tuch gelaufen kam. Es stürzte auf Sultan zu, wurde aber gleich wieder abgedrängt und konnte ihm nur die Hand drücken.

Als sie sich zum Dienstraum des Bahnhofsvorstehers, in dem sich der Kommissar befand, durchgearbeitet hatten, stießen ihn die Töchter zur Tür.

„Geh, schnell, sag, daß du sein Vater bist, erzähl von Mutter. Sag, er hat unüberlegt gehandelt, er ist ja noch ein Junge. Bitte ihn flehentlich, sie sollen ihn aus dem Transport nehmen. Erklär alles so, wie's ist."

„Geh doch, Vater, was starrst du so! Jede Minute zählt!"

Tschordon begann sich vor den Leuten zu schämen, obwohl niemand auf ihn achtete. Soldaten und Zivilisten liefen besorgt hin und her, jeder mit seinen Angelegenheiten beschäftigt.

„Ich bin so was nicht gewohnt, ich geh nicht", lehnte er schroff ab.

„Doch, du gehst!"

„Wenn du nicht willst, dann gehen wir selber! Wir schaffen es auch allein." Die Töchter hatten die Geduld verloren und stürzten auf die Tür des Kommissars zu.

„Untersteht euch! Geht nicht!" Tschordon packte sie an den Armen und zog sie weg. Er schleppte sie mit schrecklicher Kraft zurück, wieder durch die Menschenmenge die Stufen hinab. Und da mußte er von ihnen hören, was selten jemand von seinen Kindern gesagt bekommt: „Du treibst deinen Sohn in den Tod! Sei verflucht, du bist uns kein Vater mehr!"

„Du bist uns kein Vater!" bekräftigte die zweite.

Erbleichend löste Tschordon langsam die verkrampften Finger und gab ihre Arme frei. Schweigend wandte er sich um und stürzte, die Leute beiseite schiebend, zum Platz. Er beeilte sich, um vom Sohn Abschied zu nehmen, drängte sich durch den Menschenwald vorm Bahnhof, durch das Stimmengewirr und die Schreie zum Bahnsteig, wo die Soldaten einstiegen. Aber der Zugang war bereits gesperrt. Auf dem Bahnsteig wogte eine dunkle Menschenmenge, schmetterte das Blasorchester, da konnte niemand mehr hin.

Ans Bahnsteiggitter gepreßt, blickte Tschordon über das Meer von Köpfen hinweg auf die roten Waggons des endlos langen Zuges.

„Sultan, Sultan, mein Sohn, ich bin hier! Hörst du mich?" schrie er und streckte die Hände durchs Gitter.

Aber wie hätte sein Schrei den Sohn erreichen können. Ein Eisenbahner, der neben ihm stand, fragte ihn: „Hast du ein Pferd?"

„Ja", antwortete Tschordon.

„Weißt du, wo der Rangierbahnhof ist?"

„Ja, in der Richtung."

„Na, Papachen, dann sitz mal auf und spreng dorthin. Du kommst noch zurecht, es sind etwa fünf Kilometer, nicht mehr. Der Transport hält dort für ein paar Minuten, da kannst du dich von deinem Sohn verabschieden, aber beeil dich, steh hier nicht rum!"

Tschordon rannte auf dem Platz hin und her, bis er endlich sein Pferd gefunden hatte, er wußte nur noch, wie er mit rascher Handbewegung den Knoten der Leine gelöst, den Fuß in den Steigbügel gesetzt, dem Pferd mit dem Kantschu eins übergebrannt hatte und dann, tief vorgeneigt, die Straße entlanggesprengt war, die parallel zur Bahnlinie verlief. Wie ein grimmiger Nomade jagte er auf der öden, hallenden Straße dahin und erschreckte die vereinzelten Fußgänger und Fahrzeugführer. Wenn ich nur noch zurechtkomme, wenn ich's nur noch schaffe, ich hab dem Sohn so viel zu sagen! dachte er und sprach, die Zähne fest zusammengepreßt, innerlich ein Gebet und die Beschwörungsformel des dahinsprengenden Reiters: Helft mir, Geister der Ahnen! Hilf mir, Kambar-ata, du Beschützer der Pferde, laß mein Roß nicht stolpern! Gib ihm die Schwingen eines Falken, ein ehernes Herz, die Beine eines Elches, die Lungen eines Fisches!

Tschordon bog von der Straße auf einen Pfad unterhalb des Bahndamms ein und trieb das Pferd nochmals an. Bis zum Rangierbahnhof war es nicht mehr weit, als ihn der Lärm des Transportzuges einholte. Wie eine Lawine stürzte das schwere, heiße Dröhnen der beiden hintereinandergekuppelten Lokomotiven auf seine vorgebeugten breiten Schultern.

Der Transportzug überholte den dahinpreschenden Reiter. Das Pferd war bereits abgehetzt. Dennoch rechnete Tschordon fest damit, zurechtzukommen, wenn nur der Zug hielt, bis zum Rangierbahnhof war es gar nicht mehr weit. Die Furcht, die Sorge, der Zug könne plötzlich doch nicht anhalten, ließen ihn an Gott denken: Großer Gott, wenn es dich auf Erden gibt, halt den Transportzug an! Ich bitte dich, halt ihn an, halt den Zug an!

Der Transportzug stand schon auf dem Rangierbahnhof, als

Tschordon die letzten Wagen erreichte. Der Sohn lief dem Vater entgegen. Als Tschordon ihn erblickte, sprang er vom Pferd. Schweigend fielen sie einander um den Hals und verharrten, alles auf der Welt vergessend.

„Vater, verzeih mir, ich rücke als Freiwilliger ein", sagte Sultan.

„Ich weiß, mein Sohn."

„Ich habe die Schwestern beleidigt, Vater. Sie sollen die Kränkung vergessen, wenn sie können."

„Sie haben dir verziehen. Sei nicht böse auf sie, vergiß sie nicht, schreib ihnen, hörst du? Und vergiß auch Mutter nicht."

„Gut, Vater."

Ein kurzer Glockenton erklang, sie mußten sich trennen. Zum letztenmal schaute der Vater dem Sohn ins Gesicht und fand darin für einen Moment seine eigenen Züge wieder, sich selbst als jungen Menschen, im Lenz seines Lebens; er drückte ihn fest an seine Brust. Mit seinem ganzen Wesen wollte er in diesem Augenblick dem Sohn die Vaterliebe geben. Er küßte ihn und sagte immer wieder ein und dasselbe: „Sei ein Mensch, mein Sohn! Wo immer du sein magst, sei ein Mensch! Bleib immer ein Mensch!" Die Waggons ruckten an.

„Tschordonow, es geht los!" rief der Kommandeur.

Als sie Sultan in den fahrenden Wagen zogen, ließ Tschordon die Arme sinken, dann wandte er sich um, preßte das Gesicht an die verschwitzte heiße Mähne des Pferdes und brach in lautes Schluchzen aus. Er weinte, hielt den Hals des Pferdes umschlungen und zitterte so stark, daß unter der Schwere seines Leids das Tier nervös zu tänzeln begann.

Die Eisenbahner gingen schweigend vorüber. Sie wußten, warum in jenen Tagen die Menschen weinten. Und nur die Jungen von der Bahnhofssiedlung wurden plötzlich still und blieben stehen; neugierig und mit kindlichem Mitgefühl blickten sie auf den weinenden großen alten Mann.

Die Sonne stand schon hoch wie zwei Pappeln über den Gipfeln, als Tschordon die Kleine Felsschlucht hinter sich ließ und ins weite hüglige Tal hinausritt, das sich bis an die fernen Schneeberge erstreckte. Ihm stockte der Atem. In dieser Gegend hatte sein Sohn gelebt.

1964

Der Soldatenjunge

Das erstemal sah er seinen Vater im Film. Da war er ein Knirps von etwa fünf Jahren.

Als Kino diente der große weiße Stall, in dem jedes Jahr die Schafe geschoren wurden. Dieser schiefergedeckte Schafstall steht heute noch hinter der Sowchossiedlung, kurz vorm Berg, an der Straße.

Dorthin war er mit der Mutter gegangen. Seine Mutter Dshejengul, Telefonistin im Sowchospostamt, arbeitete jeden Sommer als Hilfskraft auf dem Scherplatz. Dafür nahm sie ihren Urlaub, verlängert durch das „Abbummeln" ganzer Wochenenden und Nächte, die sie während der Aussaat und der Lammung am Schaltbrett zugebracht hatte. Sie blieb, bis das letzte Schaf geschoren war. Beim Scheren wurde nach Leistung gezahlt, da konnte man ganz gut verdienen. Und sie, die Soldatenwitwe, rechnete mit jeder Kopeke. Zwar bestand ihre Familie nur aus ihr und dem Sohn, aber Familie bleibt Familie, da muß man Brennstoff für den Winter beschaffen, muß Mehl kaufen, bevor es auf dem Basar teurer wird, muß für Kleidung und Schuhe sorgen und noch für vieles andere.

Zu Haus gab es niemanden, der nach dem Sohn hätte sehen können, und so nahm sie ihn mit zur Arbeit. Tagelang lief er schmutzverschmiert und glücklich zwischen den Scherenden, den Schäfern und den zottigen Hunden herum.

Als der Landfilmwagen in den Hof einfuhr, erblickte er ihn zuerst, und sofort stürzte er davon, um allen dieses höchst erfreuliche Ereignis mitzuteilen.

„Das Kino ist gekommen! Das Kino!"

Die Vorführung begann nach der Arbeit, als es schon dunkel war. Bis dahin verging er fast vor Ungeduld. Doch seine Qualen wurden belohnt. Es war ein Kriegsfilm. Auf der weißen Leinwand, die zwischen zwei Pfosten hinten im Schafstall gespannt war, entbrannte eine Schlacht: Abschüsse dröhnten, pfeifend stiegen Leuchtkugeln hoch, zerrissen mit grellem Weiß die lärmdurchtoste Dunkelheit, strahlten die zur

Erde geduckten Aufklärer an. Die Leuchtkugeln erloschen, und die Aufklärer stürzten wieder vorwärts. Maschinengewehre feuerten inmitten der Nacht, daß es dem Jungen den Atem verschlug. Wenn das nicht Krieg war!

Die Mutter hatte sich mit ihm auf Wollballen niedergelassen, hinter den anderen. Von da sah man besser. Er hätte freilich lieber in der ersten Reihe gesessen, dort, wo es sich die Kinder aus dem Sowchos bequem gemacht hatten. Er wollte gleich zu ihnen flitzen, doch die Mutter hielt ihn zurück.

„Nun reicht's aber, von früh bis spät tobst du rum, jetzt bleib mal bei mir." Und sie nahm ihn auf den Schoß.

Der Filmapparat surrte, der Krieg ging weiter. Die Zuschauer wandten kein Auge von der Leinwand. Die Mutter seufzte; manchmal, wenn ein Panzer direkt auf sie zielte, fuhr sie erschrocken zusammen und preßte den Sohn fester an sich. Eine Frau, die neben ihnen auf den Ballen saß, schnalzte kummervoll mit der Zunge und murmelte: „Mein Gott, was geht da vor, mein Gott!"

Er aber fand es gar nicht so schrecklich; im Gegenteil, wenn die Faschisten fielen, war es sogar recht lustig. Fielen aber Sowjetsoldaten, dann meinte er, sie müßten gleich wieder aufstehen.

Überhaupt ist es komisch, wie die Menschen im Krieg fallen. Haargenau wie Kinder beim Kriegspielen. Er kann auch so fallen, mitten aus dem Lauf heraus, als hätte ihm jemand ein Bein gestellt. Weh tut es ja, wenn man so hinschlägt, doch was macht's, man steht wieder auf, der Angriff geht weiter, und vergessen ist der Schmerz. Diese hier aber stehen nicht mehr auf, sie bleiben als unbewegliche dunkle Hügel liegen. Er kann auch anders fallen, so wie die Soldaten nach einem Bauchschuß. Die fallen nicht sofort, sie greifen sich erst an den Leib, krümmen sich und lassen sich langsam ins Gras sinken, während ihnen die Waffe aus der Hand gleitet. Er verkündet danach immer, er sei gar nicht tot, und kämpft weiter. Diese hier aber standen nicht wieder auf.

Der Krieg ging weiter. Der Filmapparat surrte. Jetzt erschienen auf der Leinwand Artilleristen. Unter starkem Feuer, inmitten von Explosionen und Rauch, brachten sie eine Pak für den direkten Beschuß in Stellung. Sie schoben das Geschütz eine steile Böschung hinauf. Der Hang war hoch und breit, reichte fast bis an den Himmel. Und auf diesem hohen und breiten Hang, der unter den schwarzen Spritzern der Explosionen beinahe barst, arbeitete sich das Häuflein Artilleristen vor. In ihren Bewegungen, in ihrem Äußeren war etwas, was einem das Herz höher schlagen ließ und die Brust mit Stolz, Schmerz und der Erwartung von Schrecklichem und Großem erfüllte. Es waren sieben Mann. Ihre Kleidung schwelte. Einer der Artilleristen sah nicht wie ein Russe aus. Vielleicht hätte der Junge ihn gar nicht beachtet, wenn nicht die Mutter geflüstert hätte: „Schau nur, dein Vater..."

Von da an wurde er sein Vater. Der ganze Film handelte nun von seinem Vater. Der Vater war jung wie die Burschen aus dem Sowchos. Er war von niedrigem Wuchs, hatte ein rundes Gesicht und flinke Augen, die böse in dem von Schmutz und Rauch schwarzen Gesicht funkelten, er wirkte flink und geschmeidig wie eine Katze. Da, die Schulter gegen ein Rad des Geschützes gestemmt, drehte er sich um und rief jemandem weiter unten zu: „Munition! Schnell!" Seine Stimme wurde übertönt vom Donner einer neuen Explosion.

„Mama, ist das mein Vater?" fragte Awalbek die Mutter.

„Was?" Sie verstand nicht. „Sitz ruhig und paß auf!"

„Du hast doch gesagt, er ist mein Vater."

„Ja freilich. Aber sei still, stör die andern nicht."

Warum hatte sie das gesagt? Vielleicht einfach so, zufällig, unüberlegt; vielleicht in der Erregung, weil sie an ihren Mann erinnert wurde. Und er, der kleine Dummrian, glaubte es, war ganz verwirrt vor Freude, einer jähen, nie zuvor erlebten Freude, und ihn erfaßte kindlicher Stolz auf seinen Vater, den Soldaten. Das war doch ein richtiger Vater! Sein Vater! Und die Jungs necken ihn dauernd, er habe gar keinen. Jetzt sollen sie seinen Vater endlich sehen, sie und auch die Hirten! Diese Hirten, die immerzu nur in den Bergen herumwandern und die Kinder nicht mal mit Namen kennen! Er hilft ihnen die Schafherden in den Pferch zum Scheren treiben, er jagt ihre Hunde auseinander, wenn sie sich raufen, und dennoch setzen ihm die Hirten mit Fragen zu. Soviel Hirten es auf der Welt auch gibt, jeder fragt ihn unbedingt: „Na, Dshigit, wie heißt du denn?"

„Awalbek."

„Und wer ist dein Vater?"

„Ich bin der Sohn von Toktossun."

Die Hirten wissen nicht gleich, wer das ist. „Von Toktossun?"

fragen sie und beugen sich aus dem Sattel herab. „Von was für einem Toktossun?“
„Ich bin der Sohn von Toktossun“, beharrt er.
Die Mutter hat ihn geheißen, so zu antworten, und auch die blinde Großmutter ermahnt ihn, er dürfe den Namen des Vaters nie vergessen. Sie zieht ihn sogar an den Ohren. Die Böse ...
„Aaah, wart mal, du bist doch der Sohn von der Telefonistin auf der Post, nicht wahr?“
„Nein, ich bin der Sohn von Toktossun.“ Er bleibt dabei.
Da endlich kapieren die Hirten.
„Na freilich, du bist der Sohn von Toktossun! Bist ein tüchtiger Junge! Wir wollten dir ja bloß auf den Zahn fühlen. Nimm's nicht krumm, Dshigit, das ganze Jahr sind wir in den Bergen, und ihr wachst hier wie das Gras, wie soll man sich da auskennen.“
Dann tauschen sie lange Erinnerungen an seinen Vater aus. Flüstern miteinander, sagen, daß er blutjung an die Front gegangen ist, viele können sich gar nicht mehr an ihn erinnern. Gut, daß er einen Sohn hinterlassen hat, wie viele Burschen sind unverheiratet ins Feld gezogen, und keiner trägt heute mehr ihren Namen!
Seit dem Augenblick jedoch, da die Mutter ihm zuraunte: „Schau, dein Vater ...“, wurde der Soldat auf der Leinwand sein Vater. Er sah tatsächlich dem Foto des Vaters, einem jungen Soldaten mit Käppi, sehr ähnlich. Dem Foto, das sie später vergrößern ließen und unter Glas gerahmt aufhängten.
Nun betrachtete Awalbek den Vater mit Sohnesaugen, und sein kindliches Herz wurde von einer heißen Woge nie gekannter Sohnesliebe und Zärtlichkeit durchflutet. Der Vater auf der Leinwand wußte anscheinend, daß der Sohn auf ihn blickte; es war, als wollte er sein kurzes Leben im Film so nützen, daß der Sohn ihn für immer im Gedächtnis behielt und auf ihn, den Soldaten, für immer stolz war. Jetzt erschien der Krieg dem Jungen gar nicht mehr unterhaltsam, und es war gar nicht mehr komisch, wie die Menschen fielen. Der Krieg wurde ernster, erregender, schrecklicher. Und zum erstenmal bangte er um einen ihm nahestehenden Menschen, um den, den er immer vermißt hatte.
Der Filmapparat surrte, der Krieg ging weiter. Vorn tauchten

angreifende Panzer auf. Sie näherten sich drohend, rissen mit ihren Raupenketten die Erde auf, drehten die Türme und schossen im Fahren aus ihren Kanonen. Die sowjetischen Artilleristen aber zogen mit letzter Kraft die Pak hinauf.
„Schneller, Papa, schneller! Die Panzer kommen, die Panzer!" feuerte der Sohn den Vater an. Endlich hatten sie die Pak oben, schoben sie in ein Haselnußgestrüpp und eröffneten das Feuer auf die Panzer. Die schossen zurück. Es waren viele. Ihm wurde unheimlich.
Der Sohn meinte, dort neben dem Vater zu sein, im Feuer und Kampfeslärm. Er zappelte auf den Knien der Mutter, wenn Panzer in Brand gerieten und schwarzer Rauch aufstieg, wenn es die Raupenketten von den Rädern riß und die Panzer blindwütig auf der Stelle mahlten. Er wurde still und krümmte sich zusammen, wenn Sowjetsoldaten bei dem Geschütz fielen. Es wurden immer weniger... Die Mutter weinte, ihr Gesicht war tränenfeucht und glühte.
Der Filmapparat surrte, der Krieg ging weiter. Der Kampf entbrannte mit neuer Kraft. Die Panzer kamen näher und näher. Neben der Lafette kauernd, schrie der Vater zornig etwas in den Hörer des Feldtelefons, aber in dem Lärm war nichts zu verstehen. Da fiel noch ein Soldat bei dem Geschütz; er versuchte vergeblich aufzustehen, dann stürzte er mit dem Gesicht auf die Erde. Der Boden färbte sich schwarz von seinem Blut. Nun waren nur noch zwei übriggeblieben, der Vater und ein anderer Soldat. Sie feuerten erst einen Schuß ab, dann zwei unmittelbar hintereinander. Doch die Panzer rollten vorwärts. Wieder schlug ein Geschoß ein, direkt neben der Pak. Explosion. Feuer und Dunkelheit. Jetzt erhob sich nur noch einer — sein Vater. Er stürzte aufs neue zum Geschütz. Lud selber, richtete selber. Es war der letzte Schuß. Die Leinwand wurde von einer Explosion verdunkelt. Vaters Kanone lag zerbeult auf der Seite. Doch er war noch am Leben. Stand langsam auf und ging dem Panzer entgegen, kohlschwarz und mit rauchenden Kleiderfetzen. In der Faust hielt er eine Handgranate. Er sah und hörte nichts mehr, sammelte die letzten Kräfte.
„Halt, du kommst nicht durch!" Er schwang die Handgranate und erstarrte für eine Sekunde in dieser Haltung, das Gesicht von Haß und Schmerz verzerrt.
Die Mutter preßte dem Sohn die Hand so fest zusammen, daß

ihm der Atem stockte. Er wollte sich losreißen und zum Vater laufen, doch aus der Mündung des Panzer-MGs prasselte eine lange Salve, und der Vater stürzte wie ein gefällter Baum. Er rollte über die Erde, versuchte hochzukommen und fiel wieder auf den Rücken, die Arme weit ausgebreitet.

Der Filmapparat verstummte, der Krieg brach ab. Der erste Teil war zu Ende. Der Vorführer machte Licht, um einen neuen Streifen einzulegen. Als es im Stall hell wurde, verkniffen alle die Augen und blinzelten, aus der Welt des Films, aus dem Krieg zurückkehrend in ihr wirkliches Leben. Der Junge purzelte von den Wollballen und rief triumphierend: „Kinder, das ist mein Vater! Habt ihr gesehn! Meinen Vater haben sie getötet!"

Niemand hatte dergleichen erwartet, und niemand verstand sogleich, was vorgefallen war. Der Junge aber rannte mit Triumphgeschrei zur Leinwand. Dort saßen in den ersten Reihen seine Freunde, an deren Meinung ihm so viel gelegen war. Für kurze Zeit herrschte im Stall eine seltsame, beklemmende Stille. Noch begriffen die Leute nicht, welch absurder Sinn in der Freude des kleinen Menschen lag, der nie zuvor seinen Vater gesehen hatte. Alle schwiegen verwirrt und zuckten die Achseln. Der Vorführer ließ die Filmdose fallen. Scheppernd rollte sie davon und zerfiel in zwei Hälften. Doch keiner achtete darauf, und auch der Filmvorführer lief nicht gleich hinterher. Das Soldatenkind aber, der Sohn des gefallenen Soldaten, ließ nicht locker. „Habt ihr gesehn, das ist mein Vater! Sie haben ihn getötet!" rief er, und je länger die Menschen schwiegen, um so stärker wurde seine Erregung. Er verstand nicht, warum sie sich nicht ebenso freuten wie er und auf seinen Vater stolz waren.

Ein Erwachsener zischte unzufrieden: „Sei still, was redest du daher?"

Doch ein anderer widersprach ihm: „Wieso? Sein Vater ist an der Front gefallen. Das stimmt doch, oder nicht?"

Da entschloß sich ein Nachbarjunge, der schon zur Schule ging, ihm die Wahrheit zu sagen: „Aber das ist nicht dein Vater. Was schreist du denn so? Das ist nur ein Schauspieler. Frag doch den Onkel Filmvorführer."

Die Erwachsenen wollten dem Jungen nicht selbst seine bittere und schöne Illusion rauben; sie hofften, der fremde Filmvorführer würde ihm ohne Umschweife die Wahrheit sagen.

Alle wandten sich ihm zu. Doch auch er schwieg und hantierte an seinem Apparat herum, als wäre er schwer beschäftigt.
„Doch, es ist mein Vater! Mein Vater!" Das Soldatenkind ließ sich nicht beirren.
„Wer ist dein Vater? Welcher?" nahm der Nachbarjunge erneut den Streit auf.
„Der mit der Handgranate auf den Panzer losgegangen ist. Hast du es denn nicht gesehen? So ist er gefallen!"
Der Junge warf sich hin und rollte ein Stück, um zu zeigen, wie der Vater gefallen war. Und er machte es haargenau, wie er es im Film gesehen hatte. Er lag vor der Leinwand auf dem Rücken, die Arme weit ausgebreitet.
Die es sahen, mußten unwillkürlich lachen. Er aber lag wie tot da und lachte nicht. Wieder wurde es beklemmend still.
„Kümmre dich um deinen Jungen, Dshejengul", sagte eine alte Hirtin vorwurfsvoll, und alle sahen, wie die Mutter leidgebeugt und streng zu ihrem Sohn ging, Tränen in den Augen.
Sie hob das Kind auf.
„Komm, Söhnchen, komm. Es war dein Vater", flüsterte sie ihm zu und führte ihn aus dem Schafstall.

Der Mond stand bereits hoch. Gegen die dunkelblaue nächtliche Ferne hoben sich weiß die Gipfel der Berge ab, und unten lag die Steppe, gewaltig und finster wie ein tiefer Wasserstrudel.
Jetzt erst, zum erstenmal in seinem Leben, kam ihm die Bitternis des Verlustes zum Bewußtsein. Plötzlich wurde ihm unerträglich traurig zumute beim Gedanken an den Vater, der im Kampf getötet worden war. Er wollte die Mutter umarmen, wollte, daß sie mit ihm weinte. Doch sie schwieg. Da schwieg auch er und schluckte an seinen Tränen.
Er wußte nicht, daß der Vater, der längst gefallen war, von dieser Stunde an in ihm zu leben begann.

1965

Novellen

Goldspur der Garben

Vater, ich weiß nicht, wo du begraben.
Dir, Torekul Aitmatow, sei dies gewidmet.

Mutter, die du uns großgezogen.
Dir, Nagima Aitmatowa, sei dies gewidmet.

1

Einen dunklen, gesteppten Beschmet über dem frisch gewaschenen weißen Kleid, um den Kopf ein weißes Tuch, geht sie langsam den Pfad zwischen den abgeernteten Feldern entlang. Weit und breit kein Mensch. Der Sommer ist verklungen. Keine Stimme schallt über den Acker, kein Wagen wirbelt den Staub der Feldwege auf, kein Mähdrescher rattert nah und fern, und auf dem Stoppelfeld weidet noch keine Herde.

Hinter der grauen Landstraße erstreckt sich unübersehbar die weite herbstliche Steppe. Lautlos ziehen rauchfarbene Wolkenketten darüber hin. Lautlos streicht der Wind über das Feld, über den Marienflachs und die trockenen Halme, lautlos huscht er hinab zum Fluß. Es riecht nach Gras, feucht vom ersten Frühfrost. Die Erde ruht aus nach der Ernte. Bald wird schlechtes Wetter einsetzen, wird es in Strömen regnen, erster weißer Flaum wird die Erde bedecken, und Schneestürme werden losbrechen. Doch heute ist es noch still und ruhig hier.

Stört sie nicht! Jetzt bleibt sie stehen und blickt lange umher mit ihren alten, trüb gewordenen Augen.

„Guten Tag, Feld", sagt sie leise.

„Guten Tag, Tolgonai. Bist du gekommen? Noch älter bist du geworden, ganz grau, und gehst am Stock."

„Ja, ich werde alt. Wieder ist ein Jahr vorüber und bei dir, Feld, wieder eine Ernte. Heute ist Totengedenktag."

„Ich weiß. Ich habe dich erwartet, Tolgonai. Aber auch diesmal bist du wieder allein gekommen?"

„Wie du siehst, wieder allein."

„Also hast du ihm noch immer nichts erzählt, Tolgonai?"

„Nein, ich hab nicht den Mut gehabt."

„Meinst du, daß ihm nie jemand davon erzählt? Meinst du, daß nie jemand etwas ausplaudern wird?"

„Nein, das nicht. Früher oder später wird er es sicher erfahren. Er ist doch schon groß, jetzt kann er es leicht von andern hören. Aber für mich ist er immer noch ein Kind, und ich habe Angst, Angst, mit ihm darüber zu sprechen."

„Ist er ein Mensch, muß er die Wahrheit erfahren, Tolgonai."

„Gewiß. Aber wie soll ich's ihm sagen? Nur er allein weiß nicht, was ich weiß, was du weißt, mein liebes Feld, was alle wissen. Wie wird er's aufnehmen, wenn er's erfährt, wie wird er über das Vergangene denken, wird er mit Herz und Verstand die Wahrheit finden? Er ist doch noch ein Junge. Deshalb zerbrech ich mir ja den Kopf, was ich tun soll, wie ich's anfangen soll, damit er sich nicht vom Leben abkehrt, sondern ihm stets das Gesicht zuwendet. Ach, wenn ich's ihm doch einfach in wenigen Worten erzählen könnte, wie ein Märchen. Die letzte Zeit denk ich nur noch daran, denn wer weiß, wie's das Schicksal will — ich kann ja plötzlich sterben. Als ich im Winter einmal krank wurde und mich legen mußte, dachte ich: Jetzt ist's soweit. Dabei bangte mir nicht so sehr vorm Tode, wär er gekommen, ich hätt mich nicht gesträubt, aber ich fürchtete, ich würd's nicht mehr schaffen, dem Jungen die Augen über sich selbst zu öffnen, mich plagte die Angst, ich müßt die Wahrheit über ihn mit ins Grab nehmen. Und er ahnte nicht mal, weshalb ich mich so quälte. Natürlich tat ich ihm leid, er versäumte sogar die Schule und wich nicht von meiner Seite; ist ganz der Mutter nachgeraten. ‚Oma, soll ich dir Wasser bringen? Oma, soll ich dir die Medizin geben? Oder soll ich dich vielleicht besser zudecken?' Aber selbst da konnte ich mich nicht entschließen, hab's einfach nicht übers Herz gebracht. Er ist doch so vertrauensvoll, so arglos. Die Zeit vergeht, und ich weiß noch immer nicht, wie ich an das Gespräch herangehen soll. Auf alle Art und Weise hab ich's in Gedanken schon probiert. Aber ich kann grübeln, soviel ich will, ich komm doch nur zu dem einen Schluß: Wenn er über das Gewesene richtig urteilen, wenn er das Leben richtig verstehen soll, darf ich ihm nicht nur von ihm selbst, von seinem eigenen Schicksal erzählen, ich muß ihm dann auch von vielen andern Menschen und ihren Schicksalen sprechen, von mir und meiner Zeit, von dir, mein Feld, von unserem ganzen Leben und sogar von dem Fahrrad, auf dem er nichts ahnend in die Schule fährt. Das wird wohl das einzig Richtige sein.

Denn da ist nichts wegzulassen und nichts hinzuzufügen. Das Leben hat uns alle zu ein und demselben Teig verknetet, zu ein und demselben Knoten verknüpft. Dabei ist die Geschichte so verwickelt, daß auch ein Erwachsener sich nicht immer darin zurechtfindet. Man muß es selbst durchmachen, mit dem Herzen begreifen. Deshalb überlege ich so lange. Ich weiß, es ist meine Pflicht, und wenn ich's fertigbrächte, sie zu erfüllen, dann wär auch das Sterben nicht schwer."

„Setz dich doch, Tolgonai. Setz dich hier auf diesen Stein, wir wollen gemeinsam überlegen. Erinnerst du dich an den Tag, Tolgonai, als du zum erstenmal hierhergekommen bist?"

„Es fällt mir schwer, mich darauf zu besinnen, soviel Zeit ist seitdem verflossen."

„Streng nur dein Gedächtnis an, Tolgonai. Ruf dir alles wieder in Erinnerung, von Anfang an."

2

Ich kann mich nur noch sehr dunkel entsinnen: Als ich klein war, wurde ich in der Erntezeit an der Hand hierhergeführt und in den Schatten einer Getreidehocke gesetzt. Man ließ mir ein Stück Brot, damit ich nicht weinte. Später, als ich größer war, kam ich her, um die Saaten zu hüten. Im Frühjahr wurde das Vieh hier vorbei in die Berge getrieben. Ich war damals ein flinkes, wuschelköpfiges Mädelchen. Welch törichte, sorglose Zeit doch die Kindheit ist! Ich weiß noch, die Viehtreiber kamen aus der Gelben Ebene herauf. Herde auf Herde eilte zu den frischen Weiden in den kühlen Bergen. Wie dumm ich doch damals noch war, wenn ich's recht bedenke. Gleich einer Lawine jagten die Pferdeherden aus der Steppe heran, alles zerstampfend, was ihnen unter die Hufe geriet. Kilometerweit hingen Staubwolken in der Luft. Ich aber verbarg mich im Weizen und sprang plötzlich wie eine kleine Wildkatze hervor, um sie zu erschrecken. Die Pferde scheuten, und die Hirten jagten mir nach.

„Na, warte, du Zottelkopf, wenn wir dich kriegen!"

Aber ich entwich ihnen und floh über die Aryks.

Tagtäglich zogen rostbraune Schafherden hier vorüber, die Fettschwänze wippten im Staub, wie Hagel prasselten die kleinen Hufe auf die Erde, vom Schreien heisere Hirten trieben die Schafe an. Dann kamen die Nomadenzüge aus den reichen Ailen mit ihren Kamelen, an deren Sättel mit Kumys gefüllte Schläuche aus Ziegenleder geschnallt waren. Junge Frauen und Mädchen, geputzt und in Seide gekleidet, wiegten sich auf leichtfüßigen Zeltern und sangen Lieder von grünen Wiesen und klaren Flüssen. Ich staunte sie an und lief, alles um mich her vergessend, lange hinter ihnen drein. So ein schönes Kleid und so ein Fransentuch möchte ich auch einmal haben! träumte ich vor mich hin und sah ihnen nach, bis sie meinen Blicken entschwunden waren. Wer war ich damals? Die barfüßige Tochter eines Tagelöhners. Mein Großvater hatte seine Schulden als Pflüger abarbeiten müssen, und von da an blieb es so in unserer Familie. Aber wenn ich auch niemals ein seidenes Kleid trug, ein stattliches Mädchen wurde ich doch. Ich betrachtete gern meinen Schatten. Du gehst und schaust und hast deine Freude dran, als wär's vor dem Spiegel. Was für ein albernes Ding ich doch war! Siebzehn Jahre war ich alt, als ich bei der Ernte Suwankul kennenlernte. Er war damals vom Oberen Talas gekommen, um sich zu verdingen. Ich brauche auch jetzt nur die Augen zu schließen, dann sehe ich ihn vor mir, genau wie damals. Blutjung war er noch, neunzehn Jahre alt. Er ging ohne Hemd, in einem alten, über die nackten Schultern geworfenen Beschmet. Schwarzgebrannt war er von der Sonne, die Haut über den Wangenknochen glänzte wie dunkles Kupfer. Er war lang aufgeschossen und hager, hatte aber eine kräftige Brust und Hände wie aus Eisen. Arbeiten konnte er wie selten einer. Den Weizen mähte er leicht und sauber, die Sense sirrte nur so, pausenlos sanken die Halme zu Boden. Es gibt solche Menschen: Wenn sie arbeiten, ist es eine wahre Freude, ihnen zuzusehen. Obwohl ich selbst als flinke Schnitterin galt, blieb ich immer hinter ihm zurück. War er weit voraus, blieb er stehen, sah sich um und kam zurück, um mir beim Aufholen zu helfen. Ich fühlte mich dadurch in meinem Stolz gekränkt, ärgerte mich und wollte ihn fortjagen: „Wer hat dich denn hergebeten! Sieh einer an! Laß das, ich werd auch ohne dich fertig!"

Er war nicht beleidigt, sondern lächelte nur und ließ sich nicht stören. Weshalb ich mich damals nur so geärgert habe, ich dumme Gans!

Wir kamen immer als erste aufs Feld. Die Morgendämmerung brach eben erst an, und alles schlief noch, wenn wir uns auf

den Weg zur Mahd machten. Suwankul erwartete mich hinter dem Ail auf unserem Pfad.
„Bist du gekommen?“ sagte er mir.
„Und ich hab gedacht, du wärst schon längst fort“, antwortete ich jedesmal, obwohl ich wußte, daß er niemals ohne mich gehen würde.
Dann liefen wir gemeinsam weiter.
Flammend stieg die Sonne auf, die schneebedeckten Berggipfel erglänzten in goldenem Schimmer, wie ein tiefblauer Fluß strömte uns aus der Steppe der Wind entgegen. Diese frühen Sommermorgen waren die Morgenröte unserer Liebe. Die ganze Welt verwandelte sich wie im Märchen, wenn wir zusammen dahingingen. Und das Feld, grau, zerstampft und aufgewühlt, wurde zum schönsten Feld der Erde. Eine zeitige kleine Lerche begrüßte mit uns den Sonnenaufgang. Sie schwang sich hoch hinauf in die Lüfte, hing als winziges Pünktchen am Himmel, flatterte dort wie ein menschliches Herz, und so viel sorgloses Glück klang aus ihren Liedern ...
„Hörst du, unsere Lerche singt!“ sagte Suwankul.
Sogar unsere eigene Lerche hatten wir.
Und die Mondnacht? Vielleicht wird es nie wieder so eine Nacht geben. An diesem Abend waren Suwankul und ich auf dem Feld geblieben, um bei Mondschein zu arbeiten. Als der Mond riesengroß und klar dort über dem dunklen Gebirgskamm aufgegangen war, öffneten die Sterne am Himmel alle auf einmal die Augen. Mir schien, daß sie uns sahen. Wir lagen am Feldrain auf Suwankuls Beschmet. Eine kleine Erhebung am Aryk war unser Kopfkissen. Ein weicheres Kissen hat es nie gegeben. Das war unsere erste Nacht. Fortan waren wir immer zusammen, fürs ganze Leben.
Mit seiner schwieligen, schweren Hand streichelte Suwankul sanft mein Gesicht, meine Stirn, mein Haar, und sogar durch seine Handfläche hindurch fühlte ich, wie freudig und ungestüm sein Herz schlug. Da sagte ich flüsternd zu ihm: „Suwan, was glaubst du, wir werden doch glücklich sein, ja?“ Und er antwortete: „Wenn Land und Wasser gleichmäßig unter alle verteilt werden, wenn auch wir unser eigenes Feld haben, wenn auch wir pflügen, säen und unser eigenes Getreide dreschen — dann wird das unser Glück sein. Ein größeres Glück braucht der Mensch nicht, Tolgon. Das Glück des Ackerbauern liegt im Säen und Ernten.“

Ich wußte selbst nicht, warum, aber seine Worte gefielen mir sehr, ganz leicht ums Herz wurde mir von diesen Worten. Ich umarmte Suwankul fest und küßte sein heißes, wettergebräuntes Gesicht. Dann badeten wir im Aryk, spritzten und lachten. Das Wasser war frisch, perlend klar und roch nach Bergwind. Hernach lagen wir nebeneinander, hielten uns bei den Händen gefaßt und blickten schweigend in den Himmel, hinauf zu den Sternen. Es waren sehr viele in dieser Nacht.

Auch die Erde war glücklich mit uns in dieser blauen, sternklaren Nacht. Auch sie genoß die Kühle und Stille. Wohltuende Ruhe hatte sich über die Steppe gebreitet. Im Aryk murmelte das Wasser. Der Kopf war uns benommen vom süßen Duft des Honigklees, der in voller Blüte stand. Zuweilen wehte ein Hauch heißen, wermutbitteren Trockenwindes zu uns herüber, dann neigten sich am Rain die Ähren und raschelten leise. Vielleicht hat es so eine Nacht wirklich nur ein einziges Mal gegeben. Zu mitternächtlicher Stunde sah ich zum Himmel auf und erblickte die Goldspur der Garben: Zwischen den Sternen zog sich über das Himmelszelt als breites, schimmerndes Band die Milchstraße. Suwankuls Worte fielen mir ein, und ich träumte vor mich hin, in dieser Nacht sei wirklich ein mächtiger, gütiger Ackersmann mit einer riesigen Garbe im Arm über den Himmel gegangen und habe eine Spur verstreuter Spelte und Körner hinterlassen. Da kam mir der Gedanke, daß eines Tages auch mein Suwankul, wenn sich unsere Träume erfüllen sollten, die Garben für den ersten Drusch auf die Tenne tragen würde. Das würden die ersten Garben eigenen Getreides sein. Und wenn er dann so dahinschreiten würde, das Getreide im Arm, würde auch hinter ihm eine Spur verstreuter Körner zurückbleiben. So hing ich meinen Träumen nach, und die Sterne träumten mit mir, und ich wünschte auf einmal so sehr, daß alles in Erfüllung gehen möge. Damals wandte ich mich zum erstenmal an die Erde und sprach zu ihr wie zu einem menschlichen Wesen: „Mutter Erde, du hältst uns alle an deiner Brust; wenn du uns kein Glück gibst, was hat es dann für einen Sinn für dich, Mutter Erde zu sein, und für uns, geboren zu werden? Wir sind deine Kinder, Erde, gib uns Glück, mach uns glücklich!“ So sprach ich in dieser Nacht.

Als ich am Morgen erwachte, sah ich, daß Suwankul nicht mehr neben mir lag. Ich wußte nicht, wann er aufgestanden war, sicherlich sehr zeitig. Ringsum auf dem Stoppelfeld lagen in langen Reihen neue Weizengarben. Wie mich das verdroß. Ich hätte so gern mit ihm zusammen gearbeitet zu so früher Stunde!

„Suwankul, warum hast du mich denn nicht geweckt?" rief ich.

Als er meine Stimme hörte, blickte er sich nach mir um. Ich seh ihn noch leibhaftig vor mir, wie an jenem Morgen. Er war nackt bis zum Gürtel, und seine schwarzen, kräftigen Schultern glänzten von Schweiß. So stand er da und blickte freudig und erstaunt, als erkenne er mich nicht wieder, dann fuhr er sich mit der Hand übers Gesicht und sagte lächelnd: „Ich wollte dich noch schlafen lassen."

„Und du?" fragte ich.

„Ich arbeite doch jetzt für zwei", antwortete er.

Das verdroß mich noch mehr, sogar losgeheult hätt ich beinah, und doch war mir so wohl ums Herz.

„Wo bleiben denn deine gestrigen Worte?" warf ich ihm vor. „Du hast doch gesagt, daß wir zwei in allem gleich sein werden, wie ein Mensch."

Suwankul warf die Sichel weg, lief herbei, nahm mich auf den Arm und sagte, mich mit Küssen bedeckend: „Von jetzt an werden wir immer alles gemeinsam tun — wie ein Mensch. Meine kleine Lerche du, mein Liebes, Einziges!"

Er trug mich auf dem Arm umher, sprach auf mich ein, nannte mich seine kleine Lerche und gab mir noch andere lustige Namen; ich umklammerte seinen Hals, strampelte mit den Beinen und lachte übermütig. Eigentlich sagt man nur zu kleinen Kindern Lerche, und doch — wie schön war es, so genannt zu werden.

Die Sonne war gerade im Aufgehen und lugte schon hinter dem Berg hervor. Suwankul stellte mich auf die Erde, legte seinen Arm um meine Schulter und rief zur Sonne hinauf: „He, Sonne, sieh mal her, das hier ist meine Frau! Schau sie dir an, wie schön sie ist! Zahl mir für die Brautschau mit Strahlen, zahl mir mit Licht!"

Ich wußte nicht, ob er das im Spaß oder im Ernst gesagt hatte, aber mir kamen plötzlich die Tränen. Ich konnte die überströmende Freude einfach nicht mehr zurückhalten, so voll war mein Herz davon.

Auch jetzt, da ich daran denke, muß ich weinen, ich Törin.

Doch damals waren es andere Tränen, solche Tränen sind dem Menschen nur einmal vergönnt im Leben. Und wurde unser Leben denn nicht so, wie wir es uns erträumt hatten? Ja, es wurde so. Mit unseren Händen schufen wir es, dieses Leben, wir arbeiteten und legten sommers und winters den Ketmen nicht aus der Hand. Viel Schweiß vergossen wir. Viel Mühe wandten wir auf. Es war schon in der neuen Zeit, als wir uns ein Haus bauten und ein paar Stück Vieh anschafften. Kurz, wir begannen, wie Menschen zu leben. Das Großartigste aber: Drei Söhne wurden uns geboren, einer nach dem anderen, wie ausgesucht. Jetzt brennt es mir oft wie eine Schuld auf der Seele, und ganz unsinnige Gedanken kommen mir in den Kopf: Weshalb habe ich nur wie ein Schaf alle anderthalb Jahre einen Sohn zur Welt gebracht, hätte ich nicht auch, wie andere, alle drei, vier Jahre gebären können — vielleicht wär es dann nicht so gekommen. Noch besser wär es vielleicht gewesen, sie wären ungeboren geblieben. Verzeiht mir, meine Kinder, nur aus Schmerz und Kummer spreche ich so. Ich bin doch eine Mutter, eine Mutter...

Ich kann mich noch erinnern, wie sie alle zum erstenmal hierherkamen. Das war an dem Tag, als Suwankul den ersten Traktor aufs Feld brachte. Den ganzen Herbst und Winter hindurch war er ans andere Flußufer gegangen und hatte dort an einem Traktoristenlehrgang teilgenommen. Wir hatten damals gar keine richtige Vorstellung, was ein Traktor ist. Und wenn Suwankul erst spätnachts zurückkam, er hatte ja weit zu laufen, tat er mir leid, und ich grämte mich seinetwegen.

„Wozu hast du dich nur darauf eingelassen? Ist es dir vielleicht schlecht gegangen als Brigadier?" machte ich ihm Vorwürfe.

Er lächelte ruhig wie immer.

„Schimpf doch nicht, Tolgon. Wart nur, bald wird's Frühling, dann wirst du dich selbst überzeugen. Nur noch ein bißchen Geduld."

Ich sagte das nicht etwa aus Bosheit. Allein hatte ich es wirklich nicht leicht mit den Kindern, dem Haus und der Wirtschaft und dazu noch der Arbeit im Kolchos. Aber ich besann mich schnell wieder, wenn ich sah, wie durchgefroren und hungrig er war. Und dabei hatte ich ihm auch noch zugesetzt, so daß er sich rechtfertigen mußte — ich schämte mich geradezu.

„Schon gut, setz dich an den Ofen, das Essen ist längst kalt geworden", brummte ich versöhnlich.

Innerlich wußte ich sehr wohl, wie ernst Suwankul diese Sache war. Im Ail hatte sich damals niemand gefunden, der lesen und schreiben konnte und am Lehrgang hätte teilnehmen können. Da hatte sich Suwankul selbst gemeldet.

„Ich nehme teil, ich werde lesen und schreiben lernen, befreit mich von der Arbeit als Brigadier."

Gemeldet hatte er sich, dafür steckte er dann auch bis über beide Ohren in Arbeit. Wenn ich jetzt zurückdenke, eine interessante Zeit war das, die Kinder lehrten die Väter. Kassym und Masselbek gingen schon zur Schule, sie waren denn auch die Lehrer. So manchen Abend verwandelte sich unser Haus in eine richtige Schule. Tische gab es damals nicht. Suwankul lag auf dem Fußboden und malte Buchstaben in ein Heft, die drei Söhne umringten ihn von allen Seiten, und jeder belehrte ihn: Du mußt den Bleistift geradehalten, Vater, sagten sie, paß auf, die Zeile wird schief, achte auf deine Hand, sie zittert ja, so mußt du schreiben, und das Heft mußt du so halten. Oder sie fingen plötzlich an, sich zu streiten, und jeder wollte beweisen, daß er es besser wüßte. Sonst hätte der Vater sie zur Ordnung gerufen, aber hier hörte er ihnen andächtig zu, wie richtigen Lehrern. Bis er ein Wort geschrieben hatte, plagte er sich dermaßen ab, daß ihm der Schweiß von der Stirn lief, als schriebe er nicht Buchstaben, sondern stände an der Dreschmaschine und reichte Garben zu. Alle vier hockten sie beieinander, steckten mit Feuereifer über einem Heft oder der Fibel die Köpfe zusammen, und ich konnte das Lachen nicht verbeißen, wenn ich sie so sah.

„Kinder, so laßt doch den Vater endlich in Ruh. Wollt ihr etwa einen Mulla aus ihm machen? Und du, Suwankul, jag nicht zwei Hasen auf einmal, such dir aus, was du werden willst, Mulla oder Traktorist."

Suwankul wurde ärgerlich. Ohne aufzugucken, schüttelte er den Kopf und erwiderte seufzend: „Ach du, hier geht es um so wichtige Dinge, und du machst Scherze."

Kurz — es war zum Lachen und Weinen zugleich. Aber trotz allem erreichte Suwankul sein Ziel.

Es war im Vorfrühling, der Schnee war gerade erst weggetaut, das Wetter freundlicher geworden, als es eines Tages hinter dem Ail zu rattern und zu dröhnen begann. Eine aufgeschreckte Pferdeherde kam in wildem Galopp die Dorfstraße heruntergeprescht. Ich war im Nu vom Hof. Hinter den Gemüsegärten fuhr der Traktor. Schwarz, schwer, in Rauch gehüllt, näherte er sich schnell der Straße. Der ganze Ail war zusammengelaufen. Die einen zu Pferd, die anderen zu Fuß, lärmten und drängelten die Menschen wie auf dem Markt. Ich eilte mit den Nachbarinnen ebenfalls hin. Das erste, was ich sah, waren meine Söhne. Alle drei standen sie auf dem Traktor, neben dem Vater, und hielten sich einander fest. Die anderen Jungen pfiffen ihnen zu und warfen ihre Mützen in die Luft, meine aber waren so stolz, als wären sie die Helden des Tages, und dabei strahlten sie übers ganze Gesicht. Diese Schlingel, schon am frühen Morgen waren sie zum Fluß gelaufen, um, wie sich jetzt herausstellte, ihren Vater mit dem Traktor zu empfangen, mir aber hatten sie kein Wort davon gesagt, weil sie fürchteten, ich würde sie nicht fortlassen. Ich hatte auch wirklich Angst um die Kinder, wie leicht konnte etwas passieren.

„Kassym, Masselbek, Dshainak", rief ich ihnen zu, „na, wartet! Kommt sofort runter!" Aber ich verstand mein eigenes Wort nicht bei dem Motorenlärm.

Doch Suwankul hatte alles begriffen, er lächelte und nickte mir zu, als wollte er sagen: Hab keine Angst, es passiert nichts. Stolz, glücklich und ganz verjüngt saß er am Steuer. Er war ja damals auch tatsächlich noch ein junger Dshigit mit schwarzem Schnurrbart. In diesem Augenblick kam mir zum erstenmal so recht zum Bewußtsein, wie sehr die Söhne dem Vater ähnelten. Alle vier hätte man für Brüder halten können. Besonders die beiden älteren, Kassym und Masselbek, waren Suwankul sehr ähnlich, sie waren genauso hager wie er und hatten genau solche breiten, wie dunkles Kupfer glänzende Wangenknochen. Nur Dshainak, mein Kleinster, kam mehr nach mir, er war heller und hatte freundlich blickende schwarze Augen.

Der Traktor fuhr, ohne anzuhalten, zum Dorf hinaus, und wir liefen in hellen Scharen hinterher. Wir waren sehr neugierig, wie er wohl pflügen würde. Als sich dann die drei riesigen Pflugschare mit Leichtigkeit in das Neuland gruben und die wie Hengstmähnen wallenden schweren Schollen nur so aufwarfen, da jubelten alle, schrien durcheinander und eilten, einander überholend und die scheuenden, schnaubenden Pferde mit der Peitsche antreibend, hinter dem Traktor drein. Ich begreife nicht, warum ich mich damals von den anderen absonderte, warum ich hinter ihnen zurückblieb, jedenfalls war ich auf einmal allein und blieb auch so stehen, unfähig, mich vom Fleck zu rühren. Der Traktor entfernte sich mehr und mehr, und ich stand ganz erschöpft da und sah ihm nach. Dennoch gab es zu dieser Stunde keinen glücklicheren Menschen auf der Welt als mich! Ich wußte nicht, worüber ich mich mehr freuen sollte, darüber, daß Suwankul den ersten Traktor ins Dorf gebracht hatte, oder darüber, daß mir an diesem Tag bewußt geworden war, wie groß unsere Kinder schon waren und wie sehr sie ihrem Vater ähnelten. Ich schaute ihnen nach, weinte und flüsterte: „Ich wünschte, ihr könntet immer so neben eurem Vater stehen, meine lieben Jungs! Wenn ihr solche Menschen würdet wie er, wollte ich nichts weiter vom Leben!"

Das war die schönste Zeit meines Mutterdaseins. Auch die Arbeit ging mir leicht von der Hand, ich habe immer gern gearbeitet.

Die Zeit verging, fast unmerklich wuchsen die Söhne heran, einträchtig wie gleichjährige Pappeln. Jeder wählte seinen eigenen Weg. Kassym trat in die Fußtapfen des Vaters; er wurde Traktorist und später Mähdrescherfahrer. Einen Sommer lang arbeitete er als Gehilfe auf dem Mähdrescher im Kolchos Kaïndy, der an der anderen Flußseite, am Fuße der Berge lag. Dann kam er als Mähdrescherfahrer in unseren Ail zurück.

Einer Mutter sind alle Kinder gleich lieb, sie trägt sie alle gleichermaßen unter dem Herzen. Trotzdem scheint es mir, daß ich Masselbek am liebsten hatte von meinen Söhnen und besonders stolz auf ihn war. Vielleicht deshalb, weil er so lange von mir getrennt lebte und ich mich ständig nach ihm sehnte. Wie ein zeitig flügge gewordener Vogel flog er als erster aus dem Nest, verließ er früh unser Haus. In der Schule lernte er von Anfang an gut, die Bücher verschlang er geradezu, sie waren seine große Leidenschaft. Als er die Schule beendet hatte, fuhr er sogleich zum Studium in die Stadt, er wollte Lehrer werden.

Dshainak, der Jüngste, war ein hübscher, stattlicher Bursche geworden. Schlimm war nur, daß er sich selten zu Hause aufhielt. Als Komsomolsekretär unseres Kolchos hatte er alle Hände voll zu tun, mal war Versammlung, bald Zirkel, dann

wieder die Wandzeitung herauszugeben, bald sonstwas. Wenn ich sah, daß der Bengel Tag und Nacht fast nicht nach Hause kam, wurde ich ärgerlich.
„Hör mal, du Rumtreiber, nimm deine Harmonika und dein Kissen und zieh in die Kolchosverwaltung", sagte ich oft zu ihm. „Dir ist es doch ganz egal, wo du wohnst, du brauchst sowieso kein Zuhause, keinen Vater und keine Mutter."
Doch Suwankul nahm den Sohn in Schutz. Er wartete, bis ich mich beruhigt hatte, dann sagte er so nebenhin: „Reg dich nicht auf, Mutter. Mag er ruhig lernen, mit Menschen umzugehen. Wenn er sich unnütz herumtriebe, hätte ich ihm schon den Kopf zurechtgerückt."
Suwankul war inzwischen wieder zu seiner alten Arbeit als Brigadier zurückgekehrt. Die Traktoren hatte die Jugend übernommen.
Die Hauptsache aber war: Bald heiratete Kassym, und die erste Schwiegertochter trat über die Schwelle unseres Hauses. Wie sich bei ihnen alles zugetragen hatte, fragte ich die beiden nicht, sie mußten sich wohl kennengelernt und liebgewonnen haben, als Kassym den Sommer über auf der anderen Flußseite als Gehilfe des Mähdrescherfahrers gearbeitet hatte. Er brachte sie aus Kaïndy mit. Aliman war noch ein ganz junges Mädchen, eine dunkelhäutige Bergbewohnerin. Zuerst war ich froh, daß meine Schwiegertochter schön, flink und geschickt war. Und sehr bald gewann ich sie wirklich lieb, denn sie war so recht nach meinem Herzen. Vielleicht, weil ich schon immer heimlich von einem Mädchen geträumt hatte. Aber nicht nur darum, sondern einfach, weil sie gescheit, fleißig und so klar wie ein Bergquell war, hatte ich sie liebgewonnen wie meine eigene Tochter. Oft geschieht es, daß Menschen nicht miteinander auskommen, aber ich hatte Glück; so eine Schwiegertochter im Haus ist ein großer Segen. Dazu möchte ich noch sagen, daß wahres, unverfälschtes Glück, wie ich es verstehe, kein Zufall ist; es fällt einem nicht unversehens in den Schoß wie ein Apfel vom Baum, sondern es kommt allmählich zum Menschen, je nachdem, wie er sich zum Leben, zu den Menschen, die ihn umgeben, verhält; ein Körnchen kommt zum anderen, eins ergänzt das andere, und schließlich entsteht das, was wir Glück nennen.
In dem Jahr, als Aliman zu uns kam, war ein denkwürdiger Sommer. Das Getreide war früh reif geworden. Auch der Fluß

führte schon früh Hochwasser. Einige Tage vor Erntebeginn waren in den Bergen starke Regengüsse niedergegangen. Sogar von weitem konnte man sehen, wie dort oben der Schnee schmolz, als wäre es Zucker. In der überschwemmten Flußniederung brodelte und toste das reißende Wasser, mit gelbem Schaum und seifigen Flocken bedeckt, brauste es dahin, brachte aus den Bergen riesige entwurzelte Fichten mit und zerschlug sie am Gestein zu tausend Splittern. Besonders in der ersten Nacht tobte und stöhnte der Fluß bis zum Morgengrauen. Am Morgen sahen wir dann, daß die alten Inseln verschwunden waren, das Wasser hatte sie über Nacht einfach weggeschwemmt.

Trotzdem war das Wetter heiß. Der Weizen gedieh prächtig, am Boden war er grünlich, oben schoß er saftiggelb in die Ähren. Schier unendlich waren in diesem Sommer die reifenden Getreidefelder, in der Steppe wogte der Weizen bis zum Horizont. Die Ernte hatte noch nicht begonnen, aber wir mähten beizeiten am Feldrand mit Sicheln eine Durchfahrt für den Mähdrescher. Aliman und ich hielten uns während der Arbeit immer nebeneinander, einigen Frauen kam das unschicklich vor, und sie suchten, mich zu beschämen.

„Solltest lieber gemütlich zu Haus sitzen, als mit deiner Schwiegertochter zu wetteifern. Hast du denn gar keinen Stolz?“

Ich aber war anderer Meinung. Ein schöner Stolz: zu Hause sitzen. Dabei hätt ich's zu Hause sowieso nicht ausgehalten, ich liebe die Getreidemahd.

So arbeiteten wir denn weiter zusammen, Aliman und ich. Damals habe ich etwas wahrgenommen, was ich nie vergessen werde. Zwischen den Ähren am Feldrand blühten zu dieser Zeit wilde Malven. Ihre großen weißen und rosa Blüten fielen mit dem Weizen unter den Sicheln. Mit einemmal sah ich, wie unsere Aliman einen Malvenstrauß pflückte und ihn heimlich forttrug, als sollte ich's nicht sehen. Ich blickte ihr unauffällig nach und dachte: Was wird sie wohl mit den Blumen machen? Sie war im Nu beim Mähdrescher, legte sie auf die Stufen und kam zurückgelaufen, ohne ein Wort zu sagen. Der Mähdrescher stand einsatzbereit am Weg, denn man konnte jeden Tag mit dem Beginn der Ernte rechnen. Kassym aber war nicht da, er mußte für kurze Zeit weggegangen sein.

Ich tat so, als hätte ich nichts bemerkt, denn ich wollte sie nicht verlegen machen, sie war ohnehin noch sehr schüchtern. Aber innerlich frohlockte ich: Also liebte sie ihn. Das ist schön von dir, liebes Schwiegertöchterchen, bedankte ich mich im stillen bei Aliman. Sie steht mir heut noch vor Augen, wie damals: im roten Kopftuch und weißen Kleid, mit dem großen Malvenstrauß, ihre Wangen glühten, und ihre Augen blitzten vor Freude und Übermut. Was doch die Jugend ausmacht! Ach, Aliman, du mein unvergeßliches Schwiegertöchterchen! Sie liebte die Blumen wie ein kleines Mädchen. Oft war im Frühling die Steppe noch vom Schnee verweht, sie aber brachte schon die ersten Schneeglöckchen. Ach, Aliman...

Am nächsten Tag begann die Mahd. Der erste Tag der Ernte ist immer ein Festtag. Niemals habe ich an diesem Tag einen trübsinnigen Menschen gesehen. Dieser Feiertag ist in keinem Kalender vermerkt, aber er lebt in den Menschen selbst, in ihrem Gang, ihrer Stimme, ihren Augen ... Sogar im Rattern der Kutschwagen und im flinken Lauf der satten Pferde lebt dieser Festtag. Ehrlich gesagt, arbeitet am ersten Tag niemand so richtig. Immer wieder werden neue Streiche ausgeheckt. Auch an diesem Morgen ging es, wie stets, recht laut und lebhaft zu. Übermütige Zurufe schallten von einem Ende des Feldes zum anderen. Am lustigsten aber war es bei uns Mäherinnen, weil hier eine ganze Schar junger Frauen und Mädchen beisammen war. Ein ausgelassenes Völkchen. Ausgerechnet hier mußte Kassym auf seinem neuen Fahrrad vorbei, das er von der MTS als Prämie erhalten hatte. Die übermütigen Schnitterinnen versperrten ihm sogleich den Weg.

„Runter vom Rad, Mähdrescherfahrer, aber fix! Warum grüßt du uns denn nicht, dir ist wohl der Ruhm zu Kopf gestiegen, was? Los, verbeug dich vor uns, verneig dich vor deiner Frau!"

Sie bedrängten Kassym von allen Seiten, zwangen ihn, eine tiefe Verbeugung vor Aliman zu machen und um Verzeihung zu bitten. Er versuchte mit List freizukommen.

„Verzeiht mir, meine lieben Schnitterinnen, es war gewiß nur ein Versehen von mir. Von jetzt an werde ich euch schon von weitem grüßen."

Aber damit wurde er sie nicht los.

„Zur Strafe mußt du uns jetzt wie städtische Fräuleins auf dem Fahrrad spazierenfahren", verlangten sie, „aber so, daß uns der Wind um die Ohren pfeift!"

Sie machten sich auch gleich dran und halfen einander um die Wette aufs Rad, liefen hinterher und kugelten sich vor Lachen. Wenn sie wenigstens stillgesessen hätten, aber nein — sie zappelten und kreischten.

Kassym konnte sich kaum noch halten vor Lachen.

„Nun ist's aber genug, Schluß, laßt mich los, ihr Sprühteufel", flehte er.

Aber sie hörten nicht, kaum war die eine runter vom Rad, schon saß die nächste drauf.

Endlich wurde es Kassym zu bunt.

„Seid ihr denn toll geworden? Der Tau ist schon getrocknet, ich muß den Mähdrescher auf den Acker fahren, und ihr laßt mich nicht fort! Wozu seid ihr hergekommen, zum Arbeiten oder Unfugtreiben? Laßt mich los jetzt!"

Was haben wir gelacht an diesem Tag! Über uns der Himmel war tiefblau, und helleuchtend strahlte die Sonne!

Wir machten uns an die Arbeit, daß die Sicheln nur so blitzten, die Sonne brannte immer heißer, und über die Steppe klang das Zirpen der Zikaden. Anfangs fällt ungewohnte Arbeit immer schwer, bis man wieder hineinkommt, aber die morgendliche Stimmung verließ mich den ganzen Tag nicht. Leicht und licht wurde mir ums Herz. Alles, was meine Augen sahen, alles, was ich hörte und fühlte, schien für mich, für mein Glück geschaffen, alles schien voll Freude und ungewöhnlicher Schönheit. Mich freute, wenn jemand vorbeiritt und in die hohen Wogen des Weizens tauchte — vielleicht war es Suwankul? Mich freute, das Sirren der Sicheln, das Rascheln des fallenden Weizens, die Worte und das Lachen der Menschen zu hören. Mich freute, wenn Kassyms Mähdrescher in der Nähe vorbeifuhr und alle anderen Laute übertönte, Kassym stand am Steuer, hielt immer wieder die Hand unter den braunen Strahl des Ausdruschs und atmete den Körnerduft. Mir war, als atmete ich selbst den warmen, noch milchigen Duft des reifen Korns, von dem einem ganz benommen wird. Als der Mähdrescher gegenüber hielt, rief Kassym, wie von einem Berggipfel, von seiner Maschine herab: „He, Fuhrmann, beeil dich! Halt die Arbeit nicht auf!"

Aliman ergriff sogleich den Krug mit Airan.

„Ich lauf schnell hin und bring ihm was zu trinken!" sagte sie und lief zum Mähdrescher. Sie eilte über das frische Stoppelfeld, jung, schlank, im roten Kopftuch und weißen Kleid, und schien keinen Krug, sondern das Lied einer liebenden Frau vor sich herzutragen. Alles an ihr sang von Liebe. Unwillkürlich dachte ich, auch Suwankul würde sich gewiß gern an Airan erfrischen, und blickte mich nach allen Seiten um, aber natürlich vergeblich. Mit Erntebeginn ist der Brigadier nicht mehr aufzufinden, von früh bis spät im Sattel, jagt er von einem Feld zum anderen und hat alle Hände voll zu tun.

Am Abend im Feldlager war für uns bereits Brot aus dem Weizen der neuen Ernte gebacken. Das Mehl dafür hatte man schon beizeiten vorbereitet. Man hatte dazu Garben von unserer Handmahd gedroschen, mit der wir vor einer Woche begonnen hatten. Schon oft im Leben habe ich das erste Brot einer neuen Ernte gegessen, und jedesmal, wenn ich das erste Stück zum Munde führte, hatte ich das Gefühl, als vollzöge ich eine heilige Handlung. Dieses Brot ist zwar dunkel und etwas klebrig, als wäre es aus flüssigem Teig gebacken, doch nichts in der Welt ist seiner Süße und seinem wundersamen Duft vergleichbar: Es duftet nach Sonne, frischem Stroh und Rauch.

Als die hungrigen Schnitter im Feldlager ankamen und sich am Aryk im Gras niederließen, war die Sonne schon im Untergehen. Sie glühte noch im Weizen fern am Horizont. Ein langer, heller Abend schien sich anzukündigen. Wir saßen alle im Gras neben der Jurte. Freilich, Suwankul war noch nicht da, er mußte aber bald kommen, und Dshainak war, wie immer, verschwunden. Er war auf dem Fahrrad seines Bruders zur Roten Ecke gesaust, um irgendein Blatt auszuhängen.

Aliman breitete ein Tuch auf dem Gras aus, schüttete Frühäpfel darauf, brachte heiße Brotfladen und goß Kwaß in die Tassen. Kassym wusch sich im Aryk die Hände, setzte sich neben das Tischtuch und brach ohne Hast die Fladen in Stücke.

„Sie sind noch heiß“, sagte er, „nimm, Mama, du sollst als erste das neue Brot kosten.“

Ich segnete das Brot, und als ich ein Stück abbiß, verspürte ich einen fremden Geschmack und Geruch im Mund. Das Brot roch nach den Händen des Mähdrescherfahrers — nach frischem Getreide, erhitztem Eisen und Petroleum. Ich nahm neue Stücke, und alle rochen sie etwas nach Petroleum, dennoch hatte ich niemals so wohlschmeckendes Brot gegessen. Es war doch das Brot meines Sohnes, er hatte es in seinen

Händen gehalten, mit denen er den Mähdrescher lenkte. Das Brot des Volkes war es, das Brot derer, die es erzeugt hatten und die jetzt neben meinem Sohn im Feldlager saßen. Heiliges Brot! Mein Herz war von Stolz auf meinen Sohn erfüllt, aber niemand wußte etwas davon. In dieser Minute mußte ich daran denken, daß das Glück der Mutter aus dem Glück des Volkes sprießt wie der Halm aus den Wurzeln. Es gibt kein Mutterschicksal ohne das Schicksal des Volkes. Diesem meinem Glauben entsage ich auch jetzt nicht, was ich auch immer habe durchmachen müssen und wie unsanft auch immer das Leben mit mir umgegangen ist. Das Volk lebt, also lebe auch ich.

An diesem Abend ließ Suwankul lange auf sich warten, er mußte viel zu tun haben. Es wurde schon dunkel. Die Jugend saß am Flußabhang an Lagerfeuern und sang Lieder. Unter den vielen Stimmen erkannte ich auch die Stimme meines Dshainak. Er war der Ziehharmonikaspieler und auch sonst der Anführer bei allen Spielen und Späßen. Ich horchte auf die vertraute Stimme meines Sohnes und sagte ihm in Gedanken: Sing nur, Söhnchen, sing, solang du jung bist. Das Lied macht die Menschen reiner und bringt sie einander näher. Später wirst du eines Tages dieses Lied hören und wirst derer gedenken, die es mit dir zusammen an diesem Sommerabend gesungen haben. Und wieder dachte ich an meine Kinder, so scheint nun mal die Natur der Mutter beschaffen zu sein. Ich dachte daran, daß Kassym nun Gott sei Dank schon selbständig war. Er und Aliman würden im Frühjahr ausziehen, sie hatten bereits mit dem Hausbau begonnen und würden sich eine eigene Wirtschaft anschaffen. Dann würden auch bald Enkel kommen. Um Kassym machte ich mir keine Sorgen, er war genauso ein unermüdlicher Arbeiter wie sein Vater, Ruhe kannte er nicht. Auch jetzt, da es schon dunkel war, zog er noch immer seine Runden mit dem Mähdrescher, ein Stückchen des Feldes war noch nicht abgeerntet. Traktor und Mähdrescher fuhren mit brennenden Scheinwerfern. Aliman war bei ihm. In der Erntezeit ist jede Minute, die man zusammen sein kann, kostbar.

Dann dachte ich an Masselbek und wurde traurig. Vorige Woche hatte er einen Brief geschickt. Er schrieb, daß es ihm in diesem Sommer nicht möglich sei, in den Ferien nach Hause zu kommen. Man hatte ihn in ein Pionierlager am Issyk-Kul-

See zum Praktikum geschickt. Da war nichts zu machen, hatte er so einen Beruf gewählt, so mußte er ihm wohl gefallen. Wo er auch immer sein mag, die Hauptsache, er ist gesund, überlegte ich.

Suwankul kam spät. In aller Eile aß er etwas, dann ritten wir heim. Morgens mußte die Wirtschaft versorgt werden. Für den Abend hatte ich unsere Nachbarin Aischa gebeten, nach dem Vieh zu sehen. Die Ärmste war oft krank. Einen Tag arbeitete sie im Kolchos, und zwei war sie zu Hause. Sie hatte ein Frauenleiden und daher oft Kreuzschmerzen, deshalb hatte sie nur ein Söhnchen — Bektasch.

Als wir nach Hause ritten, war es schon Nacht. Ein leichter Wind wehte. Das Mondlicht wiegte sich auf den Ähren. Die Steigbügel berührten die Rispen des reifen Salzkrauts, und lautlos stieg warmer, herb duftender Blütenstaub auf. Süßer Duft verriet, daß der Honigklee blühte. Etwas unendlich Vertrautes hatte diese Nacht. Mir wurde beklommen ums Herz. Ich saß hinter Suwankul auf dem Sattelkissen. Er bot mir jedesmal an, mich nach vorn zu setzen, aber ich ritt gern so und hielt mich dabei an seinem Gürtel fest. Wie er so müde und schweigsam im Sattel saß, er war schließlich genug herumgejagt den Tag über, wie er von Zeit zu Zeit einnickte, dann plötzlich hochfuhr und dem Pferd die Sporen gab, war er mir unendlich lieb. Ich betrachtete seinen gekrümmten Rücken, lehnte den Kopf an und dachte bedauernd: Wir werden langsam alt, Suwan. Na, und wennschon, die Zeit vergeht eben. Aber wir leben nicht umsonst. Das ist die Hauptsache. Dabei ist mir immer, als sei's noch gar nicht lange her, daß wir jung waren. Wie schnell doch die Jahre verfliegen. Und trotzdem ist es noch interessant zu leben. Nein, es ist noch zu früh, sich zu ergeben. Es gibt noch viel zu tun. Ich möchte noch lange mit dir leben.

Ich richtete mich auf, hob den Kopf, blickte zum Himmel und erschauerte. Droben, zwischen den klaren Sternen, zog sich über das Himmelszelt, wie damals, als breites, schimmerndes Band die Goldspur der Garben. Und wieder hatte ich das Empfinden, daß wirklich eben erst jemand mit einer riesigen Garbe der neuen Ernte im Arm dort gegangen war und seine Spur hinterlassen hatte. Goldene Strohhälmchen und Spelte flimmerten dort oben, als würden sie von einem leichten Windhauch bewegt. Man konnte sogar die Körner erkennen,

die mit den Spelten verstreut worden waren. Und gleich fiel mir alles wieder ein: jene erste Nacht und unsere Liebe, unsere Jugend und jener mächtige Ackersmann, der in meiner Vorstellung gelebt hatte. So war also alles in Erfüllung gegangen, alles, wovon wir geträumt hatten! Ja, Land und Wasser waren unser geworden, wir pflügten, säten und ernteten unser eigenes Getreide — alles, woran wir in unserer ersten Nacht gedacht hatten, war Wirklichkeit geworden. Wir hatten natürlich nicht gewußt, daß eine neue Zeit anbrechen, ein neues Leben beginnen würde, doch hatte, wie sich nun erwies, der irdische Traum des einfachen Menschen übereingestimmt mit dem Verlangen der Zeit. Ganz vertieft in diese Gedanken, saß ich schweigend da und rührte mich nicht. Suwankul blickte sich um und sagte: „Was ist, Tolgonai, schläfst du? Müde bist du. Laß nur, gleich sind wir zu Haus. Ich bin auch ganz müde." Nach kurzem Schweigen fragte er dann: „Wollen wir nicht einen Abstecher zur neuen Straße machen?"
„Von mir aus gern", stimmte ich zu.
Die neue Straße entstand gleich hinter dem Ail auf freiem Feld. Bis jetzt war es noch gar keine Straße. Erst im Frühjahr hatte man die Parzellen für die Jungverheirateten abgeteilt. Hier und da standen schon die ersten Mauern. Auch Kassym und Aliman hatten hier ein Grundstück bekommen. Deshalb wollten wir im Vorbeireiten gern einmal nachsehen, wie es bei ihnen aussah. In der Erntezeit bleibt tagsüber selten eine freie Minute für die eigenen Angelegenheiten. Kassym, Aliman und Dshainak hatten bereits im Frühjahr Samanziegel geformt und zum Trocknen aufgestapelt. Auch die Baugrube hatten sie ausgehoben und in der vorigen Woche vom Fluß Bruchsteine angefahren. Nur gut, daß sie das noch vor dem Hochwasser geschafft hatten. Die Steine türmten sich mitten im Hof zu einem großen Haufen. Suwankul war zufrieden mit der Arbeit der Jungen.
„Na also, der Anfang wär gemacht. Die Steine reichen vollauf, 's bleibt sogar noch was übrig", sagte er. „Wenn wir mit der Ernte fertig sind, ziehen wir die Wände hoch und decken das Dach, die Feinarbeiten lassen wir fürs Frühjahr. Bis zum Winter schaffen wir's sowieso nicht mehr. Wie meinst du, Tolgonai, hab ich recht?"
„Natürlich", antwortete ich, „die Hauptsache sind die Wände und das Dach, alles andere hat Zeit."

Ich mußte an Dshainak denken und fing an zu lachen.
„Unser Dshainak ist gar nicht mehr zu bändigen in seinem Eifer, er sagt, auf der Versammlung hätten sie einen Beschluß geschrieben: Die neue Straße wird Straße des Komsomol heißen. Und Aliman macht sich lustig über ihn: ‚Du bist wie Nasreddin, Dshainak, das Kind ist noch nicht geboren, und du gibst ihm schon einen Namen. Heirate erst mal, bau dir ein Haus und 'ne Straße, dann kannst du dir Namen ausdenken.' Doch Dshainak streitet mit ihr: ‚Gar nichts verstehst du', sagt er."
Suwankul schüttelte den Kopf und sagte schmunzelnd: „Ja, er ist nun mal so ein ungeduldiger Bursche. Aber den Straßennamen hat er trotzdem richtig ausgesucht. Es sind doch alles Bauten frisch gebackener, junger Hausherren. Wir wachsen, werden von Jahr zu Jahr mehr Menschen. Der Ail kann uns schon nicht mehr alle beherbergen, und wir bauen neue Straßen. Das ist gut so. Wenn die Straße fertig ist, wirst du sehen, daß dein Sohn recht hat."
Als wir dies Gespräch führten, ahnten wir nicht, daß diese Nacht die verfluchteste aller Nächte war...

3

„Kopf hoch, Tolgonai, nimm dich zusammen."
„Jaja. Was bleibt mir weiter übrig? Ich werd mir Mühe geben. Erinnerst du dich, liebe Erde, an jenen Tag?"
„Gewiß. Ich vergesse nichts, Tolgonai. Seit die Welt besteht, trage ich die Spuren aller Jahrhunderte in mir, Tolgonai. Die Geschichte ist nicht vollständig in Büchern festgehalten, auch im Gedächtnis der Menschen ist sie nicht vollständig bewahrt — ich aber trage sie ganz in mir. Auch dein Leben, Tolgonai, trage ich in mir, in meinem Herzen. Ich höre dich, Tolgonai. Heute ist dein Tag."

4

Am nächsten Morgen machten wir uns noch vor Sonnenaufgang an die Arbeit. Wir begannen auf einem neuen Getreidefeld direkt am Fluß zu mähen. Es war so schmal, daß für den Mähdrescher kein Platz zum Wenden blieb, dabei waren die Ähren schon ganz trocken, am Rand wird das

Getreide immer früher reif. Gerade hatten wir uns in einer Reihe über das Feld verteilt und jeder etwa zwei Garben gemäht, als plötzlich am anderen Flußufer ein Reiter auftauchte. Er kam hinter den letzten Höfen des Ails hervorgeprescht und jagte, eine Staubwolke hinter sich lassend, in wildem Galopp geradewegs durch Gestrüpp und Schilf, als wäre eine Meute wilder Hunde hinter ihm her. Jetzt hatte er das Ufergeröll erreicht und hetzte das Pferd, ohne abzubiegen, direkt über die Steine zum Fluß. Erstaunt sahen wir ihm entgegen. Was trieb diesen Menschen, weshalb bog er nicht zur Brücke ab, die zwei Werst stromabwärts lag? Der Reiter war ein junger Russe. Ohne stehenzubleiben, lenkte er seinen rotbraunen Hengst zum Wasser. Uns stockte vor Schreck der Atem: Suchte er sein Verderben? Um diese Zeit war mit dem Fluß nicht zu spaßen, bei Hochwasser riß er selbst ein Kamel, geschweige denn ein Pferd, mit sich fort, daß kein Knochen mehr zu finden war.
„He, du, wohin? Zurück, zurück!" schrien wir.
Er fuchtelte mit den Armen und rief uns etwas zu, aber durch das Getöse des Flusses war nichts zu verstehen, man hörte nur ein langgezogenes: „... i-i-i-i..."
Wir hatten nicht begriffen, was er wollte. Der Hengst bäumte sich, mit Peitschenhieben trieb ihn der Reiter in die reißende Flut. Roß und Reiter wurden sofort von der Strömung erfaßt. Nur der Pferdekopf mit den angelegten Ohren und den gefletschten Zähnen tauchte hin und wieder in den Wellen auf. Der Reiter hielt sich krampfhaft mit beiden Händen an der Mähne fest. Die Mütze hatte es ihm vom Kopf gerissen, wild tanzte sie auf den Wellen. Unruhig liefen wir am Ufer hin und her. Die Strömung trug ihn schnell davon, er paßte sich ihr an, bemüht, schräg das Ufer zu gewinnen. Er wurde weit abgetrieben, erst unterhalb der Mühle kam er an Land. Wir atmeten erleichtert auf. Einige waren von der Kühnheit des Burschen begeistert und nannten ihn einen Prachtkerl, jemand meinte, daß sein tollkühner Ritt gewiß etwas zu bedeuten habe und man sich mal erkundigen müßte, ein anderer warf ärgerlich ein: „Irgendein betrunkener Idiot treibt Unfug, und ihr werdet ihm auch noch nachlaufen!"
Damit gaben wir uns zufrieden, die Arbeit wartete auf uns. Er hat recht, dachte ich, ein vernünftiger Mensch hätte sein Leben nicht so aufs Spiel gesetzt.

Als Kassyms Mähdrescher plötzlich zu rattern aufhörte und stehenblieb, an diesem Tag erntete er das Feld neben der Mühle ab, maß ich dem keinerlei Bedeutung bei. Vielleicht war der Triebriemen abgesprungen oder eine Kette gerissen, oder wer weiß, was sonst noch für Pannen bei der Arbeit passieren konnten. Aliman mähte in meiner Nähe. Plötzlich schrie sie mit durchdringender, angsterfüllter Stimme: „Mama!"
Ich zuckte zusammen und sah auf. Kreidebleich stand sie da, die Sichel war ihr aus der Hand gefallen.
„Was hast du? Doch keine Schlange?" Ich stürzte zu ihr hin. Sie schwieg. Ich folgte dem Blick ihrer weit aufgerissenen, erschreckten Augen, und mir stockte das Herz. Neben dem Mähdrescher war Geschrei, direkt duch den Weizen eilten von allen Seiten Menschen dorthin, manche zu Fuß, andere zu Pferd, wieder andere standen auf ihren Fuhrwerken und hieben mit der Peitsche auf die Pferde ein.
„Es ist was passiert, Mama!" schrie Aliman und stürzte davon.
Wie ein Stich durchfuhr es mich, als einer neben mir rief: „Jemand muß ins Messer geraten sein! Oder in die Trommel! Los, laufen wir hin!"
Die Schnitter stürmten Aliman nach.
„Gott behüte! Gott behüte!" flehte ich, im Laufen die Hände emporstreckend; ich sprang über einen Aryk und schlug lang hing, stand aber sofort wieder auf und hastete weiter. Ach, wie bin ich damals durch den Weizen gerannt! Ich wollte schreien, sie sollten auf mich warten, aber ich konnte nicht, die Stimme versagte mir.
Als ich endlich ankam, war der Mähdrescher von einer lärmenden Menge umringt. Ich konnte nichts hören, nichts verstehen. Verzweifelt versuchte ich, mir einen Weg durch die Menge zu bahnen. „Macht Platz! Laßt mich durch!" Die Leute traten auseinander, und als ich Kassym und Aliman nebeneinander am Mähdrescher stehen sah, streckte ich wie eine Blinde die zitternden Arme nach meinem Sohn aus. Kassym kam auf mich zu und fing mich auf.
„Es ist Krieg, Mama!" hörte ich wie von weitem seine Stimme.
Ich blickte ihn an, als ob ich nicht begriffe, was das für ein Wort sei. „Krieg? Krieg, sagst du?" fragte ich.
„Ja, Mama, Krieg ist ausgebrochen", antwortete er.

Mir aber kam immer noch nicht klar zum Bewußtsein, was sich hinter diesem Wort verbarg.
„Wie denn, Krieg? Warum Krieg? Krieg, sagst du?" wiederholte ich dieses unheimliche, unheilvolle Wort, und dann packte mich jähes Entsetzen, und ich begann leise zu weinen nach all der ausgestandenen Angst und der unerwarteten Nachricht.
Als die Frauen mein tränenüberströmtes Gesicht sahen, fingen sie an, laut zu jammern und zu klagen.
„Ruhe! Still hier!" ertönte eine Männerstimme aus der Menge.
Sofort verstummten alle, als erwarteten sie, daß er, dieser Mann, gleich etwas sagen würde, daß er verkünden würde, es sei alles nicht wahr. Aber er sagte nichts. Niemand sagte etwas. Es wurde so still in der Steppe, daß deutlich das donnernde Tosen des Flusses zu hören war. Jemand seufzte laut und bewegte sich. Dann schienen alle wieder angespannt zu lauschen, aber keiner sagte ein Wort. Und abermals wurde es so still in der Steppe, daß selbst die Hitze hörbar wurde, sie klang wie das feine Sirren einer Mücke am Ohr. Da blickte Kassym auf die Menschen um ihn her und murmelte leise vor sich hin, als spräche er zu sich selbst: „Jetzt muß schnell das Getreide unter Dach und Fach gebracht werden, sonst kommt es noch untern Schnee." Er schwieg einen Augenblick, dann hob er jäh den Kopf und befahl seinem Gehilfen: „Was stehst du noch hier? Laß den Motor an! Und ihr, was starrt ihr in die Luft? Wenn wir mit der Ernte nicht rechtzeitig fertig werden, wird es euer eigener Schaden sein! Also los, an die Arbeit!"
In die Menge kam Bewegung. Erst da erblickte ich den russischen Burschen vom anderen Ufer. Klatschnaß von Kopf bis Fuß, stand er da und hielt den vor Nässe triefenden Hengst am Zaum. Als die Menschen in Bewegung gerieten, schien der Bote aufzuwachen, langsam hob er den blonden Kopf und begann, die Sattelgurte festzuziehen. Er war noch ein ganz junges Bürschchen, ein Altersgenosse meines Dshainak, nur war er hochgewachsen und breitschultrig. Die nassen Haarsträhnen klebten ihm an der Stirn, auf den Lippen und im Gesicht hatte er frische Schrammen, und in seinen noch ganz jungenhaften Augen spiegelte sich so strenges Leid wider, daß ich begriff: Eben erst hatte er Abschied von seiner Jugend

genommen, eben erst war er zum Manne gereift, heute, an einem einzigen Morgen. Er seufzte schwer, schwang sich in den Sattel und sagte zu einem von unseren Jungs aus dem Ail: „Hör mal, Freund, reit gleich mal los und such den Vorsitzenden und die Brigadiere, richt ihnen aus, sie sollen unverzüglich ins Kreisparteikomitee kommen. Ich muß weiter, hab noch zwei andere Kolchose zu benachrichtigen." Mit diesen Worten gab er seinem Pferd die Sporen.

Der Junge, an den er sich gewandt hatte, hielt ihn jedoch zurück.

„Wart mal, du hast doch deine Mütze verloren. Hier setz meine auf, 's ist heiß heute."

Lange blickten wir dem jungen Boten nach und horchten, wie dumpf und beängstigend der hartgetrocknete Weg unter den Hufen des pfeilschnellen rotbraunen Hengstes erdröhnte. Bald hatte der Staub den Reiter verschluckt. Wir aber standen immer noch am Weg, jeder mit seinen eigenen Gedanken beschäftigt, und als plötzlich die Motoren von Mähdrescher und Traktor gleichzeitig aufheulten, fuhren wir zusammen und sahen uns an.

Mit dieser Minute begann ein neues Leben — das Leben im Krieg.

Wir hörten nicht den Schlachtenlärm, aber unsere Herzen hörten die Schreie der Menschen.

Solch eine sengende Hitze, solch eine Glut hatte ich mein Lebtag nicht kennengelernt. Spuckte man auf einen Stein, so kochte der Speichel. Das Getreide wurde mit einemmal reif, innerhalb von drei, vier Tagen. Durchweg trocken und gelb, stand es bis an den fernen Horizont und wartete auf die Ernte. Welch ein Reichtum das war! Es fiel mir schwer, mit anzusehen, wieviel davon verlorenging in der Hast. Wieviel wurde niedergetreten und unterwegs verschüttet. Wir beeilten uns so sehr, daß wir den Weizen nicht einmal zu Garben banden, sondern ihn einfach mit Gabeln auf Haufen warfen: nur schnell auf die Tenne zur Dreschmaschine, und unterwegs rieselten und rieselten die Körner. Aber auch das war noch zu ertragen, viel schlimmer war es, die Menschen anzusehen. Jeden Tag wurden welche zur Armee eingezogen. Die Zurückbleibenden aber arbeiteten weiter. Sie arbeiteten in der Mittagsglut und in den schwülen Trockenwindnächten, bei der Mahd, beim Drusch, beim Einfahren, sie arbeiteten unentwegt und kannten keinen Schlaf und keine Ruhe. Dabei wurde die Arbeit immer mehr, denn immer weniger Männer blieben übrig. Kassym, mein armer Junge, glaubte er denn wirklich, allein bewältigen zu können, was schon nicht mehr zu schaffen war? Die Ernte hatte sich hoffnungslos verzögert, er aber jagte seinen Mähdrescher wie ein Besessener übers Feld. Tag und Nacht ließ er ihn nicht verstummen, Streifen um Streifen erntete er das Getreide ab, in Wolken glühenden Staubes gehüllt, hetzte er von einem Feld zum anderen. All diese Tage kam er nicht vom Mähdrescher herunter und ließ das Steuerrad nicht aus der Hand. Tagelang stand er im glutheißen Wind am Steuer und blickte wie ein Falke unverwandt in den trüben Dunst des Höhenrauchs, der das noch abzuerntende Getreide verhüllte. Wenn ich meinen Jungen ansah, wenn ich in sein schwarzes Gesicht mit den eingefallenen, stoppligen Wangen blickte, wurde mir angst und bange, und er tat mir in der Seele leid. Das Herz blutete mir. Er wird sich zugrunde richten, zusammenbrechen wird er in der Sonnenglut, dachte ich, konnte mich aber nicht entschließen, etwas zu sagen. Der verbissene Ausdruck seiner Augen verriet mir, daß er nicht nachgeben, daß er bis zur letzten Stunde bei der Ernte aushalten würde.

Und diese Stunde kam. Eines Tages, als Aliman wieder zum Mähdrescher gelaufen war, kehrte sie mit gesenktem Kopf von dort zurück.

„Er hat die Einberufung bekommen“, sagte sie leise.

„Wann denn?“

„Eben hat sie der Bote vom Dorfsowjet gebracht.“

Ich hatte gewußt, daß auch an Kassym früher oder später die Reihe kommen würde, in den Krieg zu ziehen, so wie an viele andere. Trotzdem wurden mir die Knie weich, als ich die Nachricht vernahm. Meine ermatteten Arme schmerzten plötzlich so stark, daß ich die Sichel fallen ließ und mich niedersetzte.

„Was macht er denn noch dort, er muß doch seine Sachen packen“, brachte ich mühsam über meine zitternden Lippen.

„Er sagt, er kommt erst zum Abend. Ich gehe, Mama, sagen Sie es dem Vater. Auch Dshainak ist heute nirgends zu sehen. Wo mag er bloß stecken?“

„Geh nur, Aliman, geh. Rühr Teig ein. Ich komme auch bald“, sagte ich zu ihr.

So wie ich gesessen hatte, blieb ich auf dem Stoppelfeld sitzen. Lange verharrte ich so und hatte nicht mal die Kraft, das Tuch aufzuheben, das mir vom Kopf geglitten war. Da gewahrte ich die Ameisen, die, eine hinter der anderen, den kleinen Pfad entlangkrabbelten. Auch sie arbeiteten, schleppten Stroh und Körner und ahnten nicht, daß neben ihnen ein Mensch mit seinem Kummer saß, ein ebenso arbeitsames Wesen wie sie, das in dieser Minute sogar sie, die Ameisen, diese unermüdlichen, winzigen Arbeiter, beneidete. Sie konnten ruhig ihrer Arbeit nachgehen. Wäre nicht Krieg gewesen, hätt ich sie dann jemals um ihr Ameisendasein beneidet? Ich schäm mich geradezu...

Inzwischen war Dshainak mit seinem Fuhrwerk gekommen. Er fuhr in diesen Tagen im Wagenzug der Komsomolzen Getreide zur Bahnstation. Anscheinend hatte er von der Einberufung seines Bruders gehört und kam, um mich zu holen. Er sprang vom Wagen, hob mein Tuch auf und band es mir um den Kopf.

„Komm, Mama, wir wollen heimfahren", sagte er und half mir beim Aufstehen.

Wir fuhren schweigend. In den letzten Tagen war Dshainak nicht wiederzuerkennen, so hatte er sich verändert; ernster war er geworden. Er erinnerte mich sehr an den russischen Burschen, den Boten. Dieselbe Strenge war in seine Kinderaugen getreten. Auch er hatte in diesen Tagen Abschied genommen von seiner Jugend. Viele nahmen damals Abschied von ihr ... Während ich über Dshainaks Veränderung nachdachte, fiel mir ein, daß schon lange keine Nachricht mehr von Masselbek gekommen war. Was mag dort mit ihm sein? Ist er eingezogen worden oder nicht? Warum schreibt er nicht, kann er nicht wenigstens ein paar Zeilen schicken? Oder ist ihm sein Vaterhaus fremd geworden, hat er Vater und Mutter vergessen, ist sein Herz verhärtet dort in der Stadt? Was kann es jetzt noch für ein Studium geben, er soll lieber nach Hause kommen, was will er jetzt noch dort? dachte ich niedergeschlagen, während ich auf dem Wagen saß. Dann fragte ich Dshainak: „Du fährst doch dauernd zur Bahnstation, Dshainak, was sagen sie denn da, ist der Krieg nicht bald zu Ende?"

„Nein, Mama, so bald nicht", antwortete Dshainak. „Unsere Sache steht schlecht zur Zeit. Der Deutsche stößt noch immer vor. Ja, wenn es den Unseren gelingen würde, sich irgendwo zu halten und ihm mal tüchtig einzuheizen, dann würden wir vorstoßen. Ich glaube, bald wird es soweit sein." Er verstummte und trieb die Pferde an, dann blickte er sich nach mir um und sagte: „Du hast Angst, Mama, nicht wahr? Große Angst, ja? Denk nicht dran, Mama, du mußt nicht dran denken. Mach dir keine Sorgen. Du wirst sehen, alles wird gut."

Ach, mein dummer Junge du, beruhigen wollte er mich, leid tat ich ihm. War es denn möglich, nicht zu denken? Hätte ich auch die Augen geschlossen und mir die Ohren verstopft, ich hätte doch nicht aufhören können zu denken.

Als wir nach Hause kamen, saß Aliman da und weinte. Sie hatte noch keinen Teig eingerührt. Ich war ärgerlich und wollte sie zuerst ausschimpfen: Bist du vielleicht besser als die anderen, alle gehen, nicht nur dein Mann. Flennt hier und legt die Hände in den Schoß. So geht das nicht. Wie sollen wir sonst weiterleben? Dann überlegte ich es mir aber und machte ihr keine Vorwürfe. Ich hatte Mitleid mit ihrer Jugend. Vielleicht war das unklug, vielleicht hätte ich ihre Gefühle vom ersten Tag an nicht schonen sollen, möglich, daß es ihr dann später leichter gefallen wäre. Ich weiß es nicht, jedenfalls hab ich damals nichts zu ihr gesagt.

Kassym kam erst am Abend, fast bei Sonnenuntergang. Kaum war er durchs Tor getreten, als Aliman den Herd im Stich ließ, weinend zu ihm hinlief und sich ihm an den Hals hängte. „Ich kann ohne dich nicht leben, ich kann nicht, ich sterbe!"

Kassym kam direkt vom Mähdrescher und war noch ganz staubig, schmutzig und ölverschmiert. Er löste die Arme seiner Frau von seinem Hals und sagte: „Nicht doch, Aliman. Ich bin doch schmutzig. Gib mir lieber Seife und Handtuch, ich gehe zum Fluß baden."

Aliman drehte sich um und sah mich an; ich begriff. Rasch drückte ich ihr einen leeren Eimer in die Hand.

„Geh und bring gleich Wasser mit."

An diesem Abend kamen sie spät vom Fluß zurück. Der Mond hatte schon drei Viertel seines Weges hinter sich. Ich mußte allein zu Hause fertig werden, Dshainak half mir. Gegen Mitternacht erschien auch Suwankul. Ich hatte die ganze Zeit auf ihn gewartet und war schon unruhig geworden. Wo er nur bleiben mochte. Wie sich nun herausstellte, war er noch bei

Tage in die Berge geritten und hatte den rehbraunen Zelter aus der Herde geholt. Wir hatten das Tier noch als Füllen für Kassym gekauft, als er anfing, Traktor zu fahren. Es war ein guter Zelter, leichtfüßig, mit festem, hallendem Hufschlag und weißbestrumpften Hinterbeinen. Er war im ganzen Ail berühmt, die Mädchen besangen ihn in ihren Liedern:

Hör des Zelters Hufschlag ich am Wege,
lauf ich flugs vors Tor, ihm nachzuschaun...

Anscheinend hatte der Vater beschlossen, daß der Sohn wenigstens zum Abschied ein, zwei Tage auf seinem rehbraunen Zelter reiten sollte.
Frühmorgens verließen wir alle den Ail und machten uns auf den Weg zum Kriegskommissariat, Aliman und ich auf Dshainaks Wagen, Kassym und der Vater auf ihren Pferden. Damals erreichten die Einberufungen gerade ihren Höhepunkt. Noch gab es in den Ailen viele Männer. Ich blickte die Chaussee entlang — sie war schwarz von Menschen, das eine Ende des lebenden Stromes mündete in die Große Schlucht, das andere war nicht zu sehen. Sie kamen aus allen Siedlungen, zu Pferde oder mit Ochsengespannen. In der Kreisstadt konnte man nicht treten vor Menschen und Fuhrwerken. Sogar Kinder, Greise und Greisinnen waren hier. Alle drängten sich um die Ihren und wichen keinen Schritt von ihnen. Manche weinten, manche waren aber auch schon angetrunken. Nicht umsonst heißt es: Das Volk ist ein Meer, in ihm gibt's Tiefen und Untiefen. So gab es denn auch hier, bei diesem lärmenden Abschied von denen, die in den Krieg zogen, standhafte, beherrschte Dshigiten, die sich mannhaft hielten, zur rechten Zeit das rechte Wort fanden, die Menschen sogar aufheiterten und zur Ziehharmonika sangen und tanzten. Kirgisische und russische Lieder lösten einander ab, die „Katjuscha" aber wurde von allen gemeinsam gesungen. Ich hörte sie damals zum erstenmal.
Auf dem weitläufigen Hof des Kriegskommissariats war nicht genug Platz für die Einberufenen, so ließ man sie auf der Hauptstraße des Ortes in Reihen antreten und rief sie namentlich auf. Die Menge verstummte und hielt den Atem an. Als ich die, die in den Krieg ziehen sollten, ansah, stieg es mir heiß in die Augen. Alle waren, wie ausgesucht, junge, gesunde

Dshigiten, wie geschaffen zum Leben und Arbeiten. Jedesmal, wenn wieder einer nach der Liste aufgerufen wurde, antwortete er mit „hier" und warf einen Blick in unsere Richtung. Unwillkürlich fuhr ich zusammen, als ich hörte: „Suwankulow, Kassym"; eine neue Welle brennenden Schmerzes verschleierte mir die Augen. „Hier", antwortete Kassym. Aliman preßte meine Hand. „Mama", flüsterte sie. Was konnte ich tun? Ich wußte, wie schwer ihr die Trennung fiel, aber wer durfte denn abseits stehen vom Volk, noch dazu in Tagen des Unheils? Ach, Aliman, meine Aliman! Sie sah ja ein, daß der Krieg es erforderte, daß es notwendig war für das ganze Land, aber ich habe im Leben keine Frau gekannt, die ihren Mann so geliebt hätte wie sie.

Noch am selben Tag kehrten wir in den Ail zurück, wir hatten erfahren, daß die Eingezogenen erst am nächsten Tag abrücken würden. Kassym hatte uns überredet, nach Hause zu fahren: Wozu sollten wir uns dort herumquälen, er würde auf dem Weg zur Bahnstation zu Hause vorbeikommen und Abschied von uns nehmen, lag doch unser Kolchos direkt an der Landstraße. Wir ließen Aliman Suwankuls Pferd da und fuhren selbst, zusammen mit anderen, mit einem Pferdefuhrwerk. Dshainak blieb ebenfalls in der Kreisstadt, er hatte mit seinem Wagen Mobilisierte zur Bahnstation zu bringen.

Als ich nachts in das leer gewordene Haus trat, ließ ich meinen Tränen ungehindert freien Lauf. Suwankul kochte Tee, goß mir besonders starken ein und hieß mich ihn austrinken. Dann setzte er sich neben mich und sagte: „Wer waren wir beide, Tolgonai? Mit diesem Volk sind wir zu Menschen geworden, so wollen wir auch alles mit ihm teilen, Gutes und Böses. Solange es uns gut ging, waren alle zufrieden, und jetzt sollte mit einemmal jeder nur an sich denken und über sein eigenes Schicksal jammern? Nein, das wäre nicht ehrlich. Nimm dich zusammen morgen. Wenn sich Aliman halbtot grämt, ist das eine andere Sache, sie hat noch nicht erlebt, was wir erlebt haben. Du aber bist eine Mutter. Vergiß das nicht! Du mußt schließlich damit rechnen, daß auch ich gehe, wenn sich der Krieg in die Länge zieht, und auch Masselbeks Jahrgang wird drankommen, auch er kann eingezogen werden. Wenn es notwendig sein sollte, werden wir alle gehen. Also mach dich auf alles gefaßt, Tolgonai, gewöhne dich dran."

Am Nachmittag des folgenden Tages begann der Abmarsch.

Kassym und Aliman waren der Kolonne vorausgeritten und kamen im Galopp angejagt. Man hatte Kassym gestattet, zu Hause vorbeizureiten, um sich zu verabschieden. Alimans Augen waren geschwollen wie zwei große Wasserblasen, offenbar hatte sie den ganzen Weg über geweint. Kassym nahm sich zusammen und war bestrebt, die Fassung zu bewahren, aber auch ihm war nicht leicht ums Herz. Ich weiß nicht, was ihn veranlaßt hatte, sich so etwas auszudenken, fürchtete er für Aliman und wollte er ihr den Abschied erleichtern, oder hatte er wirklich eine derartige Anweisung erhalten, jedenfalls, noch kaum vom Pferd gestiegen, bat er uns, nicht mit zur Bahnstation zu fahren. Er sagte, möglicherweise würde er noch mal nach Hause zurückkommen, da beschlossen worden sei, Mähdrescherfahrer und Traktoristen erst nach Abschluß der Ernte einzuziehen. Wenn dieser Beschluß noch rechtzeitig einträfe, würde man sie wahrscheinlich von der Bahnstation aus zurückschicken. Heute weiß ich, daß er das nur aus Mitleid mit Aliman und mit uns gesagt hat. Bis zum Bahnhof war es fast eine Tagereise, und die Rückfahrt wäre uns endlos geworden, die Tränen hätten nicht gereicht. Aber damals glaubte ich ihm; man sagt, die Hoffnung verläßt den Menschen bis zum Tode nicht. Während wir Kassym bis zur Landstraße das Geleit gaben, kamen mir jedoch schon die ersten Zweifel.

Unterwegs verabschiedeten sich von Kassym alle, die bei der Ernte waren. Die Schnitter, die Gespannführer und die Drescher von der Tenne kamen angelaufen, und auch der Mähdrescher war in der Nähe. Kassyms Gehilfen ließen ihn nicht weit von uns halten und kamen ebenfalls angerannt, um Abschied zu nehmen.

Es heißt, wenn der Schmied in den Krieg zieht, nimmt er Abschied von Hammer und Amboß. Mein Kassym war ein Meister, ein Schmied seines Faches. Als der Mähdrescher stehenblieb, warf Kassym, während er sich mit seinen Dorfgenossen unterhielt, einen Blick zur Straße hinüber. Dort tauchte in der Biegung gerade erst die langgestreckte Kolonne der Mobilisierten mit Wagen und Pferden auf, eine rote Fahne an der Spitze.

„Hier, Vater, halt mal!“ Kassym übergab die Zügel des Rehbraunen Suwankul und schritt auf den Mähdrescher zu. Er ging um ihn herum und betrachtete ihn von allen Seiten. Mit einemmal lief er die Stufen zum Fahrersitz hoch. „Los,

Eschenkul, fahr zu! Fahr, was du kannst, wie damals!" rief er dem Traktoristen zu.

Die Motoren, die bis dahin nur auf halben Touren gelaufen waren, heulten auf, der Mähdrescher begann zu rattern, drauflos ging's mit klirrenden Ketten, der Weizen wurde nur so verschlungen, und die Dreschmaschine spie einen wahren Strohsturm aus. Kassym aber hielt sein Gesicht dem heißen Wind entgegen, reckte die Schultern, lachte und schien alles vergessen zu haben. Er und der Traktorist riefen sich etwas zu, sie nickten mit dem Kopf, wendeten am Feldende und fuhren wieder drauflos. Wie ein Steppenvogel flog der Mähdrescher über das Feld. Für eine Minute vergaßen wir den Krieg. Die Menschen standen da mit glücklichen Augen, am stolzesten aber war Aliman. Langsam ging sie dem Mähdrescher entgegen und lachte dabei leise vor sich hin. Der Mähdrescher hielt. Unsere Gesichter verfinsterten sich wieder. Bektasch, das Söhnchen unserer Nachbarin Aischa — er war dreizehn Jahre alt und nahm in diesem Sommer an der Strohpresse des Mähdreschers das Stroh ab —, stürzte zu Kassym, küßte ihn und weinte. Ich biß mir die Lippen wund, am liebsten hätte ich laut losgeheult, aber eingedenk der Worte Suwankuls traute ich mich nicht. Kassym hob Bektasch hoch, küßte ihn, stellte das Kerlchen ans Steuerrad und kam langsam die Stufen herunter. Wir umringten ihn. Er verabschiedete sich von seinen beiden Gehilfen, dem Traktoristen und dem zweiten Mähdrescherfahrer. Er mußte sich beeilen. Die Kolonne auf der Landstraße hatte bereits den Ail erreicht.

So gaben wir Kassym das Geleit. Als jedoch der Augenblick gekommen war, da er aufs Pferd steigen mußte, war's um Aliman geschehen, ungeachtet der Leute, schrie sie auf und hing ihm mehr tot als lebendig am Hals. Sie war leichenblaß, nur die Augen brannten. Wir mußten sie mit Gewalt von ihm wegziehen. Aber sie riß sich von uns los und stürzte wieder zu ihrem Mann hin. Und so immer wieder. Wie ein kleines Kind zog sie Kassym an der Hand, ließ ihn nicht den Fuß in den Steigbügel setzen, flehte: „Warte doch! Nur eine Minute! Eine Minute noch!"

Kassym küßte sie und redete ihr gut zu: „Wein doch nicht so, Aliman! Du wirst sehen, morgen komme ich wieder zurück vom Bahnhof. Glaub mir!"

Da sagte Suwankul zur Schwiegertochter: „Geh nur, Aliman, und begleite ihn allein bis zur Landstraße. Wir werden uns hier von ihm verabschieden. Wir halten ihn nicht lange auf."
Suwankul ergriff die Hand seines Sohnes und sagte leise: „Sieh mir in die Augen."
Sie blickten einander an.
„Hast du mich verstanden?" fragte der Vater.
„Ja, Vater, ich habe dich verstanden", antwortete der Sohn.
„Dann mach dich auf den Weg, Gott mit dir!" Suwankul schwang sich aufs Pferd und ritt, ohne sich umzusehen, davon.
Als sich Kassym von mir verabschiedete, sagte er: „Wenn ein Brief von Masselbek kommt, schickt mir seine Adresse."
Kassym und Aliman gingen zur Landstraße, den rehbraunen Zelter am Zaum führend. Ich ließ kein Auge von ihnen. Die Kolonne auf der Landstraße war bereits weit voraus. Kassym schwang sich in den Sattel, und Aliman lief, sich am Steigbügel festhaltend, nebenher, schließlich beugte sich Kassym zu ihr herab, küßte sie zum letztenmal und ließ den Rehbraunen in schnellem Paßgang davonjagen. Aliman aber rannte und rannte hinter dem von den Hufen aufgewirbelten Staub drein.
Ich ging ihr nach und brachte sie nach Hause.
Am Abend des nächsten Tages kehrte Dshainak von der Bahnstation zurück, der abgesattelte Zelter war hinten an seinen Wagen gebunden.

5

In der Ferne tobte die Schlacht, floß Blut, unsere Schlacht aber war die Arbeit. Kassym hatte mit Recht zur Eile gemahnt: Sosehr wir uns auch anstrengten, das letzte Getreide bekam doch noch Schnee ab. Stellenweise blieben auch Kartoffeln unterm Schnee, wir schafften es nicht mehr, sie zu roden. Die Männer gingen alle an die Front, einer nach dem anderen, Tag für Tag. Wir arbeiteten von früh bis spät im Kolchos. Alle Gespräche drehten sich nur noch um den Krieg — wie es an der Front aussah, was es dort Neues gab —, und der am sehnlichsten erwartete Gast in jedem Haus war der Briefträger.
Eine Woche nachdem wir Kassym das Geleit gegeben hatten, kam ein Brief von Masselbek. Er schrieb, daß er zusammen

mit seinen Studienkameraden eingezogen worden sei. Vorläufig lägen sie noch in derselben Stadt. Wir sollten nicht traurig sein, weil wir uns nicht mehr hätten sehen und verabschieden können, wer hätte denn geahnt, daß es so käme, die Hauptsache sei schließlich, sie kehrten siegreich heim. Der zweite Brief kam schon aus Nowosibirsk. Er schrieb, er sei dort an einer Offiziersschule, und schickte ein Foto von sich mit. Dieses Bild hängt auch jetzt noch eingerahmt bei mir an der Wand, es ist nur schon etwas verblaßt. Ein schönes Foto: Er sieht gut aus in der Uniform, das volle Haar ist glatt zurückgekämmt, die Augen blicken ein wenig traurig und nachdenklich. So sehe ich ihn noch heute manchmal im Traum. Aliman hatte Masselbek nur ein einziges Mal gesehen, als er für einen Tag zu seines Bruders Hochzeit gekommen war.

„Sieh mal, Mama, unser Masselbek ist doch ein hübscher Bursche", sagte sie, das Foto betrachtend. „Damals, als ich hinter den Vorhängen saß, konnte ich ihn mir gar nicht richtig ansehen, es schickte sich nicht für mich als Braut, ihn von dort aus anzustarren, ich genierte mich einfach. Wär das schön, wenn er zurückkäme und ein Mädchen fände, das ebenso gebildet und hübsch ist wie er. Nicht wahr, Mama, das wär doch schön!"

Ich stimmte ihr zu und begann selbst, von diesem Tag zu träumen.

Bis zur Mitte des Winters war ich innerlich mehr oder weniger ruhig. Meine Söhne schrieben regelmäßig, und das genügte mir. Aber dann erhielt ich einen Brief von Kassym, in dem er mitteilte, daß sie an die Front kämen. Furcht schlich sich in meine Seele, mir stockte das Herz. Zudem wurde auch noch Suwankul andauernd ins Kriegskommissariat beordert, bald vor die Kommission, bald zur Registrierung, dann wieder zur Neuregistrierung. Er kam ganz herunter, denn er mußte sich geradezu zerreißen zwischen den Fahrten ins Kriegskommissariat und seinen Pflichten als Kolchosbrigadier. Ich hatte nicht damit gerechnet, daß sie auch Suwankul einziehen würden, denn ein Kolchos ohne Brigadier ist doch wie ein Mensch ohne Hände. Aber auch er wurde einberufen. Ich erfuhr es auf der Tenne, wo wir gerade das Getreide droschen, das schon Schnee abbekommen hatte. Als ich es hörte, steckte ich die Gabel ins Stroh und lehnte mich mit dem Gesicht an den kalten Gabelstiel. So stand ich da, unfähig, meine Ge-

danken zu sammeln. Was nun? Wie weiterleben? Zwei Söhne waren schon dort, nun ging auch der Mann noch an die Front.
Da kam auch schon Suwankul geritten, schweigend stieg er vom Pferd, trat auf mich zu und sagte: „Komm nach Hause, ich muß mich fertigmachen."
Ich ritt auf seinem Pferd, und er ging zu Fuß nebenher, er meinte, so könnten wir uns am besten unterhalten. Aber das Gespräch wollte nicht recht in Gang kommen, wir schwiegen mehr, als wir sprachen. Nicht etwa, daß wir uns nichts zu sagen hatten, uns war schwer ums Herz, und davon war alles wie verkrampft innerlich, jedes Wort bereitete uns Qualen. So zogen wir dahin, ich zu Pferd und er zu Fuß. Trübe, graue Wolken verdeckten den Himmel. Aus der Gelben Ebene wehte es feucht und kalt herüber, der Wind fegte dicht über den Erdboden hin und pfiff in den Halmen des Salzkrauts, Schneesturm verkündend. Ich blickte mich um — das Feld war öd und leer, kein Mensch, kein Laut, keine Bewegung, kalt und düster.
Suwankul rauchte eine selbstgedrehte Zigarette nach der anderen. Dann nahm er meine Hand.
„Ist dir kalt?" fragte er.
Ich sagte nichts. Auch er schwieg, obwohl er schon zum Reden angesetzt hatte. Er hatte wohl seine Gedanken mit mir teilen wollen: Nach unseren Söhnen gehe nun auch ich an die Front. Wie mag es wohl werden, wird es mir beschieden sein heimzukehren oder nicht ... Vielleicht nehmen wir heute für immer Abschied. Wenn ja, so sei's; wieviel Jahre haben wir in Liebe und Eintracht miteinander gelebt. Wenn ja etwas gewesen ist, so wollen wir einander verzeihen. Man kann nie wissen, was das Schicksal mit uns vorhat.
Ob er diese Worte sagen wollte oder andere, wer konnte es wissen, er schwieg, schaute mir ins Gesicht und biß sich auf die Lippen. Mir fiel auf, daß erstes Grau in seinem schwarzen Schnurrbart schimmerte. Früher hatte ich das gar nicht bemerkt.
Ich dachte daran, wie wir uns, blutjung noch, hier auf diesem Feld begegnet waren, wie wir hier zweiundzwanzig Jahre lang zusammen gearbeitet, Schweiß vergossen, Kinder großgezogen und Getreide angebaut hatten, und augenblicklich erstand unser ganzes Leben vor meinen Augen. Nie hätte ich geglaubt,

daß wir uns einmal so trennen müßten, und vielleicht sogar für immer. Ich dachte daran, wie wir in der Sommernacht des ersten Erntetages diesen Weg entlanggeritten waren, und als ich die neue Straße am Rande des Ails halbfertig und verlassen daliegen, als ich die Ziegel und Bruchsteine auf Alimans und Kassyms Grundstück sah, barg ich mein Gesicht in der Mähne des Pferdes und brach in Schluchzen aus. Ich weinte lange. Suwankul schwieg und wartete geduldig, dann sagte er: „Wein dich richtig aus, Tolgon, hier sind wir allein, denn von nun an darfst du den Leuten keine Tränen mehr zeigen. Du bist jetzt nicht nur für Aliman und Dshainak das Familienoberhaupt, du wirst auch meinen Platz als Brigadier einnehmen müssen. Wir haben niemand außer dir."
Ich weinte nur noch heftiger.
„Ich pfeife auf dein Brigadieramt. Wie kannst du nur jetzt davon sprechen. Ich brauch nichts. Ich will nichts davon hören!"
Am Abend wurde ich jedoch in die Kolchosverwaltung gerufen. Dort saßen unser neuer Vorsitzender, der verwundete Frontsoldat Ussenbai, Suwankul und noch einige alte Männer, die Aksakale des Ails. Ussenbai ging sogleich auf sein Ziel los.
„Sie mögen sagen, was Sie wollen, Mutter Tolgonai, doch Sie werden sich wohl auf Männerart gürten und das Pferd des Brigadiers besteigen müssen. Niemand kennt besser als Sie Wasser, Land und Leute unseres Ails. Wir vertrauen Ihnen, vertrauen Ihnen nicht zuletzt deshalb, weil unser bester Brigadier Ihnen vertraut, dem wir jetzt mit zusammengebissenen Zähnen das Geleit an die Front geben. Da ist nichts zu machen. Vom morgigen Tag an müssen Sie die Arbeit übernehmen, Mutter Tolgonai."
Auch die Aksakale rieten mir zu. Kurz, sie brachten mich dahin, daß ich mich einverstanden erklärte, als Brigadier zu arbeiten. Wie hätte ich es auch ablehnen können! Verstand ich doch sehr wohl, was für eine Zeit wir durchmachten. Ja, ich handelte richtig, schon allein deshalb, weil es der letzte Wille meines Suwankul war. In jener Nacht schlief er bis zum Morgen nicht, die ganze Zeit gab er mir Ratschläge und Anweisungen: Du mußt mit den Frühjahrsvorbereitungen beginnen, das Zugvieh muß sich ausruhen, die Pflüge, Eggen und Fuhrwerke sind zu reparieren. Kümmere dich um die

kinderreichen Familien und um die alten Leute. Dies mußt du so machen, jenes so ... Ach, mein unruhiger Geist du, mein lieber Mann, mein Herzensfreund...

Draußen tobte der Schneesturm bis zum Morgen, und im Schornstein heulte der Wind.

Auch Suwankul gaben wir bis zur Landstraße das Geleit. Dort setzte er sich mit anderen älteren Männern auf Dshainaks Wagen, und sie fuhren davon, schnell verschwanden sie im Schneegestöber. Kalt war es, ein eisiger Wind schnitt mir ins Gesicht. Langsam ging ich nach Hause, oft blickte ich mich um, bitterlich weinend.

Von diesem Tag an gürtete ich mich, wie unser Vorsitzender Ussenbai gesagt hatte, setzte mich aufs Pferd und kam meinen Pflichten als Brigadier nach. Das ist auch heute noch keine leichte Arbeit, nicht jeder ist ihr gewachsen, damals aber war es eine reine Qual. Gesunde Männer gab es nicht mehr in den Ailen, nur noch kranke und lahme, und die übrigen Arbeitskräfte waren Frauen, Mädchen, Kinder und Greise. Alles, was wir ernteten, lieferten wir an die Front ab. Und wie sah es in der Wirtschaft aus: Wagen ohne Räder, das Zaumzeug — nur noch zerrissene Strippen, die Kummete zerschlagen, in der Schmiede nicht einmal Kohle. Den Schmiedeherd heizten wir mit Steppendisteln, um ihn nicht ganz ausgehen zu lassen. Das Leben der Menschen war auch nicht mehr das gleiche wie früher, der Hunger pochte an die Türen. Trotzdem setzten wir alles daran, daß die Kolchoswirtschaft nicht völlig zum Erliegen kam, wir hielten sie in Gang, soweit unsere Kräfte reichten. Wenn ich jetzt zurückdenke: Um der Sache willen gab ich dem einen gute Worte und schimpfte den anderen aus, oft lagen wir uns in den Haaren, vieles kam vor damals, was hab ich alles aushalten müssen. Und trotzdem verneige ich mich heut noch bis zum Erdboden vor den Leuten, weil sie zusammengehalten haben in jenen schweren Tagen, weil sie Menschen geblieben sind. Die Frauen von damals sind jetzt Greisinnen, die Kinder längst Familienväter und Mütter, sicherlich haben sie jene Zeit schon vergessen, ich aber muß jedesmal, wenn ich sie sehe, daran denken, wie sie damals gewesen sind. Ausgehungert und armselig gekleidet, stehen sie vor meinen Augen. Doch wie haben sie gearbeitet im Kolchos, wie auf den Sieg gewartet, wie haben sie geweint und wie stets von neuem Mut gefaßt! Sie wissen nicht, daß sie unsterbliche

Taten vollbracht haben. Und wenn ich auch noch soviel habe aushalten müssen, wenn meine Schultern noch so krumm geworden sind, nie werde ich bereuen, daß ich damals Brigadier geworden bin. Bei Sonnenaufgang war ich bereits auf den Beinen, mein Arbeitstag begann auf dem Wirtschaftshof des Kolchos, dann saß ich den ganzen Tag im Sattel, bald ging es hierhin, bald dorthin, mal in die Steppe, dann wieder in die Berge, und abends saß ich bis in die späte Nacht in der Kolchosverwaltung — so wurde ich gar nicht gewahr, wie schnell die Tage vergingen. Vielleicht hat mich gerade das gerettet. Wenn sie auch manchmal aus Ärger und Gram auf mich schimpften, mir an die Kehle gingen und die Arbeit hinwarfen — ich trage es ihnen nicht nach. Nein, in solchen Fällen bürdete ich Dshainak und Aliman noch mehr Arbeit auf, ließ sie Tag und Nacht nicht zur Ruhe kommen, und ich bereue es nicht, daß ich sie mitleidlos umhergehetzt habe. Sonst hätten uns die beklemmenden Gedanken und die Angst erdrückt: Drei Männer aus einer Familie im Krieg — sollten wir uns da keine Gedanken machen? Von Kassym war schon den zweiten Monat keine Nachricht mehr gekommen. Aliman und ich wichen einander aus, um nicht von dem reden zu müssen, was uns ohnehin mit Angst erfüllte — vom Schweigen Kassyms. Wie Kinder bemühten wir uns, nicht daran zu rühren. Sprachen wir miteinander, so nur über die Arbeit oder die Hauswirtschaft.

An einem der Wintertage lief ich gleich frühmorgens in die Schmiede, um zu helfen. Unsere Arbeitspferde wurden neu beschlagen. Da sah ich, wie unser Vorsitzender Ussenbai im Galopp angeritten kam und ein handgroßes Blatt Papier schwenkte. „Ein Telegramm für Sie“, sagte er. Mir stockte der Atem. Ich hörte nur, wie die Hämmer auf den Amboß schlugen, als wär's auf meine Brust. Kreideweiß mußte ich geworden sein.

„Aber Mutter Tolgonai!“ rief der Vorsitzende aus. „Das ist doch ein Telegramm von Masselbek aus Nowosibirsk. Kommen Sie, nehmen Sie es doch! Sie brauchen keine Angst zu haben!“ Er beugte sich aus dem Sattel und gab mir das Blatt. „Fahren Sie sofort zur Bahnstation“, sagte er, „Ihr Sohn wird hier durchfahren, er möchte Sie sehen und bittet Sie, auf dem Bahnhof zu sein. Ich habe angeordnet, für Sie anzuspannen und Heu und Hafer für die Pferde mitzugeben. Sie dürfen

keine Zeit verlieren, machen Sie sich zur Abfahrt bereit."
Maßlose Freude bemächtigte sich meiner! Aufgeregt ging ich in der Schmiede auf und ab und wußte nicht, was anfangen. Der Schmied jagte mich fort.
„Wir werden schon allein fertig, Brigadier", sagte er, „fahr nur schnell zum Bahnhof, damit du nicht zu spät kommst."
Ganz durcheinander, eilte ich nach Hause. Nur den einen Gedanken hatte ich: Masselbek bittet dich, zum Bahnhof zu kommen, Masselbek will dich sehen. Ich hastete die Straße entlang, trotz des Frostes war mir heiß, der Schweiß brach mir aus. Im Laufen sprach ich mit mir selbst, wie eine Irre: „Wieso ‚er bittet'? Tausend Werst würde ich zu Fuß laufen, um zu dir zu kommen, mein Junge du, auf Flügeln würde ich zu dir eilen!"
Ach, törichte Mutter ich. Gar nicht bedacht hatte ich in diesem Augenblick, wohin denn mein Sohn eigentlich fuhr, in welche Richtung.
Zu Hause angelangt, machte ich schnell allerlei zum Essen zurecht, ich kochte Fleisch, schließlich war Masselbek nicht allein, sondern mit seinen Kameraden zusammen, sollte er sie mit Hausmannskost bewirten. Ich verstaute alles in der ledernen Satteltasche, und noch am selben Tag fuhr ich mit Aliman zur Bahnstation. Zuerst wollte ich Dshainak mitnehmen, aber er lehnte ab.
„Nein, Mama", sagte er, „soll Aliman lieber fahren, ich bleibe zu Hause und versorge die Wirtschaft. So ist es besser."
Später sah ich ein, daß mein jüngster Sohn recht hatte. Obwohl noch ein Junge, war er doch nicht dumm. Er mußte geahnt haben, wie es in Aliman aussah in diesen Tagen, wie sie sich grämte und litt. Dshainak lief selbst zum Heuhof, wo Aliman arbeitete, und sagte ihr Bescheid. Ich hatte meine Schwiegertochter schon lange nicht mehr so fröhlich gesehen. Sie lebte auf, strahlte übers ganze Gesicht, war geschäftiger als ich und mahnte mich zur Eile: „Schnell, Mama, mach dich fertig. Hier hast du deinen Pelz und dein wollenes Kopftuch, zieh dich rasch an, und los geht's!"
Auch unterwegs fand sie keine Ruhe.
„Fahr zu, fahr doch schneller!" drängte sie den Kutscher. Von Zeit zu Zeit nahm sie ihm die Zügel aus der Hand und trieb selbst die Pferde mit lauten Zurufen und Peitschenhieben an.

Leicht rollte der Wagen über den verharschten Schnee, munter trabten die Pferde dahin, leise ratterten die Räder. Es schneite — sacht und lustig. Ein leichter Frost herrschte. Aliman war ganz eingeschneit, sie wußte gar nicht, wie gut ihr das stand. Dichter Schnee lag auf ihrem wollenen Kopftuch, den darunter hervorlugenden Haarsträhnen und dem Kragen, wodurch ihre weizenbraune Haut mit dem frischen Wangenrot, ihre flinken, glänzenden, schwarzen Augen und die weißen Zähne noch schöner wirkten als sonst. Der Jugend steht alles zu Gesicht, sogar der Schnee. Aliman schwatzte den ganzen Weg über munter drauflos. Bald bat sie mich, Masselbek, wenn er aus dem Zug stiege, nicht zu sagen, daß sie mitgekommen war. Ob er sie erkennen würde? Dann wieder nahm sie sich vor, Masselbek von hinten die Augen zuzuhalten. Was er wohl sagen würde, sicherlich würde er einen Schreck bekommen und fragen, wer da so dumme Späße mit ihm treibe. Dabei wollte sie sich ausschütten vor Lachen über ihre eigenen Einfälle. Ach, Aliman, Aliman, du mein herziges Schwiegertöchterchen! Dachte sie denn wirklich, ich wüßte nicht, weshalb sie sich so benahm? Sie verriet sich ja selbst. Plötzlich verstummte sie, hörte auf zu lachen und murmelte leise: „Masselbek sieht Kassym sehr ähnlich. Sie sehen aus wie Zwillingsbrüder, nicht wahr?"

Ich tat so, als hätte ich nichts gehört. Eine Weile hing sie schweigend ihren Gedanken nach, dann nahm sie wiederum dem Jungen die Zügel aus der Hand und trieb die Pferde abermals mit lauten Zurufen an.

Gegen Abend erreichten wir die Bahnstation. Kaum hielt der Wagen, da rannten Aliman und ich auch schon zu den Gleisen, als müßte Masselbek in diesem Augenblick eintreffen. Nirgends eine Menschenseele. Wir blickten uns um und ließen den Kopf hängen, ganz verwaist standen wir da und wußten nicht, was wir tun, wo wir bleiben sollten. Der Wind fegte den Schnee über die Schwellen. Eine einsame Lokomotive kroch über die Schienen und schob mit Gequietsch und Gerassel vereiste, festgefrorene Waggons hin und her. In den Leitungsdrähten pfiff der Nordwind.

Wir hatten beide noch nie auf einen Zug gewartet und kamen deshalb gar nicht auf den Gedanken, zu fragen, wann der Zug eintreffen müsse. Plötzlich ertönte von fern der Pfiff einer Lokomotive, ein Zug nahte.

„Mama, er kommt!“ rief Aliman.

Mir fuhr der Schreck in die Glieder, die Knie begannen mir zu zittern. Schnell kam der Zug näher. Schon war die in Schneestaub gehüllte Lokomotive vorbei. Der Zug hielt. Wir stürzten die Wagen entlang. Sie waren zum Bersten voll mit Menschen. Frauen, Kinder, aber auch viele Soldaten. Wer weiß, wer sie waren und wohin sie fuhren. Wir blieben vor jedem Wagen stehen und fragten: „Ist hier Suwankulow, Masselbek? Sagen Sie bitte, ist hier Suwankulow, Masselbek?“

Die einen antworteten, sie wüßten es nicht, die anderen schwiegen, wieder andere lächelten. Während wir noch von Wagen zu Wagen liefen, setzte sich der Zug in Bewegung und fuhr davon. Wie sich herausstellte, hatten die Züge auf unserer Station nur drei Minuten Aufenthalt. Wir standen da, als hätten wir einen Vogel aus der Hand fliegen lassen. Da kam ein älterer russischer Eisenbahner in schwarzem Halbpelz und Filzstiefeln auf uns zu. Ich hatte gesehen, wie er aus dem Stationshäuschen getreten war, als der Zug einlief. Er fragte uns, auf wen wir warteten. Wir erzählten ihm alles und gaben ihm Masselbeks Telegramm zu lesen. Er setzte die Brille auf, bewegte lange die Lippen und sagte dann: „Ihr Sohn fährt mit einem Militärzug. Aber mit welchem und wann er hier durchkommt, ist nicht gesagt. Wenn er keine Verspätung hat, müßte er heute nacht oder morgen eintreffen. Vielleicht ist er aber auch schon vorbei. Jetzt fahren täglich soviel Militärzüge in beiden Richtungen hier durch, manche davon halten nicht mal.“

Nun ließen wir ganz und gar den Kopf hängen.

„Ja, ja, der Krieg“, seufzte der Eisenbahner. „Das Unterste hat er zuoberst gekehrt. Aber was stehen Sie denn hier im Freien? Gehen Sie doch ins Stationshäuschen, da ist ein kleiner Warteraum. Dort können Sie sich hinsetzen, und wenn Züge kommen, müssen Sie eben rausgehen und gucken. Weiter kann ich Ihnen auch nicht helfen.“

Im Warteraum waren etwa zehn Menschen. Sie lagen auf den Bänken herum. Das Leben hatte sie wohl schon viel umhergejagt, von Bahnhof zu Bahnhof, sicherlich waren sie es schon gewohnt und fühlten sich hier wie zu Hause. Die einen schliefen seelenruhig, andere rauchten und unterhielten sich, in einer Ecke tranken zwei heißes Wasser aus Blechbechern,

verbrannten sich dabei die Lippen und pusteten, einer klimperte sacht auf der Gitarre und sang leise vor sich hin. Die große Petroleumlampe mit dem verrußten, gesprungenen Zylinder flackerte und blakte. Nachdem wir uns umgesehen hatten in dem Halbdunkel, hockten auch wir uns auf eine Bankecke. Doch kaum hatten wir ein bißchen gesessen, da hörten wir den Pfiff einer Lokomotive und stürzten Hals über Kopf zur Tür. In der Dunkelheit zerrte der Wind an unseren Ärmeln und Röcken. Es war ein Güterzug, auf dem keine Soldaten zu sehen waren, trotzdem liefen wir von Waggon zu Waggon und riefen: „Ist hier Suwankulow, Masselbek?"
„Suwankulow, Masselbek, ist er hier?"
Niemand antwortete, denn es war niemand da. Als wir in den Warteraum zurückkamen, schlief schon alles.
„Leg dich ein bißchen hin, Mama, und ruh dich aus, ich paß schon auf", sagte Aliman.
Ich lehnte meinen Kopf an ihre Schulter und hoffte, ich könnte ein wenig schlafen, aber nein, daran war nicht zu denken! Und wie sollte ich auch schlafen, vernahm ich doch nicht nur mit dem Ohr, sondern mit dem Herzen das Nahen jedes Zuges, spürte ich doch, wenn der Zug noch ganz fern war, bereits das erste, kaum merkliche Beben des Bodens unter den Füßen und war sofort hellwach. Aus welcher Richtung die Züge auch immer kommen mochten, jedesmal sprangen wir auf, ergriffen die Satteltasche und liefen zu den Gleisen.
Ein Militärzug nach dem anderen fuhr vorbei, aber in keinem von ihnen war Masselbek. Um Mitternacht erbebte wieder der Boden unter unseren Füßen, wieder fuhren wir hoch und rannten hinaus. Von beiden Enden der Schlucht tönte gleichzeitig ein lang anhaltendes Pfeifen zu uns herüber, von beiden Seiten kamen Züge. Völlig kopflos rannten wir hin und her und fanden uns schließlich zwischen den Gleisen wieder. Mit ohrenbetäubendem, immer stärker werdendem Pfeifen rollten die Züge heran und jagten, ohne anzuhalten, an uns vorbei. Die Schienen dröhnten, der Wind heulte, zog und zerrte an uns im wilden Wirbel des Schneegestöbers und hätte uns beinahe unter die Räder geschleudert.
„Mama!" schrie Aliman, preßte mich an einen Laternenpfahl und hielt mich fest.
Ich blickte angestrengt in die mit Windeseile vorbeisausenden Fenster. Wie, wenn ich plötzlich meinen Masselbek erblickte,

wie, wenn mein Sohn dort drin säße, und ich wüßte nichts davon? Unter den dahineilenden Rädern stöhnten die Schienen wie mein Herz, das sich um meinen Sohn ängstigte. Schneewolken hochwirbelnd, waren die Züge vorbeigebraust, wir aber standen noch lange eng aneinandergeschmiegt neben dem Laternenpfahl.

Bis zum Morgengrauen kamen Aliman und ich nicht zum Sitzen, immer wieder rannten wir die Züge entlang. Kurz vor Sonnenaufgang, als der Schneesturm ein bißchen nachgelassen hatte, kam von Westen ein Militärzug, wie wir bisher noch keinen gesehen hatten: Alle Wagen waren ausgebrannt, die Dächer abgerissen und die Türen herausgeschlagen. In dem ganzen Zug kein lebendiges Wesen. Grabesstille herrschte in den leeren Wagen. Es roch nach Rauch, verbranntem Eisen, verkohlten Brettern und Farbe. Da nahte unser Eisenbahner im schwarzen Halbpelz mit einer Laterne. Aliman fragte ihn flüsternd: „Was ist denn das für ein Zug?"

„Ein zerbombter", flüsterte er.

„Und wo fährt er jetzt hin?"

„Zur Reparatur", entgegnete der Eisenbahner ebenso leise.

Ich hörte dieses Gespräch mit an und gedachte derer, die in diesen Waggons gefahren waren, die unter Schreien, in Rauch und Flammen ihr Leben hatten lassen müssen, denen es Arme und Beine weggerissen hatte, die für immer taub und blind geworden waren. Dabei waren jene Bomben nur ein winziger Funke im gewaltigen Feuer des Krieges. Was aber war der Krieg dann selbst?

Lange hielt der zertrümmerte Militärzug auf dem Bahnhof, dann setzte er sich langsam in Bewegung und rollte, traurig polternd, davon. Ich sah ihm mit tiefem Gram im Herzen nach. Dorthin, wo der zerbombte Zug herkam, fuhr auch Masselbek. Und was war mit Kassym? Was mit Suwankul? Er hatte geschrieben, daß sie irgendwo bei Rjasan lägen. Das war doch gewiß nicht weit von der Front.

Der Morgen brach an. Es war Zeit, nach Hause zu fahren, die Pferde hatten kein Heu mehr. Wenn aber Masselbek noch nicht durch war, was dann? Wie schmerzlich wäre das, wo wir so lange gewartet hatten! Aliman und ich überlegten hin und her, faßten bald den einen, bald den anderen Entschluß, wagten aber nicht wegzufahren.

Das Wetter war wie am Vortage kalt und windig. Nicht umsonst wurde die Schlucht, in der der Bahnhof lag, Karawanserei der Winde genannt. Auf einmal verzogen sich die Wolken, und die liebe Sonne kam hervor. Ach, dachte ich, wenn doch mein Sohn plötzlich so auftauchen würde wie die liebe Sonne in der Wolkenlücke, wenn ich ihn nur einmal sehen könnte.

Da hörte ich aus der Ferne das Geräusch eines nahenden Zuges. Er kam von Osten. Ein mächtiges, zweimaliges Pfeifen der Lokomotive schallte durch die Schlucht.

Die Erde erbebte unter unseren Füßen, die Schienen dröhnten. Donnernd und fauchend rasten zwei feuerspeiende schwarze Lokomotiven an uns vorüber, hinter ihnen auf offenen Güterwagen mit Planen überdeckte Panzer und Kanonen, daneben Wachposten in Pelzen mit Gewehr über der Schulter, aus den halbgeöffneten Türen der nachfolgenden Güterwagen blickten Soldaten, Waggon auf Waggon sauste vorüber, Gesichter, Uniformmäntel, Lied- und Wortfetzen. Ziehharmonika- und Balalaikatöne flogen an uns vorbei. Wir waren nur noch Auge. Indes kam ein Mann mit roten und gelben Fähnchen in der Hand angelaufen und schrie uns ins Ohr: „Er hält hier nicht! Er hält nicht! Zurück! Zurück von den Gleisen!“ Damit drängte er uns zurück.

In diesem Augenblick ertönte ein Schrei neben uns: „Mama-a-a! Alima-a-an!“

Er war's! Masselbek! Ach, du mein Gott! Ganz dicht sauste er an uns vorbei. Er beugte sich weit aus dem Waggon, klammerte sich mit der einen Hand an der Tür fest, in der anderen hielt er die Mütze, winkte uns zu und schrie etwas, nahm Abschied von uns. Ich weiß nur noch, wie ich seinen Namen rief, und in diesem kurzen Augenblick sah ich ihn klar und deutlich: die Haare vom Wind zerzaust, die Mantelschöße wie Flügel flatternd und in seinem Gesicht, in seinen Augen Freude und Kummer, Bedauern und Abschiednehmen! Ich lief neben dem Zug her, ohne die Augen von ihm zu lassen. Der letzte Waggon raste vorbei, ich lief weiter über die Schwellen, dann stürzte ich hin. Ach, was hab ich gestöhnt und geschrien! Mein Sohn fuhr aufs Schlachtfeld, ich aber nahm Abschied von ihm, die kalten, eisernen Schienen umarmend. Das Rattern der Räder entfernte sich immer mehr, bis es verstummte.

Auch jetzt ist mir noch manchmal, als sause dieser Militärzug durch meinen Kopf, dann klingt mir das Rädergeratter lange in den Ohren.

Aufgelöst in Tränen, kam Aliman angelaufen, hockte sich neben mich nieder, wollte mich aufheben und konnte nicht vor Schluchzen, die Hände zitterten ihr. Die Weichenstellerin, eine Russin, kam auf uns zu. „Mutter! Mutter!" Weinend umarmte sie mich. Zu zweit führten sie mich von den Gleisen. Am Stationshäuschen gab mir Aliman eine Soldatenmütze.

„Nimm, Mama", sagte sie, „sie ist von Masselbek."

Er hatte mir seine Mütze zugeworfen, während ich neben dem Güterwagen hergelaufen war.

Mit der Mütze in den Händen fuhr ich nach Hause; ich saß auf dem Wagen und preßte sie an meine Brust.

Sie hängt auch jetzt noch an der Wand. Eine gewöhnliche graue Soldatenmütze mit einem roten Stern. Manchmal nehme ich sie in die Hand, berge mein Gesicht darin und spüre den Geruch meines Sohnes.

6

„Sag mir, liebe Erde, wann, in welchen Zeiten mußte je eine Mutter so leiden, sich so quälen, um nur ein einziges Mal für einen winzigen Augenblick ihren Sohn zu sehen?"

„Ich weiß es nicht, Tolgonai. So einen Krieg, wie zu deiner Zeit, hat die Welt noch nicht gekannt."

„So will ich die letzte Mutter sein, die so ihren Sohn erwarten mußte. Bewahre uns Gott, daß je wieder ein Mensch eiserne Schienen umarmt und sich den Kopf an Bahnschwellen wund schlägt!"

„Als du heimkehrtest, war dir schon von weitem anzusehen, daß du deinen Sohn nicht hattest umarmen können. Ganz gelb warst du im Gesicht und hattest zerquälte, eingefallene Augen, wie nach einer langen Krankheit."

„Besser wär's gewesen, ich hätt wirklich einen Monat lang im Fieber gelegen."

„Meine arme Tolgonai. Jenes Jahr brachte dir die ersten grauen Strähnen. Und was hattest du früher für dicke, schwere, schwarze Zöpfe. Schweigsam wurdest du und hart. Schweigend kamst du hierher, und schweigend gingst du wieder, mit zusammengebissenen Zähnen. Aber ich wußte es, ich sah es

an deinen Augen, von Mal zu Mal war dir schwerer ums Herz."
„Ja, Mutter Erde, gegen seinen Willen wird man so. Wär es nur mir so ergangen, aber es gab ja keine Familie mehr, die der Krieg nicht bei der Gurgel gepackt hätte. Und wenn die schwarzen Schreiben — die Todesnachrichten — kamen, wenn an einem Tag gleich in zwei, drei Häusern des Ails Klagen und Verwünschungen ausgestoßen wurden, dann fing mir das Blut an zu kochen, Verlangen nach Vergeltung verdunkelte mir die Augen und brannte mir im Herzen. Ich bin stolz darauf, daß ich gerade in jenen Tagen Brigadier war, mein eigenes und fremdes Leid trug, alle Unbill, Hunger und Kälte mit dem Volk teilte. Deshalb hielt ich auch stand, für die anderen hielt ich stand, sonst hätte es mich umgeworfen, hätte der Krieg mich zu Staub zerstampft. Damals begriff ich, nur auf eine Weise ist der Krieg zu bezwingen: kämpfen, kämpfen und siegen. Sonst — der Tod! Das ist es, mein liebes Feld, weshalb ich immer nur zu Pferd hierhergekommen bin und dich nicht gestört habe, dich nur schweigend begrüßt habe und still wieder umgekehrt bin."

7

Es kam der Tag, da ein Brief von Kassym eintraf. Ich schwang mich aufs Pferd und galoppierte querfeldein durch Aryks und Schneewehen. Aliman und Dshainak streuten Dung. Schon von weitem schrie ich ihnen zu: „Süjüntschü, Süjüntschü!"
Ich konnte ihnen die freudige Nachricht nicht schnell genug überbringen, hatten wir doch schon zwei Monate keine Zeile mehr von Kassym bekommen und wußten nicht, was mit ihm los war. Im Brief schrieb er, zweimal sei er bei der Verteidigung Moskaus eingesetzt gewesen und beidemal mit heiler Haut davongekommen. Er schrieb, sie hätten die Deutschen zum Stehen gebracht, hätten ihre Stoßkraft gebrochen, und sein Regiment läge jetzt in Ruhestellung.
Wie glücklich war Aliman! Sie sprang vom Wagen, rannte mit Dshainak um die Wette und überholte ihn.
„Mama, Honig auf deine Lippen!" Mit zitternden Händen ergriff sie den Brief und war so außer sich vor Freude, daß sie gar nicht lesen konnte. Sie wiederholte nur unaufhörlich: „Er lebt! Lebt und ist gesund!"

Inzwischen waren auch die anderen Frauen herbeigeeilt und umringten sie.
„Lies vor, Aliman, was schreibt dein Mann? Schreibt er was von unseren?"
Und sie: „Gleich, meine Lieben, gleich!" Dabei konnte sie keine Zeile zusammenbringen.
Dshainak hielt's nicht mehr aus.
„Gib mal her, ich will ihn vorlesen." Er nahm den Brief und las ihn laut vor.
Aliman hockte sich hin, nahm ganze Hände voll Schnee und kühlte sich die Stirn. Als Dshainak fertig war mit Lesen, stand sie auf und vergaß sogar, sich das Gesicht abzutrocknen, mit vor Freude geröteten Wangen stand sie da, Rinnsale tauenden Schnees liefen ihr übers Gesicht.
„So, nun wollen wir weiterarbeiten!" sagte sie leise und ging langsam durch den Schnee.
Sie ging und blickte still umher. Woran mochte sie denken zu dieser Stunde, wer konnte es wissen; vielleicht daran, wie sie im Sommer mit dem Krug in der Hand über das Stoppelfeld zu ihrem Mann gelaufen war. Vielleicht auch daran, wie Kassym hier Abschied genommen hatte von seinem Mähdrescher. Mir schien, daß Aliman noch einmal all das durchlebte, was ihr lieb und teuer war und was sich ihr tief ins Gedächtnis geprägt hatte. Bisweilen erhellte ein Lächeln ihre Augen, dann erloschen sie wieder. Lange blickte sie zur Landstraße hinüber, gewiß erinnerte sie sich daran, wie der rehbraune Zelter dort mit hallendem Hufschlag davongesprengt und wie sie hinter Kassym dreingelaufen war.
Dshainak ging neben ihr her und neckte sie, ließ sie nicht in Ruhe.
„Komm doch wieder zu dir. Der ganze Ail lacht ja über dich. Nicht mal den Brief konnte sie vorlesen! Ach du ... Ich schreib Kassym, ich hab seine Frau noch mal zur Schule geschickt, in die erste Klasse, das Abc lernen!"
Aliman trommelte mit den Fäusten auf ihn ein, sie tollten über den Acker, einer jagte hinter dem anderen her.
Nachdenklich kehrte ich um. Gewiß, wer sollte das Volk verteidigen, wenn nicht solche Dshigiten wie meine Söhne! Wenn sie nur am Leben blieben und als Sieger zurückkehrten. Alles andere würden wir überstehen und ertragen, mochte es uns auch noch so elend gehen, wenn wir nur den Sieg erlebten.

Ach, wenn es doch bald, recht bald käme, der Sieg! Und weil das nicht nur mein Wunsch war, sondern Traum und Ziel des ganzen Volkes, scheute ich vor nichts zurück um seinetwillen, war ich zu allem bereit.
Selbst als mein jüngster und letzter Sohn, Dshainak, an die Front ging, er war noch nicht achtzehn, biß ich die Zähne zusammen und ertrug es, ohne zu klagen.
Gegen Ende des Winters war er immer öfter ins Kriegskommissariat beordert worden. Freilich nicht er allein, sondern viele junge Burschen, sie erhielten dort ihre militärische Ausbildung. Nun, das war nichts Besonderes, und ich machte mir weiter keine großen Sorgen. Jedesmal wurde etwa zehn Tage mit ihnen herumexerziert, dann entließ man sie wieder nach Hause. Einmal jedoch kam er sehr schnell zurück, schon am nächsten Tag.
„Wieso haben sie dich denn so schnell wieder entlassen?" fragte ich verwundert. „Oder haben sie dich ganz freigestellt?
„Nein, Mama", antwortete Dshainak, „morgen muß ich wieder hin. Sie haben mich für einen Tag nach Hause gelassen. Diesmal behalten sie uns länger da, mach dir also keine Sorgen."
Ich glaubte ihm auch, ohne zu ahnen, was los war, obwohl er sich ganz seltsam benahm an diesem Tag, als bereite er sich auf einen weiten Weg vor. Den ganzen Morgen lief er mit Hammer und Nägel umher, nagelte hier etwas an und machte dort etwas fest. Dann sah ich, wie er einen ganzen Haufen Holz hackte, den Mist vom Hof karrte, das Heu auf dem Scheunendach wendete, damit es trocknete. Als ich abends von der Arbeit kam, hatte er den Hof gefegt und die zerfallene Pferdekrippe wieder in Ordnung gebracht. Als der Vater noch zu Hause gewesen war, war sie gebraucht worden, er hielt sein Pferd immer gern bei sich auf dem Hof.
„Wozu plagst du dich jetzt mit der Pferdekrippe ab, Junge", sagte ich zu ihm, „du hast doch noch den ganzen Sommer über Zeit, sie zu reparieren."
Er antwortete, er müsse es rechtzeitig tun, später habe er keine Gelegenheit mehr dazu. Selbst da wurde ich noch nicht stutzig. Freiwillig ging er an die Front, im Komsomolaufgebot. Wir erfuhren es erst, als er bereits unterwegs war. Auf dem Bahnhof hatte er einem Kameraden einen Brief mitgegeben. Ach,

du mein Tunichtgut, du mein armer Junge, wenn du auch einen Brief geschrieben hast, war es vielleicht recht von dir, wegzugehen, ohne Abschied zu nehmen? Und hätt ich drum auch den Verstand verloren, du hättest es sagen müssen. In dem Brief bat er Aliman und mich um Verzeihung, daß er gegangen war, ohne etwas zu sagen. So sei es leichter gewesen, meinte er. Ich wollte, schrieb er, daß ihr euch nicht vorzeitig grämen, daß ihr meine Entscheidung als unverrückbaren Entschluß aufnehmen, euch mit ihr abfinden und mir zustimmen solltet. Wer weiß, vielleicht hatte er recht. Natürlich wäre es ihm schwergefallen, es mir ins Gesicht zu sagen, vielleicht hatte er auch Angst, daß ich weinen, ihn bitten, ihn zurückhalten würde.

Selbst jetzt noch, da ich ihn schon lange verloren habe und so viele Jahre vergangen sind, spreche ich mit ihm, wie ich auch mit der Erde spreche.

Dshainak, hör mich an! Du brauchst dir keine Vorwürfe zu machen, ich bin dir nicht gram. Ich hab dir schon damals verziehen, Dshainak, du mein Jüngster, mein Füllen, mein Übermut! Denkst du denn, ich habe nicht verstanden, weshalb du gegangen bist, ohne Abschied zu nehmen, weshalb du mich allein gelassen hast, weshalb du deine Jugend, dein ganzes künftiges Leben hingegeben hast? Keck und ausgelassen warst du, und längst nicht alle wußten, wie sehr du die Menschen liebtest. Du konntest unser Elend nicht länger mit ansehen und gingst. Du wünschtest so sehr, daß die Menschen Menschen blieben, daß der Krieg sie nicht seelisch verkrüppelte und nicht ihre Güte und ihr Mitgefühl zerstörte. Und du tatest alles dafür. Nur die guten Taten haben Bestand, leben weiter, alles andere stirbt. Auch deine gute Tat lebt, während du längst verschollen bist. Du schriebst, du seist bei den Fallschirmspringern und seist bereits dreimal im Hinterland des Feindes gewesen. Und dann, in einer finsteren Nacht des Jahres 1944, bist du, um den Partisanen zu helfen, zusammen mit deinen Kameraden aus einem Flugzeug abgesprungen und bist verschollen. Ob du im Kampf gefallen bist oder ob eine zufällige Kugel dich ereilt hat, ob du in Gefangenschaft geraten oder im Sumpf umgekommen bist — niemand weiß es. Aber wenn du noch lebtest, so hätte uns in all diesen Jahren zumindest ein Lebenszeichen von dir erreicht. Ja, Dshainak, du bist also nicht mehr. Blutjung warst du, als du fortgegangen bist, erst achtzehn Jahre, und hast dich den Menschen nicht sehr tief ins Gedächtnis geprägt. Doch ich denke an dich und sehe dich vor mir, wie du an die Front gegangen bist und nicht gewagt hast, es mir zu sagen, weil du mich lieb hattest und ich dir leid tat. Ich erinnere mich daran, wie du einmal auf dem Bahnhof einem Jungen deinen Halbpelz geschenkt hast. Du hattest eine evakuierte Familie gesehen, eine Mutter mit vier Kindern, und hattest dem ältesten Jungen, der nichts Warmes anhatte, deinen Halbpelz gegeben, während du selbst nur mit einer dünnen Jacke bekleidet und vor Kälte zitternd nach Hause kamst. Vielleicht denkt auch er, der heute schon ein Mann ist, manchmal an dich, erinnert er sich des jungen Burschen, denn jetzt bist du ja viel jünger als er. Doch du bist sein Lehrer gewesen. Güte liegt nicht auf dem Weg, man liest sie nicht zufällig auf. Güte lernt ein Mensch vom anderen.

Ach, wozu davon sprechen, Worte ändern da nichts. Wieviel Menschen hat der Krieg umgebracht. Wäre er nicht gewesen, was für ein schöner, seelenvoller Mensch wäre mein Dshainak heute.

Es tut mir weh, mein Sohn, daß du keine einzige der zwölf Blüten des Lebens pflücken konntest. Du hattest gerade erst begonnen zu leben, und ich weiß nicht einmal, welches Mädchen du geliebt hast...

Die letzte Kerze brennt in meiner Seele. Bald wird auch sie verlöschen. Doch erinnere ich mich an alles, auch an jenen unglückseligen Tag, als der alte Mann zu mir aufs Feld kam.

Es war im Vorfrühling. Die Schneeglöckchen blühten noch, wir hatten gerade mit dem Pflügen begonnen. Aus der Gelben Ebene wehte ein warmer Wind herüber, der Herbstacker trocknete, in der Sonne zeigte das Gras sein erstes frisches Grün.

Langsam ritt ich hinter dem Traktor her, atmete den Erdgeruch der Furchen und dachte daran, daß von Suwankul und Kassym schon lange keine Nachricht mehr gekommen war.

Indes kam einer unserer Alten angeritten, in keiner sehr dringenden Angelegenheit, wie es schien. Ich sagte zu ihm: „Sie kommen gerade zur rechten Zeit, Aksakal, geben Sie uns Ihren Segen zum guten Beginn des Pflügens."

Er strich sich den Bart, hob die Arme und murmelte: „Möge Dyjkan-baba, der Beschützer der Ackerbauern, hier verweilen, möge die Ernte reichlich sein, wie das Hochwasser im Fluß."

Dann sagte er zu mir: „Ein Vorgesetzter aus dem Kreis möchte dich sprechen, Tolgonai. Du sollst in die Verwaltung kommen. Ich bin hier, um dich zu holen."

„Ist recht, Aksakal, ich komme gleich."

Den Pflügern sagte ich, daß ich am Abend wiederkommen und ihre Arbeit überprüfen würde, dann machten wir uns auf den Weg zum Ail. Daß ein Instrukteur mich sprechen wollte, war nichts Außergewöhnliches. Das war so üblich, besonders zu Beginn der Aussaat kamen alle möglichen Beauftragten in den Ail. Ohne Eile ritten wir dahin, unterhielten uns über dies und jenes, über unser Leben, und der Alte flocht im Laufe des Gesprächs vorsichtig ein: „Hab Dank, Tolgonai, daß du in dieser bitteren Zeit zu Pferd dem Volke dienst. Obwohl du eine Frau bist, gehst du uns allen voran. Halt dich auch fürder so, Tolgonai, halt dich fest im Sattel. Wenn etwas ist, denk dran, wir alle sind dir Halt und Stütze, so wie du uns. Gewiß, dir fällt es auch nicht leicht, wir wissen es. Das menschliche Leben gleicht einem Bergpfad: Mal geht's aufwärts, mal abwärts, dann wieder gähnt jäh ein Abgrund. Für den einzelnen ist er oft nicht zu bezwingen, doch alle gemeinsam schaffen es."

Wir waren schon auf der Dorfstraße, als ich den Menschenauflauf vor unserem Haus bemerkte. Aus irgendeinem Grunde maß ich dem aber keine Bedeutung bei. Da nahm der Alte plötzlich mein Pferd beim Zaum und sagte, ohne mich anzusehen: „Steig ab, Tolgonai, du mußt jetzt zu Fuß gehen."

Ich starrte ihn erstaunt an. Er saß ab, bot mir die Hand und wiederholte: „Du mußt jetzt absteigen, Tolgonai."

Ich begriff noch immer nicht, was los war, doch eine schreckliche Ahnung überkam mich, langsam, mehr tot als lebendig, stieg ich vom Pferd und sah Aliman, die zusammen mit drei Frauen auf unser Haus zuging. Sie hatten an diesem Tag die Aryks gereinigt. Aliman trug den Ketmen über der Schulter. Eine der Frauen nahm ihn ihr ab. Da begriff ich mit einemmal alles.

„Was wollt ihr? Was ist passiert?" schrie ich, daß es über die ganze Straße gellte. Auf meinen Schrei kamen einige Frauen aus dem Hof unserer Nachbarin Aischa. Schweigend eilten sie auf mich zu, hielten mich fest und sagten: „Fasse dich, Tolgonai, wir haben unsere Falken verloren, Suwankul und

Kassym sind gefallen."
In diesem Augenblick hörte ich, wie Aliman aufschrie, wie alle laut zu klagen anfingen: „Mein Gott — unsere Brüder! Mein Gott!"
Weiter hörte ich schon nichts mehr, ich wurde auf einmal ganz taub. Wahrscheinlich war ich von meinem eigenen Schrei taub geworden. Die Straße wankte, mir war, als fielen die Bäume um und stürzten die Häuser ein. In der unheimlichen Stille wechselten vor meinen Augen die Wolken am Himmel und irgendwelche entstellten, stummen Gesichter. Ich wollte mich losreißen, versuchte, die Arme freizubekommen, die von irgendwelchen fremden Händen umklammert wurden. Ich begriff nicht, wer mich da festhielt, was für Menschen da vor dem Haus standen. Ich sah nur Aliman. Sah sie erbarmungslos deutlich. Sie war furchtbar anzuschauen mit dem blutig zerkratzten Gesicht, dem zerrauften Haar und dem zerrissenen Kleid. Die Frauen hatten ihr die Arme auf den Rücken gedreht und hielten sie so fest, sie aber strebte mit aller Kraft zu mir, dabei schrie sie so laut, daß ich nichts hörte. Auch ich strebte zu ihr, nur beseelt von dem einen Wunsch, bei ihr zu sein, ihr zu helfen. Aber es verging, wie mir schien, eine Ewigkeit, bis wir endlich zueinander gelangten. Und erst da, als mir Aliman um den Hals fiel, vernahm ich ihr herzzerreißendes, heiseres Schreien: „Mama, Witwen sind wir! Unglückliche Witwen! Unsere Sonne ist erloschen. Ein schwarzer Tag! Mama! Ein schwarzer Tag!"
Ja, wir waren Witwen. Zwei Witwen, Schwiegermutter und Schwiegertochter, beklagten wir unser Schicksal, einander umarmend und brennende Tränen vergießend.
Doch sie ließen uns nicht lange klagen. Am siebten Tag kamen die Kolchosbauern, um noch einmal das Andenken der Gefallenen zu ehren, und sagten zu uns: „Ein ganzes Trauerjahr, auch das wäre wenig. Wir werden ihrer stets gedenken, doch der Lebende soll leben. Was sie nicht mehr erleben konnten, mögen Masselbek und Dshainak erleben." (Von Dshainak bekamen wir damals noch fast jede Woche Post.) „Mögen sie als Sieger heimkehren. Euch aber gestatten wir, zur Arbeit zu gehen. Es ist die Zeit der Aussaat, und die Erde wartet nicht. Nehmt euer Herz fest in die Hand. Seid mit uns. Das sei unsere Rache am Feind."
Aliman und ich berieten uns und stimmten ihnen zu.

Am nächsten Morgen, als wir gerade zur Arbeit gehen wollten, brachte uns der Vorsitzende Ussenbai zwei kleine Schreiben. „Das sind die Todesanzeigen", sagte er, „bewahrt sie gut auf." Dabei stellte sich heraus, daß Kassyms Todesanzeige schon vor einem halben Monat im Kolchos eingegangen war. Er war bei der Gegenoffensive vor Moskau gefallen, im Dorf Orechowka. Noch ehe sie sich im Kolchos dazu entschließen konnten, uns die traurige Nachricht zu überbringen, traf die Mitteilung ein, daß auch Suwankul gefallen war. Er war ebenfalls bei der großen Gegenoffensive ums Leben gekommen, südlich von Jelez hatte er den Tod gefunden. Den Ailbewohnern blieb nichts anderes übrig, als uns die Wahrheit zu sagen. Sie mußten uns an einem Tag zwei Todesnachrichten bringen. Ja, weiter gibt's nicht viel darüber zu reden. Wieder gürtete ich mich, wieder bestieg ich das Pferd des Brigadiers.

Hätte ich geklagt, mein Schicksal verflucht und die Hände in den Schoß gelegt, was wäre aus Aliman geworden? Sie grämte sich so sehr, daß mir himmelangst wurde. Kein geringerer Schmerz hatte mich getroffen, ich hatte Mann und Sohn auf einmal verloren, einen doppelten Verlust erlitten, und trotzdem war meine Lage anders als ihre. Mochte es kurz oder lang gewesen sein, Suwankul und ich hatten ein erfülltes Leben hinter uns. Vieles hatten wir gesehen, vieles erlebt, schwere und glückliche Stunden hatte es gegeben. Kinder hatten wir gehabt, eine Familie, hatten gemeinsam gearbeitet. Wäre nicht der Krieg dazwischengekommen, wären wir bis ans Lebensende zusammen gewesen. Was aber hatten Aliman und Kassym kennengelernt? Ihr ganzes Leben hatte noch in der Zukunft, in ihren Träumen gelegen. In der Blüte ihrer Jugend hatte der Krieg es zerbrochen. Gewiß, mit der Zeit hätten auch Alimans Herzwunden verheilen, hätte auch sie einen Menschen finden, ihn vielleicht sogar liebgewinnen können, und mit neuen Hoffnungen wäre das Leben zu ihr zurückgekehrt. Bei den anderen Soldatenwitwen war es so. Nach dem Krieg heirateten sie wieder. Manche trafen es gut, andere weniger, aber sie blieben nicht allein, heute sind sie alle Ehefrauen und Mütter. Viele von ihnen haben ihr Glück gefunden. Doch die Menschen sind verschieden. Einige vergessen ihr Leid schnell und beginnen rasch einen neuen Lebensweg, andere aber treten qualvoll, verzweifelt auf der Stelle, unfähig, über das Vergangene hinwegzukommen. Zu ihrem Unglück gehörte zu den letzteren auch Aliman. Sie konnte das Gewesene nicht vergessen, konnte sich nicht mit ihrem Schicksal abfinden. Hier liegt auch meine unverzeihliche Schuld. Ich war zu schwach, hab mein Mitleid nicht bezwingen können.

Im Frühjahr hob unsere Brigade Aryks aus. Ich war ebenfalls dort. Eines Tages waren wir früher fertig als sonst, und die Leute gingen bereits vor Sonnenuntergang nach Hause. Ich mußte noch zu den Pflügern und bat Aliman, nicht auf mich zu warten. Das Zelt der Pflüger war nicht weit entfernt. Sie saßen gerade beim Abendbrot. Ich besprach alles Notwendige mit ihnen und wollte mich gerade wieder aufs Pferd schwingen, als ich Aliman sah. Sie war also doch nicht nach Hause gegangen. Allein geblieben, ging sie über die Wiese und pflückte Tulpen. Sie liebte doch Blumen wie ein kleines Mädchen. Ach, Aliman, Aliman, mein unglückliches Schwiegertöchterchen. Sie mochte etwa ein Dutzend prächtige Tulpen in der Hand halten, wahrscheinlich wollte sie den Strauß mit nach Hause nehmen. Als ich sie so mit den Blumen sah, trat mir der Schweiß auf die Stirn. Damals bei der Mahd, als sie am Feldrand die wilden Malven gepflückt hatte, hatte sie ebenso dagestanden. Nur hatte sie damals ein rotes Kopftuch getragen und weiße und rosa Blumen im Arm gehabt, jetzt war das Kopftuch schwarz, und die Blumen waren rot. Das war der einzige Unterschied. Doch wie schnitt er mir ins Herz! Aliman blickte auf und sah sich um, dann ließ sie erneut den Kopf hängen und starrte trübsinnig auf die Blumen, als wollte sie sagen: Was soll ich mit ihnen, für wen? Plötzlich kam Bewegung in sie, sie warf sich nieder, riß die Tulpenblüten in Fetzen und peitschte mit den Stengeln die Erde, dann wurde sie still, barg ihr Gesicht in den Händen und blieb so liegen, mit zuckenden Schultern. Ich hielt mich hinter dem Zelt verborgen, ich wollte sie nicht stören. Mag sie sich ausweinen, dachte ich, vielleicht wird ihr leichter davon. Mit einemmal sprang sie auf und rannte über die Wiese zur Landstraße. Ich erschrak, schwang mich in den Sattel und jagte ihr nach. Ich konnte nicht mit ansehen, wie meine Schwiegertochter davonlief, wie sie mit schwarzem Kopftuch über die rote Wiese hastete.

„Aliman! Warte! Was hast du? Bleib stehen!" rief ich, sie aber rannte weiter. Sie lief bis zur Landstraße, wo einst der rehbraune Zelter davongetrabt war, dort holte ich sie ein.

„Sag mir nichts, Mama! Nichts sagen, Mama! Ich bitte dich!“

Ich zog die Zügel an, sie kam herbei, hielt sich an der Mähne des Pferdes fest, preßte den Kopf an mein Bein und brach in Tränen aus. Ich schwieg. Was hätte ich ihr sagen sollen? Dann hob sie den Kopf, wandte mir ihr lehmverschmiertes, verweintes Gesicht zu und sagte schluchzend: „Sieh nur, Mama, wie die Sonne strahlt, sieh nur, was für ein Himmel und dazu die blumenübersäte Steppe! Und Kassym kommt nie wieder, nie? Niemals?“

„Nein, er kommt nicht wieder“, antwortete ich.

Aliman seufzte schwer.

„Verzeih, Mama“, sagte sie leise. „Ich wollte fortlaufen und sterben wie er.“

Ich konnte nicht mehr, fing selbst an zu weinen und sagte kein Wort. Wär ich eine weise, eine weit vorausblickende Mutter gewesen, hätt ich hart zu ihr sein und ihr sagen müssen: Was soll das? Du bist doch kein kleines Kind. Es geht dir nicht allein so, wie viele sind verwitwet, die ebenso jung sind wie du, sie sind gar nicht zu zählen. Du mußt es durchstehen. So ungeheuerlich das auch für dich klingen mag — vergiß Kassym. Was vorbei ist, ist vorbei. Eines Tages wirst du einen Mann finden, der dir gefällt. Du mußt darüber hinwegkommen. Du darfst dich nicht so grämen, du bist noch jung und mußt leben.

Wie bereue ich jetzt, daß ich nicht gewagt habe, ihr diese bittere, diese einzige Wahrheit zu sagen. Auch später hat es viele günstige Gelegenheiten gegeben, wo mir diese Worte auf der Zunge lagen, wo ich mich jedoch nicht entschließen konnte, sie auszusprechen. Eine unüberwindbare Kraft hielt mich davor zurück. Und Aliman wollte mich ja auch gar nicht anhören. Jedes Wort hat seine Zeit, da es sich zum Schmieden eignet wie glühendes Eisen, ist jedoch der rechte Augenblick verpaßt, so erkaltet es, erstarrt und lastet als schwere Bürde auf der Seele, und es ist nicht leicht, sich davon zu befreien. Das sage ich jetzt, nach so vielen Jahren, aber damals, im Alltagsgetriebe, mit all den Sorgen und Nöten im Kolchos, blieb keine Muße zum Nachdenken, zum gründlichen Überlegen. Alle unsere Erwartungen, all unsere Gedanken waren nur auf eines gerichtet: So schnell wie möglich den Sieg erringen, so schnell wie möglich den Krieg beenden. Alles andere, meinten wir, hätte Zeit und käme, wär nur der Krieg erst zu Ende, ganz von selbst wieder ins Lot. Doch die Wirklichkeit war anders...

8

„Warum, Mutter Erde, stürzen nicht die Berge ein, warum treten nicht die Seen über die Ufer, wenn solche Menschen fallen wie Suwankul und Kassym? Beide, Vater und Sohn, waren tüchtige Ackerbauern. Seit Urgedenken lebt die Welt durch solche Männer, von ihnen wird sie ernährt, von ihnen im Krieg verteidigt, sie werden als erste Soldat. Wäre der Krieg nicht gewesen, was hätten Suwankul und Kassym noch alles vollbringen können, wieviel Menschen hätten sie mit den Früchten ihrer Arbeit beschenken, wieviel Felder bestellen und wieviel Korn ausdreschen können. Und sie selbst, hundertfach belohnt mit den Früchten der Arbeit anderer, wieviel Schönes hätten sie noch erleben können. Sag mir, Mutter Erde, sag mir die Wahrheit: Können die Menschen leben ohne Krieg?"
„Eine schwierige Frage hast du mir da gestellt, Tolgonai. Es gab Völker, die durch Kriege ausgerottet wurden, es gab Städte, die in Schutt und Asche fielen, und es gab Jahrhunderte, da ich davon träumte, eine menschliche Spur zu finden. Und jedesmal, wenn die Menschen wieder einen Krieg anzettelten, rief ich ihnen zu: ‚Haltet ein, laßt das Blutvergießen!' Und auch jetzt wiederhole ich: ‚Ihr Menschen hinter Bergen und Meeren! Ihr Menschen auf der ganzen Welt, was fehlt euch — Land? Hier bin ich — das Land, die Erde! Ich bin für euch alle dieselbe, und für mich seid ihr alle gleich. Nicht euren Hader brauche ich, sondern eure Freundschaft, eure Arbeit! Werft ein einziges Korn in die Furche, und ich gebe euch hundert Körner dafür zurück. Steckt ein winziges Reis in den Boden, und ich ziehe euch eine Platane groß. Legt einen Garten an, und ich überschütte euch mit Früchten. Züchtet Vieh, und ich werde Gras sein. Baut Häuser, und ich werde Mauer sein. Pflanzt euch fort, vermehrt euch, und ich werde euch allen eine herrliche Heimstatt sein. Ich bin unendlich, ich bin grenzenlos, ich bin tief, und ich bin hoch, ich habe Platz für euch alle!' Und da fragst du noch, Tolgonai, ob die Menschen ohne Krieg leben können. Das hängt nicht

von mir ab, das hängt von euch Menschen ab, von eurem Willen und eurem Verstand."

„Bedenke doch, teure Erde, gerade deine besten Arbeiter, deine geschicktesten Meister mordet der Krieg. Ich bin damit nicht einverstanden! Die Menschen können und müssen dem Krieg Einhalt gebieten."

„Denkst du denn, Tolgonai, ich leide nicht unter den Kriegen? Doch! Ich leide sehr. Ich sehne mich nach den Händen der Bauern, ewig beweine ich meine Kinder, die Ackersleute, immer werden mir Suwankul, Kassym und alle gefallenen Soldaten fehlen. Wenn ich ungepflügt bleibe, das Getreide ungemäht und ungedroschen bleibt, rufe ich sie: ‚Wo seid ihr, meine Pflüger, wo seid ihr, meine Säer? Steht auf, meine Kinder, meine Ackersmänner, kommt und helft mir, ich ersticke, ich sterbe!' Wie schön wär es, wenn dann Suwankul mit dem Ketmen in der Hand, Kassym mit seinem Mähdrescher und Dshainak mit seinem Fuhrwerk kämen! Doch sie geben keine Antwort..."

„Hab auch dafür Dank, Erde! Du trauerst also um sie, wie ich, du beweinst sie also, wie ich. Hab Dank, Erde."

9

Das dritte und das vierte Kriegsjahr brachten uns Freude und Leid zugleich: Schritt um Schritt wurde der Feind verjagt — unsere Herzen jubelten, doch das Leben wurde von Tag zu Tag schwerer. Im Herbst ging es noch, da wurden auf den Stoppelfeldern Ähren gelesen und in den Gärten Kartoffeln gebuddelt, aber im Winter begann der Hunger. Besonders schlimm war es im Frühjahr und in den ersten Sommertagen, da fristeten manche nur noch mit knapper Not ihr Leben mit Gräsern, wilden Wurzeln und Wasser, weißlich gefärbt von ein wenig Milch. Aliman und ich arbeiteten beide und hatten keine Kinder am Rockzipfel hängen. Doch lieber wär es uns gewesen, wir hätten welche gehabt. Unerträglich war es, mit ansehen zu müssen, wie in den kinderreichen Familien die armen Würmchen mit aufgeschwemmten Bäuchen und verquollenen Gesichtern den Erwachsenen auf die Hände sahen, wortlos um Brot bittend. Hätte jemand zu mir gesagt: „Geh auch du an die Front, stirb dort, und der Krieg wird zu Ende, die Kinder werden satt sein", ich hätte keinen Augenblick gezögert. Nur nicht ihre hungrigen Augen sehen müssen. Einmal sprach ich zu Aliman darüber, sie sah mich an und sagte: „Ich würde ebenso handeln. Das schlimmste ist, daß die Kinder ja gar nicht begreifen, warum sie hungern müssen. Die Erwachsenen können sich wenigstens trösten, sie kennen die Gründe, wissen, daß das einmal ein Ende haben wird. Doch die Kinder begreifen es nicht. Solange ihre Väter an der Front sind, müssen wir das Brot für sie schaffen. Das ist alles, was uns beiden geblieben ist, Mama. Sonst lohnte es sich auch nicht zu leben."

Alles gehörte einzig und allein dem Krieg: das Leben, die Arbeit, der Wille und sogar der Brei für die Kinder, alles bis aufs Letzte verschwand in dem unersättlichen Rachen des Krieges.

Es gab jedoch auch solche, die dem Krieg nichts geben wollten, wozu das verheimlichen, es gab solche Menschen. Auch sie zwackten uns noch etwas von unserem bißchen ab.

Einmal hatte ich mich verirrt, ich glaube, es war im Jahr 1943, gegen Ende des Winters. In der Steppe war der Schnee stellenweise weggetaut und die dunkle Erde zum Vorschein gekommen, aber die Fenster waren nachts noch immer gefroren.

Der Kuckuck weiß, zu welcher Nachtstunde das war, alle schliefen schon längst, als plötzlich jemand an unser Fenster trommelte, daß ich glaubte, die Scheiben fielen heraus.

„Tolgonai! Brigadier! Wach auf! Steh auf!" rief draußen jemand.

Aliman und ich erschraken und sprangen aus dem Bett.

„Mama!" flüsterte Aliman in der Dunkelheit, sie war so aufgeregt, als erwarte sie ein Wunder.

Ach, diese verfluchte, niemals ganz schwindende Hoffnung! Auch mir stand das Herz still vor Schreck und banger Freude — vielleicht war einer von den Unseren zurückgekehrt? —, und ich drückte mein Gesicht an die Fensterscheibe.

„Wer ist da? Wer bist du?"

„Komm raus, Tolgonai! Schnell! Sie haben uns Pferde gestohlen!" antwortete die Stimme hinter dem Fenster.

Während Aliman die Lampe anzündete, fuhr ich rasch in die Stiefel, zog den Tschapan über und stürzte auf die Straße. Als wir im Stall ankamen, waren dort schon viele Menschen, auch der Vorsitzende war da. Es stellte sich heraus, daß die Diebe drei Pferde entführt hatten, darunter auch den rehbraunen Zelter; ich hatte ihn dem Kolchos übergeben. Die besten Wallache unserer Brigade hatten sie genommen, wir hatten sie zum Pflügen vorgesehen. Der Pferdepfleger erzählte, er sei zur Scheune gegangen, um den Gäulen ihre nächtliche Heuration zu holen, und als er wieder zurückgekommen sei, sei es dunkel im Stall gewesen, und die Laterne habe nicht mehr gebrannt. Er habe gedacht, der Wind sei schuld, habe ohne Hast das Licht angezündet, und da habe er gesehen, daß an der Seite drei Boxen leer waren.

Drei Arbeitspferde verlieren bedeutete für den Kolchos zu jener Zeit das gleiche wie heute zehn Traktoren einbüßen. Das hieß, jedem Soldaten an der Front ein Stück Brot wegnehmen. Wir sattelten unsere Pferde, einige nahmen ein Gewehr, und los ging die Verfolgung. Hätten wir die Diebe gefaßt, wir hätten kein Erbarmen gekannt. Mein Wort, wir hätten kein Mitleid gekannt!

Hinter dem Ail teilten wir uns in Zweier- und Dreiergruppen und schlugen verschiedene Richtungen ein. Ich hatte einen feurigen, eigenwilligen Zuchthengst unterm Sattel, der kaum zu halten war. Ich ließ die Zügel locker. Ich weiß noch, es ging über die Landstraße und auf die Berge zu. Hinter mir ritten noch zwei von den Unseren. Als ich mich jedoch umsah, waren sie mit einemmal verschwunden. Entweder waren sie abgeschwenkt, oder ich war abgebogen. Es war ja auch kein Wunder, wenn man sich verirrte, der Mond schien zwar, doch sein Licht war trügerisch, schon in zwanzig Schritt Entfernung verschwamm alles in undurchsichtiger Finsternis. Doch darüber machte ich mir damals keine Gedanken, mich beseelte nur der eine Wunsch: die Pferdediebe einholen, um jeden Preis; wie ärgerlich war es, daß ich nicht erkennen konnte, wohin mich der Hengst trug, und als er dann unerwartet stehenblieb, sah ich mich vor einer tiefen Schlucht. Ich war direkt am Fuße der Berge angelangt. Sacht zog der Mond über dem dunklen Kamm dahin, die Sterne hüllten sich in Nebelschleier. Nirgends ein Licht. Mit dünnem Pfiff glitt ein böiger Wind über den Erdboden und bewegte das trockene Salzkraut. Im Gemäuer eines alten Grabmals schrien die Eulen.

Ohne abzusitzen, ritt ich hinab in die Schlucht. Totenstille. Nur einen Fuchs schreckte ich auf. Er schnellte aus dem Ried

hervor und huschte als graublauer Schatten im Mondlicht davon. Sonst war weit und breit niemand zu sehen.
Ich kehrte um. Als ich oben den Hang entlangritt, fiel mir ein, daß das Gerücht ging, Dshenschenkul — so einen gab es im Ail — sei aus der Armee desertiert und mit ihm noch zwei seiner Kumpane aus der Gelben Ebene, genau solche Früchtchen wie er, sie hielten sich in den Bergen versteckt. Bis dahin hatte ich diesen Gerüchten wenig Glauben geschenkt. Mir war es einfach unvorstellbar, daß sich einer verbergen konnte, wenn alle in Gefahr waren. Das hätte ja bedeutet, daß die einen an der Front kämpften und ihr Leben ließen, damit andere hinter ihrem Rücken auf bessere Zeiten warten konnten. Zu solcher Ruchlosigkeit ist wohl kaum einer fähig, hatte ich gedacht. Aber nun kamen mir plötzlich Zweifel. Im Ail kannten wir einander wie unsere fünf Finger, da konnte es keinen Menschen geben, der sich auf einen Pferdediebstahl einließ. Ein Pferd war schließlich keine Stecknadel, die sich im Mantelkragen verbergen ließ, um so weniger gleich drei auf einmal. Also mußten die Diebe anderswoher sein. Wahrscheinlich streiften sie jetzt wie Wölfe durch Berge und Steppe. Ist Dshenschenkul wirklich desertiert, dann ist er es gewesen, dachte ich. Dennoch hatte ich keine Gewißheit. Wer nicht auf frischer Tat ertappt worden war, galt nicht als Dieb, und gesehen hatte ihn niemand.
Drei Pferde bildeten das Gespann für einen zweischarigen Pflug. Mit Mühe und Not ersetzten wir dieses Gespann halbwegs, indem wir vier junge Gäule einfuhren und sie vor den Pflug spannten. Es war ein Jammer, aber was sollten wir tun. Inzwischen war unerwartet früh die Zeit der Aussaat angebrochen, und wir waren dermaßen mit Arbeit überhäuft, daß uns der Sinn weder nach Pferdedieben noch nach dem Herrgott selber stand. Das damalige Frühjahr war wohl das schwerste meines Lebens. Die Menschen waren nicht schuld daran. Sie wollten arbeiten und strengten sich an, aber mit leerem Magen schafft man nicht viel. Was wir früher an einem Tag vollbrachten, dazu brauchten wir jetzt eine Woche. Wir kamen mit den einzelnen Arbeiten nicht voran, und die Aussaat verzögerte sich. Schlimm war auch, daß der Kolchos kein Saatgut hatte. Bis aufs letzte Korn fegten und kratzten wir die Speicher leer, es reichte nur mit knapper Not, aber den Brigadeplan erfüllten wir doch.

In diesen Tagen machte ich mir ernste Gedanken über unser Leben. Für die Arbeitseinheiten bekamen wir nichts, und die früheren Vorräte waren längst aufgezehrt. Wie sollte es weitergehen? Sollten wir den Ail verlassen und uns in alle Winde zerstreuen? Das hieße, sich selbst zu verlieren. Was aber dann? Nun gut, bis zum Herbst würden wir's noch aushalten, auch den Winter würden wir noch irgendwie überstehen, doch dann käm ein neues Frühjahr, und wieder müßte man die entkräfteten, halbverhungerten Menschen zwingen zu arbeiten. Denn nicht zu arbeiten wär ja auch nicht möglich.

Ich überlegte hin und her, schlief nächtelang nicht, bis mir schließlich eine Erleuchtung kam: das Brachland umpflügen, wir besaßen ein abgelegenes Stück Brachland, und den Ertrag unter den Familien aufteilen. Ich beriet mich mit dem Vorsitzenden, ging bis zum Kreis und erklärte ihnen dort, daß wir unseren Plan erfüllt hätten und daß wir dieses Land außerhalb des Plans bestellen und abernten wollten, um unsere Arbeitseinheiten vergüten und die Menschen über Wasser halten zu können. Einer der Mitarbeiter hielt mir entgegen: „Du verletzt das Stalinsche Kolchosstatut!"

Ich konnte mich nicht mehr beherrschen.

„Zum Teufel mit diesem Statut! Wer wird euch denn ernähren, wenn wir hungern?"

„Du weißt wohl nicht", sagte er, „wo sich die Füchse gute Nacht sagen?"

„Ich weiß es. Schickt mich doch hin, wenn euch dann wohler ist. Aber bedenkt vorher, wer das Getreide säen soll, damit die Soldaten an der Front Brot haben!"

Es wurde viel Lärm um die Sache geschlagen, und die ganze Angelegenheit kam vors Kreisparteikomitee. Der Antrag wurde genehmigt mit dem Zusatz: auf deine persönliche Verantwortung.

Dabei kam es nicht auf die Verantwortung, sondern auf das Saatgut an. Im Kolchos war selbst mit der Lupe nichts mehr zu finden, alles, was wir hatten, war ausgesät. Ich dachte nach und rief meine Brigade zusammen, alle ohne Ausnahme, mit Kind und Kegel. Es war eher ein Familienrat als eine Versammlung.

„Laßt uns überlegen, wie wir weiter leben wollen", sagte ich. „Mit dem, was wir gesät haben, brauchen wir nicht zu rechnen. Ihr wißt selbst, das ist alles für die Front, und sollte etwas übrigbleiben, brauchen wir es als Saatgut. Doch falls wir noch Saatkorn ausfindig machen, besteht die Möglichkeit, Getreide zur Unterstützung der kinderreichen Familien, der Waisen und der alten Leute zu säen. Wenn ihr mir vertraut, übernehme ich die Verantwortung. Jetzt kommt es darauf an, daß jeder für die Saat das Letzte gibt, das letzte bißchen, das er noch zusammenkratzen kann. Seid mir nicht böse, wenn wir uns auch jetzt den letzten Bissen vom Munde absparen, wenn wir auch hungern müssen, mit Milch halten wir schon durch bis zur Ernte, und dann kehrt jedes Körnchen hundertfach zu uns zurück. Strengt euch an, meine Guten, beißt die Zähne zusammen, bringt um eurer selbst, um eurer Kinder willen den Mut zu dieser Heldentat auf. Ihr werdet es nicht bereuen. Vertraut auf mein mütterliches Wort. Helft mir, solange noch Zeit ist zum Säen."

Auf der Zusammenkunft schienen alle mit mir einverstanden. Als es jedoch ans Einsammeln ging, wurde es schlimm, ja geradezu schrecklich. Besonders furchtbar war es mir, wenn die kinderreichen Mütter aus den Höfen gelaufen kamen und alles auf der Welt verfluchten: den Krieg, dieses elende Leben, die Kinder, den Kolchos und mich. Und dennoch gab jeder blutenden Herzens soviel und was er konnte, der eine ein halbes Pud, der andere nur eine Handvoll. Ich wußte, daß die Menschen ihr Letztes gaben, und dennoch nahm ich es, nahm alles und schüttete Körnchen um Körnchen in die Säcke. Ich fuhr mit dem Wagen von Hof zu Hof, bat, flehte, schimpfte und riß den Menschen das Saatkorn aus den Händen. Dabei blieb mir nur ein Trost, im Herbst würden die Leute es mir danken, im Herbst würde jede Handvoll als Pud zurückkehren.

Niemals werde ich vergessen, wie ich mit meiner Nachbarin Aischa verfahren bin. Sie war doch kränklich, war früh verwitwet. Ihr Mann Dshamanbai war noch vor dem Krieg gestorben, und sie war mit ihrem Sohn Bektasch allein geblieben. Wenn es ihr besser ging, arbeitete sie im Kolchos oder in ihrem Garten, sie hielt eine Kuh, so ernährte sie sich und den Sohn. Zu jener Zeit arbeitete Bektasch schon, er war zu einem tüchtigen Burschen herangewachsen. An jenem Tag fuhren wir mit seinem Gespann die Höfe ab. Als wir an seinen Hof kamen, fragte ich ihn: „Bektasch, habt ihr zu Haus noch etwas?"

„Ein bißchen", antwortete er zögernd. „Im Beutel hinter dem Ofen."

„Na, dann geh und hol es“, sagte ich.
„Nein, Mutter Tolgonai, gehen Sie lieber selbst“, bat er.
Aischa war in diesen Tagen nicht auf dem Posten. Sie saß auf der Filzmatte und hatte ein warmes Wolltuch ums Kreuz gewickelt.
„Aischa, ich bin gekommen, um das zu holen, was alle geben“, sagte ich.
„Alles, was wir haben, ist dort“, entgegnete sie und zeigte auf den Beutel hinter dem Ofen.
„Gib alles, was da ist. Du gibst es doch nicht zum Vergnügen, sondern für die Aussaat. Das Feld wartet schon, halt uns nicht auf, Aischa“, drängte ich sie.
Sie biß sich auf die Lippen und senkte schweigend den Kopf. O diese verfluchte Not, wie weit sie die Menschen nur brachte.
„Aischa, überleg doch, zehn, fünfzehn Tage würdest du es vielleicht leichter haben, dich durchzuschlagen. Aber du mußt doch auch an den Winter denken und an das kommende Frühjahr. Um deines Sohnes willen bitte ich dich, Aischa. Er wartet draußen mit dem Fuhrwerk.“
Sie blickte auf und sah mich flehend an.
„Wenn ich etwas hätte, denkst du, es würde mir leid tun? Du weißt es doch selbst, Tolgonai, ich bin doch deine Nachbarin.“
Ich fühlte, ich würde ihrem Flehen nicht mehr lange widerstehen können. Da schüttelte ich das Mitleid von mir ab.
„Ich bin jetzt nicht deine Nachbarin, sondern dein Brigadier!“ sagte ich schroff. „Im Namen des Volkes beschlagnahme ich dieses Korn!“ Damit stand ich auf und ergriff den Beutel.
Aischa wandte sich ab.
Es waren vielleicht sieben Kilo Weizen in dem Beutel. Erst wollte ich alles nehmen, wagte es dann aber doch nicht und schüttete die Hälfte in einen leeren Eimer. Zu Aischa sagte ich: „Sieh her, ich nehme nur die Hälfte. Sei mir nicht böse.“
Sie drehte sich nach mir um. Tränen rannen ihr übers Gesicht hinab zum Kinn. Ich hielt es nicht länger aus und stürzte Hals über Kopf auf die Straße. Ach, warum habe ich den Beutel nicht wieder auf seinen Platz gestellt! Doch wie konnte ich wissen, was mit dem Saatgut, das ich gesammelt hatte, geschehen würde?
Zwei große Säcke Weizen waren zusammengekommen. Wir

siebten ihn durch, worfelten ihn und reinigten ihn von Unkrautsamen, kein Körnchen ging verloren. Ich selbst brachte das Saatgut zum Acker.
Hätte ich doch noch einen Tag gewartet. Aber es war nur noch ein kleines Stück des Feldes zu pflügen, und ich wollte die Fläche doch so schnell wie möglich bestellen. Am nächsten Tag wollte ich in aller Herrgottsfrühe selbst mit der Aussaat beginnen. Alles war vorbereitet, das Saatgut und der Boden, bisher war alles so verlaufen, wie ich es mir gedacht hatte.
Am Abend, als ich von der Arbeit heimkam, befiel mich eine seltsame Unruhe. Am Tage hatte ich Bektasch und noch einem Jungen befohlen, mit ihrem Gespann die Eggen aufs Feld zu fahren. Aber Kinder sind eben Kinder, ich war nicht sicher, ob sie meinen Auftrag ausgeführt hatten. Deshalb sagte ich zu Aliman: „Ich reit rasch mal zu den Jungs und seh nach, was sie machen.“ Ich schwang mich auf mein Pferd und ritt los.
Hinter dem Ail ließ ich den Gaul traben, denn es fing schon an, dunkel zu werden. Auf dem Acker angekommen, sah ich, daß die Ochsen nicht ausgespannt waren. Und niemand war dabei. Ich ärgerte mich über den Jungen, der hier gepflügt hatte. Die Ochsen quälten sich im Joch. Na, wart nur, Bürschchen, dachte ich, dir werd ich's zeigen. Ich machte mich auf, um ihn zu suchen, da sah ich den Wagen mit den Eggen umgekippt daliegen. Und auch hier war niemand zu sehen.
„He, Jungs! Wo seid ihr? Antwortet!“ rief ich.
Aber niemand meldete sich, nirgends eine Seele. Was war nur los mit ihnen? Wo mochten sie stecken? Mich packte die Angst; ich sprengte zum Zelt, sprang vom Pferd und strich ein Zündholz an. Die Jungen lagen gefesselt und geknebelt im Zelt, sie waren blutig geschlagen, ihre Kleider zerfetzt. Ich riß Bektasch den Knebel aus dem Mund.
„Das Saatgut! Wo ist das Saatgut?“ schrie ich mit entstellter Stimme.
„Gestohlen haben sie es! Geschlagen haben sie uns!“ röchelte er und wies mit dem Kopf in die Richtung, wohin die Diebe verschwunden waren.
Was weiter geschah, weiß ich nicht mehr. Nie habe ich ein Pferd so gehetzt wie in dieser Nacht. Weder Nacht noch Grabesfinsternis hätte mich zurückhalten können. Hätten sie mein Haus geplündert und in Brand gesteckt, ich hätte kein Wort darüber verloren. Hätten sie im Herbst zehn Säcke

Getreide von der Tenne gestohlen, ich hätte es verwunden, schließlich schleppten auch die Mäuse einiges weg. Aber dieses Saatkorn, unser zukünftiges Brot, zu stehlen — mit bloßen Händen hätte ich sie dafür erwürgt.

Ich war den Dieben auf der Spur, und bald sah ich sie auch, sah die Funken unter den Hufen ihrer Pferde aufstieben. Die Säcke hatten sie vor sich auf dem Sattel liegen. Sie flohen in Richtung der Berge.

Als ich sie entdeckt hatte, fing ich an zu schreien, zu bitten: „Laßt uns die Säcke, das ist Saatkorn! Laßt sie uns, das ist Saatkorn! Saatkorn ist das!"

Sie wandten sich nicht einmal um. Der Abstand zwischen uns verringerte sich zusehends, ich bemerkte, daß einer von ihnen, der rechts außen, unseren Zelter ritt. Ich erkannte ihn sofort. Wie hätte ich unseren Rehbraunen auch nicht erkennen sollen? Ich erkannte ihn an der Gangart, an den weißbestrumpften Hinterbeinen.

„Halt an, ich habe dich erkannt! Du bist Dshenschenkul! Dshenschenkul bist du! Du entgehst mir nicht! Halt an!"

Es war tatsächlich Dshenschenkul. Er löste sich von den anderen, machte kehrt und ritt mir entgegen. Feuer blitzte in der Dunkelheit auf, es krachte. Vom Pferd fallend, begriff ich, daß es ein Schuß gewesen war. Zuerst hatte ich gedacht, das Pferd wäre gestolpert.

Als ich wieder zu mir kam, fühlte ich einen verzehrenden dumpfen Schmerz im Rücken. Aus einer Wunde am Hinterkopf sickerte Blut, kalt rann es den Nacken hinab. Neben mir röchelte das verendende Pferd, vergeblich bemüht, hochzukommen. Ein gurgelnder Todesseufzer entrang sich seiner Brust, dumpf schlug der Kopf auf, dann verstummte das Tier. Es wurde ganz still, alles Leben war verstummt. Unbeweglich lag ich da, ich versuchte nicht einmal aufzustehen. Mir war jetzt alles egal. Das Leben hatte keinen Sinn mehr. Ich überlegte, wie ich mich umbringen könnte. Wär ein Abgrund in der Nähe gewesen, ich wär hingekrochen und hätte mich kopfüber hinabgestürzt. Es war mir einfach unvorstellbar, wie ich jetzt vor die Menschen hintreten, ihnen in die Augen sehen sollte. Da erblickte ich am Himmel die Goldspur der Garben. Der fahle, neblige Fluß der Milchstraße erinnerte mich an die trüben Tränen in Aischas Gesicht. Und ich erhob mich zuerst auf die Knie, stand dann auf, taumelte, stürzte und schrie,

schluchzend vor Schmerz und Gram, Verwünschungen hinaus: „Das Blut der Kriegsopfer verfluche dich, Dshenschenkul! Der Fluch der Gefallenen soll dich ereilen, Dshenschenkul! Mögen die Kinder dich verfluchen, Dshenschenkul!"
Ich schrie und weinte, bis mich die Kräfte verließen.
Lange lag ich so da. Dann hörte ich Schritte, jemand rief nach mir: „Mutter Tolgonai! Wo sind Sie? Mutter Tolgonai!"
An der Stimme erkannte ich Bektasch und meldete mich. Er keuchte heran, kniete sich neben mir hin und hob meinen Kopf an.
„Mutter Tolgonai, was ist mit Ihnen, sind Sie verwundet?"
„Nein, ich hab mich bloß beim Fallen verletzt", beruhigte ich ihn. „Nur das Pferd ist von einer Kugel getötet worden."
„Na, dann ist's ja nicht so schlimm, wir helfen Ihnen gleich!" sagte Bektasch erfreut. Dann fügte er hinzu: „Und das Fleisch kommt auch nicht um, das verteilen wir unter die Familien."
Die Jungen brachten mich auf ihrem Wagen nach Hause. Drei Tage mußte ich das Bett hüten, der Schmerz im Rücken wollte nicht nachlassen. Auch jetzt habe ich bei schlechtem Wetter noch manchmal Rückenschmerzen. Damals kamen viele mich besuchen und erkundigten sich nach meiner Gesundheit. Ich war ihnen dankbar dafür, aber noch dankbarer war ich, daß keiner mir einen Vorwurf machte, daß alle taten, als wär nichts geschehen. Vielleicht ahnten sie, daß mir ohnehin elend genug zumute war. Wenn ich daran dachte, daß all unsere Arbeit umsonst gewesen war, daß der Acker brachlag und der Weizen, den ich den weinenden Kindern entrissen hatte, die Beute von Banditen geworden war, dann stieg solche Bitterkeit in mir hoch, daß mir schwarz vor Augen wurde.

10

„Nicht nur du, Tolgonai, auch ich Erde empfand diesen Schmerz. Im Sommer brannte das leere Feld wie eine klaffende Wunde. Sie schmerzte lange. Die schrecklichsten Wunden sind unbebaute Äcker für mich, Tolgonai. Und wie viele waren es im Krieg! Wer einen Krieg entfacht, ist mein Todfeind."
„Du hast recht, Mutter Erde. Davon hat auch mein Sohn Masselbek geschrieben. Erinnerst du dich an Masselbeks Brief, Erde?"

„Ich erinnere mich daran, Tolgonai."
„Ja, wir erinnern uns daran. Heute ist Totengedenktag, Mutter Erde. Wir wollen uns noch einmal alles ins Gedächtnis rufen."
„Ja, das wollen wir, Tolgonai. Masselbek ist nicht nur dein Sohn, er ist auch mein Sohn, ein Sohn der Erde. Wiederhole mir noch einmal seinen Brief, Tolgonai."

11

Als die Leute zu mir kamen, um sich nach meinem Befinden zu erkundigen, glaubte ich, aus Mitgefühl seien sie bemüht, das Vorgefallene mit Schweigen zu übergehen, und sprächen deshalb meist nur von Neuigkeiten, von der Arbeit und vom Wetter; wie sich herausstellte, gab es jedoch noch einen anderen Grund. Ich kam erst später dahinter. Sie aber wußten damals schon, was mich erwartete.
Eines Tages kam Aischa zu uns und brachte mir ein Schüsselchen saure Sahne. Als sie über die Schwelle trat, schämte ich mich bis in die tiefste Seele. Ich wußte nicht, was ich sagen sollte, saß im Bett und schwieg. Sie aber sprach zu mir: „Denk nicht an das, was gewesen ist, Tolgonai. Und verzeih mir meine Schwäche. Ich trage dir nichts nach. Wenn nötig, gäb ich bedenkenlos mein Leben für dich. Von nun an wird mein Bektasch uns beiden auf unseren Höfen helfen. Er liebt dich sogar mehr als mich, Tolgonai. Und ich freue mich darüber. Das heißt, er wird ein verständiger Mensch."
Ich murmelte nur: „Hab Dank für deine Worte, Aischa."
Am nächsten Morgen fühlte ich mich schon besser und ging auf den Hof, um ein wenig nach der Wirtschaft zu sehen. Doch wurde ich schnell müde und setzte mich vor dem Fenster in die Sonne. Aliman war ebenfalls zu Hause. Sie wusch Wäsche im Hof. Ich hatte ihr gesagt, sie solle arbeiten gehen, doch sie hatte mir entgegnet, der Vorsitzende selbst habe ihr vorgeschlagen, einen Tag zu Hause zu bleiben, damit ich nicht so allein sei.
In diesem Frühling war der alte, große Apfelbaum, Suwankul hatte ihn selbst gepflanzt, so voller Blüten, als habe er neue Kraft geschöpft und sei wieder jung geworden. Während der Baumblüte ist die Luft ganz klar, fernste Fernen werden sicht-

bar. Als ich so dasaß und die Schönheit um mich her genoß, war Temirtschal, unser alter Briefträger, herangetreten. „Guten Tag, Tolgonai, wie geht's?“ sagte er. Ganz gegen seine Gewohnheit schien er es aber sehr eilig zu haben und sich gar nicht wohl zu fühlen in seiner Haut, er klagte über den ihn quälenden Husten, er habe sich in der vorigen Woche erkältet, meinte er und sagte dann so beiläufig: „Ich glaube, da muß irgendein Brief für dich sein.“ Er holte ihn aus seiner Tasche hervor. Seine Gleichgültigkeit kränkte mich.
„Warum hast du das nicht gleich gesagt? Von wem ist der Brief?“
„Ich glaube, von Masselbek“, murmelte er.
Vor Freude achtete ich zuerst gar nicht darauf, daß es nicht wie sonst ein dreieckiger Feldpostbrief war, sondern ein fester weißer Umschlag mit Druckbuchstaben. In dem Augenblick kam unser Nachbar, der Frontsoldat Bektursun. Er ging auf Krücken. Es scheint ihm wieder schlechter zu gehen mit seinem verwundeten Bein, dachte ich, denn er schleppte sich mühselig heran. Er kam öfter zu uns, um sich ein bißchen zu unterhalten. Bektursun begrüßte uns und nahm mir den Umschlag aus der Hand. „Von Masselbek“, sagte er.
„Dir zittern ja die Hände! Steh nicht so lange auf deinen Krücken, setz dich hin und lies mir den Brief vor“, bat ich.
Ächzend ließ er sich mit seinem steifen Bein auf der Filzmatte nieder. Mit zitternden Händen öffnete er den Brief und begann zu lesen. Ach, schon bei den ersten Worten hatte ich alles begriffen.

„Glaub mir, Mama“, schrieb er, „nach einiger Zeit wirst du mich verstehen, wirst du überzeugt sein, daß ich recht getan habe. Ja, unbedingt wirst du sagen, daß dein Sohn richtig gehandelt hat. Und dennoch, wenn du mich auch verstehen wirst, in einem Winkel deines Herzens wird die unausgesprochene Frage bleiben: Wie konntest du diese lichte Welt so einfach verlassen, mein Sohn? Wozu habe ich dich geboren, wozu großgezogen? Ja, Mama, du bist Mutter und hast das Recht, so zu fragen, und die Geschichte wird deine Frage beantworten. Ich kann jetzt nur soviel sagen: Wir haben den Krieg nicht gewollt, nicht wir haben ihn angezettelt; er ist für uns alle, für alle Menschen ein furchtbares Unglück. Und wir müssen unser Blut vergießen und unser Leben opfern, um

dieses Ungeheuer zu vernichten. Tun wir das nicht, sind wir des Namens Mensch unwürdig. Ich war nie begierig, im Krieg Heldentaten zu vollbringen. Ich hatte einen ganz schlichten Beruf gewählt: Lehrer wollte ich werden. Ich wollte es sehr. Doch statt Kreide und Zeigestock mußte ich ein Gewehr zur Hand nehmen und Soldat werden. Das war nicht meine Schuld. Die Zeit war so. Es war mir nicht vergönnt, auch nur ein einziges Mal Kinder zu unterrichten.
In einer Stunde gehe ich, einen Auftrag der Heimat zu erfüllen. Ich werde kaum lebend zurückkehren. Ich gehe, damit bei der bevorstehenden Offensive viele meiner Kameraden am Leben bleiben. Ich gehe um des Volkes, um des Sieges, um des Schönen willen, das im Menschen lebt.
Dies ist mein letzter Brief, dies sind meine letzten Worte, Mama! Tausendmal werde ich deinen Namen wiederholen, und dennoch bleibe ich für immer in deiner Schuld. Verzeih mir den Kummer, den ich dir bereite, Mama. Aber du mußt verstehen, Mama, es ist keine unbesonnene Selbstaufopferung. Das Leben selbst hat mich gelehrt, so zu handeln. Es ist mein erster und letzter Unterricht für die Kinder, die ich hätte lehren sollen. Ich gehe freiwillig, aus Überzeugung. Ich bin stolz darauf, meine höchste Pflicht vor den Menschen zu erfüllen.
Weine nicht, Mama, niemand soll weinen. In einem solchen Fall darf niemand weinen. Verzeih, Mama, leb wohl.
Lebt wohl, ihr Berge des Alatau! Wie hab ich euch geliebt!
Dein Sohn, der Lehrer Leutnant Masselbek Suwankulow
Front, 9. März 1943, 12 Uhr nachts“

Wie im Traum hob ich den bleischweren Kopf. Im Hof stand eine schweigende Menschenmenge. Niemand weinte. Masselbek hatte gebeten, daß niemand weinen sollte. Die Frauen faßten mich unter die Arme und halfen mir auf. Ein Windstoß fuhr in den Wipfel des Apfelbaums, und eine Wolke weißer Blüten schwebte herab. Lautlos legten sie sich uns aufs Haupt. Über dem weißen Apfelbaum, über den fernen, weißen Berggipfeln blaute durchsichtig klar der unendliche Himmel. Ein Schrei brach los in meinem Innern. Ich hätte schreien mögen, daß die ganze Welt es hörte. Aber ich schwieg. Ich erfüllte den letzten Wunsch meines Sohnes, er hatte mich gebeten, nicht zu weinen. Ich wußte nicht, was Aliman derweil tat. Ich sah sie nur einmal mit ausgestreckten Armen langsam auf mich

zukommen. Sie trat ganz nah an mich heran, blickte mir in die Augen, wandte sich ab und ging wieder, die Hände vors Gesicht geschlagen.
So hatte ich also auch meinen mittleren Sohn verloren. Nur seine Mütze ist mir geblieben.

12

„Und mir ist sein Name geblieben, Tolgonai. Ich bin seine Heimat. Und den Menschen sind seine Worte geblieben. Sie sind seine Landsleute."
„Ja, Mutter Erde, so ist es. Unser Kolchos trägt seinen Namen. Masselbeks Brief hatten seine Regimentskameraden zusammen mit einem eigenen Brief an den Dorfsowjet geschickt. Sie schrieben, sie würden ihren Kameraden nie vergessen, sie seien stolz auf seine Heldentat, und ewig würde die Heimat sein Andenken ehren. Weiter schrieben sie, Masselbek habe vor der Offensive ein feindliches Munitionslager in die Luft gesprengt, alles Lebende ringsum sei von der Explosion hinweggefegt worden. Ich neige das Haupt vor den Helden und vor meinem Sohn Masselbek, dessen Ruhm mich mit Stolz erfüllt. Aber kein Ruhm, nichts auf der Welt kann mir den lebendigen Masselbek ersetzen. Fragt eine beliebige Mutter, keine Mutter träumt von solchem Ruhm. Wir Mütter gebären unsere Kinder für das Leben, für ein einfaches irdisches Glück."
„Du hast recht, Tolgonai. Immer werde ich jenes Frühjahr in Erinnerung behalten, das den Sieg brachte, jenen Tag, als ihr Menschen die von der Front heimkehrenden Soldaten empfangen habt, aber ich weiß bis heute nicht, Tolgonai, was damals überwog — die Freude oder das Leid."

13

An jenem Tag waren gerade wir an der Reihe, unseren Gemüsegarten mit dem Kolchospflug zu beackern. Wir waren schon fast fertig, als auf der Straße plötzlich seltsamer Lärm und Getrappel zu hören war. Aliman rannte hin, um zu erfahren, was los sei, und war im Nu wieder zurück.
„Schnell, Mama!" drängte sie. „Die Soldaten kehren heim."

Wir ließen alles stehen und liegen. Tatsächlich, der ganze Ail war auf den Beinen, zu Pferd und zu Fuß, gebeugte Greise und Greisinnen, Kinder, Verwundete auf Krücken — alles lief in dieselbe Richtung. Von Mund zu Mund ging das Gerücht, ein Durchreisender, wohl vom anderen Ufer, habe erzählt, die Soldaten kämen nach Hause, zwei Militärzüge seien auf der Bahnstation angekommen, dort seien Jungs aus allen Ailen dabei, sie seien bereits unterwegs und müßten jede Stunde hier eintreffen. Niemand fragte, ob das stimmte. Die Menschen wollten diese Wahrheit, sie hatten von diesem lang ersehnten Tag geträumt, deshalb gab es auch jetzt keinerlei Zweifel.

Wir liefen bis zum Ende des Ails, dorthin, wo wir vor dem Krieg begonnen hatten, die neue Straße zu bauen. Die Reiter blieben im Sattel, die Fußgänger erklommen den kleinen Hügel am Aryk, die Jungen kletterten auf die Ruinen der halbfertigen Häuser, manche auch auf Bäume. Alle warteten und blickten zur Landstraße hinüber. Die einen erzählten, einander gegenseitig ungeduldig unterbrechend, von guten Träumen, die sie in der Nacht zuvor gesehen hatten, andere sammelten kleine Steine und begannen, damit wahrzusagen. Und in all dem, in ihren Träumen und ihren Weissagungen, in allen je gehabten Vorahnungen und allen nur möglichen Vorzeichen sahen die Menschen das ersehnte gute Omen. Wenn ich heute daran zurückdenke, meine ich manchmal, hätten die Menschen auf der ganzen Welt ihre Söhne, Brüder, Väter und Männer immer so geliebt und erwartet wie wir damals, dann hätte es vielleicht keinen Krieg gegeben.

Wenn die Gespräche verstummten, hing jeder schweigend seinen Gedanken nach. Die Menschen erwarteten den Entscheid des Schicksals. Wer würde zurückkehren und wer nicht? Für wen würde es ein Wiedersehen geben und für wen nicht? Davon hing ihr weiteres Leben ab.

Plötzlich schrie ein kleiner Junge, der auf einem Baum saß: „Sie kommen!“ Alle standen wie angewurzelt, gespannt wie die Saiten des Komus, dann wiederholten sie alle auf einmal: „Sie kommen!“ Und wieder verstummten sie voller Erwartung, wieder wurde es still. Sehr still. Doch dann, als wären sie eben erst zu sich gekommen, fragten alle durcheinander. „Wo denn? Wo?“ Darauf schwiegen sie von neuem. Vorn auf der Landstraße tauchte ein Kutschwagen auf. Munter rollte er die Straße entlang und hielt an der Kreuzung, wo der

Feldweg zu unserem Ail abbog. Ein Soldat sprang ab. Er nahm Mantel und Tornister, verabschiedete sich von dem Kutscher und kam auf uns zu. Niemand sagte ein Wort, alle blickten schweigend und verwundert auf den Weg, den der Soldat entlangkam. Er kam immer näher, aber keiner rührte sich vom Fleck. Das Erstaunen auf unseren Gesichtern war erstarrt. Wir warteten noch immer auf ein Wunder und trauten unseren Augen nicht, denn wir hatten nicht einen erwartet, sondern viele.

Unschlüssig blieb der Soldat stehen, er war bedrückt, als er die schweigende Menschenmenge vor dem Ail sah. Wahrscheinlich dachte er: Was sind das für Leute, warum schweigen sie und stehen da wie angewurzelt? Vielleicht erwarten sie jemand? Mehrmals blickte er sich um, aber auf dem Weg war niemand außer ihm zu sehen. Er ging weiter, blieb wieder stehen und blickte nochmals zurück. Ein barfüßiges Mädelchen, das vor uns stand, schrie unerwartet auf: „Das ist ja mein Bruder, Aschiraly! Aschiraly!“ Sie riß sich ihr dreieckiges Tüchlein vom Kopf und lief, was sie konnte, auf ihn zu.

Weiß Gott, woran sie ihn erkannt hatte. Wie ein Schuß hatte uns ihr Schrei aus der Erstarrung erweckt. Die Jungen und Mädchen rannten hinter ihr drein.

„Das ist wirklich Aschiraly! Er ist's!“ lärmten verschiedene Stimmen durcheinander, dann stürzten wir alle, jung und alt, dem Soldaten entgegen. Eine mächtige Kraft war in uns erwacht und trug uns wie auf Flügeln. Als wir dem Soldaten mit offenen Armen entgegeneilten, trugen wir unser ganzes Leben mit uns, alles Erlebte und Erlittene, die Qualen des Wartens und die schlaflosen Nächte, unser ergrautes Haar, unsere gealterten Mädchen, unsere Witwen und Waisen, unsere Seufzer und unsere Tränen, all unsere Tapferkeit trugen wir dem siegreichen Soldaten entgegen. Als er begriff, daß er es war, den wir erwartet hatten, lief auch er uns entgegen.

Mitten im Laufen schien es mir plötzlich, ein Militärzug brause mit Donnergetöse vorüber, der Wind schlüge mir ins Gesicht, ich hörte einen Schrei: „Mama-a! Alima-an!“, und in meinen Ohren ratterten und ratterten die Räder.

Die Reiter erreichten als erste den Soldaten, sie nahmen ihm Mantel und Tornister ab und schüttelten ihm die Hand.

O Sieg! Wir haben so lange auf dich gewartet. Sei gegrüßt, Sieg! Sei gegrüßt! Verzeih uns unsere Tränen! Verzeih meiner

Schwiegertochter Aliman, daß sie ihren Kopf an Aschiralys Brust preßte, ihn an den Schultern rüttelte und fragte: „Wo ist mein Kassym? Wo?" Verzeih uns allen, Sieg. Wieviel Opfer haben wir deinetwegen gebracht. Verzeih uns unsere Schreie: „Wo sind die andern? Wo ist meiner? Und meiner? Wo sind denn all die übrigen? Wann kehren sie zurück?" Verzeih dem Soldaten Aschiraly, daß er uns antwortete: „Sie kommen zurück, ihr Lieben, alle kommen sie zurück. Sie kommen bald, morgen." Verzeih uns, Sieg, verzeih! Als ich Aschiraly umarmte und küßte, dachte ich an Dshainak, an Masselbek, an Kassym und Suwankul — von ihnen war keiner zurückgekommen. Verzeih mir, Sieg...

Schweigend kehrten wir um. Noch immer schluchzte Aliman ab und an unerwartet auf, sie atmete schwer und geräuschvoll, als wäre sie am Ersticken. Ihr Gesicht war finster, sie blickte unverwandt vor sich hin und dachte angestrengt über etwas nach. Ich ahnte, daß düstere Gedanken sie bedrängten. Aliman litt sehr. Ich sah es an ihrem Gesicht, ihrem schwermütigen Blick und den zerbissenen Lippen. Ich wußte, woran sie dachte, und sagte im stillen zu ihr: Ja, mein Schwiegertöchterchen, es ist schon so, wir werden uns wohl trennen müssen. Jetzt hast du Kassym doch wohl endgültig begraben. Was solltest du auch sonst tun? Du kannst doch dem Toten nicht ins Grab folgen und kannst auch nicht ewig ein trauriges Witwendasein führen. Alles ist zu Ende. Du gehst fort. Natürlich gehst du, daran ist nicht zu rütteln. Nun denn, ich bin dir deshalb nicht gram. Du gehst ja nicht aus freien Stücken und nicht aus einer Laune. Das Schicksal will es so. Ach, Schicksal, Schicksal ... Wenn du wüßtest, Aliman, wie leid es mir tut, mich von dir zu trennen. Wir haben wie Mutter und Tochter gelebt. Wenn du gehst, werde ich dich segnen wie meine eigene Tochter und werde für dein Glück beten. Du hast das Leben noch vor dir, du bist jung und schön, du wirst einen anderen finden. Die Hauptsache, er ist ein guter Mensch. Ob er dir Kassym ersetzen wird? Wer weiß. Ich kann dir da nicht helfen. Nur eine Bitte hab ich: Wenn du fortgehst, denk wenigstens manchmal an mich. Ich hab niemanden mehr außer dir. Ganz allein bleib ich im Haus, allein in der weiten Welt. Ich denke mit Schrecken daran. Auch keinen Trost hab ich auf meine alten Tage, es war dir ja nicht einmal vergönnt, mir einen Enkel zu gebären. Doch ist es für dich vielleicht besser so. Und auf mich mußt du nicht schauen. Du darfst dir wegen mir Alten nicht deine Jugend verderben. Ich habe das Leben schon hinter mir. Du hast es noch vor dir. Wenn du dich entschlossen hast, sagst du es eben. Du kannst jeden Tag gehen. Du sollst es mit ruhigem Gewissen tun. Ich werde deiner stets liebend und dankbar gedenken.

So ging ich dahin, überlegte und bereitete mich darauf vor, diese Worte zu sagen. Und Aliman wußte, woran ich dachte. Wenn zwei Menschen ein Herz und eine Seele sind, verstehen sie einander auch ohne Worte. Und dennoch sagte sie nicht das, was ich erwartet hatte.

Wir kamen an der verödeten Straße vorbei. Zu meinem Unglück blickte ich zu Alimans und Kassyms Baustelle hinüber. Wie vor fünf Jahren türmten sich dort auf dem Hof die angefahrenen Steine zu einem großen grauen Haufen, die Ziegel jedoch hatten sich längst in Schutt verwandelt. Seit Kriegsbeginn war die halbfertige Straße wie ausgestorben. Klette und Melde überwucherten die Parzellen. Die Mauern zerfielen, in den Häusern wuchsen Disteln und guckten aus den leeren Fensterhöhlen. Bis zum Herbst weideten hier nur angepflockte Kälber und ließen Wiedehopfe ihren traurigen Ruf erschallen. Diese Vögel lieben die Einöde der Friedhöfe. Auch jetzt saßen sie auf den Ruinen wie auf Grabsteinen, gaben sich der stillen Frühlingswärme hin und lockten einander mit halblauten und schwermütigen Rufen.

Mein Gott! Die Leere erfüllte mich mit Entsetzen. Wo waren die Menschen geblieben, die hier wohnen, die hier ihren eigenen Herd haben wollten? Auch meinem armen Kassym war es nicht vergönnt, sein erstes Haus hier zu bauen. Leer und ausgebrannt fühlte ich mich. Aliman stützte mich und lächelte mitleidig.

„Mama", sagte sie, „warum bist du so niedergeschlagen? Hast du ganz den Glauben ans Leben verloren? Das darfst du nicht, Mama. Ich weiß, wie schwer es ist. Aber du bist doch meine Standhafte, du bist doch meine ..." Sie stockte, wollte noch etwas sagen, verschluckte es aber und lächelte schuldbewußt. „Du bist ganz einfach meine Beste. Komm, Mama, setzen wir uns hier auf den kleinen Hügel, ich muß mit dir sprechen."

Nun ist es also soweit, gleich wird sie es sagen, wird sagen, daß sie fortgeht, dachte ich. Heißes Mitleid mit uns beiden überkam mich. Bemüht, das Zittern in meiner Stimme zu

verbergen, antwortete ich ihr: „Gut, setzen wir uns."
Wir ließen uns auf dem Hügel nieder. Da saßen wir nun, Schwiegermutter und Schwiegertochter, um über unser weiteres Leben zu entscheiden.
Aliman blickte zu Boden und seufzte. Dann begann sie zu sprechen: „Nun ist also der verfluchte Krieg zu Ende, Mama. Sicherlich hast auch du dir Gedanken gemacht, wie es weitergehen soll." Sie verstummte, und auch ich schwieg. Dann hob sie den Blick und sah mir ernst und fest in die Augen. „Sei nicht traurig, Mama", sagte sie mit wehmütigem Lächeln. „Glaubst du denn, daß uns nichts, aber auch gar nichts geblieben ist vom Glück, nicht das kleinste bißchen? Es kann nicht sein, daß von vier Menschen kein einziger zurückkommt. Nein, warte, unterbrich mich nicht, Mama, hör mich an. Ich bin ganz aufrichtig, ich will dich nicht etwa trösten oder gar mich selbst betrügen. Glaub mir, Mama, mein Herz sagt es mir: Dshainak muß zurückkehren. Vermißt — das heißt, er lebt. Niemand hat es gesehen, daß er gefallen ist. Vielleicht ist er in Gefangenschaft geraten, oder er war bei den Partisanen und taucht nun plötzlich wieder auf. Vielleicht ist er auch schwer verwundet und kann uns nicht benachrichtigen. Du wirst sehen, eines Tages steht er plötzlich vor uns, wie vom Himmel gefallen. Laß uns noch warten, Mama, wir wollen ihn nicht vorzeitig begraben. Du weißt ja selber, es ist schon vorgekommen, daß nicht nur Vermißte, sondern sogar Soldaten, deren Angehörige bereits die Todesanzeige erhalten hatten, am Leben waren und wiedergekommen sind. In unserem Nachbarail und bei den Kasachen unten in der Gelben Ebene haben sie auch um die vermeintlich Gefallenen getrauert und eine Gedenkfeier für sie abgehalten, dabei waren sie gar nicht tot und sind zurückgekehrt. Ich glaube ganz fest daran, ich weiß es, unser Dshainak lebt und kommt bald heim. Es ist ganz unmöglich, daß von vier Menschen nicht einer wiederkehrt. Warten wir noch, Mama. Haben wir so lange gewartet, können wir auch noch länger warten. Um mich brauchst du dir keine Sorgen zu machen, war ich bisher deine Schwiegertochter, so will ich dir jetzt wie ein Sohn sein, anstelle deiner Söhne."
Aliman verstummte, und wir saßen noch lange schweigend da. Es war schon Mitte Mai. Weit hinten in der Ferne ballten sich Wölkchen zu einer großen, dunklen Wolke; sie schwoll an, als

bliese jemand schwarzen Rauch hinein. Es donnerte. Ein Hauch regenkühler Luft zog zu uns herüber. Dort hinten ging ein Gewitterregen nieder. Es goß in Strömen, die Regensträhnen glänzten in der Sonne und wanderten mit Riesenschritten über die Berge bis hinab in die ebene Steppe. Unverwandt blickte ich dorthin. Der erfrischende, nach Regen duftende Wind kühlte meine heißen Wangen. Ich entgegnete Aliman nichts. Meine Worte für sie waren dort in der Ferne, freigebig und klar wie jener lichte Gewitterregen.

Der Regen wird fallen, das Getreide wird gedeihen, das Volk wird leben — und ich mit ihm. Nicht weil ich Aliman leid tat und sie gesagt hatte, sie würde mich nicht verlassen, dachte ich so. Mich freute etwas anderes. Wer sagt da, der Krieg mache die Menschen grausam, gierig, gemein und nichtig? Nein, Krieg, und wenn du die Menschen vierzig Jahre mit Stiefeln trittst und tötest, raubst, sengst und vernichtest, du zwingst den Menschen nicht in die Knie, du entwürdigst ihn nicht.

Und meine Aliman war ein Mensch! Wem zuliebe glaubte sie daran, daß unser Dshainak, der in dunkler Nacht mit dem Fallschirm über dem Lager des Feindes abgesprungen und verschollen war, am Leben sei und zurückkommen würde? Wem zuliebe suchte sie sich selbst davon zu überzeugen, daß die Welt nicht ungerecht sei, wie es schien? Ich wagte nicht, ihr diesen Glauben zu zerstören, wagte nicht, ihre Hoffnung zu trüben, ich glaubte ihr. Wie, wenn Dshainak wirklich lebte? Dann würde er eines schönen Tages zurückkehren. Wie ein Kind glaubte ich daran. Ich wollte es. Ich träumte bereits von jenem Tag, als Aliman das Schweigen brach. Sie hatte zuerst daran gedacht, daß ja der Gemüsegarten gepflügt werden mußte.

„Mama, der Pflug steht ja noch im Gemüsegarten. Komm schnell, die Erde trocknet aus“, drängte sie. Wir liefen hin. Den Pflug hinter sich herschleifend, weideten die Ochsen schon längst auf der Wiese hinter dem Garten. Aliman brachte sie zurück, wir setzten den Pflug wieder in die Furche und pflügten weiter. Seltsam, wie wenig doch der Mensch braucht! Manchmal genügt ein einziges gutes Wort, damit er ins Leben zurückfindet. So war es auch mit Aliman. Oder schien es mir nur so? Sie verwandelte sich plötzlich wieder in die frühere Aliman, die sie vor dem Krieg gewesen war. Alles an ihr strahlte, jedes Wort von ihr, jedes Lächeln und jede ihrer

Bewegungen — alles war genauso wie einst. Sie zog den kurzen Beschmet aus, schürzte das Kleid, krempelte sich die Ärmel hoch, schob das Kopftuch in den Nacken und trieb behend die Ochsen an.

„He, Weißstirniger, zob-zobe! He, Stummelschwanz, zob-zobe!" feuerte sie die Tiere an und knallte mit der langen Peitsche.

Aliman wollte, daß ich ein wenig Mut faßte, arbeitete und lebte. Deshalb benahm sie sich so an jenem denkwürdigen Tag. Sie drehte sich nach mir um und sagte lachend: „Drück nicht so stark auf den Pflug, Mama, die Steine kommen sonst hoch. Schone deine Kräfte!"

Als nur noch zwei, drei Runden übriggeblieben waren, kam der Regen auch zu uns. Es war ein lustiger, rauschender Gewitterregen. Zuerst berührte er die Rücken der Ochsen mit ein paar schüchternen Tropfen, dann hielt er nachdenklich inne und tanzte plötzlich mit all seinen Wasserstrahlen los, prasselte, als klatschte er in die Hände, und scheuchte im Nu den ganzen Ail auf. Laut gackernd und mit gespreizten Flügeln stoben die Glucken mit ihren Kücken davon. Die Frauen rissen die Wäsche von der Leine und eilten ins Haus. Kinder und Hunde kamen auf die Straße gerannt. Sie tollten umher und liefen im Regen um die Wette.

Die Kinder sangen dabei ein Liedchen:

> Regen, Regen, wart auf mich,
> warte, ich begleite dich...

„Wir werden naß! Komm schnell, stellen wir uns unter!" sagte ich zu Aliman.

Sie schüttelte den Kopf.

„Laß nur, Mama, wir weichen schon nicht auf, wir sind ja nicht aus Zucker!" Der Regen kitzelte sie, sie lachte ausgelassen wie ein kleines Mädchen und trieb die Ochsen schneller voran.

Ihre Fröhlichkeit steckte auch mich an. Liebevoll betrachtete ich sie und flüsterte vor mich hin: „Du meine Reine, Regenklare! Wie glücklich könntest du sein! Ach, Leben, Leben ..."

Jetzt weiß ich, daß sie das alles für mich getan hat. Sie wünschte so sehr, daß ich den Krieg, den Kummer vergessen und zuversichtlich in die Welt schauen sollte. Sie hielt Gesicht

und Hände den Regenstrahlen entgegen und sagte zu mir: „Sieh, Mama, was für ein Regen! Wie rein er ist! Das wird ein gutes Erntejahr! Zob-zobe, Regen niedergeh, fleißig gieß, Regenfee, zob-zobe!“ Und sie peitschte die Regenstrahlen und die dampfenden Rücken der Ochsen.
Sie lachte und wußte wahrscheinlich gar nicht, wie hübsch sie war in dem nassen, enganliegenden Kleid, mit ihren prallen Brüsten und starken Hüften, den glückstrahlenden Augen und glühenden Wangen. So sei denn noch einmal verdammt, dreimal verfluchter Krieg!
Als der Regen nachließ und weiterzog, wurde Aliman still. Bedauernd blickte sie ihm nach, lauschte seinem langsam verklingenden Rauschen und dachte wohl, daß auch der Regen nicht ewig währt, daß auch er schnell vergeht. Sie seufzte traurig. Woran sie auch immer gedacht haben mochte, an Kassym oder an etwas anderes, jedenfalls lächelte sie wieder, als sie mich ansah.
„Das trifft sich gut, nach dem Regen können wir gleich den Mais aussäen!“ sagte sie und rannte nach Hause.
Sie brachte ein Eimerchen angefeuchteten Mais, nahm eine Handvoll von den aufgequollenen großen Körnern und streute sie aus.
„Mama“, sagte sie zu mir, „möge Dshainak heimkehren, bis die Kolben reif sind!“
Nie werde ich diesen Tag vergessen. Wie ein Neugeborenes blinzelte die vom Regen blank gewaschene Sonne durch die Wolken. Aliman lief barfüßig über den nassen, dunklen Acker und streute lächelnd den Samen aus. Sie streute nicht einfach Samen aus, sie säte den Samen der Hoffnung, des Guten, der Erwartung.
„Du wirst sehen, Mama“, sagte sie, „meine Worte werden in Erfüllung gehen. Ich werde für Dshainak noch Maiskolben in heißer Asche backen. Weißt du noch, wie er sich immer mit mir wegen der Kolben gekabbelt hat? Einmal zog er einen heißen Maiskolben aus der Asche, steckte ihn sich hinters Hemd und riß vor mir aus. Als der Kolben jedoch anfing, ihm die Brust zu verbrennen, hüpfte er von einem Bein aufs andere, wie von der Tarantel gestochen. Einen ganzen Eimer Wasser kippte er sich über die Brust. Und ich, anstatt ihm zu helfen, kugelte mich vor Lachen und wiederholte nur immer: ‚Das geschieht dir recht! Das schadet dir gar nichts!‘ Erinnerst du

dich noch daran, Mama?" fragte sie lachend, während sie sich diesen lustigen Vorfall ins Gedächtnis rief.
Auch dafür bin ich ihr dankbar.

14

„Ja, Tolgonai, lange habt ihr auf Dshainak gewartet."
„Lange, Mutter Erde. Nicht nur einmal, ein zweites, ein drittes Mal war der Mais reif geworden, doch unser Dshainak kam nicht wieder. Wir erhielten auch keinerlei Nachricht von ihm. Du weißt ja selbst, wie oft ich weinend zu dir gekommen bin und meinen Kummer mit dir geteilt habe."
„Ich weiß, Tolgonai. Ja, oft bist du gekommen, geweint hast du und gefragt, was mit deiner Schwiegertochter werden solle, du könntest doch ihr junges Leben nicht zugrunde richten. Aber ich vermochte dir da auch nicht zu helfen, Tolgonai. Und auch jetzt, da so viele Jahre vergangen sind, auch jetzt kann ich dir nichts dazu sagen."

15

Das Leben nahm seinen Lauf, der Kolchos kam allmählich wieder auf die Beine, unser Dasein wurde leichter, und zugleich verblaßte die Erinnerung an den Krieg, verwischten sich seine Spuren in den Herzen der Menschen.
Aliman und ich arbeiteten wie früher im Kolchos. Als die Soldaten von der Front zurückkehrten, hatte ich mein Brigadieramt den Jungen übergeben.
„Drei Jahre lang habe ich ohne euch gearbeitet und mich redlich gequält, nun, da ihr wieder da seid, nehmt die Sache selbst in die Hand", sagte ich zu ihnen. „Mich aber laßt jetzt gehen, ich bin alt geworden in diesen Jahren, ich werde euch auch so helfen."
Die Jugend von damals nennt mich auch heute noch: „Brigadier-apa", also achtet sie mich noch immer.
Obwohl das Leben inzwischen wieder ins Lot gekommen war, fanden Aliman und ich doch keine Ruhe. Niemand merkte uns das an, doch innerlich litten wir ständig, dachten unaufhörlich an ein und dasselbe. Auf den ersten Blick scheint es, nichts

ist leichter, als unter vier Augen aufrichtig miteinander zu sprechen: So und so sieht es aus, mag also jeder seiner Wege gehen und sich sein Leben einrichten, wie es ihm paßt. Ja, im Grunde genommen war es sehr einfach. Hätte ich nicht Aliman zur Schwiegertochter gehabt, sondern eine andere Frau, wäre sie nicht so gut zu mir gewesen, dann hätte ich ihr, ohne lange zu fackeln, ins Gesicht gesagt: Wie lange willst du noch als Witwe herumsitzen, such dir einen Mann und geh, ehe es zu spät ist. Doch mit Aliman so zu sprechen, konnte ich mich nicht entschließen. Wie sorgsam man die Worte auch wählen mochte, ihr Inhalt blieb doch immer derselbe — er war grob und grausam. Ich hatte nicht das Recht, sie gegen ihren Willen fortzujagen. Eines Tages kamen ihre Verwandten aus Kaïndy bei uns vorbeigefahren. Um ein reines Gewissen zu haben, zwang ich mich, ihnen zu sagen, daß Aliman frei und ich bereit sei, sie zu segnen. Aliman erteilte ihnen jedoch eine so schroffe Abfuhr, daß es mir unangenehm war. Sie verbot ihnen, auch nur davon zu sprechen. Ich weiß selbst, was ich zu tun habe, meinte sie, ob ich fortgehe oder nicht, und wann ich fortgehe, das ist meine Sache, ihr habt euch in unser Leben überhaupt nicht einzumischen. Nachher bereute ich, daß ich so voreilig gewesen war, und schämte mich, Aliman in die Augen zu sehen. Doch sie, mein kluges Köpfchen, hatte alles begriffen und tat, als wäre nichts geschehen. So lebten wir, hatten Mitleid miteinander und betrogen uns mit der Hoffnung auf Dshainaks Rückkehr, dann versiegte auch diese Hoffnung; die Zeit verrann, und schon war es zu spät...

Wie es gekommen war, weiß ich selbst nicht. An unserem Ail zogen doch immer die Herden vorbei. Schon von jeher wurde das Vieh hier vorbeigetrieben — im Frühjahr in die Berge und im Herbst aus den Bergen zurück in die Steppe. Oft kam es vor, daß die Viehtreiber sich ein paar Tage lang bei uns aufhielten, um sich und den Herden etwas Ruhe zu gönnen.

Im Herbst 1946 trieb ein junger Hirt aus dem Nachbarail seine Schafherde an unserem Ail vorbei durch die Trockensteppe zur Flußniederung. Er war sicherlich auch Soldat gewesen, denn er trug noch seinen grauen Militärmantel, ritt ein gutes Pferd, hatte ein Gewehr über der Schulter und den Pelz an den Sattel geschnallt. Oft preschte er durch unseren Ail. Sollte er, schließlich kamen die verschiedensten Leute hier durch. Ich kannte ihn nicht einmal.

In diesem Herbst wurden im Ail Hochzeiten gefeiert. Irgendwer veranstaltete anläßlich der Hochzeit seines Sohnes ein Bockabjagen. Jener Schafhirt erwies sich als geschickter Reiter. Aliman und ich hatten auch die Absicht, zu der Hochzeit zu gehen. Während sie sich noch zurechtmachte, ritt jemand die Straße entlang, und es hörte sich an, als sei er vorm Tor hingeplumpst. Ich rannte hinaus, um nachzuschauen. Es war jener Hirt. Sein Pferd, feurig und noch erregt von der Hetzjagd, tänzelte unruhig hin und her, er selbst saß stolz und sicher im Sattel, die Peitsche zwischen den Zähnen, mit hochgekrempelten Ärmeln. Und direkt vor dem Tor lag der tote Bock. Dem Sieger des Spiels stand es frei, ihn in einen beliebigen Hof zu werfen. Ich war jedoch so verdattert, daß ich nicht wußte, was ich sagen sollte.
„Was soll das, mein Sohn?" entfuhr es mir.
Und er fragte: „Ist jemand zu Hause?"
„Wen willst du denn?" fragte ich zurück.
Da murmelte er, er hätte den Bock nur verloren, hob ihn auf und sprengte in entgegengesetzter Richtung davon. Gleich darauf kamen auch seine Verfolger angejagt. Als sie sahen, daß er mit dem Bock weitergeritten war, setzten sie ihm nach. Das war alles. Danach bin ich ihm nicht mehr begegnet. Doch damals war ich ein bißchen beleidigt. Hatte er den Bock einmal ins Haus gebracht, so hätte er ihn auch den Bewohnern des Hauses überlassen müssen, so war es Brauch. Vielleicht hatte er ihn aber auch wirklich nur verloren? Wieso aber hatte dann der Bock nicht auf der Straße gelegen, sondern direkt vorm Tor? Was hatte das zu bedeuten?
Als Aliman aus dem Haus trat, begriff ich jedoch sofort alles. Sie trug ein seidenes Kleid und darüber ein geblümtes Tuch. Sie warf mir einen raschen Blick zu, senkte den Kopf und wurde rot.
„Komm, Mama", sagte sie leise.
Nun war auch ohne Worte klar, weshalb der Schafhirt hierhergekommen war. Mir fiel ein, daß Aliman schon seit einigen Tagen zum Fluß nach Wasser ging, obwohl im Aryk hinter dem Haus genügend Wasser war. Von dort kam sie immer erst spät zurück. Mir tat das Herz weh. Nicht, daß ich eifersüchtig gewesen wäre — oder vielleicht war ich auch eifersüchtig —, aber es ging mir um etwas anderes. Ich betete ja doch selbst zu Gott, Aliman möge nicht lange Witwe bleiben, möge recht

bald einen Mann finden, ich wünschte ihr von Herzen dieses Glück, und nun bekam ich es auf einmal mit der Angst zu tun. Ich machte mir solche Sorgen, als gelte es nicht meine Schwiegertochter, sondern mein leibliches Kind zu verheiraten. Ich bangte, sie könne sich irren. Wie würde es ihr wohl ergehen im neuen Haus, ob sie auch zu guten Leuten käme, und er, als was für ein Ehemann würde er sich entpuppen? Das ging mir nicht aus dem Kopf, weder auf der Hochzeit und auf dem Heimweg nach zu Hause.

Kennst du ihn auch gut genug, Aliman? Was ist er für ein Mensch? Überstürze nichts, Töchterchen, gib acht, daß du keinen Fehler begehst! Lern den Mann erst gut kennen, bat ich sie in Gedanken. Ich dachte auch, daß ich beileibe kein Hindernis auf dem Wege des jungen Paares sein wollte. Was soll ich machen, überlegte ich, damit sich Aliman nicht vor mir geniert, wie kann ich ihr vorsichtig zu verstehen geben, daß es ihr freisteht zu handeln, wie sie es für nötig hält? Ich bemühte mich, meine Unruhe zu verbergen, sprach wie immer mit ihr, lachte und scherzte sogar, damit sie nur nicht merkte, wie besorgt ich war, und um Gottes willen nicht denken sollte, ich hätte etwas dagegen. Und dennoch wußte sie, was mir Sorgen bereitete.

Als Aliman eines Abends wieder den Eimer nahm und nach Wasser ging, atmete ich erleichtert auf. Ein Stein fiel mir vom Herzen. Soll sie sich ruhig mit ihm treffen, das ist gut so, dachte ich. Doch sie kam sehr bald wieder zurück. Sie war nicht zum Fluß gegangen, sondern hatte Wasser aus dem Aryk geholt.

„Mama", sagte sie und stellte den Eimer auf seinen Platz, „ich mach Wasser heiß, und du wäschst dir den Kopf."

„Das hat doch Zeit, Töchterchen", sagte ich, „morgen ist auch noch ein Tag. Du willst vielleicht weggehen."

Aber sie ließ mich nicht ausreden.

„Morgen geht's zur Arbeit, da ist keine Zeit. Wasch ihn dir nur, Mama, ich kämm dir nachher schön das Haar durch."

Nachdem sie einen Kessel Wasser heiß gemacht hatte, begann sie mich zu bemuttern, als wäre ich ein kleines Mädchen, das sich nicht allein den Kopf waschen kann. Erst hieß sie mich das Haar mit saurer Milch waschen, dann mit wohlriechender Seife, danach mit klarem Wasser spülen und dann nochmals mit Seife waschen. Sie stand die ganze Zeit über daneben, wechselte immer wieder das Wasser, mischte heißes mit kaltem und goß es mir mit der Schöpfkelle über den Kopf. Ein andermal hätt ich's bestimmt nicht ausgehalten und ihr gesagt, sie solle mich in Ruhe lassen, doch an jenem Abend brachte ich's nicht übers Herz. Ich fühlte mich schuldig, weil sie meinetwegen nicht zum Stelldichein gegangen war. Ach, wie dumm! Wozu hatte sie das nur getan? Ich ärgerte mich über sie und mich selbst. Doch Aliman schien mit allem sehr zufrieden, nur als sie mir das Haar kämmte, sagte sie wehmütig: „Mama, früher hattest du sicherlich dickere Zöpfe, du warst doch auch mal jung."

Sie strich mir sanft übers Haar und berührte mit den Händen zärtlich mein Gesicht. Ich hielt den Blick gesenkt, um die aufsteigenden Tränen zu verbergen. Sie nimmt also Abschied von mir, dachte ich voller Wehmut. Dann flocht sie mir die Zöpfe und holte ihr altes Parfüm aus dem Kasten. Kassym hatte es ihr gekauft, und deshalb hatte sie es immer aufgehoben. Ich wehrte ab: „Nicht doch, Aliman! Was soll ich denn damit? Ich muß mich ja schämen auf meine alten Tage, die Leute lachen mich ja aus!"

Sie wollte jedoch nichts davon hören, lachte ausgelassen und parfümierte mir Gesicht, Hals und Haar, verbrauchte alles, was noch in dem Fläschchen war. Dann umarmte sie mich und betrachtete ihr Werk von allen Seiten.

„Sieh mal, wie jung und hübsch du aussiehst!" freute sie sich über ihren Einfall.

Ich wurde ebenfalls fröhlich. Nach dem Tee sagte Aliman: „So, Mama, und jetzt wollen wir uns hinlegen, ich mach dir gleich dein Bett zurecht."

In jener Nacht schliefen wir beide nicht. Aliman hing ihren Gedanken nach, seufzte und wälzte sich von einer Seite auf die andere. Ich aber dachte an sie. Bald sah ich sie mit dem Strauß wilder Malven durch den Weizen zum Mähdrescher eilen, die Blumen auf die Stufen legen und sich heimlich davonstehlen, dann stand sie vor mir, wie sie Kassym nicht aufs Pferd steigen ließ und sich wie ein kleines Kind weinend an ihn hängte, darauf kam mir unsere Fahrt zur Bahnstation in Erinnerung. Mir schien, wir säßen auf dem Pferdewagen, Aliman mit frostgeröteten Wangen und ganz eingeschneit, der Schnee lag auf ihrem Kopftuch, den hervorlugenden Haarsträhnen und dem Kragen, und sie war dadurch noch schöner als sonst. Dann wieder sah ich sie mit ausgestreckten Armen auf mich zustürzen: „Mama! Witwen sind wir! Unglückliche Witwen!“ Und ich sah sie im schwarzen Kopftuch über die rote Tulpenwiese davonlaufen. Alles, was uns miteinander verband, rollte noch einmal vor mir ab, und dann stellte ich mir vor, wie sie mit jenem Hirten fortgehen und seine Herde durch die Trockensteppe treiben würde. Mir war, als hörte ich ihre Stimme: „Verzeih, Mama, ich geh fort. Behalt mich in gutem Andenken, leb wohl!“ Ich begleitete sie ein Stück, winkte ihr nach und nahm ebenfalls Abschied von ihr: „Leb wohl, du mein Licht! Mein Stern ist erloschen! Leb wohl, Aliman! Werde glücklich, leb wohl! ... He, du!“ rief ich dem Hirten nach. „Gib acht auf sie und kränk sie nicht, behüt mir mein Schwiegertöchterchen! Sonst verfluch ich dich, mit einem entsetzlichen Fluch verdamm ich dich sonst!“ Tränen rannen mir übers Gesicht aufs Kissen. Ich weinte leise, zog mir die Decke über den Kopf, damit Aliman nichts hörte.

Am nächsten Tag nach der Arbeit ging Aliman nirgends mehr hin. Sie verbrachte den Abend zu Hause. Darauf trieb der Hirt seine Herde fort und ward nicht mehr gesehen. Aliman schien sich das sehr zu Herzen zu nehmen, sie blickte finster drein. Hättest du auf mich gepfiffen und wärst mit ihm fortgegangen, wenn er dir gefällt! schimpfte ich mit ihr in Gedanken und bedauerte sie: Ach, du mein armes Geschöpf, mein unglückliches! Zu deiner eigenen Pein bist du mit einem weichen Herzen zur Welt gekommen! Doch die Tage verstrichen, und nach und nach geriet all dies in Vergessenheit.

Im Vorfrühling tauchte der Hirt von neuem bei uns auf. Ich gewahrte ihn in der Flußniederung, wo er seine Schafe hütete. Und wieder ging Aliman jeden Abend fort. Ich sagte nichts. Sie mußte selbst über ihr Schicksal entscheiden.

Eines Nachts wartete ich lange auf Aliman. Der ganze Ail schlief schon. Auch ich hatte mich zuerst hingelegt und die Lampe heruntergeschraubt, konnte jedoch nicht einschlafen. Bang und schwer war mir ums Herz. Ich wartete auf Aliman und horchte auf jedes Geräusch vor dem Fenster. Draußen schien der Mond. Manchmal berührten ihn ganz sacht die Wolken, es war eine stille Frühlingsnacht. Mich fröstelte. Nicht vor Kälte, sondern vor Einsamkeit. Ich wickelte mich fester in meinen Pelz und nickte ein. Plötzlich schreckte ich hoch und sah Aliman in der Tür stehen. Von ihrem Kleid waren die Knöpfe abgerissen, die nackte Brust war zu sehen, das Haar war zerzaust, und die Augen waren trübe. Zum erstenmal sah ich sie betrunken. Als sie über die Schwelle trat, wankte sie und wäre beinahe hingefallen, sie hielt sich jedoch am Ofen fest und wiegte den Kopf hin und her. Mich überlief es eiskalt.

„Was starrst du?" fragte sie und hob den Kopf. „Was starrst du mich so an? Ja, ich bin betrunken. Ja, ich habe Wodka getrunken. Was bleibt mir denn weiter übrig? Wer soll den trinken, wenn nicht ich, he? Warum schweigst du?"

Ich war stumm vor Schreck und brachte kein Wort über die Lippen. Es war grauenhaft, mit anzusehen, wie weit es mit ihr gekommen war. Sie stand noch immer so da und hielt sich am Ofen fest. Dann ließ sie den Kopf sinken und flüsterte: „Du weißt nichts, Mama. Ich ... ich ... ich habe heute ... Weißt du noch, als Kassym weg mußte, sind wir zum Fluß gegangen. Gerade dort ..." Sie sprach nicht zu Ende, schrie auf, griff sich an den Kopf, fiel hin und brach in lautes Schluchzen aus.

Erst da faßte ich mich. Ich stürzte zu ihr hin, nahm sie in die Arme und drückte sie an mich.

„Was hast du, Aliman? Warum weinst du? Sag's doch! Hast du Kummer? Oder hat dich jemand beleidigt? Rede doch! Sag's mir doch! Oder hab gar ich dich gekränkt? Wenn ja, sag mir alles, was du auf dem Herzen hast."

„Nein, nein, Mama, liebe Mama!" schluchzte sie. „Meine arme, unglückliche, einsame Mama! Du weißt nichts. Und wenn du es wüßtest, was könntest du tun? Ach, Mama, Mama!"

Sie stöhnte noch lange und barg ihr tränennasses Gesicht in meinem Schoß. Dann beruhigte sie sich ein wenig und schlief ein. Aber auch im Schlaf schluchzte und stöhnte sie noch. Bis zum Morgengrauen saß ich an ihrem Kopfende und grübelte: Wie soll es weitergehen? Was tun? Ich beschloß, mit ihr zu reden. Doch am Morgen wollte sie nicht mit mir reden. Ihr war ohnehin elend genug. Wortlos, nur mit einem Blick bat sie mich, nicht an das zu rühren, was in der Nacht geschehen war. Erst als wir zur Arbeit gingen, sagte sie am Tor leise zu mir: „Verzeih mir, Mama."

Und um sie nicht aufzuregen, kam ich nicht mehr darauf zurück.

Etwa drei Monate waren vergangen. Im Sommer wurde eine Untersuchung gegen den Deserteur Dshenschenkul eingeleitet. Nach dem Kriege hatte er nicht gewagt, offen in den Ail zurückzukehren, war aber, wie sich jetzt herausstellte, des Nachts oft heimlich zu Hause gewesen. Er hatte sich irgendwo in Kasachstan versteckt gehalten, sich dort mit Schwarzhandel befaßt und gestohlenes Vieh weiterverkauft und war nun endlich gefaßt worden. Dabei waren seine früheren Verbrechen ans Licht gekommen, und Dshenschenkul wurde zu uns in den Ail zur Gegenüberstellung gebracht. Auch zu mir kam ein Bote aus dem Ailsowjet geritten und sagte: „Du bist als Zeugin geladen."
Ich ging hin. Auf der Straße traf ich Aliman. Sie kam von der Arbeit. Müde, mit gesenktem Kopf, hielt sie sich abseits von allen. In diesem Sommer war sie dunkel geworden im Gesicht. Sie tat mir leid, und damit sie nicht allein zu Hause sitzen sollte, sagte ich zu ihr: „Komm doch mit zum Ailsowjet, Kindchen, wir gehen dann zusammen nach Hause."
Doch sie antwortete: „Nein, Mama. Was soll ich da? Ich geh heim, ich hab Kopfschmerzen."
„Dann geh nur, leg dich hin und ruh dich aus", sagte ich. „Die Kuh melk ich nachher selber."
Vor dem Ailsowjet stand ein Gefängniswagen. Auf der Vortreppe drängten sich die geladenen Zeugen und andere, die auf dem Weg von der Arbeit hier vorbeigekommen waren. Ich hatte Dshenschenkul schon recht lange nicht mehr gesehen, bald sieben Jahre war es her. Das ruchlose Leben schien ihm gut bekommen zu sein. Ein wohlgenährter Kerl mit feistem Gesicht, saß er auf der Bank am Fenster, blickte mürrisch und mißtrauisch drein und antwortete jemandem verbissen: „Du sagst, ich sei ein Dieb; habt ihr mich vielleicht auf frischer Tat ertappt, habt ihr es mit eigenen Augen gesehen? Nein! Also bring hier keine Verleumdungen vor! Du kannst es hundertmal behaupten, das ist alles nur leeres Geschwätz. Beweise, Beweise sind nötig!"
Als ich das hörte, riß ich das nur angelehnte Fenster auf und schrie: „Du lügst, du Hund! Beweise brauchst du — hier, ich bin ein Beweis!"
„Kommen Sie herein, Mütterchen", bat mich der Untersuchungsrichter und kam hinter seinem Tisch hervor.
Ich ging hinein und begann sofort zu sprechen: „Ja, wir haben

dich nicht auf frischer Tat ertappt. Wir hatten auch keine Zeit, dir nachzujagen. Mit unseren Nägeln haben wir damals die Erde gepflügt, um Brot für die Front zu erzeugen. Ähren haben wir gelesen, damit unsere Kinder nicht verhungerten. Du aber hast unsere Pferde fortgetrieben, hast uns ein Gespann aus dem Pflug gestohlen. Den letzten Samen, den wir körnerweise gesammelt hatten, hast du uns aus den Händen gerissen, wir hatten ihn unseren Kindern vom Munde weggenommen, und du hast ihn uns geraubt. Also warst du ein Feind! Und als ich dich eingeholt hatte, rief ich dir zu: ‚Halt an, ich habe dich erkannt! Du bist Dshenschenkul! Halt an!' Du hast dich umgedreht und nach mir geschossen. Da hast du deine Beweise!"

Ich verstummte, und der Untersuchungsrichter sagte zu mir: „Ich danke Ihnen, Mütterchen. Das genügt. Sie können jetzt nach Hause gehen."

Ich ging hinaus, als plötzlich Dshenschenkuls Frau zur Tür herausgeschossen kam. Wie eine Furie stürzte sie sich auf mich und keifte: „Ach, du einsame alte Hexe! Du suchst immer die Wahrheit, und die Wahrheit straft dich dafür. Recht geschieht dir. Es war dir wohl noch zuwenig, dafür kannst du jetzt jammern. Woher hat denn dein Schwiegertöchterchen seinen dicken Bauch, he? Vor deiner Nase hat deine Hure ihren Wanst vollgekriegt, und du suchst die Wahrheit. Jetzt könnt ihr gemeinsam suchen, ihr schamlosen Luder!"

Die Leute zogen sie fort von mir in die Ecke und hielten ihr den Mund zu, ich aber sagte zu ihnen: „Laßt sie los, rührt sie nicht an!" und ging schweigend nach Hause.

War es der Staub, der so heiß war, oder brannte mir die Scham unter den Füßen, zuerst rannte ich fast. Nachher schleppte ich mich langsam weiter und sammelte meine Gedanken. Ich wäre nie darauf gekommen, dabei hätte ich es doch ahnen müssen. In der letzten Zeit hatte sich Aliman seltsam verändert, war schweigsam und menschenscheu geworden und mied sogar ihre Freundinnen. Ich hatte das darauf zurückgeführt, daß die Sache mit dem Hirten schiefgegangen war. Im Frühjahr war er in die Berge gezogen und hatte sich seitdem nicht mehr blicken lassen. Ich dachte, sie hätten sich gezankt und Aliman nähme sich das so zu Herzen. Und nun stellte sich etwas ganz anderes heraus. Welch ein Unglück! Aber wer konnte denn wissen, daß es so kommen würde. Ich war völlig verzweifelt und wußte nicht ein noch aus. Am nächsten Abend lud mich Aischa auf einen Plausch zu sich. Während wir Tee tranken und uns unterhielten, sagte sie beiläufig: „Dshenschenkuls Frau ist gestern weggezogen aus dem Ail."

Ich schwieg. Was ging mich das an? Mochte sie doch wegziehen. Schließlich kann jeder tun und lassen, was ihm beliebt. Erst zwei Jahre später erfuhr ich, daß die Ailbewohner nachts zu Dshenschenkuls Frau gegangen waren, ihr ganzes Hab und Gut aufgeladen und gesagt hatten: „Fahr, wohin du willst. In unserem Ail ist kein Platz für dich." Danach erinnerte mich niemand mehr an Alimans und mein Unglück. Vielleicht hatte der eine oder der andere ihr selbst etwas gesagt, es konnte ja sein, die Menschen dachten alles mögliche, manche bedauerten sie, andere verurteilten sie, doch mir gegenüber machte niemand auch nur eine Andeutung, und auch dafür bin ich ihnen sehr dankbar. So viele Jahre sind verflossen, aber noch immer achtet man mich wie früher.

Seit ich erfahren hatte, daß Aliman schwanger war, hatte sich nichts zwischen uns geändert. Wir lebten, arbeiteten und berieten alles gemeinsam, wie vorher. Von ihrer bevorstehenden Mutterschaft sprach Aliman nicht. Wahrscheinlich konnte sie sich nicht dazu entschließen, oder aber sie verschob es auf später. Ich schwieg ebenfalls darüber, schonte ihren Stolz. Das wichtigste aber war — ich verurteilte sie nicht innerlich. Ich hatte kein Recht dazu, denn ihr ganzes Leben hatte sich vor meinen Augen abgespielt, ich hatte alles gesehen, alles begriffen und war teilweise selbst schuld daran. Deshalb sagte ich mir von Anfang an: Hat Aliman gesündigt, so ist es auch meine Sünde, bringt sie ein Kind zur Welt, so ist es auch mein Kind, und alle Scham, alle Qualen und Mühen nehme ich auf mich. Ich wußte genau wie sie, daß früher oder später der Tag kommen würde, an dem wir notgedrungen davon sprechen und einander unser langes Schweigen verzeihen würden. Und dennoch verschoben wir das Gespräch immer wieder von einem Tag auf den anderen. Einmal verplapperte ich mich aber doch.

Gegen Ende des Sommers, Aliman war schon im fünften oder sechsten Monat, trieb ich eines frühen Morgens die Kuh aus dem Hof zur Herde. Der kleine Hirtenjunge krähte wie ein junger Hahn. Als die Herde an unserem Hof angelangt war, strahlte er mich an.

„Mutter Tolgonai", sagte er, „Süjüntschü — belohnen Sie mich für die gute Nachricht! Großvater Dshorobeks Schwiegertochter hat geboren!"

„Was du nicht sagst! Wann denn?"

„Vor Sonnenaufgang."

„Einen Jungen oder ein Mädchen?"

„Ein Mädchen, Mutter Tolgonai. Sie sagten, sie würden es Shaworonok nennen, weil es vor Sonnenaufgang geboren wurde, wie eine Lerche!"

„Das ist aber schön. Möge es lange leben. Hab Dank für die gute Nachricht!"

Ich war ganz gerührt, daß sich dieser kleine Waisenknabe so freute, weil ein Mensch zur Welt gekommen war. Zufrieden ging ich nach Hause. Wie konnte es nur passieren, daß ich in dieser Minute vergaß, woran ich sonst Tag und Nacht dachte? Schon vom Tor her rief ich: „Aliman, hast du schon die Neuigkeit gehört? Dshorobeks Schwiegertochter hat geboren. Ein Mädchen. Hast du's schon gehört? Die Ärmste hat es nicht leicht gehabt. Gott sei Dank, ist alles gut..."

Als hätte ich mit einem kranken Zahn auf einen Stein gebissen, brach ich jäh ab, ohne auszureden.

Den Kopf gesenkt, stand Aliman schweigend da und biß sich auf die Lippen, daß sie weiß wurden. Was mochte sie in diesem Augenblick gedacht haben? Vielleicht war ihr blitzartig der Gedanke gekommen, daß, wenn ihr Kind geboren würde, niemand die Leute so freudig benachrichtigen würde. Mir wurde unerträglich heiß vor Scham über meine Taktlosigkeit. Ich wagte nicht, ihr in die Augen zu blicken, und machte mir am Herd zu schaffen, legte getrockneten Mist nach, obwohl es gar nicht nötig war. Als ich mich umwandte, stand Aliman noch immer mit gesenktem Blick an der Wand. Das Herz krampfte sich mir zusammen vor Mitleid. Ich zwang mich, aufzustehen und zu ihr hinzugehen.

„Was hast du, fühlst du dich nicht wohl?" fragte ich.

„Doch, Mama", antwortete sie.

„Vielleicht fällt dir die Arbeit schwer, bleib doch lieber zu Haus und leg dich hin."

„Nein, Mama, es fällt mir nicht schwer. Tabakblätter auffädeln ist doch nicht schwer", sagte sie und ging zur Arbeit.

Da entschloß ich mich, es nicht mehr weiter hinauszuschieben. Ich mußte ihr sofort sagen, daß sie sich nicht zu schämen brauchte, daß alle Neugeborenen gleich seien und daß ihr Kind für mich wie ein leibliches Kind sein würde. Ich würde es warten, wie ich meine eigenen gewartet hatte. Sie mußte das wissen. Sie durfte nicht den Kopf hängenlassen. Stolz sollte sie leben und den Menschen mutig in die Augen blicken — sie hatte ein Recht darauf, Mutter zu sein.

Mit diesen Gedanken lief ich ihr nach und rief: „Aliman, wart einen Augenblick. Ich muß mit dir sprechen, warte!"

Sie tat, als hätte sie nicht gehört, und ging weiter, ohne sich umzudrehen.

Den ganzen Tag über machte ich mir große Sorgen und dachte: Nein, so kann es nicht weitergehen. Am Abend sage ich es ihr unbedingt. So wird es für uns beide leichter sein. Aber ich kam nicht dazu, meine Absicht auszuführen. Als ich abends von der Arbeit kam, war Aliman nicht zu Hause. Ich wartete ein Weilchen und wurde unruhig. Was mochte los sein mit ihr? Warum blieb sie so lange aus? Ich trat gerade aus dem Haus, um sie suchen zu gehen, da sah ich Bektasch. Schweigend kam er mit einem Armvoll Gras. Ebenso schweigend warf er der Kuh das Gras in den Futtertrog, und erst dann sagte er leise: „Mutter Tolgonai, Aliman läßt Ihnen ausrichten, Sie sollen nicht nach ihr suchen. Sie hat gesagt, sie sei zu den Ihren nach Kaïndy gefahren."

Vor Schreck wurden mir die Knie weich, ich mußte mich auf die Schwelle setzen.

„Wann ist sie denn weggefahren?"

„Am Nachmittag. Vor etwa zwei Stunden. Sie ist mit einem Lastwagen mitgefahren."

Ich war wie erschlagen. So elend, so trostlos war mir zumute, als wär mein letztes Stündlein gekommen. Bektasch versuchte mich zu trösten: „Regen Sie sich nicht auf, Mutter Tolgonai. Der Fahrer hat sie neben sich ins Fahrerhaus gesetzt. Dort fährt es sich gut", sagte er.

Ach, Bektasch, Bektasch, wenn es nur das wäre, dachte ich im stillen. Und dennoch war ich ihm dankbar für seinen treuherzigen Trost. Er war zu jener Zeit schon ein kräftiger, großer Bursche und arbeitete im Kolchos als Fuhrmann. Ich schaute ihn an und wunderte mich, wie schnell er hochgeschossen war und ausgelegt hatte in den Schultern. Auch sein Gang und seine Stimme waren schon männlich. Er hatte ein ruhiges, freundliches Gesicht. Ich hatte ihn schon als kleinen Jungen gern gemocht, und es tat mir wohl, daß er in dieser bitteren Stunde bei mir war. Bektasch brachte Wasser aus dem Aryk, stellte den Samowar auf, sprengte den Hof und begann ihn zu fegen. „Ruhen Sie sich aus, Mutter Tolgonai", sagte er. „Gleich lege ich Ihnen die Filzmatte unter den Apfelbaum. Mama will kommen. Sie hat gesagt, sie hätte schon lange keinen Tee mehr bei Ihnen getrunken. Sie wird gleich dasein."

Seitdem Aliman fort war, wurden mir die Tage zur Ewigkeit. Wie hatte ich mich vorher nur einsam fühlen können? Jetzt erst merkte ich, daß ich überhaupt nicht gewußt hatte, was Einsamkeit bedeutet. Drei Tage lang hielt ich es noch aus, dann wurde es mir unerträglich. Das Haus war kein Haus und das Leben kein Leben mehr für mich. Ich war so weit, daß ich hätte auf und davon gehen und in der Welt umherirren können. Und wenn ich an Aliman dachte, wurde mir noch schwerer ums Herz. Wenn ihre Verwandten in Kaïndy sie gnädig aufgenommen hatten, mochte es noch gehen, wie aber, wenn sie sie verhöhnten: Damals wolltest du nicht auf uns hören, da meintest du, es gehe uns nichts an, du wüßtest selber, was du zu tun hättest, wir sollten uns nicht einmischen, jetzt aber, wo du dich mit Schande bedeckt hast, jetzt kommst du an und suchst Unterschlupf bei uns, jetzt brauchst du uns mit einemmal. War es möglich, daß sie so mit ihr sprachen? Natürlich war es möglich. Und wenn sie es wirklich getan hatten, wie mochte ihr dann jetzt zumute sein? Sie war stolz, würde sie solche Vorwürfe verwinden können? Gott verhüte, daß sie am Ende noch Hand an sich legte! Ach, Aliman, Aliman, wärst du nur bei mir, ich würde selbst die Schande auf mich nehmen, könnte ich dich nur damit vor Kränkungen bewahren. Ich erwog alles mögliche, rätselte hin und her. Doch dann sagte ich mir: Nein, das hat alles keinen Zweck. Ich fahre hin und überzeuge mich selbst, wie es ihr geht. Ich werde sie bitten, vielleicht läßt sie sich überreden und kommt mit nach Hause. Wär das ein Glück, wenn sie zurückkäme! Und will sie nicht, na, dann läßt sich eben nichts machen. Dann kann ich sie nur segnen, mich ausweinen und zurückkommen. So beschloß ich und machte mich am nächsten Tag auf den Weg. Das Haus und die Kuh überließ ich Aischas Obhut. Bektasch hielt einen Laster an, ich setzte mich hinten in den Wagenkasten, und los ging's nach Kaïndy.

Als wir den Ail hinter uns hatten und den Feldweg entlangfuhren, sah ich eine Frau den Pfad zwischen den Stoppelfeldern entlangkommen. Ich erkannte sie sofort — es war Aliman. Mein Kind, mein liebstes, sie kam zurück zu mir nach Hause. Wie besessen hämmerte ich mit den Fäusten gegen das Fahrerhaus: „Halt! Halt an!“ Der Wagen rollte noch ein Stückchen und blieb dann stehen, ich ergriff die Satteltasche und kletterte blitzschnell hinunter. In dem aufgewirbelten Staub verschwand sofort alles wie in dichtem Nebel. Mir kamen Zweifel, ob ich meine Aliman auch wirklich gesehen oder ob ich nur von ihr geträumt hatte. Als sich der Staub jedoch legte, sah ich sie wieder.

„Alima-an!“ schrie ich, so laut ich konnte.

Ich weiß nicht mehr, wie ich auf sie zugestürzt bin. Ich weiß nur noch, daß wir uns umarmten, uns küßten und weinten. Wir hatten uns so sehr nacheinander gesehnt, daß wir gar keine Worte fanden, um all das auszudrücken, womit wir uns in diesen Tagen gequält hatten. Ich liebkoste und streichelte Alimans Gesicht und wiederholte immer nur das eine: „Du bist zurückgekommen, ja? Bist zurückgekommen, mein Töchterchen! Zu mir, zu deiner Mutter bist du zurückgekommen! Du bist wiedergekommen!“

Und Aliman antwortete: „Ja, ich bin wiedergekommen, bin zu dir zurückgekommen, Mama! Ich bin wieder bei dir!“

Und als wir so dastanden und uns umarmten, bewegte sich plötzlich das Kind in ihrem Innern und stieß zweimal mit dem Füßchen gegen ihren Leib. Wir spürten beide diese Stöße. Aliman legte die Hände auf den Leib und streichelte ihn vorsichtig. Der Ausdruck ihrer Augen schien mein ganzes Leben umzukrempeln. O heilige Mutterschaft! Ein Glückstropfen wie dieser wiegt ein ganzes Meer deiner Leiden auf! Ich schmiegte mein Gesicht an ihre Wange und brach, unfähig, mich länger zu beherrschen, in Tränen aus: „Du, mein Liebes, Herziges, Zärtliches! Wie habe ich gebangt um dich!“

Sie tröstete mich: „Wein nicht, Mama. Verzeih mir Törichten. Ich kann nie von dir fortgehen. Ich hab's versucht und nicht ausgehalten, solche Sehnsucht nach dir hab ich die ganze Zeit gehabt.“

Mir schien der rechte Augenblick für ein offenes Gespräch gekommen, und ich fragte sie: „Warum bist du denn fortgegangen, hat dich jemand gekränkt?“

Sie schwieg, als überlege sie ihre Antwort genau, dann sagte sie seufzend: „Frag mich nicht danach, Mama. Wozu willst du das wissen? Sag mir nichts, und ich sag dir auch nichts. Quäl mich nicht, Mama, mir ist ohnehin elend genug zumute.“ Wieder wich sie einem Gespräch aus. Und so jedesmal. Warum wollte sie nur nicht begreifen, daß sie es sich dadurch nur selbst schwer machte.

Es war ein langer und nasser Herbst dieses Jahr. Kein Tag verging ohne Regen. In diesen langen, grauen, trüben Tagen saßen wir meist zu Hause. Ebenso wie der Herbst quälte sich auch Aliman. Sie wurde immer verschlossener und sprach und lachte überhaupt nicht mehr. Sie grübelte nur noch. Mir kam es vor, als stände sie kurz vor der Entbindung. Sosehr ich mich auch anstrengte, sie ein bißchen aufzurütteln, sie durch Scherze und Zärtlichkeit aufzumuntern, es gelang mir nicht. Sie war schließlich kein kleines Kind, dessen Traurigkeit durch einen Scherz zerstreut wird. Und nicht nur ich, auch die anderen hätten ihr gern geholfen in ihrer Not, doch was sollte man tun? Bektasch brachte uns eines Tages Stroh und sagte, seine Mutter sei wieder bettlägerig. Ich ging Aischa besuchen. Sie hatte Fieber, hustete. Ich schimpfte ein bißchen mit ihr.

„Du bist selber schuld“, sagte ich. „Du weißt doch ganz gut, daß du dich in acht nehmen mußt, aber nein, du kutschierst umher und machst Besuche, und noch dazu bei solchem Wetter.“

Sie lächelte schuldbewußt. Was sollte sie auch sagen, sie war zuvor mit drei anderen Frauen auf Bektaschs Wagen in den Nachbarail zur Hochzeit gefahren. Als ich bereits gehen wollte, hielt sie mich zurück.

„Wart einen Augenblick, Tolgonai“, sagte sie, „wenn du mir nicht böse bist, möchte ich dir noch etwas sagen.“

„Na, red schon.“ Ich machte kehrt.

„Wir sind nicht zur Hochzeit gewesen im Nachbarail. Du weißt ja, ich hab dort gar keine Verwandten. Wir hatten uns da etwas vorgenommen, ohne dich vorher um dein Einverständnis zu bitten. Sei uns nicht bös drum, Tolgonai, wir haben das Beste gewollt. Wir haben diesen Burschen, den Schafhirten, aufgesucht und ihn uns vorgeknöpft, haben ihm gesagt: So und so sieht es aus, Aliman kommt schon bald nieder, und du läßt dich nicht blicken. Was denkst du dir eigentlich? Das ist nicht schön von dir! Wir haben aber nichts erreichen können. Erstens hat er eine Frau und zweitens kein Gewissen.

Er hat alles abgeleugnet: Er wisse von nichts und wolle auch nichts wissen. Es ist nichts mit ihm anzufangen gewesen. Dann hat auch noch seine Frau den Braten gerochen. Ein skandalsüchtiges Weib ist das, hat gekeift und gegeifert, daß es eine Schande war. Mit Schimpf und Schmach hat sie uns davongejagt. Unterwegs hat uns ein kalter Regen überrascht, wir sind bis auf die Haut naß geworden, und nun liege ich da. Doch das ist alles halb so schlimm, aber was wird nun mit Aliman?" Aischa brach in Tränen aus.

„Wein nicht, Aischa", sagte ich zu ihr, „solange ich lebe, lasse ich nichts auf sie kommen!" Damit ging ich. Was sollte ich ihr weiter sagen?

Langsam schleppten sich die Tage dahin, die Zeit der Niederkunft rückte immer näher, ich ließ kein Auge von Aliman. Ging sie in den Hof, lief ich ihr nach. Keinen Schritt ließ ich sie allein tun. Ich fürchtete, die Wehen zu verpassen.

Eines Tages bemerkte ich, daß sie sich warm anzog und das Wolltuch umnahm.

„Wo soll's denn hingehen, Töchterchen?" fragte ich.

„Ich geh zum Fluß", antwortete sie.

„Bleib doch lieber hier, was willst du denn dort bei diesem Wetter? Bleib lieber zu Hause."

„Nein, ich gehe."

„Dann komm ich mit. Allein lasse ich dich nicht gehen."

Sie warf mir einen solchen Blick zu — und alles, was sich in ihr angesammelt hatte, ihre ganze Erbitterung, ließ sie an mir aus.

„Warum läufst du mir auf Schritt und Tritt nach? Was willst du eigentlich von mir? Was klebst du mir ewig an den Fersen wie ein Schatten? Laß mich endlich in Ruh! Denkst du vielleicht, ich geh kaputt? Ich geh nicht kaputt!" Sie schlug die Tür hinter sich zu und ging fort.

Es war, als hätte sie die Tür zu meinem Herzen zugeschlagen. Ich war tief gekränkt, hielt es aber trotzdem nicht aus und trat hinaus auf den Hof, um nachzusehen, wo Aliman sei. Sie war nicht zu sehen, sie war wohl zum Fluß hinuntergelaufen.

Ein feiner Sprühregen ging hernieder, es war, als würde man in kalten Dampf gehüllt. Der Wind zerrte die Wolken an ihren grauen Zotteln. Im Garten war es ungemütlich. Nackt und frierend standen die Bäume mit ihren nassen, dunklen Zweigen. Die Menschen saßen in ihren Stuben. Alles war wie ausgestorben. Fern, hinter der milchigen Nebelwand, war der

dunkle Gebirgskamm kaum zu ahnen.
Ich wartete ein Weilchen, dann ging ich Aliman nach. Mochte sie schimpfen, soviel sie wollte, Hauptsache, sie legte sich nicht irgendwo hin in der Feuchtigkeit, wenn die Wehen anfingen. Als ich auf den Pfad hinter dem Garten hinaustrat, sah ich sie. Langsam schleppte sie sich mit trübselig gesenktem Kopf zurück. Ich eilte ins Haus, stellte den Teekessel auf und buk geschwind Plinsen aus Eiern und saurer Sahne. Dann legte ich ein sauberes Tischtuch auf, holte die Winteräpfel hervor und suchte die allerschönsten aus. Aliman trat ein, warf einen Blick auf das Tischtuch und lächelte wehmütig.
„Bist du durchgefroren, Töchterchen? Setz dich hin, trink Tee und iß die Plinsen“, sagte ich zu ihr.
„Nein, danke, Mama, ich möchte nichts essen. Höchstens einen Apfel kannst du mir zu kosten geben“, antwortete sie.
„Hast du Schmerzen, Aliman, sag mir doch, was mit dir ist“, bat ich.
Doch wieder sagte sie: „Frag mich nicht, Mama. Ich kenne mich in mir selbst nicht mehr aus. Ich hasse mich. Nun hab ich auch dich noch ohne jeden Grund beschimpft. Laß mich bitte.“ Sie winkte ab.
Die Nacht brach an. Als ich mich schlafen legte, dachte ich gekränkt, was ich auch immer tun mag, nichts kann ich Aliman recht machen. Mit diesem bitteren Gedanken schlief ich ein. Gewöhnlich wachte ich nachts häufig auf und sah nach Aliman. Doch diesmal schlief ich wie eine Tote. Wenn ich es gewußt hätte, ich hätte kein Auge zugetan, zehn Nächte hätte ich nicht mal den Kopf an die Wand gelehnt ...
Ich weiß nicht mehr, wann und wovon ich plötzlich aufgewacht war. Ich blickte auf — Aliman war nicht da. Noch völlig verschlafen, begriff ich zuerst nichts. Ich dachte, sie sei nur mal auf den Hof gegangen. Ein Weilchen wartete ich. Nichts war zu hören. Dann tastete ich nach ihrem Bett. Das Bett war kalt. Das Herz blieb mir stehen. Sie war also schon lange aufgestanden. Ich zog mich notdürftig an und stürzte auf den Hof. Überall suchte ich sie. „Aliman! Aliman!“ Sie antwortete nicht. Nur die Hunde wurden unruhig und bellten. Mir schwindelte. Also war sie fortgegangen! Wo konnte sie hin sein bei der finsteren Nacht? Was sollte ich jetzt tun? Vielleicht konnte ich sie doch noch einholen! Ich eilte ins Haus zurück, zündete die Laterne an und machte mich auf den Weg,

um sie zu suchen. Als ich jedoch aus dem Haus trat, schien es mir, als hätte ich in der Scheune jemand stöhnen und schreien hören. Im Nu war ich an der Scheunentür, riß sie auf und hätte beinahe die Laterne fallen lassen; ich erstarrte und traute meinen Augen nicht. Auf dem Stroh lag Aliman in den Wehen. Im Fieber wälzte sie sich hin und her.
„Was machst du nur? Warum hast du denn nichts gesagt?" schrie ich und stürzte zu ihr hin.
Ich wollte ihr helfen, versuchte sie anzuheben und zuckte zusammen, als ich ihren blutdurchtränkten Rocksaum berührte. Sie glühte wie Feuer, atmete schwer und röchelte: „Ich sterbe."
Sie quälte sich anscheinend schon lange.
„Hilf mir, lieber Gott! Hilf mir!" flehte ich, als ich begriff, daß hier nur noch ein Arzt Rettung bringen konnte.
Ich ließ sie allein und lief zu Aischa, trommelte aus Leibeskräften ans Fenster.
„Wacht auf, wacht auf! Schnell! Spann den Wagen an, Bektasch. Es steht schlecht um Aliman! Beeil dich, mein Lieber, es steht schlimm mit ihr!"
Dann rannte ich zurück in die Scheune und gab Aliman zu trinken. Ihre Zähne schlugen gegen den Rand des Bechers, das Fieber schüttelte sie, mit Mühe nahm sie zwei Schluck, dann packte es sie von neuem. Da kam auch schon die kranke Aischa, sie war ganz außer Atem und konnte sich kaum auf den Beinen halten. Als sie sah, was mit Aliman los war, wurde sie weiß wie die Wand und jammerte: „Aliman, Liebe, was ist bloß mit dir? Aliman, Kindchen! Hab keine Angst, wir bringen dich ins Krankenhaus!"
Zum Glück war Bektasch an diesem Tag spät nach Hause gekommen und hatte die Pferde nicht mehr in den Stall gebracht, sondern sie gleich bei sich unters Schutzdach gestellt. Schnell war er mit dem Wagen zur Stelle. Wir warfen Heu hinauf, bereiteten ein Lager, trugen Aliman zu dritt aus der Scheune und betteten sie auf den Wagen. Ohne Aufenthalt fuhren wir los ins Krankenhaus.
O dieser herbstliche, holprige Weg, o diese verfluchte, finstere Nacht. Das Krankenhaus befand sich am anderen Ufer, und die Brücke lag weit stromabwärts, wir hatten eine lange Fahrt vor uns.
Als wir aus dem Ail heraus waren, setzten bei Aliman von

neuem die Wehen ein. Sie schrie und warf die Decke von sich. Ich hielt ihren Kopf in meinem Schoß. Immer wieder deckte ich sie zu, immer wieder leuchtete ich ihr mit der Laterne ins Gesicht, sah sie an und redete ihr gut zu. Auch Bektasch suchte sie zu beruhigen: „Noch ein bißchen Geduld, Aliman. Wir sind bald da. Du wirst sehen, bald sind wir da. Bis zur Brücke ist's nur noch ein Katzensprung."
Es war noch wer weiß wie weit bis zur Brücke. Hätten wir die Pferde nur traben lassen können, doch das ging auf keinen Fall, Aliman wäre zu stark durchgerüttelt worden. Zu allem Unglück wurde auch noch der Regen heftiger. Alles schien sich gegen uns verschworen zu haben, die undurchdringliche Finsternis, der kalte Regen, der Schmutz und die Schlaglöcher. Aliman wand sich in Krämpfen, stöhnte und schrie, plötzlich verstummte sie jäh und röchelte nur noch.
„Aliman! Aliman! Was ist mit dir?" Ich erschrak und leuchtete ihr mit der Laterne ins Gesicht. Ihre brennenden Augen sahen mich an.
„Haltet an! Ich sterbe! Haltet an!" brachte sie mühsam über die schwarzen, ausgedörrten Lippen und fing an zu keuchen.
Wir hielten.
„Nimm meinen Kopf höher", bat sie. „Ich kriege keine Luft."
Dann weinte sie. Hastig, die Tränen verschluckend, begann sie zu sprechen: „Mama, meine gute ... In mir brennt alles, ich kann nicht mehr. Ich sterbe ... Hab Dank für alles, Mama. Verzeih mir ... Wenn Kassym am Leben wär ... Ach, Kassym, ich sterbe ... Verzeih ..."
Ich flehte sie an: „Nein, Töchterchen, du darfst nicht sterben. Halt aus, noch ein kleines bißchen, halt aus, mein Einziges. Es ist nicht mehr weit bis zur Brücke. Hörst du, du darfst nicht sterben!"
Wieder packten sie die Wehen. Mit zusammengebissenen Zähnen, bereits das Bewußtsein verlierend, kämpfte sie mit letzter Kraft.
„Bektasch", befahl ich. „Greif ihr unter die Arme und heb sie an! Schnell! Schäm dich nicht um Himmels willen!"
Während Bektasch Aliman anhob, versuchte ich, dem Kind zu helfen. Bektasch brach in Tränen aus. Da erinnerte ich mich plötzlich wieder an das Donnern des Militärzuges, unentwegt ratterten mir die Räder in den Ohren, der Wind trug einen Schrei herüber: „Mama-a! Alima-an!", und im selben Augen-

blick ertönte der Schrei des Neugeborenen. O Leben, weshalb bist du so grausam, so blind! Das Kind lebte, aber Aliman starb. Ich wickelte das nasse, bloße Körperchen in meinen Rock, und als ich aufblickte, hing sie, die Mutter Aliman, bereits leblos in Bektaschs Armen. Der Kopf war ihr auf die Schulter gesunken, die Arme baumelten wie Stricke.

„Aliman!" schrie ich entsetzt und griff nach ihrer Hand. Der Puls war kaum noch zu spüren.

In einem einzigen Augenblick begegneten sich vor meinen Augen Leben und Tod.

Als wir umkehrten, graute bereits der Morgen. Große, weiße Scheeflocken kreiselten im fahlen Dämmerlicht. Sacht sanken sie auf den Weg nieder. Still war es, nirgends ein Laut, nur unendliche weiße Stille. Und durch diese weiße Stille schleppten sich lautlos die müden, weißschweifigen Pferde mit ihren weißen Mähnen, schluchzte leise der auf dem Wagen sitzende Bektasch. Er trieb die Pferde nicht an, sie liefen von selbst. Den ganzen Weg weinte er. Ich ging nebenher, hielt das Kind unter dem Tschapan geborgen, und der weiße Schnee erschien mir schwarz.

16

So hatte sich der Krieg zum letztenmal in Erinnerung gebracht. Der Weg, den ich an diesem Morgen ging, war der schwerste meines Lebens, mich dünkte, es sei besser zu sterben, als so zu leben. Doch der Säugling lag wohlbehütet in meinem Arm, bewegte sich dort, ein warmes, weiches Etwas, und hörte nicht auf zu greinen. Ich trug ihn und sprach zu ihm: „Was für ein unglückliches Würmchen bist du doch! Mit deinem ersten Schrei hast du von deiner Mutter Abschied genommen!" Und plötzlich blitzte in mir der Gedanke auf: Und trotzdem ist das Leben nicht ganz vernichtet, ein Reislein ist geblieben. Doch gleich darauf dachte ich wieder: Was ist er schon für ein Erdenbürger, wenn er noch nicht einmal Muttermilch geschmeckt hat. Er wird nicht lange durchhalten. Dabei wünschte ich so sehr, daß das Kind am Leben bliebe, daß ich das Schicksal anflehte: „Laß wenigstens diesen leben! Laß ihn nicht sterben! Vielleicht kommt er durch. Vielleicht schafft er es doch irgendwie!" So ging ich, bald völlig verzweifelt, bald neue Hoffnung schöpfend. Als wir im Ail ankamen, war es bereits Morgen.

Noch immer fiel der Schnee lautlos und dicht, noch immer herrschte die gleiche weiße Stille. In dieser Stille wirkten die verlassenen Ruinen der halbfertigen Straße noch gespenstischer als sonst. Von dem hier vor sieben Jahren Begonnenen waren nur noch traurige Reste geblieben. Der Schnee wirbelte durch die ausgestorbene Straße und verdeckte die gähnende Leere der Ruinen und das trostlose Distel- und Salzkrautgestrüpp. Auf Alimans und Kassyms Parzelle türmten sich noch immer die Steine und Ziegel wie ein Denkmal der Sorgen und Träume ihrer einstigen Besitzer.

In ewiger Ruhe lag Aliman da, bleich, mit geschlossenen Augen. Ihr Kopf wurde hin und her gerüttelt, der Schnee auf ihrem Gesicht taute nicht.

Im Ail angelangt, sprang Bektasch vom Wagen und verkündete zum erstenmal in seinem Leben mit dem lauten Weinen eines Mannes den Tod eines Menschen. Die Leute kamen aus den Häusern und umringten uns mit Tränen in den Augen. Aischa kam angerannt, ihr lautes Wehklagen hallte durch die Straße. Sie nahm mir das Kind ab und trug es zu sich ins Haus.

Am übernächsten Tag begruben wir Aliman. Nach alter Sitte schickt es sich nicht für eine Frau, den Friedhof zu betreten, ich ging dennoch, und niemand sagte mir deswegen ein Wort. In meinem Haus lebten keine Männer mehr, und so konnte ich den Brauch nicht wahren. Ich selbst beerdigte Aliman, ich selbst legte sie ins Grab, ich selbst warf die erste Handvoll Erde hinab.

Und wieder fiel der Schnee in dichten Flocken und breitete sich als weiße Decke über den roten Lehmhügel.

Im Frühjahr pflanzte ich Blumen auf Alimans Grab. Jeden Frühling pflanze ich welche. Sie hat doch Blumen so gern gehabt.

Ja, und dann begann das Leben von neuem. Die ersten Tage gab Großvater Dshorobeks Schwiegertochter Dshanbolot die Brust, dann fing ich an, ihm Ziegenmilch zu geben. Wir haben uns beide was Redliches plagen müssen, das kann man wohl sagen. Aber es war ihm wohl vom Schicksal bestimmt, am Leben zu bleiben, und er kam durch. Und dafür bin ich dem Schicksal dankbar. Jetzt ist er zwölf Jahre alt. Der Doktor, der ihn behandelt hat als kleines Kind, ist heute ein angesehener Mann; wenn er mich trifft, fragt er immer noch: „Na, Oma, was macht der Enkel, gedeiht er?“

„Gott sei Dank“, sage ich, „er ist schon ein Dshigit!“

Er sieht mich an und sagt lächelnd: „Das ist gut so, mach einen Menschen aus ihm!“

Er kennt Dshanbolot und mich schon lange. Damals war Dshanbolot anderthalb Jahre alt. Er kränkelte natürlich dauernd. Einmal hatte er sich stark erkältet und wurde ernstlich krank. Seine Lippen wurden blau, er öffnete nicht mehr die Augen und atmete kaum noch. Da nahm ich ihn und machte mich Hals über Kopf auf den Weg zum Krankenhaus. Es war eine kalte Winternacht, und ich watete mit ihm durch den Fluß. Der Doktor war noch ein ganz junger Bursche, er hatte wahrscheinlich eben erst sein Studium beendet. Als er mich sah, zitternd vor Kälte, in nassen Kleidern, erschrak er und begann mit den Händen zu fuchteln.

„Sie sind wohl wahnsinnig geworden, wer hat Ihnen denn erlaubt, durch den Fluß zu waten? Wo sind denn seine Eltern?“

„Ich bin ihm Vater und Mutter zugleich, mein Sohn. Laß ihn nicht sterben. Wenn er stirbt, leb auch ich nicht länger.“

Er dokterte die ganze Nacht an dem Kleinen herum. Alle zwei Stunden verabfolgte er ihm eine Spritze. Mir brachte er trokkene Sachen und gab mir verschiedene Arznei zu trinken, doch am Morgen klappte ich trotzdem zusammen, glühte vor Fieber und spuckte Blut. Lange lag ich im weißen Nebel der Bewußtlosigkeit. Ich weiß nur noch, wie der Doktor an das Kopfende meines Bettes trat, mir die Hand auf die Stirn legte und sagte: „Laß dich nicht unterkriegen, Mütterchen, halt die Ohren steif. Dein Enkelchen lacht schon, er ist wieder gesund.“

„Wenn es so ist, dann schaff ich's auch“, flüsterte ich.

Wahrscheinlich blieb ich nur am Leben, weil mein Enkel lebte.

Diesen Sommer ereignete sich etwas Interessantes. In den Ferien spielte Dshanbolot draußen im Freien, und plötzlich sah ich, daß er Kassyms Fahrrad auf den Hof geschleppt hatte. Zwanzig Jahre hatte es in der Scheune unterm Dach gehangen. Er hatte es also hervorgeholt und machte sich ans Reparieren. Ich sagte nichts, er war ja noch ein Junge, ich dachte, er würde sich ein Weilchen damit herumärgern und es dann liegenlassen. Es war ja auch kaum noch zu reparieren, das Gestell war völlig verrostet, und die Reifen waren kaputt. Dshanbolots Freunde kamen angelaufen und machten sich über ihn lustig. Das ist ja Alteisen, sagten sie, ein vorsintflutliches Exemplar. Er aber blieb hartnäckig, schnaufte nur ärgerlich und ließ sich nicht stören. Ich weiß nicht, was dabei herausgekommen wäre, hätte sich nicht Bektasch der Sache angenommen. Obwohl er schon Familienvater war, machte er sich wie ein kleiner Junge mit Feuereifer und todernster Miene ans Werk. Bektasch liebt Dshanbolot, wenn nötig, geht er auch in die Schule und spricht mit den Lehrern. Er hat geheiratet, als Aischa noch lebte. Sie starb drei Jahre nach Aliman. Ich habe sehr getrauert um meine Freundin. Was haben wir nicht alles zusammen durchgemacht. Bektasch ist ein guter Mensch geworden, verständig und fleißig. Drei Kinder hat er, und seine Frau Gülssun ist mir eine gute Nachbarin. Er selbst arbeitet schon längst als Mähdrescherfahrer.

Eines Tages erschien also Dshanbolot, völlig verschmiert, mit dem geputzten und geölten Fahrrad.

„Oma", sagte er, „sieh mal, wie schön Vaters Fahrrad wieder geworden ist!"

Ich saß wie gelähmt, mir wurde froh und bitter zugleich bei diesen Worten. Er aber sagte stolz: „Guck mal, ich kann sogar schon fahren."

Er kam noch nicht auf den Sattel, die Beine reichten nicht bis an die Pedale, so fuhr er denn im Stehen, wacklig und unsicher. Ich sah ihn jeden Augenblick stürzen.

„Komm runter, du kippst um!" rief ich.

Er aber fuhr nur noch schneller. Durchs Tor und hinaus auf die Straße. Ich hinterher. Wie ein Wilder sauste er die Straße entlang und flog dann plötzlich in voller Fahrt hin. Er hatte sich mächtig aufgeschlagen. Ich half ihm auf und schimpfte: „Du wolltest dir wohl das Genick brechen! Da hast du dir was Schönes ausgedacht! Daß du mir nicht mehr fährst!"

Und darauf er: „Ich fall ja nicht mehr hin, Oma. Ich wollte bloß mal probieren, wie das ist. Ich bin doch noch nie vom Rad gefallen."

Ich mußte lachen. Als ich aufblickte, sah ich Bektasch im Tor stehen. Wie zufällig stand er da und sah zu. Er sagte nichts, und ich sagte auch nichts. Aber wir verstanden uns ohne Worte.

Bald danach begann die Mahd. Eines Abends kam Bektasch zu uns.
„Ich möcht Ihren Dshanbolot als Gehilfen zu mir auf den Mähdrescher nehmen", sagte er.
„Wenn er dazu taugt, nimm ihn", willigte ich ein.
Ich hatte zwar mein Einverständnis gegeben, doch schon nach zwei Tagen ging ich hin, um nach Dshanbolot zu sehen. Er war doch noch ein Kind, vielleicht war es noch zu schwer für ihn bei der Mahd.
Dshanbolot arbeitete an der Strohpresse. Als er mich sah, schrie er mir wie vom Gipfel eines Berges zu: „Oma! Hier bin ich!"
Bektasch stand am Steuerrad und winkte grüßend.
Bis zum Abend saß ich am Aryk im Schatten eines Baumes und sah der Mahd zu. Laster wirbelten den Staub der Feldwege auf, sie fuhren das Korn ab.
Als es dämmerte, kamen Bektasch und Dshanbolot, um sich auszuruhen. Dshanbolot schritt stolz und müde daher, er ahmte Bektasch nach. Wie dieser wusch er sich schweigend und prustend bis zum Gürtel im Aryk. Als er das Bündelchen in meiner Hand sah, rief er erfreut: „Oma, hast du Äpfel mitgebracht?"
„Ja, mein Kind", antwortete ich.
Da kam er angerannt, umarmte und küßte mich.
Bektasch brach in Gelächter aus.
„Warum hast du dich denn so wichtig getan? Weshalb nicht gleich so! Na, schmus nur, schmus, nachher ist keine Zeit mehr dazu."
Zum Abendessen setzten wir uns am Feldlager ins Gras. Das frisch gebackene Brot war noch heiß. Dshanbolot brach die Fladen in Stücke und sagte: „Iß, Oma!"
Ich segnete das Brot, und als ich ein Stück abbiß, spürte ich den vertrauten Geruch der Hände des Mähdrescherfahrers. Das Brot roch kaum merklich nach frischem Getreide, erhitztem Eisen und Petroleum. Genau wie damals! Mit Tränen schluckte ich das Brot hinunter und dachte: Das Brot ist unsterblich, hörst du, Kassym, mein Sohn! Das Leben ist unsterblich, und die Arbeit ist unsterblich!
Die Mähdrescherfahrer ließen mich nicht nach Hause gehen. Sie sagten, ich sei ihr Gast und müsse bei ihnen auf dem Feld übernachten. Sie bereiteten mir auf dem Stroh ein Lager. Als

ich in dieser Nacht zum Himmel aufblickte, schien mir die Milchstraße mit frischem, goldenem Stroh und verstreuten Körnern und Spelzen übersät. Und wie ein fernes Lied entschwand in jener Sternenhöhe auf der Goldspur der Garben ein Militärzug, wurde das Rattern seiner Räder leiser und leiser. Mit diesem verklingenden Rattern und dem Gedanken, daß an diesem Tag ein neuer Ackersmann ins Leben getreten war, schlief ich ein. Möge er lange leben und so viel Getreide ernten, wie Sterne am Himmel sind.

Beim Morgengrauen erhob ich mich und ging zum Ail zurück.

Schon lange hatte ich keinen so großartigen Sonnenaufgang mehr gesehen, schon lange keine Lerche mehr so herrlich singen hören. Sie schwang sich hoch hinauf in den lichten Himmel, hing dort als winziges, graues Pünktchen, flatterte wie ein menschliches Herz und schmetterte ihr Lied über die Steppe. „Hörst du, unsere Lerche singt!" hatte Suwankul einst gesagt. Sogar unsere eigene Lerche hatten wir gehabt. Auch du bist unsterblich, meine Lerche, du!

17

„O Feld, du mein geliebtes Feld, nun ruhst du aus nach der Ernte. Keine Stimme erschallt, kein Wagen wirbelt den Staub der Wege auf, kein Mähdrescher rattert nah und fern, und auf den Stoppeln weidet noch keine Herde. Du hast den Menschen deine Früchte geschenkt. Nun liegst du da wie eine Frau, die geboren hat, und ruhst, bis die Herbstfurche gezogen wird. Heute sind wir beide ganz allein — nur du und ich, sonst niemand. Du kennst mein ganzes Leben. Heute ist Totengedenktag, heute ehre ich das Andenken Suwankuls, Kassyms, Masselbeks, Dshainaks und Alimans. Solange ich lebe, werde ich sie nicht vergessen. Bald werde ich Dshanbolot alles erzählen. Hat ihn die Natur mit Herz und Verstand bedacht, wird er es begreifen. Wie aber steht es mit den anderen Menschen der Erde? Ich habe ihnen etwas zu sagen. Doch wie soll ich ihre Herzen erreichen?

Sonne, die du am Himmel strahlst, du wanderst um die Erde, sag du es den Menschen!

Wolke, ergieß dich als lichter Sommerregen über die Welt und

erzähl es mit jedem deiner Tropfen!
Mutter Erde, du unsere Ernährerin, du hältst uns alle an deiner Brust, du ernährst die Menschen in der ganzen Welt. Sag's ihnen, liebe Erde, sag's!"
„Nein, Tolgonai, du mußt es selbst sagen. Du bist ein Mensch. Du bist das Höchste, das Weiseste — ein Mensch! Sag du es!"

18

„Du gehst, Tolgonai?"
„Ja, ich gehe. Wenn ich nicht sterbe, komme ich wieder. Auf Wiedersehen, Feld."

1963

Du meine Pappel im roten Kopftuch

Statt eines Prologs

Als Journalist hatte ich oft im Tienschan zu tun. Einmal, im Frühjahr, ich war gerade in der Gebietsstadt Naryn, wurde ich dringend in die Redaktion zurückgerufen. Ich hatte Pech, der Bus fuhr mir vor der Nase weg. Der nächste ging erst in fünf Stunden. Mir blieb nichts anderes übrig, als per Anhalter zu fahren. Ich machte mich auf den Weg zur Chaussee am Rande der Stadt.

Gleich an der Straßenbiegung sah ich vor einer Tankstelle einen Lastwagen. Der Fahrer hatte soeben getankt und schraubte den Deckel zu. Meine Freude war groß. An der Windschutzscheibe erblickte ich das Zeichen für die internationalen Routen: SU. Mir war klar, der Wagen kam aus China und fuhr zum Wagenpark für internationalen Gütertransport nach Rybatschje, von wo ich mühelos nach Frunse gelangen konnte.

„Fahren Sie gleich los? Würden Sie so freundlich sein, mich nach Rybatschje mitzunehmen?" bat ich den Fahrer. Er wandte den Kopf, sah mich mürrisch an und richtete sich auf.

„Nein, Agai, das geht nicht", sagte er ruhig.

„Ich bitte Sie sehr! Ich muß dringend nach Frunse."

Wieder sah mich der Fahrer mürrisch an.

„Ja, ich verstehe, aber seien Sie mir nicht böse, Agai. Ich nehme niemand mit."

Ich wunderte mich. Im Fahrerhaus war noch Platz, was hätte es ihm ausgemacht, mich mitzunehmen?

„Ich bin Journalist und habe es sehr eilig. Ich zahle jeden Preis."

„Was heißt zahlen? Ich würde Sie auch umsonst mitnehmen, aber heute geht's eben nicht", fiel er mir ins Wort und trat wütend gegen den Reifen. „Seien Sie mir nicht böse, von uns kommen gleich noch mehr Wagen, fahren Sie mit einem von

denen, bei mir geht's wirklich nicht."
Sicher ist der Platz schon für jemand reserviert, folgerte ich.
„Na, und hinten drauf?"
„Das geht auch nicht. Verzeihen Sie vielmals, Agai."
Der Fahrer warf einen Blick auf die Uhr und hatte es plötzlich eilig.
Verständnislos zuckte ich die Achseln und sah fragend den Tankwart an, eine bejahrte Russin, die uns schweigend aus dem Fenster beobachtet hatte. Sie schüttelte den Kopf, was wohl bedeuten sollte: Lassen Sie ihn doch.
Der Fahrer kletterte auf seinen Sitz, klemmte sich eine Zigarette zwischen die Zähne und ließ den Motor an. Er war noch jung, um die Dreißig, war hochgewachsen und hielt sich leicht gebeugt. Was sich mir einprägte, waren die großen, kräftigen Hände am Lenkrad und die Augen mit den müde gesenkten Lidern. Bevor er Gas gab, fuhr er sich mit der Hand übers Gesicht, seufzte schwer und blickte erregt auf die vor ihm liegende Bergstraße.
Der Wagen fuhr los.
Die Russin kam zu mir heraus. Sie wollte mich wohl beruhigen.
„Regen Sie sich nicht auf, Sie werden auch gleich fahren."
Ich schwieg.
„Tja, der Bursche hat so seine Sorgen. Das ist eine lange Geschichte. Seinerzeit hat er hier bei uns neben dem Umschlagpunkt gewohnt..."
Ich kam nicht mehr dazu, mir die Geschichte anzuhören, denn ein Pobeda nahm mich mit.
Erst am Dolonpaß holten wir den Lastwagen ein. In unzulässigem Tempo, unzulässig selbst für einen routinierten Tienschanfahrer, raste der Wagen dahin, jagte mit heulendem Motor durch die Kurven, preschte unter hängenden Felsbrocken Steigungen hinan und schoß aus Senken hervor, in die er eben hinabgetaucht war. Die Enden seiner Plane flatterten im Wind und klatschten gegen die Seitenwände.
Doch unser Pobeda zeigte, was in ihm steckte. Schließlich holten wir den Lastwagen ein. Beim Überholen sah ich hinüber. Was war das für ein Wagehals, wo trieb es ihn hin, daß er dieses mörderische Tempo fuhr? Im Graupelregen, der plötzlich eingesetzt hatte, eine häufige Erscheinung auf Pässen, und der in prallen, schrägen Strähnen niederging, flim-

merte hinter der Windschutzscheibe ein bleiches, angespanntes Gesicht mit einer Zigarette zwischen den Zähnen. Die Hände handhabten sicher und flink das Lenkrad. Außer dem Fahrer war niemand auf dem Wagen zu sehen.

Bald nach meiner Rückkehr aus Naryn wurde ich nach Südkirgisien, in das Gebiet Osch geschickt. In permanenter Zeitnot, die für uns Presseleute nun einmal typisch ist, kam ich erst kurz vor Abfahrt des Zuges auf dem Bahnsteig an. Ich stürzte in ein Abteil und beachtete nicht gleich den Mann, der auf einem der Fensterplätze saß und hinaussah. Auch als der Zug bereits mit voller Geschwindigkeit fuhr, wandte er sich nicht um.

Aus dem Lautsprecher tönte Musik. Es war eine bekannte Melodie, eine kirgisische Weise, die ich immer als das Lied eines einsamen Reiters in der abendlichen Steppe empfinde. Ein weiter Weg, uferlose Steppe, gedankenverloren singt der Reiter halblaut ein Lied. Er singt von allem, was sein Herz bewegt. Und was bewegt einen Menschen nicht alles, wenn er allein ist, umgeben von tiefer Stille, die nur durch Hufgetrappel unterbrochen wird. Leise sang das Komus, wie das Wasser im Aryk, das über glatte, helle Steine plätschert. Das Komus sang von der Sonne, die hinter den Hügeln versinkt, von der lautlos über die Erde eilenden blauen Kühle, dem schiefergrauen Wermut und dem gelben Reihergras am braunen Weg, die sich leise wiegen und ihren Blütenstaub verstreuen. Und die Steppe wird dem Reiter lauschen, wird träumen und mit ihm singen.

Vielleicht war einst auch hier so ein Reiter dahingezogen, während die Abendsonne am fernen Steppenrand verglühte, der Himmel rötlichgelb wurde und der Firn im Schein der letzten Sonnenstrahlen rosig aufschimmerte.

Draußen glitten Gärten, Weinberge und dunkelgrüne, buschige Maisfelder vorüber. Ein zweispänniger Wagen mit frisch gemähter Luzerne näherte sich dem Bahnübergang und blieb an der Schranke stehen. Der Kutscher, ein braungebrannter Junge in verschossenem Turnhemd und bis über die Knie aufgekrempelten Hosen, erhob sich von seinem Sitz, lächelte und winkte jemand im Zug zu.

Die Melodie verfloß sanft mit dem Rhythmus des dahineilenden Zuges. Statt Hufgetrappel Rädergehämmer. Mein Nachbar saß, den Kopf in die Hand gestützt, am Klapptisch. Mir schien, daß er ebenfalls lautlos das Lied des einsamen Reiters sang. Mochte er nun trauern oder träumen, jedenfalls wirkte er niedergedrückt, als zehre ein unstillbarer Kummer an ihm. Er war so in sich gekehrt, daß er meine Anwesenheit gar nicht bemerkte. Forschend betrachtete ich ihn. Wo war ich diesem Mann schon einmal begegnet? Sogar seine gebräunten Hände mit den kräftigen, langen Fingern kamen mir bekannt vor. Da fiel es mir ein: Es war der Fahrer, der mich seinerzeit nicht mitnehmen wollte. Damit war meine Neugier befriedigt. Ich holte ein Buch hervor. Lohnte es sich überhaupt, mich in Erinnerung zu bringen? Sicher hatte er mich längst vergessen. Schließlich haben Fahrer unterwegs nicht wenig zufällige Begegnungen.

So fuhren wir noch eine ganze Weile, jeder mit sich selbst beschäftigt. Draußen begann es zu dunkeln. Seufzend zog mein Nachbar Zigaretten hervor und riß ein Streichholz an. Dann hob er den Kopf, sah mich überrascht an und wurde rot. Er hatte mich erkannt.

„Guten Tag, Agai“, sagte er mit schuldbewußtem Lächeln.

Ich gab ihm die Hand.

„Fahren Sie weit?“

„Sehr weit!“ Er stieß langsam den Rauch aus und fügte nach einer Pause hinzu: „In den Pamir.“

„Dann haben wir ja denselben Weg. Ich fahre nämlich nach Osch. Urlaub? Oder werden Sie dort arbeiten?“

„So ungefähr. Rauchen Sie?“

Wir qualmten schweigend. Es gab wohl nichts mehr, worüber wir uns hätten unterhalten können. Mein Nachbar war wieder in Gedanken versunken. Er saß mit gesenktem Kopf, hin und her schaukelnd im Takt der Räder. Mir schien, daß er sich in der Zwischenzeit sehr verändert hatte. Er war abgemagert und hohlwangig, drei scharfe Furchen kerbten seine Stirn. Die zusammengeschobenen Brauen ließen sein Gesicht finster wirken. Unvermittelt rang er sich ein Lächeln ab und fragte: „Sicher waren Sie mir damals sehr böse, Agai?“

„Wann denn? Was meinen Sie eigentlich?“ Ich wollte nicht, daß unsere Begegnung ihn peinlich berührte. Aber er sah mich so reumütig an, daß ich Farbe bekennen mußte.

„Ach ja, damals! Das war doch unbedeutend, ich hab's längst vergessen. Unterwegs passiert einem so manches. Und Sie, Sie denken immer noch daran?“

„Zu jeder anderen Zeit hätt ich's vielleicht vergessen, aber an dem Tag...“

„Was war denn damals? Ein Unfall?“

„Wie soll ich Ihnen das erklären, nein, kein Unfall.“ Er suchte nach Worten und lachte plötzlich gezwungen auf.

„Heute würd ich Sie hinfahren, wohin Sie wollen, nur bin ich heute selber bloß Fahrgast.“

„Macht nichts. Ein Pferd tritt tausendmal in dieselbe Spur, vielleicht begegnen auch wir uns noch einmal.“

„Sicher, dann ziehe ich Sie selber ins Fahrerhaus.“

„Ich nehme Sie beim Wort“, scherzte ich.

„Abgemacht“, antwortete er, sichtlich erleichtert.

„Und warum haben Sie mich damals nicht mitgenommen?“

„Warum?“ Sein Gesicht verdüsterte sich. Er senkte den Blick und begann in hastigen Zügen zu rauchen. Ich begriff, daß meine Frage ihm peinlich war, und wußte nicht, wie ich meinen Fehler wiedergutmachen sollte. Er drückte die Zigarette im Aschbecher aus und stieß hervor: „Ich konnte nicht. Ich wollte meinen Sohn mitnehmen, er wartete auf mich.“

„Ihren Sohn?“

„Das ist so ... Verstehen Sie ... Wie soll ich Ihnen das erklären ...“ Er bezwang seine Aufregung, brannte sich eine neue Zigarette an, sah mich ernst und entschlossen an und begann zu erzählen.

So hörte ich die Geschichte des Fahrers.

Wir hatten viel Zeit, denn bis Osch brauchte der Zug fast zwei Tage. Weder drängte ich den Erzähler, noch unterbrach ich ihn durch Fragen. Es ist gut, wenn ein Mensch von selbst alles ausspricht und dabei zuweilen mitten im Satz abbricht, weil er alles noch einmal erlebt und überdenkt. Allein es kostete mich Überwindung, nicht in den Bericht einzugreifen, weil ich, teils zufällig, teils dank meinem unsteten Journalistendasein, einiges von meinem Reisegefährten und den Menschen wußte, mit denen das Schicksal ihn zusammengeführt hatte. Ich hätte seinen Bericht ergänzen und manches aufklären können, aber ich beschloß, das erst zu tun, nachdem er geendet hatte. Dann überlegte ich's mir jedoch anders, und ich meine, daß ich recht daran tat. Mögen die Helden der Geschichte selbst sprechen.

Alles begann völlig unerwartet. Damals war ich gerade aus der Armee entlassen worden, wo ich in einem motorisierten Truppenteil gedient hatte. Zuvor hatte ich die Zehnklassenschule beendet und als Fahrer gearbeitet. Ich war im Kinderheim aufgewachsen. Mein Freund Alibek Dshanturin war ein Jahr vor mir demobilisiert worden und arbeitete in Rybatschje, im Wagenpark für internationalen Gütertransport. Ich fuhr zu ihm. Wir hatten beide schon immer davon geträumt, in den Tienschan oder in den Pamir zu fahren. Ich wurde gut aufgenommen und im Ledigenheim untergebracht. Sogar einen fast neuen SIL, ohne einen einzigen Kratzer, bekam ich. Meinen Wagen liebte ich wie einen guten Freund. Er hatte einen außerordentlich leistungsfähigen Motor. Freilich konnte ich ihn nicht immer voll beladen. Sie kennen ja selbst die Autostraße im Tienschan, schließlich gehört sie zu den höchsten Bergstraßen der Welt, sie führt an Schluchten entlang, über Gebirgsgrate und Pässe. In den Bergen gibt es genug Wasser, trotzdem nehmen die Fahrer immer welches mit. Vielleicht ist Ihnen schon aufgefallen, daß vorn, in einer Ecke des Ladekastens, ein Wasserbehälter baumelt, denn auf den Serpentinen überhitzt sich der Motor, obwohl man nicht allzuviel lädt. Anfangs zerbrach ich mir den Kopf, wie man es anfangen könnte, mehr zu laden, aber mir fiel nichts ein. Berge sind eben Berge.

Die Arbeit machte mir Spaß, und auch die Gegend gefiel mir. Der Wagenpark lag am Ufer des Issyk-Kul-Sees. Wenn ausländische Touristen kamen und stundenlang wie verzaubert auf den See starrten, war ich stolz auf unseren Issyk-Kul. So was Schönes bekommt man nicht so leicht zu sehen.

Nur eines ärgerte mich anfangs. Es war der Frühling nach dem Septemberplenum, als die Kolchose zu erstarken begannen. Auf dem Lande arbeitete man mit Feuereifer, es mangelte jedoch an Maschinen und Fahrzeugen. Ein Teil unserer Wagen wurde zur Unterstützung der Kolchose eingesetzt, namentlich wir Neuen wurden ständig in die Aile gejagt. Gerade hatte ich mich an die Touren auf der Autostraße gewöhnt, schon war es aus damit, und es ging in diesen oder jenen Kolchos. Ich sah zwar ein, daß das wichtig und notwendig war, aber schließlich war ich Fahrer, und mir tat mein Wagen leid, dem die Schlaglöcher und der Dreck auf den Landwegen schlecht bekamen. Solche Wege kann man sich nicht einmal im Traum vorstellen. Eines Tages fuhr ich Schiefer für den neuen Kuhstall eines Kolchos. Der Ail lag im Vorgebirge, der Weg dahin führte durch die Steppe. Zunächst ging alles glatt, der Weg war bereits trocken, bis zum Ail war es nur noch ein Katzensprung, als ich plötzlich bei der Durchfahrt durch einen Aryk steckenblieb. An dieser Stelle war der Weg so ausgefahren, daß ein Kamel darin hätte absaufen können. Ich versuchte den Wagen herauszubekommen, doch erfolglos. Die Erde saugte ihn an und hielt ihn wie mit Zangen fest. Zudem hatte ich vor Ärger das Lenkrad so weit herumgerissen, daß sich das Lenkgestänge verklemmt hatte und ich unter den Wagen kriechen mußte. Wie ich verdreckt und verschwitzt unter dem Wagen lag und den Weg verfluchte, hörte ich plötzlich Schritte. Von unten sah ich nur ein Paar Gummistiefel. Die Stiefel kamen heran und blieben vor mir stehen. Mich packte die Wut. Was gab's hier zu gaffen? War ich vielleicht ein Zirkus?

„Mach, daß du weiterkommst, und reiz mich nicht!" schrie ich unter dem Wagen hervor. Da erspähte ich einen Rocksaum, ausgefranst und mit Kuhmist bespritzt. Anscheinend war es eine Alte, die bis zum Ail mitfahren wollte.

„Geh schon, Großmutter!" bat ich. „Ich werd hier noch 'ne ganze Weile schmoren. So lange kannst du nicht warten."

Darauf sie: „Ich bin gar keine Großmutter."

Sie sagte es unsicher, mit einem kleinen Lachen.

„Was denn sonst?" fragte ich wütend.

„Ein Mädchen."

„Ein Mädchen?" Ich schielte nach den Stiefeln und fragte scherzhalber: „Wenigstens hübsch?"

Die Stiefel traten erst ein Weilchen auf der Stelle und dann zur Seite, als wollten sie fortgehen. Schnell kroch ich unter dem Wagen hervor. Tatsächlich, es war ein schlankes Mädchen mit streng zusammengezogenen Brauen, einem roten Kopftuch und einem lose um die Schultern hängenden, viel zu großen Jackett, das anscheinend von ihrem Vater stammte. Wortlos sah sie mich an. Ich vergaß, daß ich völlig verdreckt auf der Erde hockte.

„Wirklich hübsch", sagte ich lächelnd. Sie war tatsächlich hübsch. „Nur Pumps fehlen noch", scherzte ich und erhob mich.

Das Mädchen drehte sich brüsk um und ging, ohne sich umzusehen, rasch davon.
Nanu? War sie beleidigt? Ich erschrak. Ich wollte ihr schon nachlaufen, besann mich aber, sammelte schnell mein Werkzeug zusammen, kletterte ins Fahrerhaus und gab Gas. Ich versuchte, den Wagen durch Vor- und Zurückstoßen freizubekommen, beseelt von dem einen Gedanken, das Mädchen einzuholen. Der Motor heulte auf, der Wagen erbebte, rutschte nach links und rechts weg, kam aber keinen Schritt vorwärts. Das Mädchen entfernte sich immer mehr. Ich brüllte den Dreck unter den festsitzenden Rädern an: „Laß los! Laß los, sag ich! Hörst du?"
Dann gab ich erneut Gas, ächzend kroch der Wagen zentimeterweise vorwärts und rollte plötzlich, wie durch ein Wunder, aus der verschlammten Stelle heraus. War ich glücklich! Ich raste den Weg entlang, wischte mir mit dem Taschentuch den Dreck vom Gesicht und strich mir das Haar glatt. Als ich das Mädchen eingeholt hatte, stoppte ich und stieß, weiß der Teufel, woher ich das überhaupt hatte, elegant den Schlag auf: „Bitte sehr!"
Dazu machte ich eine einladende Geste.
Das Mädchen ging ruhig weiter, ohne stehenzubleiben. Mein Schneid war wie weggeblasen. Ich holte sie erneut ein. Diesmal entschuldigte ich mich zuerst und sagte dann: „Bitte, seien Sie mir nicht böse. Ich wollte doch nur ... Steigen Sie ein!"
Aber das Mädchen gab keine Antwort.
Da überholte ich sie und stellte den Wagen quer über den Weg. Ich sprang heraus, lief um den Wagen herum, öffnete den Schlag und blieb, die Hand am Griff, stehen. Zögernd kam sie näher und sah mich an, als wollte sie sagen: Was willst du nur von mir! Ich wartete schweigend. Ob aus Mitleid oder weshalb auch immer, jedenfalls nickte sie und stieg, ohne ein Wort zu sagen, ein.
Wir fuhren los.
Ich zerbrach mir den Kopf, wie ich ein Gespräch anknüpfen könnte. Im Umgang mit Mädchen war ich nicht unerfahren, aber diesmal verließ mich der Mut. Warum nur? Beim Lenken blickte ich manchmal verstohlen zu ihr hinüber. An ihrem Hals ringelte sich seidenweiches, schwarzes Haar. Das Jackett war ihr von der Schulter gerutscht, sie hielt es mit dem Ellbogen fest und war in die äußerste Ecke gerückt, um mich nicht zu

berühren. Aus dem offenen Gesicht blickten ein Paar ernste Augen. Dabei hatte sie etwas sehr Sanftes an sich, und es schien ihr große Mühe zu bereiten, die Stirn in Falten zu legen. Als sie dann ebenfalls zu mir herüberlinste, trafen sich unsere Blicke. Sie lächelte. Ermutigt begann ich: „Warum sind Sie eigentlich stehengeblieben, als ich mit dem Wagen festsaß?"
„Helfen wollte ich Ihnen", antwortete sie.
„Helfen?" Ich lachte. „Sie haben mir tatsächlich geholfen! Wenn Sie nicht gewesen wären, hätte ich dort bis zum Abend festgesessen. Gehen Sie immer diesen Weg?"
„Ja. Ich arbeite in der Milchfarm."
„Das ist schön", sagte ich erfreut, verbesserte mich aber sofort: „Das ist ein schöner Weg." In dem Moment haute der Wagen derartig in ein Schlagloch, daß wir mit den Schultern zusammenstießen. Ich wurde rot und wußte nicht, wohin mit den Augen. Aber sie lachte nur und steckte mich mit ihrem Lachen an.
„Und ich Esel wollte nicht in den Kolchos fahren", gestand ich, noch immer lachend. „Wenn ich gewußt hätte, daß so eine Helferin unterwegs auf mich wartet, hätte ich mich nicht mit der Fahrdienstleiterin gezankt. Ach, Iljas, Iljas ... So heiße ich nämlich", fügte ich hinzu.
„Und ich heiße Asselj."
Wir näherten uns dem Ail. Der Weg wurde besser. Der Fahrwind drückte gegen die Scheiben, riß Asselj das Tuch vom Kopf und zauste ihr Haar. Wir schwiegen und fühlten uns wohl. Zum erstenmal erlebte ich das: Mir war leicht und froh ums Herz, nur weil neben mir ein Mensch saß, den ich vor einer Stunde noch nicht gekannt hatte und der jetzt all mein Denken beschäftigte. Ich weiß nicht, was in Asselj vorging, aber ihre Augen lächelten. Wäre doch dieser Weg nie zu Ende, damit wir uns nie trennen müßten. Doch der Wagen fuhr bereits durch den Ail. Plötzlich rief Asselj erschrocken: „Halten Sie an, ich muß aussteigen!"
Ich stoppte.
„Wohnen Sie hier?"
„Nein." Sie sagte es mit einer mir unverständlichen Erregung. „Aber ich steige lieber hier aus."
„Warum denn? Ich bringe Sie direkt nach Haus!" Ehe sie widersprechen konnte, fuhr ich weiter.
„Bitte halten Sie hier!" flehte Asselj. „Danke schön."

„Gern geschehen", murmelte ich und fügte, mehr im Ernst als im Scherz, hinzu: „Und wenn ich morgen wieder dort steckenbleibe, helfen Sie mir dann wieder?"
Sie kam nicht mehr dazu, mir zu antworten. Die Gartenpforte öffnete sich, und eine ältere Frau kam erregt auf die Straße gelaufen.
„Asselj!" rief sie laut und fuhr leise fort: „Wo steckst du denn bloß, Gott soll dich strafen! Geh, zieh dich rasch um. Die Brautwerber sind da!"
Bei diesen Worten wurde Asselj verlegen, das Jackett glitt ihr von der Schulter, sie zog es zurecht und ging folgsam hinter der Mutter her. Ehe die Pforte ins Schloß fiel, drehte sie sich noch einmal nach mir um. Erst jetzt bemerkte ich die gesattelten, schweißbedeckten Pferde, die auf der Straße angepflockt standen. Offenbar kamen sie von weit her. Ich erhob mich ein wenig von meinem Sitz und spähte über den Dubal. Auf dem Hof hantierten Frauen an einem offenen Herd. Von einem großen Kupfersamowar stieg Dampf auf. Zwei Männer weideten unter dem Wetterdach einen Hammel aus. Ja, hier wurden die Brautwerber empfangen, wie es sich gehörte. Mir blieb nichts übrig, als mit meiner Ladung weiterzufahren.
Gegen Abend kehrte ich in den Wagenpark zurück. Ich wusch den Wagen und fuhr ihn in die Garage. Dabei beeilte ich mich nicht und fand immer noch etwas zu tun. Ich begriff nicht, warum mir die heutige Begegnung so zu Herzen gegangen war. Den ganzen Weg hatte ich mich über mich selbst geärgert: Was willst du eigentlich? Was bist du doch für ein Esel! Was bedeutet dir dieses Mädchen schon? Schließlich ist sie weder deine Braut noch deine Schwester. Hast sie zufällig unterwegs getroffen, nach Hause gebracht, und schon ein Getue, als ob sie dir ihre Liebe erklärt hätte. Vielleicht denkt sie nicht mal an dich. Sicher will sie gar nichts von dir wissen. Sie hat einen Bräutigam. Und wer bist du für sie? Ein Fahrer von der Landstraße, wie es sie massenweise gibt. Wenn man mit jedem von denen Bekanntschaft schließen wollte ... Was hast du überhaupt für ein Recht, dich da einzumischen? Er schickt seine Brautwerber und wird sie heiraten. Pfeif drauf. Fahr deinen Wagen und laß sie in Ruh.
Doch das schlimme war, daß ich mich nicht mit dem Gegebenen abzufinden vermochte. Ich konnte Asselj nicht vergessen.

Am Wagen gab es nun wirklich nichts mehr zu tun. Ich hätte ins Ledigenheim gehen können, dort war es immer laut und lustig. Auch eine Rote Ecke gab's. Aber ich wollte allein sein. So machte ich es mir auf dem Kotflügel bequem und verschränkte die Hände unter dem Kopf. Nebenan hantierte Dshantai an seinem Wagen. Er streckte den Kopf aus der Grube und fragte grinsend: „Wovon träumst du, Dshigit?"
„Von Geld", antwortete ich wütend.
Ich mochte ihn nicht. Er war ein Geizkragen, durchtrieben und neidisch, er wohnte auch nicht im Ledigenheim, wie die anderen, sondern hatte sich ein Zimmer gemietet. Es hieß, er hätte seiner Wirtin die Ehe versprochen, damit würde er zu einem eigenen Haus kommen.
Ich wandte mich ab. Auf dem Hof lärmten unsere Jungen. Einer war mit dem Feuerwehrschlauch auf das Fahrerhaus eines Wagens geklettert und bespritzte die Fahrer, die anstanden, um ihre Wagen zu waschen. Schallendes Gelächter dröhnte über den Hof. Der dicke Wasserstrahl konnte einen Menschen beinahe umwerfen. Einige wollten den Burschen vom Fahrerhaus zerren, aber er war nicht so leicht herunterzukriegen, schoß er doch den Wasserstrahl wie aus einer MPi gegen die Anstürmenden, so daß ihnen die Mützen vom Kopf flogen. Plötzlich richtete sich der Strahl nach oben, krümmte sich in der Sonne und schillerte in allen Regenbogenfarben. Dicht daneben stand Kaditscha, unsere Fahrdienstleiterin, ein selbstbewußtes Mädchen, an das nicht so leicht heranzukommen war. Auch jetzt stand sie ruhig und furchtlos da. Mir tust du sowieso nichts, dazu hast du gar nicht den Mumm! sagte ihre Pose. Einen Fuß vorgesetzt, hielt sie eine Haarnadel zwischen den Zähnen und steckte sich das Haar auf. Vereinzelte silberne Wasserperlen tropften ihr auf den Kopf. Die Jungen lachten und stachelten den Burschen auf dem Fahrerhaus an.
„Spritz ihr mal das Verdeck ab."
„Los doch!"
„Vorsicht, Kaditscha!"
Doch der Bursche wagte es nicht, er richtete den Wasserstrahl nur auf ihre Umgebung. Ich an seiner Stelle hätte sie von oben bis unten bespritzt, mir hätte sie es sicher nicht verübelt, höchstens gelacht hätte sie. Längst hatte ich bemerkt, daß sie mich anders behandelte als die übrigen, sie war mir gegenüber

nachgiebiger und manchmal auch ein wenig launisch. Sie hatte es gern, wenn ich mit ihr flirtete und ihr dabei übers Haar strich. Mir gefiel, daß sie zuerst immer mit mir stritt und schimpfte, dann aber rasch nachgab, auch wenn ich unrecht hatte. Manchmal lud ich sie ins Kino ein und brachte sie nach Hause, ihre Wohnung lag auf meinem Weg ins Ledigenheim. Ich ging auch zu ihr hinein in die Fahrdienstleitung, während die anderen nur am Fenster mit ihr verhandeln durften.
Aber heute hatte ich andere Sorgen. Mochten sie ihre Späße treiben.
Kaditscha steckte die letzte Haarnadel fest.
„Na, genug jetzt!“ ordnete sie an.
„Zu Befehl, Genossin Fahrdienstleiterin!“ Der Bursche auf dem Fahrerhaus legte die Hand an den Mützenschirm und stand stramm. Johlend zogen die Jungen ihn herunter.
Kaditscha kam in die Garage und blieb vor Dshantais Wagen stehen, als suche sie jemand. Mich entdeckte sie nicht gleich wegen der Zwischenwände, die die Garage in Boxen teilten.
Dshantai sah aus der Grube und sagte schmeichlerisch: „Guten Tag, meine Schöne!“
„Ah, Dshantai.“
Lüstern betrachtete er ihre Beine. Sie machte eine unwillige Bewegung.
„Na, was starrst du so?“ Dabei stieß sie ihn leicht mit der Schuhspitze vors Kinn.
Ein anderer hätte das sicher übelgenommen. Dshantai dagegen strahlte, als hätte er einen Kuß bekommen, und tauchte wieder in der Grube unter.
Da erblickte Kaditscha meine Wenigkeit.
„Liegt sich's gut, Iljas?“
„Wie im Federbett.“
Sie legte den Kopf an die Zwischenwand, sah mich unverwandt an und sagte leise: „Komm in die Fahrdienstleitung.“
„Gut.“
Kaditscha entfernte sich. Ich stand auf und wollte schon gehen, als Dshantai erneut den Kopf aus der Grube steckte.
„Ein Prachtweib.“ Er zwinkerte mir zu.
„Bloß nicht für dich“, schnitt ich ihm jede weitere Bemerkung ab. Ich dachte, er würde wütend werden und mit den Fäusten auf mich losgehen. Ich war sonst kein Liebhaber von Schlägereien, aber mit Dshantai hätte ich mich gerauft. Mir war

so schwer ums Herz, daß ich einfach nicht wußte, was ich mit mir anfangen sollte.
Dshantai war jedoch nicht im mindesten gekränkt.
„Abwarten und Tee trinken“, brummte er.
Die Fahrdienstleitung war leer. Nanu? Wo mochte Kaditscha stecken? Als ich mich umwandte, stieß ich mit ihr zusammen. Sie stand an die Tür gelehnt, den Kopf in den Nacken geworfen. Die Augen glänzten unter den Wimpern, heißer Atem versengte mein Gesicht. Ich konnte mich nicht beherrschen, streckte die Hand nach ihr aus, zog sie aber sogleich wieder zurück. Sonderbarerweise schien es mir, daß ich Asselj betrog.
„Warum hast du mich gerufen?“ fragte ich mißmutig.
Wieder blickte Kaditscha mich unverwandt an.
„Na?“ Ich wurde ungeduldig.
„Bist ja nicht gerade sehr freundlich“, sagte sie verletzt. „Oder hat es dir ein Mädchen angetan?“
Ich war sprachlos. Warum machte sie mir Vorwürfe? Und woher wußte sie überhaupt etwas davon?
Da öffnete sich das Fenster, im Rahmen erschien der Kopf Dshantais.
„Bitte sehr, Genossin Fahrdienstleiterin“, sagte er spöttisch und hielt Kaditscha ein Papier hin.
Sie warf ihm einen ärgerlichen Blick zu. Dann fuhr sie mich wütend an: „Du wartest wohl auf eine Sondereinladung, eh du deinen Fahrbefehl abholst?“
Sie schob mich beiseite und trat rasch zum Tisch.
„Nimm!“ Damit reichte sie mir den Fahrbefehl.
Ich nahm ihn. In denselben Kolchos sollte ich fahren. Mir stockte das Herz: Dorthin fahren in dem Bewußtsein, daß Asselj ... Und überhaupt, warum schickte man gerade mich öfter als alle anderen in die Kolchose?
Ich explodierte.
„Wieder in den Kolchos! Wieder nur Mist und Ziegel karren! Kommt nicht in Frage!“ Mit diesen Worten knallte ich den Fahrbefehl auf den Tisch. „Ich hab die Nase voll. Hab mich genug im Dreck gesielt. Sollen die anderen auch mal das Vergnügen genießen.“
„Schrei nicht so! Du bist für eine Woche abkommandiert, und wenn es sich als notwendig erweisen sollte, wird die Frist verlängert“, herrschte mich Kaditscha an.
Da sagte ich ganz ruhig: „Ich fahre nicht!“

Wie immer streckte Kaditscha unerwartet die Waffen.
„Na schön. Ich will bei der Leitung ein Wort für dich einlegen." Sie nahm den Fahrbefehl vom Tisch.
Nun fahre ich also nicht, ging's mir durch den Sinn. Und Asselj werde ich nie mehr wiedersehen. Mir wurde noch elender zumute. Ich fühlte, daß ich es zeitlebens bereuen würde. Komme, was da wolle — ich mußte hin!
„Na, gib schon her." Ich riß Kaditscha den Fahrbefehl aus der Hand.
Dshantai feixte durchs Fenster.
„Grüß meine Großmutter!"
Obwohl er dafür eins in die Fresse verdient hätte, knallte ich wortlos die Tür zu und ging hinüber ins Ledigenheim.

Anderntags guckte ich mir die Augen aus dem Kopf. Wo mochte sie sein? Ob ihr Figürchen, schlank wie eine Pappel, irgendwo am Weg auftauchen würde? Du meine Pappel im roten Kopftuch! Meine Steppenpappel! Mochte sie auch Gummistiefel und das Jackett ihres Vaters anhaben, ich hatte gesehen, was für ein Mädchen sie war!
Asselj hatte mein Herz gerührt und meine Seele in Aufruhr versetzt.
Während ich fuhr, schaute ich nach links und rechts, aber sie war nirgends zu sehen. Schließlich erreichte ich den Ail. Vor ihrem Hof hielt ich an. Vielleicht war sie zu Hause? Aber wie sollte ich sie herausrufen, was sollte ich sagen? Ach, sicher würde ich sie nie wiedersehen. Ich gab Gas und fuhr zum Kuhstall, um die Ziegel abzuladen. Beim Entladen überlegte ich, daß noch nicht alles verloren sei. Vielleicht würde ich sie auf der Rückfahrt treffen. Aber ich traf sie nicht. Deshalb bog ich zur Farm ab. Die Farm lag abseits, weit entfernt vom Ail. Ich erkundigte mich bei einem Mädchen nach Asselj. Sie sei heute nicht zur Arbeit gekommen, lautete die Antwort. Sie ist absichtlich nicht zur Arbeit gegangen, um mich nicht zu treffen, dachte ich verstimmt. Niedergeschlagen kehrte ich in den Wagenpark zurück.
Am nächsten Tag fuhr ich erneut los. Diesmal hoffte ich nicht einmal, ihr zu begegnen. Wozu brauchte sie mich schließlich, warum sollte ich mich aufdrängen, wo sie doch verlobt war? Allein ich konnte einfach nicht glauben, daß alles so enden sollte, verlobt und verheiratet man doch die Mädchen in den Ailen bis

auf den heutigen Tag, ohne sie überhaupt zu fragen. Wie oft hatte ich davon in der Zeitung gelesen! Aber was änderte das? Voraussicht ist besser als Nachsehen. War sie erst verheiratet, gab es kein Zurück mehr, dann war ihr Leben zerbrochen. Solche Gedanken gingen mir durch den Kopf. Damals stand der Frühling in voller Blüte. Überall im Vorgebirge leuchteten rote Tulpen. Ich liebte diese Blume von Kind an. Einen Armvoll pflükken und ihr bringen! Aber wo sollte ich sie finden?
Da sah ich plötzlich, ich traute meinen Augen kaum, Asselj! Als wartete sie auf jemand, saß sie dort, wo mein Wagen das letztemal steckengeblieben war, am Wegrand auf einem Stein. Ich fuhr auf sie zu. Erschrocken sprang sie auf, nahm verwirrt das Tuch vom Kopf und zerknüllte es in den Händen. Diesmal trug sie ein schönes Kleid und Sandaletten mit hohem Absatz. Ich bremste, das Herz schlug mir bis zum Hals.
„Guten Tag, Asselj!"
„Guten Tag", antwortete sie leise.
Ich wollte ihr in den Wagen helfen, aber sie wandte sich ab und schlenderte den Weg entlang. Sie wollte also nicht einsteigen. Ich holte sie ein, öffnete den Schlag und fuhr langsam neben ihr her. Wir schwiegen beide. Worüber hätten wir auch reden sollen? Dann fragte sie: „Waren Sie gestern in der Farm?"
„Ja. Weshalb?"
„Ach, nur so. Fahren Sie bitte nicht mehr hin."
„Ich wollte Sie sehen!"
Sie gab keine Antwort.
Währenddes hatte ich nichts als die verfluchte Brautwerbung im Kopf. Ich wollte wissen, wie es damit stünde. Aber ich bekam den Mund nicht auf, denn ich fürchtete ihre Antwort.
Asselj schaute mich an.
„Ist es wirklich wahr?" fragte ich endlich.
Sie nickte. Fast wäre mir das Lenkrad entglitten.
„Wann ist die Hochzeit?" wollte ich wissen.
„Bald", erwiderte sie leise.
Im ersten Augenblick wäre ich am liebsten davongefahren, aber statt aufs Gaspedal trat ich auf die Kupplung. Der Motor heulte im Leerlauf auf, und Asselj sprang erschrocken beiseite. Ich entschuldigte mich nicht einmal. Jetzt hatte ich andere Sorgen.

„Also werden wir uns nie wiedersehen?“ fragte ich.
„Ich weiß nicht. Es wäre sicher das beste.“
„Aber ich ... ich werde Sie trotzdem überall suchen, ob Sie es wollen oder nicht.“
Dann schwiegen wir wieder. Vielleicht dachten wir beide dasselbe, doch es war, als stünde eine Mauer zwischen uns, die mir nicht erlaubte, zu ihr zu gehen, und die sie daran hinderte, sich zu mir ins Fahrerhaus zu setzen.
„Weichen Sie mir nicht aus, Asselj. Versprechen Sie mir das? Ich will nicht aufdringlich sein und Sie nur von weitem anschauen.“
„Ich weiß nicht, vielleicht...“
„Steigen Sie doch ein, Asselj.“
„Nein. Bitte, fahren Sie. Der Ail ist schon ganz nah.“
Wir trafen uns noch öfter, jedesmal wie zufällig. Und jedesmal schlenderte sie den Weg entlang und fuhr ich langsam neben ihr her. Schade, aber was blieb mir weiter übrig.
Nach dem Bräutigam fragte ich nicht. Es war mir peinlich, und ich hatte auch keine Lust. Aber aus ihren Worten entnahm ich, daß sie ihn kaum kannte. Er war ein entfernter Verwandter ihrer Mutter und wohnte in einer entlegenen Bergförsterei. Seit eh und jeh tauschten beide Familien ihre Mädchen untereinander aus und hielten dadurch ihre Verwandtschaft von Generation zu Generation aufrecht. Asseljs Eltern hätten den Gedanken, ihre Tochter anderwärts zu verheiraten, weit von sich gewiesen. Als Schwiegersohn wäre ich überhaupt nicht in Frage gekommen. Wer war ich schon? Ein hergelaufener Fahrer! Ich hätte auch nie gewagt, um Asseljs Hand anzuhalten.
In jenen Tagen war Asselj wortkarg und hing ihren Gedanken nach. Ich hatte überhaupt keine Hoffnung mehr. Ihr Schicksal war entschieden, und unsere Begegnungen waren eigentlich zwecklos. Doch wie Kinder bemühten wir uns, nicht darüber zu sprechen, und trafen uns immer wieder, weil wir es uns nicht versagen konnten. Wir glaubten beide, nicht ohne einander leben zu können. So vergingen fünf Tage.
An jenem Morgen war ich im Wagenpark und machte mich gerade zur Ausfahrt fertig, als ich zur Fahrdienstleiterin gerufen wurde.
„Kannst dich freuen“, empfing mich Kaditscha fröhlich. „Du sollst auf der Strecke nach Sinsiang eingesetzt werden.“

Ich stand wie versteinert. Ich hatte gar nicht mehr daran gedacht, daß mein Kolchoseinsatz je ein Ende nehmen könnte. Die Fahrten nach China dauerten stets mehrere Tage, wer weiß, wann ich dann Zeit fände, Asselj zu sehen. Und plötzlich verschwinden, ohne ihr Bescheid gesagt zu haben?
„Du scheinst dich ja gar nicht zu freuen", bemerkte Kaditscha.
„Und wie soll es im Kolchos weitergehen?" fragte ich erregt. „Die Arbeit dort ist noch nicht abgeschlossen."
Kaditscha zuckte verwundert die Schultern.
„Früher wolltest du doch selber nicht hin."
Wütend erwiderte ich: „Früher war's eben was anderes."
Ich setzte mich auf einen Stuhl und wußte nicht, was ich anfangen sollte.
In dem Moment kam Dshantai herein. Er sollte statt meiner in den Kolchos fahren. Ich spitzte die Ohren. Sicher würde Dshantai ablehnen, denn der Verdienst auf dieser Strecke war gering. Doch er nahm den Fahrbefehl und sagte obendrein: „Für dich fahr ich selbst ans Ende der Welt, Kaditscha! Im Ail sind sicher schon die Hammelchen schlachtreif, soll ich dir eins mitbringen?"
Da erblickte er mich.
„Verzeihung, ich habe wohl gestört!"
„Mach, daß du wegkommst", fauchte ich, ohne den Kopf zu heben.
„Was sitzt du denn noch herum, Iljas?" Kaditscha berührte meine Schulter.
„Ich muß in den Kolchos. Schick mich hin, Kaditscha", bat ich.
„Bist du nicht bei Trost? Das kann ich nicht, es ist niemand weiter angefordert worden", sagte sie und sah mich bang an. „Warum möchtest du denn so gern hin?"
Ich gab keine Antwort. Wortlos ging ich hinaus und begab mich zur Garage. In dem Moment raste Dshantai an mir vorüber, zwinkerte mir dreist zu und hätte mich fast mit dem Kotflügel gestreift.
Lange machte ich mir am Wagen zu schaffen, um die Abfahrt hinauszuzögern, aber es gab keinen Ausweg. Ich fuhr zum Ladeplatz. Dort warteten nur wenige Wagen.
Die Kumpel luden mich zu einer Zigarette ein, doch ich kletterte nicht mal vom Sitz. Ich schloß die Augen und stellte

mir vor, wie Asselj vergeblich am Wegrand wartete. Einen Tag, zwei Tage, drei Tage. Was würde sie von mir denken?
Gleich war ich an der Reihe. Schon wurde der Wagen vor mir beladen. Noch ein Augenblick und ich mußte meinen Wagen unter den Kran fahren. Verzeih, Asselj, dachte ich, verzeih, meine Steppenpappel du! Da kam mir plötzlich eine Idee: Ich konnte ihr doch Bescheid sagen und gleich wieder zurückkehren. Schließlich war es kein Unglück, wenn ich die Fahrt ein paar Stunden später antrat. Wenn ich es dem Leiter des Wagenparks nachher erklären würde, hätte er vielleicht ein Einsehen, und wenn nicht, bekäme ich höchstens einen Verweis. Ich konnte nicht anders! Ich mußte zu ihr!
Ich wollte den Rückwärtsgang einschalten, aber hinter mir standen die Wagen dicht aufgefahren. Inzwischen war mein Vordermann abgefertigt, so daß ich drankam.
„Na los doch, Iljas!“ rief der Kranführer.
Schon bewegte sich der Ausleger auf meinen Wagen zu. Damit war alles aus! Mit Exportgut durfte man nirgends mehr hin. Warum war mir meine Idee nur nicht früher gekommen? Der Expedient mit den Papieren trat zu mir heran. Durch die Rückscheibe warf ich einen Blick auf die Ladefläche. Schaukelnd senkte sich die Ladung herab. Sie senkte sich immer tiefer.
Ich schrie aus voller Kehle: „Obacht!“
Dann gab ich Gas und raste im letzten Augenblick davon. Hinter mir wurde gejohlt, gepfiffen und geschimpft.
Ich jagte an Lagerschuppen, Bretterstapeln und Kohlenbergen vorbei. Es war, als wäre ich mit dem Lenkrad verwachsen. Der Weg verschwamm mir vor den Augen, der Wagen fing an zu schleudern. Aber das war ich schließlich gewohnt.
Bald hatte ich Dshantai eingeholt. Er steckte den Kopf aus dem Fahrerhaus und machte große Augen: Er hatte mich erkannt. Obwohl er sah, daß ich es eilig hatte, gab er nicht den Weg frei. Ich bog aufs Feld ab, um ihn zu überholen. Dshantai legte ebenfalls ein größeres Tempo vor und ließ mich nicht auf den Weg zurück. So fuhren wir eine Weile, er auf dem Weg, ich auf dem Feld. Über den Lenker gebeugt, sahen wir uns wie wilde Bestien von der Seite an und fluchten.
„Wo willst du denn hin? Wozu das?“ schrie er.
Ich drohte ihm mit der Faust. Da mein Wagen leer war, überholte ich ihn schließlich und hängte ihn ab.

Asselj traf ich nicht. Atemlos langte ich im Ail an, ich keuchte, als wäre ich zu Fuß hingelaufen. Weder auf dem Weg noch auf dem Hof war jemand zu sehen. Nur ein gesatteltes Pferd stand angepflockt neben der Gartenpforte. Was sollte ich machen? Ich entschloß mich zu warten, sicher würde sie den Wagen sehen und herauskommen. Ich klappte die Motorhaube hoch und tat, als wollte ich etwas reparieren, in Wirklichkeit beobachtete ich jedoch die Gartenpforte. Ich brauchte nicht lange zu warten. Die Pforte ging auf, und heraus traten Asseljs Mutter und ein beleibter, alter Mann mit schwarzem Bart. Er trug zwei gesteppte Kittel, der untere war aus Plüsch, der obere aus Samt. In der Hand hielt er eine schöne Peitsche. Der Alte hatte ein verschwitztes, rotes Gesicht, offenbar hatte er gerade Tee getrunken. Sie traten zum Pferd. Asseljs Mutter hielt ehrerbietig den Steigbügel und half dem Alten in den Sattel.

„Wir sind mit Euch sehr zufrieden, Schwäher", sagte sie. „Aber Ihr braucht Euch unseretwegen auch nicht zu sorgen. Für unsere Tochter ist uns nichts zu schade. Unsere Hände sind gottlob ebenfalls nicht leer."

„O Baibitsche, ich denke, wir werden uns gegenseitig nicht übervorteilen", antwortete er und setzte sich im Sattel zurecht. „Möge Gott dem jungen Paar Gesundheit schenken! Und was die Gaben betrifft: Sie sind schließlich nicht für Fremde bestimmt, sondern für unsere Kinder. Es ist nicht zum erstenmal, daß sich unsere Sippen verschwägern. Nun, lebt wohl, Baibitsche! Es ist also abgemacht: am Freitag!"

„Am Freitag! Ein heiliger Tag! Kommt gut nach Haus und grüßt die Schwäherin."

Was reden sie vom Freitag, dachte ich. Was haben wir denn heute? Mittwoch. Und wenn sie Asselj am Freitag fortbringen? Ach, wie lange sollen die alten Bräuche uns Jungen noch das Leben verbittern?

Der Alte ritt in leichtem Trab in Richtung der Berge davon. Asseljs Mutter wartete, bis er sich entfernt hatte, dann wandte sie sich mir zu und maß mich mit einem unfreundlichen Blick.

„Warum kommst du eigentlich letztens so oft her, du ungebetener Gast?" fragte sie. „Hier ist keine Karawanserei, hier wird nicht herumgelungert! Fahr ab, hörst du? Merk dir das auch für die Zukunft."

Ich war ihr also schon früher aufgefallen.

„Ich hab Panne!" knurrte ich unwirsch und kroch jetzt schon mit dem ganzen Oberkörper unter die Motorhaube. Nein, ich würde nicht abfahren, bevor ich Asselj nicht gesehen hatte. Das Mamachen brummelte noch etwas vor sich hin und entfernte sich.
Ich setzte mich aufs Trittbrett, zündete mir eine Zigarette an. Auf einmal kam ein kleines Mädchen angelaufen und hüpfte um den Wagen herum. Sie hatte eine entfernte Ähnlichkeit mit Asselj. Ob es ihr Schwesterchen war?
„Asselj ist weggegangen", sagte sie und hüpfte weiter.
„Wohin denn?" Ich zog die Kleine zu mir heran. „Wo ist sie hingegangen?"
„Woher soll ich das wissen? Laß mich." Sie riß sich los und streckte mir zum Abschied die Zunge heraus.
Ich klappte die Motorhaube zu und setzte mich ans Lenkrad. Wo sollte ich hinfahren, wo sie suchen? Überdies war es schon höchste Zeit umzukehren. Im Schneckentempo zuckelte ich den Weg entlang, hinaus in die Steppe. Vor der Durchfahrt durch einen Aryk hielt ich an. Ich stieg aus und legte mich ins Gras, denn ich wußte nicht mehr weiter. Mir war hundeelend. Asselj hatte ich nicht gefunden, und meine Arbeit hatte ich versäumt. Ich verlor mich in Gedanken, vergaß alles um mich her. Wie lange ich so gelegen hatte, weiß ich nicht mehr, aber als ich den Kopf hob, erblickte ich auf der anderen Seite des Wagens ein Paar Mädchenbeine in Sandaletten. Sie war's! Ich erkannte sie sofort. Vor Freude begann mein Herz wild zu hämmern, und die Knie wurden mir weich, so daß ich nicht hochkam. Es war dieselbe Stelle, wo wir uns zum erstenmal begegnet waren.
„Geh schon, Großmutter", sagte ich zu den Sandaletten.
„Ich bin gar keine Großmutter", ging Asselj auf das Spiel ein.
„Was denn sonst?"
„Ein Mädchen!"
„Ein Mädchen? Wenigstens hübsch?"
„Überzeug dich selbst."
Wir lachten los. Ich sprang auf und stürzte auf sie zu, sie kam mir entgegengelaufen. Wir blieben voreinander stehen.
„Das allerhübscheste Mädchen, das ich kenne", sagte ich. Wie eine biegsame junge Pappel im Wind stand sie vor mir, in einem kurzärmligen Kleid, zwei Bücher unterm Arm. „Woher wußtest du denn, daß ich hier bin?"

„Ich kam aus der Bibliothek und sah deine Wagenspur auf dem Weg."

Ich konnte es kaum glauben. Für mich bedeuteten diese Worte mehr als das Bekenntnis: Ich liebe dich. Sie mußte wohl an mich gedacht haben, und ich mußte ihr etwas bedeuten, wenn sie meine Wagenspur suchte.

„Ich bin gleich hergekommen, denn ich konnte mir schon denken, daß du wartest."

Ich nahm ihre Hand.

„Steig ein, Asselj, wir wollen ein bißchen spazierenfahren."

Sie war sofort einverstanden. Ich erkannte sie einfach nicht wieder. Mich übrigens auch nicht. Meine Sorgen und mein Kummer waren wie weggeblasen. Es gab nur noch uns, unser Glück, den Himmel und den Weg. Ich öffnete den Schlag, ließ sie Platz nehmen und setzte mich ans Lenkrad.

Wir fuhren einfach drauflos, ohne Ziel. Aber was machte das schon, uns genügte es, nebeneinander zu sitzen, einander in die Augen zu sehen und uns an den Händen zu halten. Asselj rückte mir die Soldatenmütze zurecht.

„So ist es hübscher", sagte sie und schmiegte sich an meine Schulter.

Pfeilschnell flog der Wagen dahin. Die ganze Welt geriet in Bewegung, alles eilte uns entgegen: die Berge, die Felder und die Bäume. Der Wind pfiff uns um die Ohren, die Sonne strahlte am Himmel, wir lachten und atmeten in tiefen Zügen den Duft des Wermuts und der Tulpen.

Ein Steppengeier, der auf den Ruinen eines alten Kümbös saß, strich mit wenigen Flügelschlägen ab und glitt über dem Weg dahin, als wollte er mit uns um die Wette fliegen.

Zwei Reiter rissen erschrocken ihre Pferde zur Seite, dann jagten sie mit wildem Geschrei hinter uns her.

„He! Halt! Anhalten!" Sie schlugen auf ihre dahingaloppierenden Pferde ein. Ich wußte nicht, wer sie waren. Vielleicht kannte Asselj sie. Bald waren sie in den Staubwolken hinter uns verschwunden.

Vorn bog ein Kutschwagen ab. Seine Insassen, ein Junge und ein Mädchen, winkten uns freundlich zu.

„Schönen Dank", schrie ich ihnen nach.

Die Steppe war zu Ende, wir hatten wieder Asphalt unter den Rädern.

Ganz in der Nähe mußte der See liegen. Ich bog scharf ab und

fuhr querfeldein durch Wiesen und Gestrüpp zum Seeufer. Auf einer Anhöhe dicht am Wasser machte ich halt.
Als hielten sie sich an den Händen, eilten die schäumenden, blauen Wellen in dichter Folge ans gelbe Ufer. Die hinter den Bergen versinkende Sonne färbte das Wasser rötlich. Fern, von der anderen Seite des Sees, grüßten violette Schneeberge herüber. Über ihren Häuptern türmten sich graue Wolken.
„Schau, Asselj, Schwäne!“ rief ich.
Schwäne sieht man auf dem Issyk-Kul nur im Herbst und Winter, wenn sie nach dem Norden ziehen. Im Frühling sind sie eine Seltenheit. Sie sollen Glück bringen.
Ein Schwarm weißer Schwäne flog über den abendlichen See. Bald schwangen sie sich in die Höhe, bald ließen sie sich mit weitgebreiteten Schwingen fallen, badeten im schäumenden Wasser, erhoben sich wieder in die Luft und zogen in langer Kette mit gleichmäßigem Flügelschlag zu dem sandigen Steilhang einer Bucht, wo sie sich zur Nacht niederließen.
Schweigend schauten wir ihnen nach. Dann sagte ich, als wäre schon alles entschieden: „Siehst du die Dächer dort drüben am Ufer? Das ist unser Wagenpark. Und das“, ich zeigte auf den Wagen, „das ist unser Haus.“ Ich lachte. Wo hätte ich sie sonst unterbringen können?
Asselj sah mir in die Augen, lehnte sich an mich, legte die Arme um meinen Hals und sagte weinend und lachend zugleich: „Ich brauch kein Haus, Liebster. Wenn doch Vater und Mutter wenigstens nachher ein Einsehen hätten. Zeitlebens werden sie mir das nicht verzeihen, ich weiß es. Aber bin ich denn schuld daran?“
Es dunkelte rasch. Wolken kamen auf und senkten sich tief übers Wasser. Der See erstarb und wurde schwarz. Es war, als wäre irgendwo in den Bergen ein Elektroschweißer am Werk, denn es blitzte hin und wieder auf. Ein Gewitter war im Anzug. Darum also waren die Schwäne hierher abgebogen. Sie hatten gespürt, daß das Unwetter sie im Gebirge überraschen könnte.
Ein Donnerschlag krachte. Es begann zu regnen. Ein wilder, lärmender Guß. Der See gurgelte und kochte, schäumende Wellen rollten heran und brachen sich am Ufer. Es war das erste Frühlingsgewitter. Und es war unsere erste Nacht. In Bächen rann das Wasser an den Scheiben herab. Weißflammende Blitze tauchten in den aufgewühlten, nacht-

schwarzen See. Eng aneinandergepreßt saßen wir da und unterhielten uns leise. Asselj zitterte, sie war wohl verängstigt, vielleicht fror sie auch. Ich legte ihr meine Jacke um, nahm sie fester in den Arm und kam mir dabei groß und stark vor. Nie hatte ich geahnt, daß ich so zärtlich sein konnte, nie gewußt, daß es so schön war, jemand zu behüten, für jemand zu sorgen. Ich flüsterte ihr ins Ohr: „Nie darf dir jemand etwas tun, du meine Pappel im roten Kopftuch!"

Das Gewitter war ebenso rasch vorbei, wie es begonnen hatte. Aber noch immer trugen die Wellen des aufgewühlten Sees kleine Schaumkrönchen und ging ein leichter Regen nieder.

Ich holte das Kofferradio, damals mein einziger kostbarer Besitz, hervor und stellte es an. Aus dem Stadttheater wurde das Ballett „Tscholpon" übertragen. Die Musik kam von jenseits der Berge und erfüllte das Fahrerhaus, zärtlich und mächtig zugleich, wie die Liebe, von der das Ballett handelte. Das Publikum applaudierte, rief die Namen der Tänzer, warf vielleicht auch Blumen auf die Bühne, aber sicher war keiner der Theaterbesucher so begeistert und erregt wie wir beide in unserem Wagen am Ufer des wütenden Issyk-Kul. Das Ballett handelte von uns, von unserer Liebe. Das Schicksal des Mädchens Tscholpon, das auszog, sein Glück zu suchen, rührte uns ans Herz. Meine Tscholpon, mein Morgenstern, war bei mir! Gegen Mitternacht schlief sie an meiner Schulter ein, ich aber fand keine Ruhe. Sanft streichelte ich ihr Gesicht und lauschte dem tiefen Seufzen des Issyk-Kul.

Am Morgen langten wir im Wagenpark an. Die Kumpel wuschen mir tüchtig den Kopf. Als sie jedoch den Grund für mein Verhalten erfuhren, verziehen sie mir, denn schließlich war eine Hochzeit keine alltägliche Sache. Dann lachten sie noch lange bei der Erinnerung, wie ich unter dem Ladekran davongerast war.

Ich mußte wieder auf Fernfahrt nach China. Asselj nahm ich mit. Unterwegs wollte ich sie bei meinem Freund Alibek Dshanturin absetzen. Er wohnte mit seiner Familie neben dem Umschlagpunkt bei Naryn, also unweit der Grenze. Immer wenn ich dort vorbeikam, besuchte ich ihn. Alibek hatte eine prächtige Frau, die ich sehr schätzte.

Wir fuhren los. Als erstes kauften wir in einem Laden etwas zum Anziehen für Asselj. Sie besaß doch nur das Kleid, das sie anhatte. Wir erstanden auch einen großen, geblümten

Schal. Wie sich nachher erwies, war das ein guter Gedanke gewesen. Unterwegs trafen wir einen bejahrten Fahrer, den Aksakal Urmat-ake. Schon von weitem bedeutete er mir anzuhalten. Ich stoppte, stieg aus und begrüßte ihn.
„Salam aleikum, Urmat-ake!"
„Salam aleikum, Iljas! Möge die Kette des Falken, der sich auf deiner Hand niedergelassen hat, niemals zerreißen!" beglückwünschte er mich nach altem Brauch. „Möge Gott euch Glück und Kinder bescheren."
„Habt Dank! Woher wißt Ihr es, Urmat-ake?" fragte ich erstaunt.
„Ja, mein Sohn, eine gute Kunde bleibt nicht auf der Erde liegen. Sie läuft von Mund zu Mund über die ganze Strecke."
„Na, so was!" Ich war verblüfft.
Wir standen auf der Straße und unterhielten uns. Urmat-ake hielt sich in gebührlicher Entfernung von meinem Wagen und schaute auch nicht zu Asselj hin. Sie begriff, legte den Schal um und verhüllte das Gesicht. Urmat-ake lächelte zufrieden.
„So geziemt es sich", sagte er. „Hab Dank, Töchterchen, für die Ehrerbietung. Von nun an sollst du als unser Schwiegertöchterchen gelten, als Schwiegertöchterchen aller Aksakale des Wagenparks. Hier, Iljas, für die Brautschau." Damit reichte er mir ein Geldstück. Ich durfte es nicht zurückweisen, das hätte ihn gekränkt.
Wir verabschiedeten uns und fuhren weiter. Asselj nahm den Schal nicht mehr ab. Wie es sich in einem richtigen kirgisischen Haus gehörte, saß sie im Fahrerhaus und verhüllte schüchtern das Gesicht, sobald wir einem bekannten Fahrer begegneten. Nach jeder derartigen Begegnung lachten wir aus vollem Halse. Mit dem Schal erschien mir Asselj noch schöner.
„Meine kleine Braut du, schau mich an und gib mir einen Kuß", bat ich.
„Auf keinen Fall, die Aksakale könnten es sehen", antwortete sie lachend und küßte mich dabei verstohlen auf die Wange.
Alle bekannten Fahrer, denen wir begegneten, beglückwünschten uns. Viele hatten nicht nur unterwegs Blumen für uns gepflückt, sondern auch Geschenke besorgt. Ich weiß nicht, wer auf den Gedanken gekommen war, bestimmt unsere russischen Kumpel: Bei ihnen auf dem Dorf war es Brauch, die Hochzeitswagen zu schmücken, und so leuchteten auch an unserem Wagen rote, blaue und grüne Bänder, Seidentücher

und Blumensträuße. Der Wagen war eine einzige Farbsinfonie, sicherlich sah man ihn kilometerweit. Asselj und ich waren glücklich, und ich war stolz auf meine Freunde. Es heißt, im Unglück erkennt man die Freunde, ich meine, im Glück aber ebenfalls.

Unterwegs trafen wir auch Alibek Dshanturin, meinen besten Freund. Er war zwei Jahre älter als ich, ein stämmiger Bursche mit großem Kopf, vernünftig, ernst und ein ausgezeichneter Fahrer. Wir hatten ihn ins Gewerkschaftskomitee gewählt. Ich war gespannt, was er sagen würde.

Alibek betrachtete wortlos unseren Wagen und schüttelte den Kopf. Dann trat er zu Asselj, drückte ihr die Hand und beglückwünschte sie.

„Na, gib mal den Fahrbefehl her", verlangte er. Verwundert reichte ich ihm das Papier. Alibek zückte seinen Füllfederhalter und schrieb mit großen Buchstaben quer über das Blatt: „Hochzeitsreise Nr. 167!" 167 war nämlich die Nummer des Fahrbefehls.

„Was machst du da?" fragte ich entsetzt. „Das ist doch ein Dokument."

„Das geht in die Geschichte ein", grinste er. „Du denkst wohl, in der Buchhaltung sitzen keine Menschen, was? Und jetzt gib die Pfote her!" Er umarmte und küßte mich. Wir lachten. Als wir schon zu unserem Wagen gehen wollten, hielt mich Alibek noch für einen Augenblick zurück und fragte: „Und wo werdet ihr wohnen?"

Ich zuckte die Achseln.

„Das ist unser Haus." Dabei deutete ich auf den Wagen.

„Im Fahrerhaus? Sollen auch die Kinder dort aufwachsen? Hör zu. Wir ziehen in unser neues Haus, ich lege bei der Leitung ein Wort für euch ein, und ihr zieht in unsere kleine Wohnung neben dem Umschlagpunkt."

„Aber dein Haus ist doch noch gar nicht fertig!" Alibek baute sich in Rybatschje ein Haus, unweit des Wagenparks. In meiner Freizeit hatte ich ihm oft geholfen.

„Tut nichts. Es sind nur noch ein paar Kleinigkeiten zu machen. Etwas Besseres kriegst du im Augenblick sowieso nicht. Du weißt doch selbst, wie knapp Wohnungen sind."

„Ich danke dir. Etwas Besseres brauchen wir auch nicht. Ich wollte Asselj nur vorübergehend bei euch einquartieren, und du überläßt uns gleich die ganze Wohnung."

„Also richtet euch bei uns ein. Auf der Rückfahrt wartest du, bis ich komme. Dann besprechen wir alles mit unseren Frauen." Dabei blinzelte er Asselj zu.

„Ja, jetzt schon mit unseren Frauen."

„Glückliche Hochzeitsreise!" rief uns Alibek noch nach.

Hol's der Teufel! Es war in der Tat unsere Hochzeitsreise! Und was für eine!

Wir freuten uns, daß alles so gut ging. Nur eine Begegnung verdarb mir ein wenig die Laune.

An einer Straßenbiegung tauchte plötzlich Dshantais Wagen auf. Dshantai war nicht allein, neben ihm saß Kaditscha. Er winkte mir zu, und ich stoppte. Auf gleicher Höhe hielten wir an. Dshantai steckte den Kopf heraus.

„Warum hast du denn deinen Wagen geschmückt, als ginge es zur Hochzeit?"

„Es ist wirklich ein Hochzeitswagen", antwortete ich.

„Wieso?" fragte er verblüfft und sah Kaditscha ratlos an. „Und wir suchen dich!" platzte er heraus.

Reglos saß Kaditscha da, sie war blaß und verwirrt.

„Guten Tag, Kaditscha", sagte ich freundlich. Schweigend nickte sie mir zu.

„Das ist also deine Braut?" erkundigte sich Dshantai.

„Nein, meine Frau", entgegnete ich und legte meinen Arm um Asseljs Schultern.

„Deine Frau?" Dshantai machte noch größere Augen. Man sah ihm an, daß er nicht wußte, ob er sich freuen sollte oder nicht. „Na, dann meinen Glückwunsch, von ganzem Herzen."

„Danke."

Dshantai feixte.

„Ein geriebener Bursche bist du! Hast sie sicher ohne Brautgeld entführt?"

„Esel", erwiderte ich wütend. „Mach, daß du weiterkommst!"

Was es doch für Menschen gibt! Ich wollte ihn weiter beschimpfen, wie er es verdient hatte. Als ich jedoch hinschaute, sah ich ihn neben seinem Wagen stehen. Er rieb sich fluchend die Wange und drohte Kaditscha mit der Faust. Sie aber rannte querfeldein davon, rannte, stürzte plötzlich lang hin und barg das Gesicht in den Händen. Ich wußte nicht, was zwischen ihnen vorgefallen war, aber sie tat mir leid, ich hatte das Gefühl, als wäre ich schuldig vor ihr. Asselj sagte ich nichts davon.

Eine Woche später bezogen wir das Häuschen neben dem Umschlagpunkt. Das Häuschen war winzig, es bestand nur aus einer Diele und zwei Stuben. Es gab mehrere solcher Häuschen dort, in ihnen wohnten die Fahrer mit ihren Familien und die Arbeiter von der Tankstelle. Die Häuschen waren zwar klein, dafür aber günstig gelegen, direkt an der Straße und nicht weit von Naryn. Naryn war immerhin Gebietsstadt. Man konnte ins Kino gehen oder einen Ladenbummel machen. Auch ein Krankenhaus war da. Abgesehen davon gefiel uns, daß der Umschlagpunkt auf halbem Weg zwischen Rybatschje und Sinsiang lag, also an der Strecke, die ich am häufigsten fuhr. So konnte ich oft zu Hause übernachten. Ich sah Asselj fast täglich. Selbst wenn ich unterwegs aufgehalten wurde, fuhr ich noch nach Hause, mochte es auch Mitternacht sein. Asselj wartete immer auf mich, sie legte sich nie hin, bevor ich da war. Wir hatten schon einige Anschaffungen für den Haushalt gemacht, kurz, wir begannen, uns allmählich einzurichten. Wir beschlossen, daß auch Asselj arbeiten gehen sollte, sie selbst drängte darauf, war sie doch im Ail groß geworden und hatte nie die Hände in den Schoß gelegt. Da stellte sich zu unserer Freude heraus, daß sie bald Mutter werden würde.

An jenem Tag, als Asselj das Kind zur Welt brachte, kam ich gerade aus China zurück. Ich beeilte mich und war sehr aufgeregt. Asselj lag im Entbindungsheim in Naryn. Als ich dort ankam, erfuhr ich, daß ich einen Sohn hatte. Zu ihr ließ man mich natürlich nicht. Ich setzte mich in den Wagen und jagte in die Berge. Es war Winter. Ringsum nichts als Schnee und Felsen. Vor meinen Augen flimmerte es — schwarz und weiß, schwarz, weiß ... Ich fuhr bis zum Dolonpaß hinauf. Dort hielt ich an und sprang aus dem Wagen. Da stand ich nun in einsamer Höhe, tief unter mir krochen die Wolken über die Erde, die Berge erschienen mir wie Zwerge. Ich holte tief Luft und schrie aus vollem Halse: „He, ihr Berge! Ich hab einen Sohn!"

Mir war, als ob die Berge erbebten. Sie warfen meine Worte zurück, lange rollte das Echo von Schlucht zu Schlucht, bis es verhallte.

Auf meinen Wunsch nannten wir unseren Sohn Samat. Alle

unsere Gespräche drehten sich nur um ihn. Es war, wie es sich für junge Eltern gehörte.
Wir verstanden, wir liebten uns, bis eines Tages das Unglück über mich hereinbrach.

Schwer zu sagen, wie alles gekommen ist. Alles war so verworren. Heute habe ich vieles begriffen, aber was nutzt das jetzt.
Den Mann traf ich einmal zufällig unterwegs, ohne zu ahnen, daß das nicht unsere letzte Begegnung sein würde.
Im Spätherbst trat ich eine Fahrt an. Es war elendes Wetter. Vom Himmel nieselte es feucht und kalt, nicht Schnee, nicht Regen. Wie Mehlbrei lastete der Nebel auf den Hängen. Pausenlos waren die Scheibenwischer in Betrieb. Ich war schon hoch im Gebirge, kurz vorm Dolonpaß. Ach, Dolon, Dolon, du Riesenbrocken des Tienschan! Wieviel Erlebnisse sind für mich damit verbunden, mit diesem schwierigsten und gefährlichsten Teil der Strecke, wo die Straße an Steilhängen entlang über Wolken hinweg himmelan führt, wo es dich in den Steigungen an die Rückenlehne preßt und bei den Abfahrten vornüber wirft, daß du dich nur mit Mühe vom Lenkrad losreißen kannst; wo das Wetter launisch ist wie ein böses Kamel, wo du sommers wie winters bald mit Hagel, bald mit Regen überschüttet wirst oder wo du in ein solches Schneegestöber gerätst, daß du die Hand vor Augen nicht siehst. So ein Geselle ist unser Dolon! Aber wir Tienschaner haben uns an ihn gewöhnt und fahren zuweilen sogar nachts hinauf. Ja, jetzt denke ich an all die Schwierigkeiten und Gefahren, aber wenn man dort Tag für Tag arbeitet, kommt man nicht zum Nachdenken.
In einer Schlucht also, kurz vorm Dolonpaß, holte ich einen Lastwagen ein. Ich weiß es noch genau, es war ein GAS 51. Eigentlich holte ich ihn gar nicht ein, sondern er stand schon da. Zwei Männer machten sich am Motor zu schaffen. Der eine stellte sich mitten auf die Straße und hob die Hand. Ich stoppte. Der Mann trat heran, er trug einen triefenden Regenumhang mit Kapuze. Er mochte um die Vierzig sein, hatte einen braunen, militärisch kurzgestutzten Schnurrbart und ein ziemlich finsteres Gesicht. Seine Augen blickten ruhig.
„Nimm mich mit bis zur Straßenmeisterei, Dshigit", bat er. „Ich muß einen Traktor besorgen, der Motor streikt."

„Gern. Aber vielleicht fällt uns selbst noch was ein“, schlug ich vor und kletterte vom Sitz.
„Was soll uns schon einfallen, wo er nicht mal schnaubt“, meinte der Fahrer mißmutig und klappte die Haube herunter. Der Ärmste war schon ganz blaugefroren. Augenscheinlich war er nicht aus unserer Gegend; wie er sich so hilflos umsah, machte er den Eindruck eines Großstädters. Was tun? dachte ich. Plötzlich hatte ich einen tollen Einfall. Doch ehe ich etwas sagte, warf ich einen Blick auf den Paß. Der Himmel war trüb, die Wolken hingen niedrig. Trotzdem entschloß ich mich. Es war kein allzu genialer Einfall, aber für mich kam er damals einem gewagten Angriff gleich.
„Sind deine Bremsen in Ordnung?“ fragte ich den Fahrer.
„Du machst mir vielleicht Spaß. Als ob ich ohne Bremsen fahre. Ich sag dir doch, der Motor streikt.“
„Hast du ein Abschleppseil mit?“
„Hm.“
„Los, häng deinen Wagen an.“
Beide starrten mich ungläubig an und rührten sich nicht.
„Du bist ja nicht ganz bei Trost“, meinte der Fahrer nur.
Aber ich hab nun mal solchen Charakter. Ich weiß nicht, ob das gut oder schlecht ist, jedenfalls wenn ich mir was in den Kopf gesetzt hab, dann erreich ich es auch, auf Biegen oder Brechen.
„Nun häng deinen Wagen schon an! Ich schlepp dich ab, Ehrenwort!“ bekniete ich den Fahrer.
Doch der winkte ab.
„Laß schon. Weißt du denn nicht, daß man hier niemand ins Schlepp nimmt? Ich denk nicht dran, mich von dir abschleppen zu lassen.“
Ich war so gekränkt, als hätte er mir eine große Bitte abgeschlagen.
„Ach du, ein Esel bist du, ein feiger!“ entfuhr es mir.
Ich wandte mich dem anderen zu, dem Straßenmeister. Daß er der Straßenmeister war, erfuhr ich allerdings erst später. Er sah mich an und sagte zum Fahrer: „Gib das Seil her.“
Der Fahrer war baff.
„Aber sie tragen die Verantwortung, Baitemir-ake.“
„Die Verantwortung tragen wir alle“, entgegnete er kurz.
Das gefiel mir. Vor so einem Mann hat man gleich Respekt.
Darauf fuhren wir los. Anfangs ging alles gut. Aber dann, auf

dem Dolonpaß, führte die Straße an Steilhängen entlang, immer bergan. Der Motor dröhnte und heulte, daß mir die Ohren weh taten. Das wär doch gelacht, wenn ich aus dir nicht das Letzte herausholte! dachte ich. Schon früher hatte ich bemerkt, daß, so schwer es sich auch auf der Paßstraße fuhr, der Motor immer noch Reserven hatte. Unsere Wagen wurden nie voll beladen, höchstens mit siebzig Prozent der sonst üblichen Norm. Daran freilich dachte ich in diesem Augenblick nicht. In mir bäumte sich eine wilde Kraft auf, es war so etwas wie sportlicher Ehrgeiz: Ich wollte um jeden Preis meinen Kopf durchsetzen und den beiden helfen, ihren Wagen an Ort und Stelle zu bringen. Das war jedoch alles andere als einfach. Der Wagen bebte, als würde er jeden Augenblick bersten, Schneematsch verklebte die Scheiben, die Wischer gingen unentwegt. Wolken kamen angekrochen und schoben sich über die Straße direkt unter die Räder. Neben scharfen Kurven gähnten tiefe Schluchten. Innerlich ärgerte ich mich schon über mich selbst: Eine schöne Suppe hatte ich mir da eingebrockt, sie konnte uns das Leben kosten. Ich war völlig fertig. Alles hatte ich abgelegt, die Mütze, die Steppjacke, das Jackett und den Pullover. Im bloßen Hemd saß ich da und schwitzte wie im Dampfbad. Schließlich war es kein Kinderspiel, den Wagen im Schlepp und dazu noch die eigene Ladung sicher durch alle Klippen zu steuern. Bloß gut, daß Baitemir neben mir auf dem Trittbrett stand und mich und den Fahrer im anderen Wagen dirigierte. Als es die Serpentinen hochging, glaubte ich, er würd's nicht aushalten und abspringen. Aber er wich nicht vom Trittbrett. An die Wagentür geklammert, stand er da, wie ein Adler vor dem Flug. Ich schaute ihn an. Sein Gesicht war ruhig, wie aus Stein gemeißelt. Wassertropfen rannen ihm über die Wangen. Bei seinem Anblick wurde mir leichter.

Nur eine große Steigung lag noch vor uns, dann wären wir am Ziel gewesen. Da beugte sich Baitemir zu mir herein.

„Vorsicht! Vor uns ist ein Wagen! Fahr mehr rechts!"

Ich befolgte seinen Rat. Ein Lastwagen kam uns entgegen, es war der von Dshantai. Na, dachte ich, der Ingenieur für Arbeitsschutz rüffelt mich tüchtig ab, denn Dshantai quatscht, da gibt's keinen Zweifel. Der Wagen kam näher. Die Hände gegen das Lenkrad gestemmt, sauste Dshantai bergab. Er blickte finster drein. Auf Haaresbreite fuhren wir aneinander vorbei. Dshantai schüttelte mißbilligend den Kopf. Hol dich der Teufel, dachte ich, meinetwegen petz, soviel du Lust hast!

Die letzte Steigung war genommen, es ging noch einmal steil bergab, dann folgte ein Stück ebene Straße, danach bogen wir zur Straßenmeisterei ab. Es war geschafft! Ich stellte den Motor ab und hörte plötzlich nichts mehr. Mir war, als wäre ich taub geworden. Oder war die Natur verstummt? Kein Laut. Ich kletterte aus dem Fahrerhaus und setzte mich aufs Trittbrett. Mein Atem ging stoßweise, ich war vollkommen ausgepumpt, zudem war die Luft auf dem Paß sehr dünn gewesen. Baitemir hing mir rasch die Steppjacke um und stülpte mir die Mütze auf. Taumelnd und kreidebleich kam der Fahrer des anderen Wagens heran. Schweigend hockte er sich hin und bot mir Zigaretten an. Ich nahm eine. Meine Hand zitterte. Nachdem wir ein Weilchen geraucht hatten, kamen wir wieder zu uns. Erneut fühlte ich, wie sich die verwünschte wilde Kraft in mir aufbäumte.

„Wie haben wir das gemacht?" fragte ich siegesbewußt. Dabei schlug ich dem Fahrer so kräftig auf die Schulter, daß er auf den Allerwertesten fiel. Dann sprangen wir alle drei auf, klopften uns gegenseitig auf die Schultern und lachten und lärmten vor Freude.

Schließlich beruhigten wir uns und rauchten jeder noch eine Zigarette. Ich zog meine Sachen an, warf einen Blick auf die Uhr und sagte: „Na, höchste Zeit für mich!"

Baitemir runzelte die Brauen.

„Kommt ja gar nicht in Frage, daß du schon aufbrichst, heute bist du unser Gast."

Ich mußte jedoch unbedingt fahren.

„Schönen Dank für die Gastfreundschaft, aber ich kann wirklich nicht länger bleiben. Ich möchte noch auf einen Sprung nach Hause, meine Frau wartet."

„Willst du wirklich nicht? Wir würden ein Fläschchen zusammen trinken", redete mir mein neuer Freund, der Fahrer, zu.

„Laß ihn", fiel ihm Baitemir ins Wort. „Du hörst doch, seine Frau wartet. Wie heißt du eigentlich?" wandte er sich an mich.

„Iljas."

„Fahr los, Iljas, und besten Dank, du hast uns mächtig aus der Patsche geholfen."

Bis zur Straße fuhr Baitemir auf dem Trittbrett mit, dann schüttelte er mir schweigend die Hand und sprang ab.
Als es bereits bergan ging, blickte ich noch einmal zurück. Baitemir stand noch immer auf der Straße. Die Mütze in der Hand, mit gesenktem Kopf, schien er über etwas nachzudenken.
Das war unsere erste Begegnung.
Asselj berichtete ich keine Einzelheiten. Ich erzählte ihr nur, daß ich unterwegs aufgehalten worden war und irgendwelchen Leuten geholfen hatte. Sonst pflegte ich meiner Frau nichts zu verschweigen, meine Tollkühnheit behielt ich jedoch lieber für mich. Sie sorgte sich ohnehin ständig um mich. Abgesehen davon, hatte ich durchaus nicht die Absicht, dieses Stückchen noch einmal zu wiederholen. Ich hatte meine Kräfte mit dem Dolon gemessen, das genügte mir. Ich hätte den ganzen Vorfall schon am nächsten Tag vergessen gehabt, wäre ich nicht auf der Rückfahrt erkrankt. Ich hatte mich erkältet. Mit Mühe und Not kam ich bis nach Hause. Dort legte ich mich sogleich ins Bett. Ich weiß nicht mehr, was mit mir war, jedenfalls fuhr ich in meinen Fieberträumen wieder mit dem Wagen im Schlepp über den Dolon. Der Schneesturm peitschte mein Gesicht, daß es brannte, ich atmete schwer, der Lenker war wie aus Watte und bog sich unter meinen Händen. Vor mir lag die Paßstraße. Sie wollte kein Ende nehmen, der Wagen schob sich mit dem Kühler voran in den Himmel, heulend ging's höher und höher, dann stürzte ich in einen gähnenden Abgrund. Meine Krankheit hatte den kritischen Punkt erreicht. Nach drei Tagen setzte die Besserung ein, und nach weiteren zwei fühlte ich mich so gut, daß ich aufstehen wollte. Aber Asselj zwang mich, im Bett zu bleiben. Wie ich sie so anschaute, dachte ich bei mir: War ich nun krank oder sie? Ich erkannte sie einfach nicht wieder, so abgehärmt war sie. Sie hatte dunkle Ringe unter den Augen und war nur noch Haut und Knochen. Jeder Windstoß konnte sie umpusten. Zudem mußte sie sich noch um das Kind kümmern. Nein, so ging es nicht weiter, ich konnte nicht länger krankspielen. Sie mußte sich erholen. Ich stand auf und begann mich anzuziehen.
„Asselj!" rief ich leise, denn unser Söhnchen schlief. „Bitte doch die Nachbarin, auf Samat aufzupassen. Wir gehen ins Kino."

Sie kam angelaufen, zog mich aufs Bett und schaute mich an, als sähe sie mich zum erstenmal. Dabei war sie vergeblich bemüht, die Tränen zu unterdrücken. Ihre Lippen bebten. Weinend barg sie das Gesicht an meiner Brust.
„Was hast du denn, Asselj?“ fragte ich hilflos.
„Ich freu mich so, daß du wieder gesund bist.“
„Ich freu mich doch auch, aber warum regst du dich so auf? Ich bin ein bißchen krank gewesen, dafür konnte ich auch bei dir zu Hause sein und mit Samat spielen.“ Mein Sohn krabbelte damals schon und machte die ersten Gehversuche, er war im putzigsten Alter. „Ich hätt nichts dagegen, noch mal krank zu werden“, scherzte ich.
„Hör auf! Ich will nichts davon wissen“, fuhr Asselj mich an.
In dem Moment erwachte der Kleine. Sie nahm ihn aus seinem Bettchen und brachte ihn mir. Er war noch schlafwarm. Zu dritt tobten wir im Bett herum, wie ein junger Bär tapste Samat auf uns umher und krabbelte bald hier-, bald dorthin.
„Wie gut es uns geht“, sagte ich, „und was machst du für ein Gesicht? Bald fahren wir zu deinen Eltern in den Ail. Sollen sie's nur versuchen, uns nicht zu verzeihen. Wenn sie erst unseren Samat kennenlernen, vergessen sie gewiß alles vor Freude.“
Wir beabsichtigten ernsthaft, in den Ail zu fahren und Asseljs Eltern um Verzeihung zu bitten, wie es in solchen Fällen üblich war. Die beiden Alten waren tief gekränkt. Sie hatten uns durch einen Ailbewohner, der in Naryn zu tun hatte, ausrichten lassen, daß sie der Tochter ihre Handlungsweise nicht verzeihen würden und daß sie nichts von uns wissen wollten. Wir hofften dennoch, daß sich mit einem Besuch unsererseits und der Bitte um Verzeihung alles einrenken würde. Ich mußte mir jedoch erst Urlaub nehmen und umfangreiche Reisevorbereitungen treffen: Wir mußten unbedingt für alle Verwandten Geschenke kaufen, ich wollte nicht mit leeren Händen kommen.
Inzwischen war Winter geworden. Im Tienschan ist der Winter grimmig und schneereich. Häufig gehen an den Hängen Lawinen nieder. Für uns Fahrer ist das eine schwere Zeit, noch schwerer ist sie allerdings für die Arbeiter der Straßenmeistereien, die dann gewöhnlich zum Räumen der Straßen eingesetzt werden. Dort, wo Lawinengefahr besteht, werden die Schnee-

wächten gesprengt und wird die Straße frei gemacht. Jener Winter war freilich ziemlich mild, vielleicht achtete ich auch nicht auf das Wetter, hatte ich doch genug Arbeit. Zudem bekamen wir noch einen zusätzlichen Arbeitsauftrag, vielmehr, wir Fahrer erboten uns selbst, ihn zu erfüllen, und ich war der erste. Ich bereue es auch jetzt nicht, aber damit begann mein Unglück. Das war so:

Eines Abends kehrte ich in den Wagenpark zurück. Asselj hatte mir ein Päckchen für Alibek Dshanturins Frau mitgegeben. Ich bog zu ihrem Haus ab, hupte, und Alibeks Frau kam heraus. Sie erzählte mir, daß die chinesischen Arbeiter ein Telegramm geschickt hätten, sie bäten, die Ausrüstung für ein großes Werk schneller als geplant zu liefern.

„Wo ist denn Alibek?" erkundigte ich mich.

„Auf dem Güterbahnhof natürlich, alle sind schon dort. Die Waggons sollen bereits angekommen sein."

Ich fuhr hin. Der Güterbahnhof lag in einer Schlucht, die sich zum See hin öffnete. Die Bahnlinie endete hier. Ringsum herrschte unruhiges Dämmerlicht. Ein heftiger Wind rüttelte an den Laternen und trieb den Schnee über die Schwellen. Loks rangierten. Über einem Abstellgleis pendelte der Ausleger eines Krans hin und her und lud eisenbeschlagene Kisten aus den Waggons, Transitfracht für die Maschinenfabrik in Sinsiang. Das war eine Großbaustelle, für die wir schon Ausrüstungen transportiert hatten.

Am Bahnhof standen viele Lastwagen, alle unbeladen. Es hatte den Anschein, als warte man noch auf etwas. Die Fahrer saßen auf den Sitzen und Trittbrettern, manche standen an die Kisten gelehnt da und suchten Schutz vor dem Wind. Mein Gruß wurde kaum erwidert. Die meisten schwiegen und pafften. Da erblickte ich Alibek. Ich ging auf ihn zu.

„Was ist los? Ein Telegramm soll gekommen sein?"

„Ja. Sie wollen das Werk vorfristig in Betrieb nehmen."

„Na, und was wird nun?"

„Das hängt nur von uns ab. Du siehst doch die Kisten, und es kommen noch mehr. Wie sollen wir das bloß alles schaffen! Dabei warten die Leute, verlassen sich auf uns! Für sie ist jeder Tag wichtig!"

„Warum sagst du das ausgerechnet mir? Was hab ich damit zu tun?"

„Du fragst, was du damit zu tun hast! Lebst du auf dem

Mond? Oder kapierst du nicht, was jetzt von uns abhängt?"
„Du bist ja übergeschnappt!" Ich ließ ihn stehen.
Derweil war auch Amandsholow, der Chef unseres Parks, eingetroffen. Er ließ sich von einem der Fahrer Feuer geben, wobei er die Flamme mit der Hand vor dem Wind schützte. Dann wandte er sich an uns.
„Also, Genossen, ich rufe im Ministerium an, vielleicht schickt man uns Wagen zur Unterstützung, aber das ist fraglich. Wie wir das allein schaffen sollen, weiß ich selber noch nicht."
„Tja, das ist wirklich nicht einfach, Genosse Amandsholow", ließ sich eine Stimme aus der Menge vernehmen. „Von den Riesenkisten gehen nicht mehr als zwei oder drei auf den Wagen. Selbst wenn wir Tag und Nacht fahren, reicht das bis zum Frühjahr."
„Das ist es ja gerade", antwortete Amandsholow. „Aber gemacht muß es werden. Na, jetzt ab nach Hause, vielleicht fällt uns noch etwas ein!"
Er setzte sich in seinen Jeep und sauste davon. Von den Fahrern machte keiner Anstalten loszufahren. In der Dunkelheit kam aus einer Ecke eine Baßstimme: „Hat sich was! Aus einem Schafpelz kann man schließlich nicht zwei Mäntel nähen! Daran hätte man früher denken sollen!" Damit erhob sich der Baß, trat seine Zigarette aus und ging zu seinem Wagen.
Ein anderer pflichtete ihm bei. „Typisch", sagte er, „wenn ihnen das Wasser bis zum Halse steht, kommen sie zu uns Fahrern, damit wir die Karre aus dem Dreck ziehen."
Ein paar Stimmen widersprachen heftig.
„Hier geht's um ein Bruderland, und du, Ismail, schwatzt wie ein altes Basarweib!"
Ich mischte mich nicht ein. Aber plötzlich fiel mir ein, wie ich auf dem Paß den Wagen abgeschleppt hatte, und sogleich war ich Feuer und Flamme, wie üblich.
„Was gibt's denn da viel nachzudenken?" Ich stürzte vor. „Wir müssen mit Anhänger fahren."
Keiner rührte sich. Die meisten schenkten mir nicht mal einen Blick. So konnte nur ein hoffnungsloser Dummkopf daherreden.
Dshantai pfiff durch die Zähne.
„Habt ihr das gehört!" Ich erkannte ihn an der Stimme.
Ich sah mich um und wollte gerade von dem Vorfall auf dem Paß erzählen, als sich ein baumlanger Kerl erhob, seine Hand-

schuhe dem Fahrer neben sich zuwarf, auf mich zutrat, mich beim Schlafittchen packte und mich dicht zu sich heranzog, so daß wir beinahe mit den Nasen zusammenstießen.

„Na, hauch mich mal an!"

Ich tat es.

„Er ist nüchtern!" stellte der Riese verblüfft fest.

„Also ein Esel", ergänzte sein Freund; beide gingen zu ihren Wagen und fuhren los. Auch die übrigen erhoben sich schweigend und schickten sich an abzufahren. Noch nie war ich so verspottet worden. Mir schien, daß sogar meine Mütze rot wurde.

„Halt! Wo wollt ihr hin!" rief ich den Männern nach. „Ich rede ganz im Ernst. Es geht mit Anhänger."

Einer der Aksakale trat auf mich zu und sagte mitleidig: „Als ich hier als Fahrer angefangen habe, bist du noch ohne Hosen rumgelaufen, mein Junge. Der Tienschan ist kein Tanzboden. Du tust mir leid, mach dich doch nicht zum Gespött der Leute."

Mit spöttischen Mienen gingen die Fahrer auseinander. Da schrie ich über den ganzen Bahnhof: „Alte Weiber seid ihr, aber keine Fahrer!"

Das war leichtsinnig. Sofort fielen alle über mich her.

„Was fällt dir ein! Willst du fremdes Leben aufs Spiel setzen?"

„Ein Neuerer! Will sich eine Prämie verdienen!" Das war Dshantai.

Die Stimmen klangen wirr durcheinander, ich wurde an die Kisten gedrängt. Ich dachte, sie würden mich ihre Fäuste spüren lassen, und packte auf alle Fälle eine am Boden liegende Latte.

„Platz da! Auseinander!" rief jemand dazwischen und arbeitete sich zu mir durch. Es war Alibek.

„Ruhe!" donnerte er. „So, Iljas, jetzt kannst du reden. Aber bitte rasch und vernünftig."

„Was gibt's da zu reden!" antwortete ich, nach Luft schnappend. „Alle Knöpfe haben sie mir abgerissen. Ich hab kürzlich auf dem Paß einen vollbeladenen Wagen zur Straßenmeisterei abgeschleppt. Das wär alles."

Sie schwiegen mißtrauisch.

„Na, und hast du ihn auch hingebracht?" fragte jemand ungläubig.

„Ja. Über den ganzen Dolon, bis hin."
„Allerhand!" meinte jemand erstaunt.
„Der spinnt ja!" widersprach ein anderer.
„Du spinnst auch! Dshantai hat es selbst gesehen. He, Dshantai, wo steckst du? Sag es ihnen. Du weißt doch noch, wie wir uns getroffen haben."
Doch von Dshantai keine Spur. Er war wie vom Erdboden verschluckt. Aber das war jetzt schon nebensächlich, denn ein heftiger Streit war ausgebrochen, in dem einige sich bereits auf meine Seite schlugen. Da machte ein Zweifler sogleich alles wieder zunichte.
„Wozu denn Zeit verlieren mit dem Geschwafel!" äußerte er finster. „Da ist einmal etwas gut gegangen, es kommt ja so manches vor, aber das ist doch noch kein Beweis, daß es immer geht. Schließlich sind wir keine kleinen Kinder. Auf unserer Strecke ist das Fahren mit Anhängern verboten, und dieses Verbot wird auch niemand aufheben. Versuch's doch, sag's dem Ingenieur für Arbeitsschutz! Der verpaßt dir eine solche Zigarre, daß du dein Lebtag dran rauchen kannst. Der wird euretwegen nicht ins Kittchen wandern wollen. Schreibt euch das hinter die Ohren!"
„Hör auf!" widersprach ein anderer. „Was heißt denn verboten! Nimm Iwan Stepanowitsch, der ist Neunzehnhundertdreißig als erster mit einem Anderthalbtonner über den Paß gefahren. Ihm hat's auch keiner erlaubt, er hat's auf eigene Faust getan, und er lebt heute noch!"
„Stimmt", bestätigte Iwan Stepanowitsch. „Aber dennoch hab ich meine Zweifel. Hier ist nicht mal im Sommer jemand mit Anhänger gefahren, und jetzt ist Winter."
Alibek, der die ganze Zeit geschwiegen hatte, machte den Streitereien ein Ende.
„Genug jetzt! Es ist zwar eine riskante Sache, aber man muß es sich durch den Kopf gehen lassen. Bloß nicht so, wie du dir das denkst, Iljas, ruck, zuck, her mit dem Anhänger, und los. Das muß gut vorbereitet und durchdacht sein, wir werden uns beraten lassen und eine Probefahrt machen. Mit Worten allcin beweist du nichts."
„Ich beweise es", beharrte ich. „Während ihr hier herumratet, beweise ich es! Vielleicht glaubt ihr mir dann!"
Jeder Mensch hat seinen Charakter. Man muß sich beherrschen können, aber das gelingt nicht immer. Ich saß am Lenker und

spürte weder den Wagen noch die Straße. In mir waren Schmerz, Bitternis, Kränkung und Ärger. Je länger ich darüber nachdachte, desto mehr quälte mich mein gekränkter Ehrgeiz. Ich werd es euch schon beweisen. Ich zeig euch, was es heißt, einem Menschen nicht zu glauben und ihn zu verspotten, ich zeig euch, was ihr für Feiglinge seid! Alibek war auch gut: durchdenken, vorbereiten, erproben wollte er! Er war klug und umsichtig. Aber ich pfiff darauf. Ich würde es ohne viel Gefackel machen und alle in den Sack stecken.

Ich stellte den Wagen in der Garage ab und machte mir noch lange an ihm zu schaffen. Dabei fühlte ich mich zum Zerreißen gespannt. Nur ein Gedanke bohrte in mir: Mit Anhänger über den Paß fahren. Unbedingt! Aber wer würde mir einen Anhänger geben?

Mit diesen Gedanken beschäftigt, trottete ich über den Hof. Es war schon spät. Nur in der Fahrdienstleitung brannte noch Licht. Ich blieb stehen: die Fahrdienstleiterin! Sie konnte mir helfen. Anscheinend hatte Kaditscha heute Dienst. Um so besser! Sie würde es mir nicht abschlagen. Sie durfte es nicht abschlagen! Schließlich wollte ich kein Verbrechen begehen, im Gegenteil, sie würde mir helfen, eine Tat zu vollbringen, die für alle von Nutzen war.

Als ich auf die Fahrdienstleitung zuging, ertappte ich mich bei dem Gedanken, daß ich schon lange nicht mehr durch diese Tür getreten war wie früher, sondern nur noch durch den Schalter verhandelte. Ich zögerte einen Augenblick. Da öffnete sich die Tür. Kaditscha stand auf der Schwelle.

„Zu dir möchte ich, Kaditscha. Gut, daß ich dich treffe."

„Ich hab jetzt Feierabend."

„Dann begleite ich dich eben nach Hause."

Kaditscha hob erstaunt die Brauen, sah mich argwöhnisch an und meinte dann lächelnd: „Gern."

Wir verließen den Wagenpark. Es war schon dunkel. Vom See her vernahm man das Plätschern des Wassers, es wehte ein kalter Wind. Kaditscha nahm meinen Arm und suchte, sich anschmiegend, vor dem Wind Schutz.

„Frierst du?" fragte ich.

„Mit dir nicht", scherzte sie.

Eben noch war ich schrecklich aufgeregt gewesen, jetzt hatte ich mich beruhigt.

„Wann hast du morgen Dienst, Kaditscha?"

„In der zweiten Schicht. Warum?"
„Ich hab da eine sehr wichtige Sache. Alles hängt von dir ab."
Anfangs wollte sie nichts von meinem Vorschlag wissen, aber ich ließ nicht locker. An der Ecke blieben wir stehen.
„Ach, Iljas", Kaditscha sah mich besorgt an, „das ist doch Wahnsinn!"
Doch ich wußte schon, daß sie meine Bitte erfüllen würde. Ich nahm ihre Hand.
„Du mußt mir vertrauen! Die Sache wird schon klappen. Na, abgemacht?"
Seufzend gab sie nach: „Was soll man mit dir machen!" Dabei nickte sie zustimmend.
Unwillkürlich umarmte ich sie.
„Von Rechts wegen müßtest du als Mann geboren sein, Kaditscha! Also, bis morgen!" Ich schüttelte ihr die Hand. „Zum Abend bereitest du mir alle Papiere vor, ja?"
„Warum denn so eilig?" sagte sie, ohne meine Hand loszulassen. Dann drehte sie sich brüsk um. „Na, geh schon! Willst du ins Ledigenheim?"
„Ja, Kaditscha."
„Gute Nacht!"
Am nächsten Tag fand bei uns eine technische Überprüfung der Wagen statt. Die Fahrer waren nervös. Ewig kamen diese Inspektoren zur ungelegensten Zeit, ewig hatten sie was zu beanstanden und nahmen was zu Protokoll. Nichts als Schereien hatte man mit ihnen. Aber die Inspektoren ließen sich nicht aus der Ruhe bringen.
Wegen meines Wagens machte ich mir keine Sorgen, der war in Ordnung. Dennoch hielt ich mich in einiger Entfernung und tat, als reparierte ich etwas. Ich wollte Zeit gewinnen, bis Kaditscha ihren Dienst antrat. Niemand sprach mich auf den gestrigen Vorfall hin an. Die Kumpel hatten anderes im Kopf; sie wollten die technische Überprüfung möglichst rasch hinter sich bringen und losfahren, um die verlorene Zeit wieder einzuholen. In mir bohrte immer noch die Kränkung.
Mein Wagen kam am Nachmittag dran. Als die Inspektoren fort waren, wurde es still und leer. Hinten im Hof unter freiem Himmel standen die Anhänger. Sie wurden zuweilen auf ebenen Strecken für den inländischen Gütertransport benutzt. Meine Wahl fiel auf einen ganz gewöhnlichen, einen Kasten

auf vier Rädern. Aber wieviel Aufregungen sollte mich dieses Ding kosten ... Damals wußte ich noch nicht, was mich erwartete. Ruhig ging ich ins Ledigenheim, um ein reichhaltiges Mittagessen zu mir zu nehmen und ein Nickerchen zu machen, stand mir doch eine schwierige Fahrt bevor. Aber ich fand keinen Schlaf und wälzte mich hin und her. Als es zu dämmern begann, kehrte ich in den Wagenpark zurück.
Kaditscha war schon da. Alles war bereit. Ich nahm den Fahrbefehl und eilte zu meinem Wagen. Jetzt werd ich's euch beweisen! Ich fuhr den Wagen aus der Garage, machte den Anhänger fest, drosselte den Motor, stieg aus und hielt Umschau. Nirgends eine Menschenseele. Nur das Summen der Werkbänke in der Reparaturwerkstatt und das Plätschern des Sees waren zu hören. Der Himmel schien wolkenlos, noch war kein Stern zu sehen. Neben mir tuckerte leise der Motor, und mein Herz klopfte im gleichen Takt. Ich wollte mir eine Zigarette anzünden, warf sie dann aber weg, das hatte Zeit bis nachher.
Am Tor hielt mich der Pförtner an.
„Halt! Wohin?"
„Zum Ladeplatz, Aksakal", erwiderte ich betont gleichgültig. „Hier der Passierschein für die Ausfahrt."
Der Alte steckte die Nase in das Papier, schien es aber bei der Laternenbeleuchtung nicht entziffern zu können.
„Halt mich doch nicht auf, Aksakal." Ich wurde ungeduldig. „Die Arbeit drängt."
Auf dem Ladeplatz verlief alles reibungslos. Die volle Norm wurde geladen. Zu meiner Verwunderung sagte niemand einen Ton. Erst als ich die Straße erreicht hatte, zündete ich mir eine Zigarette an. Dann setzte ich mich bequem zurecht, schaltete die Scheinwerfer ein und gab Gas. Das Dunkel um mich her geriet ins Wanken. Die Straße war frei, nichts hinderte mich daran, mit Höchstgeschwindigkeit zu fahren. Leicht sauste der Wagen dahin, ich spürte fast nichts von dem rumpelnden Anhänger. Freilich, in den Kurven trug es mich ein wenig aus der Mitte der Fahrbahn, und es kostete einige Anstrengung, den Wagen wieder in Fahrbahnmitte zu bringen. Ich schob das darauf, daß ich das Fahren mit Anhänger einfach nicht gewohnt war. Ich bezwing dich schon, Dolon! Sinsiang wird erreicht! feuerte ich mich an und beugte mich übers Lenkrad, wie ein Reiter über die Mähne seines Pferdes. Solange die

Straße eben war, wollte ich Zeit herausfahren. Ich rechnete, gegen Mitternacht zum Sturm auf den Dolon anzusetzen. Eine Weile fuhr ich sogar schneller, als ich vorausberechnet hatte. Doch als die Berge begannen, mußte ich vorsichtiger sein. Der Motor hätte die Belastung zwar ausgehalten, die Abfahrten hielten mich jedoch mehr auf als die Steigungen, begann doch der Anhänger, sobald es bergab ging, zu schlingern und den Wagen zu schieben, kurz, er verhinderte eine gleichmäßige Abfahrt. Andauernd mußte ich schalten, bremsen und manövrieren. Anfangs bemühte ich mich hartnäckig, es nicht zu bemerken, aber je länger ich fuhr, desto mehr begann es mich zu beunruhigen. Wieviel Steigungen und Abfahrten mochte die Strecke haben? Niemand hatte sie gezählt. Trotzdem ließ ich den Mut nicht sinken. Was konnte mir schon passieren, ich war nur überanstrengt. Macht nichts, redete ich mir gut zu, vor dem Paß legst du eine Ruhepause ein. Du wirst es schon schaffen. Ich begriff nicht, warum es mir jetzt viel schwerer fiel als damals im Herbst, als ich den Wagen abgeschleppt hatte.
Der Dolon kam immer näher. Die Scheinwerferkegel glitten über die dunkle Felsmasse, von der schneebemützte Brocken über die Straße hingen. Dicke Flocken schwebten hernieder. Die hat wohl der Wind heruntergeweht, dachte ich. Doch die Flocken klebten an den Scheiben fest und krochen langsam an ihnen hinab. Es schneite also. Der Schnee fiel nicht sonderlich dicht, war aber sehr naß. Das hat mir gerade noch gefehlt! fluchte ich. Ich schaltete die Scheibenwischer ein.
Dann kamen die ersten Steilen des Passes. Der Motor begann sein vertrautes Lied. Sein monotones, angestrengtes Heulen kroch in der Dunkelheit über die Straße. Endlich war die Höhe erreicht. Jetzt hatte ich eine lange Abfahrt vor mir. Der Motor brummte, es ging bergab. Sogleich begann der Wagen zu schleudern. Im Rücken spürte ich, daß der Anhänger einen wilden Tanz vollführte und auf den Wagen auflief, ich hörte, wie die Anhängekupplung knirschte und quietschte. Das Quietschen jagte mir kalte Schauer über den Rücken und rief einen dumpfen Schmerz in den Armen hervor. Die Räder gehorchten den Bremsen nicht und kamen auf dem nassen Schnee ins Rutschen. Der Wagen erbebte, daß mir das Steuer entglitt, und stellte sich quer über die Straße. Ich riß den Lenker herum und stoppte. Meine Kräfte versagten, ich

konnte nicht weiter. Ich schaltete die Scheinwerfer aus und stellte den Motor ab. Meine Hände waren fühllos wie Prothesen. Ich lehnte mich zurück und hörte mein stoßweises Atmen. So saß ich minutenlang, bis mein Atem ruhiger ging, dann zündete ich mir eine Zigarette an. Ringsum Finsternis und unheimliche Stille. Nur der Wind pfiff durch die Ritzen des Fahrerhauses. Ich wagte nicht, an das zu denken, was mir noch bevorstand. Von hier an ging es, an Steilhängen entlang, in Serpentinen bergan. Das endlose Zickzackfahren war stets eine Qual für den Motor und die das Lenkrad umklammernden Hände. Doch es gab kein Zurück mehr. Inzwischen fiel der Schnee immer dichter.

Ich ließ den Motor an. Heulend kroch der Wagen bergauf. Ich biß die Zähne zusammen und nahm die Serpentinen eine nach der anderen, ohne Atempause. Auf die Serpentinen folgte eine steile Abfahrt, dann ebene Straße bis zu der Biegung, wo der Weg zur Straßenmeisterei abbog, und dann die letzte schwierige Paßhöhe. Die Abfahrt war mühselig. Die vier Kilometer ebene Strecke jagte ich mit Höchstgeschwindigkeit dahin und ging in voller Fahrt in die Steigung. Es ging bergan, immer bergan. Doch der Schwung reichte nicht lange. Die Geschwindigkeit nahm bedrohlich ab, ich schaltete zunächst auf den zweiten Gang zurück, dann auf den ersten. An die Rückenlehne gepreßt, klammerte ich mich ans Lenkrad. Zwischen den Wolken leuchteten die Sterne. Plötzlich ging es nicht mehr weiter. Die Räder mahlten auf der Stelle und rutschten zur Seite weg. Ich trat den Gashebel durch, so weit es ging.

„Na los doch! Ein bißchen noch! Halt durch!" brüllte ich mit mir selbst fremder Stimme.

Das langgezogene Stöhnen des Motors ging plötzlich in klirrendes Beben über und brach dann ab. Langsam rollte der Wagen rückwärts den Berg hinunter. Selbst die Bremsen halfen nicht mehr. Unter dem Gewicht des Anhängers rollte er immer rascher bergab, bis er plötzlich mit einem Ruck stehenblieb, er war gegen einen Felsen gefahren. Es wurde ganz still. Ich öffnete den Schlag und sah hinaus. Tatsächlich! Verdammt! Der Anhänger saß im Straßengraben. Jetzt war er nicht mehr herauszukriegen! Völlig verzweifelt ließ ich den Motor wieder an und versuchte den Anhänger herauszuziehen. Die Räder drehten sich wie wild, der Wagen bebte, aber er rührte sich nicht vom Fleck. Ich sprang hinaus und rannte zum Anhänger. Seine Räder hatten sich tief in den Straßengraben gewühlt. Was tun? Rasend vor Wut, stemmte ich mich mit aller Kraft gegen die Räder. Danach versuchte ich, den Anhänger mit der Schulter hochzustemmen: Ich brüllte wie ein Tier, spannte alle Muskeln bis zum äußersten an, daß mir der Kopf zu platzen drohte, aber vergeblich. Völlig entkräftet stürzte ich lang hin, grub die Hände in Schnee und Dreck und weinte vor Zorn. Dann erhob ich mich, taumelte zum Wagen und sank aufs Trittbrett.

Von fern näherte sich Motorengeräusch. Zwei Lichter kamen den Berg herab. Ich weiß nicht, wer der Fahrer war und wohin es ihn zu nachtschlafender Zeit trieb, aber ich erschrak, als müßten diese Lichter mich erwischen und einfangen. Wie ein Dieb stahl ich mich zum Anhänger, löste die Kupplung, legte die Gabel auf die Erde, schwang mich ins Fahrerhaus und raste die Steigung hinan. Den Anhänger ließ ich im Straßengraben.

Unbegreifliche, panische Angst verfolgte mich. Immerfort schien mir, daß der Anhänger mir auf den Fersen sei und mich jeden Augenblick einholen würde. In rasendem Tempo jagte ich die Straße entlang und verunglückte wohl nur deshalb nicht, weil ich die Strecke in- und auswendig kannte.

Gegen Morgen erreichte ich den Umschlagpunkt. Ohne mir Rechenschaft abzulegen, hämmerte ich wie ein Irrsinniger gegen meine Haustür. Als sie sich öffnete, trat ich, schmutztriefend wie ich war, ins Haus, ohne Asselj auch nur eines Blickes zu würdigen. Keuchend ließ ich mich auf etwas Feuchtem nieder. Es war ein Haufen frisch gewaschener Wäsche auf einem Schemel. Ich griff in die Tasche nach Zigaretten. Dabei geriet mir der Zündschlüssel in die Hand. Ich schmiß ihn an die Wand, dann sackte ich zusammen und blieb reglos sitzen, dreckig und zerschlagen. Asselj lief aufgeregt und unruhig hin und her. Aber was konnte ich ihr sagen? Sie hob den Schlüssel auf und legte ihn auf den Tisch.

„Willst du dich waschen? Ich habe seit gestern abend warmes Wasser für dich bereitstehen“, sagte sie halblaut.

Langsam hob ich den Kopf. Verfroren stand sie vor mir, bloß im Hemd, die schmalen Hände an die Brust gepreßt. Ihre erschrockenen Augen sahen mich besorgt und teilnahmsvoll an.

„Den Anhänger hab ich auf dem Paß in den Graben ge-

fahren.“ Meine Stimme war fremd und tonlos.
„Was für einen Anhänger?“ Sie begriff nicht gleich.
„Aus Eisenblech, grün gestrichen, mit der Kennummer Null-zwei—Achtunddreißig! Ist doch ganz egal, was für einer!“ schrie ich gereizt. „Gestohlen hab ich ihn, verstehst du? Gestohlen!“
Asselj stieß einen leisen Schreckensschrei aus und setzte sich aufs Bett.
„Und warum?“
„Was heißt, warum!“ Ihre Frage brachte mich noch mehr in Wut. „Ich wollte mit Anhänger über den Paß fahren. Klar? Ich wollte beweisen, daß ich recht hab, und hab mich blamiert!“
Ich barg das Gesicht in den Händen. Eine Weile schwiegen wir beide. Dann stand Asselj plötzlich entschlossen auf und begann sich anzuziehen.
„Was sitzt du denn noch herum?“ fragte sie streng.
„Und was soll ich tun?“ murmelte ich.
„Fahr in den Wagenpark.“
„Wie denn, ohne Anhänger?“
„Dort erklärst du alles.“
„Du bist wohl nicht recht bei Trost!“ explodierte ich und rannte aufgeregt im Zimmer umher. „Wie soll ich mich dort ohne Anhänger sehen lassen? Entschuldigt bitte, verzeiht, ich hab einen Fehler begangen! Kniefällig um Vergebung bitten? Kommt nicht in Frage! Sollen sie machen, was sie wollen. Ich spuck drauf!“
Mein Schreien weckte unseren kleinen Sohn. Er begann zu weinen. Asselj nahm ihn auf den Arm, aber er weinte nur noch lauter.
„Ein Feigling bist du“, sagte Asselj plötzlich leise, aber fest.
„Wa-as?“ Ich wußte nicht, was ich tat, und stürzte mit erhobenen Fäusten auf sie los, wagte jedoch nicht zuzuschlagen. Ihre weitgeöffneten, fassungslosen Augen hielten mich zurück. In ihren Pupillen erblickte ich mein verzerrtes Gesicht.
Grob stieß ich sie beiseite, ging hinaus und knallte die Tür hinter mir zu.
Draußen war es schon hell. Bei Tageslicht erschienen mir die Ereignisse vom Vortag in noch schwärzeren Farben. Das war nicht wiedergutzumachen. Vorerst sah ich nur einen Ausweg: wenigstens die Ladung, die ich auf dem Wagen hatte, nach Sinsiang zu bringen. Wie es weitergehen sollte, wußte ich nicht.

Auf dem Rückweg machte ich keinen Abstecher nach Hause. Nicht etwa, weil ich mich mit Asselj gestritten hatte, sondern weil ich niemand sehen und von niemand gesehen werden wollte. Ich weiß nicht, wie es anderen Menschen in solchen Fällen geht, mir ist es jedenfalls ein Bedürfnis, mit meinem Leid allein zu sein. Wen geht es schließlich etwas an? Steh es durch, wenn du kannst, und gedulde dich, bis es vergeht.

Unterwegs übernachtete ich in einem Gasthof. Meine Träume waren ein einziger Alpdruck. Mir träumte, ich suchte den Anhänger auf dem Paß. Ich sah die Spuren, aber keinen Anhänger, rannte hin und her und fragte die Vorüberfahrenden, wer ihn wohl verschleppt haben könnte.

Als ich am Morgen an den Unglücksort kam, war der Anhänger tatsächlich nicht mehr da. Später erfuhr ich, daß Alibek ihn zum Wagenpark abgeschleppt hatte.

Gleich nach ihm kehrte auch ich in den Wagenpark zurück. Aus dem Spiegel schaute mich ein abgemagertes Gesicht mit flackernden Augen an. Ich erkannte mich nicht wieder.

Im Wagenpark war alles wie sonst. Nur ich rollte unsicher, wie ein Fremder, durchs Tor, fuhr über den Hof und hielt in der äußersten Ecke, möglichst weit von der Garage. Zunächst blieb ich noch im Wagen sitzen und sah mich um. Viele Augen waren auf mich gerichtet. Ach, jetzt Gas geben und wegfahren, egal, wohin! Aber mir blieb nichts übrig, als auszusteigen. Ich riß mich zusammen und ging über den Hof zur Fahrdienstleitung. Dabei gab ich mir Mühe, ruhig zu erscheinen, in Wirklichkeit aber war es ein Spießrutenlauf. Ich spürte die finsteren Blicke im Nacken. Kein freundschaftlicher Zuruf, kein Gruß, nichts. Ich an ihrer Stelle hätte wohl kaum anders gehandelt.

Ich stolperte über die Schwelle. Mir war, als stolpere auch mein Herz: Ich hatte ja Kaditscha ganz vergessen, in was für eine Lage hatte ich sie gebracht!

Im Flur leuchtete mir ein Plakat entgegen: „Schande" stand in großen Buchstaben oben drüber, und darunter war ein Anhänger gemalt, der verloren auf dem Paß stand.

Ich wandte mich ab. Mein Gesicht brannte, als wäre ich geohrfeigt worden. Ich betrat die Fahrdienstleitung. Kaditscha telefonierte gerade. Als sie mich erblickte, legte sie den Hörer auf.

„Da!" Damit flederte ich den unglückseligen Fahrbefehl auf den Tisch.

Kaditscha sah mich mitleidig an. Wenn sie mich bloß nicht anschreit oder gar losheult, dachte ich. Später, bloß jetzt nicht! flehte ich sie in Gedanken an, und sie verstand mich und sagte kein Wort.
„Hat's Theater gegeben?" fragte ich leise.
Sie nickte.
„Halb so schlimm!" murmelte ich zwischen den Zähnen, um sie zu beruhigen.
„Du bist von der Tour abgesetzt", sagte sie.
„Was? Für immer?" Ich lächelte schief.
„Sie wollten dich für ständig in die Reparaturbrigade versetzen, aber die Kumpel sind für dich eingetreten. Vorerst sollst du Inlandsstrecken fahren. Geh zum Chef, er will dich sprechen."
„Ich denk nicht dran! Sollen sie ohne mich entscheiden. Mir ist's egal."
Ich verließ den Raum und trottete niedergeschlagen den Gang entlang. Jemand kam mir entgegen. Ich wollte mich vorbeidrücken, doch Alibek stellte sich mir in den Weg.
„Hiergeblieben!" Er drängte mich in eine Ecke. Auge in Auge mit mir, zischte er böse: „Na, was hast du nun bewiesen, du Held? Bewiesen hast du höchstens, daß du eine Kanaille bist!"
„Aber ich wollte doch das Beste", brummte ich.
„Du lügst! Allein wolltest du Lorbeeren einheimsen. Nur an dich hast du gedacht und damit eine gute Sache zum Scheitern gebracht. Jetzt beweis mal, daß man mit Anhänger fahren kann! Kamel du! Knallprotz!"
Einen anderen hätten diese Worte vielleicht zur Vernunft gebracht, aber mir war jetzt schon alles egal. Ich begriff nichts, sondern hörte nur die Kränkung heraus. Ich — ein Knallprotz, der nur Lorbeeren und Ruhm einheimsen wollte? Das war gelogen!
„Laß mich in Ruh! Mir ist ohnehin kotzübel." Ich schob Alibek beiseite.
Dann trat ich aus dem Haus. Ein kalter, durchdringender Wind trieb Schnee über den Hof. Schweigend gingen die Fahrer an mir vorüber und warfen mir schiefe Blicke zu. Was tun? Ich vergrub die Fäuste in den Hosentaschen und schritt zum Ausgang. Das auf den Pfützen gefrorene Eis krachte unter meinen Füßen. Ich stolperte über eine leere Fettbüchse

und gab ihr einen Tritt, daß sie bis auf die Straße flog.
Den ganzen Tag streifte ich ziellos durch die Stadt und bummelte an der verödeten Anlegestelle herum. Auf dem Issyk-Kul stürmte es, die vertäuten Lastkähne tanzten auf den Wellen.
Später setzte ich mich in eine Teestube. Ich bestellte eine Halbliterflasche Wodka und einen Imbiß. Schon nach dem ersten Glas blickte ich stumpfsinnig zu Boden.
„Was läßt du den Kopf hängen, Dshigit?" vernahm ich plötzlich eine freundliche, leicht spöttische Stimme. Mühsam sah ich hoch. Kaditscha.
„Na, allein macht das Trinken wohl keinen Spaß?" Lächelnd nahm sie an meinem Tisch Platz. „Ich trink gern ein Gläschen mit."
Kaditscha goß den Wodka ein und schob mir ein Glas hin. „Nimm", sagte sie und zwinkerte mir übermütig zu, als wären wir lediglich hergekommen, um etwas zu trinken.
„Worüber freust du dich denn so?" fragte ich mißmutig.
„Wozu Trübsal blasen? Mit dir zusammen macht mir das alles nichts aus, Iljas! Ich habe gedacht, du wärst aus härterem Holz. Na, wir lassen uns schon nicht unterkriegen!" Sie lachte leise, rückte näher zu mir und stieß mit mir an, wobei sie mich mit ihren dunklen Augen zärtlich anschaute.
Wir leerten die Gläser. Ich zündete mir eine Zigarette an und fühlte mich ein wenig erleichtert. Zum erstenmal an diesem Tag gelang mir ein Lächeln.
„Bist ein feiner Kerl, Kaditscha", sagte ich.
Dann traten wir auf die Straße hinaus. Es war schon dunkel. Ein wilder, vom See her kommender Wind rüttelte an Bäumen und Laternenpfählen. Unter meinen Füßen wankte der Boden. Kaditscha hatte meinen Arm genommen und führte mich. Fürsorglich hatte sie mir den Mantelkragen hochgeschlagen.
„Ich hab dich mächtig reingelegt, Kaditscha", murmelte ich in einem Gefühl von Schuld und Dankbarkeit. „Aber damit du's weißt, auf dich laß ich nichts kommen. Die Verantwortung trag allein ich."
„Denk nicht mehr dran, Liebster", antwortete sie. „Was bist du doch für ein unruhiger Geist. Immer mußt du dir was Besonderes ausdenken, aber ich habe Angst um dich. Früher war ich selbst so, doch man kann nicht immer mit dem Kopf durch die Wand. Nimm, was dir das Leben gibt. Wozu das

Schicksal herausfordern?"
„Das kommt darauf an, wie man's auffaßt", widersprach ich, fügte jedoch nach einigem Nachdenken hinzu: „Vielleicht hast du wirklich recht."
Derweil waren wir vor Kaditschas Haus angekommen. Sie lebte bereits lange allein. Von ihrem Mann hatte sie sich getrennt.
„So, ich wär zu Hause", sagte sie.
Ich zögerte. Irgend etwas verband uns schon. Außerdem hatte ich keine Lust, ins Ledigenheim zu gehen. Wahrheit ist zwar gut, aber zuweilen ist sie so bitter, daß man sich unwillkürlich vor ihr verstecken möchte.
„Woran denkst du, Liebster?" fragte Kaditscha. „Müde? Oder denkst du an den weiten Weg?"
„Nein, ich komm schon hin. Bis bald."
Sie ergriff meine Hand.
„Ganz kalt! Warte, ich wärm sie." Damit schob sie meine Hand unter ihren Mantel und preßte sie an ihre Brust. Ich wagte keine Bewegung, wagte nicht, mich gegen die heftige Liebkosung zu sträuben. Unter meiner Hand klopfte ihr Herz, als fordere es etwas lang Ersehntes. Ich war betrunken, aber nicht so, daß ich nichts begriff. Behutsam zog ich die Hand fort.
„Willst du schon gehen?" fragte Kaditscha.
„Ja."
„Leb wohl!" sagte sie seufzend und entfernte sich rasch. Die Pforte klappte in der Dunkelheit. Auch ich ging davon, machte aber schon nach wenigen Schritten halt. Ich weiß selbst nicht, wie es geschah, plötzlich stand ich wieder vor ihrer Gartentür. Kaditscha hatte auf mich gewartet. Sie fiel mir um den Hals und küßte mich auf den Mund.
„Bist du zurückgekommen", flüsterte sie, dann faßte sie mich bei der Hand und nahm mich mit zu sich.
Mitten in der Nacht erwachte ich und begriff lange nicht, wo ich war. Mein Kopf schmerzte. Wir lagen eng beieinander, ich spürte Kaditschas warmen, nackten Körper und ihren gleichmäßigen Atem. Ich beschloß, aufzustehen und sofort zu gehen. Als ich mich jedoch bewegte, umarmte sie mich, ohne die Augen zu öffnen.
„Bleib", bat sie leise. Dann hob sie den Kopf, schaute mir in der Dunkelheit in die Augen und flüsterte stockend: „Ich kann

jetzt nicht ohne dich sein. Du gehörst mir! Schon immer hast du mir gehört! Ich will nichts sonst. Wenn du mich doch lieben könntest, Iljas! Ich verlang ja nichts weiter. Aber ich geb dich nicht her, verstehst du, ich geb dich nicht her!“ Sie begann zu weinen, ihre Tränen rannen über mein Gesicht.
Ich blieb. Im Morgendämmer schliefen wir ein und erwachten erst, als es schon ganz hell war. Rasch zog ich mich an, ein Kältegefühl beengte mein Herz. Schon im Gehen, warf ich den Halbpelz über, überquerte hastig den Hof und schlüpfte durch die Pforte auf die Straße. Ein Mann mit einer Fuchspelzmütze kam mir entgegen. Ach, wenn meine Blicke doch töten könnten! Dshantai ging zur Arbeit, er wohnte hier in der Nähe. Für einen Augenblick stockten wir beide. Dann machte ich, als hätte ich ihn nicht bemerkt, brüsk kehrt und lief mit raschen Schritten zum Wagenpark. Dshantai ließ ein vielsagendes Hüsteln hören. Ohne näher zu kommen, aber auch ohne zurückzubleiben, knirschten seine Schritte hinter mir im Schnee.
Ich ging gar nicht erst in die Garage, sondern direkt ins Büro. Aus dem Zimmer des Chefingenieurs, wo jeden Morgen eine kurze Arbeitsbesprechung stattfand, klang gedämpftes Stimmengewirr. Wie gern wär ich hineingegangen, hätte mich wie sonst aufs Fensterbrett gesetzt, die Beine übereinandergeschlagen, mir eine Zigarette angezündet und zugehört, wie sich die Fahrer gutmütig beschimpften und stritten. Nie hätte ich gedacht, daß ich mir das einmal so wünschen würde. Aber ich konnte mich nicht entschließen. Es war nicht Feigheit, was mich zurückhielt, es war der immer noch in mir bohrende wütende, herausfordernde, verzweifelte, hilflose Eigensinn. Und dazu kam noch die Verwirrung nach der mit Kaditscha verbrachten Nacht...
Zudem waren die Kollegen durchaus nicht gewillt, meinen Mißerfolg zu vergessen. Hinter der Tür wurde über mich gesprochen. Jemand schrie: „Das ist ja unerhört! Vors Gericht gehört er, statt dessen veranstaltet ihr hier große Diskussionen. Und er hat noch die Frechheit, zu behaupten, daß seine Idee richtig sei! Dabei hat er den Anhänger auf dem Paß stehenlassen!“
Eine andere Stimme unterbrach ihn: „Ganz recht! Solche Kerle kennen wir. Wollen immer die Klügeren sein, dabei sind sie nichts als Prämienjäger. Und angeblich alles im Interesse des Wagenparks. Leider schiefgegangen die Sache!“

Sie stritten und wurden dabei immer lauter. Ich machte mich davon, denn ich wollte nicht den Lauscher spielen.
Als ich hinter mir Stimmen hörte, beschleunigte ich meinen Schritt. Die Besprechung war zu Ende, die Fahrer kamen den Gang entlang und unterhielten sich lebhaft. Alibek redete hitzig auf jemand ein: „Die Bremsen für die Anhänger machen wir selbst, hier in der Werkstatt. Es ist doch nicht so schwierig, vom Kompressor einen Schlauch zu verlegen und Bremsbacken zu montieren. — Nanu, Iljas? Warte doch“, rief er mich.
Ich ging weiter zur Garage. Alibek holte mich ein und legte mir die Hand auf die Schulter.
„Hol dich der Teufel! Ich habe sie schließlich doch überzeugt! Halt dich bereit, Iljas! Willst du bei mir den Beifahrer machen? Wir machen eine Probefahrt! Mit Anhänger!“
Mich packte die Wut. Aus der Patsche helfen wollte er mir, mich, seinen Freund, den Pechvogel, ins Schlepptau nehmen! Als Beifahrer! Ich schüttelte seine Hand ab.
„Laß mich in Ruh mit deinen Anhängern.“
„Warum bist du denn so wütend? Hast doch selber schuld. Ach, beinahe hätt ich's vergessen, hat dir Wolodka Schirjajew nichts gesagt?“
„Nein, den hab ich nicht gesehen. Was ist?“
„Was heißt hier, ‚was ist‘? Wo treibst du dich eigentlich herum? Asselj wartet draußen und fragt alle Kollegen nach dir, sie macht sich Sorgen! Ach du!“
Die Knie wurden mir weich. Mir war so elend zumute, daß ich am liebsten tot umgefallen wäre, und Alibek hielt mich am Ärmel fest und erging sich in Erklärungen über irgendwelche Vorrichtungen für die Anhänger. In der Nähe stand Dshantai und spitzte die Ohren.
„Laß mich endlich in Ruh! Was, zum Teufel, wollt ihr bloß von mir? Ich hab's satt! Ich brauch eure Anhänger nicht und werd auch nicht dein Beifahrer. Ist das klar?“
Alibeks Gesicht verfinsterte sich.
„Hast doch selbst angefangen, Kleinholz zu machen, und jetzt kneifst du, ist's nicht so?“
„Leg's aus, wie du willst.“
Ich trat zum Wagen, meine Hände zitterten. Ich konnte keinen Gedanken fassen. Ich sprang in die Grube unter den Wagen und lehnte meinen Kopf an die Ziegelwand, um die Stirn zu kühlen.

„Hör mal, Iljas", vernahm ich ein Flüstern.
Ich hob den Kopf. Wer wollte da schon wieder was von mir? Am Rande der Grube hockte Dshantai mit seiner Fuchspelzmütze. Er sah aus wie ein großer Pilz und schaute mich mit seinen listigen Schlitzaugen an.
„Gut hast du's ihm gegeben, Iljas."
„Wem?"
„Alibek, dem Aktivisten. Ein Gesicht hat der gezogen, als hätt er auf was Saures gebissen. Hat gleich die Klappe zugemacht, der Neuerer."
„Was kümmert dich das?"
„Hast also selber begriffen, daß wir Fahrer die verwünschten Anhänger nicht brauchen. Wir wissen doch, wie das gemacht wird: Wenn ein Fahrer die Norm steigert und die Fahrzeit verkürzt, gleich wird's von allen andern auch verlangt, und obendrein wird noch der Lohn je Kilometer gekürzt. Warum sollen wir uns ins eigene Fleisch schneiden? Für einen Tag bist du ein berühmter Mann, und dann ist alles vergessen. Wir nehmen es dir nicht übel, mach nur weiter so."
„Wer ist ‚wir'?" fragte ich möglichst ruhig. „Meinst du dich damit?"
„Nicht nur mich." Dshantai blinzelte verwirrt.
„Das lügst du, räudige Laus! Dir zum Trotz fahre ich jetzt mit Anhänger. Koste es, was es wolle, ich schaff es. Und nun mach, daß du wegkommst! Dir werd ich's schon zeigen."
„Na, immer mit der Ruhe", sagte Dshantai bissig. „Dich Moralprediger kenne ich. Im übrigen würde ich dir raten, stoß dir nur tüchtig die Hörner ab, solang du Spaß dran hast."
„Schweinehund!" schrie ich außer mir und versetzte ihm mit voller Wucht einen Kinnhaken.
Er kippte um, die Fuchspelzmütze fiel zu Boden. Ich sprang aus der Grube und stürzte mich auf ihn. Aber Dshantai stand schon wieder auf den Füßen, sprang beiseite und brüllte: „Rowdy! Bandit! Raufen willst du? Mit solchen wie du werden wir noch fertig! Zeigt sich so richtig, läßt seine Wut an andern aus!"
Von allen Seiten kamen Leute angerannt. Auch Alibek war dabei.
„Was ist los? Warum hast du ihn geschlagen?"
„Dafür, daß ich ihm die Wahrheit ins Gesicht gesagt habe", höhnte Dshantai. „Hat den Anhänger gestohlen, ihn auf dem

Paß stehenlassen, Schaden angerichtet, und wenn andere seinen Fehler ehrlich wiedergutmachen wollen, geht er mit Fäusten auf sie los. Jetzt lohnt sich die Sache nicht mehr für ihn, wo der Ruhm ohnehin im Eimer ist."
Alibek trat auf mich zu. Das Blut war ihm aus dem Gesicht gewichen, er stotterte vor Zorn.
„Du Schuft!" Er stieß mich vor die Brust. „Willst dich an uns rächen, weil dir dein Abenteuer mißglückt ist? Na schön, wir kommen auch ohne dich aus, ohne einen solchen Helden!"
Ich schwieg. Mir fehlte die Kraft, etwas zu sagen. Dshantais unverschämte Lüge machte mich sprachlos. Die Kumpel sahen mich finster an.
Fort von hier, nichts als fort. Ich stürzte zum Wagen und raste davon.
Unterwegs betrank ich mich. Zuerst ließ ich mir in einem kleinen Laden an der Straße ein Glas Wodka geben. Als mir nicht besser wurde, hielt ich wieder an und trank noch ein Glas. Das half. Alles tanzte mir vor den Augen, die Brücken, die Verkehrsschilder und die entgegenkommenden Fahrzeuge. Mich überkam so etwas wie eine grimmige Fröhlichkeit. Ach, dachte ich, hol's der Teufel! Was willst du mehr, du sitzt am Steuer und läßt dir frischen Wind um die Nase wehen. Und Kaditscha ... Wieso ist sie schlechter als andere? Sie ist jung und schön. Sie liebt dich, für dich tut sie alles, du undankbarer Esel!
Erst spätabends kam ich nach Hause und stand schwankend in der Tür, den Halbpelz über die Schulter geworfen. Manchmal mache ich beim Fahren den rechten Arm frei, um bequemer lenken zu können. Das ist eine Angewohnheit aus meiner Kindheit, als ich noch mit Steinen geschossen habe.
Asselj stürzte auf mich zu.
„Iljas! Was ist mit dir?" Dann schien sie zu begreifen, was mit mir los war. „Na, was stehst du herum? Bist sicher müde und durchgefroren. Zieh dich aus!"
Sie wollte mir behilflich sein, aber ich stieß sie schweigend beiseite, meine Scham hinter Grobheit verbergend. Torkelnd ging ich durchs Zimmer, warf geräuschvoll etwas um und ließ mich schwer auf einen Stuhl fallen.
„Ist was passiert, Iljas?" Beunruhigt blickte Asselj mir in die trunkenen Augen.
„Weißt du's denn nicht?" Ich ließ den Kopf sinken. Ich konnte

sie nicht ansehen. Ich saß da und wartete, daß sie mir Vorwürfe machen, ihr Schicksal beklagen und mich verfluchen würde. Ich war bereit, alles anzuhören, ohne mich zu rechtfertigen. Allein sie schwieg, als wäre sie gar nicht im Zimmer. Vorsichtig blickte ich hoch. Sie stand am Fenster, mit dem Rücken zu mir. Obwohl ich ihr Gesicht nicht sah, wußte ich, daß sie weinte. Brennendes Mitleid drückte mir das Herz ab.

„Weißt du, Asselj, ich möchte dir sagen ...“, begann ich unentschlossen, „ich möchte dir sagen ...“, damit verstummte ich. Ich brachte nicht den Mut auf, alles einzugestehen. Nein, ich war nicht imstande, ihr einen solchen Schlag zu versetzen, ich bedauerte sie und bereue es jetzt bitter. „Wir werden wohl nicht so bald zu deinen Eltern in den Ail fahren können“, gab ich dem Gespräch eine andere Wendung. „Später vielleicht. Jetzt ist nicht die Zeit.“

„Schön, schieben wir's auf, es eilt ja nicht“, erwiderte Asselj. Sie trocknete sich die Augen und kam zu mir. „Denk jetzt nicht dran, Iljas. Es wird schon alles gut werden. Denk lieber an dich. Du bist in der letzten Zeit so sonderbar. Ich erkenne dich gar nicht wieder.“

„Ist schon gut“, unterbrach ich sie, ärgerlich über meine Feigheit. „Ich bin müde und möchte schlafen.“

Anderntags bei der Rückfahrt traf ich auf der anderen Seite des Passes Alibek. Er fuhr mit Anhänger. Der Dolon war also bezwungen.

Als Alibek mich erblickte, sprang er, während der Wagen noch fuhr, ab und winkte. Ich verringerte die Geschwindigkeit. Glückstrahlend stand Alibek auf der Straße.

„Grüß dich, Iljas! Steig aus, rauchen wir eine!“ rief er.

Ich drosselte den Motor. Hinter Alibeks Lenkrad saß ein blutjunges Bürschchen. Das war also sein Beifahrer. Die Räder waren mit Ketten versehen, und der Anhänger hatte Luftdruckbremsen. Das bemerkte ich sofort. Aber ich stoppte nicht. Wenn es dir gelungen ist, um so besser, mich aber laß in Ruh.

„Halt, halt an!“ Alibek rannte hinter meinem Wagen her. „Ich hab mit dir zu reden, Iljas! Ach, du Satan, was machst du denn! Na, schon gut.“

Ich fuhr schneller. Schrei, soviel du willst, wir beide haben nichts mehr miteinander zu schaffen. Hab eben den kürzeren gezogen. Das war häßlich von mir, in Alibek verlor ich meinen besten Freund. Er hatte doch recht, recht in allem, heute weiß ich es. Doch damals konnte ich ihm nicht verzeihen, daß er so beleidigend leicht und schnell das erreicht hatte, was mich soviel Nerven, Anstrengung und Mühe gekostet hatte.

Alibek war schon immer ein ernster Mensch gewesen. Nie hätte er so unüberlegt wie ich versucht, den Angriff auf den Paß zu beginnen. Natürlich war es vernünftig gewesen, einen Beifahrer mitzunehmen. Sie konnten sich unterwegs am Lenkrad ablösen und jeweils mit frischen Kräften den Paß bezwingen. Dort oben entschieden Motor sowie Wille und Hände des Fahrers. Zudem verkürzte sich die Fahrzeit auf die Hälfte, wenn man einen Beifahrer mitnahm. All das hatte Alibek bedacht und dazu noch den Anhänger mit guten Bremsen versehen. Auch Ketten für die Räder hatte er nicht vergessen, kurz, er hatte den Kampf gegen den Paß bis an die Zähne bewaffnet und nicht mit Hurrageschrei geführt.

Alibeks Beispiel folgend, begannen auch die anderen, mit Anhänger zu fahren. Es heißt nicht umsonst, aller Anfang ist schwer. Außerdem waren unterdessen weitere Wagen eingetroffen, der benachbarte Wagenpark hatte sie zur Aushilfe geschickt. Anderthalb Wochen dröhnte die Autostraße durch den Tienschan Tag und Nacht unter den Rädern der Lastwagen. Trotz aller Schwierigkeiten wurde die Bitte der chinesischen Arbeiter fristgemäß erfüllt, wir ließen sie nicht im Stich. Ich arbeitete auch...

Heute, nachdem so viele Jahre vergangen sind und das alles lange vorbei ist, erzähle ich Ihnen das ganz ruhig, aber in jenen heißen Tagen kippte ich aus dem Sattel. Ich verlor die Zügel über das Pferd des Lebens.

Doch ich will der Reihe nach berichten.

Als ich nach der Begegnung mit Alibek im Wagenpark anlangte, war es schon dunkel. Ich machte mich auf den Weg zum Ledigenheim, blieb aber unterwegs in der Teestube hängen. In jenen Tagen beherrschte mich der unüberwindbare, menschenunwürdige Wunsch, mich bis zur Bewußtlosigkeit zu betrinken, um alles zu vergessen und in totenähnlichen Schlaf zu versinken. Ich trank viel, aber der Wodka hatte fast keine Wirkung auf mich. Ich verließ die Teestube noch gereizter und verzweifelter, als ich gekommen war. Anschließend streifte ich durch die Stadt und lenkte meine Schritte, ohne zu überlegen, zur Uferstraße, wo Kaditscha wohnte.

So ging es dann Tag für Tag. Ich stand zwischen zwei Feuern. Tagsüber am Lenkrad und nachts bei Kaditscha. Mit ihr war es bequemer, ruhiger, ich versteckte mich gewissermaßen vor mir selbst, vor den Menschen und vor der Wahrheit. Mir schien, daß nur Kaditscha mich verstand und liebte. Stets war ich bemüht, möglichst rasch von zu Hause wegzukommen. Asselj, meine liebe Asselj! Wenn sie gewußt hätte, daß sie mich mit ihrem Vertrauen und ihrer inneren Reinheit forttrieb! Ich betrog sie, wissend, daß ich ihrer damit unwürdig wurde, daß ich all das nicht verdiente, was sie für mich tat. Zuweilen kam ich betrunken nach Hause. Sie machte mir nicht einmal Vorwürfe. Bis heute begreife ich nicht, was das war: Mitleid, Willensschwäche oder aber seelische Stärke, Glaube an den Menschen? Ja, natürlich, sie wartete, sie glaubte, daß ich mich zusammenreißen, mich selbst bezwingen und wieder der alte werden würde. Ach, wäre sie lieber über mich hergefallen, hätte sie mich gezwungen, ehrlich die ganze Wahrheit zu gestehen. Vielleicht hätte sie Rede und Antwort von mir gefordert, wenn sie gewußt hätte, daß mich nicht nur die Unannehmlichkeiten in der Arbeit drückten. Sie ahnte nicht, was damals in mir vorging, und ich schonte sie, verschob die Aussprache von einem Tag zum anderen und kam so nicht dazu, das zu tun, was meine Pflicht gewesen wäre ihr gegenüber, gegenüber unserer Liebe, gegenüber unserem Kind.
Das letztemal kam mir Asselj mit geröteten Wangen und leuchtenden Augen fröhlich und lebhaft entgegen. Bevor ich noch Halbpelz und Stiefel ausziehen konnte, zog sie mich ins Zimmer.
„Schau, Iljas, Samat steht!"
„Tatsächlich? Wo ist er denn?"
„Da, unterm Tisch."
„Aber er krabbelt doch!"
„Wirst es gleich sehen. Na, Söhnchen, zeig Papa, wie du stehen kannst! Na komm, komm schon her, Samat!"
Irgendwie begriff Samat, was von ihm verlangt wurde. Auf allen vieren kam er fröhlich unterm Tisch hervorgekrochen, hielt sich am Bettpfosten fest und richtete sich dann mühsam auf. Ein Weilchen stand er sieghaft lächelnd auf seinen noch unsicheren Beinchen, dann plumpste er mit demselben sieghaften Lächeln zu Boden. Ich sprang zu, nahm ihn hoch, drückte ihn an mich und atmete den leichten Milchduft des

Kindes. Wie lieb und vertraut war mir dieser Duft, ebenso lieb und vertraut wie Asselj.
„Du erdrückst ihn noch, Iljas, nicht so stürmisch!" Damit nahm sie mir den Kleinen ab. „Na, was sagst du nun? Komm, zieh dich aus. Bald ist unser Sohn ein großer Junge, dann geht die Mutti wieder arbeiten. Alles kommt wieder ins Lot, alles wird gut, nicht wahr, mein Söhnchen? Und du ..." Asselj schaute mich mit traurigem Lächeln an. Ich setzte mich. Ich hatte begriffen, daß sie in diese zwei Worte all das gelegt hatte, was sie mir sagen wollte, was sie in diesen Tagen belastet hatte. Ihre Worte waren Bitte, Vorwurf und Hoffnung zugleich. Ich mußte ihr entweder sofort alles gestehen oder unverzüglich wegfahren. Dann schon lieber wegfahren. Sie war so glücklich und ahnte nichts. Ich erhob mich.
„Ich muß weg."
„Wohin denn?" fragte Asselj verblüfft. „Auch heute willst du nicht bleiben? Trink doch wenigstens noch eine Tasse Tee."
„Keine Zeit. Ich muß weg", murmelte ich. „Du weißt doch selbst, wieviel Arbeit wir haben."
Es war freilich nicht die Arbeit, die mich aus dem Haus trieb. Meine nächste Fahrt begann sogar erst am folgenden Morgen.
Schwer sank ich auf den Sitz meines Wagens und stöhnte vor Schmerz. Es dauerte lange, bis ich mit meinen zitternden Händen den Schlüssel im Zündschloß hatte. Dann lenkte ich auf die Straße und fuhr, bis die Lichterkette hinter mir verschwunden war. In einer Schlucht, gleich hinter einer Brücke, bog ich ins Gebüsch ab und löschte die Scheinwerfer. Hier wollte ich übernachten. Ich holte Zigaretten hervor, in meiner Streichholzschachtel war jedoch nur noch ein einziges Zündholz, das kurz aufflammte und sofort wieder erlosch. Wütend schleuderte ich Schachtel und Zigaretten aus dem Wagen, zog den Halbpelz über den Kopf und rollte mich mit hochgezogenen Beinen auf dem Sitz zusammen.
Der Mond blickte verdrießlich auf die kalten, dunklen Berge herab. Traurig pfiff der Wind durch die Schlucht und bewegte die leicht geöffnete Wagentür hin und her. Sie knarrte leise. Noch nie hatte ich meine völlige Einsamkeit, das Losgerissensein von meiner Familie und meine Isolierung von den Kumpeln so kraß empfunden. Ich konnte nicht länger so leben. Ich schwor mir, sobald ich in den Wagenpark zurückgekehrt

wäre, mit Kaditscha zu reden und sie zu bitten, mir zu verzeihen und zu vergessen, was zwischen uns gewesen war. Das wäre ehrlich und richtig gewesen.

Doch das Leben wollte es anders. Nie hatte ich erwartet, nie gedacht, daß das geschehen könnte. Als ich am übernächsten Morgen zum Umschlagpunkt zurückkehrte, traf ich daheim, obwohl die Tür offenstand, niemand an. Anfangs vermutete ich, Asselj sei Wasser oder Brennholz holen gegangen, als ich mich jedoch umsah, bemerkte ich die Unordnung im Zimmer. Der ungeheizte, schwarze Herd atmete Öde und Kälte. Ich ging zu Samats Bettchen — es war leer.

„Asselj!“ flüsterte ich angstvoll. „Asselj!“ echoten die Wände.

Ich stürzte zur Tür.

„Asselj!“

Keine Antwort. Ich rannte zu den Nachbarn, zur Tankstelle, aber niemand wußte etwas. Ich erfuhr nur, daß sie am Tag zuvor weggefahren war und den Kleinen bei Bekannten gelassen hatte. Am Abend war sie jedoch zurückgekehrt. Sie hat mich verlassen, sie hat alles erfahren! durchzuckte es mich.

Wohl noch nie war ich mit meinem Wagen in solchem Höllentempo durch den Tienschan gerast wie an jenem Unglückstag. Immerfort schien es mir, daß ich sie nach gerade dieser Kurve, in gerade dieser Schlucht und wo sonst noch immer einholen würde. Wie der Königsadler hinter seiner Beute jagte ich hinter den Fahrzeugen vor mir her, holte sie ein, warf rasch einen Blick auf die Ladefläche und ins Fahrerhaus und schoß dann vorbei, begleitet von den Flüchen der Fahrer. So sauste ich drei Stunden lang ununterbrochen durch die Gegend, bis das Wasser im Kühler zu kochen begann. Ich machte halt, warf Schnee auf den Kühler und holte Wasser. Der Kühler dampfte, der Wagen bebte wie ein abgehetztes Pferd. Ich wollte mich gerade wieder an den Lenker setzen, als ich Alibeks Wagen mit Anhänger erblickte, der mir entgegenkam. Obgleich wir in der letzten Zeit weder ein Wort gewechselt noch uns gegrüßt hatten, freute ich mich, würde er es mir doch sagen, wenn Asselj bei ihnen wäre. Ich stellte mich mitten auf die Straße und hob die Hand.

„Halt! Halt an, Alibek!“

Am Lenkrad saß gerade der zweite Fahrer. Er warf Alibek einen fragenden Blick zu. Der drehte sich finster weg. Der

Wagen sauste vorbei. In einer Wolke hochgewirbelten Schnees stand ich noch lange mit erhobener Hand auf der Straße. Dann fuhr ich mir übers Gesicht. Nun ja, wie du mir, so ich dir. Er hatte mir alles heimgezahlt. Aber ich hatte andere Sorgen, als an die Kränkung zu denken. Asselj war also nicht bei ihnen. Dann blieb nur noch, daß sie zu den Ihren in den Ail gefahren war, wo sollte sie sonst hin. Wie mochte sie die Schwelle des Elternhauses übertreten, was gesagt haben? Und wie mochte man ihre schmachvolle Rückkehr, allein, mit dem Kind auf dem Arm, aufgenommen haben?

Ich mußte unverzüglich in den Ail.

Eilig lieferte ich meine Ladung ab, ließ den Wagen auf der Straße stehen und lief in die Fahrdienstleitung, um die Papiere abzugeben. Am Tor stieß ich auf Dshantai, wie verhaßt mir sein unverschämtes, hämisches Lächeln war!

Als ich den Kopf durch den Schalter steckte und den Fahrbefehl hinlegte, sah mich Kaditscha mit einem sonderbaren Blick an, der Besorgnis und Schuldgefühl verriet.

„Mach rasch", sagte ich.

„Ist was passiert?"

„Sie ist nicht zu Hause. Asselj ist weg!"

„Was sagst du da?" Kaditscha erblaßte, kam hinter dem Tisch hervor, biß sich auf die Lippen und bat: „Verzeih, verzeih mir, Iljas! Ich bin schuld, ich ..."

„Was ist los? Nun red schon!" Ich stürzte zu ihr hinein.

„Ich weiß selber nicht, wie alles gekommen ist, ehrlich nicht, Iljas. Gestern klopfte der Pförtner ans Fenster und sagte, ein Mädchen wolle dich sprechen. Ich erkannte Asselj gleich. Eine Weile betrachtete sie mich, ohne einen Ton zu sagen, dann fragte sie: ‚Ist das wahr?' Und ich, ich sagte plötzlich, selbst nicht wissend, was ich tat: ‚Ja, es ist wahr, alles ist wahr, er gehört mir!' Sie taumelte zurück, ich ließ den Kopf auf den Tisch sinken, schluchzte und wiederholte wie von Sinnen: ‚Er gehört mir! Nur mir!' Dann habe ich sie nicht mehr gesehen. Verzeih, verzeih mir!"

„Warte, woher hat sie's erfahren?"

„Von Dshantai. Er war's, er hat auch mir gedroht. Du kennst ihn doch, diesen Halunken. Fahr los, Iljas, fahr ihr nach, such sie! Ich will dir nicht im Wege stehen, ich fahre weg."

Ich sauste mit dem Wagen durch die winterliche Steppe. Unter den Rädern schiefergrauer, hartgefrorener Boden. Der Wind kämmte die Mähnen der Schneewehen, blies die heimatlosen Kollerdisteln aus den Aryks und jagte sie über die Steppe. In der Ferne dunkelten die wetterharten Dubale und die kahlen Gärten des Ails.

Gegen Abend langte ich im Ail an. Ich hielt vor dem bekannten Hof, rauchte, um die Nerven zu beruhigen, rasch eine Zigarette, trat den Stummel aus und hupte. Doch anstelle Asseljs erschien ihre Mutter in einem über die Schultern geworfenen Pelz. Ich setzte einen Fuß aufs Trittbrett und sagte leise: „Guten Abend, Apa!“

„Ah, hast dich also auch mal herbequemt“, antwortete sie drohend. „Und besitzt nach allem, was geschehen ist, obendrein noch die Frechheit, mich Apa zu nennen! Mach, daß du wegkommst, geh mir aus den Augen! Du Strolch, du hergelaufener! Hat mir das leibliche Kind entführt und hat noch die Stirn herzukommen! Das ganze Leben hast du uns zerstört, du schamloser Lump!“

Die Alte ließ mich überhaupt nicht zu Worte kommen. Sie beschimpfte und schmähte mich mit den beleidigendsten Ausdrücken. Auf ihr Geschrei hin lief die Nachbarschaft zusammen.

„Scher dich weg, eh ich das ganze Dorf zusammengeschrien habe! Verflucht sollst du sein! Daß du mir nicht mehr unter die Augen kommst!“ Wütend hatte sie den Pelz auf die Erde geworfen und stand nun dicht vor mir.

Was blieb mir übrig, als wieder einzusteigen! Da Asselj mich nicht einmal sehen wollte, konnte ich nur noch wegfahren. Steine und Knüppel trafen meinen Wagen, die Dorfjungen jagten mich aus dem Ail.

In jener Nacht lief ich lange am Ufer des Issyk-Kul auf und ab. Das Wasser wogte im Mondlicht. Ach, Issyk-Kul, du immer warmer See, wie kalt und unfreundlich warst du in dieser Nacht! Schließlich setzte ich mich auf einen umgekippten Kahn und sah den Wellen zu, die sich wütend am Strand brachen, mir die Stiefel leckten und sich seufzend wieder zurückzogen.

Da trat jemand zu mir heran und legte mir behutsam die Hand auf die Schulter: Kaditscha.

Einige Tage später fuhren wir nach Frunse und wurden Mitglieder einer Forschergruppe, die die Anarchaisteppe zu

erschließen hatte. Ich arbeitete als Fahrer, Kaditscha als gewöhnliche Arbeiterin. So begann es, das neue Leben.
Die Expedition drang weit in die Anarchaisteppe vor, fast bis zum Balchaschsee. Wenn man schon mit der Vergangenheit bricht, so auch ganz.
In der ersten Zeit betäubte ich meinen Schmerz mit Arbeit. Es gab auch dort nicht wenig zu tun. Über drei Jahre fuhren wir kreuz und quer durch die endlose Steppe, bohrten Brunnen, legten Straßen an, errichteten Umschlagpunkte. Bald war es nicht mehr die frühere wilde, wermutduftende und hügeldurchzogene Steppe, wo man sich am hellichten Tage verirren und einen ganzen Monat umherstreifen konnte. Sie wurde zu einem Land der Viehzüchter mit Klubs und wohleingerichteten Häusern. Man begann sogar, Heu und Getreide zu ernten. Zwar gibt's dort heute noch Arbeit in Hülle und Fülle, vor allem für uns Fahrer, aber dennoch kehrte ich in den Tienschan zurück, nicht etwa, weil das Leben auf dem Neuland schwer war, das war es schließlich nur zeitweilig, und Kaditscha und ich fürchteten keine Schwierigkeiten. Zudem lebten wir nicht schlecht zusammen, wir achteten einander. Aber Achtung ist noch keine Liebe. Selbst wenn der eine liebt und der andere nicht, ist das meiner Meinung nach kein richtiges Leben. Gilt das nun für die Menschen schlechthin oder nur für mich, mir fehlte jedenfalls immerfort etwas, und das ließ sich weder durch Arbeit noch durch Freundschaft, noch durch die Güte und durch Aufmerksamkeit einer liebenden Frau ersetzen. Schon längst bereute ich insgeheim, daß ich so Hals über Kopf davongefahren war und nicht noch einmal versucht hatte, Asselj zurückzugewinnen. Im letzten halben Jahr empfand ich heftige Sehnsucht nach ihr und meinem Sohn. Nächtelang fand ich keinen Schlaf. Ich sah Samat vor mir, wie er lächelte und unsicher auf den wackligen Beinchen stand. Es war, als hätte ich seinen zarten Kinderduft fürs ganze Leben eingeatmet. Ich sehnte mich nach den Bergen des Tienschan, nach meinem blauen Issyk-Kul, nach der Vorgebirgssteppe, wo ich meiner ersten und letzten Liebe begegnet war. Kaditscha wußte das, aber sie machte mir keine Vorwürfe. Endlich begriffen wir, daß wir nicht zusammen leben konnten.
Diesmal gab es einen zeitigen Frühling in der Anarchaisteppe. Der Schnee schmolz rasch, bald waren die Hügel schneefrei und wurden grün. Die Steppe erwachte zum Leben, sog

Wärme und Feuchtigkeit ein. In den Nächten war die Luft durchsichtig und der Himmel sternklar.
Wir lagen neben einem Bohrturm im Zelt. Wie immer fand ich keinen Schlaf. Plötzlich ertönte in der Steppenstille das ferne, kaum vernehmbare Pfeifen einer Lokomotive. Wie es hierherkam, war schwer zu sagen. Vielleicht war's auch nur Einbildung, lag doch die Bahnlinie über eine halbe Tagesreise von uns entfernt. Jedenfalls begann mein Herz aufgeregt zu pochen, es rief zum Aufbruch. Ich sagte: „Ich fahre weg, Kaditscha."
„Ja, Iljas, wir müssen auseinander", antwortete sie.
Wir trennten uns. Kaditscha fuhr nach Nordkasachstan, aufs Neuland. Ich wünsche ihr von Herzen, daß sie glücklich wird. Ich möchte glauben, daß sie dort den Mann trifft, der, ohne es selbst vielleicht zu wissen, nach ihr sucht. Mit ihrem ersten Mann hatte sie kein Glück, und auch mit mir war es nicht gut gegangen. Möglich, daß ich bei ihr geblieben wäre, wenn ich nicht gewußt hätte, was wirkliche Liebe ist, was es heißt, selbst zu lieben und geliebt zu werden. Das ist so eine Sache, die man schwer erklären kann.
Ich brachte Kaditscha zur Bahnstation und setzte sie in den Zug. Lange lief ich neben dem Wagen her. „Glückliche Reise, Kaditscha, und sei mir nicht böse!" waren meine letzten Worte.
Kraniche zogen über die Anarchaisteppe nach Süden, ich aber reiste nach Norden in den Tienschan.

Als ich ankam, fuhr ich, ohne zu säumen, sofort in den Ail. Ich hatte mich von einem Lastwagen mitnehmen lassen und bemühte mich, an nichts zu denken. Mir war unheimlich und froh zugleich. Wir fuhren durch die Vorgebirgssteppe, es war derselbe Weg, auf dem ich Asselj zum erstenmal begegnet war. Doch jetzt war es schon kein Weg mehr, sondern eine richtige Chaussee mit Betonbrücken und Verkehrsschildern. Es tat mir richtig leid um den alten Steppenweg. Ich fand weder die Durchfahrt durch den Aryk, wo ich damals steckengeblieben war, noch den Stein, auf dem Asselj einst gesessen hatte.
Als der Ail in Sicht kam, klopfte ich an die Rückwand des Fahrerhauses.
„Was ist los?" Der Fahrer steckte den Kopf aus dem Fenster.
„Halt an, ich will aussteigen."

„Mitten auf freiem Feld? Wir sind doch gleich da."
„Danke schön! Ich hab's nicht weit von hier, ich geh ein Stückchen zu Fuß." Damit sprang ich ab und reichte ihm Geld hin.
„Laß das", sagte er, „von Kollegen nehm ich nichts."
„Nimm nur, es steht mir ja nicht auf der Stirn geschrieben, daß ich auch Fahrer bin."
„Ich hab's aber trotzdem gemerkt."
„Na gut, wenn es so ist. Gehab dich wohl!"
Der Wagen fuhr ab. Ich aber stand noch immer auf der Chaussee und konnte mich zu nichts aufraffen. Ich zündete mir eine Zigarette an. Meine Hand zitterte, als ich die Zigarette zwischen die Lippen steckte. Nachdem ich mehrere tiefe Züge gemacht hatte, trat ich den Stummel aus und marschierte los. „Da wär ich also", murmelte ich. Mein Herz klopfte so laut, daß es mir in den Ohren klang, es war, als hätte ich eins mit dem Hammer vor den Kopf bekommen.
Der Ail hatte sich merklich verändert, er war größer geworden, es gab viele neue Häuser mit Schieferdächern, elektrische Leitungsdrähte zogen sich an der Straße entlang, vor der Kolchosverwaltung stand ein Pfahl mit einem Lautsprecher. Kinder eilten zur Schule. Einige Halbwüchsige umringten einen jungen Lehrer und sprachen lebhaft auf ihn ein. Vielleicht waren es dieselben, die mich seinerzeit mit Steinen und Knüppeln aus dem Ail gejagt hatten. Die Zeit vergeht, sie bleibt nicht stehen.
Ich lief schneller. Da war schon der Hof mit den Weiden und dem Dubal. Einen Augenblick blieb ich stehen, um Atem zu schöpfen. Dann ging ich unsicher auf die Pforte zu, Angst und Unruhe im Herzen. Ich klopfte. Ein Mädchen mit einer Mappe unter dem Arm kam herausgelaufen. Es war dasselbe, das mir seinerzeit die Zunge herausgestreckt hatte, jetzt ging es schon zur Schule. Das Mädchen hatte es eilig. Erstaunt musterte es mich und sagte: „Es ist niemand daheim!"
„Überhaupt niemand?"
„Nein. Apa ist zu Besuch in der Försterei. Und Vater fährt Wasser für die Traktoren."
„Und wo ist Asselj?" fragte ich schüchtern und fühlte, wie mir der Gaumen trocken wurde.
„Asselj?" fragte das Mädchen verblüfft. „Asselj wohnt längst nicht mehr hier."

„Kommt sie denn nie her?"
„Sie kommt jedes Jahr einmal mit dem Dshesde. Apa sagt, er sei ein sehr guter Mann."
Ich stellte keine weiteren Fragen. Das Mädchen rannte zur Schule, und ich kehrte um.
Die Neuigkeit traf mich wie ein Blitz aus heiterem Himmel, ich war so erschüttert, daß es mir völlig egal war, wen, wann und wohin sie geheiratet hatte. Wozu sollte ich das auch wissen? Sonderbarerweise war es mir nie in den Sinn gekommen, daß Asselj einen anderen finden könnte. Dabei hätte ich's mir doch denken können. Sollte sie vielleicht all die Jahre dasitzen und warten, bis ich wieder auftauchen würde?
Ohne auf einen Wagen zu warten, der mich mitnehmen konnte, ging ich die Chaussee entlang.
Ja, der alte Weg hatte sich verändert, er war festgestampft und mit Schotter bestreut. Nur die Steppe war die alte geblieben, mit ihren dunklen Sturzäckern und den hellen, ausgeblichenen Stoppelfeldern. In breiten Hügelketten zog sie sich von den Bergen bis zum Horizont, wo sie als helle Kante den fernen Issyk-Kul säumte. Nach der Schneeschmelze war der Boden kahl und naß. Irgendwo ratterten Traktoren. Die Frühjahrsbestellung hatte bereits begonnen.
Nachts langte ich in der Kreisstadt an, und am nächsten Morgen beschloß ich, mich im Wagenpark anstellen zu lassen. Alles war zu Ende, ich hatte alles verloren. Es blieb nur eins: die Arbeit.
Auf der Tienschanstraße war, wie immer, starker Verkehr. Der Wagenstrom riß nicht ab. Ich wartete, bis ein Wagen aus meinem alten Park vorbeikam, dann erst hob ich die Hand.
Der Wagen hatte ein solches Tempo drauf, daß er erst einige Meter weiter zum Stehen kam. Rasch griff ich nach meinem Koffer, als auch schon der Fahrer ausstieg. Es war mein ehemaliger Regimentskamerad Ermek, der bei mir in der Armee fahren gelernt hatte. Damals war er noch ein Grünschnabel gewesen. Ermek sah mir mit einem unsicheren Lächeln entgegen.
„Erkennst du mich nicht?"
„Sergeant ... Iljas! Iljas Alybajew!" erinnerte er sich schließlich.
„Ebender!" sagte ich lächelnd, hatte aber ein bitteres Gefühl dabei. Ich mußte mich wohl sehr verändert haben, da er mich

nicht gleich erkannt hatte.
Wir fuhren los, unterhielten uns über dies und jenes und erinnerten uns unserer Dienstzeit in der Armee. Während unseres Gesprächs fürchtete ich nur eines: daß er mich nach meinem Leben in den letzten Jahren fragen würde. Aber Ermek wußte anscheinend nichts, und ich beruhigte mich bald wieder.
„Wann bist du denn aus der Armee entlassen worden?"
„Vor zwei Jahren."
„Und wo ist Alibek Dshanturin?"
„Das weiß ich nicht genau, ich habe ihn hier nicht mehr angetroffen, er soll angeblich Obermechaniker in einem Wagenpark im Pamir sein."
Alle Achtung, Alibek! Bist doch ein Prachtkerl, alter Freund, ein tüchtiger Dshigit! freute ich mich für ihn. Er hatte also sein Ziel erreicht, schon in der Armee war er Fernstudent an einer Fachschule für Kraftfahrzeugtechnik gewesen und hatte beabsichtigt, auch die Hochschule zu absolvieren.
„Ist Amandsholow noch Leiter des Wagenparks?"
„Nein, wir haben einen neuen, Amandsholow ist aufgerückt, er sitzt jetzt im Ministerium."
„Was meinst du, werden sie mich einstellen?"
„Aber natürlich, warum denn nicht? Du bist doch ein erstklassiger Fahrer, warst doch schon in der Armee gut angeschrieben."
„Das war einmal", murmelte ich. „Kennst du übrigens Dshantai?"
„Nein. Den Namen hab ich nie gehört."
Tja, vieles hat sich verändert im Wagenpark, dachte ich und fragte nach einer Weile: „Und wie steht's mit den Anhängern, fahrt ihr mit Anhängern über den Paß?"
„Na klar", antwortete Ermek, als sei das die alltäglichste Sache der Welt. „Das hängt nur von der Ladung ab. Wenn's nötig ist, kuppeln wir Anhänger an, wir haben doch starke Wagen."
Er wußte nicht, wie teuer mich diese Anhänger zu stehen gekommen waren.
Jedenfalls war ich wieder in meinem alten Wagenpark. Ermek lud mich zu sich nach Hause ein, bewirtete mich und wollte mit mir auf unser Wiedersehen anstoßen. Ich trank jedoch schon lange nicht mehr und lehnte ab.

Auch im Wagenpark wurde ich nicht übel empfangen. Ich war den Kumpeln, die mich von früher her kannten, dankbar, daß sie keine überflüssigen Fragen stellten. Sie begriffen wohl: Ich hatte mich irgendwo in der Welt herumgetrieben, war zurückgekehrt und arbeitete jetzt gewissenhaft, und dabei ließen sie es bewenden. Wozu an Vergangenes rühren? Ich war bemüht zu vergessen, alles und für immer. Am Umschlagpunkt, wo ich früher mit meiner Familie gewohnt hatte, raste ich stets vorbei, ohne nach links oder rechts zu blicken. Nicht mal an der Tankstelle hielt ich an. Allein es gab keine Rettung für mich, es gelang mir nicht, mich selbst zu betrügen.

Ich arbeitete bereits wieder eine geraume Zeit im Wagenpark, hatte mich eingelebt, mich an meinen Wagen gewöhnt und den Motor in allen Gängen und bei allen Steigungen erprobt. Mit einem Wort, ich wußte Bescheid.

An jenem Tag kam ich aus China zurück. Ich fuhr ruhig, dachte an nichts, drehte den Lenker und schaute in die Gegend. Es war Frühling. In der Ferne wurden hier und dort Jurten errichtet, die Viehzüchter zogen auf die Frühjahrsweide. Graue Rauchfähnchen kräuselten sich über den Kuppelzelten. Der Wind trug Pferdegewieher herüber. Neben der Straße weideten Schafherden. Ich erinnerte mich an meine frühe Kindheit, und mir wurde traurig zumute. Und plötzlich, ich näherte mich dem See, zuckte ich zusammen: Schwäne! Zum zweitenmal im Leben sah ich Frühlingsschwäne am Issyk-Kul. Die weißen Vögel kreisten über dem tiefblauen Wasser. Ohne zu wissen, warum, bog ich scharf ab und fuhr querfeldein zum See, wie damals.

Ach, Issyk-Kul, Issyk-Kul, du mein unvollendetes Lied! Warum mußte ich an jenen Tag zurückdenken, als ich auf dieser Anhöhe dicht am Wasser mit Asselj haltgemacht hatte? Alles war wie an jenem Tag; als hielten sie sich an den Händen, eilten die schäumenden, blauen Wellen in dichter Folge ans gelbe Ufer. Die hinter den Bergen versinkende Sonne färbte das Wasser rötlich. Aufgeregt schreiend, flogen die Schwäne dahin. Bald schwangen sie sich in die Höhe, bald ließen sie sich mit weitgebreiteten Schwingen fallen und badeten im schäumenden Wasser. Ja, alles war wie damals. Nur Asselj war nicht mehr bei mir. Wo mochte sie jetzt sein, meine Pappel im roten Kopftuch?

Lange stand ich am Ufer. Dann kehrte ich in den Wagenpark

zurück und verlor die Nerven. Wieder trieb es mich in die Teestube, um den jäh erwachten Schmerz zu ertränken. Es war schon spät, als ich sie wieder verließ. Der Himmel war dunkel und bedeckt. Aus der Schlucht wehte ein scharfer Wind, wütend bog er die Bäume, pfiff in den Leitungsdrähten und schleuderte mir Sand ins Gesicht. Der See ächzte und stöhnte. Endlich langte ich im Ledigenheim an und warf mich, so wie ich war, aufs Bett.

Morgens konnte ich kaum den Kopf vom Kissen heben, so einen Kater hatte ich. Draußen nieselte ein widerwärtiger Schneeregen hernieder. Etwa drei Stunden lag ich so, ich hatte keine Lust zu arbeiten. Es war das erstemal, daß mir selbst die Arbeit keinen Spaß machte. Doch dann schämte ich mich, stand auf und fuhr los.

Der Wagen wollte nicht recht, vielmehr, es lag an mir, ich war matt, und das Wetter ging mir auf die Nerven. Die Wagen, die mir entgegenkamen, waren schneebedeckt, auf dem Paß schneite es also. Und wennschon! Von mir aus konnte es stürmen, soviel es wollte, mir war's egal, es war ohnehin alles aus.

Meine Laune war völlig unter dem Nullpunkt. Wenn ich in den Rückspiegel schaute, wurde mir jedesmal übel: unrasiert, das Gesicht welk und aufgedunsen, wie nach einer Krankheit. Ich hätte unterwegs etwas essen sollen, da ich nicht gefrühstückt hatte, aber ich hatte nicht den geringsten Appetit und wollte lieber etwas trinken. Läßt man sich erst einmal gehen, fällt es nachher schwer, sich wieder zusammenzureißen. Vor einer Imbißstube machte ich halt. Das erste Glas pulverte mich auf, ich kam langsam zu mir. Auch das Fahren ging jetzt besser. Bald hielt ich wieder an, trank noch ein Glas, dann noch eins und noch eins. Die Straße glitt unter mir hinweg, die Scheibenwischer pendelten mir vor den Augen. Über den Lenker gebeugt, kaute ich an meiner Zigarette und sah nur noch, wie die mir entgegenkommenden Fahrzeuge vorbeisausten und meine Scheiben mit Dreck bespritzten. Ich drehte ebenfalls auf, denn es war schon spät. Die Nacht überraschte mich in den Bergen, leise und undurchdringlich. Jetzt machte sich auch der Wodka bemerkbar. Ich war völlig erschöpft und wurde immer müder. Schwarze Punkte tanzten mir vor den Augen. Im Fahrerhaus war es schwül, mir wurde übel. Nie im Leben war ich so betrunken gewesen. Der Schweiß rann mir übers Gesicht. Mir war, als führe ich nicht in meinem Wagen, sondern auf zwei dahineilenden Lichtstrahlen, die aus den Scheinwerfern brachen. Bald stürzte ich mit diesen Strahlen in eine hell erleuchtete Senke, bald erklomm ich mit den zitternden, über die Felsen tastenden Lichtfingern Steigungen, dann wieder beschrieb ich mit ihnen Serpentinen. Meine Kräfte ließen immer mehr nach, doch ich hielt nicht an, weil ich spürte, daß ich nur die Hände vom Lenkrad zu lösen brauchte, um sofort die Gewalt über den Wagen zu verlieren. Ich wußte nicht mehr genau, wo ich war, ich wußte nur noch, daß ich mich auf dem Paß befand. Ach, Dolon, Dolon, du Riese des Tienschan! Bist kein Honiglecken! Namentlich nachts nicht und schon gar nicht für einen betrunkenen Fahrer!

Mit Mühe nahm der Wagen eine Steigung und rollte dann bergab. Die Nacht geriet ins Wanken. Die Hände gehorchten mir nicht mehr. Mit zunehmender Geschwindigkeit raste der Wagen bergab. Dann gab es einen dumpfen Stoß, ein Knirschen, die Scheinwerfer erloschen, schwarze Finsternis umgab mich. Irgendwo in der Tiefe meines Bewußtseins glomm es auf: ein Unfall!

Ich weiß nicht mehr, wie lange ich so dalag, plötzlich drang jedenfalls wie aus weiter Ferne, wie durch dicke Watte eine Stimme an mein Ohr: „Na, leuchte mal!“ Hände tasteten mir Kopf, Schultern und Brust ab. „Er lebt, ist nur betrunken“, sagte die Stimme. Eine andere antwortete: „Wir müssen die Straße frei machen.“

„Los, Freund, versuch mal, ein bißchen beiseite zu rücken, wir wollen den Wagen ein Stückchen weiterfahren.“ Die Hände schoben mich behutsam vom Lenkrad weg.

Stöhnend hob ich den Kopf. Blut rann mir übers Gesicht. Etwas in der Brust hinderte mich, mich gerade aufzusetzen. Der Fremde riß ein Streichholz an und sah mich an. Dann riß er noch eins an und sah mich noch einmal an, als traue er seinen Augen nicht.

„Was machst du bloß für Geschichten, Freund! Wie ist denn so was möglich, hm?“ sagte er bedauernd aus der Finsternis.

„Der Wagen ... ist er sehr kaputt?“ fragte ich, Blut spuckend.

„Nicht sehr. Er steht nur quer zur Fahrbahn.“

„Na, dann kann ich ja gleich weiter, laß mich los!“ Mit zit-

ternden Händen versuchte ich, die Zündung einzuschalten und auf den Anlasser zu drücken.
„Wart mal.“ Der Fremde packte mich an der Schulter. „Hast genug Mist gebaut! Steig aus. Übernachtest bei mir, morgen früh sehen wir weiter.“
Ich wurde aus dem Fahrerhaus gezogen.
„Fahr den Wagen an den Straßenrand, Kemel, reparieren können wir ihn morgen.“
Er legte meinen Arm um seinen Nacken und schleppte mich irgendwohin in die Dunkelheit. Wir gingen lange, bis wir ein Gehöft erreichten. Der Mann half mir ins Haus. In der Stube brannte eine Petroleumlampe. Er schob mich auf einen Schemel und zog mir den Halbpelz aus. Dabei sah ich ihn zum erstenmal richtig an und erkannte ihn sofort. Es war der Straßenmeister Baitemir, derselbe, mit dem ich auf dem Paß den Wagen abgeschleppt hatte. Scham überkam mich, trotzdem freute ich mich, ihn wiederzusehen. Ich wollte mich schon entschuldigen und mich bei ihm bedanken, als mich das Geräusch auf den Boden fallender Holzscheite aufblicken ließ. Langsam, wie hypnotisiert, erhob ich mich, mir war, als hätte jemand eine schwere Last auf meine Schultern gewälzt. In der Tür, neben den auf den Boden gefallenen Scheiten, stand Asselj. Unnatürlich aufrecht stand sie da und schaute mich wie leblos an.
„Was ist denn das?“ flüsterte sie.
Beinahe hätte ich „Asselj“ gerufen, aber ihr fremd-abweisender Blick schnürte mir die Kehle zu. Vor Scham vergehend, senkte ich den Kopf. In der Diele wurde es unheimlich still. Ich weiß nicht, wie alles geendet hätte, wäre Baitemir nicht gewesen. Als wäre nichts geschehen, drückte er mich wieder auf den Schemel nieder.
„Nichts Schlimmes, Asselj“, sagte er ruhig. „Der Fahrer hat einen leichten Unfall gehabt, er muß nur ein bißchen liegen. Gib uns lieber Jodtinktur.“
„Jod?“ Ihre Stimme wurde wärmer, klang besorgt. „Das Jod haben sich die Nachbarn geborgt. Ich hol's gleich!“ Damit lief sie zur Tür hinaus.
Ich biß mir auf die Lippen, wagte aber keine Bewegung. Im Handumdrehen war mein Rausch verflogen, ich war vollkommen nüchtern. Nur das Blut hämmerte mir in den Schläfen.

„Zuerst müssen wir das Blut abwaschen", sagte Baitemir, die Schrammen auf meiner Stirn in Augenschein nehmend. Er griff nach einem Eimer und ging hinaus. Aus dem Nebenzimmer lugte ein barfüßiger, etwa fünfjähriger Junge im Nachthemd. Er sah mich mit großen, neugierigen Augen an. Ich erkannte ihn sofort, wieso, weiß ich nicht, aber ich erkannte ihn, mein Herz erkannte ihn wohl.

„Samat!" flüsterte ich mit gepreßter Stimme und streckte die Hand nach ihm aus. In dem Moment erschien Baitemir in der Tür. Ich erschrak. Sicher hatte er gehört, wie ich den Sohn beim Namen nannte. Mir war, als hätte man mich bei einem Diebstahl ertappt. Um meine Verlegenheit zu verbergen, fragte ich, die Schramme über dem einen Auge mit der Hand verdeckend: „Ist das Ihr Sohn?"

Warum stellte ich nur diese Frage? Bis auf den heutigen Tag kann ich mir das nicht verzeihen.

„Ja, meiner!" antwortete Baitemir mit überzeugtem Besitzerstolz. Er stellte den Eimer ab und nahm Samat auf den Arm. „Natürlich meiner, nicht wahr, Samat?" Er küßte den Kleinen und kitzelte ihn mit dem Schnurrbart am Hals. In seiner Stimme und seinem Benehmen war kein Fünkchen Falsch. „Warum schläfst du nicht, hm? Ach du, mein kleines Füllen, alles muß es wissen, na, jetzt aber marsch, ins Bett!"

„Wo ist Mama?" fragte Samat.

„Sie kommt gleich. Da ist sie schon! Nun geh, Söhnchen!"

Asselj kam herein, musterte uns mit besorgtem Blick, gab Baitemir das Jodfläschchen und brachte den Sohn ins Bett.

Baitemir feuchtete ein Handtuch an und wusch mir das Blut vom Gesicht.

„Halt aus!" scherzte er, während er mir die Schrammen mit Jod betupfte, daß sie brannten, und fügte dann streng hinzu: „Für den Mist, den du gebaut hast, brennt's noch viel zuwenig, aber lassen wir das, schließlich bist du unser Gast. So, jetzt ist alles in Ordnung, wird schon verheilen. Asselj, bringst du uns Tee?"

„Gleich."

Baitemir breitete eine Steppdecke über den dicken Filzbelag in der Ecke und legte ein Kissen darauf.

„Setz dich her und ruh dich aus", sagte er.

„Danke, es geht schon", murmelte ich.

„Setz dich, setz dich und fühl dich wie zu Hause", drängte Baitemir.

Wie ein Automat tat ich, was er wollte. Mir war, als drücke mir jemand das Herz ab. Furcht und Erwartung nagten an mir. Ach, wozu hatte mich meine Mutter nur zur Welt gebracht!
Asselj, bemüht, nicht zu mir hinzusehen, nahm den Samowar und ging hinaus auf den Hof.
„Ich helf dir gleich, Asselj", rief Baitemir ihr nach. Er wollte ihr gerade folgen, als Samat in der Tür erschien. Anscheinend hatte er keine Lust zum Schlafen.
„Was ist denn, Samat?" Baitemir schüttelte gutmütig den Kopf.
„Onkel, kommst du direkt aus dem Film?" fragte mich mein Sohn ernsthaft und kam langsam näher. Ich ahnte, was weiter kommen würde, und Baitemir brach in schallendes Gelächter aus.
„Ach, du mein Dummchen, du!" sagte er lachend und kauerte sich neben dem Knirps hin. „So was Komisches! Wenn wir ins Bergarbeiterkino fahren, nehmen wir ihn immer mit", wandte er sich an mich.
„Ja, ich komme direkt aus dem Film", sagte ich, um kein Spielverderber zu sein.
Aber Samat war nicht recht befriedigt.
„Das stimmt nicht", erklärte er.
„Wieso stimmt es nicht?"
„Und wo ist dein Säbel, mit dem du gekämpft hast?"
„Den hab ich zu Hause gelassen."
„Zeigst du ihn mir morgen?"
„Ich zeig ihn dir. Na, komm mal her! Wie heißt du denn? Samat?"
„Hm. Und wie heißt du, Onkel?"
„Ich heiße..." Ich stockte. „Ich heiße Onkel Iljas", brachte ich mühsam hervor.
„Geh schlafen, Samat, es ist schon spät", mischte Baitemir sich ein.
„Papa, darf ich nicht noch ein bißchen aufbleiben?" bat Samat.
„Na schön", erlaubte Baitemir. „Ich hol gleich den Tee."
Samat kam zu mir. Ich streichelte seine Hand. Er war mir sehr, sehr ähnlich. Sogar die Hände waren die gleichen, und er lachte ebenso wie ich.
„Was willst du denn werden, wenn du groß bist?" fragte ich

um ein Gespräch mit meinem Sohn anzuknüpfen.
„Fahrer."
„Fährst du gern Auto?"
„Furchtbar gern. Bloß mich nimmt niemand mit, wenn ich die Hand hebe."
„Aber ich nehm dich morgen mit, willst du?"
„Ja. Ich geb dir mein Knöchelspiel dafür!" Er rannte ins Nebenzimmer, um die Knöchel zu holen.
Draußen züngelten Flammen aus dem Samowar. Asselj und Baitemir unterhielten sich über etwas.
Samat brachte die versprochenen Knöchel in einem Beutelchen aus Schafleder.
„Such dir welche aus, Onkel!" Er schüttete seine buntbemalten Reichtümer vor mich hin.
Gern hätte ich mir einen Knöchel als Andenken eingesteckt, wagte es aber nicht. Die Tür öffnete sich, und Baitemir kam mit dem siedenden Samowar herein. Asselj folgte ihm. Sie brühte den Tee auf, während Baitemir ein rundes Tischchen mit niedrigen Beinen auf den Filz stellte und ein Tischtuch auflegte. Samat und ich sammelten die Knöchel ein und taten sie wieder in den Beutel.
„Seine Schätze hat er gezeigt, ach, du mein kleiner Angeber!" Zärtlich zog Baitemir Samat am Ohr.
Dann saßen wir um den Samowar. Asselj und ich taten, als sähen wir uns zum erstenmal. Wir zwangen uns, ruhig zu erscheinen, und schwiegen meist. Samat hatte es sich auf Baitemirs Schoß bequem gemacht und schmiegte sich an ihn, wobei sein Gesicht Baitemirs Schnurrbart berührte.
„Och, immer bist du kratzig, Papa!"
Es fiel mir schwer, unerkannt neben meinem Sohn zu sitzen und zuzuhören, wie er einen anderen Mann „Vater" nannte. Es war schwer, neben Asselj, meiner geliebten Asselj zu sitzen und nicht einmal das Recht zu haben, ihr gerade in die Augen zu sehen. Wie mochte sie hierhergeraten sein? Hatte sie ihn liebgewonnen und geheiratet? Was konnte ich schon erfahren, wenn sie sich nicht einmal anmerken ließ, daß sie mich kannte; sie tat, als wäre ich ein wildfremder, ihr unbekannter Mann. War es möglich, daß sie mich so haßte? Und Baitemir? Erriet er tatsächlich nicht, wer ich war? Entging ihm Samats Ähnlichkeit mit mir? Warum erwähnte er nicht einmal unsere Begegnung auf dem Paß, als wir den Wagen abgeschleppt

hatten? Oder hatte er sie wirklich vergessen?

Noch schlimmer wurde es, als wir uns schlafen legten. Sie richtete mir das Lager auf dem Filzbelag, wo wir gegessen hatten. Das Gesicht zur Wand gedreht, lag ich da. Der Lampendocht war heruntergeschraubt, Asselj räumte das Geschirr ab.

„Asselj!" rief Baitemir leise aus dem Nebenzimmer.

Asselj trat an die halbgeöffnete Tür.

„Vielleicht wäschst du ihm sein Hemd aus?"

Sie nahm mein blutbeflecktes Hemd und begann es zu waschen. Doch plötzlich ging sie ins Nebenzimmer zu Baitemir. Leise hörte ich sie fragen: „Habt ihr das Wasser aus dem Kühler abgelassen? Es kann nachts einfrieren."

„Ja, Kemel hat's abgelassen", antwortete Baitemir ebenso leise. „Dem Wagen ist nicht viel passiert. Morgen bringen wir ihn in Ordnung."

Daran hatte ich überhaupt nicht gedacht, mir war nicht nach Kühlern und Motoren.

Asselj wusch das Hemd fertig und hängte es über den Herd. Seufzend löschte sie die Lampe und ging hinaus.

Es war dunkel. Niemand von uns schlief, jeder hing seinen Gedanken nach. Baitemir lag mit dem Sohn in einem Bett. Er brummelte irgend etwas Zärtliches und deckte Samat sorgsam zu, wenn er sich im Schlaf bloßstrampelte. Zuweilen hörte ich Asselj leise seufzen. Ich glaubte in der Dunkelheit ihre feuchtglänzenden Augen zu sehen. Sicher weinte sie. An was, an wen mochte sie denken? Sie hatte jetzt drei Menschen ... Vielleicht dachte sie, ebenso wie ich, an all das Schöne und Schwere, das uns verband. Doch jetzt war sie für mich unerreichbar, unerreichbar waren auch ihre Gedanken. Asselj hatte sich verändert in diesen Jahren, verändert hatten sich auch ihre Augen. Es waren nicht mehr die vertrauensvoll strahlenden, treuherzigen Augen von früher. Sie blickten strenger. Und doch war Asselj dieselbe für mich geblieben, sie war noch immer meine Steppenpappel im roten Kopftuch. Jeder ihrer Züge, jede ihrer Bewegungen war mir lieb und vertraut. Um so bitterer war mir zumute. Verzweifelt grub ich das Gesicht ins Kissen und lag schlaflos bis zum Morgen.

Am Himmel schwamm der Mond und tauchte in die heraufziehenden Wolken.

Asselj und Baitemir standen früh auf und gingen in den Hof,

um die Wirtschaft zu besorgen. Ich erhob mich ebenfalls. Ich mußte fort. Leise schlich ich mich an Samats Bett, küßte ihn und verließ rasch das Zimmer.
Auf dem Hof kochte Asselj Wasser in einem großen Kessel, der auf einigen Steinen stand. Baitemir hackte Holz. Schweigend gingen wir zum Wagen.
Wie sich jetzt herausstellte, war ich gegen die Begrenzungspfähle gefahren. Zwei von ihnen lagen herausgerissen auf der Straße. Ein Scheinwerfer war kaputt, der eine Kotflügel und die Kühlerverkleidung hatten Beulen, ein Rad schleifte. Mit Stemmeisen und Hammer brachten wir den Schaden einigermaßen in Ordnung. Aber dann begann eine lange, qualvolle Arbeit. Der Motor war ausgekühlt und wollte nicht anspringen. Wir wärmten die Ölwanne mit brennendem Werg an und drehten mit beiden Händen die Kurbel durch. Unsere Schultern berührten sich, die brennenden Hände umklammerten ein und denselben Griff, wir atmeten uns an, verrichteten eine Arbeit und dachten vielleicht auch an ein und dasselbe.
Der Motor rührte sich nicht. Uns ging schon der Atem aus. Da brachte Asselj zwei Eimer heißes Wasser, stellte sie wortlos vor mich hin und ging wieder weg. Ich goß das Wasser in den Kühler. Wieder und wieder drehten Baitemir und ich die Kurbel, endlich begann der Motor zu tuckern. Ich kletterte ins Fahrerhaus. Der Motor lief unregelmäßig, dauernd setzte er aus. Baitemir war gerade dabei, die Zündkerzen zu prüfen, als atemlos Samat angelaufen kam, im offenen Mäntelchen. Er lief um den Wagen herum und wollte mitfahren. Asselj kam hinterher, hielt den Sohn fest und blieb, ohne ihn loszulassen, neben dem Fahrerhaus stehen. Sie schaute mich so vorwurfsvoll, schmerzerfüllt und mitleidig an, daß ich bereit gewesen wäre, jede Marter auf mich zu nehmen, hätte ich nur damit meine Schuld wiedergutmachen und sie wiedergewinnen können. Ich beugte mich aus der offenen Tür.
„Asselj! Nimm den Sohn, steig ein! Ich will dich mitnehmen, wie damals, für immer! Steig ein!“ flehte ich beim Dröhnen des Motors.
Asselj sagte nichts, sie schlug die tränenverschleierten Augen nieder und schüttelte den Kopf.
„Wir wollen mitfahren, Mama!“ Samat zog sie an der Hand. „Spazierenfahren!“

Ohne sich umzusehen, ging sie mit gesenktem Kopf davon. Samat aber zerrte sie immer wieder zurück, er wollte nicht weg.
„Fertig!" rief Baitemir, klappte die Motorhaube herunter und reichte mir das Werkzeug ins Fahrerhaus.
Ich fuhr ab. Wieder hatte ich das Lenkrad in den Händen, wieder die Straße und die Berge vor mir, der Wagen trug mich fort, ihm war es einerlei.
So fand ich Asselj und meinen Sohn auf dem Paß wieder. Und so trennten wir uns. Auf der ganzen Fahrt nach China und zurück bis zur Grenze zerbrach ich mir den Kopf und konnte keine Lösung finden. Ich war völlig erschöpft von der ausweglosen Grübelei. Jetzt mußte ich endgültig fort, ich durfte nicht länger bleiben.
Das war mein fester Entschluß. Als ich auf der Rückfahrt an der Straßenmeisterei vorbeikam, erblickte ich Samat. Er spielte mit einem Jungen und einem Mädchen, die etwas älter waren als er, aus Steinen bauten sie Höfe und Viehhürden. Vielleicht hatte ich sie schon früher an der Straße gesehen, war ich fast täglich dicht an meinem Sohn vorbeigefahren, ohne es auch nur zu ahnen. Ich hielt an.
„Samat!" rief ich. Ich wollte ihn sehen. Die Kinder kamen angerannt.
„Onkel, bist du gekommen, um uns spazierenzufahren?" rief Samat erfreut.
„Ja, ich fahr euch ein Stückchen", sagte ich.
Sofort krabbelten die drei auf den Sitz.
„Das ist unser Bekannter", brüstete sich Samat vor seinen Freunden.
Ich fuhr sie ein kurzes Stückchen spazieren und empfand dabei sicherlich mehr Glück und Freude als die Kinder selbst. Dann setzte ich sie ab.
Die Kinder rannten los, ich hielt Samat zurück.
„Warte, Samat, ich will dir noch was sagen!" Damit hob ich ihn hoch, schwenkte ihn durch die Luft, schaute ihm lange in die Augen, preßte ihn an die Brust, küßte ihn und stellte ihn wieder auf die Straße.
„Und wo ist der Säbel? Hast du ihn mitgebracht, Onkel?" erinnerte mich Samat an mein Versprechen.
„O weh, den hab ich ganz vergessen, Söhnchen! Das nächstemal bring ich ihn mit", versprach ich.

„Dann vergißt du es aber nicht, nein, Onkel? Wir spielen immer hier, an dieser Stelle."
„Gut. Aber nun lauf!"
In der Tischlerei des Wagenparks schnitzte ich drei Kindersäbel und nahm sie anderntags mit.
Die Kinder warteten schon auf mich. Wieder fuhr ich sie ein Stückchen spazieren. So begann meine Freundschaft mit meinem Sohn und seinen Spielgefährten. Sie gewöhnten sich rasch an mich und liefen mir schon von weitem um die Wette entgegen.
„Der Wagen, unser Wagen kommt!"
Neue Lebenskraft erwachte in mir, ich wurde wieder Mensch. Jede Tour begann ich mit einem frohen Gefühl im Herzen, wußte ich doch, daß mein Sohn mich erwartete, und konnte ich doch wenigstens zwei Minuten neben ihm im Fahrerhaus sitzen. Ich hatte nur den einen Gedanken: rechtzeitig zu meinem Sohn zu kommen. Stets richtete ich meine Fahrten so ein, daß ich am Tage über den Paß fuhr. Es waren warme Frühlingstage, die Kinder spielten ständig draußen, so daß ich sie häufig an der Straße traf. Ich war so glücklich, daß es mir schien, daß ich nur dazu lebte und arbeitete. Manchmal jedoch preßte namenlose Furcht mir das Herz ab. Vielleicht wußten sie in der Straßenmeisterei, daß ich die Kinder spazierenfuhr, vielleicht auch nicht, jedenfalls konnten sie meinem Sohn jederzeit jede Begegnung mit mir verbieten und ihm untersagen, an der Straße zu spielen. Innerlich flehte ich Asselj und Baitemir an, mir wenigstens diese kleine Freude zu gönnen und mich nicht dieser kurzen Glücksminuten zu berauben. Doch eines Tages geschah es...
Der Erste Mai rückte heran. Ich wollte meinem Sohn zum Fest etwas schenken und kaufte ihm einen kleinen Lastwagen zum Aufziehen, wurde jedoch im Wagenpark aufgehalten, kam erst spät los und fuhr dann sehr schnell, um den Zeitverlust aufzuholen. Vielleicht hatte ich deshalb das unangenehme Vorgefühl, ich war besorgt und aufgeregt. Als die Straßenmeisterei in Sicht kam, holte ich das Päckchen hervor, legte es neben mich auf den Sitz und sonnte mich in der Vorstellung, wie sich Samat freuen würde. Er hatte weit schönere Spielsachen, aber das war ein besonderes Geschenk — von einem befreundeten Fahrer für einen kleinen Jungen, der davon träumte, ebenfalls Fahrer zu werden. Doch Samat war nir-

gends zu sehen. Seine Spielgefährten kamen allein angelaufen. Ich stieg aus.
„Wo ist denn Samat?"
„Zu Hause, er ist krank", antwortete der Junge.
„Was fehlt ihm denn?"
„I wo, er ist ja gar nicht krank", erklärte das Mädchen mit altkluger Miene. „Seine Mama läßt ihn nicht mehr her!"
„Wieso?"
„Ich weiß nicht. Sie sagt, er darf nicht mehr her."
Ich verfärbte mich: Das war das Ende.
„Nimm, bring ihm das." Ich reichte dem Jungen das Päckchen, überlegte es mir aber im selben Augenblick anders. „Nein, lieber nicht." Ich nahm ihm das Päckchen wieder aus der Hand und ging niedergeschmettert zum Wagen.
„Warum fährt uns der Onkel denn nicht spazieren?" fragte der Junge sein Schwesterchen.
„Er ist krank", antwortete sie mit gerunzelter Stirn.
Sie hatten es erraten. Es nahm mich mehr mit als jede Krankheit. Während der ganzen Fahrt grübelte ich darüber nach, warum Asselj wohl so erbittert gegen mich war. Hatte sie nicht wenigstens, wie schlecht ich auch sein mochte, ein Fünkchen Mitleid mit mir? Nein, ich konnte es nicht glauben, das paßte nicht zu Asselj, es mußte andere Gründe haben. Bloß welche? Woher sollte ich das wissen. Ich versuchte mir einzureden, daß mein Sohn tatsächlich für ein paar Tage das Bett hüten müsse. Warum sollte ich dem Jungen nicht glauben? Schließlich glaubte ich so fest daran, daß mich die Vorstellung zu verfolgen begann, wie sich der Kleine in Fieberträumen hin und her wälzte. Vielleicht konnte ich helfen, eine Arznei besorgen oder ihn ins Krankenhaus fahren? Schließlich wohnten sie am Paß und nicht in der Großstadt! Die quälenden Gedanken hatten mich völlig erschöpft. Ich drehte um, ohne zu wissen, was ich tun konnte, wie ich mich verhalten sollte. Nur eins wußte ich: Ich mußte so schnell wie möglich zu meinem Sohn. Ich glaubte fest daran, daß ich ihn sehen würde, mein Herz sagte es mir. Da ging mir, wie zum Trotz, das Benzin aus, und ich war gezwungen, an der Tankstelle des Umschlagpunkts haltzumachen.

Mein Reisegefährte verstummte. Seufzend fuhr er sich mit der Hand über das erhitzte Gesicht, schloß das Fenster und

steckte sich — zum wievielten Male schon? — eine neue Zigarette an.
Es war lange nach Mitternacht. Außer uns schlief sicher schon alles im Zug. Die Räder hämmerten ihr endloses Lied auf die Schienen, draußen eilte die helle Sommernacht vorüber und flogen die Lichter kleiner Bahnstationen vorbei. Das laute Pfeifen der Lokomotive zerriß die nächtliche Stille.

In dem Augenblick wandten Sie sich mit Ihrer Bitte an mich, Agai, und ich nahm Sie nicht mit. Begreifen Sie jetzt, warum? Sie blieben an der Tankstelle zurück und überholten mich dann in einem Pobeda. Das hab ich noch mitgekriegt. Ich war furchtbar aufgeregt. Meine Vorahnung hatte mich nicht getäuscht, Samat wartete an der Straße. Sobald er den Wagen erblickte, kam er angerannt.
„Onkel! Onkel Fahrer!“
Mein Junge war gesund! War ich glücklich, ich konnte mich gar nicht fassen vor Freude!
Ich hielt an, sprang aus dem Wagen und lief ihm entgegen.
„Was war denn mit dir, warst du krank?“
„Nein, Mama hat mich nicht weggelassen. Sie sagt, ich soll nicht mit dir mitfahren, und da hab ich geweint“, beklagte sich Samat.
„Na, und wie bist du jetzt hergekommen?“
„Papa hat gesagt, ich darf.“
„Wie denn ...“
„Und ich hab gesagt, ich werd auch mal Fahrer.“
„Das wirst du auch, und was für einer! Weißt du, was ich dir mitgebracht habe?“ Ich holte das Auto hervor. „Schau mal, ein richtiger Lastwagen, gerade das Richtige für so einen kleinen Fahrer wie dich!“
Der Kleine strahlte übers ganze Gesicht.
„Ich kann doch immer, immer mit dir mitfahren, ja, Onkel?“
Er sah mich flehend an.
„Aber natürlich, immer!“ versicherte ich. „Wenn du willst, nehm ich dich am Ersten Mai mit in die Stadt, wir schmücken den Wagen mit Fähnchen, und nachher bring ich dich wieder nach Hause.“
Schwer zu sagen, warum ich damals so sprach, was mich dazu berechtigte, und vor allem, warum ich plötzlich selbst daran glaubte. Ich ging sogar noch weiter.

„Und wenn's dir gefällt, bleibst du überhaupt bei mir", schlug ich meinem Sohn ernsthaft vor. „Wir wohnen im Fahrerhaus, ich nehm dich überallhin mit, und wir trennen uns überhaupt nicht mehr. Willst du?"
„Na klar!" Samat war sofort einverstanden. „Wir wohnen im Auto! Wir wollen losfahren, Onkel, gleich!"
Zuweilen werden Erwachsene wie Kinder. Wir stiegen ein. Zögernd schaltete ich die Zündung ein und drückte auf den Anlasser. Samat war selig, er puffte mich, schmiegte sich an mich und saß keine Minute still. Wir fuhren los. Samat wurde immer übermütiger, bald erzählte er mir etwas, bald zeigte er auf den Lenker und die Knöpfe am Armaturenbrett. Ich wurde ebenfalls übermütig. Doch ich besann mich, und das Blut stieg mir ins Gesicht. Was tat ich da! Ich bremste, aber Samat ließ mich nicht anhalten.
„Schneller, Onkel fahr schneller!" bat er. Wie sollte ich den glückstrahlenden Kinderaugen widerstehen? Ich gab Gas. Kaum war der Wagen in voller Fahrt, als vorn ein Grader auftauchte. Die Straße wurde ausgebessert. Der Grader kam uns entgegen, und dahinter, am Ende der Baustelle, stand Baitemir. Er streute aus einem Karren Teersplitt auf die Fahrbahn. Ich verlor den Kopf. Ich wollte halten, aber es war schon zu spät, zu weit hatte ich den Kleinen mitgenommen. Tief übers Lenkrad gebeugt, raste ich vorbei. Baitemir hatte uns nicht bemerkt, er arbeitete, ohne den Kopf zu heben, schließlich kamen viele Wagen hier durch. Aber Samat hatte ihn entdeckt.
„Dort steht Papa! Los, Onkel, wir nehmen Papa mit, ja? Halt an, ich ruf ihn."
Ich schwieg. Jetzt anzuhalten war unmöglich. Was sollte ich Baitemir sagen? Samat schaute zurück, erschrak und begann zu weinen: „Ich will zu Papa! Halt an, ich will zu meinem Papa! Ich will nicht weiter, halt an! Mama..."
Ich machte hinter einer Kurve halt und bemühte mich, meinen Sohn zu beruhigen.
„Nicht weinen, Samat, na, nicht weinen. Gleich fahren wir zurück. Nicht mehr weinen!"
Doch das erschreckte Kind wollte nichts hören.
„Nein, ich will nicht weiter! Ich will zu Papa! Mach auf!" Er bummerte gegen den Wagenschlag. „Mach auf, ich will zu Papa! Mach auf!"

Da hatte ich mir was Schönes eingebrockt.
„Hör doch auf zu weinen", bat ich. „Ich mach ja gleich auf. Sei lieb, ich bring dich ja zu deinem Papa. Komm, steig aus, wir gehen hin!"
Samat sprang aus dem Wagen und rannte heulend die Straße entlang. Ich hielt ihn fest.
„Warte! Wisch dir erst die Tränen ab. Nicht weinen. Bitte, bitte, liebes Söhnchen, nicht weinen! Wo ist denn dein Auto? Sieh mal!" Mit zitternden Händen zog ich das Auto auf. „Sieh, das will zu dir, halt es fest!" Der kleine Lastwagen rollte ein Stück, stieß gegen einen Stein, überschlug sich und fiel in den Straßengraben.
„Ich will nicht!" Immer lauter heulend, rannte Samat weiter, ohne sich nach mir umzusehen.
Ich hatte einen Kloß im Hals. Ich wollte meinen Sohn einholen.
„Warte, nicht weinen, Samat! Warte doch, ich bin dein ... ich bin dein ... Du weißt doch ...!" Aber das Wort wollte mir nicht über die Lippen.
Ohne sich noch einmal umzusehen, verschwand Samat hinter der Kurve. Ich lief bis zur Biegung, dort blieb ich stehen und sah meinem Sohn nach.
Samat rannte auf den arbeitenden Baitemir zu und umklammerte seine Knie. Baitemir kauerte sich hin, umarmte den Kleinen und drückte ihn an sich. Der Junge legte ihm die Ärmchen um den Hals und sah ängstlich in meine Richtung.
Dann nahm ihn Baitemir an die Hand, schulterte den Spaten, und so gingen sie die Straße entlang — der große und der kleine Mann.
Lange stand ich da und sah ihnen nach, dann ging ich zurück. Neben dem Spielzeugauto machte ich halt. Es lag mit den Rädern nach oben im Straßengraben. Tränen rannen mir übers Gesicht. „Nun ist alles aus!" sagte ich zu meinem Wagen und strich wehmütig über die Motorhaube. Ich spürte die Wärme des Motors. Der Wagen hatte etwas Vertrautes für mich, er war Zeuge meiner letzten Begegnung mit meinem Sohn.

Iljas erhob sich und trat auf den Gang hinaus.
„Ich will ein bißchen frische Luft schnappen", sagte er.
Ich blieb im Abteil zurück. Hinter dem Fenster schwankte als heller Streifen der Morgenhimmel. Telegrafenmasten huschten

vorüber. Ich löschte das Licht.
Ich lag da und dachte darüber nach, ob ich Iljas das, was ich bereits wußte, was ihm aber unbekannt war, erzählen sollte oder nicht. Doch er kam nicht wieder. So behielt ich es für mich.

Den Straßenmeister Baitemir hatte ich zu einem Zeitpunkt kennengelernt, als Iljas bereits wußte, daß Asselj und sein Sohn am Paß wohnten.
Im Pamir wurde eine Delegation kirgisischer Straßenbauer erwartet. Im Zusammenhang damit hatte eine tadshikische Zeitung mir den Auftrag erteilt, eine Skizze über die im Gebirge eingesetzten kirgisischen Straßenbauer zu schreiben.
Zu den Delegierten gehörte Baitemir Kulow, einer der besten Straßenmeister.
Ich fuhr zum Dolon, um ihn kennenzulernen.
Unsere erste Begegnung war unerwartet und für mich äußerst vielversprechend. Auf dem Paß wurde unser Bus von einem Arbeiter mit einer roten Flagge angehalten. Kurz zuvor war ein Erdrutsch niedergegangen, und die Straße wurde gerade geräumt. Ich stieg aus dem Bus und ging zu den Straßenarbeitern. Eine Planierraupe schob Erdreich an die Böschung. Wo sie nicht wenden konnte, waren Arbeiter mit Stampfern und Schaufeln am Werk. Ein Mann in Regenumhang und Stiefeln ging neben der Planierraupe her und gab dem Fahrer Kommandos: „Mehr links! Hier noch mal! Jetzt nach rechts! Gut so! Stopp! Zurück!"
Die Straße war schon fast wieder in Ordnung, die Böschung war bereits befestigt und die Fahrbahn geräumt. Auf beiden Seiten der Unglücksstelle standen lange Wagenschlangen, die Fahrer hupten ungeduldig, schimpften und verlangten, die Straße freizugeben, während der Mann im Regenumhang seelenruhig seine Anordnungen traf, ohne sie zu beachten. Immer wieder ließ er die Planierraupe über dieselben Stellen fahren und den Schotter glattwalzen. Das ist sicher Baitemir, der versteht was von seinem Fach, vermutete ich. Ich hatte recht, es war tatsächlich Baitemir Kulow. Endlich gab er die Straße frei, und die Wagen fuhren vorbei.
„Was ist denn mit Ihnen, der Bus ist doch schon weg?" fragte mich Baitemir.

„Ich wollte zu Ihnen."
Baitemir ließ sich seine Überraschung nicht anmerken und reichte mir mit schlichter Würde die Hand.
„Seien Sie mir willkommen als mein Gast."
„Ich komme dienstlich zu Ihnen", entgegnete ich. „Wissen Sie, daß unsere Straßenbauer nach Tadshikistan fahren sollen?"
„Ich habe davon gehört."
„Ich wollte Sie gern vor Ihrer Reise in den Pamir interviewen."
Je länger ich sprach, um den Zweck meines Kommens zu erläutern, desto finsterer blickte Baitemir drein.
„Daß Sie gekommen sind, ist zu begrüßen", sagte er, „aber in den Pamir fahre ich nicht, und es lohnt sich auch nicht, über mich zu schreiben."
„Wieso? Soviel zu tun? Oder ist zu Hause etwas?"
„Zu tun? Natürlich! Die Straße — Sie sehen ja. Und zu Hause?" Er verstummte und holte Zigaretten hervor. „Zu Hause gibt's auch dies und jenes, wie überall, ich hab Familie ... Aber in den Pamir fahre ich nicht."
Ich bemühte mich, ihn umzustimmen, und erklärte ihm, wie wichtig es sei, daß ein solcher Straßenmeister wie er zur Delegation gehörte. Baitemir hörte zwar höflich zu, ließ sich jedoch nicht von seinem Entschluß abbringen.
Ich ärgerte mich, vor allem über mich selbst. Diesmal hatte mich mein Fingerspitzengefühl als Journalist im Stich gelassen, ich hatte den Mann nicht von der richtigen Seite angepackt. Nun konnte ich unverrichteterdinge, ohne den Auftrag der Redaktion erfüllt zu haben, wieder abfahren.
„Dann entschuldigen Sie, ich fahr wieder los, es wird schon ein Wagen vorbeikommen."
Baitemir schaute mich mit seinen ruhigen, klugen Augen aufmerksam an und lächelte.
„Ihr Städter vergeßt die alten kirgisischen Sitten. Ich besitze Haus, Familie, Dastorkon und Nachtlager. Wenn Sie schon zu mir gekommen sind, werden Sie erst morgen aus meinem Hause fortfahren, nicht aber von der Straße weg. Kommen Sie, ich bringe Sie zu meiner Frau und meinem Sohn. Nehmen Sie's mir nicht übel, ich muß vor Einbruch der Dunkelheit noch die Strecke abgehen, Dienst ist Dienst. Ich beeile mich."
„Warten Sie", bat ich, „ich möchte Sie begleiten."

Baitemir blinzelte mir verschmitzt zu und musterte meinen Straßenanzug.

„Wird Ihnen das nicht zu unbequem, das Ziel ist weit und die Straße steil."

„Das tut nichts."

Wir gingen los. An jeder Brücke, jeder Kurve, an Schluchten und überhängenden Felsen machten wir halt. Dabei kamen wir ins Gespräch.

Bis auf den heutigen Tag weiß ich nicht, wodurch ich Baitemirs Vertrauen und Sympathie gewonnen habe. Er erzählte mir seine ganze Geschichte und die Geschichte seiner Familie.

Die Geschichte des Straßenmeisters

Sie haben mich gefragt, warum ich nicht in den Pamir fahren will. Ich stamme aus dem Pamir, bin aber hierher in den Tienschan verschlagen worden. Ein halbes Kind noch, kam ich im Komsomolaufgebot zum Bau der Pamirstraße. Namentlich wir Jungen arbeiteten mit Begeisterung. Das war schließlich etwas, eine Straße durch den Pamir! Ich wurde Aktivist, bekam Prämien und Auszeichnungen. Aber das nur nebenbei.

Auf dem Bau lernte ich ein Mädchen kennen, das ich sehr liebgewann. Sie hatte Herz und Verstand. Sie war aus einem Ail auf den Bau gekommen, das war damals nicht leicht für ein kirgisisches Mädchen. Auch heute noch haben es unsere Mädchen nicht immer leicht, Sie kennen ja selbst die Fesseln der alten Bräuche! So verging ein Jahr. Der Straßenbau näherte sich dem Ende, es wurden Kräfte für den Straßendienst gebraucht. Das Bauen ist nur die eine Hälfte der Sache, ist die Straße fertig, muß sie überwacht und instand gehalten werden. Bei uns arbeitete ein junger Ingenieur, ein gewisser Chussainow, er ist auch jetzt noch beim Straßenbau, ist inzwischen ein hohes Tier geworden. Wir waren Freunde. Chussainow gab mir den Rat, zu Lehrgängen zu fahren. Ich dachte, Gulbara würde nicht so lange auf mich warten und in den Ail zurückkehren, aber nein, sie wartete geduldig. Nach meiner Wiederkehr heirateten wir und übernahmen eine Straßenmeisterei. Wir führten eine gute Ehe. Sie müssen wissen, was ein gutes Familienleben, eine gute Frau für die Straßenarbeiter in den Bergen bedeutet. Später hab ich das am eigenen Leibe gespürt. Wenn ich meine Arbeit fürs ganze Leben liebgewann, so hatte meine Frau keinen geringen Anteil daran. Sie schenkte mir ein Töchterchen, dann ein zweites, da brach der Krieg aus.

Die Pamirstraße ähnelte damals einem Fluß, der Hochwasser führt. Ein Menschenstrom flutete ins Tal — zur Armee!

Die Reihe kam auch an mich. Meine Familie gab mir das Geleit. Mein jüngstes Töchterchen trug ich auf dem Arm, das größere ging neben mir her und hielt meine Hand umklammert. Gulbara, meine arme Gulbara! Sie nahm sich zusammen, bemühte sich, ruhig zu erscheinen, und trug meinen Rucksack, doch ich wußte, was es für sie hieß, in der Gebirgseinöde mit zwei kleinen Kindern allein zu bleiben. Ich wollte sie in den Ail zu ihren Verwandten schicken, doch Gulbara lehnte ab. „Wir kommen schon durch und warten auf dich, zudem kann auch die Straße nicht ohne Aufsicht bleiben", sagte sie. Zum letztenmal standen wir an der Chaussee. Ich sah meine Frau und meine Kinder an und nahm Abschied. Damals waren Gulbara und ich noch ganz jung, wir hatten gerade zu leben begonnen.

Ich kam in ein Pionierbataillon. Ich weiß nicht mehr, wieviel Straßen, Brücken und Übergänge wir gebaut haben! Über den Don, über die Weichsel und über die Donau sind wir gezogen. Wir arbeiteten in eiskaltem Wasser, in Qualm und Feuer, während ringsum Granaten krepierten, Brücken in die Luft flogen und Menschen umkamen, und manchmal, am Ende meiner Kraft, dachte ich, der Tod wäre eine Erlösung! Aber dann sah ich die Meinen vor mir, die in den Bergen auf mich warteten, und das gab mir neue Kraft. Nein, nicht dazu war ich aus dem Pamir hierhergekommen, um unter irgendeiner Brücke zu sterben. Mit den Zähnen verknotete ich den immer wieder wegrutschenden Draht an den Trägern und ergab mich nicht. Ohne eine Verwundung kam ich fast bis Berlin.

Meine Frau schrieb mir oft, zum Glück fuhr das Postauto an der Straßenmeisterei vorbei. Sie berichtete von allem sehr ausführlich. Sie war an meine Stelle als Straßenmeister getreten. Ich wußte, daß es schwer für sie war, handelte es sich doch nicht um irgendeine Straße, sondern um die Straße durch den Pamir.

Im Frühjahr 1945 rissen die Nachrichten von daheim plötzlich ab. Bekanntlich pflegt an der Front alles vorzukommen, tröstete ich mich. Eines Tages rief man mich in den Regimentsstab. Hast gekämpft und Auszeichnungen erhalten, dafür unseren Dank, Feldwebel, und nun ab nach Hause, dort wirst du jetzt nötiger gebraucht. Ich freute mich natürlich und schickte sogar ein Telegramm. In meiner Freude dachte ich gar nicht darüber nach, warum ich vorzeitig aus der Armee entlassen wurde.

In der Heimat angelangt, fuhr ich gar nicht erst ins Kriegskommissariat; dazu hatte ich immer noch Zeit. Ich wollte nach Hause, so schnell wie möglich nach Hause! Ein Anderthalbtonner nahm mich mit.

An das schnelle Tempo der Armeefahrzeuge gewöhnt, wünschte ich mir jetzt Flügel und trieb den Fahrer an: „Drück auf die Tube, Freund, deinem Klapperkasten wird schon nichts passieren! Es geht nach Hause!"

Schon waren es nur noch einige hundert Meter. Hinter der nächsten Kurve mußte die Straßenmeisterei liegen. Ich konnte es nicht mehr erwarten, sprang in voller Fahrt vom Wagen, warf den Rucksack über und rannte los. Ich rannte und rannte, brachte die Kurve hinter mich und wollte meinen Augen nicht trauen: Von der Straßenmeisterei war nichts zu sehen. Dabei schien alles an seinem Platz zu sein, die Berge und die Straße, nur das Haus war nicht mehr da. Ringsum keine Menschenseele, bloß ein Haufen Steine. Das Haus hatte ein wenig abseits von der Straße, am Fuß eines Berges gestanden. Als ich den Blick zum Bergesgipfel erhob, erstarrte ich. Eine Schneelawine war herabgestürzt und hatte alles auf ihrem Weg zermalmt. Es sah aus, als hätte eine Krallentatze die Erde vom Berghang gerissen und unten im Tal eine tiefe Furche aufgepflügt. In ihrem letzten Brief hatte meine Frau mir geschrieben, daß es viel Schnee gegeben und plötzlich Regen eingesetzt hätte. Man hätte die Wächten sprengen müssen, aber das war schließlich keine Frauenarbeit...

Das war also meine Heimkehr! Tausendmal hatte ich dem Tod ins Auge gesehen, lebend war ich aus der Hölle zurückgekehrt, aber die Meinen waren nicht mehr ... Ich stand da und konnte mich nicht rühren, ich wollte schreien, schreien, daß die Berge erbebten, doch kein Laut kam aus meiner Kehle. Mir war, als sei alles Leben aus mir gewichen, als sei ich ein Stück Stein.

Der Rucksack glitt mir von der Schulter. Ich ließ ihn liegen mit den Geschenken, die ich für meine Töchter und meine Frau mitgebracht hatte, unterwegs hatte ich noch irgendwelchen Kram gegen Kandiszucker eingetauscht. Lange stand ich so, als wartete ich auf ein Wunder. Schließlich kehrte ich um und trottete zurück. Einmal blieb ich stehen und sah mich um. Die Berge wankten, kamen auf mich zu und wollten mich erdrükken. Ich stieß einen Schrei aus und rannte davon! Weg! Weg von dem verfluchten Ort! Endlich kamen mir die erlösenden Tränen.

Ich weiß nicht mehr, wo ich überall herumgelaufen bin, am dritten Tag stand ich jedenfalls wieder auf dem Bahnhof. Wie ein Verlorener irrte ich durch die Menschenmenge. Plötzlich rief mich ein Offizier beim Namen. Als ich aufblickte, stand Chussainow vor mir, er war demobilisiert worden und kehrte nach Hause zurück. Ich erzählte ihm von meinem Unglück. „Und wo willst du jetzt hin?" fragte er mich. Das wußte ich selber nicht. „Komm", sagte er, „ich laß dich nicht allein. Wir fahren zum Straßenbau in den Tienschan, dort werden wir weitersehen."

So kam ich hierher. Die ersten Jahre baute ich Straßenbrücken. Die Zeit verging, ich mußte endlich irgendwo Fuß fassen. Damals saß Chussainow bereits im Ministerium. Er kam oft bei mir vorbei und riet mir, meine frühere Arbeit als Straßenmeister wiederaufzunehmen. Doch ich konnte mich nicht dazu entschließen, ich fürchtete die Erinnerungen. Beim Straßenbau war ich nie allein, unter Menschen war alles leichter. Dort aber wäre ich meinen Kummer überlassen. Ich hatte noch immer nicht zu mir selbst gefunden, die Vergangenheit ließ mich nicht los, als wäre das Leben mit ihr zu Ende und als gäbe es keine Zukunft mehr. An eine neue Ehe dachte ich überhaupt nicht. Ich hatte meine Gulbara und die Kinder sehr geliebt, und mir schien, daß niemand sie mir ersetzen könnte. Und heiraten, nur um zu heiraten, das war nichts, lieber blieb ich allein.

Schließlich entschloß ich mich doch, eine Straßenmeisterei zu übernehmen, wegfahren konnte ich immer noch, wenn es mir nicht gefiel. Ich erhielt die Straßenmeisterei hier auf dem Paß. Allmählich lebte ich mich ein. Vielleicht tat es mir gerade gut, daß die Arbeit hier schwierig ist und viel Scherereien mit sich bringt. Mit der Zeit verlor der Schmerz seinen Stachel. Nur

manchmal verfolgte mich ein Traum: Versteinert stehe ich an der Stelle, wo einmal mein Haus gestanden hat, und spüre, wie mir der Rucksack von der Schulter gleitet. Nach solchen Nächten verließ ich in aller Herrgottsfrühe das Haus, inspizierte die Straße und kehrte erst am späten Abend heim. Ich war immer allein. Zuweilen freilich regte sich schüchtern der Gedanke in mir: Vielleicht wartet doch noch irgendwo das Glück auf dich?
Und eines Tages, als ich es am wenigsten erwartet hatte, stellte es sich ein, ein schweres, qualvolles Glück.
Es mag jetzt etwa vier Jahre her sein, daß die Mutter meines Nachbarn plötzlich erkrankte. Er selbst konnte schwer abkommen zu Hause, die Arbeit, die Familie, die Kinder, aber dem Muttchen ging es von Tag zu Tag schlechter. Da beschloß ich, mit ihr zum Arzt zu fahren. Als ein Wagen vom Straßenbauamt kam, um etwas für die Straßenmeisterei zu bringen, fuhren wir mit in die Stadt. Die Ärzte wollten das Muttchen ins Krankenhaus einweisen, aber sie wollte nichts davon hören. „Ich will zu Hause sterben", sagte sie, „wenn du mich nicht wieder mitnimmst, verfluch ich dich." Ich mußte sie also wieder zurückbringen. Es war schon später Abend. Am Umschlagpunkt hielt der Fahrer plötzlich an. Ich hörte ihn fragen: „Wohin möchten Sie denn?"
Eine Frauenstimme antwortete irgend etwas.
„Steigen Sie ein", sagte der Fahrer. „Na, kommen Sie schon."
Eine junge Frau mit einem Kind auf dem Arm und einem kleinen Bündel trat heran. Ich half ihr auf den Wagen, überließ ihr den windgeschützten Platz hinterm Fahrerhaus und setzte mich in eine Ecke.
Wir fuhren los. Es war grimmiger Frost, der naßkalte Wind ging uns durch und durch. Das Kind begann zu weinen. Sie wiegte das Kleine und redete ihm gut zu, aber es gab keine Ruhe. Es war ein Jammer! Ins Fahrerhaus hätte man sie setzen müssen, doch dort saß das todkranke Muttchen. Ich tippte ihr auf die Schulter. „Geben Sie mir das Kleine, vielleicht beruhigt es sich, und kauern Sie sich mehr zusammen, dann bekommen Sie weniger Wind ab."
Ich nahm das winzige Etwas unter meinen Halbpelz und drückte es an mich. Es beruhigte sich, und ich hörte es nur noch leise schnaufen. Es war ein hübsches Kind, etwa zehn Monate alt. Ich hielt es im linken Arm, und plötzlich begann,

ich weiß selbst nicht warum, mein Herz wild zu hämmern und wie ein verwundeter Vogel zu flattern. Schmerz und Freude schnürten mir die Kehle zu. Werde ich denn nie mehr Vater sein? dachte ich. Das Kleine aber schlummerte friedlich und kümmerte sich um nichts.
„Ein Junge?" fragte ich.
Sie nickte. Die Ärmste war ganz durchgefroren, sie hatte nur ein dünnes Mäntelchen an. Ich hatte, obwohl Winter war, einen Wettermantel über dem Halbpelz, bei unserem Dienst geht das nicht anders. Während ich in dem einen Arm den Kleinen hielt, streckte ich ihr den anderen hin.
„Ziehen Sie mir den Wettermantel aus und nehmen Sie ihn um, sonst erkälten Sie sich."
„Aber nein, lassen Sie nur", lehnte sie ab.
„Aber los doch, nehmen Sie den Mantel", verlangte ich. „Sie müssen sich vor dem Wind schützen."
Sie wickelte sich in den Wettermantel, ich steckte ihr die Schöße unter die Füße.
„Ist's so wärmer?"
„Ja, danke."
„Warum sind Sie denn so spät unterwegs?"
„Hat sich so ergeben", antwortete sie leise.
Wir fuhren durch eine Schlucht, in der eine Bergarbeitersiedlung lag. Die Fenster waren dunkel, alles schlief schon. Bellende Hunde liefen hinter dem Wagen her. Wo sie wohl hinfuhr? Ich hatte gedacht, sie wollte in die Siedlung, wo sollte sie denn sonst hin. Hinter dem Ort begann der Paß, und dann kam nur noch unsere Straßenmeisterei.
„Sie sind gewiß am Ziel?" sagte ich zu ihr und klopfte ans Fahrerhaus. „Gleich kommt der Paß, weiter fährt der Wagen nicht."
„Wo sind wir denn hier?" fragte sie.
„Am Bergwerk. Wollten Sie nicht hierher?"
„Es ... es ist schon richtig", sagte sie unsicher. Rasch erhob sie sich, reichte mir den Wettermantel und nahm den Kleinen. Er begann sofort wieder zu weinen. Etwas stimmte hier nicht, sicher war sie von einem Unglück betroffen worden. Konnte ich sie bei der Kälte mitten in der Nacht allein lassen?
„Sie wissen nicht, wohin!" sagte ich ohne Umschweife „Denken Sie nichts Schlechtes. Geben Sie den Kleinen her!" Fast gewaltsam nahm ich ihr ihn weg. „Bitte keine Widerrede. Sie über-

nachten bei uns in der Straßenmeisterei, und morgen früh ist es Ihre Sache, was Sie tun. Weiter!" rief ich dem Fahrer zu.
Der Wagen fuhr an. Sie saß stumm da, das Gesicht in den Händen vergraben. Vielleicht weinte sie.
„Sie brauchen keine Angst zu haben", beruhigte ich sie. „Ich tu Ihnen nichts Böses. Mein Name ist Baitemir Kulow, ich bin der Straßenmeister. Sie können mir vertrauen."
Ich brachte Mutter und Kind bei mir unter. Im Anbau hatten wir ein freies Stübchen, dort legte ich mich auf die Bank nieder. Lange lag ich wach und dachte nach. Ich fand keine Ruhe. Ihr Fragen zu stellen war mir peinlich, ich mochte das selber nicht, trotzdem mußte ich sie einiges fragen, um ihr helfen zu können. Sie antwortete ungern und befangen. Doch ich erriet, was sie ungesagt ließ. Hat ein Mensch Kummer, so stehen hinter jedem seiner Worte zehn unausgesprochene. Sie hatte ihren Mann, ihr Heim verlassen. Anscheinend war sie stolz. Es war ihr anzusehen, daß sie litt und sich grämte, sie ließ sich aber nicht unterkriegen. Nun, sie mußte wissen, was sie tat. Sie tat mir leid, sie war noch so jung. Schlank war sie wie ein Mädchen und sicher auch zärtlich und warmherzig. Wie hatte ihr Mann sie nur so weit bringen können, daß sie alles stehen- und liegenlassen hatte und auf und davon gegangen war! Na, das war ihre Sache. Ich würde sie morgen in einen vorbeikommenden Wagen setzen und — ade. Völlig erschöpft schlief ich schließlich ein. Beim Einschlafen war es mir, als ob ich immer noch auf dem Wagen führe und den Kleinen unter meinem Halbpelz an mich drückte.
Bei Morgengrauen erhob ich mich und begann meinen Rundgang. Aber sonderbarerweise kehrte ich rasch zurück. Nun ja, ich wollte wissen, wie es meinen Gästen ging. Leise, um sie nicht zu wecken, heizte ich den Ofen und stellte den Samowar auf. Sie war schon aufgestanden, rüstete zur Abfahrt und bedankte sich. Ohne Tee ließ ich sie aber nicht fort. Der Kleine erwies sich als sehr unterhaltsam, es war für mich eine große Freude, mit ihm zu spielen. Beim Frühstück fragte ich sie:
„Wo wollen Sie hin?"
Sie überlegte einen Augenblick.
„Nach Rybatschje."
„Haben Sie dort Verwandte?"
„Nein. Meine Eltern leben im Ail, auf der anderen Seite des Tossor."

„Au, da müssen Sie sich ja übersetzen lassen. Ziemlich umständlich."

„Da will ich nicht hin. Im Ail dürfen wir uns nicht sehen lassen", meinte sie nachdenklich zu ihrem Söhnchen. „Wir sind selbst schuld dran."

Ich vermutete, daß sie gegen den Willen ihrer Eltern geheiratet hatte. Später bestätigte sich meine Vermutung.

Sie wollte zur Straße aufbrechen, aber ich überredete sie dazubleiben, damit sie nicht mit dem Kind im Winde stehen müsse. Einen Wagen konnte auch ich anhalten.

Schweren Herzens begab ich mich zur Chaussee. Ich weiß nicht, wie es kam, aber mir war traurig zumute bei dem Gedanken, daß sie gleich abfahren würden und ich wieder allein bliebe.

Anfangs kamen keine Wagen vorbei, als dann einer kam, hob ich nicht die Hand. Ich erschrak. Warum tat ich das? Damit begannen meine Qualen. Ein Wagen nach dem anderen fuhr vorüber, ich aber schob es immer wieder auf. Den nächsten halte ich an, sagte ich mir, aber wenn es soweit war, bekam ich die Hand nicht hoch. Das Blut stieg mir ins Gesicht, sie wartete dort und verließ sich auf mich. Ich war mir selbst zuwider, kam aber nicht gegen mich an. So ging ich auf der Straße auf und ab und suchte nach Gründen und Entschuldigungen. Mal war das Fahrerhaus zu kalt, weil die Scheiben fehlten, bald gefiel mir der Wagen nicht, dann wieder war mir der Fahrer unsympathisch — er fuhr leichtsinnig, vielleicht war er sogar betrunken. Kamen Wagen vorbei, die besetzt waren, freute ich mich wie ein kleiner Junge. Nur nicht gleich, nur ein bißchen noch, wenn sie nur noch fünf Minuten bei mir zu Hause blieben! Wo sollen sie denn hin? überlegte ich. Im Ail durften sie sich nicht sehen lassen, das hatte sie selbst gesagt. Und wo sollte sie in Rybatschje mit dem Kind unterkommen? Es war Winter, der Kleine konnte krank werden. Sollte sie doch lieber hierbleiben, mit der Zeit würde sie sich schon klarwerden, was weiter zu geschehen hatte. Vielleicht kehrte sie zu ihrem Mann zurück, oder er machte sie hier ausfindig.

Es war eine wahre Strafe, hätte ich sie nur gleich zur Straße gebracht und abfahren lassen. Drei geschlagene Stunden lief ich so auf und ab. Ich haßte mich. Nein, dachte ich, ich hole sie her und halte dann den erstbesten Wagen an, sonst wird es nichts. Ich ging nach Hause. An der Tür kam sie mir entgegen, das lange Warten hatte sie nervös gemacht. Ich schämte mich und sah sie an wie ein Schuljunge, der etwas ausgefressen hat.

„Hat wohl sehr lange gedauert?“ murmelte ich. „Es sind keine Wagen vorbeigekommen, vielmehr, es waren keine geeigneten darunter. Entschuldigen Sie. Sie müssen nicht denken ... Kommen Sie für einen Moment ins Haus. Ich bitte Sie sehr!“

Sie schaute mich erstaunt und schmerzlich an. Schweigend ging sie in die Stube zurück.

„Ich tue Ihnen wohl leid?“ fragte sie.

„Nein, nicht deshalb. Verstehen Sie ... Ich habe Angst um Sie, Sie werden es schwer haben. Wie wollen Sie sich durchschlagen?“

„Ich werde arbeiten!“

„Und wo?“

„Ich komme schon irgendwo unter. Zurück gehe ich nicht, und in den Ail fahre ich auch nicht. Ich werde arbeiten und leben.“

Ich schwieg. Was hätte ich ihr entgegenhalten können? Kränkung und Stolz trieben sie in die Ferne. Was weiter sein würde, daran dachte sie nicht. Leicht gesagt — „ich werde arbeiten und leben“. So einfach war das nicht. Doch man soll dem Menschen seinen Willen lassen.

Der Kleine wollte zu mir. Ich nahm ihn auf den Arm, gab ihm einen Kuß und dachte dabei: Ich würd dich am liebsten gar nicht fortlassen, so lieb bist du mir schon!

„Na, dann wollen wir aufbrechen“, sagte ich leise. Wir erhoben uns. Ich trug den Kleinen, blieb aber in der Tür noch einmal stehen.

„Arbeit für Sie würde sich auch bei uns finden“, begann ich. „Sie können hier arbeiten und leben. Wir hätten auch eine kleine Wohnung. Bleiben Sie doch! Wozu die Eile? Wegfahren können Sie immer noch. Überlegen Sie es sich.“

Anfangs wollte sie nicht, aber schließlich überredete ich sie doch. So blieben Asselj und ihr Söhnchen Samat bei uns in der Straßenmeisterei.

Das Stübchen im Anbau war kalt, und ich bestand darauf, daß Asselj mit ihrem Sohn im Haus wohnte, während ich selbst in den Anbau zog. Mir genügte das vollkommen.

Seither führte ich ein anderes Leben. Scheinbar hatte sich nichts geändert, ich blieb nach wie vor allein, aber ich lebte auf, nach meiner langen Einsamkeit spürte ich wieder menschliche Wärme. Es war so etwas wie ein Erwachen. Freilich hatte ich auch vorher unter Menschen gelebt, aber es gibt eine Seite im Leben, die auch gemeinsame Arbeit, gegenseitige Hilfe und Freundschaft nicht ersetzen können. Ich hatte den Kleinen liebgewonnen. Meine ganze Freizeit verbrachte ich mit ihm. Ich konnte mir einfach nicht mehr vorstellen, wie ich zuvor gelebt hatte. Meine Nachbarn waren gute Menschen und Asselj und Samat zugetan. Wer mag schließlich Kinder nicht? Die warmherzige, aufgeschlossene Asselj lebte sich schnell bei uns ein. Auch Asseljs wegen war mir der Kleine so teuer. Wenn ich es mir auch nicht sofort eingestand, so konnte ich es mir doch nicht länger verheimlichen: Ich liebte sie. Ich hatte sie sogleich von ganzem Herzen und fürs ganze Leben liebgewonnen. Die langen Jahre der Einsamkeit, mein ganzes Leid, alles Verlorene ging in dieser Liebe auf. Aber ich war nicht berechtigt, es ihr zu sagen, wartete sie doch auf ihn, ihren Mann. Sie wartete lange, obgleich sie es sich nicht anmerken ließ. Wenn wir auf der Straße arbeiteten, sah ich häufig, wie sie jedem durchfahrenden Wagen mit erwartungsvollen Augen entgegensah. Manchmal nahm sie ihren Sohn, ging zur Straße und saß dort stundenlang. Er aber kam nicht. Ich wußte nicht, wer er war und wie er aussah, ich stellte keine Fragen, und sie sprach nie darüber.

Die Zeit verging. Samat wuchs heran. Was war er für ein aufgewecktes, liebes Kerlchen! Ich wußte nicht, ob es ihm jemand gesagt hatte oder ob er es von sich aus tat, jedenfalls begann er mich Papa zu nennen. Sobald er mich sah, kam er angelaufen: „Ata! Ata!" Asselj lächelte versonnen, wenn sie es sah. Ich empfand Freude und Schmerz zugleich. Ich wäre gern sein Vater geworden, doch Asselj . .

In jenem Sommer besserten wir die Straße aus. Eines Tages rief Asselj einem vorbeikommenden Fahrer zu: „He, Dshantai, halt an!"

Der Wagen hielt. Asselj rannte hin. Worüber sie mit dem Fahrer sprach, weiß ich nicht. Plötzlich hörte ich sie schreien: „Das ist gelogen! Das glaube ich nicht! Mach, daß du wegkommst! Sofort!"

Der Wagen fuhr weiter, Asselj stürzte nach Hause. Sie weinte.

Ich konnte nicht weiterarbeiten. Wer mochte dieser Fahrer gewesen sein? Was hatte er ihr gesagt? Zweifel und Vermutungen plagten mich. Schließlich hielt ich es nicht länger

aus und ging nach Hause, aber Asselj ließ sich nicht blicken. Abends ging ich zu ihr hinüber.
„Wo ist denn Samat? Ich sehne mich richtig nach ihm!"
„Da sitzt er doch", antwortete sie niedergeschlagen.
„Ata!" Samat kam auf mich zugelaufen. Ich wirbelte ihn durch die Luft, brachte ihn zum Lachen, sie aber saß traurig und in sich gekehrt da.
„Was ist passiert, Asselj?" fragte ich.
Sie ließ einen schweren Seufzer hören.
„Ich fahre weg", antwortete sie. „Nicht etwa, weil es mir hier schlecht ginge. Ich bin Ihnen sehr, sehr dankbar. Aber ich möchte weg, weit weg..."
Sie war in einer solchen Verfassung, daß sie es tatsächlich fertiggebracht hätte, wegzufahren. Mir blieb nichts übrig, als ihr die Wahrheit zu sagen.
„Nun, Asselj, ich habe kein Recht, dich zurückzuhalten, aber dann kann auch ich nicht länger hierbleiben, dann werde auch ich wegfahren müssen. Ich habe schon einmal einen verödeten Ort verlassen. Was soll ich dir viel erklären, du weißt es, Asselj. Wenn du wegfährst, ist es für mich das gleiche wie damals im Pamir. Überleg es dir, Asselj ... Und wenn er kommt und dein Herz dich zurückruft, so will ich euch nicht im Wege stehen, du bist jederzeit frei, Asselj."
Ich nahm Samat auf den Arm und ging zur Straße. Lange wanderte ich mit ihm umher. Er begriff von alledem noch nichts, mein Kleiner.
Vorerst blieb Asselj. Aber was mochte in ihr vorgehen? Welchen Entschluß hatte sie gefaßt? In jenen Tagen wurde ich zum Schatten meiner selbst.
Eines Mittags trat ich auf den Hof und sah, wie Samat die ersten Gehversuche machte. Asselj hielt ihn fest, sie fürchtete, er könne fallen. Ich blieb stehen.
„Sieh mal, dein Sohn läuft schon", sagte sie mir mit frohem Lächeln.
Wie hatte sie gesagt? Dein Sohn? Ich ließ den Spaten fallen, hockte mich hin und rief den Kleinen: „Tapp, tapp, tapp, mein kleines Füllen du! Na, komm her, komm her auf deinen kleinen Beinchen!"
Samat streckte mir die Ärmchen entgegen.
„Ata!" Auf unsicheren Beinchen kam er zu mir. Ich fing ihn auf, warf ihn in die Luft und preßte ihn an mich.

„Asselj!“ sagte ich ihr. „Morgen feiern wir das Fest der zerschnittenen Fessel. Bereite eine Schnur aus schwarzer und weißer Wolle vor.“

„Gut.“ Sie lachte.

„Aber es muß unbedingt schwarze und weiße Wolle sein.“

Ich schwang mich aufs Pferd und ritt zu befreundeten Viehzüchtern. Von dort brachte ich Kumys und frisches Fleisch mit, und am nächsten Tag luden wir die Nachbarn zu unserem kleinen Fest ein.

Ich stellte Samat auf die Erde, fesselte seine Beinchen mit der schwarzweißen Wollschnur, legte eine Schere daneben und sagte zu den Kindern, die am anderen Hofende standen: „Wer als erster bei Samat ist und die Fessel zerschneidet, erhält den ersten Preis. Die anderen bekommen die übrigen Geschenke. Eins, zwei, drei, los, Kinder!“

Wie beim Pferderennen rannten die Kinder los.

Nachdem die Wollschnur zerschnitten war, sagte ich zu Samat: „Nun, mein Söhnchen, lauf jetzt! Nehmt ihn mit, Kinder!“

Die Kinder nahmen Samat bei der Hand, und ich sagte hinter ihm her, ohne mich an jemand Bestimmten zu wenden: „Ihr Menschen! Mein kleines Füllen läuft jetzt über die Erde! Möge es ein schnellfüßiger Renner werden!“

Samat lief mit den Kindern mit, doch plötzlich drehte er sich um: „Ata!“ und plumpste hin. Asselj und ich stürzten zu ihm. Als ich den Kleinen aufhob, sagte mir Asselj zum erstenmal: „Liebster!“

So wurden wir Mann und Frau.

Im Winter fuhren wir mit dem Söhnchen zu Asseljs Eltern in den Ail. Lange zeigten sie sich gekränkt, Asselj und ich mußten für alles Rede und Antwort stehen. Ich sagte ihnen die ganze Wahrheit, erzählte ihnen alles, was war. Und sie verziehen Asselj, verziehen ihr um des Enkels und unserer Zukunft willen.

Unmerklich verging die Zeit, Samat wurde schon fünf Jahre alt. Asselj und ich lebten in bestem Einvernehmen, nur eins berührten wir nie, eins ließen wir unerwähnt. Es war gleichsam eine stillschweigende Abmachung: Jener Mann existierte nicht für uns.

Aber im Leben ist nicht immer alles so, wie man möchte! Vor kurzem ist er hier bei uns aufgetaucht.

Auf der Straße war ein Unfall passiert, mitten in der Nacht.

Mein Nachbar und ich rannten hin, um festzustellen, was geschehen war. Ein Lastwagen war gegen die Begrenzungspfähle gefahren. Der Fahrer hatte ziemlich viel abbekommen, er war fast bewußtlos und zudem betrunken. Ich kannte ihn, konnte mich bloß nicht seines Namens entsinnen. Er hatte uns einmal aus der Patsche geholfen, indem er uns auf dem Paß abschleppte. Auf dem Dolon ist das kein Kinderspiel. Das hatte bis dahin noch niemand gewagt. Er war ein energischer, verwegener Bursche, damals hatte er mir sehr gefallen, er war ein Mann nach meinem Geschmack.

Bald danach hatte sich jemand mit Anhänger den Paß hinaufgequält. Er hatte es schon fast geschafft, als offenbar etwas schiefgegangen war. Der Anhänger war in den Straßengraben geraten, dort hatte ihn der Fahrer stehenlassen und war davongebraust. Damals dachte ich schon, ob das nicht jener verwegene Bursche war, und bedauerte, daß der Waghals sein Ziel nicht erreicht hatte. Doch bald darauf kamen laufend Wagen mit Anhängern über den Paß. Die Fahrer hatten ihre Fahrzeuge mit entsprechenden Zusatzvorrichtungen versehen, und sie taten recht daran.

Offen gestanden, im ersten Augenblick wußte ich nicht, daß er jener Mann war, den Asselj verlassen hatte. Doch auch wenn ich es gewußt hätte, hätte ich genauso gehandelt. Ich nahm ihn mit zu mir nach Hause, da wurde mir alles klar. Asselj brachte gerade Brennholz herein. Als sie ihn erblickte, fielen ihr die Scheite aus der Hand. Doch keiner von uns dreien ließ sich etwas anmerken. Die beiden taten, als sähen sie sich zum erstenmal. Um so mehr mußte ich mich zusammennehmen, um ihnen nicht mit einem unvorsichtigen Wort oder einer unüberlegten Bemerkung weh zu tun. Vielleicht würden sie wieder zueinanderfinden, und ich wollte ihnen nicht hinderlich sein. Die Entscheidung lag nicht bei mir, sie verband ihre Vergangenheit, und sie verband ihr Sohn, neben dem ich im Bett lag und den ich zärtlich streichelte und an mich drückte.

In jener Nacht tat keiner ein Auge zu, jeder hing seinen Gedanken nach.

Asselj konnte mich mit dem Sohn verlassen. Das war ihr Recht. Mochte sie ihrem Herzen und ihrem Verstand folgen. Und ich ... Ach, nicht um mich ging es, die Entscheidung lag nicht bei mir, ich durfte ihnen nicht im Wege stehen ...

Er ist auch jetzt noch hier, er fährt unsere Strecke. Wo ist er all die Jahre gewesen, was hat er gemacht? Doch das ist nicht wichtig ... Das ist ihre Sache...

Ich kehrte mit Baitemir von dem Rundgang zurück. Es dunkelte. Über den firngekrönten Gipfeln des Tienschan lag das Abendgold der sinkenden Sonne. Dröhnend jagten Lastwagen an uns vorüber.
„So steht es also", sagte Baitemir versonnen, nachdem er eine Weile geschwiegen hatte. „Ich kann jetzt nicht von zu Hause weg. Wenn Asselj gehen möchte, soll sie es mit reinem Gewissen tun, soll sie es mir offen sagen, dann will ich dem Sohn meinen Segen geben. Ich liebe ihn mehr als mein eigen Fleisch und Blut. Aber ich kann ihn ihnen nicht fortnehmen ... Deshalb fahre ich nirgends hin, und schon gar nicht in den Pamir. Das ist natürlich nicht für die Zeitung bestimmt. Das erzähle ich Ihnen einfach so, von Mensch zu Mensch."

Statt eines Epilogs

Iljas und ich trennten uns in Osch. Er fuhr weiter in den Pamir, und ich machte mich an die Arbeit.
„Sobald ich ankomme, mache ich Alibek ausfindig und beginne ein neues Leben", sagte er mir. „Denken Sie nicht, daß ich eine gescheiterte Existenz bin. Mit der Zeit werde ich heiraten, einen Hausstand gründen und Kinder haben, kurz, ein Leben führen wie alle andern. Auch Freunde und Kollegen werden sich finden. Nur eins wird mir fehlen, das, was ich für immer verloren habe ... Bis zu meinem letzten Tag, bis zum letzten Atemzug werde ich an Asselj und all das Schöne denken, das zwischen uns gewesen ist." Dann senkte er nachdenklich den Kopf und fügte nach kurzem Schweigen hinzu: „Am Tage meiner Abfahrt ging ich zum See. Ich stand auf der Anhöhe dicht am Wasser und nahm Abschied von den Bergen des Tienschan und vom Issyk-Kul. Leb wohl, Issyk-Kul, mein unvollendetes Lied! Wie gern würde ich dich mitnehmen mit deinem blauen Wasser und deinen gelben Ufern, aber das ist mir versagt, wie ich auch die Liebe der Liebsten nicht mitnehmen kann. Leb wohl, Asselj! Leb wohl, du meine Pappel im roten Kopftuch! Werd glücklich!"

1961

Das Kamelauge

1

Kaum hatte ich einen halben Eimer Wasser aus dem Brunnen geschöpft, als ohrenbetäubendes Gebrüll durch die Steppe dröhnte: „He-e! Akademiker, ich schlag dir die Fresse grün und blau!“

Ich erstarrte. Lauschte. Eigentlich heiße ich Kemel, aber hier hat man mir den Spitznamen „Akademiker“ gegeben. So war's: Der Traktor drüben schwieg unheilschwer. Der da verkündete, mir die Fresse grün und blau zu schlagen, war Abakir. Wieder würde er mich anbrüllen, mich ausschimpfen, ja sogar die Hand gegen mich erheben.

Traktoren gab es hier zwei, doch ich — war allein. Und ich mußte für sie mit dieser einspännigen Fuhre da Wasser, Treibstoff, Schmieröl und was weiß ich noch alles heranschaffen. Die Traktoren rollten täglich immer weiter von dem einzigen Brunnen in der Gegend weg. Mehr und mehr entfernten sie sich von unserem Feldlager, wo in einem Tankwagen der Treibstoff aufbewahrt wurde. Man hatte beabsichtigt, das Feldlager woanders aufzuschlagen, aber das ging nicht, es war auch ans Wasser gebunden. Doch Abakir wollte von alldem nichts wissen: „Ich schlag dir die Fresse grün und blau für den dauernden Stillstand! Soll ich mich hier zu Tode rackern wegen eines lächerlichen Studentleins, das mir die Zeit stiehlt!“

Dabei war ich gar kein Student. Ich hatte nicht einmal versucht, ein Institut zu beziehen. Kaum hatte ich die Schule beendet, da war ich sofort hierhergekommen, nach dem Anarchai. Auf der Abschiedsversammlung hieß es, wir, folglich auch ich, seien „ruhmreiche Neulandbezwinger, kühne Pioniere der zu neuem Leben erweckten Gebiete“. Das war ich gewesen. Und jetzt? Offen gestanden, könnte man sich schämen: ein „Akademiker“. Den Spitznamen hatte mir Abakir angehängt. Ich bin selbst an allem schuld. Ich kann meine Gedanken nicht verheimlichen, träume laut wie ein kleiner Junge, und die Leute lachen mich nachher aus. Doch wenn sie wüßten, daß weniger ich der Schuldige war, sondern vielmehr unser Geschichtslehrer Aldijarow. Der Landeskundige! Mehr als genug hatte ich unserem Landeskundigen zugehört, und nun mußte ich büßen.

Ohne die Tonne vollgefüllt zu haben, fuhr ich durch die Niederung auf den Weg. Eigentlich war hier noch nie ein Weg gewesen. Den hatte erst ich mit meiner Wasserfuhre eingefahren.

Der Traktor stand am Ende des riesigen schwarzen Ackers. Und oben auf dem Fahrersitz thronte Abakir. Mit den Fäusten fuchtelnd, fluchte er immer noch auf mich, schimpfte wie ein Rohrspatz.

Ich trieb den Gaul an. Das Wasser in der Tonne schwappte gegen meinen Rücken, doch ich stürmte in vollem Galopp dahin.

Ich hatte mich ja selber hierhergedrängt. Niemand hatte mich gezwungen. Die anderen waren nach Kasachstan gefahren, in ein richtiges Neuland, von dem die Zeitungen berichteten. Nach dem Anarchai war nur ich gegangen. Hier hatte man erst in diesem Frühjahr mit der Arbeit begonnen, und das nur mit zwei Traktoren. Ein Jahr zuvor hatte der Agronom Sorokin, er war hier unser aller Vorgesetzter, auf einem kleinen, unbewässerten Feld versuchsweise Gerste gesät. Wie's hieß, nicht ohne Erfolg. Sollte sie auch weiterhin so gedeihen, dann würde man es vielleicht schaffen, das Futterproblem in der Anarchaisteppe zu lösen.

Doch einstweilen mußte man noch mit Umsicht vorgehen. Gar zu große Hitze und Dürre herrschten im Sommer im Anarchai. Sogar die Spitzkletten, ja, auch das kam vor, vertrockneten bis auf die Wurzeln. Die Kolchose, die im Herbst ihr Vieh zum Überwintern hierhertrieben, wagten es vorläufig noch nicht, zu säen, sie warteten ab: Wollen mal sehen, sagten sie sich, was bei den anderen rauskommt. Deshalb auch konnte man uns hier an den Fingern abzählen: zwei Traktoristen, zwei Geräteführer, die Köchin, ich, der Wasserfahrer, und der Agronom Sorokin. Das war die ganze Armee der Neulandbezwinger. Von uns hörte wohl kaum jemand etwas, aber auch wir wußten nicht, was in der Welt geschah. Hin und wieder brachte Sorokin eine Neuigkeit. Er pflegte ins Nachbartal zu den Hirten zu reiten; dort zankte er sich über die Funkstation mit den Behörden und gab Rechenschaftsberichte durch.

Ja-a, und ich hatte gedacht — ein Neuland, weltbekannt! Eigentlich hatte unser Geschichtslehrer Aldijarow alles eingebrockt. Er hatte uns, seinen Schülern, den Anarchai bildhaft geschildert: „Eine seit Jahrhunderten unberührte prachtvolle Wermutsteppe, die sich von der Kurdaihochebene bis zum Schilfdickicht des Balchaschsees hinzieht. Wie die Sage berichtet, sollen sich in alten Zeiten große Pferdeherden in den hügligen Anarchai verirrt haben und spurlos verschwunden sein. Hernach sollen dort noch lange, lange verwilderte Hengste, Stuten und Füllen umhergeschweift sein. Anarchai — der stumme Zeuge vergangener Tage, der Schauplatz gewaltiger Schlachten, die Wiege der Nomadenstämme. Doch nun ist dem Anarchaiplateau beschieden, eins der reichsten Viehzuchtgebiete mit Freigehegen zu werden." Na, und so weiter und so fort.

Schön war es gewesen, den Anarchai auf der Landkarte zu betrachten, dort lag er klar auf der Hand. Und jetzt? Vom Morgengrauen an hetzte ich mit dieser dämlichen Wasserfuhre hin und her. Abends spannte ich mit Mühe das Pferd aus und gab ihm gepreßtes Heu zu fressen, das auf Lastern hierhergebracht worden war. Dann aß ich ohne Appetit, was mir unsere Aldej vorsetzte, fiel in der Jurte aufs Lager und schlief wie ein Toter. — Jaja, Anarchai, die prachtvolle Wermutsteppe — und sie war es in der Tat. Man könnte hier stundenlang umherstromern und sich an ihrer Schönheit ergötzen, aber ich hatte keine Zeit.

Alles wäre zu ertragen gewesen, nur eins begriff ich nicht: Warum gefiel ich dem Abakir nicht, warum haßte er mich so? Hätte ich geahnt, was mich hier erwartete ... Ich hatte mich sozusagen auf alle elementaren Schwierigkeiten gefaßt gemacht. War ja nicht zu Besuch hierhergekommen. Doch an die Menschen, mit denen ich zusammen leben und arbeiten würde, hatte ich aus unerfindlichen Gründen überhaupt nicht gedacht. Menschen sind Menschen, überall gleich.

Zwei Tage und zwei Nächte lang war ich auf einem Laster hierhergefahren. Im Wagenkasten war außer mir auch diese vierrädrige Wasserfuhre verfrachtet gewesen, und mir war derzeit nicht mal der Gedanke gekommen, daß ich gerade ihretwegen soviel Unannehmlichkeiten erleben würde.

Ich sollte hier als Geräteführer arbeiten. Ich dachte, ich würde das Frühjahr hindurch am Traktor sein, angelernt und selbst Traktorist werden. So hatte man mir im Kreis gesagt. Mit solchen Träumen war ich nach dem Anarchai gegangen. Aber an Ort und Stelle angelangt, stellte sich heraus, Geräteführer waren bereits da, und ich war als Wasserfahrer vorgesehen. Natürlich hätte ich die Arbeit sofort aufgeben und nach Hause zurückkehren müssen. Zumal ich noch nie mit Kummets und Gabeldeichseln zu tun gehabt hatte. Im Grunde genommen hatte ich überhaupt noch nicht gearbeitet, einzig und allein an den Subbotniks, da hatte ich meiner Mutter in der Zuckerfabrik geholfen. Mein Vater war im Krieg gefallen. Ich konnte mich nicht mehr an ihn erinnern. So beschloß ich denn, ein selbständiges Leben zu beginnen ... Trotzdem hätte ich sofort zurückkehren müssen. Doch ich schämte mich. Soviel Aufhebens wurde damals auf der Versammlung gemacht! Auch die Mutter wollte mich nicht weglassen, sie wünschte, daß ich Arzt würde. Aber ich blieb hartnäckig, überredete sie: Ich würde sie unterstützen. Ich riß mich danach, hierherzukommen, konnte die Zeit nicht mehr erwarten. Hätte ich danach noch einem Menschen in die Augen schauen können, wenn ich gleich wieder umgekehrt wäre? Ich mußte einfach auf die Wasserfuhre klettern. Jedoch nicht sie war der Grund meines Unglücks.

Bereits während der Fahrt hierher betrachtete ich, im Wagenkasten stehend, aufmerksam die Gegend. Das war also der uralte, sagenhafte Anarchai! Der Laster sauste einen kaum sichtbaren Weg entlang, der sich inmitten der sanft hügligen, grün schimmernden Steppe verlor. In der Ferne berührten hellblaue Nebelschleier zart die Flur. Die Erde roch noch nach schmelzendem Schnee. Aber die feuchte Luft war schon vom jungen, bitteren Duft des rauchfarbenen Anarchaiwermuts geschwängert, dessen Triebe neben den Wurzelstöcken vorjährigen Gestrüpps aus dem Boden stachen. Der Gegenwind trug das helle Klingen der Steppenweite und der klaren Frühlingsluft herüber. Wir stürmten dem Horizont entgegen, der uns jedoch über die ausgewaschenen sanften Kämme ferner Hügel stets wieder entfloh und hinter den Anhöhen immer neue Weiten vor uns eröffnete.

Mir war, als hörte ich Stimmen vergangener Zeiten. Die Erde bebte, dröhnte vom Getrappel Tausender Pferdehufe. Wie eine

Meereswoge sprengten Nomadenreiter mit wildem Feldgeschrei heran, die Lanzen gefällt, die Fahnen gesenkt. Vor meinen Augen spielten sich schreckliche Schlachten ab. Metall klirrte, Menschen schrien, prallten aufeinander, Pferde stampften mit den Hufen. Auch ich war inmitten dieses brodelnden Geplänkels. Doch die Kämpfe gingen zu Ende, und weiße Jurten schossen verstreut im frühlingsheiteren Anarchai empor. Über den Nomadensiedlungen stieg Mistrauch auf, ringsherum weideten Schaf- und Pferdeherden; Kamelkarawanen zogen mit Glockengebimmel durch die Steppe, niemand wußte, woher sie kamen, niemand wußte, wohin sie zogen...
Ein gedehnter, schallender Lokomotivpfiff riß mich in die Wirklichkeit zurück. Dichte Rauchschwaden über die Waggons speiend, rollte die Lokomotive davon wie ein galoppierendes Pferd mit wehender Mähne und wehendem Schweif. So schien es mir aus der Ferne. Der Zug wurde kleiner, verwandelte sich in einen dunklen Strich und verschwand völlig.
Wir überquerten die Bahnlinie an einer einsam in der Steppe liegenden Ausweichstelle und fuhren weiter.

Gleich am ersten Tag nach meiner Ankunft hatte ich mich verraten. Ich war noch im Banne der Bilder, die mir während der Fahrt erschienen waren. In der Nähe des Feldlagers ragte auf einer Anhöhe ein uraltes Götzenbild. Der graue, grob behauene Granitblock stand schon Jahrhunderte dort, gleichsam auf Wacht, tief in den Boden gesunken, den Blick stumpf und leblos in die Ferne gerichtet. Sein rechtes, ein wenig schräges, von Regen und Wind zerfurchtes Auge sah aus, als sei es hohl, ausgelaufen, und flößte mit seinem böse zugekniffenen schweren Lid Schrecken ein. Ich betrachtete lange das Götzenbild, und zur Jurte zurückgekehrt, fragte ich Sorokin: „Was meinen Sie, Genosse Agronom, wer hat die Skulptur hier aufgestellt?"
Sorokin war im Begriff wegzureiten.
„Sicher die Kalmücken", entgegnete er, schwang sich in den Sattel und ritt davon.
Hätte ich mich doch damit zufriedengegeben! Aber nein! Ich konnte den Mund nicht halten und wandte mich an die Traktoristen und Geräteführer, mit denen ich mich noch nicht

mal richtig bekannt gemacht hatte.
„Nein, das stimmt nicht ganz. Die Kalmücken waren im siebzehnten Jahrhundert hier. Das aber ist ein Grabstein aus dem zwölften Jahrhundert. Dieses Götzenbild haben offenbar die Mongolen während des großen Feldzuges nach dem Westen aufgestellt. Gleichzeitig mit ihnen kamen auch wir, die Kirgisen, vom Jenissei hierher in das Gebiet des Tienschan. Vor uns hausten hier Kiptschakenstämme und noch früher rothaarige, helläugige Menschen."
Ich wäre noch weiter in die Geschichte vorgedrungen, doch ein Mann in Arbeitskleidung, der am Traktor stand, unterbrach mich. Es war Abakir.
„Heda, Kleiner!" Er warf mir stirnrunzelnd einen ärgerlichen Blick zu. „Bist allzu gelehrt. Lauf mal und hol das Schmieröl aus der Jurte."
Wie sich herausstellte, hatte ich ihm Wagenschmiere gebracht.
„Ach, du Akademiker!" stieß er verächtlich durch die Zähne und schielte mich mit seinen stechenden, rotgeäderten Augen an. „Hältst uns Ungebildeten Vorlesungen, aber kannst nicht mal ein Pferd vom Kamel unterscheiden."
Seit der Zeit schimpft man mich „Akademiker".
So auch jetzt. Obgleich ich mich Abakir mit meiner Wasserfuhre bereits näherte, beruhigte er sich nicht. Er rannte mir entgegen, wobei seine Füße immer wieder im Ackerboden versanken.
„Kriechst wie 'ne Schnecke! Wie lange soll ich noch auf dich warten? Ich dreh dir den Hals um, und ein rotznasiger Akademiker weniger wird auf der Welt sein!"
Stumm fuhr ich an den Traktor heran. Was sollte ich auch zu meiner Rechtfertigung sagen? Der Traktor stand doch tatsächlich durch mein Verschulden still. Noch gut, daß mich die Geräteführerin Kalipa in Schutz nahm.
„Nun beruhige dich schon, beruhige dich, Abakir! Mit deinem Geschrei erreichst du nichts. Guck mal, wie er aussieht, nicht wiederzuerkennen. Hat sich wie 'n Klepper abgehetzt, der Arme." Sie nahm mir den Eimer aus der zitternden Hand und füllte den Kühler mit Wasser. „Er strengt sich schon genug an. Schau, wie naß er ist, zum Auswringen."
„Was geht mich das an!" fauchte Abakir. „Er hätte ja zu Hause bleiben und seine Bücher lesen können."

„Hör endlich auf!“ wies ihn Kalipa zurecht. „Wieviel Bosheit doch in dir steckt. Das ist nicht schön, Abakir.“

„Wenn du solchen wie dem da alles verzeihst, ihm alles durchgehen läßt, bist du bald erledigt. Von mir fordert man, daß der Plan erfüllt wird, und nicht von dir. Wen interessiert schon, daß mich dieser gelehrte Tölpel noch ins Grab bringt!“

Dem war aber meine Gelehrsamkeit in die Knochen gefahren. Warum hatte ich bloß gelernt, warum mußte mir der Geschichtslehrer Aldijarow über den Weg laufen?

Ich sah zu, daß ich so schnell wie möglich wegkam. Man wartete noch am anderen Feldende auf mich. Dort arbeitete der Traktorist Sadabek, ein bejahrter, ernster Mann, der nie brüllte, auch nicht, wenn er böse war.

Hinter mir bullerte der Motor los. Abakirs Traktor ruckte von der Stelle und knatterte davon. Ich atmete erleichtert auf und schauerte unter dem nassen Flanellhemd zusammen. Warum war Abakir so widerwärtig, so boshaft? Er war noch nicht alt, kaum über dreißig. Sein Gesicht war zwar etwas grob, mit Knötchen auf den Wangenknochen, und Hände hatte er wie ein Schraubstock, richtige Pranken; doch im großen und ganzen war er ein stattlicher Mann. Aber die Augen, die waren böse, giftig. Beim geringsten Anlaß wurden sie rot, dann hieß es auf der Hut sein, dann war ihm alles egal.

Neulich gab es bei uns einen Krawall. Abends fing es an zu regnen, es nieselte die ganze Nacht hindurch. Schwermütig, monoton raunend, floß das Regenwasser über den durchnäßten Jurtefilz.

Auch am Morgen hörte der Regen nicht auf. Zur Untätigkeit verdammt, dösten wir in der Jurte herum. Der Agronom Sorokin war weggeritten, er hatte, ob Regen oder Wind, alle Hände voll zu tun. Er war ja auch für die Viehzucht verantwortlich, deshalb hatte er keinen Augenblick Ruhe, saß Tag für Tag im Sattel.

Als der Regen ein wenig nachgelassen hatte, sattelte Esirkep, Sadabeks jüngerer Bruder, mein Pferd und ritt gleichfalls weg zu den Hirten. Aldej und Kalipa nahmen die Eimer und gingen zum Brunnen, um Wasser zu holen. In der Jurte blieben wir drei — Abakir, Sadabek und ich.

Wir schwiegen mürrisch, jeder mit eigenen Dingen beschäftigt. Abakir lag da, den Oberkörper aufgerichtet, die Beine ausgestreckt, und rauchte. Sadabek hockte auf einer Sattelunterlage am Herd und machte sich mit Ahle und Pechdraht an seinem zerfledderten Stiefel zu schaffen. Ich hatte mich in die Ecke verkrochen und las.

In der Jurte war es feucht und langweilig. Der durchweichte Filz strömte faden Schafgeruch aus. Von Zeit zu Zeit fielen große teegelbe Tropfen von der Decke. Und draußen rauschte der Regen ohne Unterlaß, lispelte in den Pfützen.

Abakir gähnte gelangweilt, reckte sich, daß die Gelenke krachten, verkniff die Augen und schleuderte, ohne aufzuschauen, den Zigarettenstummel weg, der auf einen Filzzipfel fiel. Im selben Augenblick fing der versengte Wollstoff zu schwelen an. Sadabek hob den Stummel auf und warf ihn in die Asche.

„Kannst ruhig 'n bißchen vorsichtiger sein", sagte er und zog den Pechdraht durch das Leder. „Fällt dir wohl schwer, dich hochzurappeln?"

„Was ist denn passiert?" Abakir hob herausfordernd den Kopf.

„Der Filz ist verbrannt."

„Sieh mal an, was für 'ne Kostbarkeit!" Abakir grinste verächtlich. „Du flickst deinen zerfledderten Stiefel, also flick ihn und kümmere dich nicht um andere Dinge!"

„Kostbarkeit hin, Kostbarkeit her, darum geht's nicht. Du bist hier nicht allein und nicht bei dir zu Hause."

„Weiß ich, daß ich hier nicht zu Hause bin! Bei mir würde ich anders mit dir reden. Verstanden, du Hampelmann in Lederhosen? Ist wirklich 'ne Strafe Gottes, hier in diesem Zwangsarbeitslager Anarchai zu sitzen, wo solche Dummköpfe wie du und deine Frau hingehören!"

Sadabek zerrte den Pechdraht mit aller Kraft durch die Sohle. Die Ahle sprang ihm aus der Hand und flog hinter ihn. Lange musterte er Abakir mit haßerfülltem Blick, dann beugte er sich drohend vor, in der einen Hand den Stiefel, in der anderen den wie eine Saite gespannten Pechdraht.

„Na schön, mag ich und mag auch meine Frau ein Dummkopf sein, weil sie mit mir gekommen ist und uns alle hier füttert!" sagte er schwer atmend. „Aber die andern Anarchaier, was sind sie deiner Meinung nach, Zuchthäusler? Hast du sie etwa hergetrieben? Los, antworte, du Lump!" schrie Sadabek, sprang auf und packte mit der Rechten den Schaft des eisen-

beschlagenen Stiefels.
Abakir stürzte sich auf den abseits liegenden Schraubenschlüssel und zog den Kopf zwischen die Schultern, bereit, auf den Gegner loszugehen.
Ich erschrak. Es war fürchterlich. Sie würden sich gegenseitig totschlagen.
„Laß das, Abakir!" Ich trat zwischen sie. „Schlag ihn nicht! Lassen Sie das, Sadabek, geben Sie sich nicht mit ihm ab!" flehte ich und tanzte hin und her.
Sadabek stieß mich zur Seite, und sie begannen in der Jurte rumzutänzeln wie zwei Panther vor dem Kampf, den Blick starr aufeinander gerichtet. Dann schnellten sie gleichzeitig vor, und der Schraubenschlüssel sauste auf Sadabeks Kopf zu. Doch Sadabek wich im letzten Moment zurück und fing den Schlüssel mit beiden Händen ab. Aber Abakir war stark wie ein Hüne. Er drückte den Gegner nieder, und beide rollten keuchend und fluchend über den Boden. Ich sprang hinzu, warf mich auf den Schraubenschlüssel, den Abakir hatte fallen lassen, und nachdem ich ihn endlich erwischt hatte, raste ich aus der Jurte.
„Aldej! Kalipa!" schrie ich den Frauen zu, die vom Brunnen zurückkamen. „Kommt schnell, schnell! Sie raufen sich, schlagen sich tot!"
Die Frauen stellten die vollen Eimer hin und rannten los. Als wir in die Jurte stürmten, wälzten sich Sadabek und Abakir immer noch auf dem Boden. Wir trennten sie gewaltsam; sie waren blutbesudelt, ihre Kleider zerfetzt. Aldej zerrte ihren Mann zum Ausgang. Abakir jedoch riß sich aus Kalipas Armen los.
„Na warte, du lahmer Hund! Wirst mich noch um Gnade bitten, du Mistvieh! Wirst noch zu spüren bekommen, wer Abakir ist!"
Die kleine, hagere Aldej trat auf ihn zu und schrie ihm ins Gesicht: „Na los doch, rühr ihn an, versuch's nur! Ich kratz dir die Augen aus. Du wirst dich selber nicht mehr erkennen!"
Sadabek nahm seine Frau ruhig bei der Hand.
„Hat keinen Sinn, Aldej. Er ist's nicht wert..."
Währenddessen war ich hinausgegangen, suchte den Schraubenschlüssel, den ich in dem Durcheinander verloren hatte, entfernte mich ein Stück von der Jurte und versteckte

ihn in der Nähe des steinernen Götzenbildes. Sodann setzte ich mich und fing plötzlich an zu weinen. Ein dumpfes, würgendes Schluchzen erschütterte meinen Körper. Niemand sah mich, auch ich begriff nicht, was mit mir los war. Nur das steinerne Götzenbild schielte mich böse aus seiner leeren, schwarzen Augenhöhle an, als belauschte es mich in meinem Kummer.

Ringsum breitete sich still und träge die regennasse Steppe. Nichts, kein Laut störte ihre ewige tiefe Ruhe, nur ich schluchzte und schluchzte. Ich saß lange dort, bis es dunkelte...

So also lebte ich in dieser prachtvollen Wermutsteppe. Ich strengte mich an, es allen recht zu machen, doch ich hatte es bis jetzt noch nicht geschafft. Soeben war Abakir wieder über mich hergefallen. Wie sollte es weitergehen? Ich wußte es nicht. Dennoch durfte man den Mut nicht verlieren, mußte auf seinem Posten bleiben, bis man zusammenbrach.

„Hü, Serko, hü! Schneller! Wir beide dürfen den Kopf nicht hängenlassen, die Arbeit eilt."

2

Am nächsten Tag stand ich im Morgengrauen auf, früher als sonst. Noch tags zuvor hatte ich, als ich in der Jurte lag, beschlossen: Und wenn ich mich zu Tode schufte, ich werde so arbeiten, daß niemand mehr wagt, mich auszuschimpfen oder mir auch nur Vorwürfe zu machen. Schließlich und endlich mußte ich beweisen, daß ich nicht schlechter war als die anderen.

Vorerst fuhr ich den Treibstoff aus und goß ihn in die Tanks. Darauf rumpelte ich mit meiner Tonne zum Brunnen, um noch vor Arbeitsanfang die Kühler mit Wasser zu füllen. Dann beeilte ich mich mit dem Frühstück, und ohne einen Moment Zeit zu verlieren, schaffte ich wieder Wasser heran. Einstweilen verlief alles so, wie ich es mir vorgenommen hatte.

Indes hatte sich hinter dem weißlichen Dunstschleier am Horizont die Sonne zu regen begonnen. Sie ging lange nicht auf, zögerte, als fürchte sie sich, einen Blick auf die Weite des Anarchai zu werfen. Doch alsbald stieg sie höher und lugte mit einem Auge hervor. Gab es etwas Schöneres als die Steppe im Morgenrot? Es war, als wäre sie von einem unermeßlichen lasurfarbenen Meer überschwemmt, dessen erstarrte himmelblaue Wogen hier und da dunkelgrün und gelb schimmerten.

O Anarchai, o du riesige Steppe! Warum schweigst du, woran denkst du? Was verbirgst du seit Ewigkeit in deinem Innern, was erwartet dich in Zukunft?

Was machte es schon, daß ich bloß Wasserfahrer war. Ich würde noch über dieses Land und die Menschen herrschen. Unsere zwei Traktoren und das, was wir hier schafften, waren ja erst der Anfang. Irgendwo hatte ich gelesen, Geologen hätten große unterirdische Flüsse im Anarchai entdeckt. Vielleicht war das vorläufig nur eine Vermutung. Doch wie dem auch sei, ich war überzeugt, die Menschen würden dieses Land bewässern, und im Anarchai würden grüne Gärten wogen, Wasser würde in kühlen Aryks fließen, und die Steppenwinde würden über goldene Getreidefelder wehen. Städte und Dörfer würden emporwachsen, und unsere Nachkommen würden diese Steppe das gesegnete Land Anarchai nennen. Und sollte in vielen, vielen Jahren ein junger Bursche wie ich nach dem Anarchai kommen, würde er bestimmt nicht tagaus, tagein mit einer Wasserfuhre durch die Steppe jagen und sich das Gekeife eines despotischen Querkopfs anhören müssen.

Und trotzdem beneidete ich ihn nicht; denn ich war ja als einer der ersten hierhergekommen!

Ich hielt die Wasserfuhre an und betrachtete die taufrischen weiten Flächen. In diesem Augenblick war ich der glücklichste, der stärkste und sogar der schönste Mensch auf der Welt. Anarchai, du glückliches Land der Zukunft!

Die Sonne war schließlich doch, groß und leuchtend, hinter dem Horizont hervorgekrochen.

Der Tag hatte nicht schlecht begonnen. Zumindest verstummten die Motoren nicht — ich schaffte genug Wasser heran. Aber bis zum Abend war es noch lange.

Auf einer meiner Touren entdeckte ich neben dem Brunnen eine kleine Herde Schafe mit Lämmern. Ein Mädchen hatte sie hergetrieben. Sie tränkte sie am Bach, ließ sie nicht an den Brunnen heran. Woher kam sie? Wahrscheinlich aus dem Tal, das dort hinter dem zweiköpfigen Hügel lag. In dieser Gegend hatten sich Hirten niedergelassen. Das Gesicht des Mädchens kam mir bekannt vor. In einer Zeitschrift hatte ich einmal ein

Bild einer blutjungen Chinesin mit Pony, wie ihn dieses Mädchen trug, gesehen. Deshalb schien es mir wohl, als sei sie mir schon mal begegnet.
Wir blickten uns stumm an. Mein Auftauchen hier war für sie genauso eine Überraschung wie ihre Anwesenheit für mich. Doch ich sprang von der Fuhre, als wäre nichts geschehen, begann geschäftig, Wasser aus dem Brunnen zu schöpfen, und füllte meine Tonne.
Mittlerweile hatten die Schafe getrunken, und das Mädchen trieb sie weiter. Als sie an mir vorbeiging, fragte sie: „Wie heißt der Brunnen?"
Ich blickte überlegend in das runde Becken hinunter. Das Wasser, das ich beim Schöpfen aufgerührt hatte, schimmerte trüb. In der Tat, unser einziger Brunnen mußte doch einen Namen haben. Während ich nachdachte, hatte sich das Wasser geklärt, war an der Oberfläche heller und in der Tiefe dunkler geworden.
„Kamelauge!" sagte ich und drehte mich nach dem Mädchen um.
„Kamelauge-Brunnen?" Sie warf den Pony aus der Stirn und lächelte. „Schön! Er ähnelt wirklich einem Kamelauge, ist so versonnen ..."
Wir kamen ins Gespräch. Wie sich herausstellte, war das Mädchen aus meiner Gegend. Sie kannte sogar meinen Lehrer Aldijarow. Ach, war das fein, hier, in der Steppe, den Namen des geliebten Lehrers aus dem Munde eines unbekannten Mädchens zu hören, das anscheinend auch nicht ohne seinen Einfluß hierhergeraten war. Sie hatte vor einem Jahr die Schule beendet, nicht unsere, sondern eine andere, und nun arbeitete sie als Hirtengehilfin.
„Bei uns in der Schäferei ist das Brunnenwasser salzig", erzählte das Mädchen. „Ich hörte, daß es in der Umgebung eine Quelle gebe. Ich wollte sie gern sehen und die Lämmer tränken, damit auch sie wissen, wie richtiges Wasser schmeckt. Ich werde sie aufziehen, in die Herde geben, und im Herbst gehe ich auf die Universität."
„Ich will später auch studieren", sagte ich. „Maschinenkunde. Hier sollte ich eigentlich auf dem Traktor arbeiten, das da", ich deutete auf die Tonne, „mach ich nur aushilfsweise. Es soll demnächst ein anderer Wasserfahrer kommen."
Da hatte ich mich aber vergaloppiert, völlig unnötigerweise.

Ich hatte gar nicht gemerkt, wie mir diese Worte rausgerutscht waren. Mir wurde unerträglich heiß vor Schande, doch im selben Augenblick lief es mir kalt über den Rücken.
„He-e, Akademiker, ich schlag dir die Fresse grün und blau!" ertönte Abakirs verhaßte Stimme aus der Ferne.
„Ach, bin ich aber ins Schwatzen gekommen!"
„Was will er denn?" fragte das Mädchen verständnislos.
„Nichts", murmelte ich und wurde rot. „Muß Wasser hinbringen."
Das Mädchen trieb langsam die Schafe davon. Und er, Abakir, stand auf dem Traktor am anderen Ende des Ackers, brüllte aus voller Kehle und drohte mit den Fäusten.
„Ich komme ja, ich komme ja schon! Beruhige dich! Es schickt sich doch nicht, in Gegenwart Fremder so zu brüllen!" flüsterte ich verzweifelt und setzte das Pferd in Galopp.
Das Wasser in der Tonne gluckste, schwappte über, durchnäßte mich von Kopf bis Fuß. Meinetwegen! dachte ich. Und wenn kein Tropfen in der Tonne bleibt! Ich kann diese Beleidigungen nicht mehr ertragen!
Abakir sprang vom Traktor und stürzte wie jüngst auf mich zu. Ich brachte das Pferd zum Stehen.
„Wenn du weiter so schreist, schmeiß ich die Arbeit hin und geh weg!"
Er war baff vor Erstaunen, doch dann pfiff er durch die Zähne und zeterte los: „Der Anarchai hat ohne dich rotznasigen Akademiker bestanden und wird auch jetzt nicht zugrunde gehen, und wenn's Feuer und Schwefel regnet! Hau ab, scher dich nach Hause! Reißt hier noch groß das Maul auf, dieser lumpige Student!"
Ich sprang von der Fuhre, schleuderte die Peitsche hinter den Traktor und zog los.
„Halt, Kemel! So was macht man nicht! Wo willst du hin, bleib hier!" rief Kalipa hinter mir her.
Aber das spornte mich noch mehr an, und ich schritt wackerer aus.
„Was rufst du ihn zurück, laß ihn doch laufen!" hörte ich Abakir brüllen. „Wir kommen auch ohne ihn aus!"
„Ein Ungeheuer, ein Tier bist du, und kein Mensch! Was hast du bloß wieder angestellt!" fiel Kalipa über ihn her.
Ich hörte noch lange, wie sie schrien und sich zankten.
Ohne den Schritt zu verlangsamen, stiefelte ich immer weiter.

Mir war es gleich, wohin ich ging. Ringsum war niemand, nicht eine Menschenseele, und vor mir lagen alle Wege offen. Ich ließ den Brunnen, das Feldlager hinter mir, stakte an der Anhöhe vorbei, dort, wo das steinerne Götzenbild stand. Boshaft grinsend glotzte mich der Götze mit seinem hohlen, schwarzen Auge an, tief in den Boden gesunken, wie er schon seit Jahrhunderten einsam in der Steppe stand.

Ich ging und dachte an nichts. Ich hatte nur einen Wunsch: wegzukommen, so schnell wie möglich von hier wegzukommen, und dann konnte er mich gern haben, dieser verfluchte Anarchai.

Verlassen, öde breitete sich vor mir die Steppe aus. Überall Hügel, Abhänge und Täler, alles ringsum ähnelte einander bis zum Überdruß. Wer hatte diese tote, trostlose Eintönigkeit erschaffen? Warum mußte ich, Beleidigter und Erniedrigter, diese unendlichen grauen Weiten bitteren Wermuts durchmessen? Wohin man auch blickte — weit und breit leblose Einöde. Was sollte hier ein Mensch? Gab es denn wenig Platz auf der Erde? Meine Träume am Morgen kamen mir nun äußerst unsinnig vor.

Da hast du die herrliche Wermutsteppe, da hast du das Land Anarchai, lachte ich mich aus, mit allen Fasern meines Herzens fühlend, wie verlassen, wie obdachlos, wie niedergeschlagen ich war.

Hoch über mir wölbte sich der Himmel, ringsum dehnte sich die riesengroße Erde, und ich selbst war winzig klein, allein, ein von irgendwoher verschlagenes Menschlein in Steppjacke, wasserdichten Stiefeln und mit einem abgetragenen, verschossenen Käppchen.

So trottete ich dahin. Nirgends ein Pfad, nirgends ein Weg. Ich ging der Nase nach. Irgendwo stoß ich schon auf den Bahndamm, dachte ich, dann zottle ich die Schwellen entlang und springe an einer Ausweichstelle auf einen Güterzug. Fahre wieder zu Menschen ...

Als hinter mir Pferdegetrappel und Schnauben ertönte, sah ich mich nicht um. Es war Sorokin. Wer sollte es sonst sein? Gleich würde er mir Vorhaltungen machen, mich zu überreden versuchen, aber ich — Teufel noch mal! — würde nicht umkehren, ich dachte nicht daran.

„Warte!" rief mir Sorokin leise zu.

Ich blieb stehen, Sorokin ritt auf dem schweißgebadeten Pferd

heran. Er sah mich stumm an mit seinen blauen Augen unter den verblichenen Brauen, griff in die Kartentasche und holte ein rotes Papier hervor — meinen Komsomolauftrag, den ich ihm am Tag meiner Ankunft voller Stolz überreicht hatte.
„Hier, nimm, den darfst du nicht dalassen!" Ruhig hielt er mir das Dokument hin.
Aus seinem Blick war weder ein Vorwurf noch Verachtung zu lesen. Er tadelte mich nicht, auch bedauerte er mich nicht. Es war der ernste Blick eines vielbeschäftigten Mannes, der Überraschungen aller Art gewohnt war. Sorokin fuhr sich mit der Hand über das abgespannte, mit rötlichen Bartstoppeln bedeckte Gesicht.
„Wenn du zur Ausweichstelle willst, dann halt dich rechts, da, durch die Niederung." Er wies mir die Richtung, wendete das Pferd und ritt langsam zurück.
Ich schaute ihm verdutzt nach. Warum hatte er mich nicht ausgeschimpft, nicht versucht, mich zu überreden? Warum saß er so schlapp auf seinem kopfhängerischen Gaul? Seine Familie, Frau und Kinder, waren weit, und er irrte hier seit Jahren allein in der Steppe umher. Was war er für ein Mensch, was hielt ihn in dem öden Anarchai?
Ohne mir erklären zu können, warum, stapfte ich langsam hinter ihm her.
Am Abend versammelten wir uns in der Jurte. Alle schwiegen. Es war still, nur das Feuer knisterte trocken. Ich war an allem schuld. Das Gespräch hatte noch nicht begonnen, doch nach Sorokins finsterem, gespanntem Gesicht zu urteilten, wollte er etwas sagen.
„Nun, wie soll es weitergehen?" fragte Sorokin schließlich, ohne sich an jemand zu wenden.
„Was ist, wird der Anarchai von einer Hochwasserflut bedroht?" fragte Abakir boshaft zurück.
Bei diesen Worten erhob sich Sadabek und verließ die Jurte. Seit der Rauferei sprach er nicht mehr mit Abakir, und auch jetzt verspürte er offenbar keine Lust, sich in die Unterhaltung einzumischen. Sein Bruder, der Geräteführer Esirkep, wollte sich gleichfalls erheben, überlegte es sich aber und blieb.
Abakir stand auch mit ihm auf Kriegsfuß. Esirkep hatte mir für einen Tag seinen Platz auf Sadabeks Traktorenpflug abgetreten und war selber auf die Wasserfuhre geklettert. Natürlich, wie konnte es anders sein, hatte er sich mit dem Wasser

ein wenig verspätet, und Abakir war über ihn hergezogen. Doch Esirkep hatte sich das nicht gefallen lassen, auch er verstand seine Faust zu gebrauchen. Er war ja drei Jahre älter als ich.

Keiner antwortete Abakir.

„Was gibt's da zu überlegen", fuhr er fort. „Wer die Arbeit hingeworfen hat, der soll auch Rede und Antwort stehen."

„Es geht nicht darum, wer schuldig ist und wer nicht. Wir wollen hier über das Schicksal eines jungen Menschen entscheiden, wollen entscheiden, was nun mit ihm werden soll."

„Ha, 'n Schicksal!" Abakir grinste. „Das Schicksal solcher Akademiker ist längst entschieden, alles Tagediebe, eignen sich für nichts!" Er machte eine geringschätzige Handbewegung. „Na, sag mal selbst, Sorokin, wofür eignen sie sich? Während wir mit unseren Händen Getreide anbauten und ernteten, haben sie zehn Jahre lang gelernt und noch länger. Wir haben sie ernährt, mit Schuhwerk versorgt, gekleidet, und was ist das Ergebnis, was haben sie gelernt? Sie kennen keine Maschine, verstehen nicht, dem Pferd ein Kummet anzulegen, nicht mal den Kummetriemen können sie richtig festziehen. Warum soll ich für ihn die Suppe auslöffeln? Was nützt mir, Teufel noch mal, seine Gelehrsamkeit? Man bedenke, ein Kenner steinerner Götzen! Aber mit der Arbeit kommt er nicht zu Rande. So ist's — folglich, heidi, geh hin, wo der Pfeffer wächst, und halt andere Leute nicht von der Arbeit ab! Und du, Sorokin, zwieble mich nicht, ich schufte ohne Ablösung, und ich werde keinem was durchlassen. Paß ich euch nicht — bitte, morgen seht ihr mich hier nicht mehr. Doch was ich einmal gesagt hab, dabei bleib ich. Ich würde alle diese Akademiker . . ."

„Genug!" unterbrach ihn Sorokin barsch und sah ihn auch jetzt nicht an. „Das ist uns bekannt. Darum geht es nicht. Nun, Kemel, was denkst du?"

Ich antwortete nicht sofort. Als ich Abakir zugehört hatte, war mir der Gedanke gekommen, in seinen Worten sei doch ein Körnchen Wahrheit. Aber wie er es gesagt hatte, wie giftig, wie gehässig! Warum? Hatte ich denn keine Hände, oder war ich so ein Dummkopf, daß ich nie begreifen würde, was Abakir begriffen hatte? Oder sollte vielleicht meine Lese- und Schreibkundigkeit ein Hindernis für mich sein? Mir war das völlig unverständlich. Dennoch bemühte ich mich, Sorokin so

gelassen wie möglich zu antworten.
„Ich bin hierhergekommen, um als Geräteführer zu arbeiten. Das ist für mich von Wichtigkeit. Mit dem Kummet und Kummetriemen komm ich schon zurecht. Das wissen alle, das weiß auch Abekir. Ich könnte ja die Arbeit weitermachen. Aber ich will kein Wasserfahrer sein. Ich will's aus Prinzip nicht."
„Eine andere Arbeit haben wir nicht für dich", entgegnete Sorokin.
„Also, dann muß ich von hier weg", erklärte ich.
Kalipa richtete den Blick auf mich und seufzte traurig.
„Ich würde dir gern meinen Posten abtreten und mich selbst auf die Wasserfuhre setzen, Kemel, aber du wirst nicht wollen."
Das kam unerwartet. Vielleicht hatte sie es aus Gutmütigkeit gesagt, vielleicht auch, weil sie stets ein peinliches Gefühl wegen Abakir hatte, sich seiner schämte, wenn er brüllte und schimpfte, und deshalb seine Grobheit nach Möglichkeit milderte, abschwächte — deshalb oder nicht, sie hatte es gesagt, und ich platzte unbedacht heraus: „Ich will!"
In der Jurte wurde es mäuschenstill. Nur das Feuer knisterte leise pfeifend. Alle starrten mich verdutzt an. Vielleicht warteten sie, daß ich es mir überlegte, mein Vorhaben aufgab. Es war doch so, daß ich von allein in die Klauen eines Menschen kroch, der mich haßte, mir nicht wohlgesinnt war. Doch ich schwieg. Gesagt, getan. Sorokin sah mich noch mal forschend an.
„Bleibt's dabei?" fragte er kurz.
„Ja."
„Von mir aus!" Abakir spuckte ins Feuer. „Aber ich warne dich, die geringste Kleinigkeit, und ich dreh dir den Hals um!" Seine Augen blitzten kalt im Halbdunkel, lächelten hämisch und herausfordernd.
„Was heißt, die geringste Kleinigkeit? Warum drohst du ihm von vornherein?" brauste Esirkep auf, der die ganze Zeit geschwiegen hatte. „Er wird's schon schaffen, als ob das so 'n Kunststück wäre! Er hat auf meinem Pflug gearbeitet."
„Dich hat keiner gefragt. Steck deine Nase nicht in fremde Dinge. Werd's schon selbst sehen. Ich bin verantwortlich für den Traktor, für die Arbeit."
„Schluß!" unterbrach Sorokin erneut Abakir und wandte sich

an mich: „Morgen früh mach dich an die Arbeit.“ Er erhob sich und ging zum Ausgang. „Und jetzt ist Zeit zum Schlafen.“

In der Nacht tat ich fast kein Auge zu. Wie würde ich mit Abakir auskommen? Bis jetzt hatte ich mit ihm nur hin und wieder zu tun gehabt, doch nun würde ich ihm ständig, Tag und Nacht, unterstehen. Die Pflichten eines Geräteführers schreckten mich nicht besonders, wenngleich hierfür Ausdauer und Geduld erforderlich waren. Selbstverständlich mußte man genau aufpassen und die Pflugschare an der richtigen Stelle rasch hochziehen und wieder herunterlassen, damit der Traktor keinen Augenblick aufgehalten wurde. Außerdem oblag mir, dem Traktoristen bei allem behilflich zu sein — bei der Wartung und Instandsetzung der Landmaschine. Und wehe, man reichte Abakir nicht den richtigen Schraubenschlüssel, den richtigen Bolzen, die passende Mutter oder was weiß ich noch.

Auch Aldej schlief nicht. Sie trat im Dunkeln zu mir, setzte sich und strich mir über den Kopf.

„Überleg's dir, Kemel, Ihr paßt nicht zusammen. Du bist gut, tust keinem was zuleide. Er wird dich schurigeln, du wirst ihn nicht zufriedenstellen.“

„Hab auch nicht die Absicht, ihn zufriedenzustellen. Und seine Schurigeleien, die bin ich längst gewohnt.“

„Na, du mußt es ja wissen“, erwiderte sie leise, seufzte und ging zu ihrem Schlaflager zurück.

3

Gleich am nächsten Tag begann unser Zweikampf.

„Schläfst du ein, fällst du unter die Pflugschare, ich trag nicht die Verantwortung!“ warf mir Abakir vor Beginn des Pflügens als einziges an den Kopf.

Mir war natürlich nicht zum Schlafen zumute. Eine Spannung ohnegleichen hatte sich meines Körpers bemächtigt; ich war bereit, exakt und einwandfrei zu arbeiten. Wenn man daran dachte, man könnte zufällig unter die Schare geraten, war es besser, gar nicht erst mit der Arbeit anzufangen.

In der Tat, unter meinen gespreizt auf dem Rahmen stehenden Beinen waren stählerne Schare am Pflugbaum befestigt. Sie

bewegten sich schräg, in einer Reihe, eins nach dem anderen schnitten sie in die Ackerkrume und warfen die dampfenden wurzligen Neulandschollen zur Seite.
Die Wermutstauden in den Boden pressend, jagte der Traktor dahin, ohne anzuhalten, und rasselte und klirrte laut mit den Raupenketten.
Abakir schaute sich nicht einmal um, er interessierte sich nicht für mich. Ich sah nur seinen wuchtigen Stiernacken. Schon allein das sagte mir, Abakir würde mich so lange auf die Probe stellen, bis ich aufgab oder bis er sich überzeugt hatte, daß ich nicht zurückwich. Vielleicht jagte er absichtlich den Traktor so rastlos über den Acker, um mich mürbe zu machen, mich zum Rückzug zu zwingen. Keiner wußte so gut wie er, daß es alles andere als ein Vergnügen war, vor Staub und Auspuffgasen fast erstickend, auf dem harten, ungefederten Metallsitz zu hocken. Trotzdem dachte ich nicht daran nachzugeben. Die Nerven, die Augen, das Gehör bis aufs äußerste angespannt, die Hände fest um den Stellhebel geklammert, saß ich da. Während der ganzen Zeit sagte ich kein Wort, ich schwieg sogar, wenn Abakir den Traktor mit besonders boshafter Hartnäckigkeit über steinige Stellen führte, wo der Pflug immerfort aus der Furche sprang, die Messer knirschend über die Steine wetzten, Funken emporstoben und es mich auf dem Sitz unheimlich durchrüttelte. Als Abakir gegen Abend den Traktor anhielt, war ich müde wie noch nie in meinem Leben. Der Mund, die Nase, die Ohren — alles war voller Staub und Sand. Ich verspürte Lust, mich auf den Boden zu werfen und sofort einzuschlafen. Doch ich rührte mich nicht vom Fleck, ich wartete auf Abakirs Befehle.
„Zieh die Schare hoch!“ schrie er und steckte den Kopf aus dem Fahrerhaus. Dann fuhr er den Traktor vom Acker, stellte den Motor ab und trat an den Pflug heran. Er beugte sich über die Schare und befühlte die Schneiden. „Sie müssen ausgewechselt werden, sind stumpf geworden. Daß mir bis morgen früh alles in Ordnung ist!“ brummte er.
„Gut!“ entgegnete ich. „Laß mir die Ersatzschare hier und fahr den Traktor vom Pflug weg.“
Er erfüllte meinen Wunsch und trollte sich schweigend zum Feldlager. Ich sah ihm nach, und dabei stellte ich fest, daß ich nicht nur wütend auf ihn war, sondern ihn auch beneidete. Da zog er watschelnd davon, als wäre er überhaupt nicht müde.

Mir hatte er natürlich das Mark aus den Knochen gesaugt, aber auch er hatte sich nicht einen Moment Ruhe gegönnt. Arbeiten konnte er, der Schuft!

Ich seufzte und machte mich daran, Salzkraut zu pflücken, das ich, einen Armvoll nach dem anderen, neben dem Pflug aufschichtete. Damit ich es schaffte, über Nacht die Schare auszuwechseln, mußte ich mir ein Feuer anzünden. Nachdem ich einen großen Haufen Gesträuch zusammengetragen hatte, ging ich Abendbrot essen.

Die liebe, gute Aldej! Wie guckte sie mich betrübt an, als ich hastig und stumm den Beschbarmak hinunterwürgte, den sie mir vorsorglich aufgehoben hatte. Doch zum Trödeln hatte ich keine Zeit. Ich bat sie, mir die für alle Fälle bereitstehende Laterne zu geben.

„Wozu brauchst du sie?" fragte sie mich und reichte sie mir.

„Brauch sie halt. Will die Pflugschare auswechseln."

„Was soll das, was sind das für Mätzchen!" brauste Aldej auf und wandte sich an Abakir. „Ich erlaub es nicht! Ich laß den Jungen nicht schikanieren!"

„Meinetwegen, erlaub's nicht", brummte Abakir, der Anstalten machte, sich schlafen zu legen.

„Misch dich nicht ein!" wies Sadabek seine Frau zurecht. „Kemel muß selber wissen, was er tut."

„Trotzdem, wir helfen dir, Kemel. Esirkep, komm!" Kalipa erhob sich und schickte sich an, mit mir zu gehen.

„Ist nicht nötig", sagte ich. „Macht euch keine Sorgen. Ich schaff's schon."

Sodann verließ ich die Jurte und stakte im Licht der Laterne los.

Ringsum war Nacht, stumme, unendliche Nacht. Ich ging auf einen Sprung zum Brunnen, um Wasser zu trinken. Leise gluckernd, strömte er Ruhe und Kühle aus. Matt leuchtete es aus der dunklen, versonnenen Tiefe herauf. Wahrhaftig, er ähnelte einem Kamelauge. Mir fiel das Hirtenmädchen ein. Ich war nicht mal dazu gekommen, es nach seinem Namen zu fragen. Wo war es jetzt, das niedliche Mädchen mit dem Pony?

Am Pflug angelangt, machte ich mich sofort an die Arbeit. Ich zog so weit wie möglich die Schare hoch und zündete das Feuer an. Auch die Laterne war mir selbstverständlich von Nutzen. Ich schraubte die Muttern ab, drehte sie gleich auf

die Schraubbolzen und legte alles in mein Käppchen, damit nichts verlorenging. Die ganze Nacht hindurch krabbelte ich unter dem Pflug herum. Es war nicht leicht, die Muttern anzuziehen. Sie staken in sehr engen, schwer zugänglichen Nuten. Immer wieder ging das Feuer aus. Wie eine Natter kroch ich unter dem Pflug hervor und fachte es, auf dem Boden liegend, erneut an. Ich wußte nicht, wie spät es war, aber ich gab mich nicht eher zufrieden, bis ich nicht alle Schare ausgewechselt hatte. Dann schleppte ich mich wie benebelt zum Traktor und warf mich ins Fahrerhaus. Die zerkratzten Hände schmerzten und brannten die ganze Nacht.
In aller Frühe weckte mich Kalipa. Sie war mit der Wasserfuhre gekommen.
„Den Kühler hab ich schon gefüllt. Komm dich waschen, Kemel", forderte sie mich auf, „ich gieß dir Wasser in die Hände!"
Sie fragte mich nichts, und ich war ihr dafür dankbar. Es ist nicht immer angenehm, bedauert zu werden. Als ich mich gewaschen hatte, holte sie von der Fuhre ein Bündel mit Essen und eine Flasche Dsharma. Welch ein Genuß, den säuerlichen Kwaß aus geröstetem Korn zu trinken! Natürlich war es Aldej, die an mich gedacht hatte.
Abakir kam. Er sagte kein Wort. Es war ja auch kein Grund zum Nörgeln vorhanden. Schweigend fuhr er den Traktor zum Pflug, ich kuppelte ihn mit einer Lasche an, und wir rollten wieder über den Acker.
An dem Tag saß ich bereits sicherer auf dem Pflug. Ich vertraute auf mein Können. Die erste Prüfung hatte ich bestanden, nun würde ich bis zum Schluß durchhalten!
Vor mir, im Fenster des Fahrerhauses, zeichnete sich wieder derselbe wuchtige Stiernacken ab. Der Traktor fuhr wieder genauso rastlos, mit lautem Gedröhn und Geklirr, und auch ich saß unverändert da, die Hände fest um den Stellhebel geklammert.
Mittags stellte Abakir überraschend den Motor ab.
„Steig runter", sagte er. „Pause."
Wir saßen stumm im Schatten des Traktors auf dem Boden. Abakir rauchte, wobei er ärgerlich an der Zigarette kaute. Dann zog er den Arbeitsanzug und das Hemd aus und legte sich auf den Kleidern in die Sonne. Er hatte einen breiten, muskulösen, glänzenden Rücken. Auch ich bekam Lust, mich

in der Sonne zu wärmen, und zog das Hemd aus. Als ich es ausbreiten wollte, wandte mir Abakir sein finsteres, erschöpftes Gesicht zu.
„Kratz mir den Rücken!“ befahl er, und zutiefst überzeugt, daß ich losstürzen würde, um seine Laune zu erfüllen, ließ er den Kopf schwer auf die Arme fallen.
Ich schwieg.
„Hörst du nicht!“ Er zuckte, ohne den Kopf zu heben, drohend mit den Schultern.
„Ich denk nicht dran!“
„Und ich sag dir, du tust's!“ Er robbte ruckweise auf mich zu. „Na, wie lange soll ich noch warten?“
Ich rutschte ein wenig zurück.
„Du schlägst dich immer an die Brust und sagst: ‚Ich bin Arbeiter! Ich ernähr euch alle.‘ Aber du bist nur deshalb Arbeiter, weil du arbeitest; im Grunde deiner Seele bist du ein richtiger Bei.“
„Bin ich! Und du kümmere dich nicht um mein Seelenheil!“ Er gab mir unverhofft einen Nasenstüber.
Ich sprang auf und stürzte mich mit geballten Fäusten auf ihn. Abakir schien darauf nur gewartet zu haben. All seinen tagelang aufgespeicherten Haß und Zorn legte er in einen furchtbaren Schlag, der mich mit einer Wucht zu Boden warf, daß ich noch ein paar Meter weit rollte. Mit Mühe zwang ich mich auf die Knie, und völlig außer mir vor Wut, stürzte ich mich erneut auf Abakir. Fast jeder seiner Schläge warf mich nieder.
„Da, kannst mal an meiner Faust riechen! Dir werd ich meine Seele schon einbleuen!“ knurrte er und hieb mit eiserner Faust auf mich ein.
Doch ich sprang wieder und wieder auf und warf mich wortlos, wütend auf ihn. Ich zielte nach seinem Gesicht, nach seiner abscheulichen Fratze, er aber schlug mich genau berechnet in den Bauch, in die Rippen, in den Brustkorb.
Noch einmal raffte ich mich hoch und ging langsam auf ihn zu. Er hob den Arm, und wie ein Fleischer ächzend, ließ er die Faust mit aller Kraft auf meinen Nacken niedersausen. Ich lag da, an den Boden gepreßt, und kniff die Lippen zusammen, um keinen Seufzer von mir zu geben.
„Da liegst du nun, Akademiker! Na, riech nur, wie die Erde duftet!“ sagte er keuchend und spuckte das Blut von seinen

aufgesprungenen Lippen. „Das ist was anderes, als eine Vorlesung über steinerne Götzen halten."
Er ging zu seinen Kleidern, auf denen wir herumgetrampelt hatten, schüttelte sie aus, und in dem Gefühl, seine Pflicht getan zu haben, zog er sich langsam an. Er ahnte nicht, daß ich auch diesen Kampf gewonnen hatte. Ja, ich war unbesiegbar, obgleich ich auf der Erde lag. Mir wurde klar, daß man auch mit den Fäusten für die Wahrheit kämpfen kann. Ich begriff, daß man den, der uns schlägt, auch schlagen darf und schlagen muß. Für mich war es ein Sieg.
Während Abakir sich anzog, in die Kombination kroch, erholte ich mich und kam wieder zu mir. Als er den Motor anließ, stand ich auf, streifte mir schnell das Hemd über und nahm meinen Platz auf dem Pflug ein.
Der Traktor heulte auf und ratterte über den Acker. Wieder zeichnete sich der wuchtige Stiernacken im Fenster des Fahrerhauses ab, wieder hielt ich mich krampfhaft am Stellhebel des Pfluges fest.

4

In unserem Leben waren einige Veränderungen eingetreten. Man hatte uns auf Lastern einen zweispännigen Wagen mit Pferden geschickt, der das Saatkorn zum Acker schaffen sollte. Auch ein neuer Kumpel war gekommen, ein Fuhrmann. Nun hatte es der Wasserfahrer leichter. Sadabeks und Esirkeps Traktor wurde zum Säen eingesetzt, Abakir und ich pflügten nach wie vor.
Und noch eine sehr wichtige Neuigkeit.
Vor einigen Tagen, als wir nach dem Mittagessen mit dem Wagen aufs Feld fuhren, erblickte ich das Hirtenmädchen am Brunnen. Ich sprang vom Wagen. Der Fuhrmann wollte die Pferde zum Stehen bringen, doch Abakir ließ es nicht zu.
„Heda! Weiterfahren!" befahl er unzufrieden.
Ich rannte auf das Mädchen zu, auch sie kam mir, ihre Schafe zurücklassend, entgegen. Dennoch lief ich nicht bis zu ihr hin, ich mußte ja dem Wagen nachjagen, mußte pünktlich mit der Arbeit beginnen. Ich blieb stehen.
„Guten Tag!" rief ich.
„Guten Tag!" antwortete sie und blieb auch stehen.

Ich freute mich sehr, daß ich sie wiedersah, wußte aber nicht im entferntesten, was ich ihr sagen sollte.
„Warum sieht man Sie nicht mehr auf der Wasserfuhre? Wo arbeiten Sie jetzt?“
„Ich bin jetzt auf dem Traktor!“ rief ich nicht ohne Stolz. „Wir arbeiten da auf dem Feld! Entschuldigen Sie, aber ich hab's eilig!“
„Laufen Sie, laufen Sie!“ Sie winkte mir zu.
Ich rannte los, hinter dem Wagen her. Nur einmal sah ich mich um. Das Mädchen stand noch auf derselben Stelle und schaute mir nach. Der Wagen hielt nicht an. Aber ich stürmte leicht und frei dahin. Ich war glücklich, daß sie mir zugewinkt hatte und daß ich durch die weite, frühlingsheitere Steppe lief.
Anderntags tauchte das Mädchen unweit unseres Schlages auf. Sie stand auf einer Anhöhe und hütete die Mutterschafe und Lämmer. Wie gern wäre ich für einen Augenblick zu ihr gegangen. Aber hätte es denn Abakir erlaubt, war er überhaupt einer solchen Tat fähig? Und ich bat ihn nicht darum.
Als das Mädchen das nächstemal auf der Anhöhe erschien, standen Abakir und ich am dröhnenden Traktor; er überprüfte etwas am Motor.
„Warum kommt denn die so oft hierher?“ fragte er.
„Weiß ich nicht.“
„Und wie heißt sie?“
„Weiß ich auch nicht.“
„Ach, du Akademiker!“ Er spuckte höhnisch aus und schielte zu dem Mädchen hin. „Netter Käfer ...“
Ich sah ihn wütend an.
„Geh, troll dich auf deinen Platz!“ brüllte er, und wir fuhren weiter.
Währenddessen hatte das Mädchen die Schafe von der Anhöhe aufs freie Feld, kaum hundert Schritt von unserem Acker entfernt, getrieben. Wie gern wäre ich zu ihr gelaufen, hätte mich neben sie gesetzt, mich mit ihr unterhalten oder einfach ihren kecken Pony angeguckt.
Der Traktor hielt plötzlich. Abakir beugte sich aus dem Fahrerhaus.
„Zieh den Hebel an! Komm her!“
Ich kletterte vom Pflug und ging verdutzt zu ihm. Ins Fahrerhaus hatte er mich während der Arbeit noch nie gelassen.

„Setz dich.“ Er rückte zur Seite. „Lern den Traktor führen!“
Ich war baff. Das hätte ich von ihm nicht erwartet. Was war mit ihm geschehen, hatte sich seine Einstellung zu mir gebessert? Ich überlegte jedoch nicht lange, sondern spitzte die Ohren. Ich wollte alles tun, was er sagte.
„Drück das Kupplungspedal nach unten. Schalt den Gang ein. Ja, so. Jetzt laß die Kupplung langsam kommen. Halt den Schalthebel fest.“
Der Traktor wummerte los, ruckte von der Stelle, und wir rollten über den Acker. Mir stockte der Atem vor Freude. Ich dachte an nichts; nichts auf der Welt interessierte mich. Ich hatte nur einen Wunsch: den Traktor zu beherrschen, seinen Mechanismus kennenzulernen. Wie lange hatte ich davon geträumt! Und nun bewegte sich der gewaltige Schlepper vorwärts, gehorchte meinen Händen und wühlte rasselnd den Boden mit den Raupenketten auf. Auch ich schien mich in einen Mechanismus verwandelt zu haben, dessen Aufmerksamkeit nur darauf gerichtet war, genau die erforderlichen Handgriffe auszuführen.
Ich wendete nicht schlecht am Ende des Ackers. Ohne Geräteführer waren zwar an der Wendung große Stellen ungepflügt geblieben, aber das war nicht so schlimm. Hauptsache, ich lernte einen Traktor führen!
So pflügten wir mehrere Ackerstreifen. Mein Herz klopfte nicht mehr so sehr, ich fühlte mich sicherer.
„Kopf hoch, Akademiker!“ schrie mir Abakir ins Ohr. „Ich geh mal 'n Moment verschnaufen. Wenn irgend etwas ist, stell den Motor ab!“
Er sprang im Fahren vom Traktor, klopfte sich den Arbeitsanzug ab, warf sich in Positur und stolzierte zu dem Hirtenmädchen. Sie war jetzt ganz in der Nähe. Erst jetzt begriff ich, was er im Schilde führte. Nicht ohne Grund hatte er mich ans Lenkrad gelassen.
Abakir stand neben dem Mädchen und unterhielt sich sorglos mit ihr. Warum auch nicht! Die Arbeit ging weiter, wenn notwendig, konnte er schnell beim Traktor sein.
Mir gefiel Abakirs Streich nicht. Dennoch war ich glücklich — ich führte allein den Traktor! Am liebsten hätte ich dem Mädchen aus dem Fahrerhaus zugewinkt, ihr ein paar nette Worte zugerufen. Ach, warum mußte sich Abakir neben ihr

aufpflanzen! Was erzählte er ihr bloß, und was antwortete sie ihm? Etwas mehr Vorsicht, etwas mehr Zurückhaltung ihm gegenüber wäre nicht von Schaden.

An die anderthalb Stunden hockte ich auf dem Traktor, so lange, bis das Mädchen mit den Schafen weitergezogen war. In Abakirs Gesicht konnte ich nichts lesen, was von einem Erfolg gezeugt hätte. Nichts, es drückte nur die übliche dümmlich-hochmütige Selbstzufriedenheit aus.

„Heda, Akademiker, marsch, auf deinen Platz!" Er schlug mir auf die Schulter und grinste schief.

Ich sprang wortlos vom Traktor.

Unser Mädchen kam auch am folgenden Tag. Abakir ließ mich wieder ans Lenkrad und ging zu ihr. Ach, es wäre besser, sie käme nicht mehr. Den Traktor im Stich lassen konnte ich nicht, gleichgültig bleiben konnte ich auch nicht.

Wie könnte man sie warnen? dachte ich und schaute besorgt zu ihnen hin. Sie darf sich nicht mit ihm treffen. Aber kann man denn Menschen verbieten, miteinander zu sprechen? Jeder muß selbst wissen, mit wem er sich einläßt.

Diesmal ging das Mädchen gleich wieder weg, und ich war darüber sehr froh. Schneller und schneller trieb sie die Schafe davon, ohne sich umzusehen. Verzeih mir, Liebes, rief ich ihr in Gedanken nach. Gut, daß du so schnell weggegangen bist. Wir sehen uns bestimmt wieder. Das nächstemal bleibe ich nicht auf dem Traktor, ich komme zu dir. Und jetzt geh nur, geh weg von hier ... Nicht mal deinen Namen kenne ich ...

Doch meine Hoffnung, sie wiederzusehen, ging nicht in Erfüllung. Das Mädchen kam nicht mehr. Schon drei Tage warteten wir beide auf sie, obgleich wir darüber nicht sprachen. Abakir war noch boshafter und bissiger als sonst. Wieder warf er mir haßerfüllte Blicke zu. Aber auch ich ließ ihn jetzt merken, wie sehr ich ihn verachtete. Mir war klar, daß er das Mädchen beleidigt hatte. Ich fühlte mich ihr gegenüber schuldig, fand, ich hätte sie vor etwas Schlechtem, Schändlichem bewahren müssen. Und ich beschloß: Bei der ersten Gelegenheit würde ich sie suchen und offen mit ihr über alles sprechen. Ich sehnte mich nach diesem Wiedersehen, wünschte es herbei, sah ihm mit Zuversicht entgegen.

Eben in diesen Tagen wurden wir auf dem Feld vom Regen überrascht. Ungestüm, unerwartet prasselte er auf uns nieder. Es war ein heftiger Steppenregen, mit Hagel vermischt. Die

Luft rauschte, im Nu war die Erde mit dicken, schäumenden Pfützen bedeckt. Aber Abakir hielt den Traktor nicht an. Im Gegenteil, er raste noch schneller über den Acker und sah sich nicht einmal nach mir um, und ich saß doch im Regen und Hagel.

Die aufgeweichten Erdklumpen fielen nicht mehr von den Scharen ab. Sie drückten den Pflug auseinander, wälzten sich auf den Rahmen, über meine Füße. Hätte sich der Schlamm nicht in großen Batzen an den Raupenketten festgesetzt, hätte Abakir den Traktor wohl überhaupt nicht angehalten. Aber nun schaltete er den Motor aus, zündete sich eine Zigarette an und machte es sich in seinem Fahrerhaus bequem. Sicherlich wartete er darauf, daß ich ihn bäte, bei ihm unterkriechen zu dürfen. Doch mir war jetzt alles egal. Ich hatte ohnehin keinen trockenen Faden mehr am Leibe. Ich blieb im Regen auf dem Pflug sitzen und wusch mir den Schlamm ab. Das einzige, was ich vor der Nässe zu schützen versuchte, war ein Notizbuch mit verschiedenen Notizen und Auszügen aus gelesenen Büchern. Ich steckte das Notizbuch in den Stiefelschaft.

Der Regen hörte mit einem Schlag auf, war wie weggewischt. Und sogleich kam der Himmel zum Vorschein und leuchtete in sattem, klarem Türkisblau. Er war gleichsam ein Spiegelbild aller Schönheit und Reinheit der vom üppigen Frühjahrsguß blank gewaschenen, heiteren Steppe. Die unendlichen anarchaiischen Weiten dehnten sich noch mehr, verloren sich ins Unermeßliche. Am Horizont, über den ganzen Himmel des Anarchai, spannte sich ein Regenbogen. Entzückt blickte ich mich um. Blau, tiefblau und schwerelos der Himmel, schillernd das Farbenspiel des Regenbogens und fahl und grau die Wermutsteppe! Die Erde trocknete schnell, und hoch in den Lüften kreiste ein Adler, die Flügel reglos, straff gespannt. Es schien, als hätten den Adler nicht seine Kräfte und seine Flügel so hoch ins All getragen, sondern der gewaltige Atem der Erde, ihre aufsteigenden warmen Luftströme.

Und wieder fühlte ich mich stark, faßte frischen Mut, wieder begann ich vom Land Anarchai zu träumen. Ja, jetzt stand ich fest mit beiden Beinen auf der Erde, und niemand konnte mir meine Träume mehr vergällen, mich daran hindern, an eine herrliche Zukunft der Anarchaisteppe zu glauben. Ich bin kein Dichter, doch es war vorgekommen, daß meine Gedichte in der Schule an der Wandzeitung erschienen. So zog ich auch jetzt das Notizbuch aus dem Stiefel und schrieb, sozusagen aus dem Stegreif, die Worte, die mir in den Sinn kamen, nieder:

Hinter dem Kurdaiplateau liegt ein Land —
vom Zeitenverlauf wie gemieden,
von Schneesturm durchpeitscht und von Hitze
verbrannt,
ein Steppenland — der Anarchai.
Doch ist ihm, das weiß ich, ein Tag einst beschieden —
er kommt unaufhaltsam herbei
durch unsere Tätigkeit, unser Bemühn —,
da wird das verdorrende Land Anarchai
als reiches Gefilde erblühn.*

Daß meine Verse unbeholfen, schwerfällig waren, störte mich nicht. Mich betrübte etwas anderes: Sie drückten nicht mal den hundertsten Teil dessen aus, was in meiner Brust drängte und brodelte. Ich überlegte angestrengt, wie ich es machen müßte, wie ich die einzig richtigen Worte finden könnte, die meine Träume so wiedergäben, wie ich sie fühlte. Doch da riß mir jemand das Notizbuch aus der Hand. Ich sah mich um.
„Schreibst Liebesgedichte, ha!“ Abakir grinste boshaft und trat beiseite. „Willst wohl das Mädel mit Gedichten erobern?“
„Gib's zurück!“ Ich stürzte empört zu ihm. „Es schickt sich nicht, fremde Notizbücher zu lesen!“
„Du hast mir nichts zu befehlen — schickt sich, schickt sich nicht! Für mich schickt sich alles! Hau ab!“
„Ach so!“ Ich rannte zum Traktor und packte den Schraubenschlüssel.
„Paß ja auf!“ drohte mir Abakir. „Pah, so 'n blöder Quatsch!“ Er gab mir das Notizbuch zurück, und eine Weile später lachte er los, wieherte, daß es in der ganzen Steppe widerhallte. „Reiches Gefilde Anarchai! Ha-ha-ha! Na, du bist mir 'n Esel, Akademiker! Nur solche wie dich müßte man hierherjagen, damit euch mal ein anderer Wind um die Nase weht! Da hat er sich was ausgedacht, reiches Gefilde Anarchai! Ha-ha-ha! Es wird dir schon noch zeigen, wie reich es ist! Bleib im Winter hier, dann singst du anders.“

* Nachdichtung: Ilse Tschörtner.

„Dich werde ich nicht fragen, ob ich bleibe oder nicht! Denk lieber an dich selbst!“

„Warum soll ich denken?“ Abakir kam, sauer lächelnd, auf mich zu. „Mir ist das Schicksal hold. Ich komm überall auf meine Kosten.“ Er ging zurück, doch plötzlich blieb er stehen, als sei ihm etwas eingefallen; er trat dicht an mich heran und sagte gedämpft: „Du, Akademiker, schlag dir das Mädel aus dem Kopf, mach dir keine Hoffnung. Ich hau dich krumm und lahm!“

„Das werden wir noch sehen!“

„Und ich sag dir, wag es nicht, an sie zu denken!“

Er tat mir plötzlich leid, dieser aufgeregte Mann, der vor Wut und Haß gegen alle, die ein anderes Leben als er lebten, völlig den Kopf verloren hatte. Ich sagte ruhig zu ihm: „Du bist ein erwachsener Mann. Manchmal redest du ganz vernünftig. Doch das vorhin — ist dir wohl bloß so rausgerutscht? Merk dir mal: Niemand kann dem andern das Denken, Wünschen und Träumen verbieten. Wir Menschen unterscheiden uns ja dadurch von den Tieren, daß wir denken können.“

Ich weiß nicht, ob meine Worte auf ihn gewirkt hatten, er schwieg jedenfalls. Mürrisch stapfte er zum Traktor und warf mit Gewalt den Motor an. Man mußte sich wieder an die Arbeit machen.

Von nun an gab ich meine Träume nicht mehr auf. Ich hatte sie mir erkämpft, sie gehörten wieder mir. Sie verließen mich nicht, lebten in meiner Brust.

Abends, als sich die anderen schlafen legten, stahl ich mich aus der Jurte und ging zum Brunnen. Es zog mich aus unerfindlichem Grunde dorthin, ich wollte allein sein.

Den Sternen war es zu eng am Himmel, und so waren sie zum Horizont gerutscht, bis dicht an die Erde. Viele von ihnen, vielleicht auch alle, die über meinem Kopf hingen, hatten seltsamerweise im Brunnen Platz gefunden und spiegelten sich in dem kleinen, runden, jetzt abgrundtiefen Gewässer. Sie funkelten und flimmerten auf dem Wasser, man hätte sie greifen und wie leuchtende Fackeln ans Ufer werfen können. Dort, wo der Bach dahinfloß, flossen auch sie mit ihm und zersplitterten auf dem steinigen Grund. Doch dort, wo das Wasser in stiller Versonnenheit erstarrt war, strahlten sie ebenso hell wie am Himmel, und mir kam der Gedanke: Der Steppenbrunnen gleicht der menschlichen Seele, wenn sie

heiter und voller Träume ist, wenn sie so aufgeschlossen ist, daß sie ihre Umwelt völlig in sich aufnimmt.
Ich saß am Brunnen, schaute, lauschte, nahm mit allen meinen Sinnen die nächtliche, geheimnisvolle Steppe wahr, prägte mir ihr Bild ein und verwandelte sie in meinen Träumen. Wem könnte man die Träume erzählen, mit wem darüber sprechen? Schwer zu sagen, warum, doch sie, das Mädchen mit dem Pony, schien mir der Mensch zu sein. Sie würde mich verstehen, würde meine innere Erregung begreifen. Vielleicht dachte ich so, weil wir uns hier, am Brunnen, zum erstenmal begegnet waren und ihn „Kamelauge" genannt hatten?
Wo war sie jetzt, fühlte sie, daß ich an sie dachte? Bald würden wir mit dem Pflügen fertig sein, und dann würde ich sie suchen, hierherführen, zum Brunnen, und ihr vom Land Anarchai erzählen. Nicht in Versen, nein — sie würde mich auslachen! —, sondern einfach, mit gewöhnlichen Worten, so, wie ich mir das zukünftige Leben in der Anarchaisteppe vorstellte.
Im Fortgehen sah ich noch einmal zum Sternenhimmel auf. Mein Auge erfreute sich an allem, was es erblicken konnte. Auf der Anhöhe zeichneten sich die verschwommenen Umrisse des unförmigen Steingötzen ab. Ich stellte mir vor, wie er jetzt dastand, völlig gleichgültig allem gegenüber, den stumpfen, leblosen Blick seines einen Auges in die Ferne gerichtet.
Der Mond war aufgegangen, und ich bemerkte zwei scheue Schatten, die sich jenseits des umgepflügten Ackers bewegten. Es waren Saigas, Steppenantilopen. Wohin liefen sie? Wahrscheinlich zur Tränke. Die Antilopen kamen bis zum Ackerrand und blieben wie angewurzelt stehen, wagten nicht, den ungewohnt aufgelockerten, nach Erdöl und Eisen riechenden Boden zu betreten. So standen sie lange, ohne sich zu rühren, umspielt vom silbrigen Schimmer des Mondes, der Bock mit vielästigem kleinem Gehörn und die Ricke mit flacherem Rist und großen, im Dunkel leuchtenden Augen. Sie schmiegte sich an den Bock, den feinen Kopf gleich ihm witternd erhoben. So standen sie, beide wie versteinert. Ihre Haltung drückte die ängstliche Frage aus: Was ist mit der Steppe geschehen? Wo ist der alte Pfad geblieben? Was für eine Kraft hat die Erde umgewühlt?
Die Antilopen wagten nicht, den Acker zu überqueren. Sie kehrten um, zogen lautlos davon, und auf ihren geschmeidigen

Rücken verlor sich das matte Silber des Mondes.
Ich blieb noch eine Weile sitzen. Dann ging ich in die Jurte zurück, tastete mich im Dunkeln zu meinem Schlaflager und lag noch lange mit offenen Augen da.
Plötzlich hörte ich Geflüster. Abakir und Kalipa lagen nebeneinander. Wahrscheinlich war es auch früher so gewesen, doch ich wußte es nicht. Kalipa sagte schluchzend etwas, was ich nicht verstand.
„Nu, hör auf, genug damit", murmelte Abakir schläfrig. „Wir fahren in die Stadt und regeln dort alles. Wirst deine zwei Tage liegen ... Warum sich unnötig aufregen?"
„Nicht deswegen reg ich mich auf", erwiderte Kalipa bitter. „Ich hasse, verachte mich ... Warum mußte ich mich in einen wie dich verlieben? Was hab ich bloß an dir gefunden, ich weiß es selbst nicht. Wenn du wenigstens einmal was Gutes für die Menschen tätest. Aber nein. Wie eine Hündin bin ich dir nachgelaufen ..."
„Du wirst's nicht bereuen. Wenn wir mit der Arbeit fertig sind, bring ich dich hin."
„Doch, ich werd's bereuen. Ich weiß, was mir mein Lebtag blüht. Trotzdem fahre ich mit dir. Ich will nicht allein bleiben."
„Nicht so laut. Rück 'n bißchen näher. Na, endlich, sonst ... Das ganze Kissen hast du vollgeheult."
Ich zog mir die Decke über den Kopf. Ich wollte so schnell wie möglich einschlafen, um dieses betrübliche Gespräch nicht länger mit anzuhören.

5

Die Sonne brannte von Tag zu Tag stärker. Sorokin suchte uns jetzt häufiger auf. Wir mußten uns beeilen — die Zeit drängte, der Boden trocknete aus. Wir hatten noch an die fünf Tage zu pflügen, so lange hatten auch die Säer zu tun.
Sorokin erzählte, im Herbst würden wir die Winterfurche bestellen, und im nächsten Jahr würde man uns viele Traktoren schicken und hier eine RTS aufbauen. Sorokin hatte alles genau eingeplant. Unermüdlich ritt er durch die Steppe. Er kannte sie nicht nur, er hatte sie bis auf den kleinsten Halm im Kopf.

Es war höchste Zeit, daß man von der Futterzustellung mit Lastern und Flugzeugen abkam. Und Sorokin wußte, wie man es erreichen konnte.
Abakir und ich pflügten jetzt bis in die späte Nacht hinein. Wir schliefen draußen auf dem Feld, und am frühen Morgen ging es wieder los. Die Arbeit war so anstrengend, daß Abakir mich in Ruhe ließ. Er tat, als sähe er mich nicht. Doch der dumpfe, verborgene Haß stand immer noch in seinen finsteren Augen. Mich störte das nicht. Ich ging meiner Arbeit nach und lebte in meinen Träumen. Ich sehnte den Tag herbei, an dem ich zu den Hirten ins jenseitige Tal gehen und dort das Mädchen mit dem Pony suchen würde.
In diesen Tagen begannen wir ein neues großes Feld umzubrechen. Etwas Neues zu beginnen ist immer angenehm, vor allem dann, wenn die Arbeit Freude macht und befriedigt. Schon in der Schule schrieb ich gern die erste Zeile auf einer neuen, sauberen Seite. Gern lief ich morgens über unberührten Schnee, in dem ich als erster Spuren zurückließ. Und gern wanderte ich im Frühling ins Vorgebirge, um die ersten Tulpen, die noch niemand entdeckt hatte, zu pflücken. Das war verlockend, atmete Neuheit und Frische. Hier, im Anarchai, war für mich eine neue Furche auf einem unbestellten Feld die erste Zeile, der unberührte Schnee und die ungepflückte Tulpe.
Ich saß auf dem Pflug und sah mit Vergnügen zu, wie unter mir die blankpolierten, blendenden Schare die erste Furche zogen. Hartnäckig in die Ackerkrume schneidend, warfen sie die Erdschollen sanft und leicht zur Seite.
Plötzlich blitzte unter dem äußersten Schar etwas auf, als schnellte ein Fisch aus der Erde, spiegelte sich im blanken Stahl und tauchte sofort wieder in die Furche unter. Ich sprang mit einem Satz vom Pflug, lief zu der Stelle und zog ein schweres, längliches Metallstück aus der Erde. Es war so schön, und ich war so entzückt, daß ich vor Freude die Arme hochriß und schrie: „Gold!“
Abakir sah sich um, hielt den Traktor an und sprang hastig auf den Boden.
„Was hast du da gefunden?“
„Gold! Sieh mal, Abakir, Gold!“
Er kam erst langsam, dann schneller auf mich zu. Ich hielt ihm das goldglänzende Stück Metall hin.

„Nicht möglich!“ Er nahm meinen Fund argwöhnisch in die Hand, betrachtete ihn genau, rieb ihn am Ärmel. „Wie soll denn hier Gold hinkommen?“ murmelte er gepreßt und wurde blaß, als sei ihm plötzlich ein Schreck in die Glieder gefahren. „Kann nicht sein.“ Er lächelte gezwungen, kratzte mit dem Fingernagel die Erde aus der zernarbten Oberfläche, und ohne mich anzusehen, gab er mir, sichtlich unzufrieden, das Metallstück zurück.

„Warum nicht!“ widersprach ich heftig. „Schau, wie schwer es ist, ist bestimmt neunhunderter Gold. Im zwölften Jahrhundert haben hier die Mongolen gelebt, davor hatten sie China erobert und von dort viel Gold mitgebracht. Auf diese Weise wird es bestimmt hierhergekommen sein!“ Ich sagte das alles, weil ich mir sehnlichst wünschte, daß mein Fund Gold sei. Von diesem Wunsch beseelt, fuhr ich fort zu phantasieren, versuchte ich, mich und den verdutzten, verblüfften Abakir zu überzeugen. „Weißt du, wie viele Jahrhunderte es unter der Erde gelegen hat? Ein anderes Metall hätte längst der Rost zerfressen, aber das hier ist unversehrt geblieben, weil es reines Gold ist. Hier, im Anarchai, haben einst Nomadenstämme gekämpft. Weißt du, was hier für Schlachten waren? Die Schwerter der Khane wurden derzeit mit Goldgriffen geschmiedet. Und dieses Metallstück ist so ein Goldgriff. Probier mal — schau, wie man es bequem fassen kann.“

Abakir nahm das Metallstück und wog es auf der Hand. „Selbst wenn es kein Gold ist, muß man es Fachleuten zeigen, einfach aus Neugierde.“ Er steckte es in die Tasche. „Es kann dir vom Pflug fallen. Schon besser, ich behalte es.“

„Meinetwegen“, erwiderte ich.

Abakir ging zum Traktor zurück, mit der Hand über die schwere Hosentasche streichend.

Wir fuhren weiter. Ich stellte mir vor, wie ich meinen Fund dem Lehrer Aldijarow zum Andenken überreichen würde. Er hatte schon viele Dinge dieser Art gesammelt. Und er würde mir natürlich bei der Gelegenheit etwas Interessantes erzählen. Dann wurde ich müde und vergaß mein Gold. Mir machten die ungleichmäßigen Bewegungen des Traktors zu schaffen. Abakir fuhr heute merkwürdig, mal bremste er unschlüssig, dann wieder raste er los, daß ich vom Motorengeheul fast taub wurde. Schwarzer Rauch quoll aus dem Auspuffrohr, breitete sich als trübe Qualmwolke über den Acker aus, kroch unter

den Pflug, unter die Schare. So arbeiteten wir bis zum Abend. Die Sonne war untergegangen, trotzdem war es noch hell. Abakir sah sich mehrmals verstohlen nach mir um. Schließlich hielt er den Traktor an.
„Komm mal her!“ Er winkte mir.
Ich ging zu ihm. Abakir war blaß, seine Augen irrten unruhig hin und her. Er wischte sich den Schweiß von der Stirn und schrie mich beim Motorengedröhn an: „Wie ’n Verrückter hab ich gebrüllt, aber du hast wohl Watte in den Ohren! Geh, zieh den Hebel an und komm zurück, setz dich ans Lenkrad, führ mal ’ne Weile den Traktor. Ich fühl mich nicht gut. Will mal ’n bißchen an die frische Luft gehen, vielleicht wird’s besser.“
„Geh nur, geh!“ sagte ich.
Während ich zum Pflug gelaufen und wieder zurückgekommen war, war Abakir bereits vom Traktor gestiegen. Er fiel förmlich in sich zusammen, wurde ganz grau. Stumm wankte er über den Acker.
Er scheint schwerkrank zu sein. Hat’s wohl mit dem Magen. Den hat’s aber gepackt, dachte ich und fuhr los.
Der Traktor rollte gleichmäßig mit voller Kraft dahin. Wieder hatte ich ihn in meiner Gewalt. Ich war aufgeregt wie sonst und bemühte mich, ihn gut zu führen. Am Ende des Ackers wendete ich und fuhr wieder zurück. Die Dämmerung senkte sich bereits über die Erde, und ein frischer Wind wehte. Noch zwei Runden, und ich muß die Scheinwerfer einschalten, dachte ich, den Blick angestrengt nach vorn gerichtet. Vor mir, in der Ferne, rannte jemand über den Hügelrücken davon. Oben angelangt, stürmte der Mann hügelab und verschwand. Ich sah nur noch seinen Rücken. Es war Abakir. Was war mit ihm los? Wohin lief er? Wahrscheinlich hatte er etwas erblickt. Ich fuhr bis zur Mitte des Ackers, erhob mich ein wenig vom Sitz und lehnte mich einen Augenblick lang aus dem Fahrerhaus; aber ich konnte Abakir nirgends erspähen. Wohin war er verschwunden? Er war doch krank. Seltsam. Ich hielt den Traktor an und schaltete den Motor auf Leerlauf.
„Abaki-ir!“ rief ich. „Abaki-ir!“
Er antwortete nicht. Nun schaltete ich den Motor ganz aus, damit ich besser hören konnte.
„Abaki-ir! Wo bist du? Antworte!“ schrie ich in die Steppe hinein.

Doch die schattigen, dämmrigen Hügel schwiegen.
Vielleicht war ihm schlecht geworden? In meiner Vorstellung wälzte er sich zusammengekrümmt auf dem Boden und konnte sich nicht mehr aufrichten. Ich sprang vom Traktor und rannte los, so schnell mich die Beine trugen. Ich überquerte den Hügelrücken und sah mich nach allen Seiten um. Keine Menschenseele weit und breit. Ich rannte auf eine große Anhöhe, und nun erblickte ich Abakir unten in der Ebene. Er war schon sehr weit.
„Abakir! Wohin gehst du?" schrie ich, doch er drehte sich nicht um, und bald verschwand er ganz aus meinem Blickfeld, als hätte ihn die Erde verschluckt.
Ich stand noch eine Weile da, dann kehrte ich unschlüssig zurück. Am Himmel erlosch, bleich gefleckt, der letzte Schimmer des Abendrots. Düstere Finsternis legte sich auf die Hügel und Ebenen.
Bestürzt und verwirrt stapfte ich dahin. Sonderbar, ungewöhnlich erschien mir plötzlich die geheimnisvolle, traurige Stille. Es war, als lausche die Steppe meinen Schritten, meinen Gedanken. Ich dachte an Abakir. Als ich ihm erzählt hatte, wie es wirklich in dieser Gegend gewesen war, hatte er mich verhöhnt, mir nicht geglaubt. Das Märchen von dem unglückseligen Gold aber hatte ihn kopflos gemacht ... Nein. Solche Leute verlieren nicht den Kopf! Offenbar hatte er sich schon lange mit dem Gedanken getragen fortzugehen, er hatte auch davon gesprochen, ganz beiläufig, als wolle er Sorokin drohen. Er haßte alle, mit allen hatte er sich gezankt, gerauft. Und Kalipa? Die wollte er besonders gern loswerden. Wozu brauchte er sie, die Schwangere, und ihre Liebe! Trotz alledem wäre er eine Woche vor der Lohnauszahlung nicht weggelaufen, aber so ... Tags zuvor hatte er seinen Lohn bekommen, und nicht wenig — er bewahrte das Geld nie in der Jurte auf, trug es immer bei sich —, hatte noch ein paar Stunden der Form halber gearbeitet, kaum einen Tag, und nun noch der Fund, vielleicht war es Gold ...
Kalipas Stimme riß mich aus meinen Gedanken: „Abaki-ir! Kemel! Wo seid ihr?"
Sie hatte uns in Blechkannen Wasser für die Nachtschicht gebracht.
„Wo steckt ihr bloß?" rief sie mir ängstlich zu. „Mir war schon ganz unheimlich zumute. Ich warte, warte, der Traktor steht

da, und ihr seid nirgends zu sehen!"
Was sollte ich ihr antworten? Ich sagte ihr die Wahrheit.
„Abakir hat sich aus dem Staub gemacht. Hat die Arbeit hingeworfen."
„Und ... warum ... weshalb?" fragte sie stockend.
„Ich weiß nicht." Von dem Gold erzählte ich ihr nicht, ich schämte mich für Abakir.
„Er ist also weg?" Nachdem sie eine Weile geschwiegen hatte, zerrte sie eine Wasserkanne von der Fuhre und stellte sie schwer auf den Boden. „Wozu fahr ich bloß dieses Wasser aus?" fragte sie zerstreut, ohne sich an jemand zu wenden.
Ich trug die Wasserkanne zum Traktor. Kalipa preßte das Gesicht ans Fahrerhaus und weinte bitterlich. Ich fühlte mich unangenehm berührt, wußte nicht, wie ich sie trösten sollte.
„Vielleicht kommt er zurück", murmelte ich unsicher und drehte mich zu Kalipa um.
„Ich weine ja nicht ihm nach", schluchzte sie und wandte mir jäh ihr tränennasses Gesicht zu. „Ich hatte geglaubt, geträumt! Und woran hatte ich geglaubt? Wovon geträumt?" schrie sie plötzlich mit so gequälter, schriller Stimme, daß sogar in der öden Steppe ein stöhnendes Echo ertönte. „Ich dachte, er ist fleißig, er wird seine Boshaftigkeit abstreifen. Mit Güte, mit Liebe wollte ich seine Seele auftauen. Und er? Doch was soll man da lange reden ... Auch ein Pferd arbeitet, aber ein Mensch ist eben ein Mensch, er muß ein Herz haben ... Dann macht ihm die Arbeit Spaß, dann hat sie Sinn ... Aber er hat nichts begriffen. Wie er war, so ist er auch weggegangen. Oh, wie mich das kränkt!"
Ich schwieg, war bedrückt und niedergeschlagen. Kalipa tat mir leid. Ich verstand nicht, wie sie solchen Mann hatte lieben können ... Doch wenn Abakir wüßte, welchem wahren Glück er heute, als er Kalipa verließ, den Rücken gekehrt hatte, dann würde er, und nicht sie, wie ein Wolf zur Winterszeit heulen.
Kalipa stieg auf den Ackerwagen und fuhr stumm von dannen.
Ruhig schlief die Anarchaisteppe. Irgendwo in der Ferne ertönte ein Lokomotivenpfiff und kullerte zitternd über die Wermutbüschel heran. Vielleicht fuhr Abakir bereits auf einem unterwegs erwischten Güterzug davon? Fahr nur, du Lump, scher dich zum Teufel! Der Anarchai wird nicht untergehen, und auch wir werden ohne dich auskommen.

Ich wollte nicht mehr an Abakir denken. Ich mußte mich an die Arbeit machen. Lange quälte ich mich mit dem Traktor ab. Endlich bullerte er los und schreckte die nächtliche Dunkelheit auf. Ich kletterte ins Fahrerhaus und schaltete die Scheinwerfer ein.

Nun war ich für alles verantwortlich. Und plötzlich überkam mich der heiße Wunsch, mein liebes Mädel mit dem Pony müßte jetzt bei mir sein und meinen Worten Glauben schenken, daß diese wilde Wermutsteppe dereinst erblüht, bestimmt erblüht — zum wunderschönen Land Anarchai.

1961

Worterläuterungen

Adat: Gewohnheitsrecht der islamischen Völker.
Agai: ehrerbietige Anrede für einen älteren Mann; wörtlich: der ältere Bruder.
Ail: kirgisisches Dorf.
Airan: mit Wasser vermischte geronnene Milch.
-ake: ehrerbietige Anrede für einen älteren Mann.
Aksakal: ehrerbietige Anrede für einen älteren oder höherstehenden Mann; wörtlich: Weißbärtiger.
Ala-kijis: ornamentverzierte Filzdecke.
Apa: Mutter.
Aryk: Bewässerungsgraben.
Adshal: Tod.
Ata: Vater.
Atake: Väterchen.
Aulije-Ata: Gebietshauptstadt im Süden der Kasachischen SSR, seit 1936 umbenannt in Dshambul.
Baibitsche: ehrerbietige Anrede für eine ältere Frau.
Batyr: Held.
Bei: mittelasiatischer Feudalherr.
Beschbarmak: kirgisisches Nationalgericht aus Hammelfleisch und einer Art Nudeln.
Beschmet: Halbrock.
Bockabjagen: in Mittelasien verbreitetes Reiterspiel. Ein Reiter hat an einer Seite des Pferdes einen abgestochenen Schaf- oder Ziegenbock hängen, den ihm die anderen abzujagen suchen.
Boorssoki: in Fett gebackene Teigstücke.
Busa: Getränk aus gegorener Hirse mit Zimt und Ingwer.
Dastorkon: Tischtuch, auch Festtafel.
Dechkanin: mittelasiatischer Landwirt.
Dshatak: Nichtnomadisierender, der kein Vieh besitzt.
Dshejentek: Feier anläßlich einer Geburt.
Dshene: Frau des älteren Bruders, Plural: Dsheneler.
Dshesde: Mann der älteren Schwester.
Dshigit: junger Bursche.
Dubal: Einfriedung kirgisischer Gehöfte, oftmals eine Lehmmauer.
Itschig: bei asiatischen Völkern am bloßen Fuß getragener absatzloser

Halbstiefel aus Saffianleder, über den das andere Schuhwerk drübergezogen wird.

Jurte: kuppelförmiges Filzzelt.

Kajyn: jüngerer Bruder aus der Sippe des Mannes.

Kambar-ata: kirgisischer Schutzgott der Pferde.

Karnai: orientalisches Blasinstrument.

Kelin: jungverheiratete junge Frau.

Kerimsal: glühender asiatischer Wind.

Ketmen: in Mittelasien eine Art Hacke.

Komus: kirgisisches dreisaitiges Zupfinstrument.

Kümbös: steinernes Kuppelgrab.

Kumys: gegorene Stutenmilch.

Kurdshun: Umhängetasche.

Kurgan: vorgeschichtliches Hügelgrab.

Kurkurëu: kirgisischer Fluß; wörtlich: der Tosende.

Mirab: Bewässerungstechniker.

Mulla: mohammedanischer Gelehrter, Richter.

Namas: fünfmal täglich zu verrichtendes islamisches Gebet.

Nasreddin: türkischer Eulenspiegel, der im 14. Jahrhundert gelebt haben soll.

Naspai: kleine Tabakröllchen, die man für kurze Zeit im Mund behält.

Oi, toobo: Ausruf der Begeisterung.

Salam aleikum: zwischen Mohammedanern übliche Begrüßungsformel; wörtlich: Friede über euch!

Saman: mit Stroh vermischte Lehmstücke.

Schamane: Zauberpriester vieler Naturvölker.

Shaworonok: Lerche.

Süjüntschü: Geschenk für eine gute Nachricht.

Surnai: kirgisisches Blasinstrument.

Sypai: Dreibein aus zusammengebundenen Balken. Aneinandergereiht und mit Reisig, Stroh und Steinen abgedichtet, dienen die Sypais dem Wehrbau bei Bergflüssen.

Sypaitschi: Mann, der Sypais errichtet.

Talas: kirgisischer und kasachischer Fluß.

Talkan: geröstetes gemahlenes Korn.

Tandyr: neben dem Haus in die Erde gebauter Ofen mit runder Öffnung, in dem Fladen gebacken werden.

Tebetej: mit Fuchspelz oder Lammfell besetzte Mütze.

Toi-Fest: bei den mittelasiatischen Völkern ein Fest des Liedes und des Tanzes.

Toktogul Satylganow: bekannter kirgisischer Volkssänger und Volksdichter, einer der Begründer der kirgisischen Sowjetliteratur, lebte von 1864 bis 1933.

Tschapan: langer, weiter Rock, den der Bauer über die andere Kleidung zieht.

Tscharyk: Schuh aus weißgegerbtem Leder.

Tschatkaltau: kirgisisches Hochgebirge, das nur in den Sommermonaten zugänglich ist.

Tschu: kirgisischer Fluß.

Tusch-kijis: ornamentverzierter Wandteppich.

Urjuk: mittelasiatische Aprikosenbaumart.

Wachtberg: Anhöhe, die einen Rundblick über die gesamte Umgebung gewährt. Die Bezeichnung stammt aus der Zeit, als die Kirgisen sich gegen Überfälle nomadisierender Stämme zu verteidigen hatten.

Inhalt

ERZÄHLUNGEN

Deutsch von Charlotte Kossuth

Der Sypaitschi 7
Weißer Regen 21
Rivalen 33
Am Fluß Baidamtal 57
Der rote Apfel 87
Das Wiedersehen mit dem Sohn 103
Der Soldatenjunge 119

NOVELLEN

Goldspur der Garben 129
Deutsch von Ursula Röhrig

Du meine Pappel im roten Kopftuch 232
Deutsch von Juri Elperin

Das Kamelauge 327
Deutsch von Halina Wiegershausen

Worterläuterungen 364